# RING

*NOIR*

*Les personnages et les situations de ce récit étant purement fictifs, toute ressemblance avec des personnes ou des situations existantes ou ayant existé ne saurait être que fortuite.*

*L'auteur tient à préciser que ce roman ne peut, en aucune manière, être considéré comme un document sur la vie de Paris Hilton. Toute ressemblance, de décor, d'agissements ou de situations ne saurait être que l'effet du hasard.*

# LA FEMME QUI VALAIT TROIS MILLIARDS

BORIS DOKMAK

# LA FEMME QUI VALAIT TROIS MILLIARDS

thriller

*ring.fr*

ÉDITIONS RING

Collection
**RING NOIR**

-

Thriller

-

**RING**
www.ring.fr

-



-

Direction artistique
Jany Bassey

*à Nathalie*

*Première partie*

## *Bimbo Massacre*

*Deuxième partie*

## *La Fiancée du Tophar*

*Troisième partie*

## *Ainsi parlait Paris Hilton*

*Quatrième partie*

## *P.H. Confidential*

## *Épilogue*

*Première partie*

# *Bimbo Massacre*

# I

JUILLET 2023

## *San Salvador del Seco. Mexique*

– Sørenson !

Almayer crachait tout ce qu'il avait dans les poumons. Sa main s'écorchait contre la porte de la cabane. Un petit clou tenait de manière acrobatique la poignée au reste de la clenche, et ce clou ne cessait de lui déchirer la peau qui jointait le pouce à l'index. Mais il continuait à tourner cette poignée ; il continuait à la secouer pour qu'enfin la porte s'ouvre.

Et celle-ci ne s'ouvrait pas.

– Sørenson ? Bordel !... Répondez ! Où êtes-vous ?

C'était une grande fatigue et une grande lassitude que ressentait à ce moment Almayer. Une goutte de sang qui venait de s'échapper de sa main coulait le long de la porte et lui rappelait le goût électrique qu'il avait en permanence dans la bouche depuis quelques heures. Il toussa ; encore et encore ; il cracha du sang, pour la dixième fois, peut-être. Et le soleil qui cognait comme jamais. Et ce fichu patelin que tout le monde semblait avoir fui...

– Sørenson, ouvrez cette porte !

Il avait le souffle coupé. Il avait l'impression qu'à n'importe quel moment ses tripes allaient jaillir. Il se tenait le ventre, le comprimait, mais sa douleur se faisait plus vive, plus aiguë : il souleva sa chemise, et regarda son nombril, ou plutôt le fin trou brunâtre auréolé d'un bleu vinaigre qui s'y était substitué. Il n'avait jamais su combien mesurait son ancien nombril, mais il connaissait pour sûr le format du nouveau : un bon 9 mm.

– Sørenson, dit-il en un soupir, ouvrez…

Il regarda derrière lui, et vit la longue traînée de sang qu'il avait laissée.

Un léger éblouissement. Tout tournait autour de lui. Puis il sentit qu'une fine poussière pénétrait dans sa bouche. Encore ; des grains plus épais. Il comprit qu'il était tombé ; qu'il bouffait de ce putain de sable mexicain…

# II

JUIN 2023

## *Un mois avant le trou dans le bide*

MER D'OMAN. À MI-CHEMIN DU CAP GARDAFUI, SOMALIE, ET DE LA POINTE SUD DE L'INDE, À PEU PRÈS 2000 MILLES NAUTIQUES DE TOUTE TERRE HABITÉE.

Il serra la masse aussi fort qu'il le pouvait, et frappa la tête de toute sa puissance. Le geste avait été ample, et avait donné à l'instrument à peu près le poids désiré, même si ses mains, rendues glissantes par le sang, avaient légèrement dévissé. Sous le coup, il vit quelques os de la mâchoire traverser la peau et un œil éclater en éclaboussures bleues et rouges. L'autre œil le regardait, en coin, avec un petit air qui ne lui plaisait pas. Ses mains ensanglantées se posèrent alors sur la fine peau de sirène, et il sentit les pulsations, faibles et lentes. La bouche grande ouverte, qui laissait échapper un liquide épais, s'ouvrait et se refermait sans faire entendre aucun bruit.

Lui aussi avait la bouche grande ouverte, comme s'il cherchait à boire l'air qui l'entourait.

Il voyait son nez extravagant, si particulier, long et osseux et cet œil qui allait mourir, qui le regardait de manière oblique et froide.

Puis il frappa de nouveau, avec le talon, pris d'une espèce de frénésie nouvelle. De la matière et des éclaboussures jaillissaient tous azimuts d'un corps que la vie quittait enfin.

Il criait. Elle râlait.

Il cessa.

La tête ne ressemblait plus à une tête.

Il était épuisé, essoufflé, et son visage et ses bras ruisselaient de sueur. Son œil s'arrêta sur le verre qu'il avait posé à proximité de lui, sur le panneau de l'écoutille avant. Il put y voir une goutte de sang juste échue se diluer dans l'alcool. Ça produisait d'étranges arabesques membraneuses… lentement, jusqu'à disparaître.

Ses crises devenaient problématiques ; non seulement plus fortes, plus intenses mais aussi plus fréquentes. Plus de médocs. Trop de Maotai, qui lui arrachait la gorge à chaque lampée et le soûlait presque aussi vite. Beaucoup d'hallucinations…

– Putain, j'en ai pour deux heures à tout nettoyer, soupira-t-il, en sentant en lui quelques restes de sa fureur.

Puis il tira le corps vers le bord, marquant le pont du bateau d'un sang perlé d'argent.

Il s'arcbouta et fit rouler la masse charnue par-dessus bord en jurant. Elle flotta un temps dans une eau rougie et finit par couler.

Il se sentit faible. Il regarda ses mains : elles étaient presque en totalité recouvertes d'écailles nacrées qui lui faisaient comme une deuxième peau ; il se frictionna les paumes, mais il s'en défit difficilement. Il jeta un regard à la canne à pêche que la coryphène avait brisée à force de se battre. Et il se dit qu'il n'était pas prêt d'en sortir une aussi belle et aussi grosse.

Avec une grimace, il se massa le cou, et l'épaisse cicatrice qui s'y trouvait : l'eau de mer, la sueur et l'odeur du sang avaient réveillé les anciennes douleurs.

Le lendemain.

Il regardait l'eau, l'œil fixe et la paupière lourde.

Elle lui faisait penser à un immense velours d'un bleu intense qu'il se souvenait avoir vu dans un tableau français du XVIII^e alors qu'il visitait Paris. Avec qui était-il déjà ? Il ne parvenait pas à s'en souvenir ; peut-être était-il bêtement seul. La peinture se trouvait dans une petite salle du Louvre. C'était une espèce de bleu pétrole irréel qui lui avait renversé l'œil. Il faisait un effort pour se remémorer le nom du peintre : Voiriot ? De Colleville ? Un truc comme ça... Mais il finit par abandonner... Le tableau, oui, il s'en rappelait à peu près : une courtisane lascive, les cheveux blonds, allongée et couverte de ce long tissu. Il y avait le drapé minutieux et ses reflets argentés, et surtout cette manière de paradoxe qu'exposait un léger papillon posé sur le genou de la jeune femme, ses petites ailes déployées et blanches contre le bleu royal de la robe.

C'est ainsi qu'il s'imaginait à cet instant, petite touche claire perdue dans l'immensité océanique, à la dérive et pour longtemps.

Pas une terre en vue. Nulle ombre à l'horizon, aucun tressaillement à la surface de l'eau, rien d'autre qu'un grand vide, et ça faisait belle lurette qu'il n'avait croisé d'autres bateaux, ni envisagé sérieusement une terre. Comme ça, à la louche, il comptait une bonne trentaine de jours. Un bail !

Certes, il ne voyageait pas pour s'amalgamer ou faire des rencontres. Des ciels neufs, le silence, la solitude, voilà ce qu'il aimait.

Et le balancement des eaux.

Pour autant, là, à cet instant, il en avait plutôt soupé de son odyssée. Ça faisait près de trente jours qu'il était parti d'Oman, et douze jours maintenant, peut-être treize, qu'il était ainsi encalminé faute de brise, que le Kyphi, son ketch, toutes voiles dehors, ne glissait plus sur l'eau sombre.

Il était aussi figé et paralysé que ce fichu papillon sur la toile.

Au dehors, là-haut, sur le pont, la fournaise : 35°, peut-être 40°, une chaleur moite qui trempait les linges, qui fatiguait le corps au moindre effort, une chaleur à faire exploser les crânes. Son visage, son cou, ses bras, tout son être même, étouffaient. Et partout sur sa peau des perles d'eau. Quatorze jours maintenant, ou quinze, qu'aucun souffle ne l'avait notablement rafraîchi.

Au-dedans, en bas, dans la cabine, l'étuve.

Il ne bougeait pas. Il restait sur la couchette.

La soif était devenue insoutenable, la soif que la chaleur recommençait sans cesse et qu'aucun liquide ne pouvait réellement étancher. Il lui semblait parfois que la boisson s'envolait avant qu'il l'ait bue. Soif même qui se faisait obsessionnelle : elle ne prenait plus naissance dans le gosier mais dans la tête, juste là, au-dessus de la nuque, là où ça bourdonnait ; une soif devenue impérative et capitale.

Le rhum, réputé bon ami du marin, le rendait malade à crever. Il s'abreuvait de Maotai, dont il avait fait réserve à Macao et qu'il s'appliquait à boire, coupé d'éthérine encapsulée : c'était son petit cocktail à lui, qu'il s'administrait avec une régularité mécanique.

Au réveil, qui s'effectuait en milieu de matinée, juste avant que le soleil ne devienne méchant : un premier verre… et une capsule. Puis, les premières manœuvres du jour. Il arpentait le pont, procédait à quelques réglages de drisses, recousait de la toile, serrait quelques nœuds, en desserrait quelques autres : une capsule, ou deux, et autant de verres pour l'effort, la fatigue, et aussi à la santé du dieu des océans, ou des vents afin qu'il active tout ce merdier et le sorte de cet enfer.

Le reste du jour permettait généreusement quatre ou cinq autres cérémonies de cet ordre. Tous ces verres finissaient inéluctablement par faire une bouteille par jour.

Quatorze bouteilles, donc quatorze jours sans vent… ou quinze, l'arithmétique alcoolique a ses limites…

Il avait faim. Les boîtes ne le satisfaisaient plus. Il n'en pouvait plus. Par moments, il se risquait à sortir la tête de l'écoutille, pour rien, comme ça, pour voir si ça bougeait : des bateaux, des vents, des bancs de poissons, mais l'intensité du jour était telle que ses yeux ivres ne pouvaient la supporter. Il regagnait alors sans se presser les profondeurs de la cabine et sa pénombre.

De toute manière, se disait-il, alors qu'il s'enfilait verre sur verre, doucement, lentement, la bouteille coincée entre les cuisses, il n'avait là-haut pour seul paysage visible que le long trait bleu de l'horizon, la mer mêlée de soleil. Alors autant s'entasser en bas ; autant rester là, au fond de son bateau, et bien replié. Oui, c'est ça ! Il avait rarement été aussi tranquille. Même l'océan lui fichait la paix, s'était lassé de cogner contre la coque, et avait fini de le bercer : ni roulis, ni clapot.

Rien que le silence, et lui, comme immobile sur une mer immobile. Il s'endormit comme une masse. Assommé par la chaleur et les drogues.

Seizième jour sans vent.

Quelque chose n'allait pas.

C'était encore confus.

Car il avait un petit *daïmon,* une sorte de sixième sens qui savait éveiller sa vigilance. Et le *daïmon* faisait toc-toc.

Sans doute, depuis quelques jours, un épouvantable bourdonnement résonnait au fond du crâne, et une sombre migraine lui poussait les yeux hors des orbites. Un boucan du diable. Ce vacarme l'obsédait, et il ne cessait pas.

Certes. Certes. Mais là, c'était autre chose.

Il aurait juré maintenant que ce grondement qui s'épaississait n'était pas seulement dû à un délire de son imagination ; il aurait juré qu'il était, au loin, au-dessus et en dehors de lui, qu'il rebondissait objectivement sur la surface granitique de l'océan.

Pas ici, mais là-bas.

Tout son être se tendit alors ; son visage s'ouvrit, et il se tenait assis sur sa couchette, le cou tiré de manière extravagante vers le pont, comme une tortue qui sort de sa carapace.

En apnée.

Tous ses sens étaient aux aguets, le regard oblique tourné vers le hublot.

Bruit inégal, constatait-il, et même bruit double. Des chocs sourds… puis un long silence, et le même grognement qui recommençait.

Il sentit la bouteille qu'il embrassait trembler avant qu'il ne la lâche et qu'elle ne tombe au sol ; elle se répandit sur le bois de la cabine, mais il y jeta à peine un œil :

– C'est quoi ces monstres ?, murmura-t-il, le sourcil levé, comme s'il s'adressait au hublot.

Car il en identifiait deux, et deux gros comme il en avait rarement entendus :

– Deux énormes bourrins, grommela-t-il lentement, tournent plein régime… deux ou trois mille chevaux…

Il les distinguait plus nettement, désormais. Ce genre de monstres devait pousser un sacré mastodonte, se dit-il ; et il fréquentait diablement la ligne droite, bien volontaire et bien nette. Voilà du bourrin avec une idée derrière la tête, qui savait où il allait, et ça devait pas être loin de là où il était.

Il imaginait une belle déchirure d'écume sur son velours bleu XVIII^e^, une lacération blanche et violente.

– Ils foncent sans l'ombre d'une hésitation sur ma pomme, marmonnait-il, et sacrément vite même.

Au beau milieu de nulle part, à plusieurs milles nautiques de toute terre habitée, loin des tracés maritimes les plus fréquentés et les plus ordinaires, c'était bien étonnant, et, se dit-il dans un demi-sourire, promesse de quelques ennuis.

Almayer ramassa la bouteille, et regretta qu'elle fût vide.

# III

DIX MOIS AUPARAVANT, LE 27 AOÛT 2022

## *Bruges – l'ancien aérodrome*

La grande salle du musée aéronautique de Bruges. Un vieux hangar fortement vitré, à trois cents mètres de l'ancien aérodrome. De grandes structures grises et noires et des éclairages blancs électriques que reflétait le sol gris, un béton ciré et glacé.

Au milieu de ce hangar sans âme, le lieutenant Joris Borluut, bien droit malgré la fatigue, presque au garde à vous devant le nez effilé d'un *Northrop* HL-10. Le mètre quatre-vingt-cinq, un visage dessiné à la pointe fine, des yeux d'eau sous l'ombre d'une mèche de longs cheveux clairs, et deux petites barres soucieuses bien vissées sur le front. Il avait quelque chose de ces jeunes hommes qu'Orphée promettait au peuple Thrace.

Mais il était pâle, ce soir, et les traits bas.

18 h 35, le musée s'apprêtait à fermer et commençait à se vider. Borluut s'était dit qu'un petit détour par l'aérodrome, avant de rejoindre son domicile, et son père, serait comme un courant d'air dans une journée plutôt morne.

Le lieutenant avait pris son service plus de huit heures auparavant, vers dix heures, le matin même. Au CIA *(Carrefour d'Information d'Arrondissement)* central de Bruges, il avait depuis peu en responsabilité le secteur nord-est de Bruges, celui qui va de la rue aux Laines à la rue Flamande, et de la Grande Place à la rue des

Corroyeurs noirs. Un coin assez tranquille, plutôt bourgeois ; la vieille ville, quelques hôtels particuliers, des résidences d'appartements de standing, quelques ruelles avec maisons et jardinets, et les canaux lents d'une ville morte qui lui faisaient souvent regretter certaines permanences de nuit du début de carrière, l'agitation et l'effervescence qu'elles supposaient, les accélérations et l'imprévisibilité qu'elles réservaient...

La journée s'était étirée, avec quelques menues interventions, sans grand chahut. À 11 h, un poivrot devant le *Kempinski Hotel* ; à 14 h 30, une plainte de voisinage pour un époux qui cognait son épouse, ou le contraire. En tout cas, cela se faisait bruyamment. Trop. Les brigadiers Ribelle et Carbone avaient filé sur place, rue Lamberer. Plutôt fin de carrière, même moustaches fleuries et grises, même démarche nonchalante, les deux hommes suivaient Borluut depuis ses débuts, dans les faubourgs ; ils l'avaient chaperonné, initié, protégé, et Borluut les appréciait, non pas individuellement, mais ensemble, comme s'ils constituaient pour lui une structure binaire et complémentaire. À 14 h 45, l'épouse elle-même appelait pour signaler qu'elle et son mari s'étaient rabibochés, qu'ils s'aimaient, que les voisins qui les avaient dénoncés n'étaient que des « p... » ou des « s... », et que Ribelle et Carbone s'apprêtaient à rejoindre le poste... dès qu'ils auraient fini leur verre...

Entre 15 h et 16 h 30, un calme relatif. Carbone somnolait, Ribelle téléphonait, une jeune femme déclarait le vol de son véhicule, rue des petits oiseaux...

À 16 h 32, l'histoire s'était légèrement accélérée : un appel pour un accident de la circulation : un camion, un quarante tonnes qui s'était égaré à la sortie des docks-est, avait percuté, plein centre-ville, boulevard Klimt, une petite Austin modèle 2011 couleur crème et toit à damier. Cette fois-ci, le lieutenant avait dû se rendre lui-même sur place car quelques badauds morbides, épaules tombantes et mains basses dans les poches, gênaient le travail des pompiers qui s'apprêtaient à désincarcérer la conductrice.

Borluut avait longtemps regardé la jeune femme, ses mains manucurées restées comme soudées au volant, sa tête qu'elle penchait curieusement hors de la portière, vers le ciel sombre, comme si elle fixait quelque chose de précis, ses yeux bleus grands ouverts et figés. La petite voiture avait bien morflé, et le motif à damier du toit revisité par l'aléa de l'accident n'était pas sans lui évoquer certaines avant-gardes picturales qu'il avait en horreur. Comme ces grandes toiles qu'il avait vues à la grande exposition nationale, l'année précédente : des grands machins monochromes sans humilité, quelques autres volontairement lézardés d'immenses traits noirs, des sculptures compactées qui représentaient des cubes irréguliers, bien denses et maculés d'une matière qu'il s'était refusé à identifier. Mais plus précisément, devant la petite voiture anglaise, il avait cru reconnaître un damier dilaté et surcomprimé de Vasarely, damier que les pompiers-secouristes avaient su déstructurer de manière méthodique et éplucher comme un artichaut : un morceau là, un morceau ici.

La blonde conductrice, encore impeccablement coiffée et maquillée, dont la bouche saignait lentement, comme un trait de rouge à lèvres qui progressait sur la joue, avait rendu l'âme au moment où les secouristes accédaient enfin à elle : Borluut voyait encore ses grandes paupières se baisser avec lenteur, avec douceur presque.

Puis, plus rien de notable jusqu'à 18 h.

Et maintenant qu'il se tenait devant le *Northrop* HL-10, la blonde Op'art, les couples mal emmanchés, Carbone et Ribelle, la paperasse sans intérêt, les canaux immobiles l'avaient presque quitté.

C'était le premier *Northrop* HL-10 qu'il voyait ; enfin, réel et entier. Celui-ci arrivait tout droit de Cap Canaveral et on venait de le déballer.

Il faisait à petits pas le tour de l'engin et ses grands yeux de gosse n'en perdaient pas une miette.

Il regardait le fuselage gris foncé, bien plus grand et écrasé que ce qu'il imaginait ; il s'étonnait de sa large tête agressive, admirait son air véloce, mais fragile aussi. Et puis le cockpit : étroit, court, tout en métal et rivets, un fauteuil à peine rembourré, avec un cuir épais mais craquelé, une dizaine de cadrans analogiques, un manche usé par les frottements, des boutons en nombre, plus ou moins chromés, les bonbonnes oranges du siège éjectable… Un curieux sarcophage avec des ailes, pensait-il, perché sur le haut de l'échelle, en légère extension.

Sous lui, un môme passait en pleurnichant : il s'était perdu et cherchait son frère, sa mère, quelqu'un pour le guider.

Borluut, indifférent, descendit pour s'intéresser à la notice plantée sous les roues et qui indiquait que la merveille avait volé dès 1966, qu'il s'agissait d'un flying body, c'est-à-dire d'un avion porté par le fuselage plutôt que par les ailes. Instable, avec une dérive oblique prononcée, sensible au vent de côté, il avait usé bon nombre de pilotes d'essai.

Mais nulle part n'était mentionné son pilote le plus emblématique et le plus fantasmatique, alors que l'image de son crash, à bord d'un engin sensiblement proche, était célèbre. Il revoyait ce point noir qui se disloquait dans une boule de feu jaune et blanche, dans un nuage de poussières noires, qui tournoyait et partait en tonneau… Une image qu'il avait revue 99 fois, et même deux fois 99 fois, voire plus…

Le générique de L'Homme qui valait trois milliards. 99 épisodes ; 99 génériques.

Steve Austin s'écrase dans un *Northrop* HL-10, même si en réalité l'image montre un m2-f2 à l'arrache, avec au manche un pilote réel, Bruce Peterson, en train de flamber et de s'abîmer, en 1967, ou 1968, Borluut ne savait plus trop. Le bonhomme avait survécu, certes, mais pas entier.

Le générique de la série restait pour Borluut un modèle de concision et de densité narratives. Pas d'égarement. 1 min 23 de droit au but.

On y voit le pilote, gros plan sur le visage carré et mâle de Lee Majors, derrière un scaphandre de verre, mi-astronaute, mi-navigateur… On entend une voix assurée, feutrée et microphonique, une voix pro et calme…

« – *Oscar à Nasa Numéro 1*

– *Roger*

– *Contact* TBSI

– OK »

Le Northrop, collé comme un rémora au ventre d'un B-52-ball-8, se décroche et tombe comme une pierre, avant que son moteur-fusée ne s'allume et ne le projette vers des vitesses supersoniques. On est en plein vol expérimental. Borluut avait tout en tête : la combinaison orange du pilote, les ombres du B-52 sur le visage du pilote, les cadrans électroniques, en surimpression sur l'image, qui clignotent ici ou là. C'est beau comme le premier pas lunaire de l'homme.

Puis un compas digital s'affole, on surprend la voix qui s'alarme, un problème apparaît, indépendant du pilote bien sûr, c'est l'avion et son électronique qui se dérèglent.

« – *Oscar...*

– *J'écoute.*

– *Extinction danger 3.*

– *Ramenez point 0 !*

– *Latéral ne répond plus !*

– *Je ne peux pas maintenir l'altitude !*

– *Correction alpha sans résultat...*

– *Je ne peux pas redresser !*

– *Rupture de circuit...* »

Jargon et baragouin... Il n'y avait jamais rien entendu. Qu'importe ! Seul le ton comptait. Mais il comprenait que la machine tombait, que la machine s'écrasait, avec cette longue traînée aux couleurs paradoxales... Tout y était montré en verticalité descendante... et désastreuse. Icare scotché au sol ; Prométhée en flammes. Les vanités humaines se sont pris une sacrée claque. Fin du premier acte.

– Dis, c'est toi le pilote de l'a'ion ?

Borluut se retourna : le même môme, avec visiblement un jumeau, le toisait du sol, le visage ouvert, la tête en arrière. Borluut n'avait aucune idée de l'âge qu'ils pouvaient avoir : peut-être cinq ans, peut-être moins.

– Mais non, voyons ; j'ai l'air d'un pilote ?

Mais les mômes s'en allaient déjà, sans écouter la réponse.

Alors Borluut revint à l'avion, et à Steve Austin qui « est tout juste vivant ». Quelqu'un a décidé de le faire revenir des morts. On passe des espaces infiniment ouverts du ciel et du désert à l'espace clos et claustrophobique d'une salle d'opération. Borluut adorait la voix, celle d'Oscar, le directeur de l'OSI (*the Office of Scientific Intelligence*), qui décrivait la renaissance de l'astronaute. La voix off la plus intelligente qui soit : suave, grave, claire, mesurée, maîtrisée... Une voix directrice et démiurgique. Celle d'un père qui réveille son fils. En une dizaine d'images, on change un œil, deux jambes, un bras, un conduit auditif, avec un œil, un bras, des jambes artificiels... De nouveaux écrans apparaissent... de nouvelles courbes... L'écran du téléviseur devient lui-même un cadran apexogrammique avec cette courbe cardiographique qui le divise en deux : bip... bip... C'est une électronique bénéfique, cette fois-ci. Voilà Frankenstein en blouse blanche et petite moustache. Mais un Frankenstein rationalisé et planifié. Car dans le même temps, on entend Oscar tenter de convaincre des autorités politiques, scientifiques, militaires de la possibilité et de l'intérêt de produire un homme bionique. « Messieurs, nous pouvons le reconstruire... ». En 1 min 23, il a le temps de tenir une conférence, le gars, et finalement de le refaire, son astronaute : fin du second acte.

Mais bien entendu, le type ressort plus fort qu'avant : plus véloce, meilleure vue, meilleure audition, plus puissant... Et surtout un visage impassible, éternellement pétrifié. Sa sensibilité elle-même semble avoir subi une cybernétisation : sourire rare, traits fermes et durs... Un petit message en passant : la nature, et pourquoi pas Dieu, n'avait donc pas fini le boulot. Steve Austin, on le voit courir dans les bois, dans le désert, dans les endroits les plus sauvages possibles, à une vitesse inédite, comme s'il sortait de la nature, ou s'en échappait. Prométhée court ; Prométhée revient. Steve Austin est un surhomme. Sera-t-il à même de piloter ses congénères ? Fin du dernier acte : la série peut commencer.

Borluut souriait en évoquant ces images. Il se rappelait son petit frère qui se collait à lui, sur le canapé du salon, après avoir couru comme Steve Austin, épaules hautes et bras fluides, pour ne pas rater le générique, pour ne pas rater l'avion qui tanguait dans les hauteurs et surtout l'avion qui se crashait dans le désert.

Il caressait maintenant l'acier froid et lisse de la machine, il tapotait sa carlingue, en faisait le tour, passait dessous, cognait du pied les deux petites roues du train d'atterrissage... Il était à deux doigts de se glisser à l'intérieur, lorsqu'il entendit vibrer son téléphone de service. Bzzz-Bzzz. Il jeta un œil à l'écran du mobile. Le bureau.

Borluut jura intérieurement. Son service était copieusement terminé, que venait-on le titiller ? Il ne décrocha pas, mais il s'écarta de l'avion. On avait dérangé son tête-à-tête avec Steve Austin ; de toute manière, il entendait derrière lui les gardiens du musée qui ratissaient la grande salle pour en chasser les derniers visiteurs. Il lui fallait partir, et ce fichu téléphone qui vibrait à nouveau.

– Oui, grogna-t-il de mauvaise grâce.

– C'est CarboneetRibelle, Lieutenant...

– Oui ?

– On a hésité avant de vous appeler lieutenant, mais finalement on a décidé de vous appeler...

– Sans blague ?

– Euh... on savait pas trop...

– Vous voulez bien aller droit au but, Carbone ?

– O.K.... On a un B-612, lieutenant, et le lieutenant Brucht n'est toujours pas là !

Le code « B-612 » : B pour mort... 612 pour violence. Soit violence ayant entraîné la mort, c'est-à-dire meurtre, possiblement. La police du roi aimait les sémantiques acronymiques complexes et sibyllines. Jamais Borluut n'avait eu à en traiter depuis son accession au grade de lieutenant, et son excitation restait assez limitée. Ça signifiait paperasses à gogo, police scientifique, collègue de la criminelle, tenue de protection blanche et verte, et une bonne nuit de foutue...

– C'est où ?, demanda sans conviction Borluut.

– Attendez... euh, 15, rue de la Digue...

Puis en hurlant, à arracher l'oreille de Borluut :

– RIBELLE !!, si je te dis « 15, rue de la Digue », ça te dit quoi ?

Le brigadier Ribelle se targuait d'une connaissance encyclopédique de la ville. Chaque week-end, son épouse et lui faisaient les guides pour quelques touristes indifférents, et ils en tiraient, disait-il, une grande fierté, et surtout un surcroît de revenus pour alimenter un tas de mômes grands et balèzes, Borluut n'avait jamais pu en retenir le nombre exact.

Borluut entendait au loin Ribelle répondre avec assurance :

– L'hôtel particulier d'Ysé Kranile, celui qui est à l'abandon depuis vingt ans. Ma femme dit que…

Carbone lui coupa la parole :

– L'hôtel d'Ysé Kranile, celui qui est à l'abandon…

– Oui, oui, j'ai entendu… Et c'est tout ?

– Euh, non… Ils ont signalé aussi « premier étage, grande suite ».

Sous les yeux de Borluut, les deux gamins des enfers avaient entrepris d'escalader l'échelle de cockpit du *Northrop* HL-10, et se tiraient la bourre sur quatre barreaux pour arriver en tête au sommet. Plus loin, Borluut voyait leur mère qui les cherchait, le visage déformé par une inquiétude lasse. Les deux chutèrent méchamment aux pieds de Borluut avec des hurlements qui lui firent rentrer la tête dans les épaules et fuir à petits pas :

– O.K. j'arrive, soupira-t-il.

# IV

6 JUIN 2023

## *Los Angeles Daily News*

« DIX ANS DÉJÀ... »,
PAR JOCELYN MUSSETT

« [...] Paris Hilton Cosmetics *célèbre aujourd'hui la date anniversaire de l'invention du parfum* Negative PH., *créé quelques temps seulement avant la disparition mystérieuse de Paris Hilton. Dix ans déjà que son « petit parfum », comme elle s'était plu à le dénommer, est sorti des laboratoires. Il serait à ce jour le plus porté dans le monde, à tout le moins le plus vendu, dernier hommage public rendu à la jeune femme. On rappelle que ce parfum fut, dès sa sortie, entouré de mystères, et notamment en ce qui concerne ses procédés de fabrication. La jeune femme, à la fois artiste géniale et chef d'entreprise hors pair, avait imposé aux ingénieurs de* PH-Cosmetics *une chimie d'éléments inédite. C'est cette chimie, connue de nos jours par peu d'individus, qui donnerait à ce parfum, légèrement capiteux et éthéré, sa grâce et sa puissance sans égal. La disparition de Paris Hilton, quelques mois seulement avant la sortie de* Negative PH., *a donné à ce mystère des tons de tragédie.*

*Une réception en petit comité devrait être organisée au siège de l'entreprise en présence des membres de la famille et de quelques anciens amis de la jeune femme.* [...] »

N.D.L.R. : Notre journal reviendra ces jours-ci sur la disparition de Paris Hilton sous la plume de *Jocelyn Mussett,* grand reporter qui, comme nos lecteurs le savent, fut une proche de la star.

# V

27 AOÛT 2022

## *Bruges – Rue de la Digue*

Borluut et deux de ses brigadiers arrivaient à proximité de l'ancien hôtel particulier d'Ysé Kranile. Il était 20 h 05.

– Que savez-vous de plus ?, demandait Borluut.

– Mais rien lieutenant ; seulement qu'une voix…, dit Carbone.

– …Une voix ?, coupa Borluut.

– Bah, oui, reprit Ribelle, une voix… Ils ont pas signalé si c'était une femme ou un homme… Ils ont peut-être pas su l'identifier, remarquez.

– Moi, confirma Carbone, quand ma cousine me téléphone, je vous défie de me dire si c'est un homme ou une femme…

– Allez droit au fait les gars !

– Bon, une « voix » a dit qu'il y avait un mort au « premier étage, grande suite » à l'adresse indiquée… Le message a été transmis, on vous a appelé, et voilà…, précisa Carbone.

– Attendez, vous avez dit B-612 ; pas B-111…

– Bah… comment dire ?… Ils ont dit un peu les deux, lieutenant, reprenait Ribelle ennuyé.

– Écoutez, les gars… mort tout court, ou mort avec violence ?…

– Bon en fait, ils l'ont classé en 611. Mais vu que la personne qui a appelé n'a pas décliné son identité et que ça sentait la soupe au caillou, alors ils ont mis aussi entre parenthèses B-612. Histoire de voir large. Moi, je trouve que le raisonnement se tient, car si…

– Et pourquoi ne m'avez-vous pas dit tout ça au téléphone ? Je vous aurais envoyé sur les roses !, coupa Borluut.

– Notez que c'est bien ce que nous a dit le lieutenant Brucht, soulignait imperturbablement Ribelle.

– Mais je croyais qu'il n'était pas là !

– Tout juste ; mais Carbone l'a joint par téléphone ; *grosso modo*, il nous a dit de vous joindre en précisant 612 plutôt que 611, et que ça vous fera venir…

– Mais que faisait-il, lui ?

– Bah, ça je sais pas ! Il est très occupé le lieutenant Brucht.

– Et moi ? Je prends des cours de tricot peut-être ?, s'offusqua Borluut.

– Tu vois, j'te l'avais dit qu'il serait pas content, reprit Carbone pour Ribelle avec un air de faux-jeton.

– Bon, on y va, lança Borluut à ses brigadiers, et il sortit son *Heckler & Koch 05* de son holster réglementaire en toile plastifiée, après avoir vérifié qu'il était bien chargé.

Le HK 05 était une arme redoutable et maniable, la plus maniable certainement des 9 mm Parabellum ; elle était petite, de type « subcompact », et ultra-légère – moins de cinq cents grammes chargée – ce qui lui rappelait ses jouets d'enfant. Il avait demandé – l'avantage d'être lieutenant – le modèle inox avec, sur le canon, un rail de type « picatinny II » cranté sur lequel on pouvait adjoindre des systèmes de visée laser « redpoint ». Cela faisait deux semaines qu'il réclamait à l'intendance le système « redpoint », et deux semaines qu'on lui répondait qu'il n'avait rien à en faire. Il aurait aimé l'essayer.

Pour voir.

Une légende voulait que les concepteurs allemands du pistolet se soient inspirés, bien avant les autrichiens du *Glock26*, des pistolets tchèques confectionnés en porcelaine lors de la guerre froide, à la fin des années soixante-dix, et réputés indétectables au rayon X. *Heckler & Koch* avait donc conçu l'arme, y compris la culasse, le ressort du chargeur et le percuteur, en polymère synthétique de troisième génération. Borluut s'était promis de vérifier, à la première occasion, cet aspect de la légende.

L'hôtel particulier de Kranile, devant lequel ils se présentaient, était réputé pour tous les mal-logés de la ville qui avaient là, sous la haute verrière et à moindre frais, de quoi s'abriter de la pluie et du froid. Cette immense marquise constituait la seule fantaisie d'une grande façade austère dessinée et sculptée à la fin du XIX^e^ siècle. Mais ce soir, ils trouvèrent le porche absolument désert, et les portes tout à fait closes et encombrées d'affiches pour la dernière comédie musicale à succès, *American Psycho Disco, musique Phil Collins, en « Tournée européenne exceptionnelle », « Dernières places disponibles », « Un show inoubliable »*, etc.

Sans attendre, tous trois forcèrent la grande porte de l'hôtel particulier à l'aide d'une grande barre de fer rouillée qu'ils trouvèrent là et qui leur laissa des mains de sang.

Le grand hall les accueillit en silence. La lumière de lune se faufilait par quelques fenêtres hautes et montrait un grand lustre suspendu et fatigué auquel manquaient de nombreuses pampilles de cristal. Elles gisaient au sol, au cœur d'un immense tapis épais et sombre, et éclataient en petits cris sous leurs talons.

On devinait à gauche de l'entrée l'immense porte de l'office et surtout au fond du grand hall le grand escalier. Le tapis qui suivait sa ligne courbe était encore là, tenu par quelques barres de laiton.

– « Premier étage… Grande suite », se rappelait-il.

Il traversa le hall et monta seul le grand escalier qui s'enroulait autour d'un vieil ascenseur de bois et de grilles ouvragées. Il arrivait à un premier palier que dominait une statue d'un autre temps, visage de pierre piqué de taches noires. Partout, une odeur d'humidité et d'ancienneté ; partout, le luxe abandonné et quelque chose de la somptueuse démence bourgeoise qui un temps, fin XIX^e^, posséda Bruges.

Il pressait le pas à chaque marche, et chaque marche lui répondait par un craquement long et plaintif, souffrant pour la première fois peut-être depuis longtemps le poids de pas humains.

Arrivé au premier étage, il se trouva au centre de deux longues enfilades. Tout semblait capitonné et étouffé par des tapis et des étoffes divers.

La ville s'était tue.

Gestes calmes et souples, il serra plus fort son HK 05.

Au fond de l'enfilade qu'il trouva sur sa gauche, il devina une grande porte double. Il la poussa. Sans même qu'un léger grincement ne se fît entendre. Derrière, dans un petit vestibule, une nouvelle débauche de tapis d'Orient.

Deux autres pièces se succédaient et constituaient la suite.

Un petit salon d'abord, bleu et or.

Borluut y vit des tapis enroulés contre des plinthes hautes, des tapisseries qui s'étaient décrochées en partie et tombaient sur des boiseries droites. Mais il ne s'arrêta pas. Il s'avança rapidement vers la seconde pièce de la suite. Il courrait presque...

Une double porte lourdement ouvragée. Il l'ouvrit avec difficulté. C'était une chambre fastueuse dominée par la lumière bleue de la lune. De larges tentures de velours nacarat habillaient des boiseries turquoise et or. Au fond, un grand miroir de mercure, ses reflets d'argent pur et ses dorures passées.

Malgré lui, son regard s'affolait. Il devinait les moulures subtiles du plafond, leurs complications de masques grimaçants et le sourire de quelques chérubins.

Il remarqua une cheminée de marbre sombre, et enfin...

Et enfin, il la vit, elle... la gisante, allongée sur un lit à tentures, au centre de la pièce, comme endormie, encadrée de candélabres encore tout décorés de leurs larmes de cire.

# VI

JUIN 2023

## *Mer d'Oman*

Quand il se réveilla, ils accostaient.

Il avait sans s'en rendre compte sombré dans un semi-coma – la faute à l'éthérine –, et cherchait maintenant à échapper à la légère panique qui le gagnait.

Le Ketch commençait de tanguer.

Il s'aperçut que le hublot était rendu aveugle par la proximité de la coque de l'autre bateau. Les moteurs n'étaient pas coupés et continuaient de tourner lentement, lourdement, et contaminaient de leurs vibrations l'ensemble du voilier; il entendit quelques chocs entre les coques, le temps que l'accostage s'achève, mais à peine. Pas de voix, pas de cri : un vaisseau fantôme l'eût abordé qu'il n'aurait pas fait moins de bruit. C'était le signe d'un équipage discipliné et compétent, ce qui lui permettait d'exclure un abordage pirate.

De toute manière, il était à peu près sûr que des pirates, ceux que l'on appelait à quelques milles de là des *pinteiros,* souvent piètres marins, n'iraient pas s'aventurer si loin des côtes; en outre leurs manœuvres restaient approximatives et brutales et ils passaient leur temps à brailler sur tout ce qui bougeait... C'est du moins ainsi que ça s'était passé au large de Zanzibar quelques mois auparavant, même si l'ensemble de la mésaventure restait nébuleux dans sa tête. Il avait souvenir de l'accostage; souvenir qu'ils avaient raflé tout ce qui présentait une valeur marchande, et ça ne leur avait pas pris grand temps ; souvenir qu'ils étaient repartis aussi rapidement. Pschitt ! Entrés, sortis, ni bonjour, ni au revoir, et ils s'en étaient allés sans faire le moindre cas de sa personne, sans lui parler, sans même le bousculer, et bien entendu, il avait vécu ça les couilles en apesanteur, car ceux qui ne se préoccupent pas de votre vie ne s'embarrassent pas non plus de votre mort.

Là, rien de tout ça. Et vu l'engin qui s'était collé à son ketch, on dépassait les normes comptables de la flibusterie locale : à bien peser, c'était un soixante-dix pieds, peut-être un quatre-vingts. Que venait donc faire un tel rafiot de milliardaire dans les parages ? Si loin des yachts clubs ? Il n'allait pas tarder à l'apprendre car il entendait maintenant des pas, au-dessus de sa tête, sur le pont. Le voilier valsait et gitait vers le yacht. Deux individus, s'il avait bien compté, s'approchaient de l'entrée de la cabine. Les nouveaux venus faisaient comme chez eux.

Ne pas bouger. Rester aussi immobile qu'une momie sur sa couchette. Il avait l'entrée de la cabine en plein axe. *A priori*, il ne pouvait pas être mieux placé pour les recevoir. Almayer estimait que la clarté extérieure rendrait pour n'importe quel arrivant la pénombre de sa cabine absolument impénétrable, alors que lui y voyait comme en plein jour. La main sur l'acier froid d'un Beretta 9 mm, qu'il n'avait plus caressé depuis des lustres, la cuisse couchée le long d'un fusil canon scié, un Remington 870, calibre 12, version MCS, un engin redoutable, il attendait de voir quels étaient les pourris qui venaient l'asticoter à *Neverland*.

Il attendait, ne remuait toujours pas, même pour essuyer les gouttes de sueur qui dégoulinaient le long de ses tempes et commençaient de lui piquer les yeux.

Depuis quelques secondes, on avait fait silence là-haut.

Enfin il entendit la poignée de la glissière de l'écoutille ; quelqu'un essayait de l'ouvrir de l'extérieur ; et après un temps et un léger grincement, elle glissa et laissa apparaître une vaste et haute silhouette qui fit immédiatement un mouvement en arrière, portant la main au visage et se cognant le crâne sur la partie supérieure de la cabine ; la silhouette jura, foudroyée par la douleur, avec un accent hispanique :

– Pouta… mais ça pouè la muerte, là-dédans !

… donc, la souffrance qui s'est trouvée par la douleur, avec un … accent tragique …

— Certes … [illegible]

# VII

7 JUIN 2023

*Los Angeles Daily News*

NDLR : Dans le cadre de la commémoration de la disparition de la star Paris Hilton (« Dix ans déjà... »), notre journal reprend chaque jour un épisode de sa vie. (extrait)

« LES DERNIÈRES AMOURS HILTONNIENNES »,
PAR JOCELYN MUSSETT

*« [...] On a longtemps pensé que les dernières amours de Paris Hilton étaient vénitiennes. Au Pays de Casanova, la jeune star a affiché pendant plusieurs mois le visage épanoui d'une femme amoureuse et libre. On vit dans son sillage Le chanteur Luigi Scamandria, puis le pilote de course automobile italo-brésilien Joachim Dubaio et enfin le petit-fils de l'écrivain Gabriele d'Anzio.*

*Toutes ces aventures, et les tempêtes qui les accompagnaient, auraient toutefois fini par profondément affecter la riche et célèbre américaine qui, à cette époque et selon ses propres dires, cherchait une certaine stabilité. Son choix, notamment, d'une résidence européenne correspondait à un désir de fuir l'Amérique et la folie starisée qu'elle incarnait. Certains ont pu parler de dépression ou même de détresse. Certains prétendent qu'elle comptait parmi les patientes du Professeur Negri à l'université de Firenze, psychanalyste réputé. Et ce n'est sûrement pas la publication de sa correspondance amoureuse avec d'Anzio, qu'elle considéra comme une trahison, qui la réconcilièrent avec la gente masculine.*

*Elle aurait néanmoins confié à Birgitt von Storm, son attachée de presse et amie proche, et à certains de ses amis – on parle de Britney Spears – qu'un nouvel homme était entré dans sa vie et qu'elle ne voulait certainement pas gâcher cette relation qu'elle disait compliquée et intense. Personne ne sait si à cette époque elle décrivait un désir ou une réalité. On n'a jamais su qui était ce Roméo de l'ombre, même si certains bruits ont couru (le chanteur Robert Gray, l'acteur Burt Oliver Butchard ou même un homme politique influent...). Tout ce que l'on sait, c'est que Paris Hilton a multiplié les déplacements les derniers mois de sa vie, et notamment aux États-Unis, et on aime à croire qu'elle le faisait dans la joie pour retrouver le dernier homme de sa vie.* »

J.M.

# VIII

NUIT DU 27 AU 28 AOÛT 2022

## *Bruges – 15 rue de la Digue*

Borluut et ses brigadiers s'étaient installés dans un salon voisin de la grande suite de l'hôtel particulier de Kranile, un petit salon vieux rose dans lequel dominait un froid intense ; ils avaient scellé la chambre de la gisante, et ils attendaient l'arrivée des services de la police judiciaire.

Borluut, depuis qu'il avait vue la jeune femme, se contenait difficilement. Il questionnait ses adjoints, qui n'avaient aucune bonne réponse, les envoyait fureter à droite, à gauche, et était par deux fois déjà, en brisant ses propres scellés, retourné voir la chambre mortuaire.

Il avait maintenant une obsession : il se disait qu'il devait à tout prix conserver la morte, conserver l'enquête, et trouver moyen d'avoir la main sur celle-ci. Mais *a priori*, la judiciaire restait prioritaire... À moins qu'une urgence ne poussât Borluut à commencer l'enquête, à l'alimenter et à l'instruire. (*Voir Décret 2–2015. Police du roi*).

Carbone et Ribelle avaient déjà fouillé les autres chambres de l'étage, les boudoirs, les cabinets de toilette, et ils avaient trouvé, au second étage, les traces d'un occupant : un matelas posé à même le sol, quelques boîtes de conserve entassées dans un coin de la pièce et une salle de bain visiblement utilisée à la sauvage. D'après ce que disait le brigadier qui avait pu toucher quelques-uns de ses contacts, il était notoire qu'un sans-logis fréquentait de manière régulière l'hôtel particulier. Personne ne l'en chassait. Il ne gênait personne. Il passait ses journées à dormir et pour le reste, il n'allait pas bien loin, arpentant les rues et visitant quelques bars. Un homme doux. Jamais une histoire. Ce n'était pas suffisant ; « Cherchez ce type, amenez-le moi et rapido », s'était-il énervé.

– Selon l'agent qui m'a raconté tout ça, il est possible qu'on ait un peu perdu la trace du lascar depuis quelques jours, mais toutes les brigades mobiles du coin sont à l'affût. S'il est là, il va être accroché, précisa Ribelle.

En même temps, Borluut se repassait, dans un petit film intérieur, les éléments qu'il avait en tête, qu'il avait entendus, qu'il avait vus, qu'il avait sentis. Il sortit un de ces petits calepins réglementaires (format A7, 172 pages, grands carreaux lignes rouges) qu'on leur refilait à la sortie de l'École Supérieure de la police du roi, calepins que Borluut aimait bien parce qu'ils ne déformaient pas trop les poches des pantalons.

Il dessina avec application un premier tiret : on les avait prévenus, ou du moins on avait prévenu le parquet. Qui ? Le clodo ? Le tueur ? Un témoin tiers ? Il nota :

« Qui a appelé ? »

Un témoin qui voulait rester discret ? Le tueur lui-même ? Soif de reconnaissance ? Soif de gloire ? Et si c'était le clodo ? Pourquoi ne le retrouvait-on pas ? Il nota, deuxième tiret :

« Le clodo peut-il être le tueur ?»

Borluut regarda légèrement circonspect son carnet en se disant qu'il n'allait impressionner personne, et certainement pas la criminelle, avec ce genre de cogitations.

Troisième tiret : si le clodo créchait effectivement ici, il avait dû entendre quelque chose. Car Borluut en était sûr – sans qu'il puisse expliquer pourquoi -, c'était ici, dans la grande suite, que la gisante avait lâché son dernier souffle :

« Priorité clodo pour le cuisiner ! »

Autre tiret. Il aurait bien aimé se sortir de la tête la jeune femme qu'il avait vue dans la grande suite, mais il ne pouvait aligner deux pensées sans qu'elle resurgisse. Car la scène, ou plutôt la mise en scène, l'avait profondément marqué…

Il se rappelait qu'elle était nue sur un grand lit simple, qui occupait le centre de la pièce. Il nota :

« Nue ; crime sexuel ? »

Il avait l'impression de ne pas y être ; tout paraissait patiner au niveau des neurones. Il fronça les sourcils.

Cinquième tiret : il se rappelait précisément qu'un grand drap de satin d'or reposait sur tout le corps ; il avait longtemps regardé les paupières closes et membraneuses, les grands cheveux blonds que l'on avait disposés en étoile autour du visage… un visage qu'il ne reconnaissait pas, mais qui lui semblait pourtant familier. Il avait remarqué que son visage, son cou, ses épaules luisaient d'un éclat singulier.

Une idée commençait à se faire jour.

Il fit une pause, et quelques pas.

Il revoyait les proportions parfaites de la gisante, sous le drap, la légèreté de ses cuisses et de ses mollets qui dessinaient des jambes longues et fines que l'on avait collées l'une à l'autre.

Le petit carnet : « Soignée comme pour une présentation. »

Il referma les yeux pour mieux la revoir ; il descendait la jambe, jusqu'au pied gauche qui sortait du drap, jusqu'à l'étiquette ancienne que l'on avait plantée nettement dans la peau, sous le talon, en ses quatre coins, par de petites punaises d'acier doré. Sur cette étiquette, une encre rendue transparente par les ans retranscrivait une curieuse phrase latine… Il reprit son carnet, sixième tiret :

« Un latiniste ! Traduire l'étiquette ! »

Borluut maîtrisait le français, à peu près le flamand, baragouinait l'allemand, parlait l'anglais couramment, mais le latin, ça non, il n'avait jamais accroché.

Il se fit la remarque que tout, dans cette chambre rance, évoquait la femme cueillie et séchée. Mieux… tout évoquait le spécimen d'une collection ancienne : la position, l'étiquette bien sûr, la préparation du corps même, la lumière lunaire qui faisait un sarcophage de verre à la gisante… Un spécimen que l'on exposait.

Il sourit, traça un tiret et écrivit :

« Collection ? »

Il hésita. Comme dans un herbier. Mais alors où sont les autres spécimens de la collection ? Y a-t-il d'autres crimes ?

« Tueur en série ? Sommes-nous en présence du spécimen o d'une série de crimes ? »

Son écriture se faisait plus frénétique.

Il lui semblait qu'il avançait, peu à peu.

Il se souvenait aussi que le sol de la chambre avait été mis au jour, qu'on avait dégagé quelques tapis, et que le parquet avait été comme ciré et brillait particulièrement, contrastant avec la poussière du reste de la demeure et son apparence négligée. Dans un premier temps, Borluut avait cru que le meurtrier avait entrepris d'effacer tout ce qui aurait pu manifester sa présence, mais maintenant il avait plutôt le sentiment que le meurtrier avait lui-même voulu s'effacer, non pas pour cacher son crime, mais au contraire pour le révéler, pour mieux présenter sa création, son ouvrage, son œuvre : les cheveux délicatement peignés, le cadre somptueux, le tissu de satin, les fleurs délicates, l'étiquette... Tout tendait vers un tableau bien réussi et un équilibre des lumières et des couleurs... Oui, c'était ça.

Il avait devant lui une œuvre d'art...

Le crime n'était pas caché ; il était exposé et donné en spectacle.

Une idée le frappa : à bien y penser, rien n'indiquait, dans le boudoir de la morte, un meurtre au sens technique du crime : pas de plaie, pas d'arme, pas de sang, pas de cris au secours, pas de témoignage direct... Rien dans cette mort offerte, dans cette morte exhibée, ne montrait de la violence ou de la brutalité ; il n'aurait pas été étonné de voir la morte sourire, tant elle paraissait éclatante d'une fraîche beauté. Confortablement installée et bourgeoisement consacrée.

Seule la mise en scène autorisait une telle imputation.

Nouveau tiret, il nota encore :

« L'assassinat comme une œuvre d'art »

Ne pas oublier le bouquet, se dit-il ; un bouquet triste composé d'iris noirs et d'anthuriums rouges que la jeune femme serrait dans les mains et qui devenait comme une signature.

Tiret, il écrivit :

« Symbolique des fleurs ? »

Et il se reprit :

« Pas une collection, mais une œuvre d'art… », et il souligna avec application, par deux fois.

Il songea alors que le sens du crime changeait du tout au tout. La collection exprimait la multiplicité, l'accumulation, la série. Alors que l'œuvre d'art penchait vers la pièce maîtresse, isolée, singulière. Il eut alors la certitude que ce crime affirmait son unicité. Sans doute un crime fou, un crime de fou, mais un crime artistique et insolite.

En lettres capitales :

« Ça ne peut pas être un SERIAL KILLER !! »

Et puis il y avait cette odeur, ou ce parfum autour d'elle, qui flottait de manière légère, presque infinitésimale, et qui donnait au crime qu'il avait vu une force de rémanence. C'est cette odeur qui laissait le crime profondément inscrit dans sa chair ; un mélange de santal, de jasmin… et de cire. Mon dieu… quand avait-il déjà senti ces parfums réunis ?

Mais le plus effarant était ailleurs. Il avait tout de suite remarqué que les doigts de la morte avaient serré le bouquet sans qu'on les y force, dans une pause douce, et ne s'étaient raidis qu'après. Comme si la morte avait assisté, fleurs à la main, à la mise en scène de sa propre mort.

Borluut se tenait debout, immobile au milieu de la pièce, encore halluciné par ses propres rêveries, lorsqu'il entendit derrière lui la porte qui jouait sur ses gonds ; un brigadier qu'il ne connaissait pas entrait dans le salon rose. Il se dit que le grand hall d'entrée devait commencer à fourmiller de toutes sortes d'agents et d'officiels.

– Lieutenant Borluut ?, demanda-t-on d'une voix douce.

– Oui ?

– On m'a dit de vous dire que la personne que vous cherchiez était en bas ; c'est moi et mon équipier qui l'avons trouvée, rue des Sirènes.

– Qui ?

– Euh, le clodo… celui qui vit par ici !

Borluut sursauta, un grand sourire lui barrant le visage.

– Ah ! Excellent !

– Il est gentil comme tout, peut-être pas clair dans sa tête, mais gentil comme tout. Il n'est pas bavard non plus, remarquez.

– J'arrive, je descends.

Et puis, après un léger temps de réflexion, Non, non, montez-le plutôt, et qu'on nous laisse tranquilles.

Quelques instants plus tard, la même porte s'ouvrit et laissa passer le même brigadier, un peu plus enhardi et souriant, un second individu que Borluut imagina être son équipier, et enfin un petit être mal emmanché, hésitant, qui regardait fixement le sol, et suivait passivement les agents.

– Laissez-nous, s'il vous plaît, ordonna Borluut. Et le dépit apparut sur le visage des brigadiers mobiles qui s'exécutèrent pourtant.

Alors qu'ils sortaient, Borluut crut entendre le petit bonhomme grommeler quelque chose.

– …Vous dites ?

– Je dis qu'il y a de plus en plus de monde par ici.

# IX

JUIN 2023

## *Mer d'Oman*

– Mais dis-moi, là, maintenant, c'est qui qui sue et pue comme un porc ?

Almayer parlait posément, détachant avec application chacune de ses syllabes. Chaque muscle de ses mâchoires contribuait à l'élocution des mots, comme s'il les mastiquait, comme s'il avait dû se faire comprendre d'un gamin de quatre ans :

– C'est qui le pauvre type qui se demande s'il va finir ses jours mort ou borgne, hein dis-moi ?

Il avait attendu que l'alien s'introduise dans la cabine pour lui coller violemment son canon de revolver dans l'œil. L'autre n'avait rien vu venir, et sa paupière n'avait pas eu le temps de s'abaisser. Le contact de l'acier du revolver et de l'œil avait produit un léger bruit mat et creux. Almayer pensa fugitivement que l'autre, sans les ténèbres du canon rayé du Beretta 92fs, réputé à juste titre comme l'un des plus courts, aurait pu voir la balle de 9 mm parabellum bien menaçante à moins de dix centimètres de son œil.

– Et rentre dans la cabine, aussi doucement que si tu t'apprêtais à marcher sur l'eau.

Pour ce qu'il en voyait, le gars était plutôt du genre charpenté, grand, le mètre quatre-vingt-dix facile, de type latin, avec de longs cheveux noirs et huileux que tenait un élastique. Almayer avait toujours eu en horreur ces similis tarlouzes des bois qui se coiffaient féminin. Il tenait le flingue à bout de bras, et l'enfonça encore. Le canon pénétrait tellement l'orbite qu'il faisait enfler tout l'entour de l'œil ; Almayer ne voyait même plus la mire du canon et pourtant la costaude n'avait ni bougé ni moufté, pas même grimacé. Peut-être un tremblement des cils qui montrait qu'elle n'était pas à la fête.

– Primo, tu la boucles et tu écoutes pépère comme si ta vie en dépendait, ce qui est le cas d'ailleurs. Secundo, tu vas me dire qui tu es... Euh, on n'est pas à une contradiction près ; disons que le secundo supprime de manière provisoire le primo. Tercio, tu vas me dire ce que tu fous là, et tout ça avec un sens du rythme et de l'efficacité. Une seule phrase m'irait bien, sujet/verbe/complément... Et après on voit ce qu'on fait, O.K. ?

L'autre ouvrit la bouche, après quelques secondes, mais pour s'adresser à un hypothétique complice, derrière lui :

– Tu m'avais dis qu'il y avait personne de dangereux sur le voilier, Søren ? C'est qui ce type, hein, Søren ? Il est armé : Beretta 9 mm. Il me le pointe dans l'œil, et il a une autre arme encore sur la couchette : fusil canon scié, 12 mm je crois bien. Tu le connais Søren ? C'est quoi, ça ? Et qu'est-ce que j'en fais ?

Son débit avait été rapide, et ses énoncés incontestablement concis : le Søren en question avait maintenant toutes les informations nécessaires pour évaluer la situation.

Almayer commençait à comprendre qu'il s'y était mal pris finalement : en bloquant de cette manière l'intrus au moment même de son intrusion, il s'était bloqué lui-même. En outre, il l'avait laissé à contre-jour, juste devant le rideau incandescent de lumière, et il ne le distinguait pas suffisamment. Les traits de son visage lui échappaient. Il ne percevait que le reflet méduséen de son unique œil libre, extravagamment dilaté. Œil fixe. Œil froid. L'autre œil, par contre, encombré du canon du Beretta, commençait de pleurer tout ce qu'il pouvait. Une petite larme apparut ; elle s'immobilisa un temps au bout du canon, puis, en prenant son temps, vint le longer et tomber sur le doigt d'Almayer qui se contractait sur la gâchette.

Cette grosse larme chaude mêlée de sueur lui glaça le sang.

– Je m'appelle Sørenson. Søren Sørenson, et tout le monde devrait se calmer !, beugla après un temps la voix du dehors. On vient sans arme, ami. Tout doux, tout doux. Pas d'arme, pas de violence. On est plein de bonnes intentions.

Celui qui bonimentait de cette manière et qui semblait le considérer comme un dégénéré, parlait avec un fort accent nordique.

– Possez fotre arme, Almayer, on a des choses à fous dire… Possez fotre arme…

Et puis avec une petite voix cul-cul la praline :

– Quelqu'un feut fous foir, fous parler… et ce quelqu'un… Comment tire ?… a une proposition à fous faire.

# X

8 JUIN 2023

## *Los Angeles Daily News*

Notre reporter à Hollywood, Jocelyn Mussett a pu rencontrer Birgitt von Storm, la dernière attachée de presse de Paris Hilton qui a bien voulu répondre à nos questions, et nous dévoiler ses réflexions sur la disparition de la belle héritière, il y a désormais dix ans de cela.

JM – *Estimez-vous que toute la lumière a été faite sur la disparition de Paris Hilton ?*

BVS – *Non, bien sûr ; à ce jour nul ne sait où elle est, si elle est heureuse, bien portante, amoureuse, que sais-je ?*

JM – *Vos remarques laissent entendre que vous la pensez vivante. Avez-vous des certitudes en la matière ? Sur quoi se fondent-elles ?*

BVS – *D'abord, nul n'a de certitudes quant à sa mort… Moi… je suis d'un naturel optimiste, et j'insiste…*

JM – *Après dix ans ?*

BVS – *Oui j'insiste pour penser qu'elle est vivante… Je la côtoyais tous les jours ; je travaillais, je dînais avec elle plusieurs fois par semaine, alors si elle avait été dépressive, ou déboussolée comme certains magazines l'ont avancé, si elle avait préparé un geste… malheureux, je l'aurais su, je l'aurais vu, et pas moi seulement. Sa sœur a assuré que Paris n'aurait pu commettre un tel geste… En plus, elle avait une vie spirituelle… enfin religieuse… qui lui interdisait ce genre de chose.*

JM – *Paris Hilton, une vie religieuse et spirituelle ?*

BVS – *Mais vous ne savez pas tout !*

JM – *On a parlé d'accident...*

BVS – *Oui, mais pourquoi a-t-elle disparue, alors ? Des accidents, il y en a partout, tout le temps, et les gens ne disparaissent pas. Alors imaginez Paris Hilton, la plus connue des stars, sans cesse survolée, poursuivie, filmée, photographiée... et par ailleurs sans cesse accompagnée par deux gardes du corps : comment aurait-elle pu disparaître accidentellement ? Les gens ne tombent pas dans des trous comme ça ! Ils ne s'envolent pas... excusez-moi* (sanglots), *donc ils ne s'effacent pas ainsi... C'est comme si elle n'avait jamais vraiment existé : a-t-on déjà entendu une chose aussi terrible ?*

JM – *Certains journalistes parlent d'une piste criminelle, voire politique et criminelle...*

BVS – *Vous voulez parler de la piste terroriste, anarcho-chépas quoi ?*

JM – *La thèse anarcho-terroriste que soutient un journaliste italien...*

BVS – *Absurde !*

JM – *Rien de plus ?*

BVS – *Non, tout simplement absurde.*

JM – *On prête aussi à Paris Hilton des fréquentations sulfureuses..., et même... comment dire, politiquement délicates... Qu'en pensez-vous Birgitt ?*

BVS – *No comment ! Absurde !* [...]

(Interview interrompue à l'initiative de Birgitt von Storm).

Propos recueillis par J.M.

# XI

NUIT DU 27 AU 28 AOÛT 2022

## *Bruges – 15 rue de la Digue*

– C'est vous qui avez prévenu les autorités… ?

Un long silence suivit la question de Borluut. Le pauvre homme qui lui faisait face affichait un regard complètement effaré, perdu… Un regard vagabond, incapable de fixer dans les yeux.

Borluut soupira, intuitionnant la montagne de nœuds psychiques qu'il avait devant lui. L'interroger nécessiterait d'y aller *mollo* et même *moltissimo*, et il se dit que la nuit n'y suffirait pas. Or, il y avait urgence pour Borluut. Le seul moyen pour conserver l'affaire était que le vieux chnoque en face de lui donne de la matière, produise un élément, un témoignage utilisable et qui commencerait l'enquête et l'attribuerait nécessairement à Borluut. (*Voir Décret 2– 2015. Police du roi*).

Mais défaire les nœuds, ça avait jamais été son truc à Borluut. Il avait souvenir des leçons de son père, lorsqu'il était petit gars, qui cherchait à lui enseigner les rudiments des nœuds de débardeur réputés tenaces, mais il n'était jamais parvenu vraiment ni à les faire, ni à les défaire. Et là, avec l'apparent déchet humain qu'il avait sous les yeux, clos sur lui-même, ramassé, replié, le menton à quelques centimètres des genoux… il ne voyait pas comment s'y prendre.

– Vous avez un nom ?, murmura-t-il.

– Jean.

– Jean comment ?

– Jean de Sainte-Barbe.

Malgré la confusion de l'élocution, Borluut reconnut l'accent français. Et le nom même résonnait de souche française, et même la plus ancienne. Mais Borluut se dit que chez ce genre de type, on se forgeait quotidiennement des appellations non contrôlées :

– Sainte-Barbe ? C'est le nom de la rue, du village où vous êtes né ? C'est là où vous habitez peut-être ?

Et en désespoir de cause :

– C'est votre barbe... c'est parce qu'elle... est belle... alors, on vous appelle comme ça ?

Le vieux regarda Borluut sans comprendre, et avec un ton légèrement froissé, et un pli qui lui barrait le front :

– Non... c'est ainsi que je m'appelle... depuis tout petit... On appelle ça un nom de famille, monsieur... Remarquez, c'était aussi le nom du village, et de la maison dans laquelle j'habitais... Enfin si on peut appeler ça une maison... Je suis Sainte-Barbe de Sainte-Barbe... Et merci pour le compliment, ajouta-t-il en se touchant la barbe, qui était fort épaisse et sale, nouée et mitonnée.

– Date de naissance ?

– 8 décembre 1982.

« Fion d'oie ! », se dit Borluut. Ce gars a à peine quarante ans, et il en porte vingt de plus. Ses yeux se cachaient derrière une ou deux couches de peau violacée. Son nez, archimboldien, était tout en excroissance et lui mangeait la moitié du visage. Et partout une peau épaisse, couperosée, crevassée et météoritique.

– Est-ce vous qui avez appelé ?...

Sainte-Barbe coupa immédiatement :

– Non, moi j'appelle personne... ni les morts, ni les vivants... Moi, j'entends des trucs, mais j'appelle pas...

Borluut se rapprocha alors de Sainte-Barbe, malgré une répugnante odeur qui émanait de lui, et poursuivit l'interrogatoire :

– Est-ce que des gens savent que vous habitez là parfois ? Est-ce que vous en avez déjà parlé ? Et avez-vous parlé de ce que vous avez vu ou entendu à quelqu'un ?

Le pauvre grimaça, et parut se replier encore plus. Il était recouvert d'un pardessus de flanelle trop grand pour lui, et Borluut peinait à circonscrire la forme qu'il avait devant lui ; il aurait été incapable de situer les épaules, les extrémités des doigts, les genoux ; même les pieds avaient disparu sous le manteau. Le type se chiffonnait à vue d'œil, et ne montrait plus que le haut du crâne, tonsuré naturellement par une calvitie squameuse et sanguinolente. Borluut en eut un petit haut-le-cœur :

– Vous voyez, reprit la cloche timidement, d'une voix à peine audible, moi, je ne fréquente personne, et personne ne me fréquente. Solitaire, voilà ce que j'suis.

– Mais vous habitez bien ici ?

Un long silence et l'homme s'était immobilisé, à ce point que Borluut se demanda s'il ne s'était pas assoupi. Et puis Borluut vit un léger éclat derrière les paupières lourdes.

– Non ! J'suis parti depuis longtemps. C'est maudit ici. Il y a des bruits, des grincements. Des fantômes. Et puis il y a des voix, des plaintes. Remarquez, pas des voix qui menacent, qui veulent faire peur… Non… Mais c'est presque pire, car ces voix, elles vous demandent de l'aide. Elles appellent… comment dire ? Elles appellent au secours… et moi, j'aime pas ce genre de phénomène. On sait pas ce que ça vous réserve, ces voix qui se plaignent.

Borluut se disait que ce type était proprement démonté du carafon ; que s'il avait dû croiser une telle loque dans les couloirs de l'hôtel particulier en pleine nuit, lui aussi aurait cru aux fantômes.

Après sa petite tirade phobique, le vieux parut s'éteindre doucement, comme une bougie qui vacille. Il s'assit, se recroquevilla, tira sur lui les pans de son manteau, et rangea ses yeux après avoir regardé autour de lui. Le lieutenant eut peur qu'il ne se fane définitivement.

– Comment ça ? Vous avez fait des rencontres ? Vous n'étiez pas seul ?

L'autre poussa un grognement.

– Ça a commencé il y a quelques jours…

– Combien ?

– Sais pas.

– Il y a trois jours, dix, quinze ?...

– Non, plutôt vingt nuits à peu près, répondit le vieux après réflexion, avant de reprendre son récit. J'aime venir ici le lundi soir, parce que la rue d'à côté, elle est plein de restos, et après le week-end, c'est festin dans les poubelles. On mange bien ici le lundi soir ; on mange bien aussi le mardi, mais après ça se gâte. Donc le lundi, j'viens dormir par ici, et j'viens crécher, au deuxième. J'ai la petite porte de l'office. Moi, j'ai jamais rien cassé. Cette porte, elle s'ouvre si on sait y faire. Alors cette petite porte, avec son système ancien - une clenche à sautoir - tous les lundis soirs je la fais sauter de la même manière (*il grogna légèrement*) et je la referme avec autant de soin quand je m'en vais. Vous comprenez, faudrait pas que n'importe qui rentre là-dedans. C'est trop beau. Les tapis, les cheminées, les lustres, le grand vestibule, les boudoirs, tout ça, c'est pas pour les autres...

Borluut se demandait où voulait en venir le pauvre homme, mais se retint de l'interrompre, se disant qu'à un moment de l'histoire, ils allaient bien arriver dans la bonne pièce et qu'il aborderait le bon sujet. Il tendait l'oreille, tant l'élocution du pauvre homme était difficile. Ses lèvres semblaient pâteuses et collées ensemble.

– ...Et ce lundi soir, la petite porte était ouverte quand j'suis arrivé. Quelqu'un l'avait ouverte. Enfin, j'crois. Ça m'a un peu étonné, mais faut dire que comme j'avais bien mangé, j'avais bien bu aussi, et j'avançais pas droit, et pas droit non plus dans ma tête. Et j'suis monté direct dans la chambre que j'occupe là-haut au deuxième.

Silence dans le salon rose.

Des craquements se faisaient entendre dans les couloirs de l'hôtel particulier. Des gens, en nombre, se dirigeaient vers la gisante. Cinq ou six personnes, pensait Borluut. « Sans doute les experts de la judiciaire » se disait-il. Devait-il les rejoindre ? Devait-il continuer à serrer le vieux fou ?

– Dites-moi, mon cher, il m'a semblé vous entendre parler de voix... Vous pourriez nous en dire plus ? Ça devait être le lundi, quand vous êtes entré, et que la porte était déjà ouverte et avait été forcée ?

À ce moment, le vieux sursauta légèrement :

– Non !

– Pardon ?

– Non ! Elle n'a pas été forcée, la porte…

Borluut s'impatientait.

– Mais, vous avez vous-même dit que vous aviez trouvé la porte…

– Oui, j'ai dit « ouverte », mais pas « forcée ». Celui qui a fait ça, et bien il sait ouvrir, comme moi, ce même genre de porte. C'est certainement un vieux de la vieille, comme moi, vous voyez ; il aime bien dormir chez les autres comme s'il était chez lui… *Dignus est intrare.*

– Pardon ?

– Molière ; il a le droit d'entrer, il le mérite. C'est un esthète de l'importunisme en quelque sorte : il rentre, il sort, un souffle et personne le voit…

– Vous lisez le latin ?

– Rarement ; mais je le lis comme je lis le français, ou le grec, ou l'italien.

Borluut s'empressa de sortir son carnet sur lequel il avait noté la phrase latine de l'étiquette piquée sur le talon de la jeune femme.

– Sauriez-vous me dire ce que signifie ceci ?, demanda-t-il en lui tendant son carnet. Sainte-Barbe lut :

« *Iamque iterum moriens non est quicquam questa* ».

Il réfléchit à peine et traduisit :

« Et mourant aussitôt pour la seconde fois, elle ne proféra aucune plainte… »

– Ah ! Quel intérêt ?, demanda Borluut en regardant le calepin.

– Ovide, dit Sainte-Barbe.

– Pardon ?

– C'est un vers des *Métamorphoses* d'Ovide. Elle, c'est Eurydice. L'histoire d'Orphée. L'un des plus beaux passages de la poésie latine.

– Mais encore ?

– Eurydice, mordue au talon par une vipère, meurt le jour de ses noces. Orphée, son époux, se lamente d'une mort aussi injuste.

– Et… ?

– Les enfers lui accordent qu'il l'enlève et la ramène dans le monde des vivants, mais il ne doit pas se retourner jusqu'à la sortie des enfers.

– Aïe !

– …Mais il ne peut s'empêcher de la regarder pour savoir si elle le suit ; malédiction…

– Aïe !

– …elle retourne aux Enfers : elle meurt une seconde fois. Sans se plaindre car elle sait qu'elle est aimée. Voilà. Ovide raconte tout cela un peu mieux.

Borluut s'était empressé de tout noter, avec sérieux et application. Comme un bon élève.

– Je vous remercie, monsieur… de Sainte-Barbe. « Morte une seconde fois », dites-vous. Je ne vois pas à quoi ça rime.

Un silence, pendant lequel Borluut interrogeait Ovide, puis :

– Revenons maintenant à votre récit : quelles étaient ces voix que vous entendiez ? Les voix qui, elles, se plaignaient ?

– Au début, ces voix se sont mêlées à mes rêves. Et puis il y a eu une plainte plus forte que les autres, et je me suis réveillé ; j'étais en sueur, alors que la chambre était froide. La voix venait de l'intérieur de la maison…

– Alors ? Voix comment ? Voix d'homme ? Voix jeune ? Voix de jeune garçon ?, coupa Borluut, qui était un peu perdu.

– Non, c'était la voix d'une femme… Une voix jeune et triste, qui pleurait tout doucement, qui râlait… Pour autant que je me souvienne, la première fois que je l'ai entendue, éveillé, la demoiselle prononçait quelques mots mais les autres fois…

– Comment ça ? Quelles autres fois ? Et quels mots ?

Borluut sentit que les événements pouvaient se précipiter. Sainte-Barbe commençait à produire de la matière.

C'est à ce moment-là que la porte s'ouvrit à nouveau, laissant passer celui que Borluut redoutait depuis le début de sa découverte, le procureur du roi. Borluut, par le passé, avait déjà eu affaire à lui. Il s'agissait d'un grand escogriffe, plutôt neutre, incapable de produire des phrases abouties, et obsédé par l'idée de faire des bourdes. Ainsi semblait-il toujours marcher sur la pointe des pieds, craignant de déranger, et à une vitesse proche du néant. Il ne parlait pas vraiment, mais chuchotait, et attendait un temps infini avant de prendre la parole pour être sûr que tout le monde l'entende, mais sans jamais exiger le silence. Il était ce soir étonnamment habillé d'un costume sombre satiné qui semblait trop petit pour lui, et qui laissait dépasser des chaussettes blanches de sport sur lesquelles on devinait des traits rouge et bleu pour seul motif; le tout s'achevait sur une paire de chaussures noires et cirées de manière exagérée. Borluut le regarda venir à lui les yeux plissés, en inclinant la tête, et se dit que de cette manière-là, on avait l'impression qu'un point d'exclamation se promenait maladroitement sur le vieux parquet. Borluut convint avec lui-même que c'était à lui de prendre les choses en main, et il devança le point d'exclamation :

– Monsieur le procureur du roi, dit-il en chuchotant, prenant un ton officiel, le témoin ici présent, monsieur de Sainte-Barbe…

À ce moment-là, le procureur, visiblement fort étonné des égards dont on accompagnait le triste sire, se pencha de côté pour l'examiner, et tout son être, ses sourcils, ses yeux, ses lèvres légèrement entrouvertes, se fit interrogateur… Il considérait le clochard et l'enquêteur en face en lui avec une stupéfaction lente, en clignant des yeux.

– Oui, Sainte-Barbe, reprit Borluut avec un air mystérieux, était présent sur les lieux au moment du crime ; il s'agit donc d'un « témoin d'enquête de niveau 1 », et je vous demande monsieur le Procureur que vous me… que vous nous confiiez l'instruction.

À aucun moment Sainte-Barbe n'était parvenu à un tel degré de témoignage, mais il fallait forcer le destin, se disait Borluut. Il était convaincu que la boîte de conserve allait bientôt s'ouvrir, et il remarqua avec bonheur que le procureur n'avait, pour le moment, montré aucune réticence.

– Comprenez bien que le témoin a... Comment dire ?... établi des ponts avec nous. Des confessions... On le tient, alors même qu'il est fort difficile à manœuvrer : maniaque, dépressif, même phobique... Je vous ferai mon rapport dès ce soir, vous verrez...

Le procureur ne mouftait toujours pas ; il semblait attendre... Quoi ? Borluut n'en savait strictement rien ; il entreprit rapidement de lui faire un topo de la situation, « avec intelligence », se disait-il, sans trop raconter. Il ne fallait pas que la morte le dépasse trop et que le cas exigeât les pontes de la criminelle. Montrer une certaine urgence ; mais sans trop d'exagérations. Montrer que, puisqu'il était le premier sur les lieux, lui, Borluut s'imposait. Il lui expliqua alors la jeune femme, sa beauté, sa blondeur, sa nudité, la violence de la mort... mais il éluda l'étiquette, les punaises dorées et la mise en scène.

À la fin de l'exposé, le procureur regarda à nouveau Sainte-Barbe, puis Borluut droit dans les yeux... Manifestement, il réfléchissait et mesurait les probabilités catastrophiques de toutes les options, et sans doute les conséquences pour ses propres fesses... Puis le sismographe indiqua la bonne option :

– Lieutenant, conclut-il en un murmure qui força Borluut à s'approcher presque intimement des lèvres de la justice. ... Vous avez jusqu'à douze heures zéro-zéro... Et sur mon bureau avec le témoignage d'enquête... Mais discrétion absolue pendant tout ce temps, et soyez efficace. Sinon police judiciaire...

Et il s'en alla comme il était venu, avec cette même démarche légèrement exclamative, en noir et blanc, avec deux traits rouge et bleu.

Et puis après un gros soupir, Borluut revint vers Sainte-Barbe :

– Bien, si on en revenait à nos voix...

# XII

JUIN 2023

## *Mer d'Oman*

Au lieu de se calmer, Almayer s'était contracté à l'énoncé de son nom, et dans le même temps, il avait encore accentué la pression sur la crosse du revolver : il crut entendre pour la première fois dans la bouche du latino un petit couinement.

Il se mit alors à réfléchir, et ça faisait longtemps que ses neurones n'avaient pas mouliné à une telle vitesse. Il se dit d'abord qu'il avait soif : il se serait bien encore enfilé un verre de Maotai, ou deux; il se dit aussi que dans cette histoire, rien ne sentait bien bon : l'accent iceberg du dénommé Søren laissait deviner l'homme à toute solde; le sang-froid du gus au canon dans l'œil évoquait le gros bras surentraîné, et tout cela respirait un niveau de préparation élevé et l'équipe prête au coup de poing et bien déterminée. Non seulement ils le connaissaient - en tout cas Søren le connaissait, et c'était lui qui semblait mener la danse -, mais ils avaient su le trouver au milieu de nulle part. Non pas qu'Almayer se cachait, non pas qu'il fuyait, mais tout de même, *a priori*, il était devenu sacrément discret, voire invisible. Leur résolution n'avait pas besoin d'autre démonstration. Ils ne le lâcheraient pas.

Il devenait également clair que rester dans la cabine comme dans une boîte, sans regard sur ce qui se passait sur le pont, serait une erreur.

– Le viking, tu entends ?, reprit-il, la voix haute. Le canon de mon revolver est placé dans l'œil de ton pote. S'il fait un mauvais pas, je lui explose l'œil. Je suis bien compris ? Alors ta copine, là, va reculer, aussi lentement qu'un caméléon peut le faire, et toi, tu bouges pas.

Ils firent, le latino et lui, un pas, l'un en avant, l'autre en arrière, montant l'escalier qui permettait de sortir de la cabine. Il vit alors pour la première fois, assez nettement, la tête du Scandinave : cinquante ans, une tête trop grosse, les cheveux blancs, un front bas, les yeux sombres, un nez bulbeux et renifleur, un visage dur, définitivement une allure de faune et une physionomie malfaisante ; et il vit aussi dans ses yeux une expression hésitante, comme des yeux hagards qui cherchaient quelque chose en vain.

Mais au moment de sortir de la cabine, il comprit qu'il s'était trompé. Les yeux disloptiques du Scandinave n'erraient pas, mais allaient d'Almayer à un point situé juste au-dessus de son crâne, là où il entendit un fracas de cymbales, si puissant qu'il lui évoqua immédiatement les bacchanales de cuivres de « La Danse Sacrale » du *Sacre du printemps,* la sixième et dernière danse du second tableau : trop désordonnée, trop inattendue, trop bruyante, il n'avait jamais vraiment aimé. Il se souvenait d'un concert, il y a dix ou quinze ans peut-être, à Philadelphie : une véritable foire à la cacophonie. Il se rappelait ce jeune altiste, blond, fin et délicieux, élégant dans ses mouvements d'archet, qui cherchait avec ses mains à se protéger les tympans. Curieusement, c'est à cet altiste apollinien qu'il pensa en s'écrasant sur le pont en bois du bateau, avec un léger sourire, tout en se disant : « Merde, ils étaient trois... »

# XIII

9 JUIN 2023

*Los Angeles Daily News*

La disparition d'une étoile :
la vie de Paris Hilton (extraits)« Parfum de star »,
par Jocelyn Mussett

« *[…] Un épisode reste significatif dans la vie de Paris. En avril 2013, elle exige de la part du directeur technique de* PH-*Cosmetics l'ajout d'une certaine substance - encore pour nous secrète – dans le nouveau parfum que Cosmetics s'apprête à commercialiser. Comment a-t-elle eu cette idée ? D'où vient cette substance ? A-t-elle un rôle dans les fragrances si particulières de* Negative PH. *? On le sait, la jeune femme était capable d'intuitions fulgurantes et nul, alors, ne pouvait l'arrêter. Mais cette substance s'est révélée complexe à manipuler, notamment lorsqu'il s'est agi de l'amalgamer aux autres composants : les chimistes ne parvenaient pas à poser la juste température du mélange. On dit que Paris essayait elle-même certaines manipulations dans l'une des suites de l'hôtel Hilton Molino Stucky de Venise qu'elle occupait depuis peu à l'année. On dit aussi que c'est Paris en personne qui obtint la première fois le bon compromis, après avoir oublié dix flacons dans l'immense frigo des cuisines de l'hôtel, entre fruits, légumes et viandes suspendues.*

*Légende ou réalité ? L'alchimie parfaite entre les mains du hasard, comme le fameux mélange du Docteur Jekyll…*

*[...] En tout cas, ces dix flacons, croit-on savoir, auraient été inclus dans la fameuse série des flacons numérotée de 001 à 050 disséminés dans le monde (même si quelques-uns seraient encore introuvables) qui font la joie - et la fortune – des collectionneurs du monde entier. [...]* »

# XIV

28 AOÛT 2022

## *Bruges – Quartier du port*

Partout sur le port, on entendait les machines-portiques géantes s'affairer sur les docks, manœuvrer et transborder les conteneurs, dépoter et empoter leurs marchandises, charger des cargos qui bientôt s'en iraient vers Bombay ou Santiago du Chili.

Les quais d'abord, puis les longues rues fines et grises qui s'étiraient vers la ville basse.

Au centre de ce vaste labyrinthe d'entrepôts et d'habitations, une ruelle plus sombre et plus triste : des petits pavés, des petites maisons étroites, des rideaux ternes ; une rue qui, d'un côté, n'allait vraiment nulle part et de l'autre, s'arrêtait brutalement dans les eaux du port.

Cette ruelle, presque toujours vide, ne montrait rien de ce qu'on pouvait voir ailleurs : pas de gamins, pas de tricycles ; pas de mamans, pas de nourrices ; pas de promeneurs. On n'y voyait qu'un vide allongé sur plusieurs centaines de mètres, et ces hautes maisons de deux étages qui l'encadraient.

C'est au beau milieu de cette fin de monde, dans une petite maison fatiguée, que Borluut habitait. Lui ; son père ; son frère.

Le père Borluut, un ancien docker, était un homme abîmé, qui se voûtait et se ramassait chaque jour un peu plus. Il boitait salement depuis un accident de transbordement, six ans auparavant, et ne s'était jamais remis de la fuite de son épouse. Son regard bas, injecté en permanence d'un alcool mauvais, paraissait sans cesse la chercher et l'appeler, jusqu'à la résignation triste.

Borluut, qui s'empressait de terminer son rapport pour le procureur, l'entendait traîner les pieds derrière la porte de sa chambre ; au rythme lent des sirènes des portiques du port. Dans un sens, puis dans l'autre. Comme un fantôme.

RAPPORT DU LIEUTENANT DE 3E CATÉGORIE DE LA POLICE DU ROI,
JORIS BORLUUT, CIA BRUGES-NORD

*« [...] Il est à noter que le témoin, le dénommé « de Sainte-Barbe » dit ne pas faire usage de drogue, qu'il n'est pas traité par médicaments, convient qu'il fait consommation d'alcool, mais qu'il conserve toute sa lucidité. Il a par ailleurs reconnu s'être endormi, plusieurs fois, entre 23 h 00 et 01 h 00 du matin dans la nuit du six au sept août 2022.*

*Le lundi 6 août, vers 23 h 10, alors qu'il s'apprêtait à passer la nuit de manière illicite au second étage de l'immeuble précisé ci-dessus, ledit Sainte-Barbe affirme avoir entendu une voix de femme, jeune et claire, qui, selon lui, paraissait se plaindre. Il a ainsi entendu distinctement les mots et phrases suivantes :*

*– Non, ne me faites pas de mal ! (répété « une bonne dizaine de fois »).*

*– Je vous en prie.*

*– Que voulez-vous ?*

*– Laissez-moi. (répété trois ou quatre fois à des moments différents).*

*– Qui êtes-vous ?*

*– J'ai mal, j'ai mal. (répété de manière de plus en plus étouffée « une bonne dizaine de fois »)*

*– Pourquoi ?*

*Il a précisé après nos questions que la voix se faisait de moins en moins claire, et qu'elle faiblissait à mesure que la nuit progressait. Il a tenu à ajouter que, sans cesse, il y avait des sanglots, « longs et faibles », ou des cris, plus brefs. Selon lui, les plaintes auraient duré près de trois heures. Il a notablement souvenir que le beffroi sonnait une heure du matin, et qu'il entendait encore la voix, très plaintive.*

*Nous lui avons alors demandé pour quelle raison il n'avait pas porté assistance à la jeune femme. Sa réponse est devenue confuse, et nous la retranscrivons sommairement (voir la minute du brigadier Carbone pour plus de précisions-pièce jointe n°3) :*

*« Ce n'est pas une femme, nous a-t-il dit, mais une voix ; les voix sont aériennes, immatérielles, irréelles : ça ne s'attrape pas ; il y a rien à y faire ; elles sont là pour être écoutées. »*

*Il n'a pas été capable non plus de nous préciser la localisation précise « des voix » ; il nous a dit qu'elles étaient partout ; qu'elles sortaient du plancher, des murs de la maison, de la cheminée. Curieusement, ledit Sainte-Barbe est convaincu que cette voix et ces plaintes sont « objectives » - ce sont ses mots – et il a précisé, « réelles ».*

*Il est important de noter que dans un demi-sommeil, il lui a semblé entendre une voix masculine. Elle lui a « rappelé la voix du curé de son enfance », à la fois douce et sévère. Il l'a entendue quelques secondes, mais ne « jurerait pas qu'elle ait jamais existée [...] ».*

Borluut leva les yeux de l'écran de son ordinateur. Il voyait la tapisserie démodée de sa chambre, les courts rideaux tristes qui encadraient la fenêtre et, plus loin, de l'autre côté de la rue, la maison de Barbara, la fenêtre de sa chambre, ses volets clos, inhabitée depuis des lustres.

Au plus loin de ses souvenirs, cette maison et cette fenêtre avaient constitué son seul paysage. Et Barbara, son seul horizon.

Ils avaient le même âge, et avaient grandi sans trop se quitter. Lorque le petit Joris eut cinq ou six ans, il prit Barbara comme souffre-douleur. Sur le chemin de l'école, qu'ils parcouraient chacun sur son trottoir, il lui jetait au visage toutes sortes d'objets : ballon, caillou, boîte de conserve. Il aimait attirer les chiens du quartier qui l'effrayaient ; l'éclabousser quand il pleuvait. Elle ne pleurait pas ; se plaignait peu.

À onze ou douze ans, ils étaient devenus collégiens, et elle acceptait avec la même tranquillité son sadisme adolescent. Il se moquait de ses robes trop courtes, ou trop colorées, de ses petites lunettes quand elle dut en porter, de sa petite poitrine quand elle se forma.

Elle, pinçait les lèvres ; pas plus. Il se souvenait aussi qu'à la même époque, la voir et lui parler provoquait en lui un serrement de cœur qui le mettait mal à l'aise et lui échauffait les joues et les oreilles ; il lui arrivait de bégayer.

À quinze ou seize ans, elle tenait sa revanche, et les jours chaumés, dans sa chambre de petite fille qui leur servait de nid d'amour et dont il voyait maintenant les volets, elle lui en avait fait baver. Dire qu'il était mordu d'elle serait loin du compte ; il se remplissait les yeux de ses cheveux, blonds et longs, de sa silhouette de jeune femme aux formes épanouies, de sa façon de se coiffer, de s'asseoir à côté de lui, grand sourire et jambes croisées. Il était ferré et elle tirait sans pitié, jouant sur sa jalousie, jouant de ses charmes… Et se refusant à lui. Il se rappelait nettement leurs querelles, que sa jeunesse lui dessinait comme des tragédies, et il était rare que ces journées ne se terminent pas sans que le monde s'effondre autour de lui.

Il restait alors de longs moments allongé seul sur le lit de Barbara. Elle, de son côté, faisait mine de pleurnicher dans sa minuscule salle d'eau, en lâchant des mots cruels et définitifs. Lui, regardait de l'autre côté de la ruelle, sa maison, sa fenêtre et sa chambre, s'étonnant de s'inscrire si intimement dans ce paysage inversé, dans ce tableau qu'il voyait depuis tout petit.

C'est de cette chambre, par cette fenêtre en miroir qu'il vit, une fin d'après-midi, sa mère passer la porte de la maison pour la dernière fois, et s'en aller. Elle courait les bras ouverts, sans doute pour se jeter dans les bras de ce marin américain qui était venu accoster quelques semaines auparavant avec le *s.s. Vandine*.

Et puis un jour, les volets de l'autre côté de la ruelle ne s'étaient plus ouverts et la porte était restée close. La mère de Barbara avait dit au jeune garçon qu'elle était partie, et avec des propos confus, lui avait avoué qu'elle « traînait » avec un vaurien.

Il avait vite appris qui était le rival : un jeune gars violent, un des petits caïds du quartier des docks, mêlé à tous les trafics du nouveau port. Il avait harponné Barbara, près du café du vieux Schulz, là où quelques samedis soirs d'été, on improvisait des petits bals. Il se faisait appeler Manolo et se destinait au métier de marinier.

On le retrouva quelques mois après son début d'idylle avec Barbara, sur la surface plastique et huileuse du bassin du port, à flotter entre deux eaux, les bras en croix et regardant le fond, avec juste un poignard dans le dos en guise de nageoire...

Borluut s'en était mollement satisfait. Il n'avait jamais revu Barbara.

Un bruit dans le couloir. Il reprit son rapport :

*« [...] La même voix de jeune femme s'est fait entendre trois jours après, soit le 9 août 2022, alors que monsieur de Sainte-Barbe s'apprêtait à nouveau à prendre possession de la chambre du second étage qu'il occupe sans autorisation. Il était dans le corridor qui mène à « sa » chambre, lorsqu'il a entendu un léger cri de femme. Il s'est rappelé les voix des jours précédents, et a voulu repartir ; mais pour une raison qu'il n'a pas su préciser, il est rentré dans la pièce pour finalement y passer la nuit. Il dit avoir été réveillé plus tard par des gémissements féminins, et émis, d'après ses témoignages, par la même voix de jeune fille. Il s'est montré catégorique à ce propos : la voix, toujours la même, était désormais très faible, et plus basse, parfois rauque : on entendait des plaintes continues, des sanglots, mais aucun mot distinct. Le témoin n'a pas su dire à quelle heure ces sons ont pu être entendus. Il assure s'être endormi à nouveau.*

*Le témoin assure avoir été réveillé au petit matin par un bruit de verre cassé, et un léger remue-ménage. Il pense que le bruit provenait d'un étage inférieur. Il lui a semblé que la voix s'était « réveillée » quelques instants, qu'elle avait gémi. Puis le plus complet silence.*

*Il a quitté l'adresse quelques minutes après sans rencontrer personne, et n'y est plus retourné par la suite, convaincu que l'hôtel était, nous le citons : « malfamé et hanté »*

*Après cette date, le témoin n'a plus pénétré dans l'hôtel particulier du 15, rue de la Digue. Il faut remarquer que ce n'est pas monsieur de Sainte-Barbe qui a prévenu le parquet de la présence du cadavre.*

*Bilan : l'agonie aurait duré trois jours.*

*Le témoignage de monsieur de Sainte-Barbe et les premiers éléments de l'enquête indiquent qu'il faut poursuivre une investigation sur le territoire. Je demande la mainmise sur le dossier et le secret de l'enquête jusqu'à l'établissement du rapport légiste.*

*Le 28 août 2022,*
*Pour le Roi*
*Lieutenant Joris Borluut, Bureau Bruges-nord du* CIA, *[…]* »

# XV

JUIN 2023

## *Mer d'Oman*

Almayer, pour la troisième ou quatrième fois, reprenait conscience. Il avait un monstrueux mal de crâne. Il ouvrit les yeux, mais pour se voir immédiatement couler à nouveau dans le néant.

Une heure, ou deux, puis il refit surface ; ses yeux clignèrent douloureusement et il promena lentement un regard circulaire autour de lui. Il comprit aussitôt qu'il était sur le yacht ; il n'aurait su dire depuis quand, mais il était convaincu qu'il faisait plus sombre qu'au réveil de son précédent évanouissement. Allez, accroche-toi, Al ; il s'attendait à chaque instant à sombrer à nouveau. La tête tournait sacrément. Concentre-toi, bon sang ! Tiens ces putains de paupières bien levées... Pense à un truc lumineux... Il faut que tu sortes de ce satané pâté.

« Quel est ton nom ? Albert Almayer - Comment on t'appelle ? AA, pour quelques-uns, Al généralement pour quelques intimes, American Airlines pour quelques moqueurs à l'époque où t'étais stone 24 h/24, mais ça fait bien longtemps que plus personne ne se moque de toi – Quoi d'autre ? Ah ouais, ton âge ? soixante-trois ans... non, soixante-quatre ans depuis la semaine dernière, et en souriant, il se disait que personne ne lui avait souhaité... même pas lui, « c'est vache ! » - tu mesures un mètre quatre-vingt-douze, tu pèses... disons que tu pesais près de cent kilos avant d'appareiller – tes cheveux doivent être bruns-blancs, mais tu ne fréquentes plus les miroirs depuis plusieurs semaines... - Où tu crèches? Nulle part, mais t'as une tendresse pour Philadelphie, et son port, et ses docks – Ta vie c'est quoi en ce moment?... Bon, c'est O.K. T'es réveillé maintenant... »

On l'avait allongé sur une couchette.

Il porta la main à l'arrière du crâne, car une affreuse douleur le lançait, et il sentit ses cheveux ensanglantés et, sous ses doigts, une énorme bosse qui lui arracha un cri au toucher. Il savait sous sa nuque le tissu de la couchette mouillé de sang. Ils s'étaient contentés de le poser là, sans le soigner.

Visiblement, la compassion ne les étouffait pas.

– Avec quoi ils m'ont cogné?, se demandait-il, et il n'aurait pas été étonné d'apprendre que ç'avait été avec l'ancre du yacht. Il avait soif, faim, et avait l'impression qu'une pâte malodorante et fort épaisse encombrait sa bouche, collait ses lèvres. Sa tête, sa nuque, tout le cuir chevelu le torturaient. L'idée qu'il était grièvement touché l'effleura un temps.

Maintenant qu'il voyait plus distinctement la cabine, sans doute la cabine de skipper du bateau, il se confirmait que celui-ci mesurait plus de quatre-vingts pieds. Tout y était bois précieux, laiton ou cuivre. Les moteurs ne tournaient plus; il s'en rendait compte, mais il demeurait incapable de lever la tête, de se lever, et même le moindre mouvement des yeux le faisait souffrir. La clim du bateau le glaçait. Une capsule ou un verre lui aurait fait un bien fou.

Alors qu'il s'assoupissait encore, il crut percevoir une voix au-dessus de lui, sur le pont, vers la poupe, mais loin, très, très loin : il reconnut le Scandinave, alors que l'autre voix restait mystérieuse; il se dit qu'elle devait appartenir au bûcheron qui l'avait frappé.

Il entendait des mots, à peine des phrases et il n'aurait pas su dire si cet aspect ouateux qu'avait tout ce qu'il entendait était dû à la configuration objective du bateau, de la mer qui tapait la coque et de la clim qui soufflait, ou à la configuration subjective de sa cervelle lessivée. Les voix devinrent soudainement plus audibles; plutôt même des éclats de voix : ça barde là-haut, observa-t-il, et il entreprit de tendre l'oreille de manière plus attentive :

– Tais-toi, Sunny, sembla dire le Scandinave, d'une voix ferme mais sans acrimonie.

Son interlocuteur était manifestement parti dans un long monologue… qui tout aussi manifestement l'envisageait lui et sa situation :

– …Ce type est un bon à rien… saoul… il pue ! (*J'aimerais bien te voir après plusieurs semaines en mer,* pensa Almayer)… Il était proprement perdu en plein milieu de l'océan… (*inaudible*)… plus sa tête… Ce type n'est pas fiable. Il n'y a rien à en tirer. (*inaudible*) Il a complètement décroché… un vieux débris… il est fini.

– Tais-toi, il pourrait nous entendre, coupa le Scandinave.

– Tu rigoles ? Avec ce que je lui ai mis ? D'ailleurs j'aurais dû frapper plus fort, et lui écraser littéralement le pamplemousse à cette vieille baderne… (*inaudible*) S'il crevait, on ferait le boulot seuls, et hop on empocherait… (*J'ai une dette envers toi,* murmura Almayer, *et sa voix résonna douloureusement, lui arrachant une grimace*).

– Arrête, tu délires, répliquait le dénommé Søren, on est embauchés pour le ramener, c'est tout, et c'est ce qu'on va faire ; et on est même bien payés pour ce boulot, je te le rappelle.

– Non mais attends !... Ce gros tas de merde plein d'alcool devrait toucher le pactole tout simplement parce qu'y a dix ans, il… ?

– Une dernière fois, boucle-la, Sunny !

Un long silence suivit ; le Sunny en question paraissait se calmer, ou alors changeait de tactique, ce qui n'était pas une bonne chose à considérer, pensa Almayer, lorsque le dialogue reprit, plus calme, plus posé, plus lointain :

– Ouais, c'est toujours pareil avec toi, Søren… T'as le truc tout beau devant toi, mais t'es pas capable de te décider…

– C'est pas à toi de me critiquer, rétorqua le Scandinave… Je te rappelle que… (*inaudible*)…

Un rire moqueur se fit entendre, sans doute de la part dudit Sunny.

– Moi, tout ce que je dis, reprit celui-ci, c'est que je vois pas à quoi il peut servir… ; c'est un poivrot doublé d'un camé… et camé à l'éther, si tu vois ce que je veux dire… (*inaudible*)… C'est en plus un vieux con… bon qu'à nourrir les poissons…

– Silence !, exhorta le Scandinave.

Almayer décida qu'il devait se remuer et prendre les choses en main ; plus il serait vaillant, moins il aurait de chance de finir en bouffe ichtyomorphe. Il entreprit de s'asseoir, se mit sur son séant, pivota tout doucement jusqu'à ce que ses pieds touchent le sol : c'est alors qu'il sombra à nouveau...

# XVI

10 JUIN 2023

## *Los Angeles Daily News*

La disparition d'une étoile :
la vie de Paris Hilton (extraits) « Et Paris disparut »,
par Jocelyn Mussett

« […] *Curieusement, nul ne saurait dire encore de nos jours quand exactement Paris Hilton a disparu. C'est d'abord au* Molino Stucky Hotel *de Venise que l'alerte a été donnée, le 5 juin 2013. Le majordome de l'hôtel, contrarié de ne pas voir la jeune femme alors que quelques journalistes étaient arrivés pour l'interviewer, a constaté que sa suite – près de 300 m² au dernier étage du Palace – était absolument vide de toute présence humaine, avait été rangée, ordonnée et nettoyée plusieurs heures, voire plusieurs jours auparavant.*

*Rappelons qu'à cette époque le* Molino Stucky Hotel *était devenu l'adresse principale de Paris Hilton, bien qu'elle eût rompu depuis plusieurs mois avec son amant italien, l'arrière-petit-fils de l'écrivain Gabriel d'Anzio.*

*Or on ne l'avait vue ni entrer ni sortir de l'Hôtel pendant les deux jours qui ont précédé cette découverte. Son chien, le fameux Tinkerbell, totalement anémié, était resté attaché au lit, affamé de longue date. Le plus étrange, c'est que les affaires personnelles de la jeune femme avaient été remuées, et certaines avaient disparu.*

*Dans Venise, aucun témoignage n'a été produit – aucun témoignage crédible – disant qu'elle avait été aperçue. Il semblait bien que la jeune femme se fût littéralement volatilisée.*

*On a du mal à imaginer de nos jours la panique et le traumatisme que la révélation de cette disparition a provoqués. Un temps, on a imaginé une espèce de coup monté médiatique, une farce jetée à la face des journalistes, mais il a fallu se faire une raison. Après plusieurs jours et plusieurs semaines, aucun signe tangible de Paris Hilton n'était venu rassurer les fans. Il apparaissait inconcevable que cette femme, tellement présente dans les médias, sur les écrans du monde entier, dans les journaux, dans les livres, s'effaçât.*

*En Italie, où elle était devenue une espèce d'icône locale, on a pu compter plus d'une dizaine de suicides, des filles ou des garçons qui soit s'identifiaient à sa beauté, à sa gloire, soit lui vouaient une admiration amoureuse sans limites. Birgitt von Storm citait des chiffres non vérifiés faisant état de cinquante-quatre suicides recensés dans le monde ayant trait à la disparition de Paris Hilton dans les six mois qui suivirent l'annonce de sa disparition.*

*Ses parents, qui s'installèrent eux-mêmes en Italie pendant quelques mois, auraient tout entrepris pour mettre au jour les raisons de la disparition de la jeune femme. On parle de plusieurs millions de dollars investis en avocats ou en détectives privés. Le* FBI *– et notamment l'Agent Spécial du* FBI*, John Cornwell – a instruit une enquête à la fois détaillée et large. Elle était même dite « prioritaire » par la direction du* FBI*, mais aussi bien en Italie qu'aux* USA *ou à Londres (où la jeune femme avait une autre de ses résidences), on n'a trouvé aucun élément susceptible d'expliquer sa disparition.*

*Il faut souligner que tous les proches de Paris Hilton ont récusé le fait qu'elle ait pu avoir un comportement suicidaire ou qu'elle fût dépressive, et certains ont même laissé entendre qu'elle commençait à vivre depuis peu une nouvelle vie amoureuse et qu'elle était redevenue la joie faite femme. Pour autant, qui était ce nouvel amant ? Cette nouvelle idylle ? Ce n'était pas le moindre des mystères.*

*La dernière hypothèse est celle que certains tabloïds italiens ont soulevée dès le lendemain de sa disparition : la thèse de l'attentat criminel.*

*On sait que Paris Hilton fut l'objet, le 15 septembre 2012, d'une tentative d'attentat imputable à un obscur groupuscule terroriste italien nommé « tête de mort » et il n'avait tenu qu'à la maladresse et à la malchance des terroristes qu'elle gardât la vie sauve. Elle eut pour seules séquelles deux cicatrices dont une qui, si l'on en croyait Paris Hilton elle-même, se trouvait à un endroit de son corps, disait-elle en s'amusant, qu'elle ne saurait montrer, ce qui bien entendu avait laissé perplexes nombre d'observateurs.* [...] »

# XVII

28 AOÛT 2022

## *Bruges – La Morgue*

Le soir tombait.

Tous, Carbone et Ribelle, les deux brigadiers et Borluut, arrivèrent ensemble à la morgue de Bruges, faisant cortège. La morte les avait précédés de peu.

La morgue était située à proximité des docks et avait pris place dans un ancien entrepôt de pêcherie industrielle qui s'était retrouvé désaffecté après les grandes grèves de l'hiver 2015, celles qui avaient mis à terre plus de la moitié des mariniers. Cet espace présentait l'avantage certain de produire un système de réfrigération sophistiqué et puissant ainsi qu'un nombre considérable de vastes frigos. Toutefois, on n'était jamais parvenus à débarrasser les locaux d'une épaisse odeur poissonnière, et tous les employés de la morgue, techniciens, légistes, assistants ou administratifs, s'étaient vus affublés en conséquence du doux nom de « crabes ». À moins que ce ne fût pour évoquer la forte concentration de fumeurs qui se réunissaient dans ces locaux - ils avaient eu droit à une dérogation municipale à cet effet – et qui espéraient tous, par ce moyen, substituer une odeur détestable à une autre.

Le crabe-assistant qui les accueillit était un petit être fluet, jeune – vingt-cinq ou vingt-six ans, estimait Borluut –, fort sec, mais qui s'exprimait avec une voix singulière de baryton. Celle-ci, profonde et forte, emplissait la totalité vaste de l'espace de l'entrepôt, dénommé « pré-chambre n°1 ». La puissance de sa voix, l'écho qui la réverbérait, la vapeur qui sortait de sa bouche et qui se mêlait à la fumée tabagique, donnait à cet être un certain aspect méphistophélique.

– La demoiselle ira se ranger sur ma droite pendant que ces messieurs attendront par ici, vous voulez bien, barytonna-t-il, accompagnant son texte d'une curieuse chorégraphie des mains et des bras.

– Nous devons la préparer pour des sommités bruxelloises, ironisa-t-il ouvertement, et il se tourna alors vers le lieutenant, et avec une douceur dans la voix dont on ne l'aurait pas cru capable :

– ...dont d'ailleurs on m'a tu les noms... Quelqu'un saurait me dire qui doit venir ? Quel légiste ? Vous comprenez... ils ont leurs habitudes... Il y en a un qui désire le corps déjà marqué ; un autre déjà ouvert... Je pourrais même vous en citer un qui les aime déjà autopsiés ; alors pour lui, c'est un café bien fort, un Cristo n°5, une dizaine de signatures en bas des fichiers et des formulaires, et pif-paf (l'allitération résonnait difficilement dans les tons graves), il repart.

C'est à ce moment-là que Borluut jugea que quelque chose clochait dans l'organisation de l'assistant.

– Excusez-moi, coupa-t-il, mais j'accompagnerai mademoiselle partout où elle ira ; comprenez bien que je suis comme son garde du corps ; comment dire, faudrait pas qu'il lui arrive quelque chose, sourit-il.

L'assistant s'arrêta.

– J'entends bien... Je comprends, lieutenant, que vous soyez soucieux de votre... corps, retourna l'assistant qui semblait s'amuser, seul, du double sens de sa phrase – il rigolait en soufflant par le nez, ce qui accentuait le nuage blanc qui l'entourait –, mais le frigo où mes assistants vont la mettre... (nouveau gloussement) culmine à 4°...

– Qu'importe, on va se couvrir, répliqua Borluut se retournant vers ses brigadiers réticents, et vous allez nous faire servir régulièrement des cafés.

Le visage du légiste s'étirait à mesure que Borluut exprimait ses exigences avec fermeté :

– C'est que… j'ai obligation alors de rester avec vous… dans le frigo… à 4°…

Sa voix allait *diminuendo*, et il semblait qu'il se parlait à lui-même :

– Z'êtes sûr ?

Mais sans attendre de réponse, il prit le brancard de la défunte, le poussa avec violence contre les deux portes battantes de la chambre frigorifiée n°1 qui produisirent un bruit métallique et grinçant, et pénétra dans celle-ci :

– Je vous attendrai donc…, promit-il au moment où elles se refermaient. Borluut ne vit aucun autre assistant ; il lui parut alors que le crabe baryton était seul dans ces immenses espaces.

Ils arrivèrent dans la chambre froide quelques minutes seulement après le jeune légiste ; ils s'étaient tous trois couverts de vestes longues à fourrure et de chapkas mises à leur disposition, et tous ensemble faisaient équipage à l'ancienne.

Le corps avait été allongé sur la table d'autopsie, comme Borluut l'avait trouvé, absolument nu. Malgré les lumières de néon, il avait conservé l'air extravagant qu'il avait déjà quand on l'avait découvert et la peau de la jeune femme gardait cet aspect singulier qui lui donnait un éclat et une fraîcheur irréels. Il fallait faire un effort pour imaginer que cette femme sur la table n'était plus qu'une chose parmi les choses, qu'elle ne bougerait plus, ne penserait plus, qu'elle n'aimerait plus. Borluut s'attendait à ce qu'elle s'éveille, qu'elle le regarde et lui sourie ; oui, il aurait bien aimé qu'elle le fît, et il imagina la douceur du sourire que ces lèvres pouvaient dessiner.

Ils convinrent d'édifier autour de la gisante une manière de tente qui l'abriterait d'éventuels regards fouineurs. Discrétion et efficacité avait exigé le procureur. Trois tissus furent suspendus aux plafonds bas de la petite salle d'autopsie et attachés ensemble par du collant et des agrafes vite fixées, faisant au cadavre une sorte de mausolée.

Puis l'attente et le désœuvrement. Tout ce beau monde, vivants et morts, frigorifié, devait patienter jusqu'à l'arrivée des légistes de Bruxelles. L'attente, un temps silencieuse et embarrassée, devint vite bavarde : il semblait bien que l'assistant-crabe n'avait pas tant que ça des vivants pour interlocuteurs.

– ...Vous voyez au début, la médecine, ça m'intéressait pas. Moi, ce qui me passionne, depuis tout petit, c'est les insectes...

Aucune réaction. Beaucoup d'écho.

– Je sais que ça étonne. Les mouches...

Silence froid. Personne n'avait envie de répondre.

– ...Mouches bleues, vertes, mouches à merde, taons, mouches dorées, etc. J'en ai chez moi des centaines de genres et de sous-genres différents...

Il devisait la tête penchée en arrière, en fixant des points indéterminés du plafond.

– ...Y'en a une qui n'existe que chez moi. Nulle part ailleurs en Occident, vous ne pourrez mettre la main dessus. Elle vit ordinairement en Malaisie, et reste très endémique, ce qui est tout à fait remarquable pour les mouches : c'est la *Liriomyza Trifolii*...

Ni Borluut, ni les brigadiers, ne s'intéressaient à la logorrhée du jeune homme qui pourtant poursuivait, imperturbable. L'habitude de parler aux morts sans doute, se dit le lieutenant.

– ...Rare. Luisante. Noire et or avec des yeux extrapolés et incandescents...

Après un temps, en chuchotant :

– Absolument sublime.

Borluut plus que les autres souffrait du froid ambiant et faisait des gestes désespérés en tout genre pour se réchauffer, avec les bras, avec les jambes, qu'il lançait à rythme régulier et de gauche et de droite.

– Mon problème, reprit le petit légiste, c'est que dans la famille, je suis le seul à aimer ce genre de bestiole. C'est vrai qu'*a priori* c'est un peu ingrat.

– Sans blague, marmonna de mauvaise grâce Carbone.

– ...Et on est plutôt du genre médecine à la maison. Papa ne supportait pas que je ne veuille pas faire médecine. Et puis un jour, je suis tombé par hasard, dans la bibliothèque de grand-père, sur un vieux bouquin traitant des insectes, plus précisément des insectes nécrophages, ceux qui bouffent les cadavres.

Il souriait en se remémorant ce moment.

– C'était dingue comme c'était beau ; les planches notamment, très colorées. Un joli petit ouvrage de 1893, et pour la médecine légale, cela aurait pu être important, voyez-vous ; j'en ai fait mon sujet de thèse. Mégnin, l'auteur, vous en avez déjà entendu parler ? Non ? Il entreprenait de montrer que l'apparition successive d'insectes, et d'acariens - mais à ce dernier propos son texte est moins fondé – dans un cadavre permettait de le dater. Bon, c'est une étude qui est restée sans postérité réelle, ...euh pour des raisons pratiques dirons-nous... et truffé de quelques imprécisions...

Borluut ne put s'empêcher de tendre une oreille :

– Et quel est le sujet de son livre ?, demanda-t-il en tremblant devant un Carbone stupéfait.

– Voyez-vous, un cadavre, ça vieillit, je veux dire par là que ça évolue.

Le légiste sautillait d'excitation, ravi comme un gosse qu'on s'intéresse enfin à lui :

– La première phase, qu'on appelle bactériogène, lors des toutes premières heures, voit la matière organique du cadavre commencer sa putréfaction... Période passionnante... Là, vous comprenez combien vivre relève de la tension permanente, de la corde raide. Dès que vous relâchez pépère, je veux dire le corps, dès que la vie le quitte, c'est la destruction, la corruption qui le gagne ; il s'effondre sur lui-même et la négation l'envahit de l'intérieur. Des microbes, quoi ! Quand vous comprenez ça, vous avez peur de vous endormir !

Il ricana avant de poursuivre.

– Or l'action des microbes occasionne l'émission de gaz plutôt odorants. La composition de ces gaz ? Un mélange de... non, passons, bon, fin de la première étape. Ces gaz, à mesure qu'ils se dégagent, attirent les insectes, et dans une moindre mesure les acariens, et leur présence indique assez précisément l'état avancé ou non de la putréfaction. À chaque gaz, sa bestiole. Car tous ces insectes, tous à peu près muscomorphes... euh, des mouches... ont des sensibilités différentes. La thèse de Mégnin est alors évidente : en analysant la population entomologique d'un corps mort, vous avez la possibilité de dater l'heure du décès.

À ce moment-là, sourcils froncés, il se tourna vers la morte :

– Tiens mais j'y songe, votre cadavre, là, sous la tente... il est neutre...

– Comment ça, neutre ?, demanda Borluut.

– Bah, il sent pas ? Enfin, il sent pas la mort... Il traîne plein de parfums étranges, ça c'est sûr, mais en plus de cela, il devrait émettre des effluves propres à la mort. Rien ne résiste aux relents de la putréfaction. Ça fait combien de temps que vous l'avez trouvé ?

– Ça fait maintenant, répondit, soucieux, Borluut, en regardant sa montre... près de trente heures qu'on nous a signalé la morte.

– Ah... alors il devrait commencer à sentir légèrement. C'est curieux, et j'ai le nez pour ça...

Pendant quelques secondes, tous se surprirent le nez levé, à éventer l'air qui les entourait en espérant respirer cette mort que décrivait le jeune homme.

– Reste que, comme je disais, chaque mouche s'intéresse à une chair putréfiée différente, putréfiée à un stade différent. Les premiers « travailleurs de la mort » – c'est Mégnin qui les appelle ainsi -, sont les larves de la mouche domestique, *musca vulgaris*. Apparaissent ensuite, bien quarante-huit heures après, celles de la *Cartunevra*, ou de la *Calliphora*, (c'est la grosse mouche bleue)...

– C'est répugnant !, ne put s'empêcher de dire Carbone. Ribelle s'était endormi. Carbone le regardait avec détestation, se disant qu'il avait dégénéré jusqu'au stade hibernatif. Entre l'opossum et le panda. Quoiqu'il ne fût pas certain que le Panda hibernât.

– Oui, oui, oui... Puis, dans une troisième phase, la puanteur cadavérique devient notable : on est à une semaine ou deux; alors ce sont les *sarcophaga* et les *lucilia*, sublimement métalliques et vertes, ainsi que la fameuse mouche de Hesse, *myentola destruenctris*... qui interviennent. Puis, quatrième phase, après la fermentation butyrique, à un mois ou deux de la mort, les dermestes… Puis, quelques temps après, pendant la fermentation dite « ammoniacale », la *pyophila*, dite « mouche du fromage » ; encore après, les Sarcoptidés et les Gamasidés, genre de petits acariens, qui débarrassent le corps de toutes ses humeurs, qui s'attaquent à la cervelle, au foie, au cœur même… Mégnin a appelé l'un de ces acariens, qu'il a découvert, *Necrophorus humator*, c'est délicieux, non !?

Il se leva pour aller se servir un café, absolument refroidi, et ses pas résonnaient dans le frigo. Il en proposa un à Borluut qui refusa, ainsi qu'à Carbone qui ne répondit même pas :

– Et alors, on est enfin face à une réelle momification…, continuait l'assistant. Mais, là où Mégnin fut génial, c'est lorsqu'il a repoussé l'idée même de cadavre, et donc l'idée de mort, voyez-vous ! Il a considéré l'évolution putréfactive au-delà même des normes médicales de la mort.

– Com… ment ça ?, grelotta Borluut.

– Il avait conservé dans l'un des greniers du laboratoire de Gand, un cadavre, celui d'une jeune femme trouvée morte dans la rue, sans famille, sans adresse… sans rien, enfin bref… Il a fait évoluer… tenez-vous bien… Il a fait évoluer le corps jusqu'à sa deuxième année : il a vu alors de nouvelles dermestes, notamment l'Attagène des pelleteries… superbe acarien, grignoter lentement tendons, membranes de la peau, et même les poils souples… Et durcir la peau jusqu'à la tanner naturellement… Les Égyptiens n'ont rien inventé, moi, je vous le dis.

À ce moment, Borluut, qui écoutait comme envoûté la parole bourdonnante du jeune légiste, crut entendre la morte produire trois légers souffles, pffft-pffft-pffft…

L'assistant suspendit alors son discours… Borluut et lui s'approchèrent doucement de la tente qui cachait le cadavre, mais aucun d'eux n'osa regarder sous la toile.

– Tiens, ça, c'est pas ordinaire, s'exclama le petit crabe…

# XVIII

JUIN 2023

## *Mer d'Oman*

Quand il reprit connaissance, sa tête bourdonnait toujours, mais la douleur s'était faite plus douce. Il constata avec bonheur que Sunny ne l'avait pas coupé en morceaux pendant son sommeil ni distribué aux poissons. Comme il avait le souci de garder toute sa tête, il convint de rester un long moment immobile, sans se forcer, sans se paniquer. Il fixa donc le plafonnier éteint de la cabine - laiton et cristal – qui formait au-dessus de lui un cercle parfait : cela constituait un spectacle comme un autre...

À nouveau, il lui sembla entendre des voix. Elles étaient plus feutrées qu'auparavant, et plus disséminées sur le bateau. Il s'amusa mentalement à les situer, les évaluer et les distinguer. Il en compta cinq très nettement; il capta deux voix assez loin sur l'arrière : leur ton, leur débit, même s'il ne comprenait pas un traître mot de ce qui se disait (*il croyait reconnaître du philippin*), leur puissance indiquait des discussions techniques, ce qui lui suggéra qu'ils s'apprêtaient sans doute à repartir. Il remarqua alors seulement qu'un léger roulis bougeait le bateau. Il entendit aussi le clapot, les chocs contre la coque, les quelques tintements sur le pont, et ne put réprimer un sourire. L'océan avait attendu qu'il quitte son voilier et qu'il embarque sur un motoryacht pour commencer à souffler et faire des vagues; car incontestablement, c'était une légère brise qui passait sur eux. Il s'inquiéta alors du ketch : avaient-ils affalé ? C'était hautement souhaitable... Avaient-ils transbordé son contenu sur le yacht ? Il en doutait. Étaient-ils convenus de le remorquer ? En se souvenant de la vitesse avec laquelle ils avaient fondu sur lui, il jugea cela improbable.

Il crut à ce moment saisir plus avant sur le pont et d'une manière assez indistincte, la voix de Sunny. Puis la voix de Søren. Son fort accent la rendait aisément identifiable ; sa voix était également posée, sans éclat et adoptait le rythme et l'accentuation si particuliers des conversations téléphoniques, en perpétuel crescendo.

– Oui, monsieur, disait le Scandinave.

Il élevait la voix et Almayer dressa l'oreille... La liaison n'était pas des meilleures :

– ...Nous avons pris contact avec « la *cible* » *(Almayer frissonna)* et émettons les plus sérieux doutes... Oui, les plus sérieux doutes !.... Il était saoul, ...sale ; pas rasé et... *(inaudible)* la pêcherie industrielle à plein nez...

Un long silence d'une bonne trentaine de secondes suivit, pendant lequel le type au bout de la ligne tenait le crachoir. Puis, le Scandinave reprit avec un ton plus mesuré, et Almayer ne sut penser si on devait y lire du soulagement ou de la résignation :

– Bon si vous voulez... Il délirait... choses incohérentes... Il parlait de sirène, de danse macabre, il disait « boum-boum... », je vous dis qu'il est pas net... Vous êtes sûr ?... Ah bon... Comme vous voudrez, monsieur. C'est comme vous avez dit. ... *(long moment inaudible)* ...mais...

Et Almayer perçut clairement la fin de la phrase qui suivait, comme si l'autre l'avait prononcée d'une manière plus forte ou plus distincte, comme s'il avait voulu qu'il entende :

– ...il ne la retrouvera pas !

# XIX

## *Los Angeles Daily News*

CONFÉRENCE DE PRESSE DE L'AGENT SPÉCIAL JOHN CORNWELL SUR « L'ENQUÊTE PRIORITAIRE PARIS HILTON » TELLE QU'ELLE A ÉTÉ RETRANSCRITE DANS NOS COLONNES LE 22 MAI 2018.

22 MAI 2018 – 12 H 01
CONFÉRENCE DE PRESSE À L.A., BUREAU DU FBI

« – ...Agent Cornwell, cinq ans que Paris Hilton a disparu ; cinq ans que le FBI enquête sur cette disparition, et rien, aucun résultat. Comment expliquez-vous un tel échec ?

– *(Légère toux)*... Ce n'est pas un échec...

– *(Deux ou trois voix)* Plus fort !

– Je disais qu'il ne s'agit pas d'un échec. Nous avons obtenu des résultats...

– Lesquels ? Où est Paris Hilton ?

– ...Attendez... Je ne sais pas... *(Rires et quolibets dans la salle)*... Il y a des choses que nous ignorons bien sûr ; mais nous avons aussi obtenu quelques certitudes : nous avons pu rejeter des centaines de pistes erronées qui...

– Agent Cornwell, je suis Bill Gray, Boston Globe : Combien d'agents étaient sur l'enquête ?

– Au plus fort, l'équipe, au niveau fédéral, regroupait vingt-deux agents...

– Avec les Européens ?

– Peut-être cent.

– Pourquoi clore l'enquête, ici à Los Angeles, alors que les italiens continuent les investigations ?

– Je ne commenterai pas le travail de mes collègues étrangers. *(Il pose sa montre devant lui, près du microphone)*

– Les italiens se sont plaints de ne pas pouvoir accéder à des éléments classés confidentiels ; est-ce vrai ?

– Absolument pas. Je ne vois pas de quels documents il s'agirait et je n'ai rien entendu de ces plaintes.

– Pensez-vous que Mlle Paris Hilton soit morte ?

– Nous avons en effet acquis la conviction qu'elle n'est plus parmi nous…

– Qu'elle est morte ?

– …Oui !

– C'est la première fois que vous produisez une telle conclusion.

– Mais c'est l'objet même de cette conférence.

– Jocelyn Mussett, L.A. Daily News : quelles sont les hypothèses du FBI: Meurtre? Suicide ? Accident ?

– Aucune de ces trois hypothèses n'est à exclure ; pour autant nous privilégions la piste personnelle pour…

– Piste personnelle, vous voulez dire, le suicide ?

– Oui.

– Avez-vous des indices justifiant une décision définitive de sa part ?

– Oui. Aucun élément en soi probant ; mais un faisceau d'éléments : des témoignages, des expertises…

– Faites-vous allusion aux propos du docteur Negri, son psychanalyste, dans son ouvrage ?

– Entre autres. Et puis, nous avons des éléments notables pour rejeter les deux autres options.

– Son journal intime ?

– J'ai vu que la presse était curieuse d'un tel journal. Malgré ce qui circule ici ou là, je puis vous certifier qu'un tel journal n'a jamais existé… *(protestations dans la salle)*, ou que le FBI ne l'a jamais eu en sa possession. Pour nous, c'est un objet de fantasme.

– Mais ne doit-on pas s'étonner de cette absence d'indices ? Un philosophe français s'est même amusé – mais peut-on s'amuser à ce propos ? – à écrire que Paris Hilton n'avait jamais existé ; que c'était une chimère. Une image. Une icône... Que répondez-vous à ces allégations ?

– Euh... Rien que ce que j'ai déjà dit. Si vous me demandez des preuves de l'existence de Paris Hilton, je pourrais vous en trouver *(Rires dans la salle – impatience manifeste de J. Cornwell)* ; des preuves de sa disparition, et du comment de sa disparition, je ne le pourrais pas.

– Pour autant, une rumeur...

– Une rumeur ?

– Oui, une rumeur insistante et répétée évoque une lettre... la lettre d'aveu et de revendication de son assassin.

– Et vous l'avez lue ? Moi, je n'en ai jamais entendu parler.

– Mais selon certaines sources, le FBI l'aurait en sa possession, et aurait enquêté à son propos plusieurs mois, en vain !

– Fantasmes ! *(le ton excédé – il regarde à nouveau sa montre)*

– On évoque une piste politique ; on dit qu'on vous a forcé à clore l'enquête.

– Pure invention ! Écoutez...

– Vous vous énervez ; nous, nous voulons seulement connaître...

– Mais taisez-vous dix secondes, s'il vous plaît. Écoutez un peu pour mieux raconter après. Vous croyez savoir, mais personne ne sait rien. *(John Cornwell regarde de manière ostensible sa montre)* Vous n'êtes qu'un ramassis de fouille-merde et vous ne savez pas chercher dans la bonne poubelle. Vous avez trop répandu de rumeurs et d'hypothèses aussi farfelues les unes que les autres à propos de sa disparition. Que ça cesse, et laissons-la en paix. On clôt cette enquête. Rouvrez-là avec vos délires, si vous voulez ! De mon côté, j'ai d'autres enquêtes à instruire, et quelques urgences. Mesdames, Messieurs, ce fut un plaisir. »

*Il se lève et s'en va par la porte latérale.*
*Silence absolu et embarrassé de la salle.*

Propos recueillis par Jocelyn Mussett

# XX

29 AOÛT 2022

## *Bruges – La Morgue*

À huit heures pétantes, après une nuit sans fin habitée d'insectes et d'acariens en tous genres, rouges, dorés, à viande ou charbonneux, de vapeurs tabagiques, de froidure intense et de quelques passages de cadavres pressés de rentrer dans les placards frigorifiés de la morgue, Borluut s'apprêtait à prendre un en-cas en guise de petit déjeuner – une religieuse au chocolat trempée dans le café que Ribelle avait apportée – lorsque la double porte centrale de la morgue s'ouvrit avec fracas.

Enfin, se dit-il.

Elle laissa passer ce qui ne pouvait être que deux officiers de la judiciaire – complet veston noir d'assez remarquable facture, flanelle et rayures, coupe cintrée – suivis au pas de course, petite foulée tremblante, par un vieil homme en blouse blanche, probablement le légiste que le procureur du roi avait demandé la veille au soir. Le drôle de bonhomme était affublé d'une paire de hublots qui lui mangeaient la moitié du visage ; il avait les cheveux gras et sales, le dos fatigué ; les joues et le bas du visage montraient quelques poils poivre, de taille inégale, et dans une singulière chorégraphie, une petite dizaine d'entre eux, en plein milieu du menton, dessinaient un point d'interrogation inversé. Tout cela au bout d'un cou long et fin qui lui-même surgissait on ne sait comment d'une blouse blanche qui, assurément, n'en était pas à sa première autopsie. Ce type transpirait la mort plus que tous les corps de la morgue réunis.

De tout ce que Borluut avait pu voir depuis la découverte de la belle au bois dormant, ce qu'il avait là sous les yeux n'était pas le moins étrange.

– Merde, le Professeur Fritz Beckers !, jura le jeune légiste.

Et il se redressa légèrement comme s'il se mettait au garde à vous.

Le Professeur, en entrant, ne regarda pas la tente dressée au centre de la pièce ; il ne sembla voir aucun des occupants de la chambre mortuaire. Alors que tous les flics de la salle s'échangeaient leur carte, leurs ordres de mission, évoquaient les conflits de districts, le Professeur avait déjà entrepris d'installer, sur les deux tables de travail, ses instruments, un enregistreur et des substances liquides que Borluut, qui le surveillait d'un œil, ne reconnaissait pas. Il remarquait ses gestes à la fois précis et doux. Il avait quelque chose du curé du dimanche qui installe les instruments du prêche, et puis, comme un curé du dimanche, il se tourna enfin vers l'assemblée. Et dans un chuchotement qui fit taire instantanément toutes les combinaisons latérales de discussions qui s'étaient initiées sans lui, il demanda à tous de sortir.

Aussitôt, les deux officiers de la judiciaire se mirent de chaque côté de la porte pour que tout le monde fît place nette. Carbone et son acolyte, ainsi que le jeune assistant légiste sortirent sans mot dire ; mais pas Borluut. Il se rappelait que Steve Austin avait une manière bien à lui de lever le sourcil et de ricaner ; alors Borluut leva un sourcil, le plus haut qu'il pouvait, ricana doucement, et en montrant du pouce derrière lui la tente, il dit d'un ton qu'il s'employait à rendre ferme :

– Écoutez les compères, le cadavre là derrière, c'est *mon* cadavre. C'est moi qui l'ai découvert. Ça fait une nuit qu'on veille la petite en lui racontant des jolies histoires et des contes de fée. C'est mon bébé. Il n'est pas question que quelqu'un l'ouvre sans que je sois là. Blanche-Neige et moi, on est inséparables.

Il voyait les deux flics de la judiciaire le regarder avec un drôle d'air. Il ne se démonta pas et continua d'afficher la même résolution, même si les zygomatiques, grands et petits, commençaient à tirer :

– Voyez avec le procureur du roi, il a été à ce sujet absolument catégorique : pour l'instant, l'enquête est brugeo-brugeoise. On n'a demandé aucune assistance policière, seulement une aide médico-légale ; alors soit, vous – et il montra de l'index les deux *men in black* -, vous sortez, et le Professeur Fritz Machin me supporte, seul entendez bien, pendant son ouvrage ; soit on froisse du tissu : c'est à vous de voir.

Un silence profond suivit sa remarque. Les autres échangèrent à peine un regard surpris, se tournèrent vers le Professeur qui n'avait absolument pas réagi, tout concentré déjà sur la tâche qui l'attendait, les yeux fixés au sol. Ils sortirent.

C'est Borluut, encore étonné de son propre culot, qui ôta la toile. Il le fit calmement, méthodiquement, en pliant chacun des linges. Cette application lui permettait de ne pas regarder tout de suite la morte : c'était sa première autopsie. Et pourtant il ne put s'empêcher, au moment de plier la troisième toile, de glisser un œil vers elle. Sous ces néons, sans le drap de satin qui l'avait recouverte, sans les anthuriums et les iris noirs qui l'avaient cachée en partie, il pouvait enfin la reluquer à son aise, et il prit tout son temps.

Il lui semblait que le corps avait changé, qu'il n'était pas configuré de la même manière, voire qu'il avait changé de volume. Il se dit que c'était la position, ou la posture. Mais finalement il aurait juré qu'elle s'était… légèrement désarticulée : alors qu'elle semblait encore vivre dans la chambre de l'hôtel particulier, si fraîche et charnue, elle évoquait désormais un pantin qui n'aurait jamais vécu ni respiré. Ses joues et son cou notamment se montraient plus nerveux, ou …plus osseux. Et cette constatation, ramenée aux souvenirs de la nuit, oui, c'est ça, il lui semblait qu'elle s'était asséchée. Et au moment où il ouvrait la bouche pour s'en étonner, il entendit le respectable Professeur lui voler ses mots :

– C'est quoi cette macchabée, bordel ?, s'exclama-t-il dans un souffle.

Il la regardait, de la tête aux pieds, des pieds à la tête, et paraissait hésiter à s'en approcher : on eut dit qu'il avait Roswell sous les yeux.

– A-t-on jamais vu ça ?!, lâcha-t-il dans le même chuchotement avec lequel il leur avait demandé de sortir.

Borluut qui n'osait l'interrompre, ni le déranger, regardait le cadavre. La perplexité du légiste, qui lui parut durer un temps infini, ne laissait pas de le consterner et de l'inquiéter. Puis le Professeur se débloqua et saisit son enregistreur :

– Constats visuels, commença-t-il. Nous sommes en présence d'une jeune femme blonde, vingt-cinq ans à peu près. Un mètre soixante-quinze, cinquante kilos, mais nous émettons quelques réticences pour l'instant sur l'évaluation du poids. Configuration du corps hétérodoxe. Six ou sept anomalies immédiatement visibles. Nous les recensons de la tête aux pieds : globulosité des paupières légèrement dystrophique ; traces d'hématomes autour de l'œil, et autour des narines ; nous remarquons quelques légères plaies à l'intérieur des narines, probablement dues à des brûlures, elles-mêmes conséquentes à des frottements et il demeure une inflammation de la partie supérieure du nez, avec hématomes à la commissure des yeux ; on y remarque ce qui pourrait être deux légers orifices…

Le Professeur Beckers s'accroupit doucement et fixa sans la toucher la base latérale droite du crâne, et reprit d'une voix intriguée :

– Même plaie constatée au niveau du pavillon des oreilles. La configuration des plaies et des hématomes indique de manière claire que la victime était vivante lorsque ces coups et ces blessures ont été portés. On suggère la probable introduction d'objets à la base de l'oreille droite et le long du conduit auditif. Les deux narines externes présentent des lésions similaires. *(silence)* Sur les poignets, les avant-bras, sur les genoux, les chevilles, légères traces de frottements et d'hématomes. Sans doute des liens.

Sa voix restait monocorde. Sans émotion. Un seul ton. Un orchestre aurait pu s'accorder dessus :

– Il apparaît que la surface cutanée, dans sa majeure partie, sinon sa totalité est recouverte d'une substance non analysée, et pour l'instant non identifiée, formant un léger film… protecteur. Nous relevons sous le pied droit quatre marques nécrosées, probablement des pointes…

À ce moment, Borluut, de plus en plus effaré par ce qu'il entendait et voyait, coupa le Professeur, en murmurant :

– Quatre punaises, modèle standard, plantées profondément ; elles tenaient une étiquette.

Le légiste se raidit en entendant son assistant de fortune, mais ne dit rien ; il se contenta de couper son enregistreur *(clic)*, et effaça avec précision les quelques secondes qui avaient précédé *(bzzzz)*, avant de reprendre son exposé *(clac)* : il avait ignoré Borluut.

– …Probablement des pointes de tapissier, ou de type punaises de quincaillerie. Il est à remarquer à nouveau que toutes ces plaies, hématomes ou ecchymoses, ont été pour leur majeure partie occasionnées alors que la victime était encore vivante…

– La pauvre… Mais à quoi correspondent toutes ces plaies, Professeur ? À quoi riment-elles ? Aucune ne semble proprement mortelle… C'est comme si le tueur s'était amusé avec sa proie. Sadisme. Sadisme pur… Qu'en pensez-vous ?

Beckers le regarda *(clic)*, avec un œil éteint, *(bzzzzz)* et relança son dictaphone *(clac)* :

– …On doit cependant établir que la substance répartie sur le corps de ladite victime atténue sensiblement les contrastes cutanés…

Borluut était rouge de confusion et de rage. Il lui prit l'envie de tirer sur les poils du menton du vieux légiste.

– Nous passons maintenant à l'observation latérale gauche de la victime : mêmes constatations au niveau de l'oreille et du conduit auditif : plaies de frottement, et hématomes…

Le Professeur fit soudainement silence *(clic)* ; il regardait de manière intense le flanc gauche de la jeune femme. Borluut, qui s'était fait discret, le vit prendre une règle en fer et effectuer des mesures *(clac)* :

– Il faut noter une longue cicatrice sur le côté gauche du sujet, de près de vingt centimètres, de trois millimètres d'épaisseur : droite, continue, très propre, sans doute commise avec un léger bistouri, modèle simple, lame d'acier, de type boston. La victime était déjà morte à ce moment-là.

Borluut observa que le ton du légiste était devenu plus hésitant, et le débit plus lent : il voyait ses yeux trop dilatés derrière les vers épais des lunettes. Ce qui continuait d'étonner Borluut, c'était la distance que le légiste entretenait avec le corps, comme s'il craignait d'être contaminé. Il restait toujours à plus d'une vingtaine de centimètres, et tous ses gestes apparaissaient ainsi fort précautionneux *(clic)*.

Borluut en était à ce point de sa réflexion quand il vit le Professeur commencer de sentir le cadavre au niveau du cou pendant de longues secondes ; il fit de même au niveau du bas-ventre, puis plus brièvement au niveau des pieds. Le lieutenant prit conscience alors seulement que ce même parfum qui l'avait envoûté dans la chambre de l'hôtel Kranile flottait à présent dans la chambre froide de la morgue ; il identifiait ce mélange de santal, de myrrhe peut-être et de cire qu'il avait déjà remarqué.

Puis il vit avec effarement le Professeur lécher le mollet droit de la jeune femme ; un mouvement ample de la langue, par deux fois, en conservant ses yeux mi-clos. Sans se soucier le moins du monde de la présence du jeune lieutenant dont les sourcils s'étaient subitement verticalisés.

Borluut ressentit le long de la colonne vertébrale un frisson dégoûté, et pensa immédiatement que le Professeur virait au doux malade. C'était sa première autopsie mais ça, il en était sûr, c'était pas catholique. Puis le légiste reprit les mêmes gestes et s'intéressa au cou de la jeune femme, à croire qu'il avait fait ses études en Transylvanie, se disait Borluut.

C'est avec un soulagement certain qu'il vit le Professeur sortir un bistouri, puis une sorte de petit hachoir qu'on aurait dit sorti d'un kit pour poupée Barbie, avec lequel il se mit doucement, comme une caresse, à racler la peau et le dessus de la cuisse droite. Et à mesure que le petit hachoir parcourait le long de la cuisse avec des mouvements de quelques centimètres, la peau semblait se détacher par petits fragments cristallisés. Le bruit métallique de l'instrument résonnait dans la pièce vide. A chaque mouvement, les mêmes fragments. La scène laissait Borluut consterné : le Professeur avait bien dû râper un demi-millimètre de peau et creusait encore et encore. Lorsqu'enfin il reprit l'enregistreur *(clac)*:

– Après prélèvement pour analyse sur le haut de la cuisse droite de la victime, énonçait la même voix monocorde, on peut présumer que la totalité du corps a été enduite de… cire… sur plusieurs couches, deux ou trois couches. Toutes les parties du corps sans exception, telles qu'on peut le voir, ont été ainsi recouvertes. On effectue une dizaine de prélèvements pour analyses, numérotés b-1 à b-10…

Borluut se demandait bien d'où venait cette codification en « b- » ; il lui paraissait plus cohérent de commencer bêtement par « a- ». « a-1 ; a-2 ; a-3… » ; voilà qui était sensé !

– « …sur le cou… », le professeur raclait,… « b-1 »,

– « … sur le nez… », et ce bruit sec insupportable, pensait Borluut, « b-2 »,

– « …sur les pieds… », et il raclait encore, « b-3 ».

À moins que « b » signifiât « Beckers » pour « autopsie Beckers » ; voire « Borluut » pour « enquête Borluut ». Et il sourit.

– « …sur le bas-ventre… b-4 »…

– …Il faut remarquer, ajouta Beckers, que chaque couche a fort probablement fait l'objet d'un lustrage minutieux. Il est possible que ce lustrage fût mécanique…

– Hum ?, fit malgré lui Borluut.

– …On a ciré, frotté, lissé le corps pendant des heures pour avoir une belle… une patine glacée et naturelle, et ce teint… chaud.

Le Professeur coupa l'enregistreur (*clic*), et pour la première fois, dévisagea Borluut, comme s'il le remarquait pour la première fois. Celui-ci, pris au dépourvu, décocha son sourire le plus franc et le plus ouvert, un sourire de gosse qui cherche à être aimé :

– Oui ?, interrogea-t-il du bout des lèvres.

– C'est une vraie poupée de cire que vous avez dénichée. Absolument déconcertant !

Borluut voyait dans les yeux de verre face à lui une parfaite perplexité.

– Quoi, de la cire ? De la vraie cire ?, s'étonna Borluut.

– Oui, pas moins cirée qu'une bougie, la gamine. Vous l'avez trouvé où, votre cadavre ? Chez Madame Tussaud ?, lança-t-il avec un ricanement usé et sifflant dont Borluut ne le savait pas capable.

Borluut, à son tour, eut envie de toucher. Il posa sa main sur le ventre et il avait l'impression de palper du papier mâché. Borluut posa alors la question qui le taraudait :

– Professeur, une idée : est-ce que c'est la cire qui a tué la fille ? Vous savez, comme dans ce vieux film, le *James Bond*, avec Sean Connery, *Goldfinger*, vous voyez la scène ? La fille est enduite d'or et elle en crève, étouffée. Il est possible que la victime ait été cirée… *de son vivant* ?

Le Professeur répliqua d'une voix sèche :

– Considérations peccamineuses !

– Ah ? Et c'est-à-dire ? C'est-à-dire ?

– Des conneries ! Et puis la cire, ça n'a jamais étouffé un chrétien. Ça laisse passer l'air…

– Ah ?

– …Et puis surtout, vous voyez la longue cicatrice sur le flanc gauche ?

Borluut se pencha légèrement pour regarder ce que lui montrait le Professeur.

– …Et bien elle ne présente aucune boursouflure, aucune altération cutanée ; donc elle est post-mortem…

– Euh, et alors ?

– Et pourtant elle est recouverte de cire…

– Donc…

– Donc tout porte à penser qu'elle a été cirée après la…

Mais le Professeur, soudainement, s'était tu, sans même prendre le temps d'achever sa démonstration. Ses yeux s'étaient immobilisés et fixaient la cicatrice, puis il se déplaça et considéra quelques endroits du crâne, puis revenait vers la cicatrice, puis retournait aux meurtrissures vues à la base des narines et des oreilles.

– Oui ?, demanda Borluut, tout à fait décontenancé.

Beckers ne bougeait plus, ne mouftait pas, aussi insolite et immobile que la chose qu'il observait. À bien y regarder même, il semblait maintenant considérer un point indéterminé de l'espace que Borluut estimait être à cinq centimètres au-dessus du ventre de la jeune femme, non pas qu'il fût dans un moment d'absence, mais au contraire dans une intense cogitation intérieure. Un pli barrait le front du Professeur, et pour la première fois, Borluut vit les sourcils pointer au-dessus des lunettes. Il autopsiait intellectuellement, abstraitement, en fonction d'indices ou d'une observation qui lui échappaient. Qu'est-ce qui pouvait bien intriguer autant le Professeur ?

Beckers, avec la pulpe des doigts, se mit à tapoter la cage thoracique… Il laissa passer un temps puis recommença. Il récidiva en appliquant son oreille contre le sein nu de la jeune femme, comme s'il s'attendait à entendre les battements du cœur. Puis il fit de même avec le crâne au niveau du sphénoïde, et poussa un juron :

– Quel mur de merde ! A-t-on jamais vu ça ?

Il recommença sur le front, tapotant plus fort cette fois avec le dos de son index replié.

– Y'a quelqu'un là-dedans ?, s'exclama Borluut, avec un ton amusé qu'il regretta aussitôt.

Avec stupeur, il entendit le médecin répondre :

– Oui, oui, oui, vous avez raison…

– Euh, raison, comment ?

– La question. Vous avez la bonne question : où sont-ils passés ? Et surtout par où sont-ils passés ?

À ce moment-là, il revint à la longue cicatrice qui flanquait le corps de la jeune femme. Et après quelques secondes de réflexion, Beckers fit volte-face, regarda Borluut dans les yeux et lui dit :

– Écoutez, mon petit. Vous avez trouvé la perle rare. Après cinquante ans de carrière… jamais vu un truc comme ça. Et j'ai jamais entendu parler d'un truc comme ça. Vous avez trouvé l'épouvantail du siècle. Mon petit, faut que vous me disiez tout : où vous l'avez trouvée ? Comment vous l'avez trouvée ? Vous avez senti quelque chose ? Vous avez vu à proximité des fioles, des vases, voire des pots fermés... Non ! Revenons à l'odeur : était-elle chargée ? Et par terre, c'était comment ? Des tâches ? Des marques particulières ?

Pendant que Borluut répondait le plus précisément possible à toutes ces questions, le Professeur Beckers rangeait ses instruments, avec la même douceur et avec la même rigueur que lorsqu'il les avait sortis, mais il levait la tête à chaque réponse, le visage soucieux et concentré. Puis Borluut réalisa ce qui se passait :

– Écoutez, Professeur, je ne saisis pas... Vous ne faites pas l'autopsie ?, enfin, je veux dire, ...vous ne l'ouvrez pas, la petite ? Bistouri, écarteur, scie, photographie, film, prise de sang... Tout ça quoi !

– À quoi bon !

– Comment ça, à quoi bon ! Je sais pas moi : à savoir de quoi elle est morte ; comment elle est morte ; quand elle est morte ; qui l'a tuée !!!...

Alors le Professeur, après avoir posé sa sacoche et ses instruments, l'avisa :

– Ce que je vais dire sera bref. Je ne saurais répondre à vos questions maintenant. Si je devais ouvrir la petite, je ne trouverais rien qui relève de ma compétence, vous voyez !

– Attendez, Professeur : vous êtes légiste ?

– Certes !

– Elle est morte ?

– Certes, certes !

– Et de mort violente, non ?

– Plutôt deux fois qu'une, en effet.

– Alors, c'est de votre ressort ! Pourquoi ne pourriez-vous pas l'ouvrir ?

– C'est que la demoiselle, je le crains, n'a plus rien dans le ventre...

– En quel sens ?

– Plus d'intestins ; plus de pancréas. Plus de foie, non plus...

– Comment est-ce possible ? s'exclama Borluut en regardant sa morte avec un œil neuf.

– Par ailleurs, le cœur, pschittt ! La cervelle, partie ! Non, non… pas partie, aspirée ! Vous pouvez imaginer ça ? La petite, elle est vide, absolument vide.

À nouveau, Borluut ressentit le besoin de la toucher. Il la tapota à son tour, s'attendant à un son de tambour, mais il n'entendit qu'un son feutré.

– Le sang, plus une goutte…, continuait le Professeur.

– Vous voulez dire qu'un…

– Voyez-vous, vous avez devant vous…

– Oui, susurra Borluut en une manière d'invitation ; il se sentait complètement déboussolé…

– Vous avez une sorte… non, pas une sorte ; vous avez réellement une momie.

– Une momie ? Comme Ramsès II ?

– Oui, une momie des temps modernes.

Borluut n'était pas bien sûr de comprendre :

– Comment ça ? Vous voulez dire un cadavre ancien et sec ?

– Mais non, lieutenant ; ce que je veux dire, c'est que cette femme a été proprement momifiée… Comme les Égyptiens, le faisaient… Oui, c'est ça, j'ai même l'impression qu'elle a été momifiée dans les règles de l'art. Regardez.

Et Borluut, dont le visage était déformé par la consternation, dut se baisser à nouveau sur le corps :

– Voyez les narines. Voyez les points noirs près des sinus. Une petite incision par derrière. On a passé quelques tubes et on a aspiré lentement. La cervelle, j'entends… Ça a dû prendre un temps fou, mais ça a été bien fait, c'est propre. Les organes mous, on les a passés par là, reprit-il en montrant la longue cicatrice latérale. Et voyez les yeux : je suis prêt à parier qu'ils n'y sont plus ; on leur a substitué une forme globulaire quelconque, en pâte de verre sans doute. Les paupières sont collées par la cire ; vous comprendrez que je ne dois rien toucher avant que les chimistes de la police scientifique s'y soient intéressés de près. Et, là…

– Mais quoi, coupa presque de manière hystérique Borluut, vous êtes en train de me dire que… que c'est Néfertiti retrouvée en plein milieu de Bruges ?

– En quelque sorte. Je vais être précis : cette jeune femme n'a plus que la peau sur les os ; quelques cartilages, mais plus aucune substance corruptible, ni même liquide... plus de viscères...

– Mais comment expliquer son apparence, là, comme... comme vous et moi, quoi... normale... ?, s'étonnait encore Borluut, qui lui caressait un sein sans s'en rendre compte.

– Oh, j'imagine qu'on a remplacé les organes par... une substance indéterminée... après tout, c'est ça qu'on appelle l'embaumement ; et ça expliquerait ce parfum... Je parierais que c'est de la myrrhe... Oui, les Égyptiens en utilisaient pour combler les cavités abdominales et thoraciques, je crois bien... Mon dieu, quelle horreur ! Quelle horreur !...

– Quelle horreur !, dit en écho le lieutenant.

# XXI

JUIN 2023

## *Mer d'Oman*

Au moment où les deux moteurs du Yacht se lançaient, en produisant un bruit feutré et sifflant, la porte de sa cabine s'ouvrit, laissant entrer le Scandinave, le dénommé Sunny et le *latin lover* qu'il avait asticoté sur le ketch et dont il vit avec satisfaction qu'il était maintenant affublé d'un bandeau sur l'œil gauche. Sunny avait la tête que laissaient imaginer sa voix et sa conversation : sèche, allongée, et si étroite qu'aucun cerveau digne de ce nom n'aurait pu y être correctement emmanché. Et tout le reste du bonhomme se jugeait à cette aune : noué, nerveux, aigu.

– Je vois que vous avez terminé votre petit somme, lui lança le Scandinave, avec un air narquois. Le service a-t-il été à la hauteur, mon cher ami ?, reprit-il en regardant avec intérêt l'arrière de son crâne.

Almayer s'assit avec lenteur, mais sans montrer qu'il souffrait le martyre : pas question que ces fumards, dont il connaissait par habitude le sadisme naturel, chopent une quelconque satisfaction à ce niveau.

– Je ne me rappelle pas m'être inscrit pour une quelconque croisière. Où va-t-on ?

Almayer remarqua alors qu'ils s'étaient tous disposés dans la cabine étroite de manière à ce qu'il ne puisse pas se lever : ils le dominaient physiquement.

– Qu'avez-vous fait de mon bateau ?

– Un de nos hommes s'en occupe, et le ramène à bon port.

– Et c'est où, à bon port ?

– Vous saurez ça dans peu de temps.

– Pourrais-je avoir quelque chose à boire ?, demanda Almayer la bouche sèche.

Mais aucun des trois ne semblait l'avoir entendu, du moins ne faisait mine de bouger. Ils le regardaient et campaient exagérément sur leurs jambes écartées ; ils voulaient lui faire comprendre qu'il n'était pas prêt de sucer des glaçons.

– Vous n'aurez rien de moi si je ne me rince pas le gosier.

Après quelques secondes pendant lesquelles Almayer avait avalé sa salive avec difficulté, le Scandinave se tourna vers Sunny qui sortit de la cabine. Dans son dos, coincé dans la ceinture, Almayer put voir un 45 à crosse de nacre *(belle bête !)*.

– Un Maotai, si vous avez... et bien frappé, si c'est possible, ajouta avec une grimace Almayer avant que la porte de la cabine ne claque.

– Vous devriez cesser de faire le pitre, Airline ; d'ailleurs, êtes-vous seulement sobre ? On a trouvé une montagne de bouteilles et surtout de capsules d'éthérine dans votre cabine. Il y avait de quoi alimenter toute l'Afrique Australe. Je savais pas qu'un homme pouvait en absorber autant en une vie...

– Putain, mais c'est mon ex-femme qui vous envoie, ma parole ; ceci explique que vous ayez tapé si fort, dit-il dans un ricanement qui s'acheva en quinte de toux.

– Airline, avez-vous toute votre lucidité ?, reprit le Scandinave en haussant le ton.

– Qui vous a dit comment je m'appelais ? Enfin je veux dire d'où vous tenez ce surnom, là, « Airline » ? Ceux qui peuvent m'appeler ainsi, et sont encore vivants, se comptent sur les doigts de la main de Mickey.

– Nous sommes des gens bien informés, mon cher « Airline »..., et comprenez-le, d'une manière générale, nous nous efforçons d'être toujours très efficaces. Question de respect des engagements, comprenez-vous ?

Almayer avait déjà surpris Sørenson en train d'observer son cou et les divers stigmates d'un temps passé qu'on pouvait y lire. Indéniablement, il en savait long sur lui.

Sunny revint avec un verre. Almayer reconnut à distance l'odeur du gin et porta nerveusement le verre à ses lèvres. Ils auraient pu y coller de la mort aux rats que ça ne l'aurait pas empêché de le vider : trop soif, trop mal au crâne.

– Vous voulez quoi en réalité ?, dit-il. Et comment avez-vous fait pour me trouver ?

– Vous nous permettrez de ne pas répondre à toutes vos interrogations. Question de discrétion. Sachez seulement que ça n'a pas été très facile ; mais pas insurmontable non plus, car on ne peut pas dire que vous passez tout à fait inaperçu… Il y a deux ou trois débardeurs à Djibouti qui ont conservé des traces de votre passage, et ils étaient très loquaces à votre propos… Remarquez, je crois qu'ils ne sont pas prêts d'oublier Sunny non plus… Il y a des destins comme ça.

Puis adoptant tout à coup un ton plus professionnel, et fronçant les sourcils :

– Écoutez. Est-ce que vous êtes disposé désormais à nous entendre ? Nous avons quelque chose de… comment dire ? d'important, non, de remuant, à vous apprendre, et qui, j'en suis sûr va vous intéresser énormément, voire vous déconcerter…

Almayer grogna, méfiant et soucieux de bien mesurer ce qui se tramait.

– Bon, je prends ça pour un acquiescement, reprit le Scandinave, puis prenant une grande bouffée d'air, comme s'il s'était résolu à se jeter par-dessus bord :

– Voilà, on a besoin de vos services !

En entendant les mots du Scandinave, Al ne put s'empêcher de pouffer, ce qui lui provoqua une sorte d'explosion dans le fond du crâne et lui arracha une grimace et un cri. Il envoya à Sunny un regard sombre.

– Quoi, c'est tout ? Vous avez parcouru les mers du globe pour demander de l'aide ? Oui, voilà en effet quelque chose qui déconcerte... et qui est d'une terrible connerie. Je ne sers personne ; je ne sers à rien... Par ailleurs, je ne vois pas pourquoi vous avez commencé par m'abîmer ? A quoi puis-je vous servir avec une tête en moins ?

– Oh, disons, que vous nous avez un peu forcé la main... Voyez l'œil de notre ami... On ne peut pas dire que de votre côté, vous ayez été des plus amicaux... Bon, je répète qu'on a besoin de...

– On ?, coupa Almayer

– On... répéta le Scandinave, mystérieux....

– Le propriétaire du yacht sans doute ?, interrogea à nouveau Almayer.

– « On ». Ce sera très bien comme ça pour l'instant. Écoutez-moi. Cela rendra les choses plus faciles. Je suis disposé à vous en dire un maximum dès maintenant, mais...

À ce moment il se tourna vers ses deux acolytes, et les regarda avec insistance :

– Notre ami ici présent est absolument inoffensif, vous pouvez nous laisser... J'ai quelques petites confidences à lui faire, et je crains que vous les perturbiez... Question d'intimité !

Les deux costauds, après une légère réflexion pendant laquelle ils évaluaient la dangerosité d'Almayer, convinrent finalement que le Scandinave pourrait bien se débrouiller seul, et sortirent uniment et sagement. Après qu'ils eurent refermé la porte de la cabine, Søren se retourna vers Almayer en lui souriant :

– Pas d'acte déraisonnable, n'est-ce pas, Al ?

– Pour vous ce sera Almayer, éventuellement monsieur Almayer... Dites-moi, le bateau bouge : où va-t-on ?

– Masqat, à Oman. Et là, un jet vient nous chercher.

– Diable, de bien grands moyens...

– Oui...

Les deux hommes échangèrent un regard, et chacun cherchait à lire les pensées de l'autre. Malgré qu'ils en aient, ils étaient déjà en train de négocier, d'évaluer et de répartir les billes qu'ils pouvaient tirer de l'affaire, comme des mômes dans une cour d'école qui flairent la bonne farce ou le truc juteux. Almayer sentait qu'il y avait du pigeonneau à plumer dans l'air, et Søren savait qu'il le sentait… Il attendait seulement que la concupiscence naturelle chez ce type d'homme, dont il était, redevînt l'instinct premier. Après un temps, d'un air entendu et d'une voix radoucie, Almayer, qui voyait maintenant d'un meilleur œil son interlocuteur, relança Søren :

– Vous disiez donc qu' « on » avait *grand* besoin de moi. C'est parfait. C'est une chance, car ces temps-ci, j'ai la possibilité de dégager un peu de temps… alors, je vous écoute.

– On a trouvé il y a dix mois de cela…

– …On ?

– Non. C'est pas le même. La police de Bruges. Vous connaissez Bruges ?

Almayer fit non de la tête en s'installant plus confortablement sur sa couchette pendant que Søren, comme un conteur, faisait des aller-retour dans la cabine.

– La police de Bruges a trouvé il y a près de dix mois en plein centre ville le cadavre d'une jeune femme. Blonde. Plutôt jolie. Son nom ?

Søren, avec un geste nerveux, sortit un petit papier griffonné de sa poche, en même temps que des petites lunettes rondes qui lui firent soudainement une tête de banquier fin-de-siècle.

– Godelieve Hildebrant.

– Connais pas, dit Almayer

– Elle avait vingt-quatre ans.

– Vous êtes venus jusque-là pour me raconter la gazette des faits divers belges ? Qu'est-ce que vous voulez que ça me fasse ? Quel rapport entre moi et cette fille ?

– Aucun, Almayer. Nous sommes absolument sûrs que vous n'avez aucun lien avec elle.

Almayer ne voyait pas où voulait en venir le Scandinave ; mais maintenant qu'il avait bu, il pouvait attendre, et réfléchir.

– Cette jeune femme a été tuée d'une horrible façon, reprit le Scandinave. Elle est tombée sur un bel enfoiré qui lui en a fait baver. D'après la police belge, et le légiste, la jeune femme a été proprement vidée, éviscérée, et momifiée : le tueur a enlevé tout ce qui pouvait pourrir dans le corps après la mort, comme les Égyptiens le faisaient : le foie, le cœur, les yeux, même la cervelle…

Almayer fronça les sourcils. Bruges, il ne connaissait pas ; les momies égyptiennes, pas plus ; et les tueurs psychopathes, encore moins… Pourquoi voulait-on le mêler à un tel sac de nœuds ? Lui faudrait-il retrouver le salaud qui avait fait ça ? Ce n'était pas sa branche. Lui, c'était plutôt la surveillance, la filature, l'écoute, les mouchards, les caméras microscopiques et illégales, le piratage informatique… Une vraie tique quand il s'y mettait. Il ne lâchait jamais. Un bon fouineur.

– La police de Bruges est convaincue…

Le Scandinave marqua un temps, ressortit le papier de sa poche :

– Un certain « Joris Borluut », lieutenant à la CIA de Bruges…

– Euh, CIA ? Vous voulez dire la CIA… Langley… ?

– Non, non ! Enfin, je crois pas. Je ne parle pas le belge, mais j'imagine que c'est un sigle local pour une fonction policière locale. Donc, disais-je, ce… Borluut, et ses services, a conduit une enquête assez exemplaire pour retrouver l'auteur de cette sauvagerie… Ils l'ont dans un premier temps profilé et sont convenus qu'il s'agissait d'un grand malade – ça, n'importe qui pouvait l'imaginer ; mais ils l'ont rangé dans la catégorie des détraqués,… ou dérangés… je ne sais plus le terme exact… des barges « esthétiques ». Un « obsédé méticuleux », ont-ils dit.

– Ah ? Genre tueur en série ?, coupa Almayer, la voix faussement froide.

– Non, enfin peut-être, moi je ne connais que ce qu'on a bien voulu me dire… Mais il apparaîtrait que tout dans ce crime indique une unicité. Son crime apparaîtrait comme une pièce isolée. Mais l'important n'est pas là, voyez-vous…

À nouveau, il reprit son souffle. Pour une raison qui échappait à Almayer, le faune nordique commençait à bafouiller, à souffler fort ; il se montrait mal à l'aise. « Qu'est-ce qu'il veut me dire ? », se demandait-il. Il pensait que si Søren avait dû lui raconter que c'était sa grand-mère qui avait bouffé le petit chaperon rouge, il n'aurait pas été plus embarrassé.

– L'important, c'est que malgré toute son ingéniosité, et toute sa minutie, notre tueur-artiste semble avoir commis une légère bourde… (*nouvelle inspiration douloureuse*) Vous connaissez le système Vorweck ?

Almayer fit un signe de dénégation en avalant sa dernière gorgée d'alcool.

– Normal, fit, songeur, Søren. Vous aviez déjà quitté le métier depuis longtemps. C'est un système d'investigation absolument ébouriffant. Il permet de relever des traces ADN hyper-résiduelles, y compris dans un milieu impropre, aqueux par exemple. C'est en réalité un système multiple, avec une multitude de sous-systèmes, d'entrecroisement de méthodes… mais au final, non seulement il est capable de détecter des traces ADN extrêmement minimes, proches du néant, mais aussi de les analyser pour les re-séquencer.

– Épatant, fit Almayer, à peine intéressé.

– Bon, j'ai pas réellement compris le fonctionnement du bidule, mais je peux vous dire que dans un premier temps, dans ce cas-là, le système est resté muet. Les cheveux, les draps de satin, les punaises…

– Les punaises ?, coupa Almayer

– Oui, ce malade avait planté des punaises dans la gamine.

– Ah ?, fit Almayer, légèrement effaré.

– Ils ont donc analysé la peau en plusieurs endroits, les frottis… Et rien. Faut dire que les séries d'analyse durent plusieurs semaines… Aucun prélèvement n'a pu indiquer une quelconque trace résiduelle ADN. C'est là que la ténacité de notre agent belge, …Turlutt, a payé. Il a insisté pour une seconde série d'analyses. Au prix que ça coûte, je pense qu'il a dû ramer, mais il l'a obtenue sa série d'analyses et ils ont élargi l'investigation à quelques éléments adventices du corps, notamment la cire… Vous ai-je déjà parlé de la cire ?

Almayer fit un signe négatif de la tête.

– Non ? Quel abominable conteur je fais ! Question de cohérence ! Voyez-vous, je suis plutôt analytique, moi, pas synthétique : j'aime découper, décomposer… comprendre le truc que j'ai sous les yeux dans tous ses détails ou ses rouages. Il n'y a pas meilleur que moi pour découper une volaille... ou vider un poisson..., dit-il avec une certaine onctuosité, en lançant un regard de côté à Almayer... Oui, pour ça je suis expert, parce que ça implique une certaine méthode progressive : vous enlevez tel organe, telle partie, puis une autre que la précédente a mise en valeur... Oh ! Savez-vous que dans l'Angleterre victorienne il était jugé absolument inconvenant de présenter une volaille à découper devant les convives ?

Almayer se demandait, en regardant attentivement les yeux du Scandinave, devenus glissants, s'il s'agissait d'une digression spontanée ou d'une fuite devant les aveux visiblement gênants qu'il avait à faire.

– ...On considérait à l'époque que la découpe du pilon, et de l'aile, qui implique justement ce développement *analytique* que je disais, avait quelque chose de... sexuel, en tout cas d'indécent, comme une gambette qui se lève, vous voyez...

Il fit des gros yeux, et fixait Almayer pour qu'il lui apporte son soutien.

– Faut être sacrément coincé du ciboulot pour s'empêcher de démembrer une poule le dimanche midi, non ?

Gros yeux à nouveau ; signe de la tête, mais il ne rencontra que l'indifférence d'Almayer.

– Bon, revenons à notre gallinette, si vous me permettez...

Le crâne d'Almayer bourdonnait à nouveau, mais il ne savait pas si c'était le manque d'éther ou l'excès rhétorique du Scandinave qui en était la cause. Et l'alcool n'avait finalement rien calmé. Il avait une envie folle de se jeter dans l'eau pour réduire la taille de sa tête dont il avait l'impression qu'elle avait gonflée démesurément. Mais il se dit dans un demi-sourire qu'avec tout le sang qu'il avait dans les cheveux et sur le front, il aurait vite fait d'attirer tous les requins du coin, même si le pire de tous était sans doute devant lui. Il n'aurait pas été étonné de voir, dans la gueule du Scandinave, qui continuait de baratiner, plusieurs rangées de dents bien élimées. Tout chez ce type exprimait l'animal de proie, le carnassier froid et tenace, dont il fallait savoir se méfier en permanence. Dans une demi-conscience, il entendit l'autre qui élevait la voix :

– Avez-vous bien entendu ce que j'ai dit ?

Almayer leva un sourcil, et montra son verre vide, mais Søren ne bougea pas.

– C'est à se demander si Sunny n'a pas tapé trop fort, ou si l'alcool n'a pas frappé trop fort. Vous avez combien de verres dans le ventre ? Ou dans le sang ? Ou dans la cervelle ?

– Que vous importe !

– Une pute qui vous sucerait se ferait choper pour état d'ivresse, bon dieu. Allez, je répète. Dès que vous avez du mal à suivre, vous faites un signe.

– Mouais, fit Almayer.

Il sentait dans le ventre une crampe. Petite aiguille qui titillait son foie. Une vieille maladie que l'éther et l'alcool avaient pour fonction d'étouffer. Mais pas cette fois ; il allait bientôt endurer le martyre.

– On a prélevé sur la jeune fille de la cire que le tueur avait préalablement étalée. Et c'est dans la cire, dans deux échantillons si je ne m'abuse, le cou peut-être et le bas-ventre…, enfin… qu'ils ont trouvé les marquages ADN. Le tueur s'est fait avoir. Il a laissé une trace de lui derrière lui. D'après ce qu'en dit le rapport, dont on a pu lire une copie, dit-il avec un petit sourire satisfait, ces marquages sont infinitésimaux, à peine analysables. (*ouf-ouf*) Je me suis laissé dire qu'une chiasse de moustique en aurait laissé plus. La seule chose dont ils étaient à peu près sûrs, c'est que le porteur ADN était une porteuse.

– Une femme psychopathe ? Original !

– Ah, les bonnes femmes entre elles peuvent être de véritables chiennes, sourit tristement Søren. Mais ne vous étonnez pas trop tout de suite. Il faudrait conserver un peu de votre émerveillement pour la suite.

Almayer voyait le visage du Scandinave se fariner ; ses yeux dansaient une valse rapide, regardaient à droite, à gauche, mais ne se posaient que rarement sur les siens.

– Pour le reste, ils ont donc fait appel à des analystes de haut niveau… *(nouvelle inspiration, plus forte, plus longue)*. Des Scandinaves, bien sûr. Ils ont mis trois mois à séquencer le marquage, avec des engins surpuissants *(ouf, ouf…)* et tout neufs, expérimentaux, et tout et tout… Bref, finalement, ils ont trouvé une trace ADN qu'ils sont parvenus à individualiser et préciser. Restait à *(pfouff)* l'identifier.

Almayer sentait qu'on approchait du pot-au-rose.

– Vous crachez le morceau !

– Tututu… Alors ils ont cherché dans les fichiers criminels belges : rien. Dans les fichiers criminels d'Interpol : re-rien. Dans les fichiers des violeurs, des pervers, des tordus de la zigounette : rien, rien et rien ! Ils sont allés jusqu'aux voleurs de voitures… On sait jamais, un tournevis qui dérape… et vous momifiez en un tour de main : là non plus ! *(pffff)* Jusqu'au moment où le flic Turlutt en question, en désespoir de cause, a demandé une recherche générale dans TOUS les fichiers : fichiers excès de vitesse, fichiers fiscaux, fichiers diffamation, fichiers victimes… Figurez-vous que depuis les grandes séries d'attentats nihilistes de 2015, dans le sud de l'Europe, certaines recherches ADN sont demandées même pour des dossiers mineurs. *(rouf, rouf…)* Et là, tring-tring ! *(il fit des gros yeux et des mouvements de la main qui auraient effrayé tout un parterre de gamins)*. Elle est sortie la trace ADN : connue, reconnue. Et c'est là que vous êtes concerné, monsieur Almayer

Almayer se redressa malgré lui, attentif, tendu…

– …car ce marquage ADN est celui d'une personne que vous avez bien connue, ou bien fréquentée !

Almayer se sentit soudainement aussi essoufflé que le faune nordique ; sans s'en rendre compte, il avait adopté le même rythme respiratoire panique. Il lui semblait que le plafond de la cabine était descendu d'un bon tiers ; confusément, il présumait qu'il allait recevoir un autre coup sur la tête, peut-être plus redoutable.

– La fiche gagnante est d'abord sortie du listing victime, continuait Sørenson ; pour être confirmée par quelques fiches de petites condamnations : jeune femme blonde, yeux bleus…

Almayer avait levé un sourcil en entendant Sørenson. Pendant ce temps, le yacht commençait de quitter son aire, et les vibrations des moteurs s'étaient légèrement accélérées.

– …Victime possible d'un enlèvement criminel en juin 2013…

Almayer leva l'autre sourcil. Il voyait à quelques centimètres de lui la main de son interlocuteur qui, pour compenser les mouvements du bateau, avait saisi la barre en laiton qui longeait la coursive et la serrait avec excès. Elle était tremblante et blanche : le sang l'avait quittée.

– …Oui, Almayer, je crois que vous commencez à comprendre… Trente ans au moment de sa disparition, en Italie, Venise pour être exact…

Søren élevait la voix, une légère écume blanche s'était formée aux commissures des lèvres, et son visage se congestionnait. « Il va se trouver mal ce con », se dit Almayer sans empathie. Lui-même serrait la couverture qu'il avait sous les cuisses ; il venait malgré lui de comprendre ce que le Scandinave voulait lui dire depuis quinze minutes et qu'il lui criait presque, maintenant :

– …C'est, à 750/1000, vous entendez ! Putain, c'est prouvé, vérifié, et tout et tout ! C'est, à 750/1000… presqu'une preuve à ce niveau… Cinq marqueurs sur treize… dans un putain d'échantillon de cire…

Sa voix se fit aiguë, hésitante, il suffoquait presque.

– …Dans une cire qui a permis de momifier une gamine belge, il y a quelques mois…

– Oui ?, encouragea Almayer.

– …Au fin fond du trou de cul du monde…, continuait Søren qui mêlait des grimaces de tragédienne aux mots. C'est quoi cet ADN de chiotte qui ressemble à rien… ?

Il hurlait maintenant, et astiquait des deux mains la barre en laiton. Sa respiration était devenue sifflante.

– Mais de quoi me parlez-vous précisément ?, demanda Almayer.

– Dans cette cire, sur ce corps, c'est l'ADN de Paris Hilton qu'on a retrouvé. Putain, c'est quoi ce merdier, je vous le demande, Almayer !

Et le Scandinave, enfin, soupira longuement, comme soulagé, et reprenait son souffle. Almayer de son côté n'entendait plus rien, abasourdi par ce nom revenu du monde des morts et qui résonnait électriquement dans son crâne. Il avala douloureusement, mais ne montra aucun signe susceptible de faire entendre à son interlocuteur combien dans son crâne, ça devenait difficile. Il tendit son verre avec un geste impératif :

– Vous pourriez rappeler Sunny, ou Polyphème ? Je crois qu'un petit verre me ferait du bien…

*Deuxième partie*

# *La Fiancée du Tophar*

# I

13 JUIN 2023

## *Los Angeles International Airport*

15 $m^2$ au grand max.

Une seule porte, en bois, mais forte et épaisse, et multipliant les serrures compliquées – il en comptait cinq ; il était entré par là, et il sortirait par là, et le plus tôt possible, s'il vous plaît.

Du moins l'espérait-il.

Aucune autre ouverture : ni fenêtre, ni vasistas. La lumière était bleue et froide, et tombait d'un néon tremblant autour duquel trois mouches dansaient de manière mécanique.

L'odeur, âcre et épaisse, mangeait l'esprit. Le mouchoir blanc qu'il s'appliquait sur le nez n'y faisait rien ; elle semblait pénétrer par les pores de la peau, s'accrocher aux cheveux et aux vêtements.

Les murs étaient odieusement souillés. Aux graffitis écrits à la hâte, et disgracieux, se mêlaient des taches d'urine, de vomissures et d'expectorations variées. Des flaques jaunâtres et brunes, épaisses, grasses, dessinaient sur le sol carrelé, qui avait dû être blanc, une mappemonde détestable qui expliquait que Borluut restât au centre de la pièce, debout et immobile.

Depuis trente minutes, quarante peut-être, un arabe, immense, le regardait. Un regard fixe. À moins de deux mètres de lui. Un regard qui s'était posé sur lui, mais sans intensité particulière, sans curiosité même ; un regard neutre et vitreux qui s'était simplement vissé sur lui, et qui ne le lâchait pas ; sans animosité, sans aménité.

Avec son grand jilbab, il semblait émaner du sol sur lequel il était assis. La même couleur. Les mêmes ombres. La saleté ne le dérangeait pas. Grand et démesurément gras : la cellule de la salle de transit paraissait trop petite pour lui. Avec calme, il passait une main velue et des doigts longs et fins dans une grande barbe bouclée, brune et poivre. La bouche sous cette barbe n'existait pas, et il n'avait dit mot.

Borluut avait beau lui retourner son regard, durcir le sien, lever un sourcil, montrer sa gêne, se retourner, l'autre ne cillait pas, et le suivait de ses petits yeux noirs et brillants.

Le grand arabe donnait à son attente des allures non seulement insupportables, mais absurdes.

On lui avait saisi ses deux valises, son sac de transport, son ordinateur mobile, ses deux téléphones ; on l'avait dépouillé de son portefeuille, de ses cartes de paiement ; il avait dû donner sa montre ; on avait décousu ses poches, retourné les coutures, désemmêlé ses mocassins neufs à grand prix, et bien entendu, on lui avait pris son arme, le HK 05.

Comment avait-il pu être si con ?

Ce ne fut même pas l'objet d'un pari ; même pas un coup d'esbroufe. Simplement une fantaisie intellectuelle, une curiosité à satisfaire, une légende à vérifier... pour soi seul. Quelque chose de très abstrait... qui lui était revenu en pleine poire.

Il savait maintenant, malgré sa réputation et sa mythologie, que le HK 05, polymères de troisième génération, canon et culasse compris, le plus léger des parabellum, avec ses petits rails piccanity, réputé indétectable aux scanners à rayon X, se voyait comme la moustache de la Joconde sur les moniteurs X-ray des aéroports nord-américains. Ultraléger certes, mais pas ultra-discret.

Il voyait à nouveau cette jeune femme blonde ingrate et plate, mal fagotée dans son uniforme de douanier. Pas un regard pour sa pomme, et Borluut n'avait rien senti venir. Il avait perçu un petit sifflement électronique, mais c'était bien deux pas avant le portique de détection ; il n'y avait pas porté attention. Les douaniers US avaient en réalité installé un double système de scan, avec des principes et des instruments de détection distincts.

La jeune femme avait saisi son émetteur basse fréquence, et avait baragouiné avec calme un mot ou deux, sans doute à ce gros douanier black qui avait accouru, en bousculant sans égard un ou deux passagers devant lui, avant de le précipiter méchamment à terre, l'écrasant de son poids ; il lui avait retourné les deux bras et l'avait menotté en hurlant des formules que Borluut n'avait même pas cherché à comprendre. Lui n'avait dit mot ; il n'avait pas crié ; il cherchait simplement des yeux la personne avec laquelle on le confondait, afin de mieux rediriger les douaniers ; mais il n'avait croisé que le regard indifférent des autres voyageurs qui, n'émettant aucun mot, ne produisant aucun geste remarquable, restaient seulement enfoncés dans leur ouate ordinaire, continuant de progresser en chenille pour passer ces satanés portiques paranoïdes.

Ils finirent par embarquer l'arabe fixiste. Il y avait deux heures de cela. Mais sa propre situation n'avait pas changé. Rien ne s'annonçait pour lui. Il avait pourtant produit deux ordres de mission, l'un d'Interpol et l'autre du procureur du roi spécifiant la légitimité de l'enquête conduite sur le territoire américain, et l'autorisation du ministère de la justice américain d'interroger trois témoins liés à l'enquête sur le meurtre de la jeune Godelieve Hildebrant : l'Agent Spécial Cornwell ; l'Agent Spécial Weinstein ; Mlle Paris Hilton.

On lui avait adressé en retour quelques regards amusés ou curieux, et puis on l'avait enfermé. Cinq tours de serrure. Et puis rien.

Silence et puanteur.

# II

LE MÊME JOUR

## *Sunset Boulevard, Hollywood, Californie*

La Cadillac Escalade III avec chauffeur, grève des taxis oblige, posa Almayer à dix heures pétantes devant le 120 Sunset Boulevard.

La propriété Hilton.

Il connaissait l'adresse pour l'avoir fréquentée un peu trop souvent quelques années auparavant, et en habitué, passa la haute grille noire et or et s'avança vers la double porte d'entrée de bois clair. Peu de choses paraissaient avoir changé : le même gravier, les mêmes rosiers, la même fontaine extravagante en contrebas. Une Maybach 136 surdimensionnée, modèle 2010, était rangée à proximité du perron, et Almayer imagina favorablement l'hypothèse selon laquelle les déesses Hilton – Kathy ou Nicky – s'absenteraient le temps de son rancart ; l'important, pour lui, était qu'il se retrouve en petit comité avec le patriarche Hilton. Il n'avait aucun désir d'être parasité par ses progénitures hystériques ; bien sûr, se disait-il, en espérant que Rick fût sobre, qu'il ne fût pas au trente-sixième dessous dans sa soixante-dixième dépression, et surtout que les plus tenaces rancœurs fussent ravalées.

Derrière la Maybach, Almayer put apercevoir une casquette de livrée de chauffeur, noir et bordeaux (les couleurs Hilton) s'agiter au rythme latino d'une chanson ancienne, qu'Almayer reconnaissait sans pouvoir précisément l'identifier. Le chauffeur nettoyait avec force les bas de caisse du véhicule qui – Almayer l'aurait parié – devaient déjà être absolument irréprochables ; il n'avait ni vu ni entendu Almayer s'approcher de la maison.

– Salut, Estébàn…

Ledit Estébàn tourna la tête à une vitesse vertigineuse en se levant.

– Ça roule par ici ?

Le chauffeur, devenu mutique, regardait Almayer, les yeux et la bouche tout en rondeur, le visage s'étant allongé d'un bon cinquième sous le choc de la surprise. Il donnait l'impression de revoir quelque chose qu'il n'avait vraiment pas envie de revoir, un vieux et mauvais souvenir.

Almayer s'était déjà détourné, et tira sur la sonnette dorée qui carillonna suffisamment fort pour réveiller tout Beverly Hills.

– Oui ?

Une petite vieille qu'il n'avait jamais vue, hispanique elle aussi, pas plus du mètre cinquante, le regardait sans intelligence, et attendait qu'il se présente. Al ne comprenait pas comment une si petite chose avait pu tirer la porte monumentale de la demeure et la disproportion entre les deux éléments donnait à la situation un aspect légèrement baroque qui, comme il connaissait Rick Hilton, pouvait être calculé.

– Albert Almayer, si vous voulez bien m'annoncer auprès de monsieur Hilton. Nous avons rendez-vous, dit-il en prenant son ton le plus affable.

Il attendait depuis déjà cinq bonnes minutes dans le vestibule d'entrée, à savoir comment Ricky Hilton, réputé pour la faiblesse et la vulgarité de ses goûts, tous domaines confondus, avait pu se dégotter un sublime *Ultimate Painting* d'Ad Reinhardt - il se demandait même s'il ne s'agissait pas de l'un des premiers de la série, bleu ombreux sur bleu sombre – , lorsqu'il entendit des pas descendre l'escalier, sans vitesse et de manière irrégulière, comme peuvent le faire certains enfants las. Mais ce fut un jeune homme que vit Almayer : les cheveux blonds et ras, les yeux d'un bleu profond, les traits fins et la silhouette élancée. Il s'était arrêté en apercevant Almayer, en une pose compliquée et en suspens, et il le salua avec un mince sourire :

– Mais voilà American Airlines en personne... J'en crois pas mes yeux !

La voix était joyeuse et ne laissait entendre aucune gêne. Almayer pouvait voir sous le polo étroit du jeune homme un torse nerveux qui s'agitait et se gonflait ; sous le coup de l'émotion, le jeune homme paraissait près d'exploser et peinait à rester immobile sur le dernier palier. Il avait distraitement posé sa jambe sur les balustres en pierre de l'escalier dans un geste d'enfant, mais cette apparence de négligence donnait à son corps juvénile une posture ambiguë. Almayer se dit alors que le temps n'avait en rien gâté la grâce alcibiadée du cadet de la famille.

– Bonjour, Conrad.

– Que deviens-tu, vieille buse ? Papa m'a dit que tu te pointerais ce matin, et m'a ordonné de me tenir éloigné de ta dangereuse personne, roucoula-t-il.

Il avait entrepris de descendre assez lentement l'escalier sur la pointe des pieds, et à mesure qu'il s'approchait d'Al, sa voix se faisait plus douce et plus emmiellée.

– Tu as un teint du tonnerre. Alors, comme ça, on s'est fait loup de mer ? Il paraît que t'étais parti à l'autre bout du globe, tout seul, sur un grand bateau : on boudait ? Peur de Papa ? On voulait fuir ?, gloussa-t-il d'un ton taquin.

Puis avec plus de sérieux :

– Mais alors tu pourrais pas me dire ce qui se trame ici ? Ça fait plusieurs semaines qu'on voit défiler des grosses brutes, et certaines ont des têtes absolument patibulaires... (*Il fit mine de frissonner.*) Je ne parle pas de gens comme toi, bien entendu, Al, tu penses bien.

Il se pencha par-dessus la rambarde, vers Almayer :

– Dis-moi, à ce propos, sous ton foulard, là, c'est elle ?

Machinalement, Almayer porta la main à sa cicatrice, mais ne répondit pas.

– Dis-moi, qui est là pour me recevoir ? Ton père et ta mère ?, demanda-t-il.

– Non, mon père, je pense ; il est seul, ma mère et les autres vont *shooter* toute la journée sur la 34e...

– *Shooter* ?, coupa Almayer, sans comprendre.

– Oui, tu connais pas les couturiers en tournée *shoot* ? Diable, mon pauvre, t'as sombré dans la barbarie ma parole ! C'est la dernière mode : les boutiques n'exposent plus leurs collections mais elles accueillent les pointures de Milan ou de Paris et même de Hong-Kong, qui viennent fourguer aux dindons de service, généralement à la famille Hilton, à des prix monstrueux, des tissus en exemplaires uniques, ou à peu près ; c'est ce que l'on appelle des *shooties collectors* : Nicky en est folle, elle ne pense qu'à ça ! Ces *shoots* ne durent que quelques jours, ou quelques heures comme aujourd'hui ; toute la ville est en transe : Mac Donald a été le premier à faire ce type de tournée, puis il y a eu Kenzo je crois, Hermès USA, Arpel et Stefano Pilati qui ont suivi... Aujourd'hui, je crois que c'est au tour de Dizzie Li Bomgo et Chantal Thomas, alors tu penses...

Pendant tout ce temps, Conrad avait fini de descendre l'escalier, et s'était sensiblement rapproché d'Almayer. Il le regardait sans retenue derrière ses longs cils, et paraissait ne s'intéresser qu'à la légère excroissance de peau que cachait son foulard. Lorsque la petite vieille revint chercher Almayer, Conrad se tenait à moins d'une longueur de bras de lui, immobile, la silhouette charmeuse et déhanchée, la fossette bien marquée, la tête légèrement inclinée, et avait commencé de chantonner avec nonchalance le même air hispanique qu'Estébàn.

– Missio Hilton fout attend, Missio Alméyé, dit-elle avec ce fichu accent hispano qu'Almayer détestait, il fout attend dans lé bouro !

– Merchi, je connais le chemin ; au revoir Conrad.

– Dis, Al, tu passeras me voir après ?, la voix du jeune homme s'était faite subitement plus inquiète et tendue.

– Non, Conrad, j'ai à faire, et ton père ne voudrait certainement pas...

En sortant du vestibule, Almayer croisa une petite colonne d'Hilton, Kathie la mère en tête, suivie de sa fille Nicky, de son fils

Hugues et… il se rappela les tendances au *cross-dressing* de Baron Hilton en apercevant le dernier de la file - qui se laissait appeler complaisamment la Baronne – sous une longue perruque blonde, derrière de longs cils bruns, et un maquillage à faire rire un guerrier Massaï enfermé entre quatre murs. Il trimbalait au bout d'une laisse un chihuahua indocile qui grogna à l'approche d'Almayer.

– Bonjour Kathie ; bonjour les enfants !, lança-t-il d'une voix exagérément guillerette, et il se régala du regard vipérin de la mère, qui s'était arrêtée net à sa vue, occasionnant derrière elle un léger carambolage d'héritiers et quelques soupirs fatigués.

Rick Hilton l'attendait debout et bien droit derrière son bureau, sobrement habillé d'une veste d'intérieur bleu nuit frappée d'un écusson prétentieux comme seules les universités américaines se plaisent à en produire ; il avait la mine des mauvais jours, même si Almayer ne se rappelait pas avoir vu par le passé un seul sourire sur ce visage nordique. Søren se tenait en retrait, à moins d'un mètre de lui.

Rick Hilton avait été mis depuis peu en minorité dans le groupe *Hilton Resort*, mais il conservait la présidence du groupe. Pendant des années, il avait imposé des salaires de misère à des employés latinos qui le vomissaient, et installé ses hôtels dans des pays ambigus, à coups de valises de dollars. On disait qu'il avait le bras long, qu'il avait ses entrées à la CIA, qu'il avait ici l'oreille de Contador, le baron de la drogue vénézuelienne ; là celle du commandant Marquèsos, le dictateur maltais ; qu'il distribuait avec parcimonie et intelligence son fric, à proportion du pouvoir qu'il pouvait en tirer ; on disait qu'il n'était pas vraiment démocrate ; plutôt antisémite et qu'il abhorrait les noirs, les pédés, les livres qui dépassaient trente pages.

– Bonjour Almayer, vous avez fait bon voyage ?, lança-t-il, monsieur Sørenson que vous voyez là, m'a dit combien…

– On ne se tutoie plus, Ricky ? Tu m'en veux encore, coupa Almayer, mais…

– Bouclez-la ! Bouclez-la ! Immédiatement !

Sa voix avait su atteindre en un court instant le contre-ut, et Al jugea raisonnable de faire ce qu'on lui demandait, tout en se faisant la réflexion que la réputation d'hospitalité des Hilton était toujours aussi surfaite. Rick reprenait comme si de rien n'était, avec calme :

– Donc ...je disais que Søren m'a dit que vous étiez prêt à collaborer. C'est bien car il y a urgence. Les belges sont des gens visiblement pragmatiques – qui l'eut cru de la part d'Européens de mes deux ? – et ont entrepris d'aller vite, et si on les laisse faire, on sera tous dans une merde épaisse. Et vous, avec vos velléités de traversée à la voile dans tous les sens, vous nous avez sacrément retardés.

– Désolé Rick, dit Almayer sans le penser.

– Je n'ai aucun plaisir à vous voir ici ; vous n'êtes pour moi qu'une sombre chiotte de la pire espèce ! Je crois vous l'avoir déjà dit à plusieurs reprises par le passé.

– Mais on a toujours plaisir à l'entendre.

– Hun ! Mais je sais être pragmatique moi aussi, surtout concernant mes enfants, et il apparaît que votre compétence, votre connaissance... disons... du dossier, certaines de vos amitiés, vous rendent... disons, incontournable !

– Mais j'apprécie tous ces compliments, Rick, et je peux t'en retourner quelques-uns !

Hilton regardait Almayer sans aménité, et cherchait à mesurer l'homme et ce qu'il était devenu.

– Il paraît toutefois que vous n'avez pas perdu certaines habitudes coupables ou certains vices...

– Il va te falloir être précis Rick, desquels parles-tu ? Car vois-tu, les vices, c'est ma richesse à moi, dit-il avec un air innocent.

– Oui, répondit Hilton d'un ton acide, j'ai payé pour le savoir ; mais après tout, j'étais pas le seul. Non, je parle de vos dépendances : l'alcool, l'éther, ou leur mélange ; il paraît qu'ils vous ont trouvé ivre, quasi nu, sale comme un porc, et absolument à l'ouest. Vous sentez-vous d'attaque pour bosser pour moi, Almayer ?

– Quelles sont les conditions ? Et quel boulot dois-je faire ?

Hilton prit un temps avant de répondre, en se servant un verre de bourbon, quinze ans d'âge, sans en proposer à Sørenson ou à Almayer. « La classe, toujours et encore », se dit Al.

– Je fais bref, puisque Søren vous a déjà peint le tableau. Ma fille, Paris, a refait surface, c'est du moins ce que suggèrent les événements belges. Vous savez combien elle… elle est fantasque, et j'ai toujours été convaincu que sa disparition n'était qu'un caprice de petite pisseuse ! Vous êtes bien placé pour le savoir… Il vous a raconté l'ADN, donc : elle est là, quelque part, à portée de main… Je veux que vous la cherchiez ; je veux que vous la retrouviez ; je veux qu'à terme vous me la rameniez. Et tout ça avant les Belges, avant que la presse soit informée de cet immense bordel belge ; je veux que ma fille Paris rejaillisse, pure et immaculée, de tout ce putain de fumier. Et vous allez le faire, *illico presto*, clama-t-il en ponctuant chacune de ces syllabes par un coup de poing sur le bureau.

– Bien… Mais quelques remarques peuvent être faites, sans doute…, suggéra Almayer.

– Vas-y, et abrège ; tu veux sans doute pas que je t'accompagne à la guitare ?, dit le milliardaire en lui tournant le dos.

Sans s'en rendre compte, Hilton était revenu au tutoiement, ce qui était finalement assez bon signe pour Almayer. La fureur de Rick Hilton s'était en quelque sorte déplacée de lui à elle.

– Rick, ça fait dix ans qu'elle est partie, Paris, dix longues années, alors il y a des choses que je ne comprends pas : primo, si elle est encore en vie…

Hilton se retourna.

– Non ne t'énerve pas tout de suite, tu veux bien ?, reprit Almayer ; si elle est encore en vie, qu'est-ce qui me dit qu'elle voudra me suivre ? Deuzio,…

– On s'en fout !, coupa Rick Hilton ; tu me sors cette chieuse de là où elle est, en la tirant par les cheveux, par les pieds, ou en la poussant à coup de pompes dans le fion… On s'en fout de ce qu'elle veut ; on lui a trop laissé la bride, et regarde on ne sait même pas où elle s'est barrée.

– O.K., si j'ai ton accord pour forcer les choses, ça ouvre des possibilités ; mais je reviens à mon deuzio. Alors, deuzio, pourquoi après tout ce temps veux-tu forcer les événements ? Bon, je t'accorde que l'ADN constitue un élément nouveau, mais il ne fait qu'ouvrir des perspectives ; mais toi, je te sens comme soudainement pressé. Tertio...

– Mais bordel, tu comprends rien, le hollandais volant ? Rien de rien ! T'es sûr, Søren, qu'il est encore praticable ce type ?, dit-il en se tournant vers le Nordique.

À ce moment-là, celui-ci fit un sourire, avec un petit air de « ah, bah ça je vous avais prévenu » qui indisposa Almayer.

– Mec, si tu me permets cette expression, on est un peu pris à la gorge. Les Belges, ils sont en pleine enquête criminelle, ou plutôt en pleine semoule criminelle. Le seul élément qu'ils détiennent pour le massacre de leur pétasse locale, c'est l'ADN de ma fille ; sinon, ils n'entravent que dalle ; tu vois le topo ? Leur putain de vice-consul – je ne savais même pas que ça existait ce truc – s'est pointé ici il y a quinze jours. J'ai dû l'accueillir moi-même à neuf heures du matin, tout frais au lever, les bourriches à l'air : il baragouinait des trucs confus ; il parlait d'urgence, d'enquête pour meurtre, de Paris qui avait une convocation à comparaître en tant que « témoin assisté » ! C'était du grand délire. *Grosso modo* il m'annonçait en toute sympathie qu'un flic de je-sais-pas-où-en-Belgique se pointait pour interroger ma fille que je n'ai pas vue, que personne n'a vue depuis dix ans. Il venait en ami, me conseiller de m'y préparer, de prendre mes dispositions, qu'il était désolé, mais que les flics étaient libres dans son pays... Putain, comme si la petite allait sortir des bois pour se rendre à un turluttage policier ; elle s'est même pas rendue aux enterrements de ses chiens-chiens adorés, alors tu penses ! Et chez eux, d'après ce que m'a dit le vice de mes deux, « témoin assisté », c'est une manière polie de dire « inculpé », tu comprends ? Or, vu l'état néanderthalien de leur justice, inculpé ou coupable, il y a pas de différences ! Putain !... Dire que je pensais que la Belgique était une île paumée en Océanie il y a encore quelques semaines, et voilà qu'elle débarque pour venir me casser les noix. Alors tu vois ce qu'il faut faire Almayer, c'est : petit un, tu me trouves ma fille ; petit deux, tu me la caches et tu la fais disparaître jusqu'à ce que ces cons de Belges choppent leur malade, et l'oublient ; c'est simple, et donc dans tes cordes, Al.

Al resta un temps silencieux, assommé par l'apparent paradoxe qu'on venait de lui exposer. Pourquoi donc chercher ce qu'on allait cacher ? Pourquoi faire sortir de l'ombre ce que l'on allait y remettre immédiatement après ? Après tout, s'il s'agissait d'échapper à la police, de surcroît belge, Paris Hilton avait été jusque-là particulièrement efficace... Pour peu, bien entendu, qu'elle fût vivante, mais à ce propos Al était convenu avec lui-même de taire ses doutes.

C'est à ce moment-là que son regard glissa sur Sørenson qui se tenait à quelques mètres d'Hilton, et il vit ce léger éclat carnassier qu'il avait déjà deviné sur le yacht, au large d'Oman. Le Scandinave ne parvenait même plus à le dissimuler ; il en bavait presque tellement la rage et la folie malheureuses de Rick Hilton giboyaient devant ses yeux, se balançaient comme dans un tir aux pigeons.

Almayer savait Rick Hilton grossier, bagarreur, emporté, alcoolique et coureur de jupons ; il le savait également dur en affaires, assez souvent intraitable ; était-il possible que la tristesse et la culpabilité fissent de Rick un parfait crétin ? Car celui-ci demandait ni plus ni moins à une bande de faisans cupides de retrouver contre monnaie ce que ces mêmes faisans allaient devoir escamoter. Almayer sentait toutes ses réticences s'envoler : plus de primo, ni de deuzio, ni de tertio... C'était festin.

– Combien ?, demanda-t-il, en regardant Rick Hilton droit dans les yeux.

# III

LE MÊME JOUR

## *Los Angeles International Airport*

La journée promettait d'être longue. Borluut pensa un temps qu'on l'avait peut-être oublié. Après tout, il n'avait rencontré aucun gradé ; seulement des sous-fifres et leur lot de désinvolture. Il imaginait avec effarement que le douanier de garde avait peut-être omis de mentionner sa présence sur la main-courante ; que son successeur peu zélé n'avait peut-être pas vérifié l'occupation de la cellule... et il était parti pour pourrir dans cette infâme cave pour plusieurs jours.

Borluut, furieusement impuissant et immobile, convint que c'était finalement un bon contexte pour entreprendre un nouveau bilan théorique de son enquête. Il tournait comme un chien fou en longeant les murs de sa cellule, à plus de cinquante centimètres pour ne pas risquer de s'y frotter. *Son* enquête en effet, qu'il tenait seul, ou presque, à la force des bras, n'espérant plus vraiment le soutien déjà famélique des autorités, du procureur du roi ou du commissaire central de la police judiciaire... C'était miracle qu'il ait pu obtenir un ordre de mission international d'Interpol pour venir interroger quelques témoins, et ce serait re-miracle qu'il parvienne désormais à venir à bout de ses projets.

Il se voyait revenir bredouille.

Depuis la découverte de la jeune Godelieve sacrément et étrangement amochée en août dernier, l'enquête avait sans doute progressé, sans pour autant que l'ombre d'un coupable ne se dessine. À bien y réfléchir d'ailleurs, chaque progression avait entraîné avec elle un tel lot de mystères et d'énigmes que les interrogations existaient en plus grand nombre aujourd'hui qu'hier.

Il était établi que « l'embaumeur de Bruges » – comme la presse avait étiqueté le bourreau – avait commencé la *préparation* du corps dès son arrivée à l'hôtel, rue de la Digue. Un peu plus de deux semaines avant sa découverte par Sainte-Barbe. Peut-être vingt jours.

Les experts de l'institut médico-légal de Bruxelles étaient à peu près formels sur le fait qu'une première couche de cire, mélangée à de l'essence de conifère, dans un rapport de 72/28 – absolument fidèle au protocole des embaumeurs de l'Antiquité égyptienne -, avait été alors copieusement répandue sur la totalité du corps de Godelieve. On en avait même trouvé des traces substantielles dans le rectum, dans le vagin et recouvrant d'autres muqueuses – narines, bouche.... Le but d'un tel geste : *a priori*, assouplir la peau pour faciliter l'embaumement et les manipulations qu'il supposait.

La peau n'avait montré aucune ecchymose qui aurait symptomatisé des coups : il n'y avait eu donc aucune bagarre et aucune contrainte physique. L'hypothèse la plus vraisemblable était qu'on l'avait droguée, et amenée dans une semi-conscience jusqu'à l'hôtel particulier. Mais l'extraction des organes digestifs de la jeune femme lors de son embaumement criminel et l'encirement de la peau avait naturellement empêché la vérification « bio-chi » (pour biologique-chimique) d'une telle hypothèse.

Pas de bagarre ? Est-ce que cela signifiait que « l'embaumeur » était une connaissance ?

Famille, camarades d'étude, camarades d'enfance, voisins... Ces pistes successives, après quelques semaines qui avaient nécessité l'interrogatoire poussé de plus de trente personnes, s'étaient révélées aporétiques.

La jeune Godelieve, elle-même, intriguait. « L'embaumeur », obsessionnel esthétique et dilettante, convoitait un *item* rare ou précieux, dont il pourrait se prévaloir de l'originalité ou de l'unicité.

Or, la jeune femme brugeoise ne montrait rien d'extraordinaire à première vue. Elle suivait les cours d'infirmerie à la Haute École du roi Baudouin à Jolimont, étudiante ordinaire, ni brillante, ni médiocre, disciplinée et travailleuse. Sa fantaisie n'était pas remarquable ; elle était même assez solitaire, fort discrète, et Borluut et ses adjoints avaient souffert pour approcher d'éventuels amis ou témoins intimes.

Grande, fine, les cheveux brillants, les yeux clairs, coquette et élégante, elle était notablement jolie fille, mais on ne lui connaissait aucune fréquentation masculine d'importance. Quelques garçons du campus s'étaient durement cassé les dents en voulant l'approcher, notamment Miroslaw, un jeune étudiant de médecine, d'origine polonaise, un grand gaillard assez séduisant. Pour lui, « elle n'était pas nette », en tout cas presque physiquement « allergique aux hommes et aux caresses » ; « voire lesbienne », chuchota-t-il avec un regard torve. Il avait ainsi avoué avoir tenté de l'approcher, mais lui parler tournait à « l'acrobatie athlétique » :

– « *Je cherchais à savoir où elle créchait, si elle avait un copain, si elle était dispo, quoi. Mais elle reculait en même temps que je lui parlais, elle pressait le pas, elle se retournait, elle changeait de trajectoire pour me semer : une véritable danse indienne. Je veux bien qu'on me pose un râteau, mais là c'était autre chose ; comment vous dire ? Elle cherchait à me fuir. C'est pas qu'elle m'aimait pas ; elle aimait pas qu'on lui parle, qu'on s'intéresse à elle. Et plus j'insistais, plus elle parlait haut et fort pour me dire de dégager ; le jeu tournait à la farce, et j'étais ridicule.* »

Un psychiatre bruxellois, van Bogart, fut mis à contribution. Réputé adepte du magnétisme post-structurel, il avait exigé qu'on le laissât seul dans l'appartement de Godelieve une nuit entière, demandé l'entièreté du dossier médico-légal, consulté l'état de l'enquête, et avait rapidement conclu à « l'hyposexualité de la jeune femme, voire à « une asexualité de type hétéro-sexuel, de niveau 2x ou 3x sur l'échelle de Kinsey ». Étonné par la contradiction, Borluut s'était sérieusement rancardé. « L'échelle d'intérêt sexuel » de Kinsey, un chercheur américain qui avait publié l'ensemble de ses travaux en 1948, était constituée d'un axe où figuraient à chaque extrémité l'homosexualité et l'hétérosexualité, avec la bisexualité en son centre. 0 : complètement hétérosexuel ; 6 : complètement homosexuel, et une catégorie 2 ou 3, séparée et marquée « X », désignait les sujets « sans contact ou réactions socio-sexuelles ». Borluut avait parcouru avec intérêt l'ouvrage majeur de Kinsey, *Sexual Behavior in the Human Female* : les « asexuels » y étaient caractérisés comme :

> *« des personnes qui ne répondent pas de façon érotique à des stimuli hétérosexuels ou homosexuels, et qui n'ont pas ouvertement de rencontres physiques observables avec des individus de l'un ou l'autre sexe, et qui ne cherchent pas à rencontrer de tels stimulis chez les autres. »*

Kinsey estimait que près de 20 % des femmes célibataires relevaient d'un tel type d'asexualité, pour 5 % des femmes mariées. Borluut, pour se rassurer, s'était empressé de lire les pages masculines du livre : 3 % des hommes célibataires étaient dans la même situation, et quasiment aucun en couple. Ainsi donc Godelieve aurait « hétéro-sexualisé » ses relations socio-sexuelles, si elle n'avait pas eu un rejet ou un détachement de la sexualité même. La piste de l'homosexualité, qui émoustilla les adjoints de Borluut quelques heures, était donc vite tombée : elle ne fréquentait tout simplement pas, ce qui bien entendu avait facilité l'action maléfique de « l'embaumeur ». Tous les témoins avaient souligné qu'elle se tenait à l'écart des autres, y compris dans les salles de cours où elle choisissait de manière systématique les coins ou les fonds de salle. Elle était naturellement jugée hautaine, arrogante ou pimbêche, et personne ne s'était étonné de son absence ; personne n'avait demandé après elle pendant un long temps, laissant toute liberté à la fantaisie vicieuse du bourreau.

Mais la question demeurait de savoir comment « l'embaumeur » lui-même avait pu approcher et se familiariser avec une jeune femme maladivement si méfiante et si distante.

Le lieutenant en était convaincu : son isolement phobique ne suffisait pas à faire d'elle une victime. Alors, pourquoi elle ? Cette question résonnait encore dans la tête de Borluut tant il se l'était posée, tant il l'avait tournée et retournée quelques longues nuits.

Pourquoi elle ?

Le domicile de la jeune femme, que les brigadiers avait retourné, n'avait rien révélé qui puisse être traité ; il était parfaitement ordonné, et reflétait un caractère célibataire et dogmatique. On n'y avait trouvé aucune trace de « l'embaumeur ».

Or, il ne l'avait pas choisie au hasard ; alors la question, lancinante, revenait : pourquoi elle ? Il était certain que la réponse serait déterminante.

Borluut sentait maintenant la nuit tomber.

Les bruits provenant des cellules voisines et du hall, derrière la porte, commençaient de s'atténuer.

Il regarda à nouveau le sol et les murs immondes, et ne parvenait pas à imaginer comment il pourrait s'allonger et s'endormir. Mais le pire tenait à ses ordres de mission qui n'avaient qu'une durée limitée : soixante-douze heures, pas plus, pour interroger trois personnes situées à plus de mille kilomètres les unes des autres.

# IV

13 JUIN 2023

## *Los Angeles Daily News*

NDLR : Dans le cadre de la commémoration de la disparition de la star Paris Hilton (« Dix ans déjà… »), notre journal reprend chaque jour un épisode de sa vie. (extrait)

« LE MYSTÈRE DU JOURNAL INTIME », PAR JOCELYN MUSSETT

« *[…] Il est assuré que Paris Hilton tenait son journal intime depuis peu lorsqu'elle disparut. On croit savoir que cette œuvre se situait au croisement de multiples motivations.*

*Une première était de l'ordre du confort personnel. À un moment de la vie où le chaos désorganisait l'existence de la jet-setteuse, la mise à plat de sa vie a pu paraître comme un élément de stabilisation. Écrire pour ne plus se disperser, pour ne plus se diviser, pour ne plus s'opposer à soi, telle était la recommandation qu'avait faite son thérapeute, le Dr Negri, si l'on en croit ses propres dires dans son ouvrage* Cinq psychanalyses. *Écrire afin de se « libérer des énergies négatives qui la gagnaient ».*

*Une seconde aurait été d'ordre artistique. Lorsqu'elle arrive à Venise, en octobre 2012, Paris Hilton a accumulé les échecs : sa carrière de chanteuse est au point mort, et sa reconversion en auteur-compositeur une farce burlesque : personne ne veut de ses chansons, aucun producteur, aucun interprète. Elle a émis le désir d'apprendre la musique, elle s'est essayée au piano avec force professeurs et maîtres qu'elle a renvoyés à peu près systématiquement, et a renoncé après quelques semaines devant la difficulté de l'apprentissage ; elle a ouvert une galerie d'art contemporain sur la 45^e^, à New York, mais ses choix d'exposition, fondés plus sur des amitiés que sur de réels talents, en ont fait assez tôt l'objet de la risée des critiques et des amateurs, et son désir d'exposer ses propres toiles de photo-peinture n'a pas diminué les quolibets. Aussi, l'écriture d'un journal a-t-elle pu lui paraître comme une manière de création neuve, plus intense et plus intime. Le hic, bien sûr, pour une personnalité aussi extravertie que Paris Hilton fut la recommandation que lui fit son thérapeute de n'écrire que pour elle-même, sans tabou, sans limite ni omission, à la manière du* total writing, *et donc sans aucun espoir de publication.*

*On sait de source sûre (Nicky, Britney, Jean, son* French bodyguard, *le Dr Negri…) que cet exercice fut régulièrement tenu ; que plusieurs fascicules existaient ; qu'elle avait noirci les pages d'abord difficilement, mais ensuite consciencieusement, chaque jour.*

*Qu'est donc devenu ce petit carnet de secrets ? Il n'a pas été retrouvé dans sa suite du Hilton vénitien, ni dans son appartement londonien, ni dans sa propriété californienne. La disparition du journal a alimenté toutes les hypothèses contradictoires visant à expliquer la disparition de son auteur. Pour les uns, c'était la preuve qu'elle avait fui, fugué, puisqu'elle avait gardé avec elle, près d'elle, ce qui était devenu le plus cher à son cœur, son « être-livre » comme l'avait appelé le Dr Negri. Pour les autres, l'escamotage du journal devait indiquer au contraire combien la disparition de Paris était troublante, confuse, parsemée d'ombres. La disparition du journal montrait combien elle pouvait gêner, combien ses confessions pouvaient déranger, sans que les partisans de cette thèse n'indiquent jamais « en quoi » ou « pour qui » Paris Hilton pouvait être gênante ou dérangeante. […]*

*Trois journaux intimes, bien entendu apocryphes, ont déjà connu les bonheurs de l'édition et des procès retentissants ; on en a tous le souvenir.*

*Mais l'authentique texte de la star reste inconnu : est-il pour autant bel et bien perdu ? A-t-il seulement existé ? Si oui – ce qui est probable -, existe-t-il encore ? Et qu'est-ce qui explique alors sa disparition ? Son contenu dépasse-t-il le seul déploiement de la vie intime d'une star malheureuse ? Paris Hilton nous y révèle-t-elle Bob, ce désormais fameux « dernier homme de sa vie » ? […] »*

# V

LE MÊME JOUR

## *Hollywood– Los Angeles, Californie*

– Bordel, Søren, cinq patates !! Cinq putains de monstrueuses patates…

– Ça, c'est le butin global, Al ; pour vous c'est deux et demie, rien de plus, question de précision…, dit Søren, les sourcils hauts et l'index clairement dressé pour être bien sûr qu'Almayer entende la correction.

– Vous n'allez pas commencer à être gourmand, n'est-ce pas ?, reprit-il ; c'est-à-dire que j'ai des frais courants, du personnel…

Sørenson et Almayer venaient juste de quitter la résidence Hilton, et étaient tous deux arrêtés sur le trottoir de *Highland Avenue*, au beau milieu d'une masse mobile de passants ; ils restaient indifférents aux badauds qui les bousculaient.

– Il y a quelque chose de pas sain dans cette histoire ; on ne peut pas prendre comme ça cinq millions de dollars à Rick Hilton, reprenait Almayer avec ce même ton flottant.

– Merde, Al ! Vous avez peur de quoi ?, répondit le Scandinave avec un drôle de petit rire hyénimorphe.

Puis il posa la main avec délicatesse sur le bras d'Almayer, et mit ses lunettes de soleil sur le front, dégageant ainsi un regard froid et ouvert.

– Voilà ce que je propose, Al : on lui retrouve sa gamine,… enfin ce qu'il en reste ; on lui montre,… enfin ce que l'on peut lui en montrer ; et on passe au tiroir-caisse. Voyez, simple comme vous aimez : sujet, verbe, complément, et plein de fric à la sortie. Ça fait deux mille ans que j'en rêve, que j'y pense, que je cours après, alors ce ne sont pas les sniffs-sniffs (*le scandinave les prononçait de manière très dentale, et en quatre temps – zniv-veu-zniv-veu –, et Almayer dut faire un effort pour comprendre*) d'un milliardaire de naissance qui vont m'affecter. Moi je l'ai pas tuée la môme ; et soyons clairs ; après dix ans, je ne vois pas, et vous le savez sans doute, comment on pourrait la retrouver entière la poulette.

– Sans doute, mais…

– …Et c'est pas cinq petits millions de dolls qui vont l'appauvrir, le vieux chnoque ! Putain, c'est ce qu'il s'met dans la poche toutes les semaines en dividendes ; par contre, moi, un petit million ou deux, c'est une belle retraite en Polynésie, vous voyez, Al.

– Oui, mais j'ai…

– Vous a-t-on déjà parlé de Rurutu ? Non ? Polynésie Française, petit groupe d'îlots, pas plus de deux mille habitants, des petites femmes locales très apprivoisées, personne pour vous faire chier, et des baleines qui viennent s'y reproduire, chaque année : elles dansent, elles baisent, elles sont à portée de mains ; putain, je connais rien de plus beau. Le fric d'Hilton, ça veut dire baleines et vahinés pour moi !

Il apparaissait bien que l'éthique était pour le scandinave une sorte de langue étrangère qu'il n'avait jamais apprise ou pratiquée ; en soi, ça ne dérangeait en rien Almayer, mais il fallait bien prendre garde de ne pas tomber dans les rets de plus infâme que soi.

– Moi, j'ai une sorte de mauvaise intuition, put dire enfin Almayer qui parlait avec lenteur, semblant réfléchir à mesure qu'il parlait, un pli profond lui barrant le front : c'est qu'il ne nous laissera pas prendre notre pied de cette manière, pour sûr. Il y a quelque chose qui tourne pas rond là-dedans ; je ne connais personne capable de se laisser plumer de cette manière, aussi facilement ; c'est comme s'il nous filait le blé les yeux fermés ! Et ça, c'est pas le genre de la maison Hilton.

– Bah ! Il est inquiet, ou triste, ou mélancolique ; il paraît que ces sentiments existent chez certains, et qu'ils poussent à certains excès, ironisa Sørenson.

– Sans doute, mais j'ai assez fréquenté Rick pour estimer que ce mec n'est certainement pas rongé par la tristesse ; ses sentiments pour sa fille ont sans doute existé, mais là, la date de péremption est assez largement passée. Alors, où est l'embrouille ?

– Je ne saisis pas.

– Vous devez savoir que Papa Hilton a toujours été une pourriture sans état d'âme ; et il ne faut pas le sous-estimer ; ce mec n'a jamais laissé son fric comme ça, et il sait… je suis convaincu qu'il sait qu'il ne nous laissera pas ces cinq patates ; il aurait pu annoncer dix de plus, ou vingt, il s'en fout ; il y a quelque chose dans cette histoire de pas net, de vraiment obscur ; quelque chose qu'il sait et que nous ne savons pas, nous.

– Vous flippez, ma parole, Almayer !

– Disons que je suis prudent ; on est en train de se faire blouser, Søren…

– Extrapolation ! Je dirais plutôt que…

– …Et c'est pas sur notre fric que l'on parie, mais sur notre peau !

– Mais, Almayer, vous pouvez nous laisser la totalité de l'affaire quand vous voulez…

– Autre chose, Søren ; Rick Hilton, il a fait le beau, tout à l'heure…

– Comme toujours, et alors ?, rétorqua Søren.

– …Mais il est mort de trouille ; je suis sûr que quelque chose ou quelqu'un le met sous pression ; Conrad, le plus jeune fils de Rick, m'a dit que des drôles de types ont défilé ces dernières semaines : vous savez qui c'est ?

– Non ; il ne m'en a rien dit ; ce doit être pour ses affaires.

Almayer commençait à voir les résistances du Scandinave diminuer.

– J'en doute ! Conrad est fantasque, mais il sait reconnaître une crapule quand il la voit ; il m'a gentiment lancé un message le petit père, et il en a encore à me dire, je suis prêt à le parier ; dès que je le peux, je vais le cuisiner un peu plus. Putain ! Søren, toute cette histoire sent l'abattoir…

Un long silence suivit la remarque paranoïde d'Almayer, et, à regarder Søren Sørenson, il apparaissait que l'inquiétude s'était propagée. Le regard du Scandinave devenait très mobile, et il regardait la foule alentours avec interrogation.

– O.K. Soyons prudents, Al. Mais je ne laisserai pas partir ce fric.

– Oui, j'ai bien compris ; et je crois bien que Rick, et ceux qui se cachent derrière lui, ont misé sur ce genre de détermination de votre part…

Mais en même temps qu'il faisait cette dernière remarque, Almayer ressentit un léger frémissement nerveux à la base de la nuque qui l'alerta : car s'il paraissait essentiel à Rick Hilton, il avait tout de l'empêcheur de tourner en rond pour le Scandinave et son équipe.

# VI

13 JUIN 2023

## *Los Angeles International Airport*

Debout, bien tassé sur ses jambes, Borluut s'efforçait de se reposer à coup de micro-sommeils ; quelques secondes seulement à quelques minutes d'intervalle. Il s'immobilisait, posait les bras le long du corps, tout contre les hanches, commençait de contrôler sa respiration qui devenait plus lente et régulière.

Mais la petite tache rougeâtre qui se trouvait sur le mur près de la porte de la cellule l'obsédait depuis peu. Dix centimètres carrés de sang séché que personne n'avait nettoyés ou grattés : la tache lui faisait face, à hauteur d'yeux, à hauteur d'homme : « comment a-t-on pu faire gicler un type à ce niveau ? », se demandait-il, laissant un temps l'intuition investigatrice se réveiller en lui. Plus bas, la tache aurait pu signaler une chute ; mais si haute, elle faisait frémir.

Il fit un effort pour se détendre légèrement, il laissait les paupières retomber, avant de revenir, malgré qu'il en ait, à Godelieve : « …à moins que ce ne fût pas tant « pourquoi » ou « qui » que « comment » qui importait. »

Il rouvrit les yeux. C'était ces fichues mouches qui tournaient de manière affolée au-dessus de sa tête – simples et vulgaires *musca domestica* – qui le ramenaient à Godelieve, ou plutôt à ce dézingué d'assistant-légiste de la morgue de Bruges qu'il avait dû revoir pour les bilans d'expertise et d'autopsie de la jeune Godelieve, deux semaines seulement après sa découverte.

Ce qui faisait en effet la spécificité de ce crime était la manière : sa sauvagerie esthétique, disciplinée, pensée et organisée. Car l'autopsie telle que l'avait conduite le médecin légiste Fritz Beckers ne fut que les prémisses d'une cascade de révélations détestables.

Ils étaient quatre, ce jour-là.

La morgue.

Brainstorming du matin. Outre l'assistant, toujours aussi décalé, et Borluut lui-même, se trouvait un certain Professeur Boerschin *(d'après ses gestes, son ton, ses fringues, degré 1 sur l'échelle de Kinsey avait estimé Borluut, c'est-à-dire prédominance hétérosexuelle n'excluant pas des expériences homosexuelles)*, égyptologue réputé et même à en croire certains - et lui le premier – la sommité égyptologique belge, voire européenne, du moment, à même de décrypter et d'apprécier le protocole de « l'embaumeur ». Il comptait des publications par centaines, des invitations dans les colloques et journées d'étude à Oxford, Bologne ou Paris, et avait conduit et dirigé deux campagnes de fouilles en Égypte qui, selon certains, s'étaient révélées des échecs assez retentissants et coûteux. Pour autant il était fréquemment consulté pour sa science de l'embaumement, et c'est à ce titre qu'il assistait à cette funeste réunion. Il avait une manière bien à lui de cligner des yeux et de curieuses intonations dans la voix qui mettaient mal à l'aise Borluut.

Un certain Hanns Heinz Ewers - « *h.h.* pour aller vite, messieurs » – expert légiste, dirigeait cette petite assemblée ; il avait lui-même rédigé l'essentiel des rapports, et était vite apparu à Borluut comme un être fermé, antipathique, mais ultra-compétent *(degré 5 ou 6 sur l'échelle de Kinsey : prédominance, voire exclusivité homosexuelle)*. Avec son équipe, h.h. avait pu « synthétiser » et reproduire à 85 % « les supplices de la jeune femme » : sa chronologie, son tempo, son protocole, les instruments et les substances utilisés ainsi que les causes de la mort. En raison de l'embaumement et de l'absence des organes principaux, avait assuré h.h., ces résultats tenaient de « l'exploit ». Borluut avait rebondi sur un mot :

– « *Comment ça ? Les causes de la mort ? Comment ça les supplices ?*

– *Oui, bien sûr lieutenant. Il n'est pas suffisant de voir qu'il y a eu massacre pour dire ce qui a occasionné la mort.*

– *Massacre ? Vous voulez dire l'embaumement ?*

Borluut se souvenait assez nettement des regards glissants de ses interlocuteurs, de leur gêne et de leur silence, long et lourd ; visiblement, certains en savaient plus que lui.

– *Bien, Messieurs les experts,* avait-il repris, *vous connaissez des éléments de l'enquête que je ne connais pas encore ; des rapports semblent ne pas m'être parvenus, or, je dirige cette enquête et vous avez tout intérêt à m'éclairer au plus tôt, si vous le voulez bien !*

– *Je crains que…,* bafouilla h.h., *disons que l'on sait… depuis peu, attention, depuis peu, seulement… Quelques heures… on sait des choses que l'on n'a pas fait suivre, de peur que ça fuite dans la presse ; et enfin c'est si délicat que…*

– *Allons au fait, monsieur h.h., si vous voulez bien,* l'avait coupé Borluut, avec le regard froid et le sourcil haut steve-austinien.

– *On sait par exemple que le tueur a tout fait pour prolonger la vie de la malheureuse.*

– *Comment ça ?*

– *Avec des mélanges chimiques à la fois originaux et puissants.*

– *Non, ce n'est pas ma question : pour quelle raison aurait-il cherché à prolonger son existence ?*

Borluut s'irritait à une vitesse vertigineuse. Il se sentait largué.

– *Cher lieutenant, il serait bon pour tous, et vous le premier, qu'on procède de manière méthodique ; avançons un peu, vous voulez bien, et vous aurez toutes les réponses à vos questions.*

Silence pesant.

– *Donc, disais-je,* reprit h.h. sans un regard pour Borluut, *la jeune femme fut assez tôt perfusée. Sans doute pour des raisons nutritives d'abord. Ensuite pour injection parentérale de certaines pharmacies : quels mélanges utilisés ? Quels produits proportionnés dans la solution ? On a envisagé un temps que le sujet aurait pu décéder des suites de l'absorption abusive de tels pharma, par empoisonnement ou surdosage…*

– *Et?*, questionna Borluut qui notait tant qu'il pouvait sur un petit calepin réglementaire A7, 172 pages…

*– Mais, cher lieutenant, tout est inscrit noir sur blanc dans les différents dossiers que je viens de vous remettre ; inutile de prendre des notes.*

*– Ah !*

*– Il semblerait, en raison d'indices que je vous épargne, mais qui ont emporté notre adhésion, que c'est le cœur qui a lâché. Trop de souffrances et trop de fatigue. Mais on va y revenir.*

*– Trop de souffrances ?*

Soudainement, Borluut avait compris qu'il n'était qu'au début d'un calvaire. Il avait compris les traits tirés de ses voisins, leurs yeux coupables et fuyants ; il avait deviné leurs réticences à ouvrir les dossiers colorés que h.h. avait mis à leur disposition. Avec calme et lenteur, Borluut avait alors rangé son stylo-plume, fermé son calepin, et avait fixé droit dans les yeux h.h. :

*– Arrêtez-vous sur tous les détails ; je veux tout savoir ; ne m'épargnez rien, et ne soyez pas surpris que je vous coupe !*

Tous étaient assemblés autour d'une table haute en verre, et avec devant eux, le dossier épais et multi-coloré mis à leur disposition par h.h. Tous à peu près cravatés et costumés, à l'exception de l'assistant-légiste, rien ne distinguait cette revue mortuaire inédite des comités d'agents bancaires, ou de vendeurs de voitures, ou de commerciaux d'assurances, ou d'agents immobiliers. C'était une assemblée comme une autre, avec un ordre du jour, des graphiques, des tableaux à double entrées et des projections 3D sur écran,… à la seule exception qu'on avait visiblement prévu d'y servir l'horreur à chaque minute.

*– Sachez, cher lieutenant, que d'après le Professeur Boerschin ici présent, le tueur a cherché à mettre au point un protocole propre à ce que les spécialistes appellent les « momies du Tophar »…*

*– Pardon ?*

*– les « momies du Tophar » ! …qui, si l'on en croit encore le Professeur Boerschin, restent une énigme depuis la révélation de leur existence par un historien… juif…*

– *Oui, Flavius Joseph*, précisa sans attendre le Professeur Boerschin.

– *Euh, excusez-moi, suis-je le seul à ignorer ce qu'est une « momie du Tophar » ?*, demanda Borluut, avant de reprendre d'un ton plus serré : *Suis-je le seul à ne comprendre un traître mot de ce qui est dit, ici, maintenant, alors que je devrais être par définition le plus éclairé, le plus lucide, le moins con ? Expérimentation de quoi ? Révélation de quoi ?*

Au milieu de sa crise irritée, un des trois dossiers colorés s'envola et retomba sous la grande table de verre, éparpillant quelques notes et deux ou trois photographies proprement insupportables, mêlant ainsi, malgré Borluut, la comédie au tragique. Lorsqu'il se fut enfin relevé, et qu'il émergeait de dessous de la table, la cravate bouleversée et les cheveux désordonnés, il entendit la voix monocorde du Professeur Boerschin :

– *La jeune Godelieve représente, à sa manière, une expérimentation égyptographique originale…*

– *Drôle de nom pour un meurtre*, siffla Borluut.

– *Flavius Joseph, notre historien juif, fait allusion à une curieuse pratique d'embaumement… d'inspiration égyptienne certes, mais que les Égyptiens n'auraient pas par eux-mêmes pratiquée… Le Professeur Golianov, un confrère russe, s'est intéressé à cette pratique tout au long de sa carrière ; il en a même fait sa thèse… Il nous a quittés depuis peu, le pauvre homme, je crois bien ; à plus de quatre-vingt-dix ans, et encore bien vert… Bref, Flavius n'est pas un historien absolument fiable… enfin pas toujours digne de foi, très imaginatif, et Golianov est longtemps resté sceptique quant à l'existence ou la description des momies du Tophar…*

– *Que sont les momies du Tophar, Professeur ?*, redemanda avec insistance le lieutenant qui n'avait que faire du c.v. des morts, exception faite de ceux qu'on ornementait de bandelettes.

Profonde inspiration du Professeur ; il s'assit en tailleur sur son haut tabouret, non sans audace, se dit Borluut :

– *Seul Flavius Joseph donc, dans l'Antiquité, fait allusion à de tels embaumements, alors même que l'on estime qu'il n'en a pas vus, seulement entendu parler, et qu'il rapporte ce qui lui a été raconté, ou ce qu'il aurait lu lui-même. Il faut dater de telles cérémonies de la Basse Époque antique égyptienne. C'est une période complexe, voyez-vous, pendant laquelle le pharaonisme se délite, agressé par les peuples voisins, Perses, Assyriens et j'en passe... des peuples qui toutefois, à mesure qu'ils annexent l'Égypte adoptent obsessionnellement ses coutumes, sa religion, son ordre de valeur. Plus pharaonistes que le pharaon, quoi ! Les momies du Tophar viennent de cette période décadente et compliquée ; et ce serait vite les penser que les taxer de sauvages ou de barbares. Comme vous le savez, c'est la tarte à la crème de l'égyptologie, pour les Égyptiens, le mort doit perdurer dans la mort : avec son être, son Ka, ses biens matériels, tout ça, tout ça... À un certain moment, on a considéré que le signe de la plus grande délicatesse morale, intellectuelle, sensible était de permettre qu'une veuve pût suivre son époux et maître dans son voyage métempirique...*

*– Hon ?*

*– ...Euh, post-mortem. On parle bien évidement des femmes de la meilleure naissance ; épouses de grands aristocrates et des plus grands cadres de l'Égypte de la Basse Époque. Un temps, donc, il était bien vu qu'elles se donnassent la mort pour se faire embaumer en même temps que leur prestigieux époux.*

*– Diable ! Elles mouraient par amour ?*, demanda Borluut. En même temps il repensait à l'échelle de Kinsey : « degré 0 à coup sûr ! »

*– Mais le protocole fut perfectionné; on l'a hystérisé même. Ainsi, dans quelques provinces méridionales, on aurait augmenté d'un degré le signe de la fidélité et de l'amour : écoutez bien cela, mon jeune ami...*

*– Mais je ne fais que ça, Professeur, et je ne sais toujours pas où on va !...*

*– ...Certaines veuves, pour suivre leur mari défunt, et exposer de cette manière la pureté et l'éternité de leur amour, demandaient à être embaumées... vivantes !*

*– Horreur !*

*– ...Comme il s'agissait d'aimer d'un amour plus fort que la mort, elles désiraient rester aussi sexy qu'avant, les petites...*

*– Mais c'est possible ?*

*– C'est là qu'est le mystère mon cher ! On n'en sait rien de rien. La science des embaumeurs égyptiens reste très confuse pour nous. On ne sait pas de quoi ils étaient réellement capables. En tout cas, si l'on en croit Flavius Joseph, cela impliquait que l'embaumement commençât*

*du vivant de la jeune femme. Et techniquement, cela supposait que les organes vitaux fussent touchés en dernier.*

Borluut sut rester silencieux pendant quelques secondes pendant lesquelles il traitait à sa sauce l'information qui lui avait été donnée.

– *Voilà des bonshommes qui savaient y faire, et qui savaient se faire aimer*, reprit en plaisantant Boerschin.

Puis, avec un ton plus docte :

– *Reste que de telles exigences furent extrêmement rares, …mais elles auraient effectivement eu lieu. Selon l'historien juif, on aurait compté moins d'une trentaine de grandes cérémonies du Tophar lors de la Basse Époque. Nous sommes face à du rarissime !*

Dans l'imagination de Borluut, se mêlaient les pyramides, le sable jaune, des danseuses lascives et d'immenses sarcophages… mais avec de fausses couleurs et de fausses lumières, comme dans les premiers films en technicolor, dans lesquels on voyait des Charlton Heston et des Yul Brynner torse nu et huilé (*degré 6 sur Kinsey*), et des starlettes qui avaient le visage de Godelieve…

– *Attendez, Professeur ; je ne vois pas trop ce que viennent faire les Tophar dans mon affaire. Vous êtes en train de me faire croire que Godelieve aurait…*

– *A… Pas « aurait »… A… A subi une bonne partie de l'embaumement alors qu'elle était vivante, oui.*

– *Pas possible !*, s'exclama Borluut en se levant à moitié de sa chaise.

Il avait soudainement pâli.

– *…C'est triste mais c'est ainsi*, reprit Boerschin avec ce même tic des yeux que Borluut avait déjà remarqué. *Une bonne partie de tout cela a été commis alors que la gamine se remuait, pleurnichait et gémissait…*

– *Il l'a démontée vivante, la petite, non, mais vous avez déjà entendu un truc pareil ?*, barytona de manière inattendue l'assistant légiste, resté muet et indifférent jusqu'alors.

« Embaumée vivante », « expérience égyptographique », « momie du Tophar »… Borluut eut l'impression que quelque chose de glacé lui parcourait toute la moelle épinière.

# VII

NUIT DU 13 AU 14 JUIN 2023

## *The Hilton Los Angeles Universal City, Chambre 446*

Almayer était nonchalamment allongé sur son lit, à regarder l'épais dossier que lui avait donné le Scandinave concernant la disparition de Paris Hilton. Il venait juste de se faire monter, comme compagne de grasse matinée, une bouteille de *Maotai-sunyen*, la meilleure référence, bien frappée, qu'il avait couchée à proximité du dossier, et il restait là à regarder les deux objets, sans oser encore ouvrir ni l'un ni l'autre. Les deux pouvaient faire basculer la relative sérénité qu'il ressentait à cet instant, et il lui paraissait prudent de les tenir encore un temps à une certaine distance.

Le téléphone sonna.

– Almayer, c'est Søren.

– Hum. Vous appelez tard.

Le ton d'Almayer était aussi froid que celui du Scandinave était enjoué ; un ton qui sonnait bien trop faux, se dit Almayer.

– Bien, allons droit au but. Je viens d'avoir Bill Graham, l'avocat des Hilton, au téléphone. Ça y est, on nous donne les premiers os à ronger. Il lui apparaît que vous devriez commencer vos recherches par une petite entrevue avec l'agent Cornwell, du FBI. Il est certainement l'homme qui en sait le plus sur cette affaire. C'est lui qui a instruit l'enquête sur la disparition de la pauvre Paris. Mais attention, c'est un homme fatigué et malade, ce con s'est pris deux ou trois AVC ces deux dernières années ; il est donc un peu déjanté par moment, enfin c'est ce que m'a laissé entendre Bill qui a eu son avocat au téléphone ; allez-y avec douceur, si vous en êtes capable, faudrait pas qu'il ait une nouvelle attaque avant d'avoir craché le morceau.

– Rien que ça ? J'ai l'impression que vous me proposez un tête-à-tête avec un cadavre…

– Autre problème, coupa le Scandinave. Il ne voudra certainement pas collaborer avec vous, du moins spontanément ; il est en froid avec tout ce qui vient des Hilton, car Rick l'a un peu secoué ces dernières années, il faudra donc être subtil (*Almayer crut entendre le petit rire asthmatique du Scandinave*)… Sympathisez avec lui ; il est souffrant, il ne peut qu'être sensible à l'empathie.

– Quelle délicatesse, Søren, on devine en vous toute une science de l'âme humaine…

– Ouais, je me passe de vos sarcasmes ; Graham et Hilton sont convaincus que le travail de Cornwell a été, disons…, pour partie efficace ; qu'il demeure des dizaines de pistes, et des tonnes d'éléments qu'il a plus ou moins découverts mais qui n'ont pas été explorés : allez savoir pourquoi, il y a d'ailleurs un petit mystère là-dessous. Interrogez-le à ce propos ! En tout cas, c'est ici, à L.A. que vous trouverez quelque chose : accédez à ses archives, et fouillez-les ! Elles ne sont pas chez lui, on a tout fouillé ; elles ne sont pas dans sa résidence secondaire, sur le *Mammoth Lake*, on l'a retournée également ; bref, secouez le prunier, il en tombera bien quelque chose.

– Vous avez sans doute d'autres conseils de méthodes à me donner ?

– …Le problème, poursuivait Søren de son côté, sans même entendre Almayer, c'est qu'il est actuellement dans un centre de soins privé de *Hollywood Boulevard*. Il subit une série de tests médicaux un peu lourds, paraît-il. Il faut dire que sa dernière attaque date de quelques semaines. Pas sûr donc qu'il ait l'énergie ou la volonté de vous répondre ; mais on peut pas attendre ; d'ailleurs le pépère peut nous lâcher d'un moment à l'autre ; alors pressez le citron tant que vous pouvez !

« Tiens !? Ce bon søren a l'imagination fruitière », se dit, l'air amusé, Almayer.

– L'important est que l'on puisse accéder aux dossiers et qu'on soulève un peu la merde. Y'a des trucs pas clairs dans tout ça.

– Vous avez un truc précis en tête ?, demanda Almayer.

– Vous verrez ça par vous-même. Bon, dernier élément ; à la fin du dossier que je vous refile, il y a une enveloppe cachetée et scellée; il est inscrit dessus « agent Cornwell. 10 12 19 » ; vous ne devez absolument pas l'ouvrir ; et vous ne devez la communiquer à l'agent Cornwell que si vous sentez qu'une légère pression est nécessaire pour le faire parler ; si par exemple il vous sort la chanson des principes, de la conscience professionnelle, de « je ne mange pas de ce pain-là », vous sortez l'enveloppe, et on va voir ce qu'il va continuer à chanter... Bon, ne nous décevez pas, Al (*cric*).

Et ce fut tout ; Søren avait mis un terme à la conversation sans autre forme de protocole ; c'était sans doute sa manière à lui de suggérer l'efficacité et l'urgence, se dit Almayer.

Il garda un temps le combiné téléphonique vissé à l'oreille, regardant le dossier qui s'éternisait sur son lit, et le sourcil légèrement froncé. Certes, il n'aimait pas cette manière qu'avait le Scandinave de lui donner des consignes à distance, sans qu'il sache les tenants et les aboutissants ; il n'aimait pas l'idée qu'un metteur en scène l'emploie à sa guise sans qu'il ait lu l'entièreté du scénario ; il n'aimait pas ce rôle de figurant qu'on lui avait confié un peu trop facilement.

Mais ce n'était pas là le motif le plus prégnant et actuel de son souci. Il avait entendu un léger froissement sur la ligne, quelques instants avant que Søren raccrochât ; une oreille profane n'aurait perçu que des parasites communs. Mais ce froissement quasi imperceptible, lointain, sourd, feutré restait pour Al absolument typique, et confirmait ce que son petit *daïmon* intérieur lui disait depuis qu'il avait quitté le voilier : cette histoire virait au kaléidoscope, tout en profondeur, entourloupe et complexité.

En tout cas, une chose était sûre : ils n'étaient pas seuls sur la ligne.

On les écoutait.

# VIII

NUIT DU 13 AU 14 JUIN 2023

## *Los Angeles International Airport, Hall d'accueil*

h.h. tenait assez haut quelques feuillets dactylographiés qu'il lisait de manière plus ou moins précise, les accompagnant parfois de commentaires et d'hésitations. Il s'était levé et arpentait la salle de réunion en de vastes mouvements circulaires, ce qui obligeait ses interlocuteurs à des gesticulations yogiques.

– « *On peut souligner que le trait distinctif de ce crime est presque paradoxal, en ce sens que le tueur a longtemps, et de manière obstinée, cherché à ne pas tuer la jeune femme. D'après ce que l'on sait, en vertu du témoignage reçu, il l'a maintenue vivante et consciente pendant près de quatre-vingt-seize heures… Quatre jours au cours desquels l'embaumement a proprement commencé…*

– *Mais comment est-ce possible ?*, s'étonna Borluut malgré lui à voix haute, sans souci de la répétition.

– *Vous voulez dire, possible moralement ou possible techniquement ?*

Borluut avait trouvé au Professeur Boerschin à ce moment-là un petit air cynique.

– *Techniquement, l'agonie de Godelieve,* avait repris h.h. d'un ton docte et technique, *messieurs, s'est développée en trois temps majeurs : le premier moment a consisté en la préparation du corps. La jeune femme a été attachée aux poignets et aux chevilles par des liens de cuir de près de quatre centimètres de largeur ; deux autres courroies de cuir ont maintenu le front et le menton ; elle a été perfusée à deux ou trois endroits (cou – bras – avant-bras) par une personne compétente ; on ne connaît pas à ce jour la composition des solutions perfusées, mais il est fort probable pour l'une d'entre elles qu'il s'agissait d'une solution tonique de type noradrénaline ayant pour effet de maintenir éveillée et vivante la jeune femme. Toute la peau de la jeune femme a été recouverte d'un onguent de résine de conifère mêlée à de la cire d'abeille basique. Le but d'une telle opération, caractéristique des embaumements égyptiens classiques, - n'est-ce pas Professeur Boerschin ? -, était l'aseptisation de la peau.*

Boerschin écoutait les yeux fermés, acquiesçait avec régularité.

– ...*Pour accentuer cet effet d'aseptisation de la peau,* continua h.h., *notre « embaumeur » y a adjoint près de 12 % d'éther, ce qui a augmenté l'assèchement et contribué à purifier toute la surface de la peau de la jeune femme. L'une des conséquences de cette préparation a été de rendre la peau de la jeune femme extrêmement neutre, mettant en échec la plupart de nos tests chimiques de reconnaissance.*

Borluut entendait; il avait retenu ces mots d'éther, d'aseptisation, de solution mixte, de tests chimiques..., mais sans réellement les déchiffrer. En réalité, tout ce qu'il entendait le poussait à flotter de manière neuve et inconfortable entre divers champs théoriques et axiomatiques.

Son métier d'enquêteur du CIA de Bruges, au département de la criminelle, l'avait convaincu que différents mondes existaient : un monde ordinaire, d'un côté, le monde du bourgeois et de l'ouvrier, des enfants à l'école, des épouses qui turluttent le voisin, des courses le samedi, des vacances en voiture et dans la foule... monde diurne lénifiant et commun, répétitif et pratique ; un monde nocturne, d'un autre côté, interlope, violent et cynique, un monde de crimes faciles, d'alcools forts et de poudre cocaïnée, de filles hypersexuées, de mâles aux regards assassins, de couples qui se frappent et s'étripent... Un monde sauvage mais débordant de codes et de règles... Tout ce dualisme de l'ordinaire et du criminel l'avait toujours bien arrangé : ici, ce qui était blanc, là ce qui était noir; ici le jour, là la nuit;

ici la bourgeoise, là la pute. Il apparaissait que même le désordre criminel ressortissait à un ordre et à un antagonisme supérieurs.

Mais le sadisme et les crimes de détraqués, ça, il ne parvenait pas à gober. Ça bousculait trop les genres et les valeurs ; ça ne se rangeait pas facilement dans des catégories bien nettes. Le crime gratuit, que la passion, le fric ou les jalousies n'expliquaient pas, le mettait atrocement mal à l'aise, et ce type de cruauté, surtout envers les femmes, envers des femmes comme pouvait l'être Godelieve, blondes, belles, pures, juvéniles, souriantes, éclatantes, l'enfonçaient, struthioniformément, à des kilomètres sous terre.

– *Dit autrement,* continuait h.h. de son côté, avec sa voix froide insupportable, sa bouche bien dessinée et ses lèvres fines et pincées qui ne cessaient d'énoncer des ordures, *une fois qu'on a pu ôter la couche cire-résine-éther, la peau était comme épurée, comme si elle n'avait jamais été contactée par des corps chimiques étrangers. Sans doute faut-il préciser que la cire, la résine et l'éther ont, en suscitant un assèchement de la peau, occasionné diverses souffrances à la jeune femme encore consciente : démangeaisons vives, sensation de soif aiguë, étirement de la peau, irritations des muqueuses…* »

Des rires.

Borluut releva les paupières. Les murs bleu néon de sa cellule vacillèrent légèrement.

Des rires à nouveau, derrière la porte.

Silence de la nuit avancée seulement perturbé par les voix et les mouvements des ouvriers de la maintenance technique.

Des latinos.

Il entendait maintenant assez distinctement leurs cireuses automatiques qui, à chaque marche arrière, sonnaient de manière stridente. Il y avait également des cris joyeux et des éclats de voix. Ils s'interpellaient d'un bout à l'autre du grand hall de l'aéroport, juste de l'autre côté du mur de sa cellule. Ça parlait d'un ton amusé de *mujeres*, de *culo,* de *putana…*

# IX

14 JUIN 2023

## *Los Angeles Daily News*

NDLR : Dans le cadre de la commémoration de la disparition de la star Paris Hilton (« Dix ans déjà… »), notre journal reprend chaque jour un épisode de sa vie. (extrait)

« P.F.P. (PARIS FOR PRESIDENT) », PAR JOCELYN MUSSETT

« *[…] La popularité de Paris Hilton a eu parfois d'étonnantes résonances, notamment politiques. On a souvenir des spots et des slogans divers qui furent échangés lors de la campagne présidentielle de 2008, lorsque le clan républicain reprochait à Barack Obama un certain style « starlette ». À l'époque, personne n'aurait cru que le nom de Paris Hilton ferait les titres en même temps que celui de John McCain ou de Barack Obama. La jet-setteuse, malgré les sollicitations, n'affichait aucun soutien, avant d'être invitée malgré elle dans la campagne présidentielle ; elle y sauta à pieds joints. […]*

*On se souvient que John McCain avait utilisé son image deux secondes à peine, dans un clip qui en comptait trente, pour décrédibiliser Obama sur le ton : la popularité ne fait pas la compétence ; Obama, Britney Spears, Paris Hilton, même tribu.*

*Paris Hilton avait alors répliqué dans une vidéo parodique dans laquelle elle mettait en avant l'âge de McCain, le comparant à une momie. « Il est la plus vieille célébrité du monde, genre, super vieux », disait-elle avant d'apparaître dans un sublime maillot de bain aux motifs léopard, assise sur un transat devant une piscine bleu lagon. Puis elle fit mine d'annoncer sa propre candidature. « Salut l'Amérique, je suis Paris Hilton et je suis aussi une célébrité. Mais je ne viens pas du passé [...] comme l'autre mec [...] Et maintenant, excusez-moi, il faut que je choisisse un vice-président. Je pense à Rihanna [...] on se verra à la Maison-Blanche. Je vais peut-être la repeindre en rose, j'espère que ça ne vous dérange pas »*

*Et de parodier les fins de spots de campagne. « Je suis Paris Hilton et j'approuve ce message, je trouve qu'il est complètement super », avait-elle conclu, impassible, son chihuahua TinkerBell dans les bras.*

*On la vit quelques temps après en couverture du Nylon, arborant un tee-shirt « Paris For President », sur un fond étoilé bleu, blanc, rouge. La légèreté engagée de la star avec son petit tee-shirt, ou son maillot de bain, n'avait pas laissé indifférent le staff du futur président ; elle fut invitée à plusieurs reprises en guest-star dans les shows du candidat à la Présidence. Elle a toujours refusé, ce qui est tout à son honneur.*

*Elle n'aurait même jamais rencontré le Président Obama avant 2010, lorsqu'il fit une tournée européenne. Ils se croisèrent à Rome. On ne sait pas si, à l'occasion, il la remercia pour son soutien iconoclaste. [...] »*

# X

LE 14 JUIN 2023

## *Conrad Murray Clinical Center*

Almayer avait sans précaution garé sa Chevrolet de location sur le parking de l'Institut *Conrad Murray*, entre deux coupés sport européens faits main, et sur une place visiblement réservée, à en croire une énorme plaque en laiton, à un certain Docteur Müller. L'institut *Conrad Murray* avait tout de la clinique dorée. Située seulement à quelques *miles* du centre de Beverly, elle était l'un des établissements les plus prisés des stars et des fortunes californiennes selon les quelques renseignements qu'il avait pêchés sur la toile.

L'hôtesse d'accueil, blonde et siliconée, ressemblait à s'y méprendre aux pétasses des palaces de Rick Hilton ; elle avait, comme elles, cette manière de porter sur le pékin moyen qu'était Almayer un petit regard discret et faussement respectueux qui vous faisait sentir combien vous ne valiez pas mieux à ses yeux qu'une merde posée sur un trottoir de *South Grand Avenue*.

Assez régulièrement, et de manière mécanique, elle offrait à Almayer un petit sourire qui pouvait signifier : rassure-toi petite chose, bouge pas de là, vieux truc grisonnant et insignifiant, je sais que t'es impressionné par la splendeur des lieux, mais le docteur – petite quarantaine nonchalante, ventre plat, cuisses musclées, bien monté et super motorisé qui m'a trombinée pas plus tard qu'hier soir – va venir te chercher pour t'emmener vers cet autre vieux truc grisonnant avec lequel t'as rancard, et dont je me contrefiche…

Almayer attendait déjà depuis une bonne dizaine de minutes entre des Anthurium rouge sang et des orchidées Vanda pendus au-dessus de lui et autour de lui, à se demander s'ils étaient naturels ou non, et il avait échangé une bonne demi-douzaine de sourires métalliques avec l'hôtesse, lorsqu'enfin il se décida à déchirer l'enveloppe « *Agent Cornwell. 10 12 19* » qu'on lui avait interdit d'ouvrir. Il trouva à l'intérieur un support informatique, type clé USB-2, et un petit mot anonyme :

*« Cher Agent Cornwell,*

*comme vous nous l'avez demandé, vous trouverez sur la clé USB jointe à l'envoi, copie des fichiers intitulés « Thula 236 » et « Thula 237 » tels qu'on les a trouvés sur votre ordinateur personnel le 12 octobre 2019. Pour souvenir, ils comprennent, réunis, 7 vidéos et 1524 photographies. Pour que vous puissiez juger de la qualité de notre travail, nous vous avons joint 5 photographies choisies de manière aléatoire parmi ces deux fichiers.*

*Bien aimablement.*
*B.G. »*

« B.G. », pour Bill Graham, l'avocat des Hilton, se dit Almayer. Il avait conservé un souvenir assez clair du bonhomme : il était cupide et sans scrupule, et ça faisait près de deux décennies que l'argent des Hilton lui permettait d'entretenir deux maîtresses de haut-vol, un Yacht de soixante pieds stationné à l'année à *Redondo Beach,* et une colonie de six rejetons, plus ou moins reconnus, et tous plus détestables et onéreux les uns que les autres. Almayer déplia le mieux qu'il put les cinq grandes feuilles de type « couronne » sur laquelle il découvrit, imprimées, cinq images de qualité assez moyenne. Des captures d'écran ; un boulot de sagouin, se dit Almayer.

La première montrait une pièce étroite aux murs et au sol cimentés, sans confort, salement éclairée par des néons bleus, sans doute une cave ou un garage, au centre duquel avait été posé un petit lit simple à barreaux métalliques, tels qu'on les trouve dans les dortoirs des pensionnats. Le lit avait été bordé et préparé, avec des draps blancs épais et une couverture grise conventionnelle. Il n'y avait ni oreiller, ni édredon.

Une gamine, maigrelette, et vaguement blonde, qui n'avait visiblement pas plus de dix ans, s'y tenait attachée par les poignets et les chevilles, allongée sur le ventre. Nue comme à son premier jour. Sa tête était posée à plat sur le revers du drap, et son regard, exagérément écarquillé par l'angoisse, cerné par la fatigue, fixait l'objectif du photographe.

Almayer émit un léger grognement et remarqua que les liens n'avaient pas été tendus ni serrés, sans doute sciemment, afin que la proie pût se débattre, lutter avec son agresseur, afin qu'elle rendît la jouissance salope plus délicate. Le corps nu de la fillette, abandonné, était encore souillé des stigmates sévicieux du viol.

Tout Almayer s'était mis nerveusement à s'agiter ; sa jambe gauche rebondissait de plus en plus fortement sur le sol en marbre. Trois des quatre autres images dévoilaient des scènes comparables : les gamines ne passaient pas dix ans, elles étaient blondes, toujours dénudées, et toujours photographiées quelques secondes seulement après l'outrage. Le lit était identique, les couvertures se ressemblaient, et c'était la même pièce de béton qui servait de théâtre à l'infamie.

La cinquième image se révéla tout de suite la plus intéressante, car l'appareil photographique avait légèrement été déplacé de telle sorte que le cadre était élargi : il montrait, à peine flou, dans le coin supérieur droit, le visage épais d'un homme d'une soixantaine d'années, à la barbe et aux cheveux gris, qui se reflétait dans un miroir.

– Bonjour, Agent Cornwell, chuchota Almayer pour lui-même, alors comme ça, on a des petites manies ?

C'est à ce moment-là que l'hôtesse l'interrompit et lui indiqua que le Docteur Müller allait venir le chercher. Il rangea avec promptitude les images dans l'enveloppe, et regarda venir à lui avec intérêt le Müller en question, qui était conforme à l'idée qu'il s'en était fait, un stéréotype WASP sur pattes. Le bonhomme avait franchement l'air furax et lança à l'hôtesse :

– Dites-moi ; vous savez pas la fiotte qui roule en Chevrolet Spark noire ? Il s'est garé sur ma place. Si je le trouve celui-là... J'ai dû me ranger à cent mètres d'ici, sur le parking des aides-soignants. Chevrolet ? Noire ? Spark ? Non ?

– Non, Docteur, répondit la jeune femme d'une voix si chaude et profonde qu'elle aurait pu ébranler tout le *Village People*, se dit Almayer.

– Bon, c'est qui pour Cornwell ?

La blonde indiqua Almayer, le seul à attendre en évidence dans le salon d'attente, avec un superbe déroulé de bras. Sans sympathie, sans sourire, sans un regard, le Docteur Müller apostropha Almayer :

– Bonjour, vous n'êtes pas de la famille, que je sache. Je sais pas comment vous avez pu décrocher cette autorisation, mais bon ; le Cornwell n'est pas en forme, je vous préviens, alors, allez-y mollo ; il a des petites crises d'égarement ; enfin, il a pas toute sa tête, ce qui n'est pas étonnant dans son état ; il a pris vingt ans en huit mois, le pauvre, alors un quart d'heure pas plus, O.K.

Puis, après un temps de réflexion :

– Dites-moi, c'est quoi votre voiture ?

– Je suis venu en taxi, pourquoi ?, répondit sans hésiter Almayer.

– Ah ? Comme ça !

Puis Müller fit demi-tour, et se lança dans le couloir qui menait aux étages, non sans lancer à la petite blonde un regard qui pouvait signifier à peu près : toi ma petite, je te fais grimper aux rideaux tout habillée entre les rendez-vous de 10 h 25 et 11 h 00, ce sera encore mieux qu'hier soir, et ne laisse pas passer ta chance.

# XI

14 JUIN 2023

## *Los Angeles International Airport*

Borluut conservait les yeux mi-clos. Une bonne heure qu'il demandait à boire. Personne pour lui répondre. Il se sentait de plus en plus engourdi par la fatigue.

– « *Bien, nous arrivons au second moment du supplice, chemise verte messieurs,...* reprit h.h.

On entendit quelques mouvements de feuilles cartonnées, Borluut faisant à nouveau tomber les siennes à terre en s'excusant de manière maladroite. Cinq ou six photographies glissèrent sur la moquette grise, rappelant que « l'embaumeur », peut-être égyptologue, savant, curieux, peut-être expérimentateur, restait bien d'abord un enfant de salaud et un monstre de cruauté. Borluut tordit la bouche de dégoût, et surprit le regard gourmand de Boerschin. Il se dit que leur cerveau n'était pas configuré de la même manière.

– *...le moment le plus terrible,* reprit h.h.

– *Âmes sensibles, s'abstenir...,* dit en ricanant le jeune légiste, mais les légers tremblements de sa bouche, et les muscles saillants de la mâchoire, bandés à rompre, montraient sa grande nervosité et contredisaient son apparente désinvolture.

Le Professeur Boerschin profita de l'occasion pour éructer savamment et prendre la parole :

– *Rommb-rommb... Oui, compte tenu du processus d'embaumement actuellement connu, on est en droit de se demander comment faisaient les parachites égyptiens pour maintenir en vie l'agonisante ?*

– *Ne risque-t-on pas, Professeur, de s'éloigner du cas Godelieve, là ?*, s'inquiéta Borluut.

– *Selon Flavius Joseph,* reprit Boerschin, en regardant sans le voir Borluut, *l'épouse mettait près de quatre jours à mourir, selon un rythme très compliqué d'évanouissements, de réveils qui à chaque fois étaient lus et admis comme de réelles morts et de réelles revivances magiques. Ça n'avait rien d'une partie de plaisir, et Golianov, vous savez ?, le spécialiste russe, n'était pas sans estimer que la cérémonie du Tophar revenait à une forme décadente de sacrifice humain.*

– *...Mais, pour ce qui nous concerne,* coupa sèchement h.h., dont les sourcils hauts désapprouvaient les digressions du Professeur, *pour le cas de Godelieve Hildebrant, les résultats et le protocole sont restés à la discrétion du tueur. le premier geste technique d'embaumement a consisté à préparer la dessiccation organique des voies digestives par injection, par voie anale et par le moyen d'une seringue d'importance – muqueuse du rectum fortement irritée – d'huile de cèdre, réputée à l'époque antique déjà comme agent clarifiant et désinfectant. On estime que 500 ml auraient pu être ainsi administrés, à deux reprises, à deux heures d'intervalle dans les tout débuts du protocole. Soit à la fin de la première journée, on estime h8 ou h9. Il est possible, selon le Professeur Boerschin, que de la syrmaia fût ajoutée, ou fît l'objet d'une troisième injection...*

Boerschin, ainsi interpellé, avait gonflé la poitrine :

– *Oui, si on se met dans la tête d'un puriste, il doit au minimum reprendre les procédures antiques. La syrmaia était un antiseptique sous forme liquide, obtenu à partir du raifort pressé, que les embaumeurs administraient par voie anale : son pouvoir astringent est connu pour être extrêmement puissant, et après quelques heures, on suppose dix ou quinze heures, les organes digestifs, notamment foie et estomac, et les viscères pouvaient réduire leur volume de près de 25 %, du fait même de la dessiccation. Une crise de foie, à côté, serait une caresse amoureuse !*

Borluut consterné le vit sourire.

– *En effet, et on peut imaginer qu'un tel process lui a permis de réduire considérablement le volume des organes à extraire afin, par la suite, d'altérer au minimum le corps et la peau en produisant seulement une petite voie d'ablation sur le côté gauche,* ajouta h.h. qui ne se départissait pas du ton efficace du technicien.

Borluut se rappelait s'être dit combien h.h. devait être rigoureux à en mourir d'ennui, non seulement dans son travail mais dans son existence ordinaire : chez lui, dans sa cuisine, dans son lit, en préparant les valises vacancières, dans ses déclarations fiscales... Il avait souvenir qu'enfant, la petite famille Borluut s'était réfugiée un week-end de printemps sur une plage déserte du nord de la France. Ses parents étaient unis ; son petit frère commençait de marcher, et son père savait encore rire et sourire. Ils avaient entrepris, d'une manière désordonnée et joyeuse, la construction d'un imposant château de sable: trois ou quatre pâtés, autant de murailles, quelques coquillages décoratifs, des plumes de goéland pour oriflammes... Mais pour leur malheur, une autre famille s'était installée à moins de quinze mètres d'eux quelques heures après leur arrivée. Le père, petit chapeau de paille, lunettes d'écailles, chemisette de coton impeccablement repassée, chaussettes de coton blanches, avait, avec ses filles, organisé l'élaboration d'une réelle citadelle de sable : près d'un mètre de haut, des dizaines de tours, des chemins, des tunnels, des ponts-levis, des créneaux, des douves et des canaux : une merveille construite avec efficacité et qui faisait s'arrêter quelques promeneurs. Une architecture sévère et ingénieuse qui avait immédiatement réduit les pâtés de sable des Borluut a de simples faire-valoir. Ce père-la-rigueur, sans sourire ni clin d'œil, et h.h., se confondaient maintenant dans l'esprit de Borluut.

– *Mais là où ça devient vraiment glamour,* ironisa Boerschin, *c'est lorsqu'il a entrepris l'énucléation des yeux. Ce qui reste un geste précoce ;*

*pour ce que l'on sait des embaumements, des embaumements classiques, non-Tophar si je puis dire, il s'agissait de l'une des dernières opérations parachitiques, c'est-à-dire avant l'assèchement au natron. Plutôt une opération cosmétique...*

– *Sans doute, sans doute,* ajouta h.h. de plus en plus irrité par les interventions tous azimuts de l'égyptologue qui sautait les étapes et le forçait à bousculer son exposé et à tourner les pages de manière panique et improvisée... *Il a procédé à cette énucléation à l'aide d'une préparation à base d'éther, de menthe et d'aloès – on en a trouvé des traces substantielles dans les cavités orbitales malgré les rinçages – il a baigné les yeux avant leur ablation...,*– h.h. avait visiblement perdu le fil de sa synthèse –, *...afin d'assouplir et d'anesthésier les chairs alentour.*

Après quelques secondes d'hésitation, il avait retrouvé le bon ordre théorique :

– *Il s'est servi ensuite d'un premier instrument tranchant pour séparer les chairs et les nerfs de chaque œil...*

– *...Couteau nécrotome...,* glissa Boerschin qui semblait boire les paroles de h.h.

– *...Et d'un second instrument...*

Tous avaient attendu de nouvelles suggestions de Boerschin qui ne vinrent pas. Borluut, dont la tête tournait quelque peu, en profita pour y trouver confirmation :

– *Dites-moi... Dans quel état ?... Godelieve ?*

– *Vivante... Vivante et consciente, ou semi-consciente, on est à h20 ou h24 du meurtre,* fit sèchement h.h., avant de reprendre.

– *...Cet autre instrument était à la fois courbe et aiguisé, comme une cuillère coupante, qu'il a glissé sous l'œil pour déchirer les dernières chairs adhérentes et ainsi « ramasser » et « cueillir » l'œil...*

– *...Comme un œuf poché dans sa casserole d'eau bouillante, si vous me permettez cette expression,* conclut bruyamment le Professeur qui, de son côté, abusait de sa position dominante d'expert.

– *Il a ensuite baigné et rincé les deux orbites ainsi évidées, avec des tissus de soie imbibés du même agent clarifiant injecté dans le corps – huile de cèdre diluée – pour y glisser et y déposer deux boules en pâte d'argile gras recouverte d'une colle assez complexe de confection : os concassés de mouton, cuir de veau, huile d'olive, graisses macérées, extraits de suif, de figues, d'arrow root, de chaux, de plâtre, etc.*

– *Et en bref, ça donne quoi ?*, s'énerva Borluut.

– *Une colle assez proche, d'après ce que nous a dit…*

– *On s'en moque franchement, docteur !*

h.h. se montra décontenancé pendant quelques instants.

– *Euh, et bien… on estime que la jeune femme s'est à ce moment-là fortement débattue…*

– *Ah ? Elle n'était pas consentante ?*, ironisa Boerschin en partant d'un rire franc qui secouait toute la partie supérieure de son corps de manière quasi épileptique.

– *…On est certain qu'elle s'est débattue pour deux raisons,* reprit h.h. en jetant un regard froid au Professeur : *premièrement, la cavité orbitale de l'œil gauche présente sur les photographies ici présentes des blessures irrégulières et apparemment immotivées qui sont probablement dues à un mouvement de tête inattendu et subi ; elle s'est agitée, et il l'a blessée (après ces mouvements intempestifs, il a dû modifier son protocole) avec le couteau nécrotome ou la cuillère ablative ; deuxièmement, les sangles qui maintenaient le front et le menton ont été desserrées et resserrées de manière plus forte, augmentant la pression sur les tempes et les mâchoires. Et elle se débattait encore, après le serrage, si l'on en croit les micro-déchirures du tissu épidermique au niveau de la boucle d'attache de la sangle frontale, et surtout au niveau de la mâchoire, au niveau du maxillaire inférieur droit.*

Un assez long silence avait suivi cette partie de l'exposé, silence d'accablement doublement constitué par la désolation de ce qu'ils avaient entendu et par l'angoisse de ce qu'ils allaient devoir encore apprendre.

– *Ce n'est qu'après,* reprit en un souffle h.h., *qu'a commencé l'excérébration.*

Borluut fut sorti de sa rêverie par le bruit fracassant des cinq serrures de la grosse porte en bois de sa cellule qui jouèrent de concert.

Il devina très vite que les *putanas* ainsi que leur *culo* s'en étaient allés depuis longtemps, que les cireuses s'étaient tues, que le jour était naissant.

Il s'était endormi debout.

# XII

LE MÊME JOUR, 14 JUIN 2023

## *Conrad Murray Clinical Center – Chambre 326*

Almayer entraperçut l'agent Cornwell derrière un monceau de tubes remplis de liquides rouges, bleus et incolores, pris dans un entrelacs de fils reliés à des appareils couverts d'écrans sur lesquels apparaissaient toutes sortes de graphiques dynamiques, oranges sur fond noir, bleus sur fond blanc, en lignes courbes ou en lignes cassées. Le petit homme, « mal barré », se disait Almayer, persévérait dans son être tant qu'il pouvait. Un ensemble de curieuses machines produisait autour de lui un mélange disharmonieux de *bip* aigus et de *schrom* plus longs. Almayer crut reconnaître un respirateur artificiel VNI (Ventilation Non Invasive), un buzzer cardiaque et une pompe à morphine.

Cornwell n'était plus tout à fait l'homme entrevu sur la photographie, même si Almayer le reconnut sans trop d'effort : le visage était creusé et montrait un teint de papier mâché, les cheveux s'étaient raréfiés et la barbe devenait étroite. L'agent Cornwell, immobile, dormait.

Almayer s'approcha du malade :

– Ho, Agent Cornwell ! Vous avez de la visite !

Pas de réaction. Il lui toucha l'épaule.

– Y'a quelqu'un là-dedans ?

Almayer fronça les sourcils.

Il lui asséna alors quelques claques sur les joues, mais sans succès ; il lui décocha trois ou quatre pichenettes sur le nez, mais rien n'y faisait et les paupières restaient lourdes et basses. Il n'est pas dans le coma quand même, pensa-t-il... Puis il le secoua sans égard :

– Tu te réveilles, vieille salope !

Et il convint, après s'être consulté brièvement, d'éteindre le respirateur artificiel.

Immédiatement, les *schrom* cessèrent; mais il fallut une bonne dizaine de *bip* pour que le corps de Cornwell réagisse : les pieds s'agitèrent, les mains firent de même, d'abord doucement, puis frénétiquement ; *(ça panique grave, se satisfaisait Almayer)* enfin il ouvrit les yeux, et c'est alors seulement qu'Almayer, en le regardant avec un sourire en coin, ralluma le respirateur : le *schrom-schrom-bip-schrom*... reprit alors.

– Donc, disais-je, comment vas-tu vieille branche ? Tu m'as l'air bien ici. On m'a décrit un vieux crevard pitoyable, mais finalement, les yeux ouverts comme ça, t'as l'air presque vivant. Je voulais savoir : est-ce que tu bouffes bien, ici ?

Cornwell le regardait de manière ahurie, en le détaillant de haut en bas, et cherchait derrière l'intrus une aide ou un réconfort. Sa main gauche, très faible, tentait d'atteindre la petite sonnette d'alerte, mais Almayer prit garde de la faire tomber pour qu'elle devienne inaccessible, tout en affichant le plus affable des sourires.

– Les infirmières sont-elles gentilles avec toi ? Elles te font des turluttes ? Non ? Dis, elles te montrent des fois leurs miches ?

La bouche de Cornwell était si pâteuse et si sèche qu'il ne parvenait pas à l'ouvrir pour parler, ou pour crier.

– Non ? Bah, moi qui croyais que c'était une clinique qui soignait le service. Remarque peut-être que tu les trouves trop âgées ? Vrai que passés dix ans, c'est moins ferme... Ouais, tu dis ?

– Qu... Qui êtes-vous ?, murmura Cornwell, après un effort, la voix prise dans des remugles.

– T'es tellement farci, mon pauvre, que tu t'en rappelleras plus dans trois minutes ; donc, je reste anonyme, si tu le permets ; sache seulement que je peux être un fléau assez pénible. Bon, si tu le veux bien, on va être rapide... Oui ?

– D… Le Doct… Mü… ller..?

– Il va venir…, t'inquiète pas.

– J'ai mal à…

– Bon, tu vas la fermer ta grande gueule de salopard, là, cinq minutes, que j'en place une, quoi !

Almayer s'énervait à une vitesse supersonique, et il sentait sa jambe gauche qui recommençait son bazar : « je crois bien que je fais une allergie à ce mec », songea-t-il.

– Écoute bien, j'y vais lentement : primo, pour une raison qui t'échappe, je suis à la recherche de Paris Hilton ; deuzio, pour une raison qui t'échappe encore plus, t'as plutôt intérêt à m'aider et à me dire ce que tu sais d'elle ; tertio, on veut pouvoir accéder à tes archives perso ainsi qu'à celles du FBI à propos de l'enquête, archives que t'as mises de côté. Voilà synthétique, clair, même pour toi. Alors, qu'est-ce que t'en dis ?

En guise de réponse, Cornwell montra son verre vide, qu'Almayer remplit à la hâte, et qu'il tendit au cacochyme. Et pendant qu'il buvait avec une lenteur qui insupportait Almayer, celui-ci entreprit de bloquer la porte de la chambre :

– Ça nous laisse dix bonnes minutes supplémentaires, dit-il pour lui-même.

– Je te trouve un peu étrange, dit Cornwell après avoir vidé son verre avec un éclair inédit dans les yeux et une petite voix familière et taquine, si basse qu'Almayer dut s'approcher de ses lèvres. T'es pas comme d'habitude.

– Ah ? Tu me connais ? On t'a prévenu de mon arrivée ?, s'étonna Almayer, perdu à son tour.

Sans même l'écouter, le malade avait repris avec le même débit et avec la même intensité :

– Mais, tss-tss, tu sais… j'ai su pour ton AVC ; j'ai su pour ce qui t'est arrivé dernièrement. J'ai su.

Almayer ne comprenait qu'un mot sur deux.

– Euh, peux-tu me dire qui tu penses que je suis ?, demanda-t-il en articulant doucement.

– On a assez longtemps bossé ensemble… Tu es John… John Cornwell, pour sûr. Oui ! On a longtemps bossé ensemble.

Almayer le regarda à son tour bouche bée. Il crut un moment que le vieux débris plaisantait, puis il se fit vite la réflexion que la tête de ce type était totalement dézinguée. C'était une chose de ne plus savoir qui l'on était ; c'en était une autre de se projeter chez un autre. Almayer n'avait jamais entendu parler d'un tel délire. Voilà que ce type le prenait pour lui-même ; il n'était même pas sûr de bien comprendre.

– Euh, non, voyons, Cornwell, c'est toi, Cornwell ! C'est toi qui as fait un AVC, et même deux ou trois… C'est toi le siphonné ; quand je suis rentré dans cette chambre, tu n'étais pas plus éveillé qu'une courge, j'ai dû te…

– Foutaises, coupa sèchement Corwell, qui, à son tour, montra des signes d'énervement subit. Foutaises, c'est moi qui serais toi ?

– Hein ?, la tête d'Almayer cabriolait intérieurement.

Alors il tira une chaise à lui. Elle était curieusement tressée de fils élastiques turquoise et jaune - Comment peut-on associer de telles couleurs ?, se demanda-t-il dans la foulée -, fils visiblement fatigués car lorsqu'il s'assit, il eut l'impression vertigineuse qu'il ne s'arrêterait jamais de tomber et qu'il allait toucher brutalement le sol. Quand il se fut enfin stabilisé, il sortit un paquet de cigarettes de sa poche, et en tira une longue tige bleu ciel qu'il alluma immédiatement. Il regarda distraitement, à travers la fumée à peine azurée qu'il avait soufflée vers Cornwell, la terrible image que des bien-pensants avaient exigé que l'on apposât sur les paquets afin que des fumeurs concupiscents se trouvent dissuadés : le visage malade et creusé d'un cancéreux tubé, et il crut y voir Cornwell.

– Et si t'étais pas Cornwell, reprenait Cornwell lui-même, que ferais-tu ici, dans une chambre médicalisée, voyons… Pourquoi cherches-tu à nier ?

Puis Cornwell se mit à frapper doucement et lentement le bord du lit en une manière d'invitation pour qu'Almayer vienne s'y poser.

– Allez, viens t'asseoir ici, à côté de moi, et calme-toi, s'il te plaît.

Et Almayer, s'étonnant lui-même, s'exécuta, cherchant à se convaincre qu'il y avait une certaine poésie dans cette conversation absurde, et peut-être un moyen de charcuter psychiquement l'ancien agent du FBI. Il reprit avec la même voix douce, si peu naturelle qu'elle lui arracha une brève quinte de toux :

– Je te disais donc que je suis en train d'enquêter sur la disparition de Paris Hilton, et...

– Encore ? Mais, mon vieux, ça tourne à la phobie obsessionnelle, ricana Cornwell avec une sonorité qui rappelait les *Washboards* de la Nouvelle-Orléans; ça fait bien dix ans que tu es dessus ; il te faut du neuf? J'étais convaincu que tu avais clos l'enquête : Agent Cornwell, voyons, est-ce bien sérieux ? Un verre encore, John, si tu veux bien...

Almayer craignait maintenant de perdre pied ; pouvait-il ainsi se laisser prendre dans une telle aberration ? Il tira fortement sur la cigarette, puis regarda les volutes comme s'il attendait que des figures et des mots s'y forment et lui indiquent la voix à suivre. Et l'heure qui tournait... Un léger désarroi le gagnait.

– Et dis-moi, si mes souvenirs sont bons, tu étais assuré qu'elle avait été effacée la petite, non ?, continuait le résidu bionique.

Ah ben voilà, on y arrive... !, se dit Almayer. Enfin, une indication.

– Ah ? Je ne me rappelais pas t'avoir confié ça ! Tu te souviens sans doute quels étaient les éléments qui m'avaient amené à ce genre de conclusion ?

– Ah, non ! Pour sûr, tu ne disais rien à personne. Je me souviens que le Chef de Division était en rage après toi ; qu'il t'en voulait de rester si discret ; qu'il a bloqué ta progression ; et que tu le soupçonnais même d'orienter l'enquête, voire de la freiner par certains aspects ; je me souviens que c'est lui qui t'a forcé à clore l'enquête, et qu'il ne voulait pas entendre parler d'assassinat, ni même d'accident, mais seulement de disparition non élucidée ; et que c'est à cause des pressions qu'il exerçait sur l'enquête que tu as commencé à travailler de ton côté, en secret, en accumulant non pas des preuves mais des indices d'un assassinat de la petite ; tu avais des films, des photographies, des écrits ; tu as détourné des pièces à conviction, des enregistrements... Tu n'en parlais à personne, à personne, même pas à moi. Mais ça se savait ; moi, je l'ai appris... Dis-moi, John, pourquoi cette obsession ? Oui, cette obsession...

Le vieux sortit essoufflé de sa tirade. Complètement lessivé. Almayer comprit qu'il fallait jouer fin.

– Écoutez, Corn... Écoutez, voilà, j'ai un souci : en raison de mon état...

– Ça peut être terrible, je sais, un AVC, c'est pas une petite chose, pauvre vieux, déraillait Cornwell.

– Oui, et bien, j'ai égaré l'essentiel de mes dossiers sur l'enquête Hilton. Je les ai mis dans un endroit, bien ficelés, bien fermés, bien classés, enfin j'imagine, mais je suis incapable de les retrouver (*mon Dieu, comme la ficelle est énorme...*). J'ai plus toute ma tête. J'ai cherché à mon domicile, à la campagne, chez mes parents, chez ma sœur...

– T'as jamais eu de sœur, souffla Cornwell, fort attentif à tout ce que disait Almayer.

– Ah ? Oui, sans doute... enfin, j'en sais rien, moi... enfin j'ai cherché partout, mais j'ai pas trouvé. T'en penses quoi ? Et comme... nous avons été collègues, j'ai pensé que tu pourrais m'aider un peu.

– Je ne vois pas ce que je pourrais te dire, mon pauvre Cornwell.

À ce moment, on toqua à la porte. Quelqu'un cherchait à pénétrer dans la chambre. Almayer voyait la poignée tourner sur elle-même, de plus en plus rapidement, et une voix féminine inquiète se fit entendre.

– Monsieur Cornwell ? Vous êtes là ? Comment avez-vous pu fermer cette porte ? Monsieur Cornwell ?

Puis des petits pieds talonnés se mirent à courir dans le couloir. Almayer pensa que le temps était compté. Quand il se retourna, il vit Cornwell, qui s'apprêtait à retomber dans les bras de Morphée, poser doucement la tête sur l'oreiller. Ses yeux étaient maintenant mi-clos et il ouvrit la bouche pour susurrer :

– On vous appelle, Cornwell... Allez-vous en !

Et il sombra. Les *bip* et *schrom* prirent un rythme plus lent. Almayer le secoua une fois ou deux, mais en vain, puis se dit que c'était le moment de mettre les bouts.

Quand il quitta le parking du *Conrad Murray Clinical Center* à bord de sa Chevrolet noire, il put voir dans son rétroviseur la silhouette courante du Docteur Müller qui lui adressait de grands signes de la main. Le bonhomme avait toujours l'air aussi furax. Almayer sourit, et accéléra.

# XIII

LE MÊME JOUR

## *Los Angeles International Airport*

La lourde porte de bois pivota sur ses gonds devant Borluut en grinçant, laissant place à un curieux bonhomme. Fin et petit, costumé avec un grossier pied-de-poule, il était écrasé par une tête disproportionnée qu'un nœud papillon à motif écossais, rouge et vert, avait artificiellement reliée au corps. Il semblait sortir tout droit de la pochette de *Sergent Pepper*, et Borluut ne le connaissait pas.

– Bonjour, Lieutenant Borluut ; je suis Anatole von Langsdorff, vice-consul du roi.

Borluut, encore embrumé, pouvait apercevoir derrière le consul deux douaniers bien noirs et souriants, l'œil un brin moqueur, qui ne quittaient pas des yeux le mètre soixante du vice-consul.

– Permettez-moi de vous dire, cher lieutenant, que vous avez mis le consulat, moi et la Reine des belges, dans une merde chiasseuse des plus infâmes. Cher ami, vous avez tout du con ! Et du con bien con, et c'est presque un plaisir de revoir quelqu'un du pays.

Borluut, pour sa part, n'avait toujours pas émis un son, et se demandait ce qu'il avait fait de si grave pour mériter la visite d'un vice-consul. Il se demandait également ce que ça pouvait faire d'envoyer paître un vice-consul ; mais il se ravisa vite en considérant que les heures qui avaient précédé n'étaient déjà pas à son avantage.

– J'ai obtenu votre retour à Bruxelles sans poursuites, reprit Sergent Pepper. Il faut que vous ayez quitté le territoire U.S. avant douze heures ce jour, et vous avez deux vols qui vous ramènent en fin de matinée à Bruxelles ; on vous rend votre arme, et ils vous oublient totalement ; et c'est cadeau, c'est moi qui vous le dit : comme si vous n'étiez jamais venu, comme si vous n'aviez jamais tenté vos expériences grotesques d'enfilage du Nouveau Monde par revolver subsonique. Le procureur de L.A. est intraitable : on joue pas avec la sécurité des aéroports ici. Toute frontière, depuis 2001 et 2015, est devenue phobique. Alors une petite demoiselle européenne qui vient jouer avec son calibre sous les yeux des *customs officers* indigènes, ça fait désordre ! Et vous savez, ici vous êtes en pleine zone douanière ; les droits y sont fort confus ; ne jouez pas à « je veux voir mon avocat » ; « je veux téléphoner » ; « j'ai des droits » etc., ils s'en contrefichent !

Borluut réfléchissait aussi vite que son cortex écrasé par la fatigue le lui permettait. Les concepts *vice-consul, douane, reine des belges, enquête à suivre, témoins à interroger, polymère dernière génération, connerie moyenne, connerie haute, désobéissance, zone douanière, etc.*, se bousculaient dans son esprit, et l'enfonçaient dans un épais marigot intellectuel.

– Non !, se contenta-t-il de dire.

Et pour être sûr que le vice-consul l'entendît, il se répéta en poussant les lèvres le plus loin possible : Non ! Je ne rentre pas !

Le vice-consul Jules Jacques Marie Anatole von Langsdorff, qui comptait parmi ses aïeux l'illustre baron Jules Marie Alphonse Jacques de Dixmude, fondateur d'Albertville du Congo et l'un des grands meneurs et vainqueurs des campagnes contre les arabo-swahilis de 1893, suffoqua deux secondes, faillit s'étrangler, et l'entièreté de son visage rougeaud s'immobilisa pour se durcir.

– « Non ! » ? Sale petite merde de flic... petit... petit sale con ! Que dites-vous là ? « Non... », « Non... ». Non mais tu crois que vous dites « non », comme ça... à la Belgique, à la Reine,... à l'Amérique... hein? Et pourquoi, « non » ?

Borluut, dans son épaisse lassitude, voyait derrière le vice-consul la grosse porte de bois grand ouverte ; il entendait les agitations du hall de l'aéroport, à quelques dizaines de mètres, et sentait son air frais et climatisé ainsi que quelques odeurs de viennoiseries. Il n'avait que quelques pas à faire pour se sortir de la mélasse. Il n'avait qu'à suivre le vice-consul en sifflotant.

– Premièrement, cher vice-consul, j'ai une enquête à conduire, trois témoins à interroger. J'ai un ordre de mission d'Interpol de premier degré qui, à mon sens, range ma petite fantaisie d'hier et la colère des douaniers ou du procureur au rang d'aléa, et il me reste peu de temps pour tout mener à bien. Deuxièmement, zone douanière ou pas, vous trouvez le premier avocat qui traîne – et oui, malgré ce que vous croyez – et il dénoncera avec efficacité et ma détention et ma prétendue infraction. Leurs portiques ne correspondent à rien de ce qui se rencontre dans les aéroports : je suis sûr qu'ils sont illicites. Troisièmement, vous me parlez de procureur, mais je n'ai vu aucun substitut. Quatrièmement, mon HK 05 n'était ni chargé, ni chargeable puisque j'avais pris soin de mettre les chargeurs dans ma valise située dans les soutes. Je ne vois toujours pas la gravité de ce que j'ai fait.

Un grand silence s'installa.

– Alors, vice-consul, vous me sortez ?

Pour seule réponse, il vit la nuque étroite du vice-consul, puis entendit à nouveau la lourde porte et ses cinq serrures.

# XIV

LE MÊME JOUR

## *Los Angeles – Hill Street*

Almayer se disait que décidément l'alcool en mer et l'alcool à terre n'étaient pas les mêmes. Là-bas, il rafraîchissait et changeait les idées ; ici, il donnait un coup de fouet et favorisait les idées fixes. Et à cet instant, alors qu'il finissait son deuxième verre de Maotai, c'était Cornwell et sa divagation qui l'obsédaient, et s'invitaient à chaque gorgée.

Almayer s'était installé, seul, au fond d'un petit bar de *Hill Street*, en attendant de rejoindre Sørenson dans le square voisin pour quatorze heures, et établissait sur un petit calepin les rares éléments qu'il avait pu tirer de l'ancien agent du FBI. Il nota ainsi, d'une écriture appliquée :

*– J. Cornwell convaincu que P.H. est morte. Assassinée. « Effacée », a-t-il dit.*
*Questions : Pourquoi ? Preuves, indices, convictions personnelles ?*
*– Des pontes du FBI ont orienté l'enquête.*
*Questions : Qui ? Pourquoi ? Quels sont les intérêts des uns et des autres ?*
*– J. Cornwell a gardé films, enregistrements, archives diverses et secrètes.*
*Questions : Où ? Y a-t-il de quoi remuer son monde ?*

Où a-t-il bien pu mettre toute cette merde ?, se demanda Almayer, après un temps, en rangeant son calepin et en se levant. Le square n'était situé qu'à quelques dizaines de mètres du bar et il le rejoignit sans même que la chaleur du jour, intense et ordinaire pour un mois d'été, ne le fît suer. Son *Tropic Player* de velours sombre bien vissé sur le crâne et d'épaisses lunettes de soleil foncées, qu'il avait retrouvées dans de vieilles affaires, lui avaient paru faire une protection suffisante et efficace, à la fois contre le soleil et contre les regards inopportuns. Il avait toujours à l'esprit, depuis son coup de fil à Sørenson, le soupçon qu'il pouvait non seulement être espionné, mais filé.

Après s'être assis sur un vieux banc de bois verni à lamelles, légèrement écaillé et usé, il se mit à regarder avec attention deux petites gamines blondes qui s'amusaient dans le square, et que chaperonnait une dondon négresse. Elles riaient aux éclats, criaient par intermittences et improvisaient sans cesse des jeux, avec ballon et sans ballon, avec corde et sans corde, des jeux qui faisaient voleter leur robe et dévoilaient des petites dessous fleuris. La plus jeune, régulièrement, venait tabasser la dondon, à la grande joie de son aînée : un coup de pied dans le mollet, une claque sur la cuisse, une pincée sur les fesses, amabilités diverses qu'elle accompagnait de « grosse tarlouze » ou de « fiotte des bois » qui ne cessaient de surprendre Almayer.

Il eut en même temps qu'il les contemplait, et de manière concomitante, comme malgré lui, deux idées, et l'improbabilité d'un tel événement psychique le fit sourire d'une oreille à l'autre.

La première de ces idées répondait en partie à l'une des questions du calepin : où Cornwell avait bien pu ranger ses archives ? Il le savait maintenant, et il se demandait même comment les deux autres, Bill Graham en tête, et Sørenson, n'avaient pas eu plus tôt cette idée, et il se claqua la cuisse avec violence, ce qui lui arracha une plainte : ce ne pouvait être que dans l'enfer de cette petite cave mal éclairée où il faisait subir à des gamines pas plus vieilles que celles qu'il avait sous les yeux les pires avanies que Cornwell cachait ses secrets. Almayer tâta ses poches intérieures pour ressortir et revoir la dernière image qui lui avait été confiée, celle où l'on voyait le visage de Cornwell. Et en effet, apparaissait nettement en second plan le côté d'une grande armoire de fer, verte, semblait-il. Almayer approcha la photo :

– Bingo ! Elle est cadenassée.

À cet instant, Almayer leva la tête, triomphant, et aperçut la plus jeune des gamines, qui entreprenait sans pudeur de monter par la rampe le toboggan que l'autre s'empressait de dévaler ; il sentit un petit serrement au cœur avant que le choc ne les fît valser ensemble par-dessus le rebord latéral, et elles chutèrent en même temps, se tenant l'une à l'autre. De son banc, il entendit le choc, alors qu'il était à plus de trente mètres d'elles, et leurs hurlements de douleur firent s'envoler un groupe de tourterelles qui picoraient non loin de lui ; il allait se lever pour leur porter secours lorsqu'il se rappela alors son autre idée, l'idée intuitive numéro 2. Celle-ci restait plus incertaine, et même carrément brindezingue, mais son petit *daïmon* intérieur exigeait qu'il la fouille, qu'il la parcoure et qu'il la retourne.

Si Cornwell, certes en plein délire, avait pris Almayer pour lui-même, pour qui, *lui*, se prenait-il ?

Cette question même déconcertait Almayer, mais il avait bien remarqué la cohérence du gars au sein même de sa folie. On peut bien se croire être quelqu'un d'autre : Alexandre Le Grand, Kennedy, l'épicier du coin ; mais en rien on ne peut croire n'être rien. On lui avait même raconté l'histoire d'un dingue qui se prenait pour un oranger ; certains avaient pu témoigner qu'au printemps, il exhalait une authentique odeur de Grand Marnier. Un type qui se prend pour un oranger, c'est encore quelqu'un. Il y a toujours un putain de *je* qui parle, qui pense, qui veut, qui bande ou qui fleurit, même !

Alors ? Qui était Cornwell lorsque lui, Almayer, l'était ? Qui pensait-il être ?

Les deux mômes hurlaient toujours, mais lui s'en était détaché, rongeant son os.

Quelqu'un qui connaissait étroitement Cornwell, sans doute. Cornwell avait parlé de « collègue » ; il faisait l'intime, le taquin...

Peut-être était-ce un confident ? Cornwell apparaissait évidemment comme secret, parano et frustré ; et c'est pas ce genre de bonshommes qui se laissent aller aux confessions consolatrices. Pour autant, pour peu qu'il eût un collègue, ce même collègue pour lequel il se prenait, pendant plusieurs dizaines d'années, des informations avaient pu passer, parfois même inconscientes, ou involontaires, des observations obliques avaient pu s'établir…

Soudain :

– C'est un gros dégueulasse ! Y a que ça à en dire ! J'espère que vous l'avez fait chialer un peu, parce qu'il mérite pis !

Sørenson se tenait juste à côté de lui, et comme lui, regardait les deux gamines du toboggan qui se consolaient encore, nouées l'une à l'autre. Almayer ne l'avait pas entendu venir, ce qui l'étonna : soit Sørenson était bien plus furtif qu'il n'y paraissait, soit, lui, avait perdu de son acuité. En tout cas, Sørenson le danois avait vu l'enveloppe ouverte et les photos qui en dépassaient sur le banc. Il avait compris qu'Almayer avait mis son nez dedans.

– Alors, qu'est-ce qu'a donné votre entrevue avec le grand méchant Loup ?, reprit le Scandinave.

– Il est bien trop abîmé pour dire quelque chose de sensé.

– Vous vous rendez compte tout de même, Al ? C'est avec des gamines comme celles-ci qu'il jouait du pipeau, le vieux vicelard !

Et Søren, à la surprise d'Almayer, cracha à terre, puis écrasa son glaire avec le bout de sa chaussure qu'il fit pivoter plusieurs fois assez lentement.

– Dites-moi, Søren ; il me paraît absolument déterminant de savoir si Cornwell avait un collègue ; de savoir qui il est ; de savoir où il crèche ; et de le cuisiner derechef, recensa Almayer, l'air singulièrement absent.

– O.K., Al. Je vais en dire un mot à Bill Graham, et Søren s'apprêtait à prendre son téléphone mobile.

– Euh, vous savez, Søren, je pense que vous devez vous méfier de cet instrument ; il n'est pas si hermétique que cela ; il existe des machines assez perfectionnées pour écouter une conversation satellite où qu'elle s'effectue. Il suffit d'avoir le numéro, l'opérateur, et le poste relais. Je ne dis pas que c'est facile, mais des gens organisés pourraient faire cela, et tant qu'on ne sait pas dans quel marigot on a mis les pieds, la méfiance reste de mise.

– Ah ? Je ne partage pas vos doutes, mais enfin… Je vais aller parler à Bill Graham, ce sera plus sûr.

– Dites-moi, elles sont marrantes ces gamines, non, Søren ?

– Oui… si vous voulez… plutôt bruyantes, je dirais ; et j'aimerais pas être à la place de leur nourrice.

À ce moment-là, Almayer se dit que la plus âgée des deux devait avoir à peu près neuf ans maintenant, qu'elle s'appelait Virginia, et qu'elle ressemblait sacrément à sa mère au même âge…

# XV

MÊME JOUR

## *Los Angeles International Airport*

Cela faisait maintenant quatre bonnes heures que le vice-consul avait tourné bride, et cela faisait plus de trente-six heures que Borluut était enfermé dans cette geôle pour touristes malheureux. Il avait donc déjà bouffé la moitié de son capital temps ; il s'était heurté aux autorités douanières locales ; il avait sérieusement froissé son soutien politique, et tout cela sans se dégager d'un espace donné de 15 $m^2$. Ça prêtait à sourire.

Mais Borluut ne souriait pas.

La même porte ; la même tache sanglante ; les mêmes murs, la même odeur, les trois mêmes mouches autour du même néon… Il y avait de quoi devenir dingue.

Juste après le départ du vice-consul du roi, on avait daigné lui servir enfin un maigre repas dont il n'avait su reconnaître de façon franche aucun des ingrédients. De toute manière, ayant l'estomac noué par la colère et l'angoisse, il se refusa d'y toucher, et s'était contenté de boire.

Debout, les bras croisés derrière la tête, Borluut continuait d'attendre. Étouffant en raison de la chaleur de la mi-journée, dans un espace mal aéré, il se regardait fondre. Les avant-bras et les mains luisaient d'une fine sueur, pendant que ses cheveux se collaient au front, et perlaient, et gouttaient. Il avait quitté le haut du costume qui lui avait coûté les yeux de la tête - veste et pantalon Marc Jacob, modèle Nassau, cintré, à soufflets dans le dos vintage années cinquante, dernière collection, en flanelle légère couleur safran, pantalon coupe carotte – pour la coucher à terre, dans la poussière épaisse et sur les tâches sans nombre ; et s'était allongé à plat dos, les yeux fixés au plafond après avoir relevé ses manches de chemise – marque Eton, tissage indien, couleur blanc crème, col court : le plafond était de béton brut, gris sombre, également recouvert de tâches et de dessins. À croire que la cellule était un cube que l'on retournait par période : comment font-ils pour souiller les parois à une telle hauteur ?

Il repensa à Godelieve.

– *À la grande époque de l'embaumement,* ânonnait Boerschin, *et on n'a aucune raison de douter que les momies jaunes du Tophar procédaient autrement, l'ablation du cerveau ne devait donner lieu à aucune altération de l'enveloppe crânienne, pour mieux exprimer la permanence de la vie. Il fallait donc profiter des voies existantes, en l'occurrence le nez...*

– *Oui, en effet, la narine gauche de Godelieve était bien nécrosée, et toute la latéralité gauche de la fosse nasale était ainsi tuméfiée...,* acquiesça h.h.

– *On y passait un crochet de fer courbé, souvent du bronze, dans la fosse nasale gauche,* reprit Boerschin d'un ton à peine irrité, avant d'être à son tour interrompu à nouveau par h.h :

– *Avec ce crochet, d'une trentaine de centimètres, et de cinq millimètres de diamètre, « l'embaumeur » a percuté et traversé les structures ethmoïdales, par simple pression, et a pu ainsi accéder directement à la boîte crânienne et à la matière cervicale.*

– *Excusez-moi, à nouveau,* coupa Borluut, *Godelieve, vivante ou morte ?*

– *Vivante, lieutenant ; vivante et probablement encore consciente, ou semi-consciente. On est à h36. J'en veux pour preuve deux ou trois gestes maladroits du tueur ; les parois nasales et la zone sinusoïdale ont été déchirées, griffées et irritées à ce moment. On est en droit de penser que ces maladresses sont, encore une fois, conséquentes des mouvements de résistance de la jeune femme, malgré les liens qui l'entravaient. En tout cas, à ce stade, il a atteint la dure-mère méningée et il a pu commencer, doucement, à la travailler, à la frotter, et à l'extraire morceau par morceau… Elle s'est débattue à nouveau, une troisième fois, de manière plus marquée, si notre hypothèse de chronologie clinique se tient.*

Borluut se sentait mal à chaque fois qu'il évoquait cette part du supplice de la jeune infirmière. Il sentait le crochet au fond de ses sinus qui triturait et tournicotait ses méninges, et il serra les dents, se frotta les joues avec énergie et s'enfonça les poings dans les yeux.

– *On sait,* avait continué h.h., *aux ecchymoses laissées aux extrémités des narines, qu'il s'est aidé d'un instrument assez conséquent pour récupérer la matière cérébrale liquide que produisaient les frottements du fer courbé…*

– *Oui, oui !,* s'exclama avec enthousiasme Boerschin, *les cuillerons…*

– *Pardon ?*

– *Les cuillerons sont des instruments anciens dont l'usage réel reste sujet à controverse. On sait qu'ils servent à récupérer des liquides, mais lesquels ? C'est partiellement un mystère, et quelques-uns de mes confrères estiment qu'ils contribuaient à l'excérébration… Ce sont des instruments de quinze ou seize centimètres de longueur, sept de large à peu de chose près ; ils sont constitués de deux cupules semi-circulaires, avec deux petits tubes-verseurs, légèrement obliques de haut en bas. Peut-être destinés à récupérer ce qui s'écoulait par les narines…*

– *Cette phase pachyméningique a été assez lente, et a dû occasionner dans un premier temps à la jeune femme de fortes lombalgies et d'intenses céphalées, puis des fourmillements intenses des membres, et le long de la colonne, des décharges sciatiques, et enfin des brûlures myofaciales… ; on compte entre huit et dix heures le temps nécessaire pour extraire cette partie de la dure-mère, des heures pendant lesquelles la jeune femme s'est progressivement éteinte. h50 ou h60 sont des hypothèses valables. L'ultime étape de l'excérébration a consisté à atteindre, on suppose avec le même crochet, l'arachnoïde, l'espace subarachnoïdien, et la pie-mère, dit autrement les derniers éléments méningés, puis à les réduire par mouvements circulaires du crochet en une substance liquide à même de s'évacuer par la fosse nasale. C'est alors, pense-t-on, que le cœur de la jeune femme a cédé.*

– *Très franchement,* coupa Boerschin, d'une voix douce et lente *; je pense que ce type a pu suivre ce que les Tophar faisaient ; c'est fort plausible, fort rigoureux, impeccable… Assez étonnant. J'ai l'impression, à voir les photographies, que tout ce travail… comment dire ?… est pertinent, vraiment… Enfin, je veux dire « scientifiquement »… car, son hypothèse reste assez juste…*, conclut-il en se gargarisant devant tous les autres membres de la réunion, consternés et effarés par le cynisme technique et froid de l'égyptologue.

Le rappel de ces conversations, le souvenir des photographies qu'il revoyait sans cesse, la réminiscence des détails de gratouillis et de tournicotis de crochets, en bronze ou pas, des cuillerons, la pensée des intromissions anales, nasales, abdomino-latérales filaient toujours à Borluut le même mal de tête bestial, les mêmes crampes d'estomac, les mêmes frissons explosifs; les yeux piquaient et les mains tremblaient tant sa compassion restait physique et incarnée… car ce visage fin et juvénile, ces cheveux dorés et bouclés, la peau lisse et pâle qui furent massacrés, exprimaient une candeur que le crime rendait insupportable.

Et dans cette cellule perdue au milieu de nulle part, quelques larmes avaient encore coulé le long de la joue du jeune homme.

# XVI

LE MÊME JOUR

## *The Hilton Los Angeles Universal City – Grand Hall*

Putain, mais où il est ce couillon ?, se demandait Almayer pour la troisième fois. Søren l'avait appelé une demi-heure plus tôt, vers dix-sept heures, pour lui donner rendez-vous dans le grand hall de l'hôtel ; il chuchotait au téléphone, ce que permettait difficilement l'accent scandinave, et la conversation avait finalement bien trop duré pour des gens qui se voulaient confidentiels. Mais depuis deux minutes, Al cherchait désespérément le grand blond à tête de faune : il n'était pas au bar, ni sur les canapés du grand salon, ni dans ceux des deux petits salons, et pas plus sur la terrasse du bar de l'hôtel. C'est au moment où il s'approchait des majordomes, pour savoir s'il n'existait pas un message à son attention, qu'il le vit, étroitement assis entre deux *ficus benjamina* énormes. Il lui faisait des signes si discrets que c'était miracle qu'il l'aperçût.

– Que vous arrive-t-il, Søren ? Seriez-vous devenu plus parano que moi ?

– Salut, Al. L.A.ent Spécial Cornwell est mort.

Il parlait les dents serrées, en tournant la tête dans tous les sens comme l'aurait fait une chouette. Et parce qu'il était parti rejoindre les morts, Cornwell redevenait « Agent Spécial », et non plus le « dégueulasse », ou le « salopard ».

– Trois contre un qu'il ne s'agit pas d'une mort naturelle, reprit sans l'ombre d'une émotion Almayer.

– Bah, c'est un peu confus ; on l'aurait retrouvé *emperivigoté* dans…

– Quoi ? Que dites-vous ? On l'aurait retrouvé comment ?

– … Em-ber-li-fi-co-té… dans tous les fils et tuyaux qui l'entouraient, à côté de son lit, à trente centimètres du sol. Suspendu. Il venait de couper son respirateur : c'est comme un suicide…

– Mais ?

– Mais, mécaniquement, ça paraît peu probable, les fils, trop courts, l'auraient empêché d'atteindre la machine ; et physiquement, douteux : il était trop faible. Alors, de là à penser que le respirateur a été éteint par une personne étrangère, et que Cornwell s'est ember…, s'est mélangé dans les fils en cherchant à le rallumer tant qu'il pouvait, il n'y a qu'un pas. Et vous aviez raison pour les lignes téléphoniques. On a scanné ma ligne et celle de Bill Graham : les deux sont parasitées. Pour l'instant, on attend de voir ce qu'il faut faire, mais visiblement, on intéresse quelqu'un ; et il est possible que Cornwell dérange… dérangeait ce même quelqu'un.

– Il est donc probable que les gens qui vous écoutent sachent que vous êtes là en ma compagnie, conclut Almayer imperturbable.

– Foui, répondit Søren dans un chuchotement vif, les yeux élargis, reprenant son mouvement strigidique de tête.

– Et vous avez pu avancer sur le collègue de Cornwell ? J'ai idée qu'on n'a pas de temps à perdre.

– Oui. Il a eu un collègue près de quinze ans d'affilée au bureau californien du FBI ; un certain Weinstein, John Weinstein. Agent Spécial lui aussi. Il formait un duo « John-John » assez réputé au sein du FBI. Cornwell est… était le parrain de la seconde fille du second mariage de Weinstein. Puis leurs carrières se sont éloignées. Il était visiblement moins brillant que Cornwell ; moins flamboyant. Il est à la retraite depuis trois ans maintenant.

– Bien, c'est notre homme. Si quelqu'un connaît les cachotteries de Cornwell, c'est lui, s'exclama Almayer, tout sourire.

– Oui, mais il y a un problème.

– Merde de chiotte ! Putain ! Lequel ?

– Il est en voyage en permanence, ce type ! Il se promène avec sa mémère en Polynésie, en Égypte, en Europe ; il arrête pas de bouger. Le coincer entre deux escales relève de la mission impossible.

– La mémère, c'est vous Sørenson... On n'a jamais vu une paire de retraités partir en live sans laisser d'adresse. Vous me le trouvez fissa ; il y a bien moyen de le tracer à partir d'un portable, non ? Il a des filles, m'avez-vous dit ? Elles savent sans doute où il est... avec sa mémère, comme vous dites !

– Almayer ? Je vous parle sur une nouvelle ligne. Prenez note de ce numéro. Bon, on a logé Weinstein ; il est en vacances pour trois semaines en Argentine. J'ai son circuit touristique, ses réservations d'hôtel, son numéro de portable...

– Excellent travail, Søren. On y va ! Hilton a bien un coucou à nous prêter ? Savez-vous où Weinstein sera demain matin ?

– Attendez... ils en sont à leur dixième jour de voyage... demain, ils sont à Buenos Aires, et sa banlieue... Ils iront vers le nord, je vous lis le programme de l'organisme touristique. « *Soixante kilomètres environ au nord de la ville de Tigre, construite sur le delta du Tigre.* » Putain, comme c'est pas clair leur truc. « *...à la rencontre des Porteños* » – c'est qui ça ? – « *qui viennent naviguer le long des chenaux serpentant entre des centaines d'îlots à la végétation luxuriante. La région du Tigre est assez paisible avec ses belles maisons. Lieu de jonction du Rio Paraná et du Rio de la Plata qui donne lieu à un labyrinthe de bras d'eau et de canaux, la végétation y est très luxuriante.* » On s'en fout, bordel. « *Navigation à la découverte des nombreuses demeures construites le long du fleuve. Déjeuner.* » Merde, ils ne disent pas où ils bouffent. Comment faire pour l'accrocher, ce vieux con ?

– Continuez, Søren, et évitez vos commentaires !

– O.K.... « *Puis, exploration de la zone en naviguant sur le delta...* » Jamais ils se posent ces cons ? Un retraité, c'est censé faire des siestes, non ? Ça bouge pas autant normalement ; ils les dopent ceux-là ou quoi ? « … *découverte des belles demeures coloniales, des maisons sur pilotis : visite et goûter dans la Casa del Aguijado* ». On le tient ! Ils goûtent à quelle heure les gens de cet âge ? Il n'y a plus qu'à trouver cette casa del bidulado, d'y être à peu près à la bonne heure…

– Parfait, coupa Almayer, on y va !

# XVII

NUIT DU 14 AU 15 JUIN 2023

## *Los Angeles International Airport*

– « *La troisième phase de l'embaumement a été dominée par l'urgence. À partir de h60. Alors que précédemment, le tueur devait jouer au funambule pour garder la petite vivante, à partir du moment où celle-ci a passé l'arme à gauche, il a dû entreprendre une course contre la montre…*, reprenait h.h.

– *Ouaip, le « jus de cadavre »*, marmonna l'assistant.

– *…pour que la « phase a », ce que notre jeune ami appelle « le jus de cadavre », n'altère pas les tissus et l'ensemble du processus…*

– *« Phase a » ?, « jus de cadavre » ?!*, s'étonna Borluut.

– *Oui, dans les premières heures qui suivent la mort, au début même de la putréfaction, « la phase a », désigne le moment où des agents pathogènes particulièrement dangereux se développent sur les cadavres. On peut rappeler par exemple que certains océaniens empoisonnaient…*

– *Les canaques !*, coupa l'assistant.

– *Oui… empoisonnaient leur flèches en les trempant en profondeur dans le corps des personnes mortes depuis quelques heures seulement… ce que dans un jargon d'étudiant attardé en médecine légale, on appelle « le jus de cadavre »… Tout cet ensemble de bactéries, de virus, de ptomaïnes, agressent le cadavre de manière rapide. Les embaumeurs, et notre embaumeur en particulier, ont dû se défendre contre eux. Ceci dit, grâce à la dessiccation des organes entrepris sur Godelieve, notre « collectionneur » avait un léger temps d'avance.*

Après un temps :

– *Dans cette dernière phase, notons qu'il a fallu avant tout libérer le corps de son sang. Pour tout dire, la victime en avait déjà perdu une bonne quantité par hémorragie périphérique. Les yeux, par exemple, ont dû saigner abondamment pendant leur manipulation. Pour ce qui est du reste, un drainage systématique a été sans doute prévu. On a remarqué deux incisions à la base du cou. Ces incisions ont permis au sang de s'écouler sous la pression d'un liquide aqueux injecté sous perf. Mais l'intérêt de cette dernière phase est ailleurs,* reprit h.h., *il a fallu à ce moment-là ôter tous les organes mous. Pour cela, le tueur n'a utilisé qu'un seul instrument tranchant...*

– ...*Sans doute un « couteau nécrotome »...*, coupa Boerschin.

– ...*Qu'il a longtemps préparé, effilé et affûté car on a pu retrouver quelques grains de verre sur les lèvres de l'incision... Muni du couteau, le tueur s'est positionné à la gauche du sujet, et a entrepris une ligne d'incision, donc, oblique de haut en bas et de dehors en dedans, du relief de l'épine iliaque antéro-supérieure au relief de l'extrémité distale de la onzième côte. Cette incision mesurait une quinzaine de centimètres à peu près. L'incision du fascia transversalis, a permis de mettre au jour l'aponévrose du muscle grand oblique.*

– ... ?

– ...*Les trois muscles de la paroi antéro-latérale de l'abdomen ont été incisés - muscle grand oblique, muscle petit oblique et muscle transverse de la superficie vers la profondeur – en prenant bien soin de ne pas ouvrir le péritoine. Le sac péritonéal a été refoulé sur la ligne médiane pour exposer l'espace rétro-péritonéal, et le tueur a pu alors introduire un nouvel instrument que, par défaut, nous avons dénommé « un écarteur », qui a maintenu solidement la cavité latéro-abdominale.*

– *Je n'entends rien à ce jargon,* finit par dire Borluut.

– *Il a ensuite exercé une forte pression avec les mains sur le dessus de la paroi abdominale,* continua h.h., sans même un coup d'œil au lieutenant, *afin de décoller les organes rétro-péritonéaux et les faire progresser le long de la paroi postérieure de l'abdomen, par à-coups, par petites poussées successives, en avant de l'axe vasculaire ortico-cave.*

h.h. avait posé ses feuillets et tenté de mimer les gestes du tueur. Les deux mains en avant, il faisait mine de pousser dans le vide puis il reprit :

– *Il a pu ainsi libérer les organes rétro-péritonéaux droits et les amener vers l'incision du flanc gauche. Cela a exigé temps et adresse. Il a travaillé ensuite directement, sans instrument, sans doute équipé de gants néoprène de chirurgie, dans la cavité abdominale. Il a d'abord dégagé le rein gauche après section des pédicules vasculaires et attaches, à l'aide de la partie tranchante du… couteau nécrotome. La manœuvre a été identique pour le rein droit. Lorsque le sac péritonéal a été décroché, il a été possible d'ouvrir la cavité péritonéale et d'exposer largement, à l'aide d'un second écarteur peut-être, l'ensemble des organes intra-péritonéaux. Les parties mobiles du tube digestif ont été amenées par traction manuelle vers l'incision* (h.h. refit les mêmes gestes amples des mains) *puis extrait de la cavité ; les pédicules vasculaires du mésentère et des mésocolons ont été sectionnés* (gestes des doigts mimant les ciseaux). *Le tube digestif a été enlevé par traction, en laissant en place le rectum et l'estomac. Le foie, la rate et le pancréas ont été alors ôtés et la section de leurs pédicules vasculaires a permis leur exérèse par traction à nouveau. Le foie a été extrait par une simple mais forte traction. De même que l'aorte abdominale et ses branches. Ces différentes opérations ainsi que le nécessaire maintien de la cavité abdominale ont demandé non seulement une habileté spécifique mais une force importante.*

– *Mais ça n'a pas de cesse ?*, geignait Borluut.

– *Le tueur a ensuite entrepris l'extraction des organes de la cavité thoracique. Pour cela,…*

Mais Borluut n'entendait plus vraiment, ou avait oublié.

– *…Le péricarde et les plèvres droite et gauche ont été incisés avec le diaphragme…*

Et pouvait-on seulement entendre le supplice autrement que techniquement ?

– *Les poumons gauche et droit ont été dégagés par une forte traction…*

Tous finalement, h.h., Boerschin, l'assistant-légiste, avec leur considérations d'expert, cherchaient à effacer l'essentiel : la grimace souffrante, la larme douce, le gémissement sourd d'une jeune fille en fleurs, la négation même en acte.

– *…Les cavités thoraco-abdominales… lavées, rincées et même désinfectées…* ».

Mains derrière la tête, las et désabusé, Borluut s'était fatigué de ressasser tous les détails du martyre de Godelieve.

Mais il ne trouvait rien qui pût mettre de la cohérence dans ce délire d'horreur.

Le tueur était manifestement un habile thanatopracteur, et même un puriste en la matière. Il y avait dans ce tableau de Godelieve embaumée qu'il conservait en mémoire et dans son agonie que h.h. avait détaillée quelque chose de profondément sombre et mauvais ; comme si on avait voulu tuer de la beauté ou de la grâce… Voilà ce que lui ne parvenait pas à gommer.

Il ferma les yeux et s'endormit quelques minutes. Il avait perdu les notions de jour et de nuit.

# XVIII

15 JUIN 2023

*Los Angeles Daily News*

NDLR : Dans le cadre de la commémoration de la disparition de la star Paris Hilton (« Dix ans déjà… »), notre journal reprend chaque jour un épisode de sa vie. (extrait)

« P.H. ET LE CLONAGE », PAR JOCELYN MUSSETT

« *[…] La disparition de Paris Hilton a donné lieu à des comportements collectifs neufs et inédits, si l'on en croit la très sérieuse* Revue de sociologie et de psychologie des masses de l'université de l'Ohio, *dans sa troisième parution, au second semestre de l'année 2014.*

*Selon ses rédacteurs, le Docteur Ferio de l'université de Firenze en Italie et le Professeur Jacobsen de l'université de l'Ohio, deux conduites ont été mises au jour : les conduites de « désespérants » et celles de « négationnistes ».*

*Les premiers ont choisi d'adopter des comportements de démesure spectaculaire. Persuadés que Paris Hilton, leur icône, était morte, que cette mort était insupportable, porteuse de « matière sombre » apocalyptique, ils ont produit un nombre conséquent d'actes dits « sublimes », c'est-à-dire susceptibles d'augmenter ou de contribuer à la gloire de leur icône, tant en qualité qu'en quantité.*

*Il y eut la série funeste des suicides vénitiens, liée, semble-t-il, à la conversion d'un club de fans extrémistes en un sombre « club* de suicidés » *tels qu'ils pouvaient en exister à la fin du* XIX*e siècle. Ils avaient mis en place un système d'élection – une sorte de loto lugubre – du fan du mois qui s'engageait à accepter de mourir pour rejoindre et retrouver l'idole. Les autres acceptaient de mettre à mort ce dernier, sans lui préciser l'heure ou le jour : la police italienne a compté près d'une dizaine de ce type de meurtres euthanasiants.*

*Mais le sommet de ce courant de désespérance eut lieu en juin 2014 lorsqu'un groupe de six jeunes gens, trois garçons et trois jeunes filles, de quinze à vingt-trois ans, tous amis de longue date, ont entrepris de se donner la mort devant le* Stucky Hotel, *sombrant ensemble dans la lagune après avoir consommé drogues et psychotropes.*

*Les seconds, les « négationnistes », se sont organisés pour défendre l'hypothèse d'un enlèvement ou d'une disparition criminelle, et des blogs se sont créés pour chercher des traces et mener une enquête parallèle, une association a même été créée « S.P.H. »* (Save Paris Hilton).

*Cette association, qui pratique la saisie ouverte de tout type d'éléments susceptibles d'accélérer l'enquête, fait depuis son ouverture l'objet d'une montagne de commentaires libres, spontanés et donc non vérifiables. Cela n'est pas sans susciter des contradictions et des malaises.*

*Ainsi, sur le blog susnommé, sont récoltées toutes les informations tendant à prouver ou à donner des indices corroborant la « survivance » de la star. Aussi l'aurait-on vue à Buenos Aires, à Venise (trois fois), à Londres, à Monaco (deux fois), à Paris, à Dallas, à Washington (deux fois), à Las Vegas (cinq fois)… Elle aurait été photographiée à Nashville, mais de si loin qu'elle est méconnaissable, à Saint-Pétersbourg, mais la photo est floue, à San Francisco, mais pour apprécier le fait qu'elle avait changé de visage, de couleur de cheveux, et même de taille apparemment…*

*Ce « négationnisme » a même donné lieu à de sordides happenings : des sosies de Paris Hilton monnayent leur ressemblance avec la star disparue, allant jusqu'à créer une manière de photo-peinture originale et cynique : Paris Hilton dans les déserts sahariens avec force caravaning, menottée et allongée plus ou moins sauvagement sur des tapis fleuris orientaux ; Paris Hilton sur des bateaux des îles mauriciennes aux mains de pirates patibulaires, visiblement torturée ou maltraitée ; Paris Hilton dans des caves de cités françaises, pendue comme un jambon, arborant marques de brûlures de cigarettes, yeux tuméfiés, coupures de rasoir, collant couvrant la bouche jusqu'aux oreilles, ou dans une yourte tchétchène ceinturée de dynamite, le visage barré d'une larme de sang…*

*Une photo apparue en avril de l'année dernière, montrait une Paris Hilton attachée à un cactus par les poignets et sous la semelle d'un cow-boy masqué, dans la Vallée de la Mort. Le* F.B.I. *avait alors réellement envisagé qu'il pouvait s'agir de la vraie Paris, et avait conduit une enquête de quelques jours pour finalement convenir d'un nouvel happening.*

*Dans le même genre, un sosie de Paris a accepté de poser dans* Ladies Room *affublé des petites tenues réelles de la star, outrant la provocation jusqu'à exhiber un chihuahua en tailleur et diamants. […]* »

# XIX

15 JUIN 2023

## *Buenos Aires – Casa del Aguijado*

Almayer et Sørenson attendaient depuis près d'une heure dans le grand vestibule, rouge sombre, de la *Casa del Aguijado* lorsqu'ils virent entrer le groupe bariolé des derniers navigateurs du *Rio Paraná*. Tous étaient dûment chapeautés, lunettés, fleuris et colorés. Almayer se dit immédiatement que trouver Weinstein dans cet ensemble archétypique d'exfiltrés américains ne serait certainement pas chose facile, car Sørenson n'avait pu dégotter qu'une photo du Gus le montrant à sa sortie de promotion, en noir et blanc, alors qu'il était jeune et fringant, photo qui avait déjà été pliée et repliée une bonne dizaine de fois. « Comment dénicher l'oiseau rare ? », se demandait-il encore.

Les retraités avaient tous l'air bien claqués. Une vieille relique, dont la permanente était à plat, se plaignait d'agressions scandaleuses de la part des moustiques indigènes et montrait à qui voulait voir des cuisses gélatineuses rougies par les pénétrations insectiformes.

– Tais-toi, Solenn ! Tout le monde est dans ton cas, s'égosilla de dessous un bob kaki hors d'âge une espèce de vieux brandon en chemisette à manches courtes ; son short de baroudeur, à poches multiples, laissait sortir des cannes de serin à la peau rouquine, ravagées par les coups de soleil, ce qui le rendait encore plus rubescent que sa piquée d'épouse.

Ce fut le seul échange qui anima le groupe. Almayer compta une petite trentaine de retraités. Tous s'étaient répartis, soit dans le vestibule sur deux canapés, soit sur un ensemble de chaises elles-mêmes fatiguées, et tous ceux qui n'avaient pas entamé un somme immédiat soupiraient ou toussaient. Ils ont fait un stage commando ou quoi ?, se demandait Almayer, sans réellement voir le plaisir que pouvaient tirer ces gens en fin de parcours à relever ce genre de défis.

– Ce voyage nous a conduits tout droit au pays des cornichons et des vieux chnoques, maugréa-t-il entre les dents, ne voyant pas comment il pourrait reconnaître Weinstein au milieu de ce cimetière vivant. Où peut bien se cacher notre homme ?.

Almayer ne vit aucun visage qui pût correspondre à la photo que lui avait montrée Sørenson qui, de son côté et sans retenue, avait copieusement attaqué le goûter réservé aux touristes, composés presqu'essentiellement d'alfajores énormes au chocolat noir ou blanc, et couverts de poudre d'amande.

C'est en détournant ses yeux du buffet qu'Almayer croisa le regard de Weinstein ; il sut immédiatement que c'était lui... Une paire d'yeux myopes et fixes. Weinstein était le seul à avoir remarqué sa présence, et il le regardait avec une attention et une intelligence singulières. Almayer pouvait voir derrière ses lunettes d'écailles à deux étages – il avait relevé les verres de soleil - et dans ses yeux dilatés les questions que le vieux flic fatigué se posait : Que vient donc faire ce grand échalas américain en complet gris ? Pourquoi examine-t-il autant le groupe ? Pourquoi ne s'attarde-t-il que sur les hommes ? Qui cherche-t-il ? Quelle est l'origine de cette cicatrice que l'on devine sous le foulard ?

– Bonjour, Weinstein ; mon nom est Almayer, et voici Sørenson.

Ils s'étaient tous trois isolés dans un petit salon qui côtoyait le vestibule ; Sørenson avait discrètement forcé la porte vitrée, sans que personne ne le voie ou ne l'entende, même pas Almayer. Ils restaient dans la pénombre.

– Cornwell vient de passer l'arme à gauche. Hier, dit-il volontairement froid.

Weinstein regardait alternativement Sørenson et Almayer, et ne montra aucun signe de surprise ou de peine ; il restait aussi indifférent que possible, et conservait une assurance qui irrita immédiatement Almayer. Pour autant, il n'échappait pas à Almayer que le vieux bougre peinait terriblement à garder ses jambes fermes, qu'il soufflait tant qu'il pouvait, et il se disposa de telle manière que Weinstein ne pût pas accéder au fauteuil qui se tenait derrière lui.

– Vous n'allez pas me dire que vous êtes des avocats ayant pignon sur rue, qu'il m'a couché sur son testament, et que vous êtes venus avec vos mines de comploteurs pour m'annoncer la bonne nouvelle ?, remarqua de manière ironique l'ancien agent du FBI.

– Non, bien entendu. La mort de Cornwell nous chagrine seulement dans la mesure où il devait nous donner des informations. Mais il était si abîmé, le pauvre, qu'il en a pas eu le temps ; il est mort presque au moment où on l'interrogeait, figurez-vous, mentit avec aplomb le Scandinave.

Almayer devina une légère modification dans le comportement de Weinstein, un petit mouvement inquiet de l'œil qui interrogeait le visage de Sørenson, ainsi qu'une nouvelle posture en retrait de tout son être. Il devenait prudent.

– Et nous avons estimé, reprit Sørenson, tout en époussetant quelques miettes d'alfajores tombées sur sa manche, que vous seriez à même de combler les manques !

– Tout doux, tout doux, messieurs. Qu'est-ce qui vous dit que j'ai l'information que vous voulez ? Qui dit que si je l'ai, je vous la donnerai ?

Il parlait avec ses deux mains mises à plat devant la poitrine, et il fit deux petits pas en arrière.

– Alors, écoute-moi, veille tantouze à fleurs, reprit Almayer, en s'approchant de Weinstein qu'il surplombait et dépassait de plus de quinze centimètres ; il n'y a que la première question qui ait un sens pour nous. Si tu sais quelque chose, et même si tu ne sais pas que tu le sais, on va le savoir ; ce n'est qu'une question de temps et de savoir-faire. C'est à nous de chercher comme il faut, où il faut, avec de bons arguments. Et moi, je pense que tu vas nous dire ce que l'on veut entendre. Remarque, il faut aussi que tu t'accroches, parce que vois-tu, Cornwell, lui, il a lâché prise en plein boulot ; trop faible ; trop vieux aussi. Vous avez le même âge, non ?

– Il est parti un an avant moi en retraite, chuchota Weinstein.

– Alors, voilà : on sait que Cornwell cachait ses petits secrets quelque part, et tu vas nous dire où !

– Mais qui vous dit que je sais ?, dit-il, la voix légèrement tremblotante ; un petit tremblement qui se répercutait sur l'ensemble de sa personne.

– Euh, là tu te répètes, remarqua le Scandinave.

– Oui, confirma Almayer… Vous avez bossé quinze ans ensemble ; vous vous êtes dit des choses, fait des petites confidences, putain, bouge tes méninges avant que je m'énerve.

Almayer vit les premières gouttes de sueur apparaître sur le front de Weinstein ; elle lui semblait énormes, et stagnaient comme deux petites billes sur le haut du crâne. En même temps, il aurait juré que le vieil homme commençait à exhaler cette odeur épaisse propre aux maisons de retraite.

– Vous vous trompez, on ne se connaissait pas tant !

C'est précisément à la fin de cette phrase qu'Almayer le cogna pour la première fois, sur la joue droite, si fortement que la claque projeta en l'air le dentier du vieil homme qui finit sa course sous un lourd buffet bien trop ouvragé selon les goûts d'Almayer ; les lunettes sautèrent, elles, derrière Weinstein, et un moment, Almayer se demanda pour quelle raison balistique supérieure, elles n'avaient pas adopté le même parcours que les fausses dents. Weinstein ne cria pas, mais ses yeux nus hurlaient pour lui. Immédiatement après, sa lèvre supérieure, déchirée par la prothèse dentaire, se mit à saigner abondamment, et Almayer entreprit de l'essuyer sans égard pour la chemisette du vieil homme, avec des mouvements amples et violents qui firent faire au pauvre hère fatigué une danse de Saint-Guy.

Almayer avait toujours eu pour la vieillesse une absence absolue de compassion. Toutes ces vieilles gens, leur lenteur, leurs valeurs micro-quotidiennes, leur hypocondrie bavarde, leurs gestes empruntés et étroits, leur façon pulvérisante de manger, de tousser, de cracher en éternuant, leur bouche empâtée, leurs gestes tremblants, leurs canes ou déambulateurs, leurs fauteuils roulants et grinçants. Toutes ces vieilles gens, et tout chez elles lui faisaient horreur.

– Où est cette cachette ?, demanda-t-il les dents serrées pour la seconde fois, et il frappa à nouveau du revers de la main droite sur l'autre côté du visage, avec la même violence. Weinstein gémit et commença de supplier en tombant sur les genoux, déjà épuisé :

– Mais je n'en sais rien… Laissez-moi donc… On ne s'aimait pas vraiment avec Cornwell… On s'est opposés de nombreuses fois… Il ne me disait rien…

Almayer lâcha le col de chemise à grosses fleurs d'amaryllis du touriste… IL posa son chapeau sur un fauteuil et alla rechercher le dentier sous le buffet sculpté. Il parvint à l'attraper grâce à un long cierge rouge velours qui reposait sur le meuble, et le fit glisser, mêlé de poussières épaisses, jusqu'à Weinstein, qui regardait tout à fait démuni ses fausses dents, sans grand espoir de les récupérer. Posément, mais avec détermination et application, Almayer les fit exploser à coups de talon. « Merde, c'est dingue comme c'est dur ce truc », se dit-il, alors qu'il frappait de plus en plus fort. Au troisième choc, le dentier se partagea en deux ; au cinquième, chaque dent semblait avoir pris son indépendance ; deux ou trois autres coups, si puissants qu'Almayer laissait échapper un râle, finirent de réduire l'artéfact à une sorte de poudre blanche épaisse. Une manière spectaculaire de clouer le bec à l'autre emplumé et à ses jérémiades, tout en espérant quelques révélations.

– Bien, je crois bien que vous avez tout sali, mon vieux salaud, ironisa Almayer entre deux souffles.

Aussi bien Weinstein que Sørenson posaient sur lui des regards étonnés, cherchant à évaluer la nature de cette violence disproportionnée, mais seul le Scandinave semblait s'en satisfaire.

– Dis-moi, tes voyages, Weiss, ils sont toujours aussi merdiques ? Toute cette nullité à chapeaux et à lunettes dans le vestibule, ça ne te donne pas des envies de meurtre ?, asséna-t-il la voix claire et calme.

– Pour quelles raisons vous êtes-vous éloignés de Cornwell ?, demanda Sørenson, les sourcils froncés. Il a baisé ce qui te sert de femme ? Il t'a baisé au boulot ? Il t'a fait une crasse ? C'est sûr qu'il ne pouvait être que plus ambitieux que toi.

Un long silence suivit les questions de Sørenson. Weinstein regardait d'un air vide la poussière qui maculait le sol.

– Cet enfoiré s'est intéressé de trop près à ma seconde fille, Pandora..., lâcha enfin le vieil homme.

– Pandora ? Quel prénom à la con ! Et ?...

– Elle n'avait même pas quinze ans !

Sa voix était lasse, mais il s'appliquait à articuler précisément.

– Et alors, il lui faisait des gouzis-gouzis ?, reprit le Scandinave.

– Non, pas au début ; mais il allait la chercher au collège, et lui payait des glaces, des sodas, lui faisait même parfois une partie de ses devoirs... et puis ils restaient tous les deux, dans la voiture de Cornwell, sa voiture de service, à discuter ensemble. L'enfant de salaud, il en savait plus sur elle que moi. Et puis un jour..., Weinstein déglutit avec difficulté.

– Oui ?, reprit Sørenson, pour l'inviter à continuer.

Almayer s'amusait de la musicalité de cette conversation improbable entre un vieux juste édenté sifflant et un nordique guttural et dental. Mais du moment qu'ils se comprennent.

– Un jour, je les ai filés ; un après-midi... C'était juste après la conférence de presse qu'il avait tenue pour annoncer la décision de FBI de clore l'enquête Paris Hilton... Il était furibard à cause de ça... Il est allé la chercher à l'école, a déjeuné avec elle... Je les ai filés à la douce... Puis, il l'a emmenée sur Fisher Avenue, alors qu'elle aurait dû retourner à l'école, le salaud. Il aurait dû la ramener...

Le visage de Weinstein s'était allongé et étalé ; il semblait que chacun de ses muscles s'était affaissé, refusait de se tendre ; les joues tombaient, les rides du front dessinaient des courbes basses, les poches des yeux gonflaient. Il articulait à peine.

– Et là-bas, y afait un enfemble d'immeubles...

– Quoi ? demanda violemment Almayer, se rapprochant du pauvre sexagénaire qui partait en sucette.

– … Il y avait un ensemble d'immeubles !

– Ah. O.K., et alors ?

– Putain, j'ai paniqué, j'ai pas réagi assez vite, ou assez tôt, vous comprenez ? Je les ai perdus. J'ai fouillé tous les étages, des trois immeubles, mais impossible de leur mettre la main dessus. J'ai ouvert une bonne dizaine de portes, interrogé autant de voisins. Rien.

– Et ?, dirent ensemble Søren et Almayer.

– Ils sont sortis plus d'une heure après ; soixante-quinze minutes après plus précisément ; j'ai jamais autant regardé ma montre : 15 h 20, et je vois cet enfant de salaud qui sort devant ma fille, comme si de rien n'était. Mais je le vois pas vraiment, moi je regarde ma fille, vous comprenez, et de là où je suis, je comprends que quelque chose est arrivé… Je comprends… elle avance en regardant ses pieds, vous voyez… Elle fait des petits pas… elle a sa petite jupe légèrement remontée, et elle s'en fout… Elle est mal coiffée, et elle s'en fout. Ce mec-là, il a démoli ma gosse en une heure, la sœur de sa filleule… Ce mec la connaissait depuis le berceau...

– Alors ? Qu'est-ce que t'as fait ? Pourquoi tu l'as pas tué ce type ? Pourquoi tu lui as pas fait la peau ?, demanda Sørenson.

– …Je sais pas ce qu'il lui a fait exactement ; je ne l'ai demandé ni à l'un ni à l'autre… ; j'ai exigé qu'il demande sa mutation, sinon… sinon, je sais pas… mais c'est moi qui ai dû muter, bordel ; ce mec avait des appuis. Il m'aurait écrasé comme une merde…

– On s'en fout de ta carrière, coupa Almayer. C'était où sur Fisher Avenue ; quel numéro, quel étage, quelle porte ?

– Au 2014. Mais j'ai jamais su l'étage ; ni même l'immeuble exact. Qu'est-ce que vous cherchez ?

– On cherche une môme, nous aussi ; mais t'as pas à en savoir plus, Weinstein. Putain, toi, t'es vraiment pas un héros. Je crois que la purée t'ira bien, finalement.

La vieille baderne était restée à genoux devant Almayer, les yeux humides et vides, la bouche qui mâchouillait l'absence de dentier, et il geignait. Se plaignait-il de ses bleus ; de son arthrose ; de sa lâcheté ? Était-il envahi par les remords ou par le dégoût de lui-même ? Almayer lui asséna un coup de genou puissant sur le visage, et il entendit le nez se fracasser et s'enfoncer. Sur le coup, Weinstein fut projeté en arrière, et l'arrière de son crâne cogna violemment le sol en pierre du petit salon de la Casa del *Aguijado.*

– Tiens, ça, c'est de la part de ta fille, ou de son inconscient. Dans ma psychanalyse à moi, ça s'appelle le défoulement, et ça fait du bien, vraiment, tu peux pas savoir ; je te le conseille à l'occasion. Adieu, vieux con ! Allez, on bouge.

– Fous êtes des fieux falauds…, dit une dernière fois l'ancien agent Weinstein avant qu'Almayer refermât la porte du petit falon.

# XX

15 JUIN 2023,
TROISIÈME JOUR DE QUARANTAINE POUR BORLUUT

## *Los Angeles International Airport*

Il ne restait que deux mouches sous le néon. Où était passée l'autre ?, s'inquiéta Borluut avant de la découvrir agonisante et vibrante dans l'un des coins de sa cellule. Elle battait des ailes à une vitesse extravagante pendant deux ou trois secondes, sur le dos, puis s'immobilisait subitement, à regarder le plafond et attendre une prochaine crise de nerf. Son sort laissait indifférentes ses consœurs qui improvisaient au plafond une nouvelle polka à deux. Maintenant qu'il l'avait repérée, son bruit, sa souffrance, sa présence lui paraissaient terribles et dramatiques, mais il se refusait à l'achever. Il y avait entre lui et elle une manière de citation. L'isolement, la gesticulation vaine, la chute, l'indifférence, le « je crève dans mon coin sans que personne s'inquiète » de la mouche le mettaient face à sa propre situation et son propre échec. Il se voyait lui-même dos contre le sol, à beugler au centre de murs si épais que nul ne l'entendait, à tournicoter inutilement, bougeant sans avancer…

Il en avait soupé de cet isolement.

Borluut avait dû, pendant plusieurs semaines après la synthèse de h.h., approfondir sa connaissance des momies et d'autres fantaisies d'embaumement. Il l'avait fait sans passion, mais avec l'intérêt nécessaire qu'exigeait son travail d'investigation. Il fut amené à interroger historiens, criminologues et égyptologues divers, explorer une bonne dizaine de bibliothèques, de librairies bouquinistes spécialisées en ouvrages et documents du XIXe siècle absolument rares et ravagés, comme seul ce siècle sut en produire, pour finalement devenir une sorte de puits de sciences en embaumement, thanatopraxie, pharmacologies ancienne et moderne, momification, eschatologie et mythographie égyptiennes, toutes périodes antiques confondues.

Il convint toutefois, après quelques temps, que dans cette littérature égyptographique, le plus rare et le plus curieux restait ce qui avait trait aux momies du Tophar. Il n'avait recensé, outre Flavius Joseph, que deux références assez pauvres, datant du XIXe siècle décadent, témoignant, pour ce qu'il en avait compris, moins d'entreprises scientifiques que de délires à peu près ésotériques ou poétiques.

Il s'était résigné alors à demander une entrevue au Professeur Boerschin. Borluut ne l'appréciait pas : ni son air d'homme sec et abîmé, ni son ton exagérément docte et précieux, ni cette odeur de pipe usée qu'il traînait derrière lui. Ni son cynisme, ni ses sarcasmes. Ni sa vieillerie.

Ce fut un mois après la réunion mortuaire.

– « *L'embaumement que votre tueur a opéré n'est pas tout à fait classique, vous le pensez bien. Mais d'un autre côté, il exprime ce que doit être l'embaumement même… si l'on veut bien considérer celui-ci comme l'expression de la vie dans la mort, vous me comprenez ?* »

Le Professeur l'avait reçu sans courtoisie dans son intérieur bruxellois sombre et confus, qui avait tout du musée d'antiquités privé : des tables hiéroglyphiques côtoyaient des têtes de momies, des statues d'Anubis surplombaient de vieux outils agraires de la cinquième dynastie, des miroirs de cuivre fortement ciselés reflétaient des colliers d'ivoire et de métal, et un immense bas-relief montrant un pied de jeune femme dansant reposait sur des dizaines d'autres objets sans signification pour Borluut. Pour s'asseoir, il dut se faufiler entre un immense pot scellé, peut-être de la deuxième grande période intermédiaire, et une imposante statuette, légèrement altérée à sa base, représentant le dieu faucon Horus. Borluut se découvrait une lucidité égyptographique inédite.

– « ... *Car voyez-vous, l'esprit même de l'embaumement,* reprenait le Professeur, *est complexe. Bien entendu, il s'agit dans un premier temps de préserver un corps mort, que la vie ordinaire et terrestre a quitté, et qui pourra persévérer dans un au-delà : de là, le souci impératif de conservation du corps car il va encore être utile, ce corps, en quelque sorte.* »

Il toussa curieusement, en sifflant, par trois fois. Borluut crut reconnaître la détonation si particulière de son HK 05.

*– Mais, à mon sens, le plus important de l'« embaumisme » – oui, néologisme que j'ai inventé et que tout le monde reprend sans même me citer – reste qu'il ressort d'une démarche d'illusionnisme magique... Je m'explique, cher inspecteur Morlutt. Le corps n'existe plus...*
*– Borluut ; et lieutenant ! Lieutenant Borluut, Professeur !*
*– Mais bien sûr... bien sûr... donc disais-je, le corps n'existe plus comme corps, puisqu'il est mort ; mais il doit conserver l'apparence de la vie. La conservation du corps n'est donc pas le but en soi de l'embaumement, comme on le croit trop souvent ; il ne s'agit pas d'un processus qui vise à retenir le travail d'altération de la mort. Non !...*

Le Professeur s'était alors levé, avait élevé la voix, surprenant quelques secondes Borluut, et tout en parlant doctement, s'était approché de son bureau pour s'enfoncer dans une épaisse liasse de feuillets recouverts d'une écriture tourmentée qu'il cherchait à relire ou à déchiffrer.
– *...Oui... oui, c'est ça : voilà ce que j'ai dit au colloque de Venise en octobre 2012, une conférence qui fit date, savez-vous ?*

« L'embaumisme n'est pas d'abord un procédé mais une manière de penser, une manière d'être, et surtout une manière de montrer l'être et une certaine illusion de la vie corporelle : le corps est mort, mais on le voit en vie ; le corps est vide, mais on le montre plein. L'embaumisme encense l'illusion plutôt que la réalité immédiate ; le paraître plutôt que le réel ; la surface plutôt que la profondeur ; l'extérieur plutôt que l'intérieur : il organise le vide pour qu'il paraisse être le plein ; il organise la mort pour qu'elle paraisse être la vie. »

*– Voilà, c'était une partie de ma conclusion ! Un peu dogmatique, certes, mais j'aime bien.*

Il regardait Borluut afin d'y lire une intelligence ou une curiosité admirative. En vain.

Il continua :

*– Dit de manière plus profane, ce qui intéresse l'embaumeur et l'embaumé, si on peut s'exprimer ainsi, c'est faire croire aux vivants que la mort n'est qu'un degré de la vie… Je ne suis pas sûr que la signification de l'embaumement soit eschatologique, voyez-vous. On s'en balance du fleuve de la mort, de la barque de la vie, de la vie après la mort ; non, ce que l'on cherche à faire, c'est à produire une illusion négative ; une illusion qui nie la mort alors même qu'elle est là, dans ce corps.*

Borluut se rappelait d'un assez long silence pendant lequel le Professeur s'était relu et comme grisé de ses propres mots qu'il marmonnait en acquiesçant et en oubliant sa présence. Il se rappela aussi un léger tintement qui émanait d'une pièce voisine, comme une cloche, ou un choc entre deux verres purs. Le Professeur reprit :

*– À bien y réfléchir, donc, votre tueur a cherché à réaliser ce que tous les embaumeurs ont rêvé de faire : préserver l'illusion de la vie sur le visage de la mort, et quel meilleur moyen pour cela que de commencer l'entreprise thanatopraxique alors que le mort est vivant, enfin si je puis dire ?…*

*– Oui, Professeur, j'ai bien noté tout cela ; mais un élément continue de m'étonner ; les Tophar, si elles expriment au mieux, comme vous*

*le dites, l'esprit d'embaumement, elles devraient exister en grand nombre ; elles devraient être décrites abondamment... ; elles auraient dû être systématisées, popularisées, mais c'est plutôt leur rareté qui pose problème : ont-elles réellement existé ? N'est-ce pas plutôt un fantasme de quelques-uns : de Flavius Joseph... ou de votre collègue russe, Golianov, ...et accessoirement de notre tueur ?*

Une parfaite ligne droite apparut au milieu du front du Professeur ; ses yeux se plissèrent légèrement, et il fixa un point de nulle part au-dessus de la tête de Borluut.

– *Non ! Ha ! Ha !*

– *Pardon ?*

– *Elles sont bien réelles, et on connaît assez nettement deux exemplaires...*

– *Comment ça ?*

– *la première momie du Tophar authentifiée est visible dans la « collection savante », qui se distingue de la « collection publique », bien évidemment, du musée de South Kensington, à Londres. La momie présentée fut l'épouse de Kaschtraout, le grand ministre financier d'Amyrthée. Mais les égyptologues sont convenus, au tournant du siècle, qu'une telle momification était sacrilège, improbable, barbare, indigne de la haute tenue de la civilisation égyptienne, et ils l'ont niée et rangée dans une suite anonyme de momies et sarcophages traditionnels. Il a fallu l'œil de Golianov pour la dénicher.*

– *L'avez-vous vue, vous-même ?*, demanda Borluut

– *Je l'ai vue ! Je l'ai vue, vous dis-je ! Absolument troublante. La peau est lisse et brillante, et donne une apparence de souplesse. Pour peu, on la baiserait ou on la caresserait* (Boerschin s'emballait) *; l'impression de vie est saisissante, notamment sur le visage ; c'est la belle au bois dormant ; on se surprend à chuchoter à ses côtés de peur qu'elle ne s'éveille. Elle n'a rien à voir avec les momies noires de Memphis, friables et trop sèches ; et même rien de semblable avec les momies roses des grands pharaons, qui restent de papier mâché...*

– *Et vous dites qu'il en existerait une autre ?*

– *Une seconde Tophar, malheureusement fort altérée, serait présente dans une collection privée allemande, celle d'un certain docteur*

*Weininger, à Munich, ou du moins dans celle de ses héritiers. Mais malgré plusieurs courriers et prises de contact, Golianov, je crois bien, n'avait pas pu l'analyser, et on lui avait même signifié qu'elle avait été détruite dans un incendie lors de la Seconde Guerre mondiale. J'aurais tendance à dire, mon cher Borflute, que vous tenez là, avec votre Godelieve, le seul autre exemplaire visible d'une Tophar... sauf, bien entendu qu'elle est en quelque sorte apocryphe, bien sûr, bien sûr...*

*– Deux Tophar... Bien. Mais ma question reste valable... Comment expliquer, Professeur, qu'on ait retrouvé si peu de momies du Tophar ? Après tout, on a pu remettre la main sur une tripotée de pharaons et pharaonnes, finalement assez rares eux-mêmes ; alors pourquoi pas les Tophar ?*

*– Trente cérémonies du Tophar dans toute l'histoire de l'humanité, mon cher, à comparer aux cinq cents millions de corps momifiés depuis la première période égyptienne jusqu'à la dernière grande période romaine... Trente, autant dire rien...*

*– En effet...*

*– Celui qui trouverait, aujourd'hui, une Tophar, ce qui reste absolument improbable, s'assurerait une gloire égyptologique champollionnesque et éternelle !,* dit-il avec un petit sourire.

*– Sans doute...*

*– Ceci dit....*

*– Oui ?*

*– Ceci dit, ce n'est pas la vraie raison de leur extrême rareté,* dit-il avec un air mystérieux...

*– ... Et quelle est cette raison... ?*

*– La vraie raison, mon cher, c'est qu'on les a toutes bouffées, les Tophar, figurez-vous !*

# XXI

## *Une vie de Søren Sørenson*

Les destins de Rick Hilton et de Søren Sørenson s'étaient liés dans les années 2015-2016. À cette époque le groupe Hilton Resort, et quelques autres filiales immobilières – Own California, R.H. real estate international, invest Africa corp -, cherchaient à s'implanter en Afrique orientale : la corne de l'Afrique, le Soudan, le sud de l'Éthiopie… Huit projets couraient de manière concomitante, mais celui de Mogadiscio, dans une Somalie depuis peu pacifiée – quatre cents chambres, un golf vingt-sept trous, quatre salles de séminaires, dix hectares de parc luxuriant – restait le plus ambitieux et, en juin 2015, le plus avancé. Une trentaine d'employés d'Hilton Resort étaient déjà installés pour aménager et précommercialiser l'hôtel et le golf. On y recevait ministres, gouverneurs, tours operators, magnats de la presse… Quelques fêtes, quelques cocktails commençaient de rendre l'endroit couru. La machine Hilton déroulait sa puissance commerciale.

Mais un soir, six employés, dont le directeur et le chef de la sécurité, manquèrent à l'appel. Leurs six chambres avaient été mises à sac ; des objets de valeur semblaient avoir disparu ; des traces de sang furent repérées dans trois chambres. Deux doigts, dont un manucuré – provenant sans aucun doute des mains de la directrice adjointe des relations publiques, la jolie et blonde Gilda – gisaient sur le sol d'une salle de bain : on avait cherché à faire parler. Trois coffres-forts de chambre avaient été ouverts en faisant jouer leur combinaison.

Tout indiquait des crapules déterminées, une razzia sauvage, et un rapt improvisé.

Les autorités locales patinaient copieusement, et plus les jours passaient, plus elles s'enfonçaient dans le pâté. Elles en savaient plus qu'elles ne disaient, et en faisaient moins qu'elles ne pouvaient.

Plusieurs dizaines de millions de dollars étaient en jeu pour Hilton Resort. Les actionnaires et administrateurs, qui voyaient fondre leurs projections sur dividendes, paniquaient et mettaient une pression du diable sur Rick Hilton. Six enlèvements faisaient tache pour le tourisme local. Des valises de taille conséquente, disait-on, voyageaient entre New York et Mogadiscio ; entre des bureaux du siège de l'ONU et des antichambres de ministère somalien ; entre des succursales hiltonniennes et des inspecteurs internationaux, le plus souvent par voie diplomatique, et permirent que la Somalie ne se re-classât trop tôt dans les pays à risques. Mais, des six employés, rien ; pas une nouvelle crédible ou utilisable.

On évoquait d'anciens seigneurs de la guerre, les troupes indisciplinées d'Al Chabaad, des bandes de déserteurs de l'armée régulière ; quelques renégats des bandes frontalières qui investissaient quelques fois les quartiers les plus excentrés de la capitale, la nuit ; des miliciens désœuvrés : en tout cas, rien qui ne pût rassurer.

Puis, un sombre matin, l'attaché culturel de l'ambassade américaine reçut, à son domicile de Mogad, dans un petit sachet blanc infect, identique à ceux que l'on trouve sur les marchés touristiques de la ville basse, un œil, salement arraché et encore tout ensanglanté. L'œil avait séché, son humeur aqueuse s'était vidée et répandue dans le sachet, une partie du nerf optique, épais et rouge, restait attaché à la partie rétinienne de l'orbite, mais la couleur de l'iris, un bleu pâli, persistait. On put ainsi attribuer l'organe oculaire à la pauvre Gilda que l'on déchiquetait visiblement petit à petit.

Quatre semaines avaient passé.

Rick convint que c'en était trop. Il fit jouer quelques relations, naturellement discrètes mais efficaces ; des leviers furent joués, et trois jours après l'œil de Gilda, Sørenson se présentait au bureau californien de Rick Hilton avec de vagues mais bonnes recommandations, notamment celles d'un vieil ami des Hilton, ancien reporter de CBS en Afrique.

Qui était précisément Sørenson ?

On avait seulement dit à Rick qu'il avait assuré la sécurité de certaines parties de poker à Atlantic City, puis qu'il avait été un administrateur plus ou moins orthodoxe des douanes suédoises, marchand d'armes lourdes pour quelques clients rebelles africains... Une rumeur lui dessinait des drames intimes, un veuvage précoce, une fille suicidaire... Mais il était débrouillard, lui avait-on assuré, et même virtuose face aux difficultés, et sans trop de scrupules. Un pragmatique, quoi.

Rick et lui se plurent, et le soir, le Scandinave s'envolait avec son équipe, dont Sunny, pour Mogad.

Pendant dix jours, il y eut silence radio.

Rick devenait fou.

L'hôtel était toujours fermé.

Certes, on lui reportait de manière fort indirecte que les hommes de Sørenson s'affairaient dans les quartiers nord de Mogadiscio, dans la banlieue est... mais l'ensemble restait abscons pour tous les observateurs. Et pour Rick, qui détestait ce qu'il ne maîtrisait pas.

On commençait à douter.

Et puis un soir, Rick Hilton sentit son téléphone vibrer. Il présidait alors le repas de gala de sa fondation pour la protection des oiseaux domestiques ; depuis plus de vingt minutes, il cherchait à identifier l'épaisse perruche volubile qui l'entretenait et l'ennuyait et qu'il ne parvenait pas à accoupler à un bonhomme des tablées - « Mais c'est qui cette conne ? » - ; il décrocha sans égard pour elle ; il fronça les sourcils en reconnaissant la voix de Sørenson ; il écouta avec attention ce que celui-ci lui disait, pendant deux ou trois longues minutes, la main levée pour que la perruche continue de la boucler ; toute la tablée avait fait silence ; il jura une fois ou deux, et prononça avant de raccrocher un très net « allez-y ; briefing dans deux jours ».

Deux jours plus tard, ou plutôt deux nuits, trois heures avant l'aube jaune de l'Afrique orientale, un nombre conséquent d'explosions, de tir d'AK-47, de rotation de véhicules plus ou moins lourds furent entendus au nord du port de Mogad. Comme aux plus beaux jours de la guerre civile. Des roquettes AT-4 furent tirées et survolèrent en sifflant quelques pâtés de maisons neuves. Le chaos ne dura pas plus d'un quart d'heure. Sørenson arriva pour l'aube au Hilton ; il ramenait les six américains, et la totalité de ses hommes.

Certains otages étaient salement amochés : la pauvre Gilda avait vu la totalité des milices lui passer dessus ; on dit même qu'elle fut négociée localement pour quelques nuits ou quelques heures et qu'elle était devenue, pour un temps, une sorte de perle collector recherchée qu'il fallait nécessairement enfiler. Elle fut non seulement louée, mais sous-louée, troquée, échangée, de telle sorte que ceux qui la payaient aux preneurs d'otages puissent de leur côté amortir leurs frais. Détail atroce : ses mutilations avaient augmenté sa valeur. Des vidéos et des photos odieuses avaient circulé : c'est par les talents de comédienne de Gilda et par le cercle de ses tortionnaires et admirateurs que Sørenson avait pu retrouver la piste des takers et des otages. Leur exfiltration fut meurtrière : au moins dix somaliens, disait-on, restèrent à terre.

Les six otages furent bien évidemment très « reconnaissants » à Sørenson et Rick Hilton. Tous reçurent une compensation financière. Trois quittèrent très tôt le groupe hôtelier. Gilda, elle, resta quelques semaines ; Hilton Resort prévoyait d'investir les deux derniers étages de la *Canton Tour* en Chine, super structure hyperboloïde qui fascinait Rick Hilton, afin d'y imaginer à plus de quatre cents mètres de hauteur le plus haut hôtel du monde. Un projet ambitieux. Elle avait en charge d'organiser et d'installer le majordomat.

Elle se jeta du haut de la tour à peine trois mois après la fin de la prise d'otage.

On raconta ses émois, son choc psycho-traumatique, son corps et son esprit ravagés par la barbarie de l'enlèvement, des viols et des sévices qu'elle avait subis, pour expliquer ce geste désespéré. On tut son désir d'écrire un livre, de dénoncer le cynisme d'Hilton Resort et le fait que tout le drame ne fut pas le fait de brigands désorganisés mais le concours de mauvaises négociations et de grosses entourloupes entre le groupe Hilton et les autorités informelles locales. Elle défendait l'idée que Hilton n'avait pas tenu certaines promesses faites aux bandes indigènes. Les otages, et elle plus que les autres, avaient payé en nature pour contrepartie.

Chose troublante : un quart d'heure après la chute fatale de la jeune femme, qui l'avait désarticulée, on croisait son « sauveur », Sørenson, à la sortie nord de la tour, accompagné comme son ombre par Sunny.

Les destins se lient et se délient.

# XXII

15 JUIN 2023

## *Los Angeles International Airport*

– « *...Oui, monsieur le brigadier, les momies... bouffées, sniffées, infusées, bues, et même certaines qu'on s'est enfilé par des voies inattendues, mon cher Tordutt. Un véritable festin d'os et de bandelettes.*

– *Euh ! Là, je ne comprends pas vraiment. C'est imaginé, figuré, n'est-ce pas ?*

Un moment, Borluut se demandait si la réputation du Professeur n'était pas surfaite, et si la fantaisie n'avait pas pris le pas sur la rigueur.

– *Non. Non, je dis ce qui est, enfin ce qui fut. Pensez donc que tous les éléments nécessaires à la conservation de la momie, les crèmes, les préparations à base de plantes, les mystères du savoir-faire des parachites, ont pu apparaître un temps comme les éléments sophistiqués d'une pharmacopée. Rappelez-vous ce que je disais tout à l'heure sur l'illusion de vie. Si on peut faire revivre les morts, que pourrait-on faire des malades ? Dès le Moyen Âge, et jusqu'au* XIX^e^ *siècle, on recherchait de l'onguent de momie ou du jus de momie... Les bandelettes notamment étaient fort recherchées ; on les grattait afin de récupérer la « mumia », sorte de résine noire composée d'huile d'asphalte, qui mêlée à un peu d'eau de vie, guérissait le mal des oreilles, le mal de dents, le mal de reins, le mal d'estomac, diminuait la sciatique et les rhumatismes, augmentait la virilité...*

Borluut fut pris d'une lourde nausée. Comment croire que la docte médecine, à un âge assez avancé de sa modernité, avait recommandé un tel cannibalisme de viande faisandée ? Il ne cessait d'imaginer de vieilles momies sèches et croûteuses servies dans des plats à viande, prêtes à être découpées, nageant dans un fond bitumineux, et l'épaisse puanteur de sa cellule poursuivait ce souvenir dégoûté.

– *...Ceci dit, rien ne valait la chair des momies elle-même qui était bouillie, réduite en huile ou en poudre afin d'être confectionnée en baumes, liqueurs, emplâtres... Rien ne valait la farine de momie comme vulnéraire, c'est-à-dire comme anesthésique, ou cicatrisant, enfin si l'on en croit Avicenne.*

– *...Mais..., c'est absolument répugnant !,* ne put s'empêcher de protester Borluut.

– *Oui... Or, notez qu'il y avait quatre sortes de momies : les momies blanches, de piètre facture, mais les plus anciennes et les plus rustiques dont la valeur marchande est restée assez médiocre ; les momies noires, lourdes et malodorantes, embaumées au goudron, réputées être des momies de filles vierges et donc d'assez grande pureté ; les momies roses, celles de grands dignitaires confectionnées avec grand soin et grande invention, plus légères et parfumées, embaumées à la résine, les plus récentes et réputées fort chères ; et les momies jaunes, autrement appelées momies du Tophar qui, elles, n'avaient pas de prix. Rares sont ceux dans l'histoire à accorder crédit à leur existence. Reste que des pirates et des pilleurs ont passé leur vie dans l'espoir d'en découvrir. Leur valeur thérapeutique était réputée miraculeuse. La légende... mais il y a croisement de témoignages en ce sens, veut que François Ier, dont l'hypocondrie était maladive, emportait toujours des sachets de fine poudre de momie jaune mêlée à de la rhubarbe pulvérisée pour se prémunir de toutes sortes de maux, et ses chirurgiens et ses pharmaciens courraient toute l'Égypte pour le fournir. Aussi comprenez-vous que les trente Tophar difficilement référencées ont vite été à leur tour pulvérisées, pilonnées, cuites, recuites, bouillies, marinées, mitonnées, que sais-je ?, et c'est miracle qu'on ait pu en extraire deux de ce massacre.*

Avec calme, en même temps qu'il concluait son éloge des Tophar, Boerschin avait curé une pipe qu'il avait trouvée juste derrière lui, sur le bureau, l'avait bourrée d'un tabac épais et avait, avec conviction, entrepris de l'allumer ; deux ou trois tentatives furent nécessaires. Le Professeur reprit son monologue d'une voix lente :

– « *En même temps, du fait même de ces disparitions (*pouf-pouf-la pipe peinait à rester allumée*), la confection des embaumements des Tophar est restée un total mystère. Certains (*pouf-pouf*) estiment que le processus d'embaumement était identique à la manière classique, mais réalisé avec délicatesse et lenteur. Les prêtres s'y prenaient simplement plus doucement, plus précautionneusement. Mais (*pouf-pffiit-pfff– la pipe s'éteignait*) les plus grands spécialistes jugent – notamment Golianov, et moi-même – que ce n'est pas possible. Le corps lâche ; il cède ; il trombine face à la douleur. (*Il s'était arrêté pour triturer le fourneau de sa pipe) *Vraiment « l'embaumeur de Bruges » a fait un beau boulot. Dites : il faudrait vraiment que je la voie, cette petite. (*pffff*) Vous pourriez pas glisser un mot à ce h.h. ?* »

# XXIII

## *Une vie de h.h.*

PREMIÈRE PARTIE

h.h. n'aimait pas l'échec.

Ce n'était pas une question d'orgueil. Il ne voyait pas l'échec comme le pendant contradictoire du succès ; il était bien plus élémentaire que cela. L'échec, pour lui, relevait d'un système global de mise en ordre, de classement, de fenêtres ouvertes ou fermées. Une chose commencée devait être achevée ; et l'échec était forcément un inachèvement. Il laissait une fenêtre ouverte qui empêchait qu'on en ouvrît une autre. Aussi h.h. avait-il la réputation d'un être particulièrement tenace et rigoureux, voire méticuleux, rationnel pour ne pas dire rassis. Basiquement rassis.

Aussi ne pleurait-il pas sur les victimes.

En réalité, h.h. se moquait assez copieusement du crime, même si on pouvait le considérer comme le responsable de nombre d'arrestations. Plus largement, h.h. se moquait de l'injustice, de l'empathie et du malheur de l'autre. Il ne grimaçait pas à la vue des plaies, fussent-elles odieuses, ne connaissait pas les haut-le-cœur, ni les révoltes juvéniles devant les horreurs sublunaires qu'il constatait tous les jours. Il se moquait indifféremment de la victime et du criminel.

Godelieve n'était pas pour lui une jeune femme suppliciée ou lentement abîmée ; elle n'était, comme n'importe quelle autre victime, qu'un sujet d'études, une occasion à analyses et à hypothèses.

Aussi ne pleurait-il pas sur Godelieve.

À deux ans, h.h. ne pleurait déjà pas. Un dimanche soir, sa mère, une grande et douce flamande, réalisa soudain que jamais son fils ne pleurait, que jamais son fils n'avait pleuré, que jamais son enfant n'avait versé une larme. Passées les premières heures pendant lesquelles ce type de découverte peut gonfler d'orgueil n'importe quelle mère ou n'importe quel père - sauf que lui n'avait jamais connu le sien -, on croisa l'information avec quelques autres : les irritations oculaires, les rougeurs et les clignements d'yeux, les longues fatigues et les sommes répétés, la lassitude et le manque d'appétit, les paupières éternellement lourdes et basses. On en toucha un mot à un ami médecin qui regarda longtemps le petit enfant dans le blanc de l'œil, avec une petite lampe, avec des petites gouttes orangées ou roses glissées maladroitement dans le coin. Cet ami, d'abord apaisant avec son petit sourire supérieur, recommanda, finalement, la mine allongée et soucieuse, un spécialiste qui ressortit les mêmes gouttes mais les valorisa par le biais d'étranges machines aux multiples lentilles grossissantes et lampes étroites, qui parla avec une douceur empathique à l'enfant, qui n'y entendait rien, de « conjonctive bulbaire asséchée », de « kératite », d'« ulcère cornéen », autant de mots qui se disent avec des hochements de tête et des petites moues douces...

On diagnostiqua le « Syndrome de Sjögren », rare pour un enfant de cet âge, et donc dangereux. Le « Syndrome de Sjögren » est surtout réputé incurable. C'est la maladie des yeux secs : pas ou fort peu de larmes, une cornée « cassante » et desséchée, un risque permanent d'ulcérogénie cornéenne et donc de cécité.

On baignait plusieurs fois par jour les yeux de l'enfant; on lui inventait des larmes d'eau et de solution saline pour que sa cornée ne soit pas en permanence altérée. On lui passait d'épaisses pommades jaunes qui lui collaient les paupières et le faisaient voir trouble. Il ne se plaignait pas. Il apprit à voir trouble.

Mais cela ne suffisait pas.

De fausses larmes ne sauraient avoir les qualités des vraies. Alors la mère pleurait pour deux ; elle pleurait pour son petit, et h.h. se souvenait des veillées lasses pendant lesquelles sa mère laissait couler ses propres larmes dans les yeux de son enfant. Couché sur les genoux de sa mère, il gardait ses grands yeux secs bien ouverts, bien fixés sur ceux, bleus et tristes, de sa mère qui avaient appris à couler pendant de longues minutes. Il se rappelait les cils contre les cils, le parfum de jasmin que mettait sa mère juste derrière l'oreille et qui le linceulait alors ; il se rappelait encore du léger heurt que faisaient ces grosses larmes contre ses yeux, grosses gouttes chaudes et salées d'une maman qui pleurait dans les yeux de son fils.

Vers huit ans, il ne pleurait toujours pas. Il écrasait de sa supériorité intellectuelle tous ses camarades et il devint pour longtemps un souffre-douleur de choix. Quelques gros bras au cortex peu développé ne comprenaient pas qu'il ne geignît pas, qu'il ne pleurnichât pas alors que les coups pleuvaient sur ses bras et sur ses jambes, sur ses joues et dans son ventre. h.h. les fixait avec ses grands yeux arides, retenait ses cris et attendait qu'ils se lassent. Il attendit un certain temps. On le changeait d'école, et le manège reprenait.

Et sa mère continuait de pleurer pour deux.

Elle cessa de pleurer lorsqu'il eut dix ans.

Il avait un souvenir précis. Sa mère dans une chambre blanche d'hôpital, sur un lit blanc d'hôpital, ligotée par d'innombrables tubes et perfusions. Des médecins qui lui parlaient avec le même ton qu'ils avaient utilisés quelques années auparavant pour dire à sa mère ses yeux secs, les mêmes yeux secs qui voyaient, comme indifférents, sa mère mourir et souffrir. Elle s'en alla en quelques jours.

Ses camarades d'école continuèrent à taper, mais moins fort. C'était leur compassion à eux.

# XXIV

## *Une vie de h.h.*

DEUXIÈME PARTIE

h.h. développa naturellement une solitude prophylactique et une relation aux autres faite de méfiances et de réticences. À vingt ans, il vivait en reclus. Un petit appartement, à Bruges, qu'il avait pu s'offrir avec l'héritage de la mère, au fond de la ruelle Rodenbach, dans le nord de la vieille ville, non loin des anciens docks, un appartement dont il conservait les volets mi-clos et les rideaux tirés. Son choix, à cette période, de la médecine légale, ne fut pas accidentel ou hasardeux. Les morts ne frappent pas et n'ironisent pas. Ils ne s'étonnent pas de ce que vous êtes ou de ce que vous pensez.

Et puis, c'est à cette époque qu'il y eut Romuald. Un jeune homme fuyant et fluet, aussi brillant que lui était effacé, aux traits fins, aux yeux vitreux si clairs qu'ils semblaient être délavés. Une longue mèche blonde lui tombait en permanence devant les yeux, le front et le nez. h.h. ne savait pas qu'on pouvait aimer un homme ; qu'on pouvait aimer si intensément ; s'intéresser à l'autre parce qu'il est un autre.

Il y avait quelque chose de sauvage chez Romuald ; de fondamentalement inconvenant et décalé, quelque chose de désordonné. Romuald aimait être aimé, et il accumulait les aventures et les rencontres de toutes sortes, souvent troubles, dans des soirées, des clubs ou des bars de la vieille ville. Des hommes sombres ; des femmes brisées ; des mal fagotés, des cicatrisés et des abîmés, des violents et des héroïnés... qui le fatiguaient, le malmenaient et l'usaient.

Alors, régulièrement, Romuald revenait à h.h., qui lui reprisait l'âme, cils contre cils.

Un matin, h.h. retrouva Romuald devant sa porte, en surplomb d'une flaque de sang. h.h. avait passé depuis peu ses derniers concours de médecine légale, et pointait depuis deux semaines au département policier de la morgue de Bruges. Il comprit tout de suite que c'était grave. Des entailles profondes au couteau comme celle-ci, il en avait vu plusieurs fois depuis deux semaines... mais sur des cadavres.

Romuald fut recousu ; il survécut miraculeusement. Mais il ne se réveilla jamais vraiment.

Il n'avait pas de famille fiable : une sœur junkie, des parents décédés, une grand-mère siphonnée sans fin. h.h. profita d'une légère lacune du droit médical belge, et obtint la garde médicale et administrative de Romuald. Perfusé, entubé, alité.

Quand le cadavre de Godelieve apparut devant les yeux de h.h., cela faisait quinze ans qu'il était en ménage avec Romuald, dont les paupières étaient restés définitivement closes sur des yeux délavés. Quinze ans, chaque soir, allongé à ses côtés, à dialoguer avec une conscience éteinte pendant qu'il baignait ses propres yeux dans des solutions hydratantes, pleurant de fausses larmes.

Le tueur de Godelieve, comme tout autre criminel, ne lui apparaissait ni barbare, ni sadique : il l'envisageait comme une sorte d'adversaire qui lui imposait des énigmes, qui produisait éventuellement des erreurs, et qui de toute manière ne lui inspirait ni sympathie, ni répugnance. h.h., vu ainsi, aurait pu être amateur de sudoku, de mots croisés ou d'échecs ; joueur de scrabble, manipulateur de rubik cube, ou solutionneur de problèmes de logique ; mais il était légiste ; expert légiste.

Il n'avait pas pleuré sur Godelieve ; il n'y avait même pas songé, et avait trouvé l'affectation du lieutenant de police responsable de l'enquête, un certain Borluut, ses exclamations et ses émois, ses rougeurs et ses confusions, assez peu professionnels, et finalement pitoyables.

Alors bien sûr, il était une énigme pour les autres. Lui, l'amateur d'énigmes. Ses collègues ou collaborateurs ne savaient rien de lui. On ne lui connaissait pas de famille, pas d'ami, pas de hobby… On ne savait rien qui existât en dehors de son laboratoire et de ses macchabées. On ne savait rien de Romuald et des larmes artificielles de h.h.

Quand le cadavre de Godelieve apparut, ça faisait une bonne semaine que h.h. avait mis un terme à « l'affaire Guttenberg « : cambriolage avec homicide à la banque de Wespasie orientale ; deux cambrioleurs masqués, gantés et recouverts de combinaison latex afin de diminuer l'indicogénie de leur forfait ; deux meurtres sur place ; une cliente (Madame Guttenberg, belle-sœur d'un conseiller municipal) et le gardien-milicien ; sauf que le véhicule qu'ils avaient abandonné parla à leur place ; dans le coffre, la conductrice ; troisième meurtre ; deux impacts entre les deux yeux et au milieu du front ; du 9 mm ; les truands avaient eux-mêmes ôté la balle qui avait pénétré la boîte crânienne : avec un doigt dans la plaie et en suivant la trajectoire de la balle ; ils ne voulaient pas laisser de trace : bien joué ; sur la tempe de la jeune femme, la rémanence plastique (obtenue par moulage infra-violet : une des marottes de h.h.) des empreintes digitales de l'un des malfaiteurs laissées sans doute lorsqu'il avait manipulé la plaie : mal joué, la fenêtre s'était refermée sur eux.

h.h. n'aimait pas l'échec.

# XXV

## *Une vie de h.h.*

TROISIÈME PARTIE

Quand il vit Godelieve (le surlendemain de sa découverte), h.h. devina la difficulté. Si on avait été dans une revue de jeux de logique, ou de sudoku, ou de problème d'échecs, on aurait annoncé un niveau 1, ou un niveau supérieur... Bref, du cadavre pour joueur très confirmé ou pro.

Du sur-mesure pour h.h.

Et il jouait avec un peu de chance : le légiste qui l'avait autopsiée avant qu'il la voie, le Professeur Fritz Beckers, l'avait à peine déflorée.

C'était cadeau.

Il sut tout de suite qu'on avait affaire à un tueur d'exception, qu'il s'agissait d'un crime original ou d'une pièce unique. La perfection et la clarté du cadavre restaient trop symptomatiques. Le tueur avait peut-être déjà produit quelque part des ébauches, des croquis, mais il avait laissé là, dans un bel hôtel particulier légèrement baroque, et pour quelques amateurs, dont h.h. sans doute, une manière de chef-d'œuvre. Tant mieux, car h.h. n'aimait pas les crimes en série.

Peu lui importait finalement l'embaumement, même s'il dût en rendre compte précisément ; peu valait la fantaisie égypticiste du crime... Tout cela, il le laissait aux post-profilers. Lui traquait la chose et la chair, ou plutôt dans la chose et la chair, la trace induite, le mauvais geste, le résidu malin, l'empreinte mal effacée, l'ADN traînant, les vestiges indélicats… Quand il y réfléchissait d'ailleurs, il ne s'intéressait pas strictement au corps, pas au contenu criminel, et même pas à sa forme qui restait à la portée consciente du criminel, mais à l'aspect méta-formel du crime : les effusions du geste criminel même, la forme de la forme.

Mais il convint assez tôt que le tueur, que tous appelaient « l'embaumeur », était hautement furtif et ses méthodes confidentielles. Tout son embaumement lui avait permis de « clarifier » à l'extrême le corps de sa victime, au sens biochimique du terme, à ce point que le cadavre était devenu absolument mort. Mort en ce qu'il demeurait muet, neutre, froid, secret, résistant à toutes les interrogations chimiques, moléculaires et génétiques.

Alors ses collaborateurs et assistants avaient vite baissé les bras. Prélèvements, biopsies et échantillonnages divers, surfaciques ou ponctionnés… Rien n'y faisait, le corps ne donnait rien. Aucun segment d'ADN de type « nucléaire », ceux contenus dans le noyau des cellules, nul fragment d'ADN de type « minisatellite », ou même « microsatellite », que la méthode PCR aurait pu identifier et reproduire : pas de poil, pas de fragment de peau ou d'ongle, de micro-taches, de micro-gouttelettes de salive. C'est tout juste si l'ADN de la victime avait pu être séquencé, avait lâché plaisamment un collaborateur de h.h. Mais h.h. n'avait pas vraiment souri : il n'aimait pas l'échec.

Le tueur avait fort probablement œuvré en combinaison hermétique.

On – le chef de la police, le procureur du roi… – avait alors rangé cold case la petite Godelieve, et on attendait patiemment que « l'embaumeur » frappe à nouveau.

Mais h.h., lui, ne patientait pas. Et il restait convaincu de l'unicité du crime. Et le lieutenant Borluut, qu'il trouvait finalement ouvert et entreprenant, l'appuyait.

Il établissait des procédures nouvelles d'expertise, retournait voir la petite, échantillonnait à nouveau, réétudiait les prélèvements existants. Il ne supportait pas cette fenêtre ouverte qui lui faisait comme des courants d'air dans l'intellect.

C'est lui qui, deux bons mois après la découverte de Godelieve, eut l'idée de reconsidérer les spécimens de cire qu'avait prélevés le Professeur Fritz Beckers sur la peau de Godelieve. L'intuition lui vint de la lecture d'une étude de chimie moléculaire parue quelques années auparavant dans une célèbre revue scientifique britannique et qu'il avait parcourue d'une manière distraite en veillant Romuald. La cire, pour peu qu'elle soit traitée en certaines conditions (chaleur, humidité...) porte en elle une mémoire cellulaire inédite et spécifique. Il dit son enthousiasme à Romuald.

Et le lieutenant Borluut le suivit encore.

Mais les premiers protocoles se montrèrent négatifs. Même la polymérisation classique par PCR ne donnait rien, l'amorçage séquentiel restant nul, lui avait affirmé le biologiste, ou « quasi nul ».

– Comment ça, quasi nul ?, s'était-il étonné.

Le biologiste évoqua à contrecœur quelques symptômes d'une possibilité de résidus moléculaires ultra-micro-satellites absolument confus pour le process PCR, non sans souligner la probabilité qu'il s'agisse de « pollution d'origine instrumentale » :

– Soit on a de l'ADN ultra-résiduel qui persiste, mais on est incapable de le voir ; soit c'est le process PCR qui le fantasme à partir d'un échantillonnage parasite.

h.h. n'aimait pas l'échec.

Alors il balança tous azimuts ses résidus encaustiqués dans les plus grands laboratoires. Un seul lui répondit de manière positive. Près de trois semaines après. Un groupe de biologistes norvégiens lui affirmait avoir mis au point un nouveau processus surpuissant de re-séquencage d'ADN par polymérisation. Un Ultra-PCR dénommé Vorweck.

C'était expérimental ; c'était cher. Le lieutenant Borluut et même le procureur du roi se bougèrent. Deux mois d'étude furent nécessaires. Mais on parvint à un résultat, et les Norvégiens re-séquencèrent deux ADN distincts mis au jour dans la cire de Godelieve.

h.h. avait souri.

Il avait raison contre les autres.

Il avait raison contre le tueur.

Le crime parfait ne saurait exister.

Mais son sourire eut l'occasion de s'élargir encore, car un amateur d'énigmes ne saurait se réjouir du convenu.

Le premier ADN était bien entendu celui de Godelieve, clair et net, sans cassure ni irrégularité ; le second ADN signalait la présence d'un second individu, probablement le tueur. C'était cet ADN que l'on recherchait, et sa découverte était en soi une victoire. On allait pouvoir le comparer aux ADN recensés dans la banque d'information génétique internationale d'Interpol, le recouper avec d'autres prélèvements présents éventuellement dans des centaines de fichiers (sécurité sociale, permis de conduire, passeport, fichiers d'assurance… : depuis 2015, et la phobie sécuritaire, le fichage génétique s'était largement répandu et normé…), le travailler plus précisément pour le faire parler… Le tueur n'était plus tout à fait un fantôme, on en tenait une manière d'hypostase qui certainement allait se développer et apporter son lot de révélations.

Mais derrière cette satisfaction et cette promesse se cachait une première surprise, et de taille. Il entendait encore, lorsqu'il lui annonça, l'effarement du lieutenant Borluut au téléphone, gros silence bouleversé, qu'il imaginait grands yeux écarquillés et grande bouche ouverte ; car ce second individu, le biologiste norvégien en était assuré, était fort probablement (plus de 99 %) un individu jeune et un individu de… sexe féminin.

h.h. le raconta assez longuement et assez joyeusement à Romuald ; ils se couchèrent plus tard que d'habitude, ce soir-là ; il y a des victoires qui méritent qu'on les chante.

Ce qu'il tut toutefois à Romuald, c'était ce que lui confia au téléphone le même biologiste… qui l'avait chuchoté comme s'il ne voulait pas entendre ce qu'il avait à dire.

– « L'amorçage, h.h., a été extrêmement délicat (« on appelle « amorçage » la récolte résiduelle d'ADN qui sert de modèle à la recomposition virtuelle par polymérisation », allait devoir préciser h.h. à Borluut lors de la conversation qui allait suivre). Ce qui d'ailleurs, malgré même nos succès, pose en soi problème ; car de telles traces « usées », dit-on ici, reprit le Norvégien, et j'en suis convaincu, traces possiblement illisibles, sont normalement le signe d'un vieillissement et d'une forte temporisation de l'ADN. Pour comparaison, h.h., buvez un verre ; vous déposez alors l'ADN de votre salive sur les bords de ce verre ; jetez-le ensuite dans les eaux du port ; laissez passer dix bonnes années, peut-être quinze, et repêchez-le. Votre marquage ADN sera alors aussi usé que celui des échantillons du second ADN que vous avez fournis. Ces traces y sont vaporeuses, quasi absentes.

– Mais c'est impossible !, s'était exclamé malgré lui h.h.

– Oui, je suis d'accord. Vous nous avez affirmé que les deux amorces ADN ont été prises dans la même couche de cire, vous confirmez ? En êtes-vous certain ?

– Absolument… formellement…, j'ai les rapports en tête….

– Cette même couche de cire, d'après ce que vous nous avez dit, a été étalée pendant une séquence temporelle bien distincte, une ou deux heures, insistait le biologiste, comme s'il jouait et s'apprêtait à prendre au piège de la logique son interlocuteur.

– Oui, je confirme, reprit h.h., qui acquiesçait de manière naïve derrière son combiné téléphonique mobile.

– Alors on n'y comprend rien. Les deux ADN, b1 et b2, ne sont pas contemporains. Comment un ADN ancien a-t-il pu se loger dans la cire en même temps qu'un ADN jeune ?

– Peut-on faire l'hypothèse d'une erreur d'évaluation instrumentale… ?

– Non, franchement je n'y crois pas… Pas après la dernière série de vérifications… »

Et puis après un temps pendant lequel h.h. se demandait s'il était étonné ou excité par cette succession d'annonces, le biologiste reprit :

– « …Et dernière énigme : tous les échantillons sont plus ou moins bavards. Certains échantillons présentent des amorces faibles de l'ADN de la victime, l'ADN-b1, et aucune amorce du tueur, l'ADN-b2. Seuls deux échantillons, vous le savez maintenant, portent b2 ; or ces deux échantillons sont également ceux qui portent le plus pur séquençage de b1.

– Vous pouvez pas être plus clair ?, coupa légèrement irrité h.h.

– Là où l'ADN de la victime est le plus présent, il est en quelque sorte piraté et suivi par l'ADN du tueur, enfin par le second ADN : c'est une curieuse mise en abyme. Pourquoi à cet endroit, une telle puissance du signal de b1 ? Pourquoi à cet endroit, une présence unique du signal de b2 ?

– Quels sont ces échantillons ?, demanda h.h.

– Le 37 et le 42… c'est-à-dire…, le biologiste fit une pause pour préciser son information avant d'être repris par h.h.

– Ceux du cou, face latérale gauche et de la base de l'oreille gauche, finit h.h. qui connaissait l'entièreté du dossier par cœur.

– Oui, admit après une hésitation le Norvégien. Allez savoir pourquoi…

h.h. resta un certain temps silencieux après ce mélange compact de réponses et de problèmes. Seul, dans son bureau de la morgue tout en verre, il fixait un point dans l'infini. Quelque chose rebondissait sans cesse dans sa tête, et il entendait à peine son interlocuteur.

– …Indicités résiduelles… Principe d'incertitude… Nouvelle campagne de test ?... Allo ?...

– Elle a pleuré, dit h.h. soudainement.

– Pardon ?, rebondit le biologiste.

– Le 37 et le 42… qui indiquent une plus forte présence de l'ADN de Godelieve… euh de la victime, euh, de b1… c'est dû au fait qu'elle a pleuré : elle était allongée sur le dos, ses larmes sont tombées en arrière de son visage, vers la base du cou et vers ses oreilles. Sa tête devait être légèrement orientée à gauche. La cire en séchant a capturé ses larmes !, reprenait h.h. d'une voix douce.

– Oui, possible ; bien pensé, même… mais que fait b2 là ?, demanda finalement le téléphone. Vous ne ferez pas croire que le tueur pleurait avec elle… et de toute manière, ses larmes seraient celles d'un fantôme !

# XXVI

16 JUIN 2023

## *Los Angeles – 2014, Fisher Avenue*

– Je suis sûr que cet abruti de Weinstein, pris par la panique, n'a pas bien cherché, répétait Sørenson. Les murs gris ciment, les néons, l'absence de fenêtres que l'on voit sur la photo… C'est pas à l'étage, tout ça. Dites-moi, cher monsieur…

Il s'adressait à un gros bonhomme noir qui faisait office de gardien pour les trois immeubles du 2014, Fisher Avenue. Il était recouvert d'une salopette bleue si grande qu'elle aurait pu servir de tente de camping à une compagnie entière de scouts, et souillée de manière inégale de taches alimentaires, de peinture multicolore, de graisse mécanique. Almayer s'en était vite détourné avec dégoût.

– Il y a des caves, des remises, des boxes que les propriétaires peuvent utiliser ?

Il mastiquait une sorte de gomme épaisse qui faisait faire à sa mâchoire d'immenses cercles, et prit quelques secondes avant de répondre :

– Ouaip ; bâtiment 2 ; sous-sol ; loués à l'année.

– Et vous savez, poursuivit Sørenson, si un de ces boxes…

– Cave, coupa la toile de tente.

– Oui, cave bien sûr, question de précision… Et vous savez, disais-je, si l'une de ces caves est louée depuis longtemps ; voyez dix ans… par exemple, par quelqu'un de l'extérieur… par exemple.

– …

– Z'avez pas une petite idée ?

– …

– Une idée à vingt dollars ?

– …

– À cinquante ?

Et le gros noir tendit la main, sans même un sourire mais le regard soudainement plus vif. Sørenson lui présenta une épaisse liasse de billets desquels il put extraire cinq billets de dix dollars qu'il lui remit immédiatement.

– Cave n°23 ; six cadenas ; la plus grande. Pas là pendant deux heures.

Almayer se fit la remarque que le gros type n'avait visiblement aucune idée de la fonction grammaticale du verbe : « À force de rien faire, soupira-t-il, la vie devient simple et nominale ! »

Il fallut quinze minutes à Sørenson et Almayer pour faire sauter les six cadenas anciens et légèrement rouillés. La cave se trouvait au second sous-sol, au milieu d'un alignement de douze autres caves, visiblement plus petites. La cave n°23 était la seule qui eût une porte pleine en fer, alors que les autres se contentaient de bois et étaient même ajourées.

Lorsque le dernier cadenas sauta, et que la porte, jouant à peine sur ses gonds, s'entrouvrit, Almayer sut le bonheur de Carter devant Anubis.

L'antre de Cornwell était rectangulaire, mais étroite, affreusement étroite, analysa Almayer, claustrophobante même. Les néons bleuâtres étaient encore là, et projetaient une lumière exagérée sur les quelques objets et les meubles présents : le lit, qui avait été poussé contre un mur, et dont on avait mis au jour le matelas de toile ; un trépied télescopique de caméra, que l'on avait plié en partie ; un petit établi, noir et rouge, n'ayant visiblement jamais servi, propre, et qui arborait des tournevis alignés à proportion, des petits et de gros marteaux, des petites clés tube et des petites clés plates brillant bien sagement à leur place, deux ou trois scies, plus ou moins longues, plus ou moins dentées, des lames, des vrilles, dont une fort longue et épaisse... Seule une pince paraissait manquer dans tout cet alignement ;... et enfin, une succession de trois fortes armoires de fer, identiques, d'un vert métallique et buriné, qui dépassaient par leur hauteur Almayer, et faisaient bien deux fois sa largeur. Chacune de ces armoires était fermée par un cadenas que Sørenson s'employait déjà à faire sauter.

Al craignait de n'y trouver trace que des exploits pervers et vicieux de Cornwell, seulement un ramassis d'images impossibles, de journaux salissants, de films coupables...

Mais il fut vite rassuré.

Almayer regardait sa montre pour la troisième fois au moins en une heure. Sørenson était parti chercher Sunny et Guti, le bonhomme qui avait dû subir, sur le bateau, le canon de son Beretta dans l'œil, ainsi qu'un véhicule conséquent afin d'y transborder le contenu des armoires et aller le planquer ailleurs.

Et Almayer avait déjà pu faire un rapide inventaire de celui-ci : la grande armoire de droite présentait dans sa partie supérieure deux grandes caisses en fer, sans doute verrouillées. Il voulut les manipuler, mais elles étaient trop lourdes pour être bougées ainsi sur la pointe des pieds, et Almayer eut peur de se fracasser le crâne. Aucune inscription n'explicitait leur contenu, mais quelque chose lui disait qu'il s'agissait des éléments de l'enquête officielle du FBI que Cornwell avait su et pu extraire et conserver de manière illicite.

Une série de trente dossiers par ordre chronologique, si l'on en croyait la date inscrite sur la tranche, se rangeait dans la partie basse de l'armoire. Le premier dossier était daté d'août 2013, à peine deux mois après la déclaration de disparition de miss Hilton. Le gars avait donc commencé très tôt son enquête parallèle, dès les premiers jours de recherche : pour quelle raison ? Qu'est-ce qui l'avait poussé vers une telle démarche dérobée ? Le dernier dossier datait de décembre 2020 : sept ans de fouillerie, classée, répertoriée, analysée. « Ce mec était un grand maniaque… ».

La seconde armoire ne consistait qu'en un amas de documents écrits visiblement non classés ou déclassés : là était toute la difficulté. Étaient-ils déjà lus, et jugés inintéressants ? Ou restaient-ils à lire ? Almayer opta instinctivement pour la première solution, tout en imaginant qu'il pourrait laisser ce contenu à Sørenson pour ses devoirs de vacances.

La troisième armoire lui parut immédiatement plus intrigante. À son dernier niveau, en bas, Cornwell avait rangé un matériel vidéo, de manière appliquée et systématique : objectifs, trépieds, filtres, boîtiers... Puis sur l'étagère supérieure, un grand fatras de papiers, de plans, de photographies griffonnées, un petit calepin bleu, en cuir, avec un liseré doré plus ou moins ionique, glissé sous un plastique hermétique, un plus grand, rouge, protégé de la même manière, des assemblages de liasses présentant en une écriture désinvolte des numéros de téléphone, des noms, qui étaient souvent rayés… « une sorte de poubelle », pensa Almayer, qui s'était dressé sur la pointe des pieds.

Mais ce qui l'intrigua le plus, ce fut l'espace vide qui, d'une certaine manière, « occupait » l'étagère centrale. Il suffisait de faire un pas en arrière, de considérer le mur des armoires de manière synoptique, pour voir et comprendre que cet emplacement portait une signification tactique. Finalement, alors même qu'il était fort sombre, on ne voyait que lui, que ce grand vide, que ce trou au cœur des compactages.

C'était là que se trouvait Paris Hilton, au beau milieu de ce néant, Almayer en fut certain. Il s'approcha, caressa la surface poussiéreuse du métal, qui résonna avec un son creux et criant, et ramassa le micro-disque laser biface qui s'y trouvait, et qu'il n'avait pas aperçu. Il semblait avoir été posé là sans égard, au milieu de ces classements et de ce fatras plus ou moins logiques, plus ou moins organisés. Il suggérait, en une manière de diversion : laissez tomber, je ne suis pas intéressant ; vaux pas mieux qu'une vieille pipe culottée ; voyez le reste...

Almayer le prit, considéra sa surface cuprique et ses miroitements irisés, et son propre visage à peine souriant qui s'y reflétait, puis le glissa avec un geste bien déterminé dans la poche latérale de son bermuda, en s'assurant d'un œil par-dessus l'épaule qu'aucun regard espion n'avait saisi la subtilité.

# XXVII

16 JUIN 2023

## *Los Angeles International Airport*

Les cinq serrures se firent entendre à nouveau. Le même grincement, la même lenteur due au poids extravagant de la porte… Elle dévoila un bonhomme en uniforme que Borluut n'avait jamais vu et qui le somma de le suivre. À peine un regard. Un borborygme. Mal rasé, la casquette légèrement de travers, des yeux vitreux, un sale clope au bout des lèvres. Un nouveau borborygme, à peine plus aigu, pour le presser. Une chemise d'uniforme olive froissée, des auréoles multiples, vieilles et plus récentes, sous les aisselles, quelques taches sur et sous la cravate bleue à rayures logotée « LA. *Airport* » avec des ailes, des lauriers, semblait-il, et un éclair doré. Un signe de tête plus insistant que les autres. Borluut devait maintenant s'exécuter. Il ne se fit pas prier.

Il y eut d'abord une enfilade de couloirs grillagés et vitrés d'où Borluut put voir des cellules à peine plus grandes que la sienne dans lesquelles il aperçut des ombres en chien de fusil blotties dans les coins, ou des silhouettes affaissées. Avec surprise, une hôtesse de l'air se tenait dans l'une d'entre elles. Elle affichait malgré elle quelques heures de vol, et se tenait droite, comme amidonnée, dans un uniforme circa 1985 de la Panam, usé, taché et souillé à plusieurs endroits, sur le col et la boutonnière ; son visage n'était pas moins vintage, qui mettait en avant des lèvres trop maquillées et trop épaisses ; sa jupe trop courte et déplissée laissait voir les prémisses d'un porte-jarretelles noir... Une pute !

Le couloir s'arrêtait à une porte métallique grise et abîmée devant laquelle le douanier s'effaça, et qui sonna de manière fort électrique lorsque Borluut s'en approcha ; un bruit de clenche, et elle commença de pivoter ; une pièce, derrière, à peine plus grande que sa cellule.

Il y avait un petit bureau en chêne clair. Sur le bureau, un ordinateur ronflant, son HK 05, son passeport, ses pièces d'identité, son ordinateur portable... Au sol, contre le bureau, ses sacs, ses chaussures massacrées.

Derrière le bureau se tenait, assis, un homme brun aux tempes grisonnantes, la cinquantaine, un costume sombre de bonne facture classique, et une chemise bleu ciel aux boutons escamotés d'origine italienne, sans doute Azzaro ou Piscolli. L'homme en question n'avait pas levé les yeux à son entrée, et restait penché sur un des dossiers de Borluut, le dossier de couleur verte dans lequel celui-ci avait écrit le synopsis des trois interrogatoires qu'il comptait mener. Derrière le grisonnant, un immense bonhomme, plus jeune, cheveux blonds, yeux bruns, dans un costume impeccable visiblement cousu sur mesure ; pochette rouge sombre bien proportionnée ; boutons de manchette argentés ; cravate sombre et chemise blanche grand col à la française. La veste avait été volontairement remontée au-dessus de la ceinture pour mettre au jour un hosler de cuir, marque gmc, modèle Blackhawk cousu main duquel surgissait la crosse d'un *Glock19 model 23b* : le FBI, se dit Borluut en reconnaissant l'arme.

Le grisonnant ne bougeait pas, et Borluut pas plus, qui entreprit de coller son attitude à la leur. Il lui sembla que le grand blond commençait d'esquisser un maigre sourire. Borluut lui rendit. « Mais où ai-je déjà vu ce type ? », se demandait Borluut qui se méfiait de plus en plus des impressions de réminiscence qui le hantaient. Le regard et l'aisance du malabar ne lui étaient pas inconnus, ainsi que cet air de bienveillance qu'il affichait.

– Que venez-vous faire ici, monsieur Borluut ?, demanda soudainement, sans le regarder, le grisonnant.

– Vous voulez dire : voyage d'affaires ou voyage touristique ?, répondit-il.

Le grisonnant leva enfin les yeux. Bleus et durs. Aucune émotion ne marquait son visage, et s'il était irrité, personne n'en sut rien.

– Que venez-vous faire chez nous, monsieur Borluut ?, répéta-t-il. Mêmes intonations ; même voix.

Borluut ne savait pas sur quel pied danser. Devait-il être aimable afin de s'assurer la collaboration du FBI ? Ou devait-il se durcir afin de leur laisser entendre que quelles que puissent être leurs impressions, il irait jusqu'au bout ?

– Je viens mener trois interrogatoires dans le cadre d'une enquête Interpol. Vous avez les ordres de mission sous les yeux...

– Qui venez-vous interroger ?, coupa brutalement le grisonnant. Le grand blond, toujours aussi affable, le regardait en souriant.

– J'ai pour mission d'interroger un ancien agent du FBI, l'Agent Spécial Cornwell, domicilié en Californie ; un autre ancien agent du FBI, l'Agent Spécial Weinstein, domicilié en Californie ; une citoyenne américaine, Paris Hilton, domiciliée en Californie. Ces trois individus doivent être entendus comme « témoins assistés » dans le cadre d'une enquête criminelle internationale : meurtre de Godelieve Hildebrant survenu en août 2022, à Bruges, Belgique, Europe. Et nous avons obtenu les autorisations administratives fédérales pour mener ces interrogatoires. Ces trois personnes ont fait l'objet d'une convocation.

– ...Oui... mais ces personnes se sont-elles *a priori* montrées coopératives ? Ont-elles répondu favorablement à vos convocations ? Notamment Mademoiselle Hilton, que vous a-t-elle dit ? Qu'elle serait présente ? Assistée de ses avocats ?

– Non, nous n'avons à ce jour reçu aucune réponse formelle..., répondit en bafouillant Borluut, légèrement gêné par les questions vives et le ton ironique du fédéral grisonnant.

– Et vous êtes tout de même venu... Comment comptiez-vous procéder... sans accord préalable des personnes impliquées ? Le droit californien, même dans le cadre d'une enquête fédérale, même dans le cadre d'une enquête internationale, exige des précautions formelles et jurisprudentielles. Vous êtes-vous assuré par d'autres moyens de leur présence ?

– Non !

– Par ailleurs, vos autorisations sont limitées, et si j'ai bien lu… elles… (il faisait mine de chercher sur le bureau, parmi les documents de Borluut, et sans précipitation)… ces autorisations cessent le 16 juin 2023, à 4.00 p.m. (il regarda sa montre), soit dans cinq heures si je ne m'abuse. Je crains que vos ordres de mission ne soient vains, monsieur Borluut.

– Disons que je n'avais pas prévu de rester ainsi enfermé pendant plus de quarante-huit heures… et en cinq heures, je me sens capable d'interroger deux de ces personnes, et de leur tirer un maximum d'informations nécessaires à l'enquête. Vous savez, mes questions sont…

– Quelles personnes ?, coupa celui qui était visiblement le plus gradé des deux.

– Les agents spéciaux Weinstein et Cornwell…

Un silence suivit cette réponse. Borluut surprit un léger mouvement d'épaule de l'agent grisonnant, un début de swing de golf, comme s'il avait voulu échanger un regard avec son collègue mais s'était ravisé, pour ne pas trop se dévoiler.

– C'est que… voyez-vous… vous ne pourrez certainement pas conduire ces interrogatoires.

– Sans blague… Et pourquoi ?

– L'agent Weinstein est actuellement à l'étranger…

– Où ?, le coupa immédiatement Borluut.

– Je ne suis pas autorisé à vous le dire.

Le ton se durcissait.

– Il me reste Cornwell, alors. Il parlera pour deux !, reprit Borluut en affichant volontairement de l'arrogance.

Le grand blond ne souriait plus. Ses yeux s'étaient ternis. L'atmosphère, dans cette petite pièce sans air, était devenue en quelques secondes irrespirable.

Tous luisaient de sueur.

– L.A.ent Spécial Cornwell… Monsieur Borluut, est décédé.

Biling !

Ça avait fait « biling » dans le fond du crâne de Borluut ; avec même un petit éclair, ou des paillettes dorées, enfin quelque chose qui l'avait intérieurement aveuglé. Une claque. C'était à son tour de faire silence. Et ça patinait après le biling ; il ne parvenait pas à réfléchir à la signification de ce qu'il avait entendu ou à ses conséquences. Une véritable claque. Il n'entendait encore et encore que ce mot de « décédé ». Il avait l'impression d'être parvenu à l'achèvement d'un puzzle de cinq cent mille pièces pour constater qu'il lui manquait la pièce la plus importante ou la plus centrale.

– Comment ça, « décédé » ? Enfin, je veux dire : Quand ? Comment ?

Ce fut au second agent de répondre, qui prit ainsi pour la première fois la parole. Sa voix était inattendue ; une voix de gorge très profonde, et presque inaudible ainsi confinée entre quatre murs épais.

– Avant-hier. Sans doute en fin de matinée. 11.00 ou 11.30 a.m. Curieuse coïncidence, n'est-ce-pas ? Il a dû mourir quelques heures seulement avant l'heure prévue pour votre interrogatoire. Pour le reste, les circonstances de la mort demeurent étranges, et font l'objet d'une pré-enquête de nos services. Saviez-vous qu'il était malade ?

– Oui... On avait prévu l'interrogatoire dans une des salles de réunion de sa clinique. Son docteur, un certain Müller, nous avait donné son accord, il y a de ça quelques semaines...

– Hon-hon, fit le grisonnant.

Borluut ne savait pas comment interpréter leur réaction ; « c'est quoi ce « hon-hon » ?», se demanda-t-il. Le grand blond poursuivit.

– Et il apparaît que Weinstein, de son côté, a été agressé sur son lieu de vacances par des individus qui cherchaient assurément à se renseigner sur l'agent Cornwell et sur Paris Hilton... Votre trio mystérieux. Il a été agressé quelques heures seulement après que Cornwell a été retrouvé mort. On trouve que ça fait beaucoup de concordances troublantes. Vous comprendrez alors nos précautions à votre égard, comme envers toute personne concernée par Cornwell-Weinstein-Hilton. Qu'en pensez-vous ?

Dans un premier temps, Borluut, dont les méninges se remettaient doucement en action, se dit que la question était agressive et inquisitoriale, et il se mit sur la défensive. Il les trouvait allusifs et suspicieux. Mais dans un second temps, il réalisa qu'ils lui en racontaient énormément. Ils auraient très bien pu le cuisiner en gardant par devers eux l'essentiel des ingrédients. Or, là, visiblement, ils mettaient beaucoup sur le tapis et semblaient chercher sa collaboration.

Il se détendit.

– Absolument rien, répondit-il franchement. Weinstein vous en a-t-il dit plus ?

– Non, il est dans le cirage le plus complet… Hospitalisé… Il délire… parle de démission, de pêcheur, de moustique géant, de viking à grandes dents, de collier rouge sang…

– Alors, il ne me reste plus que Paris Hilton à interroger en quelque sorte…, conclut avec un sourire désabusé Borluut.

– Nous allons vous rendre vos affaires, monsieur Borluut, et également votre arme avec une autorisation provisoire de l'état de Californie de la porter. Ceci dit, la nature de votre présence, eu égards à ces derniers événements, tout comme la nature de votre enquête se sont profondément modifiées. Je me permets d'insister sur un dernier point : vous n'aurez pas accès à la famille Hilton qui a quitté le territoire américain il y a vingt-quatre heures maintenant. Voici un document fédéral vous sommant de conserver vos distances. Et de toute manière vous savez bien que Paris Hilton reste inaccessible depuis de nombreuses années, sinon disparue, probablement décédée elle-même…

Les adieux furent brefs.

Borluut sortit de la zone douanière de l'aéroport dans un état de fatigue comateux et d'énervement à peu près total. Sans compter la dalle qui le tenaillait. Son costume était froissé et taché ; sa chemise fleurait une sueur rance, et il avait dû troquer ses chaussures de marque contre une paire de tennis au logo inconnu. Sa sacoche de cuir avait été consciencieusement délamellée et pendait comme un bandonéon de fin de nuit. Il fit quelques pas timides dans le grand hall de l'aéroport, et les premiers rayons de soleil qui traversaient les grandes baies vitrées l'aveuglèrent avec violence.

Las, il se retourna pour se protéger, et faillit trébucher sur un clodo affalé au sol, coincé entre deux valises usées et éventrées, camouflé sous un léger drap, qui ne laissait sortir que l'extrémité de ses jambes et les mêmes tennis que lui. Au-dessus de lui, un grand panneau électronique affichait des vols pour Bombay ou Santiago du Chili, leurs retards, leurs annulations, leurs arrivées.

Une affiche sauvage rouge sur fond jaune annonçait un prochain arrêt de travail du personnel navigant. Une autre montrait le visage angélique d'une petite fille de huit ans, « disparue le dix avril dernier, quiconque aurait des informations la concernant… ».

Une porte à battants, tamponnée « privé, interdit d'entrée » s'ouvrit à quelques mètres de lui, laissant passer une demi-douzaine de latinos en uniforme. La porte faisait un bruit de noix écrasée à chacun de ses battements. Curieusement, c'est à ce moment-là que Borluut se rappela nettement où il avait vu, ou plutôt comment il avait vu le grand blond. (*nouvelle noix qui craque*). Il resta immobile quelques petites minutes, comme une statue de sel (*crack*) et demeurait indifférent aux voyageurs qui couraient à ses côtés, (*crack*) devant et derrière lui, certains le bousculant et l'injuriant (*crack*), et il continuait de regarder cet homme au sol.

Puis il se retourna et fixa la grande porte de la zone douanière que l'on avait refermée derrière lui.

– Mais alors, se dit-il doucement, ce n'est pas la même chanson !

L'image s'était faite aussi brutale que claire : le grand et gros blond, derrière le grisonnant… l'agent du FBI… grimé avec intelligence, perruqué avec science, déguisé à bon escient… le grand blond et le grand arabe de l'avant-veille étaient la même personne. L'agent au flingue, et l'arabe au djilbab… même enflure. Comment avait-il pu être aussi con et ne pas le voir? Comment ne l'avait-il pas reconnu plus tôt ?

Mais alors ce n'était vraiment pas la même chanson.

Et même pas du tout.

Ils avaient laissé entendre que leurs mesures coercitives à son égard étaient d'ordre prophylactique. Que c'était à titre préventif. Qu'elles étaient la conséquence des agressions subies par Cornwell et Weinstein. Or, celles-ci n'avaient pas encore eu lieu lorsqu'il partageait sa cellule avec le grand arabe au regard étrange. Son isolement et cette surveillance n'étaient donc pas liés au carnage qu'ils avaient décrit. Celui-ci était-il bien réel d'ailleurs ?

Mais alors quel était leur but ? Pourquoi l'isoler ? Pourquoi se donner autant de mal ?

Sans doute pour saboter ses ordres de mission et à plus long terme son enquête. Qui dérangeait-il donc ? Pourquoi le surveiller de manière si étroite ? À quoi rimait la danse des yeux que lui avait faite le grand arabe dans la cellule ? Cherchaient-ils à le connaître, à le jauger, à voir ce qu'il avait dans le ventre ? Et pourquoi alors intéressait-il autant le FBI ? Son enquête était somme toute banale.

Le petit flair de Borluut lui dit que tout cela ne sentait pas bien bon.

Enfin sorti de ce fichu aéroport.

Deuxième semaine de grève des taxis.

Borluut s'était acheté une petite carte de poche de L.A. Son mobile avait été déconstruit savamment, et ses applications refusaient de se relancer, notamment son GPS. Il n'avait plus lu de carte plate depuis ses cours élémentaires de géographie, il y avait quinze ans, et il souffrait un peu, tournant, retournant la grande feuille de un mètre sur un mètre dont les pliures lui semblaient absolument absconses. Il finit par plaquer l'ensemble sur le capot d'une buick lucerne 2010. Vert pâle. Ou gris. Une couleur de chiottes en tout cas, se dit-il. Il mit bien dix minutes à trouver ce qu'il cherchait, les yeux collés à moins de vingt centimètres de Randmacnally. Il vérifia, puis avec un feutre rouge traça le chemin qu'il devait suivre, doucement, sans dépasser et sans laisser le feutre baver. Borluut avait le souci du travail bien fait. Il calcula une bonne heure de marche. Peut-être une demi-heure de plus avec des tennis inconfortables et de deux pointures trop grandes.

Borluut, en même temps qu'il marchait, repensait au vice-consul qui n'avait qu'une seule préoccupation, ou même qu'une urgence : qu'il quitte le territoire U.S. au plus tôt. Pourquoi ?

Et Borluut repensait également à son incarcération : il n'avait pas vu la queue d'un avocat, ou d'un juriste, qui aurait pu lui expliquer sa situation, pas vu la casquette d'un gradé, pas vu l'ombre d'un substitut du procureur qui lui aurait spécifié la nature de ses délits. Tout cela ne laissait pas de le surprendre et restait absolument contraire à toutes les jurisprudences internationales de type ONU-2015. D'autant qu'il s'était bien évidemment assuré au préalable, avant sa mission, de la légalité de celle-ci. Le procureur du roi, et les commissariats d'Interpol lui avaient concocté des ordres de mission tout à fait carrés, et toutes les autorisations administratives permettant une enquête judiciaire sur le territoire U.S. avaient été accordées.

La contrepartie de telles démarches et de telles autorisations tenait bien évidemment au fait que tout le monde (CIA, FBI, NSA, *Secret Service*, services du Procureur, dame-pipi du bureau du shérif, maîtresses des avocats d'Hilton...) connaissait sa venue, la nature et la raison de son enquête...

Borluut s'arrêta un temps pour consulter la carte, en se faisant la remarque que les croisements de boulevards étaient, ici, aussi grands que la Wallonie et la Flandre réunies.

Il avait également réalisé que tout le monde se foutait de son HK 05, et des fantaisies expérimentales qu'il lui avait suggérées. On se foutait qu'il fût chargé ou déchargé, déclaré ou clandestin.

Borluut se tenait immobile sur le trottoir, le doigt levé, à marmonner dans sa barbe de trois jours. Il commençait à se dire qu'on l'avait peut-être attendu et qu'il était tombé dans des filets bien apprêtés destinés à sa petite personne.

Borluut dut faire demi-tour, reprendre à droite, revenir sur ses pas, et s'engager dans la petite ruelle qu'il avait ignorée juste avant. Il arriva sur *Fisher Avenue,* et il dut bousculer deux ou trois bonshommes qui manœuvraient de manière maladroite des cartons. Il remarqua que le paysage s'était soudainement modifié, dominé par des murailles d'acier de plus en plus hautes.

Qui pouvait bien être dérangé par son enquête ? Pourquoi ? Qui cherchait à la ralentir ? Il n'était pas un expert en droit administratif fédéral américain, mais les organes ayant un pouvoir discrétionnaire et coercitif suffisant pour mettre à l'arrêt et l'isolement un enquêteur d'Interpol, capables de faire l'économie d'un mandat du procureur, susceptibles de secouer un vice-consul, fût-il belge, à une heure impossible, ne se comptaient certainement pas sur tous les doigts d'une main : il pensait à la CIA, bien sûr, à la NSA, aux *Secret Service*, à la DEA... mais il doutait que ce fût dans les mœurs du FBI, légaliste par nature : qui étaient réellement les deux gus qui l'avaient titillé ?

Car à regarder les documents que le faux arabe et le vrai grisonnant lui avaient remis – ce qu'il fit soudainement en se calant dans un abribus – on ne remarquait aucun tampon de vérification. Le passage du FBI était muet. Étonnant pour une administration réputée pour sa rigueur et sa discipline.

Qui voulait ainsi pourrir son enquête ?

Borluut arriva enfin à destination, au milieu des grands boulevards des faubourgs de la ville, et il se posa sur le premier banc de béton qu'il trouva dans le square, sous un peuplier dépressif, entre deux buissons fatigués et quelques jeux d'enfant désaffectés. Rien de ce grand mouvement qui l'entourait ne lui était familier et il se voyait avec un amusement triste comme une béguine hors du béguinage. Au-dessus de lui, un gratte-ciel sans tête, gris et bleu, recouvert d'une brume polluée, et son 35e étage qu'il fixait avec intérêt.

West 5th street. Cette adresse le hantait depuis son adolescence. Depuis une carte postale qu'il avait trouvée entre deux litrons de vin bleu et une panetière, dans la cuisine de son père ; une carte postale que ce dernier cachait ; une carte postale que sa mère avait envoyée à Franz et lui, dans laquelle elle indiquait son adresse américaine : West 5th street, Auteuil Building, 35e niveau, appartement 1158. Rien d'autre ; pas de baiser pour ses fils ; pas de mot câlin, juste une signature bien écrite : « maman »...

Il avait toujours imaginé visuellement ce topos ; mais il n'aurait pas pu le penser aussi sonore et cacophonique. La place au pied du building était un immense vagissement ininterrompu : voitures, camions, vans, motos de livraison, taxis plus ou moins grévistes... Il n'aurait pas pu le penser aussi toxique et étouffant par tant d'oxygène vicié. Son asthme souffrait, et il cherchait l'air autour de lui.

Il regarda passivement les deux grandes portières de l'immeuble qui crachaient presque continûment ses occupants, et en avalaient quelques autres. L'allée pavée par lesquels ce flux et reflux s'écoulait ressemblait à une grande langue révulsée. Sa mère était-elle parmi ces gens ? Logeait-elle encore là ? Il ne la reconnaîtrait certainement pas si elle se posait sur ses genoux, là, à cet instant.

Derrière lui, il entendit grincer le portique du square. Une femme, très grosse, et un enfant, les cuisses charnues et la mine bouffie, aux joues pleines et doubles, investissaient le square.

Il revint au building, et se dit qu'il n'allait probablement pas entrer. Il ferma les yeux. Il n'était de toute manière pas vraiment entré dans ce pays, pas entré dans son enquête. Il était maintenant prêt à repartir. L'avion dans six heures.

Il reprit sa carte. Elle refusait de se plier à l'endroit.

# XXVIII

19-21 JUIN 2023

*The Hilton Los Angeles Universal City,*
*Grande suite jouxtant la chambre 446*

Après deux jours de recensement, de classement, de mise en ordre des documents Cornwell, éléments papiers d'une part, licites ou illicites, des éléments numériques d'autre part, tous à peu près illicites, Sørenson et ses acolytes, comme l'avait escompté Almayer, avaient progressivement lâché prise. Sunny, le premier, s'était emporté, envisageant l'illimitation du travail, son inutilité, ses méandres, et les avait quittés pour le bar, puis pour une pute de bar, une européenne, qui s'appelait Barbara, et on ne le revit plus pendant plus de dix heures. Le Scandinave et Guti baissèrent les bras quelques temps après, mais ils s'étaient organisés pour ne jamais laisser Almayer seul.

« Dossier 82 ».

L'agence fédérale, comme à son habitude, y avait millimétré ses archives, et Cornwell s'était copieusement servi.

La quasi-totalité des documents, pour ce qu'en avait vu Almayer, avait trait à la surveillance d'un obscur groupuscule auto-intitulé « *Tête de Mort* ».

On y trouvait près de mille quatre cent cinquante heures de « contrôles phoniques de zone » (écoutes d'une pièce, d'une maison, d'une salle de réunion…) ou de « contrôles phoniques de flux » (téléphonie, SMS, courriel, jetphonie, etc), et plus de deux cents dix heures de fichiers vidéo, et mille cinq cent dix pages d'écrits divers et variés. Cornwell avait intégré les éléments d'Interpol à ceux du FBI.

Trier, reclasser... les premières heures furent particulièrement fastidieuses ; d'autant qu'Almayer tenait à faire le travail seul.

Discriminer, jeter... Il ne pouvait pas tout écouter ; tout voir ou tout considérer. Il lui fallait choisir, déclasser, isoler... Les yeux explosés, la gorge sèche à force de fumer, le crâne fatigué à trop phosphorer, il avait la nausée.

Le surlendemain. Sunny était revenu et avait remplacé Guti. Déjà seize heures de fouilles hystériques. Almayer se sentait pressé par le temps. Il ne savait pas pourquoi, mais il s'était convaincu de manière quasi obsessionnelle qu'il n'aurait pas loisir de consulter l'entièreté des archives. Du moins pas dans ces conditions ; pas ici, à l'hôtel.

– « ...et ce débile de Sunny encore à jacter dans le vide ! », murmurait-il pour lui-même.

Almayer ne souffrait plus Sunny. Surtout quand il restait ainsi vissé sur son mobile. Almayer ne supportait plus son corps mal engoncé dans des complets vestons démodés, ses petites oreilles légèrement décollées, son nez réparé, des dents blanches repeintes, ni même sa démarche et ses gestes amples et m'as-tu-vu d'hétéro macho et latin, ni sa bouche, vulgaire, sans cesse ouverte et crétine, ni sa voix grave, sans grâce et monocorde, qui ânonnait en permanence des « salope », des « chiennasse », des « cul » et évoquait le plus souvent des exploits sexuels à peu près virtuels ; il n'aimait pas sa grossièreté rustique et son intelligence saurienne qui le rendaient trop prévisible, et par ailleurs absolument étanche à toute empathie. Il débarquait à n'importe quelle heure, ne saluait pas, se carrait dans le fauteuil près de la fenêtre, et commençait une surveillance en laquelle se mêlaient siestes sonores, conversations téléphoniques et pique-nique affreusement porcins.

Avec qui parlait-il ? Almayer n'en savait rien et n'en avait cure.

– Je suis à l'ancre. Je touche ces putains de sœurs jumelles ; bien six mois que je ne les avais pas vues…

– Boucle-la, Sunny, je ne parviens pas à me concentrer !, exigea Almayer pour la cinquième ou sixième fois.

Sunny ne réagissait pas :

– …Ce con, il *call*… Le *flop* s'amène… J'en crois pas mes yeux ; il me pose une troisième salope.

– Boucle-la, Sunny, ou je t'en mets plein la gueule !

– …Je *bet 50 000 dols*… O.K., je sais… je *soft-play*, j'aurais dû charger mais ce con, il…

Sunny ne pouvait pas finir sa phrase. Le poing d'Almayer obstruait l'entièreté de sa bouche. Ce fut bref, mais assez violent et direct. Le téléphone mobile sauta en l'air, ainsi que quelques gouttes de sang. Les deux lèvres avaient éclatées, et Sunny tomba sur le sol. Le téléphone hurlait :

– Sunny ; oh ! Sunny, t'es là ? Sunnyyiiii…!!

Le pauvre Sunny cherchait à se relever, mais le choc l'avait apparemment assommé et il tituba quelques secondes pour retomber lourdement contre un cierge à feuille d'or posé sur la table de travail d'Almayer. C'était l'une des marottes du décorateur français Garcier qu'Hilton avait utilisé pour ses hôtels de la côte ouest ; c'était joli, se disait Almayer, certainement un peu baroque, mais ça devait faire sacrément mal lorsque la tempe le cognait pesamment. Et Sunny émit d'ailleurs un sale « vronf » pour confirmer l'hypothèse d'Al. Il était abattu, à terre. Il râlait à peine. Almayer, resté debout, retourna la tête de Sunny du bout du pied : l'autre le regardait derrière ses paupières basses.

– Écoute-moi bien Sunny. Je ne t'aime pas, et j'hésite à terminer le travail et à t'écraser la gueule comme une merde.

– Wronff !

– Si, encore une fois, je te surprends à te foutre de moi et à faire celui qui ne m'entend pas, je te coupe les couilles avec ces putains de couteaux en plastique à petites dents de cette merde d'hôtel, et je te les fourre profond dans les oreilles. Compris ?

– Wronff !, put dire Sunny avant de s'affaisser tout à fait.

C'est alors qu'Almayer mesura les quelques dégâts qu'avait occasionnés leur altercation : du sang souillait la moquette blanche, le cierge avait été brisé en deux, et une pile des documents posés sur la table s'était écroulée et s'étalait sur le sol.

Un petit dossier affleurait du bric-à-brac, et retint immédiatement l'attention d'Almayer. Il était comme tous les autres dossiers, gris souris, à cette exception qu'un papier adhésif jaune vif y était collé. Almayer s'en approcha et le ramassa ; il put lire : « Éléments répertoriés à supprimer d'urgence selon ordre. Dossier 607-623 ».

– Wronff !, fit à nouveau Sunny, dans un semi-coma.

Almayer souriait, et l'entendit à peine.

Il avait ce qu'il cherchait.

*Troisième partie*

# *Ainsi parlait Paris Hilton*

# I

JUIN 2023

## *Los Angeles – Pink Apache Motel*

Après l'altercation sanguine d'Almayer avec Sunny, tous étaient convenus d'une séparation amiable et temporaire. Le groupe Sørenson resterait au *Los Angeles Universal City* Hilton, sans Sunny toutefois, qui devait être rafistolé et que l'on envoyait chez une sœur, ou cousine, ou ex-infirmière à Seattle, pour deux ou trois jours – Almayer avait écouté distraitement cet aspect de la convention. Sørenson avait tenté de justifier Sunny : enfance violentée, frère jumeau mort à l'adolescence tué par un gang rival, Seattle était à l'époque à feu et à sang, matière grise limitée, dettes de jeu, fidèle en amitié...

Mais Almayer n'avait pas plus écouté.

Il se foutait de la vie de Sunny.

Sørenson craignait surtout que le sang latin de Sunny ne le poussât à la vengeance, Sunny qui n'avait plus que le nom d'Almayer à la bouche, qu'il agrémentait systématiquement de « tarlouze », de « sodomite », de « tapette », de « pisse de chat », de « fiotte », de « pom-pom girl », de « danseuse de corrida », de « pendu du dimanche », etc…

De son côté, Almayer s'était enfermé dans une double suite au Pink Apache Motel le long de Venice Boulevard, et avec lui, l'essentiel des documents Cornwell. Les petites brutalités exercées sur

Sunny lui avaient paradoxalement donné une manière de blanc-seing dont il entendait bien jouir. Le dossier 607-623 l'obsédait depuis qu'il l'avait vu sortir du bois. Mais il l'avait d'abord mis à l'abri, mélangé, et même réparti de manière savante aux autres dossiers afin que Sørenson ne le découvrît pas. Lui-même ne l'avait pas encore ouvert ni parcouru.

Il avait connu le *Pink Apache* à sa grande période, lorsque Venice Boulevard était devenu notablement l'un des centres touristiques les plus prisés de l'hinterland de L.A., milieu des années quatre-vingt dix. À cette période, Almayer avait dû, une semaine durant, planquer et surveiller un ancien capo de la mafia locale, le « piémontais », que le FBI venait de retourner. C'était un ami d'un ami qui lui avait demandé, avec juste la bonne dose de pression pour qu'il ne puisse refuser. Almayer avait une pension alimentaire à verser chaque mois, et son traitement d'agent de l'état ne suffisait pas. Par ailleurs, il était le seul dans ce domaine à pouvoir doubler les techniciens du FBI.

Il avait dû pirater le téléphone fixe du capo en pré-retraite, son ordinateur, et une pute amie, Marjolaine, une blonde filiforme, un peu osseuse mais aux grands yeux bleus, d'origine française, avait savamment positionné deux micros basse fréquence dans sa piaule.

Almayer avait encore à l'esprit le bruit sourd de la détonation du 9 mm qui avait exécuté le « piémontais ». Celui-ci était en train de lutiner et de bousculer Marjolaine. Elle lui avait plu ; il l'avait gardée quelques jours à portée de main. Almayer s'était dit qu'elle était adulte, du moins le disait-elle ; et qu'elle faisait ce qu'elle voulait. Il l'entendait râler sur elle ; il l'entendait gémir sous lui. Il entendait les gifles ; il entendait les cris. Il était en train de se demander si la belle Marjo aimait ou détestait quand le claquement de l'arme retentit.

La première réflexion d'Almayer fut naïve. Il se dit que Marjo au pire devait être soulagée.

Mais le cri de terreur qu'elle poussa le fit revenir sur son jugement : aigu, hystérique, sans maîtrise ; un cri de môme apeurée. Le gars l'avait prévenue tout de suite ; Almayer, qui surveillait et entendait tout à quelques dizaines de mètres, avait saisi distinctement les mots, et perçu l'accent italien : « silencio, et tu vis, poufiasse ! ». Mais elle criait tellement Marjo qu'elle n'avait sans doute même pas entendu, ou compris, ce que le tueur lui disait. Deuxième détonation. La balle avait explosé le nez de la belle Marjo, lui dessinant un troisième œil rouge sombre.

Almayer avait été bien payé. Jamais ennuyé, même pas par le programme de protection des témoins du FBI.

Malgré ces événements, il avait à l'époque trouvé l'hôtel plutôt sympa, bien situé, confortable et décoré avec goût, à la manière déco Palm Beach, mosaïques turquoises, enduits roses et pavés de verre, qui décalaient à l'est et vers le Golfe du Mexique ce petit coin de Californie océanique. Il s'était promis d'y revenir, mais en client et sans casque d'écoute. Il allait maintenant tenir sa promesse.

À l'accueil, il trouva la blonde qui se montra assez réglo. Elle avait à peu près l'âge qu'aurait Marjolaine si personne ne l'avait mise dans les sales pates du piémontais. Au début, elle se montra indifférente, comme lasse, et répondait d'une voix traînante aux questions précises d'Almayer :

– Pas grand monde... Trois quarts des chambres libres... On refait les chambres... Enfin, va les refaire... Basse saison... Porte de derrière condamnée....

Son œil commença de s'animer lorsqu'il avait demandé les deux suites contiguës. Alors elle avait levé la tête pour le regarder avec un intérêt neuf. Vu ce qu'était devenu le *Pink Apache*, et son rayonnement touristique – les murs roses avaient pâli, les mosaïques jonchaient le sol, et quelques pavés de verre éclataient en étoile – ça devait faire belle lurette que personne n'avait loué une seule de ces deux suites.

Malgré ce petit air fatigué qu'elle traînait, son œil pétilla de malice et de vivacité lorsqu'Almayer allongea les biftons pour deux semaines de location en plus du dépôt de garantie...

Elle se redressa sur sa chaise haute, et s'éleva de quinze centimètres d'un coup. En même temps, ses petits seins jaillirent de leur planque et se mirent à pointer sous un corsage à fleurs légèrement trop étroit pour eux. Elle devait postuler depuis peu au club des quadragénaires, mais l'essentiel du matériel semblait intact : les jambes étaient restées fines, la taille étroite, et les lèvres tendres et précises. Les rides apparaissaient sans doute mais ne déformaient pas encore les lignes du visage. Il restait le fessier à évaluer, puisqu'elle s'en servait à ce moment, mais l'examen de toute manière était globalement un succès, que les fesses fussent molles ou épaisses ; le pire paraissait improbable.

Elle s'appelait Jessica. Et elle avait vite compris qu'elle subissait un examen.

De son côté, elle inspectait avec précision le visage buriné par le soleil d'Almayer, ses fringues élégantes quoique légèrement démodées, son chapeau usé, ses doigts et ses mains abîmés par l'eau de mer et les cordages, et son cou avec sa blessure étrange mal cachée par le foulard de soie... Certes, il n'était pas de la première jeunesse. Elle fit une petite moue... Mais il avait un beau regard clair, et elle craquait pour ce genre de type rugueux. Alors les paupières de Jessica insensiblement se baissèrent et soulignèrent le sourire le plus pétassier qu'elle connaissait.

– Bien, bien, beauté fatale..., susurrait-il pendant qu'elle gloussait avec talent, vous êtes seule pour gérer ce palace ?

– Mais oui, gros dur, vous ne m'en croyez pas capable ?

– Si, sans doute, sans doute...

Il logea son regard dans le sien :

– Je vous crois capable de plein de bonnes choses, ma belle amie. Mais la nuit ? Il y a un gardien de nuit sans doute ? Vous ne faites pas 24h/24 et 7j/7 tout de même... parce que ce serait illégal ; ce serait... comment dire ? ... de l'exploitation... et moi je n'aimerais pas vous voir pauvre petite fille exploitée...

Elle était aux anges, la douce, et buvait du miel pendant qu'Almayer se marrait intérieurement, sans être certain qu'elle fût aussi sotte qu'elle le montrait. Son popotin commençait à danser une valse lente sur la chaise haute. Ils roucoulèrent quelques minutes encore ; Almayer restait étonné de voir combien elle pouvait jouer à la perfection le comportement de la pauvre fille paumée prête à se laisser harponner. Cette fille en avait sous le pied, et ça, Almayer pouvait aimer. Il cherchait à l'accueil un cerbère susceptible d'annoncer tout étranger ou tout fouille-merde, et elle semblait dans la poche.

Puis elle l'accompagna jusqu'à la porte de sa chambre, le précédant bien volontiers dans l'escalier – ascenseur en panne depuis trois jours – histoire d'améliorer sa note : cul d'enfer, sans superflu et bien cohérent. Ils se taquinaient. Elle pouffait.

Elle ouvrit la porte de la chambre tout en se frottant à lui et en lui souriant franchement, histoire de lui faire comprendre qu'elle était vraiment, vraiment disponible, et qu'elle pourrait franchir le seuil quand il le demanderait.

Les dents !

C'est vrai qu'il n'avait pas pensé aux dents. Jaunâtres. Presque verdâtres. Son sourire avait dévoilé un collier de perles glauques et irrégulières. Une fumeuse repentie.

« Je crois bien que t'es recalée à l'oral, ma puce », songea-t-il. Il lui renvoya un sourire passable ; tout à son excitation, elle gloussa encore une fois et il claqua la porte.

Il lui restait à se familiariser avec son nouveau chez-soi.

Il était repassé, au nord de la 5<sup>e</sup>, chez un de ses anciens fournisseurs d'instruments de surveillance électroniques et numériques, une sorte de rascasse qui se faisait appeler Miguel et qui se plaisait à flotter entre deux eaux, entre légalité avec pignon sur rue et services rendus aux vieux potes… Enfin, si on peut entendre par services ce qui se monnaye 20 ou 30 % au-dessus du marché. Mais

Almayer se disait qu'après tout la discrétion dans ces domaines-là n'avait pas réellement de prix ni de cours.

Ainsi, avec un bon matériel, avait-il pu scanner deux ou trois fois sa suite, à différentes heures de la journée et même de la nuit, pour s'assurer qu'aucun réseau malin ou qu'aucun émetteur pirate ne la polluait ; il avait installé lui-même un double réseau de dix mini-caméras, dont la moitié était munie de systèmes à infrarouge qui filmaient 24h/24 le parking du motel, le couloir qui menait à sa suite, la sortie de l'ascenseur (il serait bien réparé un jour), le hall d'accueil (il avait profité d'une absence de Jessica)... le tout relié à une application de son mobile et de son ordi portable que seuls les services spéciaux étaient sensés détenir et utiliser.

La moindre excentricité ou irrégularité était enregistrée, listée, signalée et visible quand il le voulait. Il avait calculé qu'avec le nombre de caméras positionnées, la qualité de leur positionnement, près de 95 % des anomalies ou des intrusions possibles étaient couvertes, ce qui le mettait notablement à l'abri des mauvaises intentions de ceux qui le surveillaient depuis le début de son arrivée à L.A.

Fin de la première journée.

Il entreprit ensuite de copier à l'aveugle les documents les plus importants, notamment le dossier survivant « 607-623 », sur son ordinateur portable : photos, scans... pour ensuite crypter l'ensemble des fichiers selon une méthode de son invention et dont il avait la faiblesse de croire qu'elle était insondable et illisible.

Il finit son travail de prophylaxie en planquant les même documents, ce qui lui prit deux bonnes heures, pour en donner le double, selon ses estimations, à ceux qui fouilleraient sa planque, suffisamment longtemps pour qu'il les repère : il démonta la paroi de la baignoire, la baignoire elle-même, la décala du mur, et glissa le bi-laser et le dossier dans un double film plastique collé à la face murale de la baignoire ; il repoussa l'ensemble sans bruit, reposa et revissa la paroi de la baignoire, camoufla avec un enduit rapide la tête des visses, ponça les aspérités et refit les deux joints d'étanchéité le long du mur.

Il profita d'une petite armoire de toilette en fer et en verre pour camoufler entre elle et le mur une charge de stac-4, un plastic dernière génération extrêmement puissant : une bille suffisait à pulvériser une maison de cent mètres carrés ; il en colla deux avec tendresse et délicatesse, reliés à un détonateur à distance, tout en espérant qu'elles ne serviraient pas, tout en espérant que le motel était bien assuré.

Fin de la seconde journée.

7.30 a.m. Le buzz de l'alarme du téléphone.

C'est aujourd'hui qu'Almayer s'était organisé pour parcourir le dossier 607-623. Enfin.

7.45 a.m. Petit déjeuner dans le salon du motel. Il fut servi par une nouvelle tête, un pakistanais faussement poli et gras. Il s'en foutait. Il avait la tête dans ce dossier qui avait trop longtemps croupi dans le fond d'une armoire d'une cave, et qu'il allait faire revivre, qu'il allait réveiller et faire parler. Il était impatient. Il ne faisait pas vraiment attention au gros type, assez jeune, costume gris, assez élégant assis à quatre tables de lui. Un grand bol de café, quelques viennoiseries, un jus d'orange : un bon petit déjeuner européen pour tenir quatre ou cinq heures de travail papier. Il avait feuilleté rapidement le dossier lors de sa découverte et avait compté plus de cinquante pages. Quatre heures devraient suffire. Ou cinq.

8.00 a.m. Almayer remonta dans sa chambre ; le petit *bip* de son détecteur : personne n'était entré. Direction la salle de bain, la baignoire, le dossier sous plastique. Il ne voulait pas travailler les éléments numériques : d'une part parce qu'ils étaient rangés d'une manière aléatoire, et que leur lecture aurait nécessité l'usage d'un autre logiciel ; d'autre part parce que si on devait l'espionner, c'était vers l'ordinateur et les derniers documents ouverts que les indélicats s'orienteraient ; avec un bon matériel et un peu de doigté, ils sauraient vite ce qu'il avait pu apprendre. Alors le tournevis pour ôter la plaque de la baignoire, le cutter pour décoller les joints de silicone, une bonne pression pour déplacer la baignoire et…

8.15 a.m. bzzz… Le téléphone sonna. Il avait oublié de couper le portable. Il était tenté de ne pas répondre. Il n'aimait pas les aléas dans une journée bien pensée. Il ne répondit pas. Il se détendit, se faufila entre la baignoire et le mur, son bras s'allongeait tant qu'il pouvait, ses doigts touchaient le plastique, il n'avait plus qu'à tirer…

Bzzz… Le téléphone à nouveau.

Il décrocha, essoufflé, et regarda l'éraflure le long de son avant-bras. Il n'entendait pas bien la voix à l'autre bout du fil. La joue le brûlait également : dans le miroir, il la voyait griffée à deux ou trois endroits. Faut dire que le mur de la salle de bain était une saleté de crépis. Motel de chiottes.

Maintenant il entendait la voix, mais ne reconnaissait pas son interlocuteur. D'un autre côté, il se disait qu'il en faisait peut-être un peu trop : baignoire, cachette, explosif… Ça avait un côté *goldfinger,* sans doute un rien désuet.

8.17 a.m. Ça hurlait dans le téléphone.

– Putain, mais calmez-vous Sørenson ! Je n'entends rien à ce que vous me dites !

– Je dis, Almayer, que nous avons un problème ! Un énorme problème, même.

La voix du Scandinave était plus scandinave que jamais, et Almayer avait compris que c'était chez lui un signe de tension extrême. Le faune reprit, impératif :

– Il faut que l'on se voie le plus vite possible !!

Bye-bye le dossier « 607-623 » ; sa savante préparation tombait à l'eau : re-la baignoire collée au mur ; re-les éraflures ; re-les joints de silicone ; re-les visses ; re-les enduits ; re-le ponçage ; re-nettoyage… Tout ça en marmonnant que tous les « *-on* » de la terre – les Hilton, les Sørenson – commençaient franchement à lui bouffer la rate !

Il devrait peut-être se calmer. Oui, c'est ça : en faire un peu moins ; on n'était pas en pleine guerre froide dans un vieil hôtel de Prague, après tout... Peut-être enlever les explosifs... Peut-être rendre plus accessibles les documents... Ça tombait sous le sens.

8.52 a.m Il quittait sa chambre pour monter dans sa Chevrolet noire. Il partait rejoindre Sørenson.

9.34 a.m Parking de Quiz Burger Hollywood. Chevrolet noire contre Saab 2005 grise décapotable. Deux bonhommes qui se parlaient, vivement, et ils ne rigolaient pas vraiment. Un petit couple en décapoté allemand cherchait à se garer à proximité, parce qu'il y avait, à cet endroit, l'ombre légère d'un faux-acacia : ils ne restèrent que trente secondes, foudroyés par les regards des deux hommes.

– Alors c'est quoi, votre problème, Sørenson ?, bougonna Almayer.

– J'ai reçu un coup de fil de la cousine de Sunny, à Seattle... l'infirmière...

– Je croyais que c'était une ex., ou peut-être sa sœur...

– Mais on s'en fout, bordel, Almayer. C'était peut-être bien tout ça à la fois, d'ailleurs ! Bon, c'était à six heures, ce matin...

– Quoi donc ?

– Mais, qu'elle m'a appelé !

– Ah, oui, et alors ?

– Sunny est mort !

Almayer ne montra aucune émotion. En réalité, il n'en eut aucune.

Il s'en foutait de la mort de Sunny.

– Cette infirmière m'a l'air doué. Faudra me rappeler d'éviter Seattle à mon prochain pépin de santé. Rassurez-moi : il a bien succombé aux blessures que je lui ai infligées ?

– Non. Quelqu'un d'autre est passé. Ils l'ont chopé ; l'ont torturé pendant un bon bout de temps ; ils ont cherché à le faire parler, et ils l'ont flingué ! Une balle de 9 mm entre les yeux.

Un court silence suivit.

– Vous m'avez dit qu'il avait des dettes de jeux. Ce sont ses créanciers peut-être ?

– Non, pas à Seattle.

– Alors une pétasse qu'il a mal baisée…

– Non, voyons !

– Alors le mari d'une pétasse qu'il a mal baisée…

– Non ! Non ! Arrêtez de déconner quinze secondes Almayer ; on parle de Sunny…

– Oui, justement…

– Écoutez ça Almayer ; je ne vous ai pas tout dit encore, et Sørenson commença de tourner la tête à droite, à gauche, il lança même un œil vers le haut du faux-acacia, comme si on pouvait les observer de là-haut.

– Sunny était massacré…

– Parlez plus fort !

– Sunny, disais-je, était massacré : ils lui ont coupé les couilles, vous entendez, et ils lui ont enfoncé les couilles dans les oreilles ! Putain… Qui peut avoir de telles idées ? (Almayer aurait souri s'il n'avait pas été subitement terrifié) ; et ils ont fait ça avec un couteau de merde, voyez un de ceux que l'on trouve dans les hôtels, couteaux en plastique blanc. On en a trouvé trois, cassés en deux juste à côté du pauvre Sunny : ils portaient l'indication Hôtel Hilton ; si ça c'est pas un signe alors !!

« Bien plus que tu ne crois, Søren », se dit Almayer, qui juste après se dit que finalement toutes ses gesticulations paranos (baignoire, trappe, explosif, caméras, emmêlement du dossier principal) étaient justifiées, sacrément justifiées. C'était même le minimum.

Il allait falloir jouer très serré.

# II

JUIN 2023

## *Bruges*

Borluut se rebiffe.

Cela faisait bien quarante-huit heures que le lieutenant Borluut avait rejoint son unité, ses collègues, son bureau, sa ville. Enfin rejoindre n'était pas exactement le mot adéquat car il s'était enfermé dans son bureau de verre, dès le petit matin de la veille, sans échanger plus de deux paroles avec ses équipiers, sans même évoquer son voyage américain qui envahissait, il y a quelques semaines encore, la plupart de ses conversations, sans même évoquer la grisaille du port, le bruit des bateaux, sans même s'enquérir des événements brugeois qui avaient eu lieu pendant son absence. Un Borluut ici, mais encore ailleurs.

L'agent Carbone aimait bien Borluut ; il le connaissait depuis son intégration dans le CIA du grand Bruges, et se targuait de le saisir en profondeur, malgré les vingt-cinq ans qui les séparaient. Avec Ribelle, il l'avait cajolé, câliné, pouponné dès son arrivée ; il avait tempéré son zèle, consolé ses échecs, tamponné les relations parfois rêches avec des collègues. Il l'avait reçu chez lui les week-ends, et même certains soirs ; sa femme aimait bien sa conversation et son sérieux, son implication, et aussi la douceur de son visage. Ça, Carbone l'avait bien compris : Borluut ne laissait pas les femmes indifférentes.

Mais depuis deux jours, il ne voyait que ses mâchoires vissées l'une à l'autre, ses mouvements directs et déterminés, tout en violence contenue, une mauvaise humeur affichée qu'il ne comprenait pas. Il lui lançait des regards plein de détresse, interrogateurs, les sourcils hauts, auxquels le lieutenant ne répondait pas. Carbone avait l'impression de voir un piranha en rut dans un aquarium trop étroit.

Le premier élément notable était que Borluut téléphonait, encore et encore ; qu'il criait tant qu'il pouvait, menaçait, insultait son combiné téléphonique; assis, debout, en marchant, arc bouté sur son fauteuil, pâle, ou au contraire rouge violacé : ni Carbone, ni Ribelle ne l'avaient jamais vu ainsi.

– Il a dû se passer quelque chose, là-bas, en Amérique, tu crois pas, Carbone ?

Mais Carbone était bien circonspect :

– Moi, j'en sais rien ; mais c'est le petit qui m'inquiète ; il va se faire péter un tuyau à souffler comme ça !

Et tous deux rentrèrent la tête dans les épaules en devinant un nouveau maelström qui secouait l'aquarium. Qui que ce fût à l'autre bout du fil de Borluut, il était copieusement rebaptisé.

– Ouais, p't-être bien. Y aurait du bon à se calmer !

Mais il ne se calmait pas, à ce point que Ribelle et Carbone avaient multiplié les pauses café et les interventions en extérieur.

Ce vendredi, ils rentrèrent vers seize heures, un peu sur la pointe des pieds, pour y voir un Borluut enfin sorti de son vase. Il était souriant ; hilare même, comme ivre, et il semblait courir d'un bureau à l'autre. Tout l'espace semblait ravagé par un ouragan : des cartons s'accumulaient sur les bureaux de Carbone et Ribelle, des papiers étaient étalés au sol, d'autres étaient suspendus à des fils qui n'existaient pas quelques heures auparavant et un immense écran d'ordinateur, jusque-là inconnu au bataillon, s'était posé sur le dessus de la machine à café, à l'envers et en équilibre.

Partout, sur les caisses, les feuilles, le moniteur, sur des dossiers, un logo bleu nuit exposant une mappemonde étalée, entourée de laurier blanc perle, portée par une balance dorée et pourfendue d'un glaive romain. Carbone s'en approcha, et lut l'inscription « Interpol » qui barrait l'image. « Oula !, ça sent chiant-chiant, ça, se dit-il. »

Derrière lui, un technicien de maintenance de la brigade se battait avec la porte d'accès pour installer deux grosses serrures cinq points, tandis que deux autres individus s'attardaient avec des instruments qu'il ne reconnaissait pas sur les ordinateurs et les téléphones. Carbone n'avait jamais vu son espace aussi bousculé.

– Ah, Carbone et Ribelle, vous voilà enfin ? On a un boulot de malade à abattre, les gars ; décommandez à vos bourgeoises adorées, si vous le pouvez, votre dîner et votre week-end. Je vous attends dans mon bureau, si vous parvenez à passer entre les cartons… attention aux fils… et je vous mets au parfum.

Il raconta l'aéroport, l'obstacle fait à son enquête, le mépris total des assignations d'Interpol, ses doutes sur l'identité des agents du FBI « grisonnant » et « grand blond » qui, selon lui, indiquaient combien lui, Borluut, était non seulement sur une piste mais sur une piste dérangeante et sulfureuse. Il leur disait cela avec force geste ; les narines se dilataient sous le coup de l'émotion excitée, et ses yeux couraient de l'un à l'autre. Aussi il fallait préparer ses arrières : « faire le grand roque », disait-il pour à la fois se protéger et mettre tout ce qu'il pouvait en position d'attaque, pour foncer dans le tas, oui, plein centre, disait-il.

– Et le centre de ce tas de fumier, c'est quoi, les gars ?

Il les fixait mais n'attendait pas réellement de réponse ; il les regardait seulement pour qu'il soit sûr qu'ils mesurassent adéquatement son génie de la contre-offensive.

– Le « dossier Paris Hilton », les gars ! L'attentat de 2012, la disparition de 2013… Interpol me les a transmis… Enfin une grande partie. On a les écoutes du FBI… et même un dossier classé de niveau 4… Vous verriez ça, c'est beau !… Je crois même qu'ils nous ont refilé des fichiers vidéo… Entre nous, j'ai tellement gueulé qu'ils ont un peu perdu les pédales… Il faut trier ça au plus vite pour mieux les traiter cette semaine ! Avant qu'ils ne se réveillent…

Carbone ne comprenait pas grand-chose à ce grand chahut. Il ne devinait pas où était la petite Godelieve Hildebrant là-dedans. Il se disait aussi que ça n'avait pas été bien raisonnable de ne pas déclarer l'arme de service à la douane ; il se disait enfin que son épouse allait râler pour la soirée et le week-end, mais qu'elle laisserait vite passer si Borluut était dans le coup.

– Et que comptez-vous tirer du « dossier Hilton », lieutenant ?

– Mais j'en sais rien, mon cher Carbone. J'en sais rien de rien. Mais il y a quelque chose dedans, sinon on ne m'aurait pas fait autant de misères... Enfin, c'est à espérer.

– Et tous ces gens ?, fit Carbone en montrant avec un geste un peu désabusé les techniciens présents.

– On se blinde. On scanne et on protège les téléphones, les ordis ; on stérilise la pièce dont l'accès sauf autorisation, accès physique ou virtuel, sera improbable. On roque, vous dis-je. Ils vont voir à qui ils ont affaire !

L'inquiétude de Carbone monta d'un cran : il n'avait jamais vu le petit dans cet état : sait-il dans quoi il met les pieds ? Et c'est qui « ils » ?

Il soupira.

# III

JUIN 2023

## *Pink Apache Motel*

PREMIER DOCUMENT « CORNWELL » ANALYSÉ PAR ALMAYER

RÉFÉRENT : AGENT SPÉCIAL CORNWELL
OBJET : « TÊTE DE MORT » – SOUS-ENSEMBLE DU DOSSIER 607-623
GENRE : ÉCOUTE DE ZONE ET DOCUMENTATION VIDÉO

Des images. Floues, instables, aux couleurs à peine contrastées. Des images grises. Visiblement, une pièce de sous-sol. Le plan séquence est fixe. Il s'agit d'une image de caméra de surveillance. Partie basse de l'image, un tampon digital :

12-10-2011 / 7.30pm.00.30min

Manquent trente minutes, se dit Almayer. Il prit note.

On peut supposer que, considération faite de la provenance policière du document, cette caméra était cachée. Ainsi s'expliquerait un triangle sombre qui coupe la partie supérieure de l'image, faisant obstacle à une vision idéale et totale : une armoire, ou un morceau de mur faisant écran. On voit cinq individus. Tous masculins. Almayer jeta un œil à la minute du fichier, écrite de la main même de Cornwell : « Professeur Balthazar, Université de Philadelphie ;

sciences politiques; quatre étudiants, troisième cycle, dont Sylviano et Bazarov. Salle 132– Bâtiment B. »

Ils sont assis, à l'exception d'un qui parle, de manière docte et posée, dont la voix est grave, quoique difficilement audible. Sans doute le Professeur Balthazar. Il cherche à ne pas parler trop fort. Il est par moment interrompu par un autre, sensiblement plus jeune, qui tourne le dos à la caméra. Celui-ci est plus excité. Beaucoup de mouvements de mains et de hochements de tête. Par moment, le son devient très net, signe, selon Almayer, qu'il a été, à ce passage, retravaillé par les techniciens du FBI.

Il tendit toutefois l'oreille et mit le volume à fond :

> P.B. : « *[...] naturellement, questionnant les « problèmes apolitiques de la politique », et j'entends par là tout ce qui concerne les sociétés organisées, donc politiques, et qui échappe à leur organisation, il faut identifier les phénomènes terroristes, ou le phénomène terroriste, ce que j'ai appelé un temps, la « terrotheo », pour « terrorism theory ». Mais tout ça, vous le savez. [...]* »

Arrêt brutal du film. Cinq secondes de pause.

Il s'agit donc d'une copie. Et d'une copie fragmentaire. Espérons que le découpage soit synthétique, se dit Almayer.

[...] 19-10-2011 / 7.30pm.00.32min

Même pièce ; les protagonistes sont moins nombreux ; le même Professeur Balthazar, mais trois auditeurs seulement. Manque toujours une demi-heure en début de fichier. Le Professeur Balthazar monopolise la parole ; même difficulté d'audition :

> P.B. : « *[...] il faut cesser d'estimer le champ politique comme celui d'une quelconque réalité. Les sujets, les citoyens, les acteurs politiques, les associations, les partis politiques, les syndicalistes, les enseignants, les média ...n'existent pas d'une manière absolue; ils n'existent pas en eux-mêmes ou pour eux-mêmes. Ils appartiennent tous à ce*

> *que l'on a appelé « des courants de productions symboliques » qui dépassent leur identité ontique. Il y a ce qu'ils sont... [...] »*

*(Crac)* Almayer n'avait pas précisément compris. Retour en arrière :

> P.B. : *« [...] Ils appartiennent tous à de courants de « productions symboliques » qui dépassent leur identité ontique. Il y a ce qu'ils sont, et puis il y a ce qu'ils pensent qu'ils sont ; et ce que les autres pensent qu'ils sont. Et bien entendu, cette dichotomie fonctionne à partir d'un fonds commun formel que notre séminaire doctoral a intitulé l' « archi-social symbolique [...] ».*

Question inaudible d'un intervenant invisible situé derrière le triangle. Réponse inaudible. »

Image suspendue, et nouvelle pause.

Almayer commençait à se demander ce que Cornwell et les équipes de recherche du FBI avaient pu apprécier dans ce bric-à-brac d'intellos.

Tous ces individus constituaient, s'il devait en croire les écrits du « dossier Cornwell 607-623 », un groupe anarchiste intitulé « tête de mort » soupçonné d'être à l'origine d'une série d'agressions de quelques personnalités people, en Europe essentiellement (une star du golf érotomane, à Saint-Andrews ; un chanteur irlandais, à Sarajevo ; un acteur américain amateur de café à Deauville...) dans le courant de l'année 2011. Ces agressions avaient toutes été jugées plutôt légères (petits coups, bousculades, insultes, tartes à la crème, projection de petits objets...), et elles avaient toutes été revendiquées par le groupe « tête de mort » sans pour autant que l'on identifie précisément celui-ci.

Des interrogatoires, des gardes à vue avaient eu lieu.

Sans résultat.

Les agressions avaient subitement cessé après l'attentat retentissant contre Paris Hilton en septembre 2012. Malgré l'absence de revendication, on attribua cet attentat à ce même groupe « tête de mort », sans qu'aucune preuve ne fût avancée. Trois coups de feu. Pistolet de petit calibre. 22 mm. Il y avait eu trois blessés, dont Paris Hilton elle-même, et surtout son garde du corps qui avait perdu un œil.

Les souvenirs d'Almayer étaient précis à ce propos : il était notoire que cet attentat et la disparition de P.H. n'avaient rien à voir, et on avait disculpé l'invisible groupe « tête de mort ».

Il semblait bien pourtant que Cornwell avait conservé bon nombre des pièces inculpantes issues des surveillances, avant et après l'attentat. Alors pourquoi cet intérêt de Cornwell ?

[...] 19-10-2011 / 7.30pm.00.52min

Même jour ; vingt minutes après. L'agent Cornwell avait souligné sur son relevé cette partie du fichier.

Soyons attentif.

> P.B. : « *[...] Le terrorisme est un mot-valise : on enferme dans ce mot tout dérèglement social violent à revendication politique ou para-politique de type religieux ou de type communautariste. Mais, dans son fonds pratique, le terrorisme, enfin le terrorisme historique, j'entends, ne consiste pas en « déréalisations » négatives (meurtres, destructions, éliminations, attentats, enlèvements...) mais en « productions symboliques ». (Son plus net) On le sait, pas de réel politique sans « artefacts formels ». Or cette production symbolique est d'autant plus valorisable qu'elle inverse sa « profondeur ontique », autrement dit sa part de réalité sociale. [...]* »

(Cornwell avait noté : « déterminer par spécialiste la valeur théorique de cette appréciation ». Almayer, lui, ne comprenait rien à ce jus de crâne.*)*

> P.B. : « *[...] Il y a un « principe d'économie » propre à la chose symbolico-terroriste : moins le geste est réel ou volumineux, plus son écho ou sa trace est frappant. L'acte terroriste, souvent, n'est*

*réel qu'en temps qu'il est formel; impactant qu'en tant qu'il symbolise. [...]* »

Un autre protagoniste paraît intervenir.

Almayer s'approcha de l'enceinte de son ordinateur portable. Il crut comprendre que la question portait sur le mot « symbole ». Almayer acquiesça malgré lui et pensait « Hum, bonne question ! ».

Le Professeur Balthazar reprend :

P.B. : « *[...] Symbole – symbolique – symbolisation – symboliser. Toute la signification du symbole provient du « sumbolon » grec. Casser le symbole, et toute la machine sociale saute. Le sumbolon est étymologiquement ambigu; en Grèce ancienne, VI^e-V^e siècles avant Jésus-Christ, ce mot fait allusion à un objet cassé en deux morceaux que deux individus se partagent, qu'ils conservent précieusement, qu'ils compareront ultérieurement et qui aura valeur de contrat. La réunion de ces deux morceaux constitue la preuve d'un engagement social et un signe de reconnaissance. On est ainsi avec le symbole-sumbolon au principe même de l'organisation sociale : comme ce qui réunit et engage socialement, et comme ce qui permet l'union. Mais en même temps, vous remarquerez que cette union se fonde sur la séparation. Le sumbolon est-il ce que l'on casse ou ce que l'on réunit ? Le symbole est-il partage ou division ? Et surtout, quel serait de nos jours ce sumbolon ? [...]* »

Cette fois-ci, ce fut Almayer qui coupa la diffusion. Il n'en pouvait plus. Il n'allait tout de même pas devoir se farcir toute cette foutaise débilo-politico-théorique. Ce Balthazar lui sortait par les narines. Il n'aimait pas son ton amidonné, ses gestes de vieille fiotte, le magnétisme qui émanait de lui et qui tétanisait la petite jeunesse en fleurs qui l'accompagnait.

Soudain Almayer se leva de sa chaise, envoyant bouteille de Maotai et verre au sol. Il criait tellement qu'il n'entendit pas le bruit du choc qu'ils firent en touchant la moquette.

Cette satanée crampe était revenue ; il l'avait presque oubliée depuis son retour à L.A., et elle lui transperçait le ventre. Elle agissait comme une barre lourde et raboteuse qu'on passait dans un sens, puis dans un autre, lentement. La nausée devenait insupportable.

Il savait qu'il en avait pour un bon quart d'heure à se faire ainsi éviscérer. À genoux, presque en rampant, il gagna la salle de bain. Il suait et bavait tout ce qu'il pouvait, crachait, toussait. Sa salive se mêlait de sang, et il laissait une traînée rose derrière lui ; il crut qu'il n'y arriverait jamais.

Enfin, il put s'appuyer sur cette satanée baignoire qui bringuebalait à force d'être manipulée ; il parvint à se lever et ouvrit le plus doucement qu'il put la porte de la pharmacie, en se disant qu'il fallait être sacrément tordu pour plastiquer sa propre armoire de secours. Une capsule d'éthérine, même pas diluée ; une seconde, pure. Voilà, quinze petites minutes, et il pourra fermer les yeux, et s'endormir, tout doux, tout doux.

Il fixait le plafond. Ses lèvres tremblaient à force de souffrance ; il sentait le carrelage froid sous la nuque, sous le dos, contre les mollets tout en se disant qu'il fonçait droit sur un mur avec tout le dossier de Cornwell. Déconvenue, frustration, pataugeage total… Les sentiments les plus déceptifs traversaient l'esprit d'Almayer.

En même temps, il se demandait à nouveau pour quelle raison Cornwell s'était autant intéressé à ce passage. Ce n'était que charabia d'intellos onanistes, et il ne se sentait pas prêt à en écouter plus.

Un bourdonnement familier envahissait tout son organisme, c'était le cœur qui balançait à fond la gamelle le sang dans toute la plomberie, jusque dans son crâne qui résonnait et donnait l'impression de se dilater… L'effet de l'éthérine… Comme si un sale môme frappait dans un bidon de tôle à quelques centimètres de la tête ; puis qu'il s'éloignait, frappait moins fort, de loin en loin…

Almayer fermait les yeux, et ne toussait plus.

Il se relâchait.

Avant de s'assoupir, il se dit tout de même qu'il y avait quelque chose dans le film qui ne collait pas... Son petit *daïmon*... C'était très confus. Mais un ou deux éléments – entendus ? Ou vus ? – l'avaient obscurément titillé.

Et il fallait faire confiance à Cornwell. C'était une salope sans doute, mais avec un sacré flair et une bonne dose de folie douce qui lui avait permis de tenir tête à toute l'Agence Fédérale. Quelque chose s'était montré qu'il n'avait pas su voir.

C'était absurde, mais voilà qu'il luttait maintenant contre les effets de l'éthérine... Il voulait se rappeler... Ce n'était pas ce qu'avait dit Balthazar, qui n'avait ni queue ni tête... Et il était sûr de ne connaître aucun des individus présents, du moins pour ceux qu'il avait vus. Alors pourquoi cette lumière d'alerte au fond du crâne ?

La chape de plomb le recouvrait ; sa crampe était partie... Il décrochait...

Assez abattu, il se dit qu'il devrait tout revoir et tout réentendre.

Mais pas maintenant.

Son seuil de tolérance à la connerie pompeuse était atteint.

# IV

JUIN 2023

## *Los Angeles – Pink Apache Motel*

SECOND DOCUMENT « CORNWELL » ANALYSÉ PAR ALMAYER

OBJET : LETTRE DE BAZAROV SOUS-ENSEMBLE DU DOSSIER 607-623
ACCÈS RÉSERVÉ DE NIVEAU 4
RAPPORTEUR : AGENT SPÉCIAL J. CORNWELL
REMARQUE : À DÉTRUIRE.

Almayer regardait le cahier manuscrit qu'il tenait entre les mains. Il comptait une trentaine de pages, mais une vingtaine seulement étaient recouvertes d'une petite écriture d'enfant sage. Il le parcourut d'un œil, et fut pris d'un vertige. « Mon salaud », marmonna-t-il en pensant à Cornwell. Il s'agissait visiblement du texte revendiquant la disparition de Paris Hilton ; Almayer en avait entendu parler, mais on était vite convenus qu'il s'agissait d'un délire de quelques journaleux. Or, non seulement il le tenait à cet instant entre les mains, mais il s'agissait de l'original. Il l'ouvrit avec impatience.

Page 4 :

*« […] Ça fait longtemps que je la regarde et que je l'observe, que je l'expérimente d'une certaine manière.*

*Et je sais maintenant qu'elle correspond à l'émergence de quelque chose. Une irruption. Oui, c'est ça : une pure irruption. »*

Page 6 :

*« Elle est événement, elle est « avènement » de quelque chose ; ce qu'elle est, auparavant, n'a jamais existé.*

*Moi, le premier ! Moi, le premier, j'ai saisi qu'elle était une nouveauté ou une émergence ontique* (note du rapporteur : mot d'origine philosophique : ce qui a trait à l'être)*; un être comme il n'y en a jamais eu jusque-là. Alors même que tous la voient, que tous la connaissent, nul ne le sait et ne le voit. Les gens ne le savent pas. Ils ne veulent pas le voir.*

*« Ils n'ont pas vu qu'à elle seule, elle est l'être qui menace l'être, l'être qui nous menace tous, qui menace toute chose.* (note du rapporteur : mot « menace » souligné par nos soins : « menace » qui doit être identifiée et précisée) *Elle est l'être même du néant ou le néant de l'être.*

*Elle est épiphanie, épiphanie d'elle-même, épiphanie de l'absence.*

*Qu'importe ?*

*Plus rien n'a de sens… »*

*« La dernière question qui m'occupe est bien évidemment et malgré tout, celle d'une élaboration conceptuelle de P.H. »*

(Note du rapporteur : P.H. : nom codé de Mlle Paris Whitney Miller Hilton, dite Paris Hilton, née le 17 février 1981 à New York; profession : néant; Père : Richard Howard Hilton. Profession : directeur de chaîne d'Hôtels. Mère : Cathy Elizabeth Hilton, Née Avanzino. Profession : Néant. Dossier judiciaire de P.H. Condamnations multiples : Conduite en état d'ivresse (09/2006 – taux d'alcoolémie dans le sang, 0,08%). Condamnée à 36 mois de mise à l'épreuve et 1500 $ d'amende). Excès de vitesse (27/02/2006). Condamnée à quarante-cinq jours de prison ferme pour avoir violé les termes de sa mise à l'épreuve et avoir conduit sans permis. 06/06/2006 Sortie de prison et assignée à résidence avec port d'un bracelet électronique. 08/06/2006 Retour à la prison de Lynwood. Outrage à la pudeur en 2008. Consommation de cocaïne (arrêtée pour la 3e fois à Las Vegas en 2010 pour consommation de cocaïne. Consommation de substances prohibées (09/2010– Tribunal de Bastia-France). Atteinte à la pudeur (02/2011– tribunal de Rome). Agression par balle contre sa personne le 15 septembre 2012. Disparue en juin 2013).

Page 7 :

*« Je l'ai suivie, espionnée, surveillée, listée, filmée. Je l'ai vue, je l'ai touchée, je l'ai tenue dans mes bras. J'ai caressé ses cheveux ; j'ai essuyé son maquillage ; j'ai baisé ses lèvres ; j'ai caressé sa peau. J'ai pu lui faire violence, je l'ai giflée, griffée ; je lui ai fait mal ; je l'ai fait pleurer ; je l'ai fait crier.*

*Mais je crois bien que je ne l'ai jamais pensée. Je veux dire, pensée d'un point de vue théorique. Comme un objet conceptuel, comme ob-jectum. Je ne l'ai jamais conçue et personne avant moi, avant maintenant, ne l'a jamais fait. On ne l'a pas définie, délimitée, déterminée. »*

# V

JUIN 2023

## *Bruges – Bureau du CIA*

PREMIER DOCUMENT INTERPOL ANALYSÉ PAR LE LIEUTENANT BORLUUT

RÉFÉRENT : AGENT SPÉCIAL CORNWELL
OBJET : « TÊTE DE MORT »
GENRE : ÉCOUTE DE ZONE ET DOCUMENTATION VIDÉO

Un fichier vidéo.

Deux films distincts.

Un premier montrait un extrait de journal télévisé. CBS-night, le 15 septembre 2012.

Le sujet traitait de l'attentat contre Paris Hilton, à Los Angeles. Hollywood Boulevard.

Le second, plus informel, montrait le même sujet, selon un autre point de vue, légèrement plus éloigné et plus élevé que le plan de CBS. Peut-être au premier étage d'un immeuble.

Les deux films étaient muets.

Pourquoi ces deux films redondants, se demandait Borluut ?

Après une petite manipulation, il parvint à les passer en parallèle sur son moniteur.

Il apparut vite évident que le film de CBS avait été travaillé, dramatisé, mis en scène selon un rythme plus télévisuel. Le second film était brut.

Dans le jus du réel.

On voit la jeune starlette marcher talons hauts, avec son petit cul qui se dandine au rythme de ses immenses enjambées. Il se surprend à s'attarder sur ses jambes. Elles sont singulières, notamment dans leurs mouvements, assez peu souples dans le pas. Elle sort d'une boutique Rachel Zoe. Elle est seule, si on fait exception de son garde du corps et de la foule des fans, des photographes et des cameramen qui la collent, qui la provoquent, qui la questionnent sans cesse. Elle ne paraît pas gênée. Elle porte une robe mousseline. Sombre, motifs reptilés, petit col ivoire, sans couleurs vives. Elle a un sac, sombre également, peau de lézard ; les bottines sans fermetures apparentes réfléchissent les flashs des photographes : vinyle ivoire brillant. Elle s'abrite derrière un sourire figé et d'épaisses lunettes oversized vintage, monture acier blanche, et verre fumés bruns. Elle a l'air d'une extraterrestre. Elle se faufile entre deux voitures hautes, des 4x4 stationnés ; sans presser le pas. Les photographes et les cameramen s'inquiètent quelques secondes ; ils l'ont perdue de vue ; ils courent et s'empressent pour contourner les deux 4x4. Un jeune fan, dûment casquetté, qui demande un autographe, les gêne ; légère panique ; le garde du corps s'énerve et bouscule le jeune homme pour que Paris Hilton puisse enfin sortir du goulot des deux véhicules ; le jeune homme est au sol, sa casquette tombe.

C'est alors que tous les protagonistes sursautent : trois fois pour certains, correspondant aux trois coups de feu. Paris Hilton vacille, sa tête en arrière, la main sur l'épaule ; elle tombe en arrière, lourdement ; sa chute est violente ; le garde du corps est à terre lui aussi, entre les deux voitures, et tous les paparazzis ont fui. Aucun parmi eux ne fut reporter de guerre. Il faut bien attendre une minute avant les premiers secours. On relève Paris ; on devine ses blessures, on la recouche. Personne ne s'occupe du garde du corps qui roule lentement sur lui-même. Il a mal ; une balle de 22 mm s'est logée dans son œil droit.

Borluut fut parcouru d'un frisson.

Non pas par l'attentat même ; non pas par les blessés, ou par le sang qui tâche le sol ; pas plus par la panique qui gagne les passants, et notamment ce petit garçon qui traverse le plan, le visage ravagé par l'inquiétude.

Borluut frissonna parce que la caméra de CBS est affolée, parce qu'elle cherche l'origine des coups de feu, à droite, en haut, à gauche, en bas; un moment même elle s'oublie et se fixe sur les mocassins du reporter ; Borluut frissonna parce que la caméra du second film, elle, n'a pas bougé ; même pas d'un millimètre ; le plan est le même, relativement large, comme s'il s'agissait d'une caméra de surveillance, sauf que de légers tremblements indiquent bien qu'elle est tenue par un cinéaste, un cinéaste plein de sang-froid, ou sacrément cynique, ou diablement prévenu sur ce qui allait arriver.

Oui. Il n'y avait même qu'une seule explication à cette différence de réaction : la seconde caméra savait ce qui se tramait.

# VI

JUIN 2023

## *Pink Apache Motel*

DOCUMENT « CORNWELL » ANALYSÉ PAR ALMAYER

RÉFÉRENT : AGENT SPÉCIAL CORNWELL
OBJET : LETTRE DE BAZAROV– ENLÈVEMENT DE MLLE PARIS HILTON
SOUS-ENSEMBLE DU DOSSIER 607-623

Page 9 :

> « *Je reste convaincu qu'une métaphysique de* P.H. *est possible. Après tout, Platon* (note du rapporteur : philosophe grec, soupçonné de conspiration politique, V^e^-IV^e^ siècle avant J.-C.) *dans* Parménide *fait l'hypothèse d'une métaphysique de la boue, du cheveu et de la crasse, c'est-à-dire de l'insignifiant. Une métaphysique du singulier. Alors ne peut-on pas faire une métaphysique de* P.H. *?*
>
> *Mais cette femme,* P.H. *– car on n'est pas sûr que Paris Hilton soit femme – existe-t-elle comme vous et moi ? Existe-t-elle comme ce stylo que je tiens en main, comme cette feuille sur laquelle j'écris, comme cette table sur laquelle je m'appuie ? Existe-t-elle comme moi j'existe, comme vous, vous existez ? Comme ce drôle de type qui m'a posé tant de questions à son*

*propos ce matin ? Y a–t-il un être* P.H. *?* P.H. *est-il ? Autrement que comme sa pure apparition ? Autrement que comme pure apparition ? […] »*

« […] Parménide, la fin du Prologue, le fragment IV, la fin du fragment VIII, les fragments IX et XVI :

*À peu près : l'être n'a pas de contraire car tout est, soit par lui-même, soit qu'on le pense ou qu'on le nie. Tout a de l'être, tout mérite d'être, y compris la crasse, la boue, le cheveu. Il faut garder constamment à l'esprit la règle que tout est.*

*Je pense* P.H.*, donc elle est.*

*Si je la pense, si elle est objet de pensée, elle ne peut pas ne pas être. Le non-être, pour être, doit se renier.*

*Mais qu'est-elle ?*

*Peut-on seulement la renier, elle ?*

*Peut-on l'effacer ? »*

Parménide, le fragment IV :

*« L'être est corps compact ; on ne peut le scinder. L'être est ; mais l'être ne peut pas n'être pas ; pas d'antagonisme dans l'être ; on ne peut découper le corps un et compact de l'être : Parménide le dit, Parménide l'exige. L'être est inséparé de lui-même. Tout un. »*

Parménide, le fragment IV :

*« Tu ne pourras couper l'être dans sa tenue avec l'être… ».*

*« Peut-on découper* P.H. *? »*

# VII

JUIN 2023

## *Bruges – Bureau du* CIA

DOCUMENT INTERPOL ANALYSÉ PAR LE LIEUTENANT BORLUUT

RÉFÉRENT : AGENT SPÉCIAL CORNWELL
OBJET : « TÊTE DE MORT »
GENRE : ÉCOUTE DE ZONE ET DOCUMENTATION VIDÉO

« […] 10-19-2011 / 7.30pm.00.52min »

Il manque cinquante minutes, remarqua Borluut.

Il passa vite, n'écoutait pas tout ; d'abord les images. Des images espionnes. Surveillance d'une réunion ; cinq protagonistes *a priori*.

> *Protagoniste 1* : « *[…] Le terrorisme est un mot-valise […] le terrorisme historique, j'entends, ne consiste pas en « déréalisations » négatives (meurtres, destructions, éliminations, attentats, enlèvements…) mais en « productions symboliques ». […] « artefacts formels ». […] « profondeur ontique », autrement dit sa part de réalité sociale.* […] »

Borluut trouvait ce qu'il entendait tout à fait abscons. Il accéléra la bande passante.

[...] 10-19-2011 / 7.30pm.00.54min

Mêmes images espionnes ; nouvelle réunion ; ils sont trois, en plus de l'orateur.

> *Protagoniste 1 : « [...] un « principe d'économie » propre à la chose symbolico-terroriste : [...] impactant qu'en tant qu'il symbolise. [...]*
> *Protagoniste 2 : « [...] » Question difficilement audible.*

Borluut crut comprendre que la question portait sur le mot « symbole ».

Le Protagoniste 1 reprend :

> *« [...]* sumbolon *grec [...] avant Jésus-Christ, [...] La réunion de ces deux morceaux constitue la preuve d'un engagement social et un signe de reconnaissance [...] Et surtout, quel serait de nos jours ce* sumbolon *? [...] »*

Borluut fronçait le sourcil droit. Il arrêta la lecture et resta un moment immobile à réfléchir en fixant un point indéterminé devant lui.

Il avait saisi une anomalie.

Elle était nette ; elle était énorme même. Il leva le sourcil gauche, et ne voyait pas Carbone, de l'autre côté de la vitre de son bureau, lui faire des grands sourires encourageants. Il fit remonter le film en arrière pour bien s'assurer de ce qu'il avait vu.

Le protagoniste 1, inconnu de Borluut, avait tout du professeur d'université devant son parterre d'étudiants et d'admirateurs, sauf que celui-ci était fort parsemé ; il comptait *a priori* trois auditeurs, et on pouvait supposer un quatrième présent dans la pièce à l'origine de la question posée sur le symbole. Le protagoniste 1 accaparait la parole, mais lorsqu'il fut interrompu par son auditeur, tous les autres protagonistes avaient tourné leur visage vers ce dernier situé à la droite de l'image, montrant à peu près tous un profil.

C'était a ce moment que l'anomalie s'était montrée : l'auditeur le plus à gauche de l'image, et le plus éloigné de la caméra de surveillance, en même temps qu'il s'était tourné vers le questionneur, avait fort furtivement regardé la caméra. Une demi-seconde que Borluut parvint à immobiliser. Pour malchance, ce regard improbable eut lieu à l'instant où le visage se tournait dans un rais de lumière, le mettant ainsi en évidence. Ce ne pouvait être un regard fortuit. Il savait donc que la caméra était là ; il savait qu'ils étaient surveillés : qui était ce jeune homme mystérieux ?

Borluut s'apprêtait à écouter la suite avec un intérêt neuf.

# VIII

JUIN 2023

## *Pink Apache Motel*

DOCUMENT « CORNWELL » ANALYSÉ PAR ALMAYER

RÉFÉRENT : AGENT SPÉCIAL CORNWELL
OBJET : LETTRE DE BAZAROV – ENLÈVEMENT DE MLLE PARIS HILTON
SOUS-ENSEMBLE DU DOSSIER 607-623

Page 11 :

> « *La première fois que je l'ai vue, c'était lorsque le groupe* (note du rapporteur : hypothèse = groupe « tête de mort ».) *m'avait donné mission de la surveiller.*
>
> *Notre raisonnement – quoique personnellement je n'aie pas souvenir d'avoir collaboré à l'émission théorique d'une telle hypothèse – était alors simple :*
>
> *Paris Hilton = fric.*
>
> *Paris Hilton = décadence américaine.*
>
> *Paris Hilton = fille à mémère, fille à pépère, fille à grand-mère.*
>
> *P.H. = héritière ; rentière ; jamais travaillé ; aristocratie décadente et moderne.*
>
> *P.H. était une statue iconique à faire tomber.*
>
> *Elle était une banque.*

*Elle était Wall Street. Elle était une figure capitalistique décadente symbolique et formelle à exploser. [...]* »

Page 12 :

« *[...] Si mes souvenirs sont bons, le premier process intellectuel autour de* P.H. *reprenait les théories de* B. (note du rapporteur : B. est Professeur John Balthazar, né le 08 décembre 1941... ; voir note 32-47) *telles qu'on avait pu les entendre lors de nos réunions tenues à l'université de* P. (note du rapporteur : Université de Philadelphie, années 2010-2011 ; département des sciences politiques...).

*B. est, disons pour rester évasif, spécialiste des questions « marginales » de philosophie politique. Il nous a amenés un temps à réfléchir sur les questions de politiques internationales dites « apolitiques ». Il est clair que B. est un amateur de paradoxes et de problèmes en tout genre. C'est sans doute là, d'ailleurs, son vice principal : théoricien brillant et virtuose, il peine à concevoir ce que les grecs dénommaient la « péronè », c'est-à-dire la conjonction, la relation, l'articulation à la question pratique.*

*Dans le groupe, personne n'a jamais bien su jusqu'où il nous invitait à le suivre ; jusqu'où il se jugeait lui-même crédible ; avec B., on reste en permanence à la limite et à la marge du sérieux, du grave, du morne ; on se met à distance, et on sourit : mais que pense-t-il réellement ? Comment départager l'hypothèse, librement émise, au coin du feu, devant trois amis, dix étudiants, ou une foule de quasi adeptes, et l'invitation à l'expérimentation, à la vérification par les faits, à la péronè théorico-pratique ? [...]* »

# IX

JUIN 2023

## *Bruges – Bureau du CIA*

DOCUMENT INTERPOL ANALYSÉ PAR LE LIEUTENANT BORLUUT

RÉFÉRENT : AGENT SPÉCIAL CORNWELL
OBJET : « TÊTE DE MORT »
GENRE : ÉCOUTE DE ZONE ET DOCUMENTATION VIDÉO

10-19-2011 / 7.30pm.01.10min

*Protagoniste 1 : « Or P.H. est devenue une manière de fantasme collectif moderne : richesse spontanée mais sans travail ; admiration mais absence de talent ; arrogance et facilité ; pourtant elle incarne bien plus que cela : elle vit la nuit, s'amuse, accumule les conquêtes masculines et féminines, vit de lucre et de sexe, avale toute sorte de substances prohibées, beaucoup d'alcool, accumule les condamnations judiciaires softs… tout en renvoyant l'image d'une vie réussie, enviée, parfaite… Elle est décadence, pire, décadence qui se revendique, devenue objet même de désir. Elle est devenue une valeur sociale, et ce n'est pas tant la richesse qui en elle paraît condamnable que l'usage qu'elle en fait. Elle est un rêve moderne. Elle est le* sumbolon *moderne ; pas le seul, mais le plus singulier et le plus vulgaire. Elle est nuit et jour, elle est l'objet scindé symbolique. Le briser reviendrait à briser ce qui unifie artificiellement le grand désordre décadent de ce siècle. »*

10-19-2011 / 7.30pm.01.15min

*Protagoniste 1 : « Détruire à moindre frais réels pour retour sur investissement symbolique et social surmultiplié : n'est-ce pas, d'une certaine manière, la manière d'être du capitalisme dont les vices sont incarnés en P.H. ? »*

Fin de l'enregistrement

# X

JUIN 2023

## *Los Angeles – Pink Apache Motel*

DOCUMENT « CORNWELL » ANALYSÉ PAR ALMAYER

RÉFÉRENT : AGENT SPÉCIAL CORNWELL
OBJET : LETTRE DE BAZAROV– ENLÈVEMENT DE MLLE PARIS HILTON
SOUS-ENSEMBLE DU DOSSIER 607-623

Page 15 :

*« [...] Alors je devais la suivre ; le groupe s'était mis d'accord sur ça ; décrire ses faits et gestes, donner à la minute près l'ordre de ses jours et le désordre de ses nuits. Deviner, lister, sérier ses amants, ses amis, ses fans, ses mots, ses rires, ses larmes, ses colères, ses baises, ses déplacements en voiture, en avion, en yacht, ses rails de coke, ses trips, ses ivresses, ses repas, ses nausées et ses malaises, ses mensonges, ses passions... tout.*

*Je devais m'enfiler tout P.H.*

*Premières impressions : elle avait en permanence un ou deux gardes du corps, dont un si grand et si large qu'il lui servait de parapluie et de parasol. Mais malgré cela elle était assez accueillante. En fait, même, elle était très accueillante.*

*Je découvrais qu'elle se levait rarement avant quatorze heures ; qu'elle se couchait le plus souvent juste avant l'aube.*

*Le soleil n'était pour elle qu'un astre couchant.*

*Je compris qu'elle ne vivait pas une nuit, mais plusieurs en fonction des différents amants qu'elle se trouvait, parfois trois ou quatre, dans trois ou quatre lieux différents. Qu'elle était capable non seulement de changer de vie en une nuit, mais encore de pays, et même de continent : une nuit nous a fait traverser la méditerranée de Monte-Carlo à Tanger, pour le seul plaisir de goûter un cocktail inouï dans une boîte de la ville marocaine.*

*Non pas qu'elle cherchât des amants. Mais elle aimait la variation, et s'y laissait aller. Elle était un bateau ivre ; pas vraiment Pénélope. »*

Page 16 :

*« Mais à la bouffer des yeux douze heures par nuit, je ne m'étais pas aperçu que je ne voyais rien. Que je ne l'avais pas encore vue.*

*Car cet être-là n'est jamais là. Elle vous regarde comme si vous étiez le jugement dernier photographique ou filmique. Elle prend position. Elle prend posture. Elle se déhanche. Elle pose une main qu'elle ne réfléchit pas sur une fesse gauche qu'elle ne réfléchit pas. Sa tête oscille mécaniquement, et présente un profil ou un trois-quarts qui met en valeur l'ondulée des cheveux blonds, son long nez et ses joues creusées. Ses jambes sont mathématiquement disposées l'une par rapport à l'autre pour que son déhanchement soit le plus obscène possible (à peu près systématiquement une pointure entre les deux pieds, et un angle de 40°).*

*Elle n'a pas de corps, sinon pour l'autre. Son corps n'est pas organique ; il n'est pas comme le vôtre ou le mien : pas de tube ni d'organe ; pas de digestion réelle. Avec ce corps, elle n'ingère pas, ni ne digère. Son nez ne souffle pas ; sa bouche ne parle pas. Elle est désincarnée. Elle ne semble pas coïncider avec elle-même*

Page 18 :

*Cette chose n'est qu'une poupée de cire vivante qui n'a pour fonction, et pour seul désir, que d'accrocher les yeux des autres : plus vous me regardez, moins vous me voyez. Elle n'est que ce qu'elle paraît.*

*Quand j'ai compris ça, je me suis dit : faut la percer, faut voir ce qu'il y a dedans, faut déchirer lambeau par lambeau l'épaisseur cireuse de la peau, faut la pénétrer. Avec quel plaisir je lui aurais cousu une boutonnière... pour mieux l'ouvrir et l'explorer.* »

# XI

JUIN 2023

## *120 Sunset boulevard, Hollywood, Californie*
## *Demeure des Hilton*

Le soleil couchant donnait à la propriété Hilton des tons chamallow détestables. La chaleur restait insoutenable. Humide. Un épais parfum de jasmin gâté tombait des pergolas. Pas de chauffeur, pas de limousine, pas de jardinier. La piscine, en contrebas, grande comme la mer Morte, avait été vidée. La mosaïque vert et or brillait sans éclat et se laissait recouvrir par les pétales fanés des roses anciennes que Rick Hilton avait fait planter à proximité par milliers. Grimpants, rampants, buissonnants, remontants, simples ou multiples. En provenance directe du sud de la France. Une légère odeur de pomme.

Conrad lui avait dit au téléphone que la tribu ne regagnerait la hutte du chef que tard dans la nuit. Il pouvait passer par la porte de l'office. La majordome latino n'y verrait que du feu.

La suite de Conrad se situait sous les toits. L'escalier avait à peine grincé. La grande maison, une bonne quarantaine de pièces, était obscure et silencieuse. Almayer eut quelques hésitations : les portes se ressemblaient, les antichambres également, et ses souvenirs restaient confus. Il toqua. Silence. Re-toqua. La voix douce de Conrad :

– Entre Al.

– Bonjour Conrad.

La suite du jeune frère de Paris, malgré les murs blancs et nus, était presque aussi sombre que le reste de la demeure. Les fenêtres étaient à moitié couvertes de stores à persiennes.

– Salut, vieille branche, répondit Conrad.

La voix était légèrement traînante, sans entrain. Le jeune homme semblait tout droit sorti d'un roman de Fitzgerald : tout de blanc vêtu, veste et pantalon de lin, et grandes lunettes verres foncés à écailles. Un léger foulard de soie de type ascot, bleu céruléen, achevait de souligner la finesse des traits du jeune homme. Il était assis sur l'accoudoir d'un Chesterfield à capitons de nacre, et balançait avec nervosité une jambe. Almayer le voyait de profil, mais il devina que le gosse était soucieux.

Il s'approcha de lui, lui prit le menton entre le pouce et l'index et le tourna pour qu'il montrât son autre profil. Conrad ne résista pas. Quelqu'un avait sérieusement tambouriné la joue et l'œil droit du gamin qui présentaient des variations de violet et brun.

– Des soucis, Conrad ?

– Rien qui vaille que tu saches, Al. Des problèmes relationnels… Une grosse brute… Elle s'est énervée, c'est tout. Elle va sans doute le regretter bientôt, et viendra ramper. Et toi ? Tu pues l'alcool et l'éthérine à des kilomètres. T'es tombé dans une barrique, ma parole ! Que viens-tu farfouiller par ici ?

– J'ai deux questions à te poser, beau gosse ! Et avant de t'adresser à moi sur ce ton, il faut t'essuyer le nez, ma puce. Il est blanc comme neige.

Conrad lui lança un regard oblique en se mouchant sans élégance dans un mouchard parme. Son comportement avait radicalement changé depuis la fois dernière, mais Almayer n'en était pas plus étonné que cela. C'était la marque de fabrique Hilton : tous lunatiques, capricieux, ombrageux, absolument imprévisibles. Un moment, sourire ; un autre, grimace.

– L'autre jour, quand je suis venu voir ton père, tu m'as dit que ça avait grouillé de sales types les semaines précédentes…

– Ah… ? C'est possible… Je me rappelle plus…, répondit-il avec nonchalance. Tu sais, reprit-il avec un certain mépris, c'est au majordome que tu dois demander ce genre de choses, sauf, bien entendu qu'il faut aussi demander l'autorisation à Papa au préalable… Et ça, t'as peut-être pas trop envie ? Je me trompe ?

– Quand tu dis que tu ne te rappelles plus, Conrad, tu parles de ce que tu m'as dit, ou des gens que tu as vus ?

– Tu me gazes avec ce genre de questions, Al. Je crois que t'es devenu un vieux con plein d'ennui…

Almayer s'approcha à nouveau de Conrad avec un demi-sourire ; il lui prit à nouveau le menton entre le pouce et l'index, tourna la tête, avec douceur, et avec l'autre main, avec application, il lui décocha une gifle violente ; précisément là où Conrad était déjà amoché. Tout cela se fit tranquillement, même la chute de Conrad, qui expulsa la totalité du contenu de ses poumons en un curieux sifflement. Les lunettes tombèrent au sol.

Almayer avait une petite idée sur la manière de molester avec intelligence. Pour lui, la bonne violence devait être binaire. Un puis deux. Réelle puis virtuelle. Douloureuse puis menaçante. Aussi lâcha-t-il Conrad, et écrasa-t-il sous son talon la paire de lunettes. Almayer devait reconnaître que c'était de la qualité car elles restèrent en un seul morceau ; tordues, vrillées, un peu baroques, mais unes.

– Merde, Al ! Des Vernet new collection ; c'est même pas sorti mondial. Qu'est-ce qui te prend ?

Grand sourire d'Almayer.

– Sans doute demanderas-tu au majordome de faire nettoyer ? Donc qui étaient ces types ? Quand sont-ils venus ? Quelles fréquences ? Que voulaient-ils ? Qu'ont-ils dit ?

– Mais j'en sais rien, Al !

– Tu les as vus ! Décris-les !

– J'en ai vu deux qui revenaient plus souvent que les autres ; j'ai dû les voir trois fois. À chaque fois, Papa se mettait dans tous ses états. Ils allaient tous trois s'enfermer dans le bureau de Papa, et une fois, j'ai entendu que ça gueulait.

– Qui ? Ton père ? Ses invités ?

– Bah… un peu tout le monde…, répondit évasivement Conrad.

Almayer se baissa pour ramasser les Vernet écaille exclusivité mondiale. Ça incita Conrad à se faire plus loquace.

– C'est Papa qui gueulait d'abord ; puis je crois bien qu'ils l'ont menacé ; et Papa s'est radouci sérieusement. Il faut dire qu'il y en avait un sacrément baraqué, limite obèse...

– Justement, décris-les moi, le coupa Almayer.

– Il y avait un vieux, genre toi ; pas mal, grisonnant, très grisonnant même, mais le visage plutôt quarante-cinq-cinquante, les yeux clairs, bleus, assez grands, comme toi ; beau costard : c'était lui qui dirigeait les opérations, visiblement. Et puis il y avait un plus jeune, immense, blond. Bien habillé également.

– Et que venaient-ils faire à ton avis ?

– Sais pas. Enfin, une fois... le jour où ça gueulait, ils parlaient de Paris. De ma sœur.

Il avait dit ces mots l'air de rien, en regardant ses pieds et en jetant par en-dessous deux ou trois œillades à Almayer.

– Et que disaient-ils, ces gens ?

– Franchement, Al, j'ai pas tout capté. Mais...

– Oui ?

– Mais, il me semble qu'ils ont parlé du journal intime de Paris. Que tout le monde le cherchait, qu'il fallait le retrouver impérativement. Ils disaient aussi que sa disparition... Je veux dire la disparition de son journal, avait chagriné quelqu'un...

– Ils ont avancé un nom ?

– Non ! Mais c'est là que Papa s'est énervé en disant que lui avait perdu sa fille, mais les autres n'en avaient rien à foutre ! Ils ont gueulé plus fort que lui en expliquant que si le quelqu'un en question se mettait sur les nerfs, ça allait sacrément gicler.

– Ton père savait de qui il s'agissait ?

– Peut-être bien, car ça l'a fait sacrément flipper.

– Du genre, c'est un puissant ? Du genre, c'est la mafia ? Du genre, c'est le bon dieu en personne ?

– Je ne sais pas. Ils ont produit d'autres menaces. C'est après que Papa a paniqué je pense. Il a fait appel au Scandinave et ses acolytes ; à d'autres aussi... vraiment pas beaux !

– Qui ?

– Je ne connais pas !

– Combien ?

– …J'ai dû en voir cinq ou six… en deux fois… mais je ne suis pas toujours là !

– Et toi ?

Le gosse eut un léger sursaut.

– Quoi, moi ?

– Tu aurais les réponses ? Le journal intime de P.H.. Tu sais où il est ?

– Je ne savais pas qu'il existait avant qu'elle disparaisse ; et j'en doute encore. Paris et la littérature, tu sais, c'était pas la grande amitié.

# XII

JUIN 2023

## *Pink Apache Motel*

DOCUMENT « CORNWELL » ANALYSÉ PAR ALMAYER

OBJET : JOURNAL INTIME DE MLLE PARIS HILTON.
GENRE : DOCUMENT ÉCRIT AUTOGRAPHE
ACCÈS RÉSERVÉ DE NIVEAU 4
REMARQUE : À DÉTRUIRE.

PI (note du rapporteur : Journal intime de Paris Hilton, par Paris Hilton commencé le 15.01.2013)

*15 janvier 2013*

*J'y arrive pas.*

*DN* (note du rapporteur : *D.N.* = Docteur Negri, psychothérapeute de Paris Hilton) *m'a dit d'écrire mon journal, de poser mes idées, d'exprimer mes sentiments (je le cite), de mettre à plat ma vie.*

*Mais j'y arrive pas.*

*Alors…*

P3

*20 janvier 2013*

*D.N. m'a dit de commencer par écrire que j'y arrive pas, pourquoi je n'y arrive pas, comment je pense cet échec, pourquoi je pense que c'est un échec. Alors voilà. Je me lance.*

*Mais j'y arrive pas.*

P3 (suite)

*2 février 2013*

*D.N. pas content.*

*J'ai pleuré pour la première fois en sa présence. Il a dit que c'était bon signe.*

*Pourquoi ?*

*C'est vrai que sur le coup, ça m'a fait du bien. Je ne me souviens pas avoir pleuré autant en présence de quelqu'un.*

*Mon mouchoir était trempé.*

*À tordre.*

*À essorer.*

*Il m'a demandé pourquoi je pleurais autant. Pour dire vrai, j'en sais rien. Je comprends pas. C'est sorti tout seul. Ça faisait une grosse boule d'eau dans mon ventre, qui grossissait, grossissait en même temps qu'il me faisait tous ces reproches sur le fait que je ne tenais pas mon journal, que je ne l'écoutais pas, que je n'écrivais pas.*

*Et la boule soudainement a éclaté, et impossible de l'arrêter.*

*Là j'ai écrit beaucoup !*

P4

*1er mars 2013*
*J'ai revu le docteur ce matin, et encore cet après-midi. Pas D.N., l'autre. Le docteur, disons, du corps, et pas de la tête. Celui de*

*Milan, pas de Venise. Il m'a été recommandé par mon petit doc du Cedar-Sinaï. Matin, prise de sang ; après-midi, résultats.*

*Il m'a dit que je souffrais du syndrome dont le nom me fait vomir. Mais ça, je le savais ; on me l'avait déjà dit à L.A. ; c'est même un peu pour ça que je suis venue en Europe, et surtout ici, Milan (pour lui, le doc), et Venise : pour me mettre à l'abri ; j'ai envie de dire pour me cacher.*

*J'adore cette ville, et sa couleur, et son silence. J'adore même son humidité, ses vieux murs abîmés qui s'effritent et se dégomment ; ses petits bateaux en bois vernis, et ses vieux bonshommes si bien habillés, avec des vestes élégantes, des velours épais, des petits foulards et des chapeaux à petits rebords, qui se découvrent à votre passage.*

*L'autre jour, au vernissage de l'exposition de photo-peintures de Kate, il y a un de ces vieux choux qui m'a baisé la main juste après s'être mis au garde à vous et après avoir claqué des talons. Il y a qu'ici, je veux dire en Europe, qu'on voit ça. La première fois, j'avoue, on est remuée. On a envie de rigoler. Mais on adore. D'un autre côté, il a reluqué mes jambes et mon cul toute la soirée. Comme tous les autres. C'est simplement un homme, c'èst-à-dire un gros porc, mais avec des manières et un chapeau, et rien que ça, ça fait du bien.*

*Revenons au docteur qui non seulement a confirmé le diagnostic mais aussi l'absence de remèdes. Aucune larme n'est sortie de mes yeux ; je n'ai ressenti aucun abattement ; je n'ai émis aucun cri : maîtrise totale, je suis fière.*

*Je vais devoir vivre avec. Mais faut pas que ça se sache.*

*Secret absolu.*

*Je l'ai dit à Nicky quand même.*

*Et à D.N. Bien sûr, dès notre deuxième séance. C'est normal, c'est un peu pour ça que je fais cette cure. Il m'a dit qu'il n'avait jamais rien remarqué. Quel mufle ! Je l'aurai cogné à coups de bodyguards si j'avais pu ; mais je leur avais donné congé. Bien heureusement qu'il ne s'est rendu compte de rien ; mais qu'est-ce qu'il croit ?*

*Il me fait horreur.*
*Je me fais horreur.*

P6

*15 mars 2013*

*Ce matin, j'ai eu une idée.*

*J'ai tenté de contacter les ingénieurs de Cosmetics, mais je n'y suis pas parvenue. C'est bête quand même ; ils travaillent pour moi, et je ne connais même pas le moyen de les joindre.*

*Je vais créer un parfum. Voilà c'est dit.*

*Mais pas comme les autres. Là, je veux participer. Je vais penser un parfum à usage exclusif, du style « Just For me » ! Personne ne doit savoir. Mais je dois trouver une nouvelle odeur.*

P7

*29 mars 2013*

*J'ai lu pas mal de livres sur la composition des parfums, j'ai demandé une série de synthèse chez Cosmetics ; j'ai rien compris ; ils ont dû simplifier. Je vais inspirer une essence qui sera vraiment la mienne, mon petit parfum, P.H. !!! Mes initiales comme nom, simple comme bonjour ; j'avais pensé à Simple Life mais le nom est sous licence.*

*Je vais travailler dur là-dessus. Je suis motivée. D.N. m'a dit de me concentrer sur quelque chose de fort qui me fasse oublier mon marasme marécageux.*

*Je ne suis pas rien.*

P8

*2 avril 2013*

*Je pense créer quelque chose qui « colle à la peau ». C'est dans l'extraction qu'il va falloir intervenir. Je veux que l'« absolue » demeure non pas quelques heures, mais plusieurs jours. Je veux une « absolue » pareille à un relent, une « absolue » qui revient, qui s'éternise sur la peau, qu'on ne peut pas effacer.*

*Je voulais muguet comme teinte de tête. Mais les ingénieurs m'ont dit que l'essence de muguet est impossible à extraire, alors j'ai exigé muguet. Ils n'ont pas compris qu'il ne s'agissait pas d'un caprice. Je veux que dans cette essence de parfum se joue mon être même. Je veux que ce soit un avatar ; l'autre Paris Hilton. Je veux réaliser un parfum impossible, dont l'essence de muguet, en fond, résistera à toutes les mauvaises odeurs.*

*Noms de parfum possibles :*

*Avatar*
*Fleur de muguet*
*Clochette/Tinkerbell*
*Paris Hilton*
*Negative Paris Hilton.*
*Negative* P.H.
*p.* H.-
P.H. *Syndrom*

P9

*8 avril 2013*

*J'aime bien les carnavals : tout le monde se déguise. On ne me voit pas.*

*Le plus beau des carnavals, c'est Venise. Un rêve de carnaval. Un rêve de petite fille.*

*Je me dis souvent que je porte un masque, que je suis une image de moi, un reflet, et c'est dans les carnavals que je suis ma propre image. Et où tous les autres autour de moi me ressemblent. Je ne suis plus Paris Hilton pour une soirée ; je suis un masque, une catin des lupanars d'hier, une momie, une chanteuse d'opéra, une bergère avec des cheveux poudrés... Je suis brune ou vieille ; je suis cachée, enfin. J'ai même rencontré mon masque l'année dernière, une grande fille tordue qui se faisait passer pour Paris Hilton. Très trash, très vulgaire, très conne. Elle minaudait, marchait comme une vieille pute de South Street : elle me détestait ; elle avait mis mon visage pour faire rire ; pour qu'on se moque.*

*C'est dingue que mon image ait à ce point dérapé. Je voudrais tellement tenter l'anonymat, m'essayer au presque rien, aux petites valeurs quotidiennes La simple life sans les télés. Une petite vie bourgeoise, avec un mignon petit mec rien qu'à moi, qui me dise des petits mots d'amour et qui me prenne doucement, sans se la jouer, sans caméra, sans sex-toys déjantés, sans musique à la con, sans les lumières allumées, juste une petite veilleuse rose, qui donnerait à nos nuits d'amour des allures romantiques. Mais tout ce qui me passe sur le corps est obsédé par la performance, la baise de motel, le cul pour le cul. Pas l'ombre d'un sentiment. Que de l'ombre. Et moi, je suis dans cette ombre, au milieu des sunlights. Je voudrais que les hommes voient au-delà de ma peau et de mes formes.*

*Monsieur le Docteur* N.*, j'adore ce petit journal que vous m'avez poussé à écrire.*

PII

*18 avril 2013*

*J'ai depuis peu un super « Hobby » : un homme qui me fait des caresses, qui me dit des mots doux, qui me fait...*

Pages arrachées. Cinq en totalité.

# XIII

JUIN 2023

## *Bruges – Bureau du CIA*

DOCUMENT INTERPOL ANALYSÉ PAR LE LIEUTENANT BORLUUT

RÉFÉRENT : AGENT SPÉCIAL CORNWELL
OBJET : « TÊTE DE MORT »
GENRE : DOCUMENTATION VIDÉOGRAPHIQUE

Fichier vidéo. En extérieur. Il fait nuit. Le tampon numérique indique 11.05 p.m. Pas de date.

Zone urbaine : une grande rue, dans une grande métropole américaine.

Borluut était prêt à parier qu'il s'agissait de L.A.

La caméra est logée à l'intérieur d'une automobile. Quelques rares plans larges montrent un intérieur plastique bas de gamme et un tableau de bord sommaire typique des années de crise 2009-2013.

Il bruine. L'image est troublée.

Plan rapproché. La caméra s'intéresse de près à un autre véhicule en stationnement ; à cinquante ou soixante mètres ; une *Oldsmobile intrigue* des années 2000, de couleur sombre, noire ou bleu-nuit. Sa plaque d'immatriculation arrière penche légèrement ; le feu arrière gauche est étoilé. On distingue un individu côté volant. La fenêtre avant gauche est entrouverte, et crache une fumée légère.

L'image est relativement fixe. Visiblement, l'individu de l'Oldsmobile surveille un immeuble ; plus exactement une fenêtre au troisième étage, doucement éclairée. Quelques ombres mobiles peuvent être distinguées. Il penche à de nombreuses reprises la tête vers le pare-brise pour mieux discerner ce qui se passe là-haut.

L'image sursaute ; le bonhomme de l'Oldsmobile sursaute. Un léger éclat dans le noir. Au bas de l'immeuble que surveille tout ce petit monde, une porte s'ouvre. Elle est vitrée. Un homme, chapeau mou, fait visiblement un signe à d'autres individus. On le laisse entrer dans l'immeuble. Deux individus sortent de l'immeuble, regardent alentours sans remarquer les véhicules filmant et filmé. Ils allument leur cigarette.

Image arrêtée et fixe, comme si la caméra avait cessé de tourner. Puis noir complet. Quatre ou cinq secondes.

Retour de l'image. Même support ; à peu près même plan. Le tampon indique 11.25 p.m. Le même bonhomme au chapeau mou apparaît ; il reste sur le seuil, et dit deux ou trois mots aux fumeurs de cigarettes qui s'éloignent chacun de leur côté, sur une vingtaine de mètres, en regardant avec attention la nuit qui les entoure : droite, gauche, en haut… Puis ils font un signe au chapeau mou, qui s'enfonce à nouveau dans l'immeuble.

Tous sont tendus : les sentinelles, et le bonhomme de l'Oldsmobile qui s'est tassé derrière son volant et a éteint sa cigarette.

L'image s'attarde cinq minutes sur la porte fermée. Chapeau mou revient, accompagné d'une autre personne, une jeune femme, couverte d'un imper trop long pour elle, un imper d'homme qui lui couvre les cheveux et lui cache le visage. Elle titube légèrement ; il doit faire un effort pour la maintenir debout, et la conduire dans la bonne direction. Un gros 4x4 Chevrolet noir, vitres teintées noires, s'approche doucement, sortant d'une rue perpendiculaire. Les portes arrière du véhicule s'ouvrent, et on enfile la jeune femme ; elle semble résister, mais sans conviction. La Chevrolet accélère après que le chapeau mou s'est assis à l'avant, et disparaît plus loin en tournant à droite sur le grand boulevard et sans s'arrêter au feu rouge. L'Oldsmobile démarre, à son tour, lorsque les deux sentinelles fumeuses rentrent dans l'immeuble, et tourne à droite sur le boulevard. Elle file la Chevrolet noire. L'image s'arrête.

Borluut restait dubitatif, et fixait l'écran vide de toute image. Cet imbroglio de surveillances le laissait tout à fait perplexe. Qui était « chapeau mou » ? Qui était le bonhomme de l'Oldsmobile ? Pourquoi le filait-on ? Qui filait-il ? Qui était avec la jeune femme dans l'appartement ? Qui était la jeune femme ?

Au moment où Borluut se détourna du moniteur après plusieurs minutes de neige électronique, et alors qu'il s'apprêtait à éteindre tout le dispositif, l'écran trembla à nouveau.

Une image apparaît. Un plan très large ; on distingue au loin, au pied d'un petit immeuble de quatre étages, la même *Oldsmobile intrigue* bleu nuit. La portière conducteur s'ouvre, laissant sortir un homme fin, assez jeune, en costume sombre. Il tourne la tête vers la caméra, mais sans la voir. Cette fois-ci. Borluut reconnaît le jeune étudiant de la réunion du groupe « tête de mort ».

[illegible] Listomère [illegible], à son tour, lorsque les deux sent[illegible] [illegible] [illegible] de l'immeuble, et même Adrone sur le [illegible] [illegible] s'arrête.

[illegible] voiture restait quand [illegible] et [illegible] vide de toute image [illegible] [illegible] C'[illegible] [illegible] ? [illegible] de l'Oldanssaire ? [illegible], le [illegible] ? [illegible] ! Qui était avec la [illegible] comme [illegible] [illegible]

[illegible]

# XIV

JUIN 2023

## *Pink Apache Motel*

DOCUMENT « CORNWELL » ANALYSÉ PAR ALMAYER

OBJET : JOURNAL INTIME DE MLLE PARIS HILTON.
SOUS-ENSEMBLE DU DOSSIER 607-623
REMARQUE : À DÉTRUIRE.

**P2I**

*28 avril 2013*

*Je continue de flipper. En ce moment je ne cesse de repenser à l'attentat. Je refuse de toucher à la cicatrice qu'il m'a laissée, sur l'épaule. D'abord, parce qu'elle est jolie comme une petite étoile ; ensuite parce qu'elle me rappelle qu'on peut me détester au point de me tirer dessus, de vouloir me faire la peau. Mais ce n'est pas moi que l'on déteste ; c'esr l'image que je projette ; plus même, l'image que l'on projette sur moi.*

*Se dire qu'à n'importe quel moment tout peut finir me remplit de terreur.*

*Je regarde sans cesse par la fenêtre, parce que Johnny a cru voir quelqu'un me filer ces derniers jours. Je n'ose plus sortir, et chaque silhouette que je croise et qui s'approche trop près me rend folle. J'ai vraiment du mal à accepter de vivre avec ça. Dans ma chair. C'est écrit dans ma chair. Une plaie de haine. C'est comme un tatouage funeste, une cicatrice en creux, un trou, un vide, là.*

P22

*30 avril 2013*

*Le parfum rame.*

*Personne ne veut s'y mettre. Ils me disent qu'on ne peut pas amalgamer muguet, jasmin, stabilisant et tout et tout. Que ça nécessite une température négative constante régulière. Ils n'ont pas trouvé la bonne constante. Ils me disent de laisser tomber.*

*Ils parlent d'une variation entre – 17 et -25. Pour l'amalgame. Mais à ces températures, l'essence de muguet s'altère. J'ai idée qu'ils ne font pas d'efforts.*

*Sinon, j'ai l'impression d'être effectivement surveillée. J'ai cru voir la même tête plusieurs fois dans la même journée au pied de l'immeuble qui fait face à l'hôtel. J'ai envoyé Johnny. Rien.*

*Je m'ennuie. Je suis loin de tous.*

*Loin de mes amies ; des miens.*

*Loin de Lui.*

*J'attends qu'il m'appelle. N'est-ce pas sot de ne pouvoir le joindre ? De ne pas avoir le droit de le faire ?*

P24

*2 mai 2013*

*Mes yeux sont secs et m'irritent de plus en plus.*

*Mes lentilles m'assèchent la cornée, et j'ai du mal à tenir une journée sans faire des bains.*

*Le docteur me dit de les retirer puisque ce ne sont pas des verres de correction. Je dois pourtant bien garder mes lentilles. Est-ce que je n'ai pas les yeux bleus ? Qui pourrait dire que je n'ai pas les yeux bleus ? Paris Hilton a les yeux les plus bleus qu'on puisse trouver.*

*Je prends un verre, un très joli verre en cristal rose avec des incrustations, un verre qui tient tout juste dans ma main, un beau verre, que je remplis d'un liquide précieux, or, cuivré. C'est beau l'alcool. Un beau verre. Un bon alcool. C'est doux ; c'est long ; c'est chaud ; c'est bon. Puis un autre, encore. Avec une glace en forme de cœur. Et toujours recommencer.*

*C'est l'autre vieux bidule, chez Papa, qui m'avait montré les bienfaits de l'alcool, du Maotai, avec un fond d'éthérine qui donne ces tons cuivre. C'est le D.N. qui m'a prescrit de l'éthérine ; je lui en ai demandé.*

*Je voudrais me remplir de liquide doré, et fermer les yeux pour longtemps.*

P25

*10 mai 2013*

*J'ai entrepris de tester moi-même l'amalgame pour le parfum. J'ai demandé à M. Tartino, le nouveau directeur de l'hôtel (l'ancienne directrice ne m'aimait pas), de me prêter les grands frigos de l'hôtel, ceux qui jouxtent la cuisine ancienne. Puisque les ingénieurs de Cosmetics me disent que l'amalgame est quasi impossible, qu'il nécessite une fraîcheur constante qui reste à déterminer… et bien je vais m'en occuper moi-même. Les prototypes arriveront demain ou après-demain ; j'en ai demandé deux litres. Ils ont hurlé. Alors j'ai demandé quatre litres. Je ne sais pas pourquoi je tiens tant à ce parfum. J'ai l'impression que l'on fait corps, lui et moi. C'est mon essence.*

P27

*11 mai 2013*

*Où est cette robe de Mc Donald ? Je l'ai cherchée un bon quart d'heure. Julia a tout rangé, dérangé, rangé, rien. Ce soir, vernissage de la galerie Termosesov : je voulais la porter. Je me suis rabattue sur une Betta Poison.*

P27

*12 mai 2013*

*Le parfum est arrivé ce matin.*

*Petit retard.*

*Que deux litres.*

*Je les hais.*

*Mais j'étais tellement impatiente que l'on a immédiatement fait l'amalgame avec Julia, et Mario, un parfumeur italien qui a fait toute sa carrière à Grasse en France, et que je viens d'embaucher. Il me coûte une fortune, mais il est très gentil. Ça nous a pris toute la journée. On ne s'est concentrés que sur le mélange muguet et eau de parfum déjà amalgamée. On a tout mis au frigo.*

*D'un autre côté j'ai envoyé le dessin des flacons.*

P29

*15 mai 2013*

*Il s'est passé quelque chose de curieux aujourd'hui. J'ai eu l'impression que quelqu'un était entré dans mon appartement. Les objets sur la commode n'étaient pas placés comme à l'ordinaire. Julia ne les a pas touchés. Un petit coffret, celui dans lequel je range ce journal, semblait avoir été déplacé. Un tiroir de la commode n'était pas bien enfoncé. Et dans la salle de bain, les flacons n'étaient pas dans le bon ordre. Enfin je crois. Jusqu'au dessus-de-lit qui était froissé.*

*Je l'ai dit à Johnny, qui m'a certifié ne pas avoir bougé du couloir, et au service d'ordre de l'hôtel. Ils m'ont tous pris pour une folle excentrique. Mais je suis presque sûre que quelqu'un est entré ; comme je suis sûre d'être suivie à quelques moments de la journée. Hier, au vernissage, j'ai surpris des yeux braqués sur moi ; pas des yeux curieux ou admirateurs ; mais des yeux qui me menaçaient, qui me détestaient. Je suis rentrée avec Johnny plus tôt.*

*Et puis après tout ça, j'ai voulu me servir du Maotai éthériné : la bouteille était presque vide : je ne me rappelle pas en avoir bu autant.*

P32

*17 mai 2013*

*Julia n'est pas venue ce matin.*

*Je l'ai appelée une bonne trentaine de fois. Elle ne répond pas. J'ai demandé à Johnny de la chercher. Rien : il ne la trouve pas.*

P32

*18 mai 2013*

*Toujours pas de Julia. Sa sœur et sa famille ne savent pas où elle est. Le pire : Johnny a retrouvé son téléphone chez elle et son sac à main. J'ai peur que quelque chose lui soit arrivé. On a décidé d'attendre encore avant de prévenir la police.*

*Comme je suis distraite, à cause de Julia, je ne peux pas être affirmative : mais j'ai encore l'impression que des affaires ont été bougées à l'appartement. Et j'ai l'impression de ne rien retrouver : un peigne, un veston Dior, et même un de mes téléphones. Et surtout je ne parviens pas à remettre la main sur le petit pistolet que m'avait donné Al lorsqu'il me chaperonnait, un Derringer 38, avec un petit cœur de nacre incrusté sur la crosse. J'ai plus toute ma tête.*

*Il m'appelle pas ; aucun message : trois semaines déjà.*

# XV

JUIN 2023

## *Bruges – Le Port*

– Que fait Papa ?

Une mouette se plaignait et passait au-dessus d'eux à grande vitesse, en se laissant porter par le vent vers les eaux du port.

– … Sais pas.

La voix sans âge de Franz Borluut tremblait légèrement, signe que la nuit avait été longue et alcoolique. Les paupières tombaient à mi-œil, les joues n'étaient pas rasées, la bouche restait prise dans une pâte qui lui mangeait les mots, et Joris devait se pencher pour entendre ce que lui disait son frère.

– J'crois qu'il est sorti…

– Où ?

Un temps. Un cri de mouette.

– … Sais pas.

Tous deux s'étaient assis sur les marches du petit escalier qui descendait dans le jardinet de la maison familiale. Joris finissait de boire son café crème 1/3-2/3, et Franz recommençait sans cesse la même cigarette.

– Où est passé le portique ? La balançoire ?, demanda soudain Franz, qui semblait redécouvrir cet espace.

Joris jeta un œil à peine étonné à son frère. Il remarqua son teint pâle, ses joues creusées, les quelques poils qui couraient sur le menton, les cheveux sales et sans tenue, et des yeux fébriles, brillants et mobiles qui hurlaient une angoisse qu'il n'avait jamais vraiment comprise.

– Le portique ? Père l'a donné aux tomates, pour qu'elles montent dessus... enfin quand il s'occupait encore du potager. Là, c'est plutôt la jungle... On ne voit même plus l'allée.

– Et alors, répliqua Franz avec un rire triste ; on s'en fout ! Tu veux faire ton petit tour de vélo tricycle du matin ?

Derrière les maisons voisines, une sirène de bateau qui le rendit inaudible. Et puis, il reprit :

– Moi, chui content que les haricots et les choux soient pourris. J'en avais marre de ses salades et de ses soupes.

Un silence :

– Putain, ce jardin me fait gerber.

Franz ralluma sa cigarette. La main tremblait en même temps que la flamme de son briquet.

– Là où t'es assis..., reprit Joris.

– Ouais ?

– C'est là que maman s'asseyait quand papa faisait le jardin.

Après un autre silence :

– M'en rappelle pas.

– Tu sais que je suis allé à Los Angeles, il y a quinze jours...

– ...

– Tu verrais cette ville, Franz, elle est énorme. C'est un monde en soi ; tu te dis que jamais tu ne pourras en sortir... Plus tu avances, plus elle te serre, plus elle te cerne... Elle est partout... même par les airs, tu ne peux pas t'en sortir... T'as l'impression que les sommets des buildings se touchent et qu'ils font un toit. Jamais personne ne regarde là-haut. Mais en réalité personne ne veut savoir qu'un couvercle est posé au-dessus de sa tête...

– Hum...

– J'ai adoré cette ville, Franz.

– Les « ricains », comme dit papa. T'en as toujours eu après eux, souffla Franz.

Ils ne se touchaient pas, mais les pieds, les genoux, les coudes n'étaient pas éloignés de plus d'un ou deux centimètres. Ils s'effleuraient presque. Joris fixait cet espace qui les séparait. À la fois petit et radical. Il avait envie de serrer son frère, de l'embrasser, de le secouer, de lui saisir la main, de rouler à terre avec lui, de le brutaliser avec amitié, comme il le faisait plus tôt dans l'enfance, lorsqu'ils jouaient à Steve Austin versus Maskatron, l'ennemi juré et sauvage, ou dans l'adolescence, dans des luttes pré-viriles où nul n'avait droit de se plaindre, de rire, de s'avouer vaincu, desquelles ils sortaient échevelés et fatigués. Des luttes qui ressemblaient un peu à leur conversation du jour.

– Tu sais, Franz…

– Hum…

– Je suis allée voir là où habite maman.

– Où ? À Los Angeles ?

La voix du plus jeune des frères avait monté d'un ton. Il semblait se tendre.

– J'ai vu son immeuble… son appartement… enfin je veux dire la fenêtre de son appartement…

– Ouais, hoquetait Franz.

– … Mais je ne suis pas monté ; je ne l'ai pas vue…

– Ouais…

– J'ai même pas laissé un mot, Franz. Rien ; j'étais tétanisé ; il y avait une chaleur à crever les rats, j'étais pas bien habillé, je suais et je sortais de deux jours difficiles …

– Et alors ?

– Je ne voulais pas qu'elle me voit comme ça…

Silence.

– T'as peut-être eu raison, Joris.

Cela faisait des années que Franz ne l'avait pas simplement appelé « Joris » ; cela faisait des années qu'ils n'avaient évoqué ensemble leur mère.

– Et…, là où tu l'as vue… enfin où t'as vu qu'elle vivait…

– Tu sais, je suis même pas sûr qu'elle logeait encore là…

– … Tu crois qu'elle peut être heureuse… tu crois qu'on peut être heureux… dans cette grande ville… ?

– J'en sais rien, Franz. Ça a l'air infernal… un bruit permanent et atroce… une pollution aussi… des gens à la tonne qui ne te regardent pas…

Un fou de bassan les survolait en stationnaire, et s'étonnait avec grand bruit de leur présence. Franz allumait une autre cigarette, avant de dire avec hésitation :

– Tu sais, Joris, j'ai dû lui écrire des dizaines de lettres à maman… Des longues, des courtes, des bavardes… (*silence*) Mais elle ne m'a jamais répondu. J'ai précisément inscrit l'adresse de l'expéditeur pour que les lettres me reviennent si celle du destinataire était fausse… mais rien n'est revenu… (*silence*) Je pars du principe qu'elle les a reçues et lues…

– Ah, je ne savais pas… Quand as-tu écrit la dernière ?, demanda Joris, la voix basse. Tous deux chuchotaient depuis qu'ils évoquaient la mère.

– La semaine dernière… ; en fait je lui écris tous les mois… depuis cinq ou six ans… parfois même deux fois le mois… Je dis ce que je pense, ce que je sens… enfin pas tout… Je ne lui dis pas que je traîne dans le vide à ne rien faire…

– Et tu lui parles de moi ?

– Je dis que t'es dans la police, que t'es lieutenant, qu'on parle de toi dans la presse à cause du meurtre de la petite Hildebrant, que tu mènes l'enquête…

– Mais Franz, à quoi bon ?, s'étonnait silencieusement Joris.

– …Sais pas. Pour qu'elle soit fière de toi…

Ils entendirent, de l'autre côté de la maison, côté rue, la porte d'entrée claquer lourdement. Le père rentrait. Le pas traînait, et des bruits de verre leur parvenaient.

– Il va commencer par ranger ses bouteilles, murmura Franz. Tu sais, une mère, elle peut pas laisser ses gamins comme elle l'a fait. Faut bien chercher à comprendre, Joris.

– À quoi bon ?, répéta Joris.

– Franz ! Tu es là ?, cria le père Borluut en cherchant son puîné.

Puis après quelques secondes et quelques tintements de bouteilles :

– Joris, tu es là ?, cria le père. Il avait apparemment trouvé le pardessus de Joris.

– Joris ?, demanda Franz, la voix basse, en écho.

– Oui ?, reprit Joris.

– J'ai trouvé un job.

– Quoi donc ?

– Mécano… Mécano de soute.

Il parlait en un souffle. Son haleine toxique frappait Joris à pleine face. Le débit s'accélérait. Il fallait dire avant que le père n'arrive.

– Sur le *Brisbaner.* Un cargo de trois mille cinq cents tonnes. Il a vingt ans. Double coque. Pas trop rouillé. L'armateur est ukrainien. L'équipage s'est en partie carapaté la semaine dernière. Pas payé, mais je m'en fous. Ils avaient besoin en urgence de marins. Et pour le capitaine, avoir vécu aussi longtemps dans un port, c'est être marin ; alors il m'a embauché.

– Joris ? Franz ? Vous êtes où les garçons ?

Le père avait l'euphorie des heures de pré-cuite.

– Par chance, le mécano est cousin avec le capitaine ; lui est resté… Il va m'apprendre le métier.

– Tu pars quand ?

– Tu comprends ; je peux plus rester là. Je tourne en rond. Vider les bouteilles avec papa, ça te remplit pas une vie, ça, non !

– Tu pars quand ?

– …Demain soir ! On embarque pour Le Havre ; puis Panama… Enfin, c'est ce qui est prévu…

– Papa est au courant ?

– Putain, Joris, non ! J'arrive pas à lui dire.

Joris percevait un nœud dans la voix de son benjamin. Ses yeux étaient devenus fixes et humides.

– T'inquiète, je vais le faire, Franz. Tu vas me manquer !

Ses yeux commençaient à se mouiller aussi.

– Tu penses partir combien de temps ?

– Sais pas.

– Tu sais quand tu reviens ?

– Sais pas…

# XVI

JUIN 2023

## *Los Angeles – Pink Apache Motel*

DOCUMENT « CORNWELL » ANALYSÉ PAR ALMAYER

RÉFÉRENT : AGENT SPÉCIAL CORNWELL
OBJET : LETTRE DE BAZAROV– ENLÈVEMENT DE MLLE PARIS HILTON
SOUS-ENSEMBLE DU DOSSIER 607-623

Page 17 :

*En* Philèbe 26 d (note du rapporteur : œuvre de Platon ?)*: « Toi, tu dis que c'est torture, moi je prétends que c'est bienfait d'apposer à l'incommensurabilité du Trop le fer rouge de la mesure. »*

*Je ne l'ai pas aimée, malgré les affirmations de S.* (note du rapporteur : Sylviano di Salinas, informateur)

*Le premier contact.*

*Je me rappelle, il pleuvait ce soir-là. Une pluie chaude de juillet, sur Los Angeles. C'est curieux, mais j'ai des souvenirs humides et pluvieux d'elle.*

*Elle était posée, immobile, sur un fauteuil haut du bar de « My House », l'une des boîtes qu'elle préférait. Son regard était fixe ; ses mains restaient accrochées à son sac Dior, ou Vuitton, ou Hermès. Devant elle, une longue flûte remplie de vodka-Cointreau, qu'elle ne vidait pas. Longue, fine, elle portait une grâce que les autres roulures du club ne parvenaient pas à approcher. Mais elle restait indifférente au monde qui l'entourait. Elle ne regardait personne, mais tout le monde la dévorait des yeux. J'ai vidé deux martinis avant de l'aborder.*

*P.H. n'est pas une star inaccessible. Elle est même tout aménité et ouverture à l'autre. Comme ces astres occlus que l'on évoquait au XVIII^e^ siècle ; c'est un trou noir quoi.*

*Elle attire tout à elle, elle magnétise les gens, les regarde à peine, mais elle les efface immédiatement. Miss Cancel. Être à côté d'elle, c'est supporter des regards qui glissent sur vous ; des conversations qui se font au-dessus de votre épaule ; des bras qui se tendent devant votre nez pour aller à elle : vous n'existez plus ; vous êtes gommé ; les autres ne voient qu'elle : Paris par-ci, Paris par-là. Je n'ai pas échangé deux mots avec elle. On est partis ensemble. Elle m'a confié les clefs de la Bentley continental, la main tendue au-dessus de la tête, avec nonchalance et un petit rire étouffé de gamine. J'ai ri aussi. On a roulé vers la côte. Des motocyclettes, fans et paparazzi, nous ont suivis quelques minutes. Des flashes ; des cris. Pas une fois, elle ne les a regardés.*

*Paradise Cove, Malibu, deux heures du matin. Pas un mot. Des sourires, un peu tristes. Nous sommes allongés sur le sable encore mouillé par la pluie. Je porte ses chaussures, légères, fines. On écoute les vagues de l'océan. Elle a froid ; elle veut rentrer. J'ai égaré les clefs de la Bentley ; on les cherche dans le sable, dans les creux que nos corps ont faits, à la lumière d'un briquet qu'elle a sorti de son sac. On avance sur les genoux. Elle sourit, je souris ; elle rit, je ris ; son portable sonne, mais elle ne répond pas ; elle s'allonge sur le dos, la respiration forte, sa poitrine se lève, encore et encore ; je l'embrasse ; elle me repousse, et me dit :*

*– « Qui es-tu ? »*

*– « Personne », lui ai-je répondu bêtement.*

*Elle rit aux éclats. Elle m'embrasse. Sa bouche est alcoolique. Elle a un parfum d'éther. On s'endort là.*

*Elle me caresse. On est dans une chambre de* Polaroïd House, Carbon Beach, Malibu. *Le lendemain. Elle se laisse caresser ; je l'effleure, elle m'effleure. Ses yeux plongent dans le paysage d'océan que l'on a au pied du lit. Elle me fait l'amour. Doucement. Avec quelques soupirs. Elle reste très mécanique. Elle remue ; elle bouge dans un rythme lent, mais tout ça reste très superficiel.*

*Elle m'a parlé, quelques mots. « Un Maotai ? » (un alcool imbuvable dont elle raffolait) mais elle n'a réellement rien dit. Où est-elle quand je suis serré contre elle ? Où est-elle quand je suis en elle ?*

*Quelques jours plus tard. Elle avait baisé avec ennui et l'ennui m'avait gagné. Elle s'était levée et regardait un je-ne-sais-quoi perdu dans les airs, un lampadaire, ou une étoile, ou la fée clochette.... Son regard était fixe et traversait les vitres de la fenêtre, la lumière était jaune et les étoiles légèrement roses. Elle regardait mais ne voyait rien. J'ai cru que c'était de la tristesse. Mais c'était trop froid. J'ai cru que c'était du chagrin mais c'était trop tiède. Je me suis dit que dans les vieux romans de science-fiction, les robots qui s'éteignent doivent avoir ce regard. Elle était vide. Elle était pleine de vide. Elle était absente.*

*Page 19 :*

*Délivrance de* PH.

*Pour que* PH *accède à ce qu'elle est, l'être de ce qui n'est pas, il faut la délivrer de la fonction et de la valeur.*

*Elle n'a aucune fonction : sociale, physique, matérielle, politique, économique, écologique, chimique, biologique, esthétique, stylistique, commerciale…*

*À quoi servais-tu, Paris ? Nécessairement, ce type de question implique une compétence : je suis utile à…, je suis compétent pour… Tu sais faire quoi, Paris ? Y a-t-il des choses que tu as apprises, que tu as découvertes ? Y a-t-il une chose que tu fasses mieux que les autres ? Ou une chose que tu fasses seulement bien ? Existe-t-il un talent qui te fasse être ?*

*Aucune qualité que je puisse lui reconnaître ; elle n'était pas irréprochablement belle, trop maigre, trop fine, trop écrasée. Elle m'a alors fait penser à certains poissons des Caraïbes, qu'on ne parvient jamais à regarder bien en face.*

*Un soir, elle a voulu me montrer un des rushes de films qu'elle avait faits plus jeune. Aucun producteur n'avait voulu le distribuer : comme on avait deux heures à tuer, comme il fallait qu'elle se montre, et comme elle était fatiguée, elle s'est exhibée telle qu'elle paraissait dans ces vieilles bobines.*

*C'était passionnant, médusant, de voir une telle absence de jeu, de don, de conscience et d'intelligence de la comédie : elle se tortillait, minaudait, changeait de voix de manière intempestive… Elle ne parvenait pas à coller au personnage, et en même temps elle s'écartait de Paris elle-même, et dans cet interstice, devenait un néant gesticulant.*

*Elle restait à plat sur l'écran. Tout glissait sur elle. Son visage n'exprimait pas la terreur quand elle était terrorisée ; la joie quand elle riait; la tendresse quand elle faisait mine de pleurer.*

*Il est vrai que pour savoir être un autre, il faut déjà savoir qui l'on est. Et même savoir ce qu'est être.*

*Qui es-tu Paris ?*

*Alors,* PH *oblige à une métaphysique du creux, du rien, du vide, une métaphysique du non-être, du néant, du paraître, et de la légèreté...*

# XVII

JUIN 2023

## *Los Angeles – Pink Apache Motel*

DOCUMENT « CORNWELL » ANALYSÉ PAR ALMAYER

RÉFÉRENT : AGENT SPÉCIAL CORNWELL
OBJET : FICHIER VIDÉO
NON DATÉ

Almayer écarquillait les yeux. Et remerciait Sunny de manière posthume d'avoir mis Sørenson et ses acolytes si loin de cette source vidéo.

Il y voyait, sur des images non tamponnées (sinon l'heure : 11.02 p.m., mais pas de date) et tremblante, une voiture, peut-être une *Oldsmobile intrigue.* Couleur sombre. À son bord, un bonhomme fume clope sur clope et surveille lui-même un immeuble. Et une fenêtre en hauteur : 3e étage.

Almayer connaissait cette adresse par cœur. 3025 Newark street. Immeuble Hoover. Appartement 658.

Il fait nuit.

Il ne voit pas qui peut être le clopeur de l'Oldsmobile. Et encore moins celui qui le filme et le file.

Almayer fronçait les sourcils en se demandant pourquoi ce film, et pourquoi cette double filature.

Et puis, les choses s'accélèrent. Des hommes arrivent, dont un qui arbore un chapeau mou et semble diriger les autres. Almayer voit la jeune femme, jambes fines, imper clair trop large, la Chevrolet Captiva noire, vitres teintées noires.

Les hommes, il les connaissait : John Gunmore et Bob Undelaya.

Le premier a été tué sur Lafayette Street, à Baltimore, en juin 2016. Une balle de calibre 45 qui avait réduit son oreille droite en bouillie et avec, la moitié du visage. Une exécution codée réservée généralement aux espions retournés ou transfuges. Gunmore, dit autrement, était un agent du U.S. *Secret Service*, un agent de niveau 1, le niveau le plus élevé et il avait dû causer trop fort et trop haut. On avait omis de dire à Almayer qui avait assourdi Gunmore ; et pourquoi. Et Almayer s'en foutait un peu.

Bob Undelaya disparut, lui, l'année suivante, lors d'un voyage en Colombie. Avec femme et enfants : deux gamines de dix et douze ans. Plus jamais de nouvelles : officiellement enlevés par les factions narco-révolutionnaires.

La poupée Barbie qu'ils baladent tous deux sur le film, et qui dodeline du chef, avec les pompes qui traînent à terre, c'était Paris Hilton dans un de ses grands jours d'égarement. Ce soir-là, elle était cocaïnée jusqu'à ras-bord. Elle toussait la poudre qu'elle sniffait quelques secondes auparavant dans un nuage blanc et bleu qui avait imprégné ses cheveux et même ses cils. Ils avaient reçu ordre de l'exfiltrer de l'immeuble pour la mettre au frais quelques heures. Elle indisposait le patron.

Le bonhomme au chapeau mou, c'était lui, Almayer, dans sa grande période hiltonnienne officielle. À deux ou trois reprises, son visage apparaissait à la lumière. Confus, flou, indéterminé, mais Almayer restait convaincu qu'un bon technicien serait capable de retraiter l'image.

Il en frissonnait.

# XVIII

JUIN 2023

## *Los Angeles – Pink Apache Motel*

DOCUMENT « CORNWELL » ANALYSÉ PAR ALMAYER

RÉFÉRENT : AGENT SPÉCIAL CORNWELL
OBJET : LETTRE DE BAZAROV– ENLÈVEMENT DE MLLE PARIS HILTON

Page 20 :

*Si Paris Hilton est tant aimée, c'est parce qu'elle est médiocre. Si elle est tant aimée ; c'est parce qu'elle est détestable. Si elle est tant vantée, c'est parce qu'elle n'a absolument aucun mérite.*

*Les grandes foules des temps passés ont aimé des femmes dont la beauté était réelle, dense, exprimait à soi seule une sexualité sauvage, comme pour Bardot. Les grandes foules ont aimé Marilyn, qui avait un physique vaginal, qui avait des amours glorieuses, qui portait un corps fait pour les lumières et les ombres du cinéma. Ou alors elles ont aimé les princesses qui affichaient des destins antiques, qui s'ornaient de grâce et marchaient comme nulle autre. Les grandes foules ont aimé l'exception.*

*Mais ce que les foules aiment désormais chez Paris, c'est ...c'est l'équivalence de leur propre médiocrité ; c'est la gloire du pire, du vide, du néant.*

*Ce que les gens aiment dans Paris Hilton, c'est la « transvaluation des valeurs ». En adorant sa médiocrité, ils se disent que leur propre médiocrité est aimable. Je n'ai aucun talent ? Oui, mais elle non plus ; Et pourtant on l'aime ; et pourtant on l'admire. C'est peut-être la première fois que les esclaves se sont pris eux-mêmes pour modèles, se sont projetés sur cette immense toile blanche et vide qu'est Paris Hilton. Elle est un miroir aux alouettes. Je le répète : elle est la reproduction même du rien. « Rien » de neuf sous le soleil.*

*Oui, mais c'est ça qui est inédit.*

*Elle est une catégorie d'être totalement nouvelle. Voilà ce que j'ai compris. Elle est un être premier.*

*Elle est notre miroir adoré que je me devais de briser. Paris est un monstre ontologique.*

# XIX

JUIN 2023

## *Bruges. Bureau du* CIA

DOCUMENT INTERPOL ANALYSÉ PAR LE LIEUTENANT BORLUUT

RÉFÉRENT : AGENT SPÉCIAL CORNWELL
GENRE : DOCUMENTATION AUDIO
NON DATÉ

(Notes du rapporteur : fichier audio. Son à peine audible./ J.G. = John Gunmore ? / B.U. = Bob Undelaya ?)

*J.G. – Oh il s'emmerde pas quand même, le vieux con !*

*B.U. -Tu sais, il paraît que c'est pas un cadeau la gamine…*

*J.G. – J'men fous ; t'as vu le cul qu'elle a ? Et les jambes ? Putain, elle pourrait faire les aiguilles de Big Ben si elle voulait ; moi elle me tricote quand elle veut….*

*Une troisième voix* (Inconnu ???) – *Pronto, pronto…*

*B.U.* (à voix basse) – *Mais il n'y a pas que ça : t'as pas vu comme elle se plaint sans cesse ? Jamais contente : « peux pas sortir » ; « suis enfermée « ; « m'ennuie » ; « ils peuvent pas partir, tes mastards ? », elle a dit hier en parlant de nous. C'est à croire qu'elle ne sait pas qui il est, ni ce qu'il risque. Et lui, il est tout arrangeant, tout gentil. Moi, je lui foutrais des baffes, à la môme !*

J.G. – *Et ses petits seins ; t'as vu ses nibards ? Sont pas gros, mais bien fermes. Quand j'ai dû la plaquer dans l'ascenseur, hier, j'ai senti : deux petits paquets, bien jeunots.*

B.U. : – *Plus on est vieux, plus on est puissant, bref, plus on a de la bouteille, comme le boss, tu vois, et plus on laisse couler. Il pourrait lui foutre un milliard de tonnes d'acier dans le fion s'il s'énervait… mais non ! dit rien ; putain, mais elle qu'est-ce qu'elle peut jacter…*

J.G. – *Un jour, j'ai vu sa sœur, à la télé. Pas mal foutue aussi. Mais la gueule plus commune, et les nibards plus bas. Moi, j'aime bien quand ça pointe.*

B.U. -*…Remarque, suis pas sûr qu'il l'écoute vraiment. Tu sais ce que ce con de* K. *me demande, hier ?*

J.G. – *Non ?*

B.U. – *Il se demande s'il se la fait !*

J.G. – *Qui ? Le boss ? Oh ! Le con ; il pense pas qu'il joue au scrabble quand même…. Oh remarque, il doit bien faire « coup double » ou « coup triple » etc.*

# XX

JUIN 2023

## *Los Angeles – Pink Apache Motel*

DOCUMENT « CORNWELL » ANALYSÉ PAR ALMAYER

OBJET : JOURNAL INTIME DE MLLE PARIS HILTON.
SOUS-ENSEMBLE DU DOSSIER 607-623
REMARQUE : À DÉTRUIRE.

P35

*24 mai 2013*

*J'ai appelé hier : rien.*

*J'ai rappelé ce matin : rien.*

*Je sais que c'est interdit. Que c'est super interdit.*

*Mais je ne tiens plus.*

*Je sais qu'il est seul ces jours-ci ; Madame est en Croatie avec ses filles pour les vacances. J'ai vu tout ça aux actualités. Elle est sublime.*

*Pourquoi ne me répond-il pas ?*

*À propos de Julia : La police m'a dit qu'elle était repartie sans doute chez elle, à Porto-Rico. Pourquoi ferait-elle ça ? Je ne parviens pas à avoir confirmation par ses parents.*

P36

*27 mai 2013*

*Mon petit assistant parfumeur, Mario , me dit que l'amalgame a peut-être fonctionné. Il rigolait. Il était heureux ; je le suis aussi. Il avait oublié de baisser la température d'un des trois frigos, et finalement l'amalgame a pu se faire. Il en est convaincu. Il faut attendre quelques jours pour voir le résultat ; je suis impatiente. Après, il devra analyser le processus pour pouvoir le reproduire.*

*Mon téléphone s'est coupé à deux reprises. Tout seul. Silence, en pleine conversation.*

*Ils sont capables de tout.*

*J'ai peur.*

*J'ai appelé Nicky ; je lui ai dit que j'avais peur ; elle m'a dit de prévenir Papa ; j'ai dit non ; elle m'a dit qu'elle allait le faire ; j'ai dit non.*

*Je suis descendue dans le frigo. Je mets bonnet et gant et blouson comme quand on allait skier à Telluride, Baron et moi. Et je regarde le grand flacon de parfum qu'on a travaillé. Je me dis que cette essence n'existe que là ; qu'elle est à moi ; qu'elle est moi : et ça me relaxe.*

*Papa a appelé. J'ai refusé de prendre la ligne. Six bons mois que je n'ai pas parlé à papa-maman.*

*J'ai rappelé Nicky : elle me trahit ; mais quand elle a décroché, la ligne s'est subitement coupée.*

*C'EST LA SECONDE LIGNE QUI SE COUPE.*

*Je crois que j'aurais pas dû appeler l'autre jour.*

P37

*29 mai 2013*

*L'amalgame est un succès. Le parfum est une merveille. Mario me dit que c'est un chef-d'œuvre, et il est sincère. On a prévenu*

*Cosmetics : j'ai exigé que ce soit leur priorité. Malheureusement, le parfum n'a pas de tenue encore ; comme le dit Mario, il n'est pas « équilibré », et ne tient pas plus d'une heure sur la peau. Je suis aux anges. Je ne quitte pas mon bonnet.*

P38

*4 juin 2013*

*Je suis fatiguée, ce soir.*

*Ce fut une journée folle.*

*Après déjeuner, j'ai trouvé ma chambre sens dessus dessous. Le lit en bazar, les tiroirs de ma commode par terre, les tapis retournés, le bar vidangé… Tinker s'était enfuie ; on l'a retrouvée qu'en fin d'après-midi. Johnny s'était absenté ; il n'a pas voulu me dire où. Je l'ai renvoyé ; il pleurait ce con : il pèse une tonne, mesure deux mètres et pleure comme une gamine. Je le déteste. Je le déteste. Pourquoi me laisse-t-il seule justement en ce moment ?*

*Je me suis douchée pendant une bonne heure. Ça me purifie quand je stresse. J'avais besoin de me laver … J'ai cessé d'utiliser mes téléphones. De toute manière je ne veux plus parler à mes proches ; et celui que je veux joindre ne me répond pas.*

*Monsieur est un atlas qui porte le monde sur son épaule, et ne se préoccupe pas d'une jeune femme de mon espèce.*

*Et puis après ma douche, toc-toc à la porte.*

*L'accueil ne m'a même pas prévenue de son arrivée.*

*Comme un diable sorti de sa boîte.*

*Ce vieux crétin d'Almayer !*

*C'est Papa qui l'envoie. Pour assurer ma sécurité. Mon œil : pour me surveiller plutôt. Je l'ai envoyé balader mais il a bloqué la porte avec son pied, a poussé comme une brute et je suis tombée en arrière : j'ai une grosse bosse. Et une migraine tenace.*

*Almayer est le mec le plus méchant que je connaisse. Il est rassurant de l'avoir avec soi. Mais comme m'a dit Papa un jour, on ne sait jamais vraiment pour qui roule Almayer.*

*Il a réussi à loger dans la chambre d'à côté. Beurk. Il pue toujours autant l'éther.*

# XXI

JUIN 2023

## *Bruges*
## *De la poste au bureau du CIA*

Borluut remontait la *Klaverstraat*. Il venait de sortir de la grande poste centrale de Bruges. Il avait pris à son compte le courrier officiel du jour du CIA. Ce n'était pas dans ses habitudes, mais ce matin, en plein *Beerstraat*, la roue avant de son *Pom-Pom-007* avait éclaté contre un pavé. Il avait dû cabrioler avec adresse pour ne pas tomber, et il avait entendu le moteur électrique de sa bicyclette s'emballer pendant quelques secondes. Il était à proximité de la grand poste ; il y mit sa bicyclette à l'abri, après l'avoir consciencieusement repliée et rangée dans son sac, et disposée dans une consigne (moins de dix-sept kilos, et un volume, pliée, de vingt litres), et il en profita pour relever le courrier du service.

Ce courrier, il l'avait parcouru, et s'était saisi de la seule lettre qui lui était adressée. Le capitaine Wagner, d'Interpol, en était l'expéditeur. Il avait immédiatement oublié *Pom-Pom-007* et ses problèmes techniques.

Il se mit à pleuvoir légèrement dès sa sortie de la Grand Poste, mais il n'en avait cure.

Le pas était soutenu, et suivait assez précisément le rythme intérieur de ses pensées ; il doublait un landau, bousculait une petite vieille à six pattes à la sortie d'une pharmacie, contournait difficilement une colonne d'écoliers.

Cette lettre, il la relut en marchant ; elle apportait une réponse ; mais elle le laissait dans la plus grande confusion.

L'hypothèse de la piste terroriste dans l'affaire Paris Hilton venait de prendre une sacrée claque : il fallait vite se désintéresser des motivations du groupe « tête de mort ».

Il tourna sur *Jorisstraat*, parcourut une cinquantaine de mètres avant de traverser la rue et de se glisser dans *Annunciaenstraat*. La rue était encombrée, et il dût jouer des épaules et des coudes.

En fait, ce qui avait intéressé le FBI à l'époque des attentats anarchistes, ce n'étaient pas tant les terroristes en herbe que ceux qui les surveillaient. Les caméras, les filatures, les infiltrations...

Que se passait-il alors ?

Borluut avait la nette impression que la jeune femme s'était trouvée emmêlée dans un micmac ténébreux de puissances obliques qui l'avaient copieusement dépassée. Qu'elle s'appelât ou qu'elle fût Paris Hilton n'était peut-être qu'anecdotique.

Il fut soudainement pris d'un doute et s'arrêta au beau milieu du trottoir. Devait-il prendre *Langerei* ou *Potterierei* pour rejoindre *Peperstraat* ? Il se fit percuter par un autre piéton ; on s'excusait mutuellement. Il était immobilisé devant la vitrine d'un fleuriste. Peut-être fallait-il prendre le pont ? Mais lequel des deux chemins était le plus court ? Ribelle aurait su cela sans doute. Il allait prendre *Langerei*, il se remettait en marche lorsqu'il remarqua dans un reflet de la vitrine sombre un immense bonhomme. Il se tenait de l'autre côté de la rue, caché par un parapluie et un chapeau. Il était aussi absurdement arrêté que Borluut au milieu de son trottoir, et lançait vers lui quelques œillades aléatoires. « On me file le train », remarqua Borluut sans sentiment. Simple appréciation technique.

Borluut avait attentivement visionné le film qui montrait la jeune femme extraite d'un immeuble et installée de force dans un 4x4 Chevrolet Captiva.

Les services techniques avaient isolé deux photographies.

La première la montrait vaguement éclairée par les phares du Chevrolet. Les joues creusées, le nez fin et long, des cheveux blonds ternes en cascades...

Paris Hilton, à n'en pas douter, qui, ce soir-là, était traitée sans égards.

Que lui voulait-on ? Dans quel état était-elle exactement ?

La seconde photo présentait un bonhomme entre deux âges, coiffé d'un chapeau mou, les traits assez fins et l'œil inquiet. Il avait l'air de diriger tout ce petit monde. Borluut ne le connaissait pas, mais se disait que, malgré la faible qualité de l'image, il le reconnaîtrait assez aisément s'il devait le rencontrer.

Il était maintenant au croisement de *Langerei* et de port-lapin.

Ribelle avait un cousin californien. Il avait identifié l'immeuble après deux jours seulement. Ils avaient la fibre géographique dans la famille.

3025, Newark street. Immeuble Hoover.

L'immeuble était vide depuis quelques années. Il avait été squatté, évacué, re-squatté, évacué à nouveau, mais depuis quelques mois, il restait inoccupé. Toutes les issues avaient été bloquées par des murs de briques et d'épaisses planches.

Borluut avait mis Interpol dessus. Et le Capitaine Wagner :

– « Vous sauriez me retrouver le propriétaire d'un immeuble dans les années 2010 ? Capitaine ? Éventuellement son locataire ?

– « Sans doute. Localisation, lieutenant Borluut ?

– « Los Angeles, rue…

– « Aïe !, avait coupé le capitaine Wagner d'Interpol ; ça risque d'être compliqué ! Vous voudriez pas plutôt loger quelqu'un sur Bruxelles ? Gand ? Amsterdam ?…

– « Los Angeles, Capitaine ! Et il faut rester très discret ; ne pas se répandre en demandes d'autorisation. Il y a des oreilles sales partout dans cette affaire. »

Et puis, après quelques jours :

– « Borluut, ici Wagner. J'ai quelque chose pour vous.

– « Oui ?, avait demandé Borluut.

– « Et bien, c'est… rien !

Le ton de Wagner était froid. Il ne semblait pas plaisanter.

– Vous plaisantez, j'espère, Wagner. À quoi bon me titiller pour rien ?

– C'est que, justement, c'est ce rien qui titille…

- …

- C'est ce rien qui étonne…

- …

– Quand vous demandez une localisation, les services américains de l'urbanisme, quel que soit le bled, sont généralement précis. Vous avez longitude, latitude, numéro cadastré, c.v. de l'occupant, propriétaire ou locataire, l'âge de sa grand-mère, vous savez quand il a perdu son pucelage, ses notes d'exam, s'il trompe sa femme, s'il trompe sa maîtresse, bref, vous avez tout. Mais là, la réponse des services de l'urbanisme de la mairie de Los Angeles a été aussi claire que consternante…

La voix du Capitaine était restée suspendue.

Borluut commençait de s'irriter des silences affectés du capitaine qui n'avaient pour seule fin que d'entretenir un suspense d'artifice.

– Et bien au 3025, Newark street, dans l'immeuble Hoover, en 2010, comme avant, comme après, personne. Personne et re-personne. Aucun propriétaire ; aucun locataire. Rien. Une aberration.

Wagner s'en étonnait. Comme Borluut.

Alors ils ont décidé de fouiller à nouveau ; mais autrement : facturations diverses, électricité, eau, déclarations fiscales, clientèle taxi, interventions d'entretien d'urgence, amende de stationnement devant l'immeuble, etc…

– « …Encore rien », lui avait répété Wagner après quelques jours.

Mais Borluut était tenace.

On fit le même check-listing pour les immeubles voisins. C'est Borluut qui en eut l'idée. Après tout, si on veut se cacher, on peut se glisser dans le dos de celui qui est devant soi.

La liste, il s'y attendait, fut très longue. Deux semaines se montrèrent nécessaires à Wagner et Borluut, chacun de leur côté. C'est Borluut qui repéra la carabistouille.

Toute petite.

Une poussière dans le nez d'un éléphant.

L'immeuble voisin, au numéro 3035, présentait une série régulière et conséquente de facturations diverses (pizza, plombier, serrurier, livreur matériel hifi, abonnement télé, et même service d'escort...) – jusque-là rien de surprenant – adressées à Savannah, en Géorgie. Plus exactement à M. Bolkonski Andrew, 33 bull street, Savannah, Georgia. Soit à plus de trois mille kilomètres de l'immeuble.

– « Étrange ! »

Wagner en convenait.

Interpol et Wagner vérifiaient, cherchaient, furetaient :

– « Fion d'oie ! », lâcha Borluut.

Il n'y a jamais eu d'Andrew Bolkonski au 33 bull street à Savannah. La carabistouille se confirmait et l'éléphant s'enrhumait.

Pour autant, il y avait un occupant à cette même adresse, correctement déclaré, et il était même là depuis un bail, 1949 !

C'est ce que la lettre du matin venait de clarifier.

Et cet occupant répondait au téléphone de manière aimable et serviable, Wagner avait retranscrit avec minutie la conversation qu'il avait eue.

« Voix masculine et chaleureuse. »

Quelques questions entendues avec courtoisie ; d'autres avec prudence ; jusqu'à un second interlocuteur : voix dure et sèche, plus agacée : on n'écoutait plus les questions ; on en posait, de manière impérative : Qui appelle ? Quels sont les motifs ? Identification ? Et puis des menaces de poursuite. La conversation était allée jusqu'à une certaine limite.

Après tout le U.S. *Secret Service* ne s'appelait pas ainsi par hasard. L'USSS !! Borluut n'en croyait pas ses yeux.

Au 33 bull street, à Savannah, Georgia, se cachait l'antenne locale de *l'*US *Secret Service*, et c'était donc en toute probabilité l'USSS qui occupait et gérait l'immeuble Hoover sur Newark street dans les années 2010.

L'éléphant éternuait, éructait, hoquetait.

Il était maintenant sur *Predikhereinrei* ; il voyait la ruelle Coupurat, et le parc Astrid de l'autre côté, et ne comprenait pas comment les rejoindre. Cette partie-là de Bruges ne lui était pas familière, d'autant que des travaux avaient absolument chamboulé la configuration des rues. Il emprunta *Kazeneverst* qui tombait sur le canal. Il dut faire demi-tour.

La pluie avait cessé depuis quelques minutes.

Enfin, il voyait le sommet de l'immeuble du CIA à quelques cents mètres, avec son grand logo bleu qui tournait.

Il s'arrêta. Devant un fleuriste, encore, ouvert celui-ci. Il vit à nouveau dans un reflet le mastodonte à chapeau qui le suivait.

Mais ce qui le taraudait à ce moment était ailleurs : que venait donc faire l'USSS dans la vie de Paris Hilton ?

# XXII

JUIN 2023

## *Los Angeles – Pink Apache Motel*

DOCUMENT « CORNWELL » ANALYSÉ PAR ALMAYER

OBJET : JOURNAL INTIME DE MLLE PARIS HILTON.
SOUS-ENSEMBLE DU DOSSIER 607-623
REMARQUE : À DÉTRUIRE.

P40

*5 juin 2013*

*J'ai reçu les dix premiers flacons. Ils sont assez conformes aux dessins que j'avais faits. Ils sont beaux ; ils accrochent bien la lumière.*

*Ils représentent une sorte de sirène avec des ailes.*

*Le directeur financier de Cosmetics me parle d'un coût exorbitant. Il n'a peut-être pas compris que cette fois je veux rentrer dans le marché étroit des parfums exceptionnels. Mario me dit que mon parfum est exceptionnel. Je le crois exceptionnel.*

*Je voudrais les essayer : en remplir un ; voir les reflets, les éclats que fait le jus dans sa bouteille. J'irai ce soir.*

*Je me suis aspergée ce matin. À peine. Nuque et cheveux. Trois gouttes. Je suis la première femme au monde à porter ce parfum sans nom à base de muguet. Il tient superbement.*

*Je crois que le vieux chnoque au collier n'est pas vraiment là pour me protéger, même si papa lui a demandé. J'ai plutôt le sentiment même qu'il m'épie. Il est sans cesse sur mes talons : quand je sors et traverse le hall, il est là. Quand je traîne dans les rues, il est là ; quand je suis seule dans ma chambre, j'ai l'impression qu'il est là. Je lui ai dit que je pensais être suivie ; il s'en moquait ; il m'a montré un vague sourire.*

*Malgré lui, je me sens encore plus seule.*

*J'espère joindre mon petit hobby ce soir. Car je n'y tiens plus.*

Pages arrachées. Fin du journal intime.

# XXIII

JUIN 2023

*Bruxelles*

L'Ommegang. Sur la Grand'Place. Une grande brasserie traditionnelle, avec des mouvements multiples et contradictoires, des garçons criants et des serveuses mornes.

Dix minutes de retard déjà.

La grande salle du restaurant était pleine, c'était l'heure de pointe, le grand coup de feu : beaucoup de fumée, beaucoup d'odeurs contrastées.

Quinze minutes de retard.

Les tables en majorité prises par des couples, ou des petits groupes, de trois ou quatre personnes. Des regards fatigués, assez peu de rires ou de sourires. Des gens pris par la quotidienneté.

Vingt minutes.

Vingt minutes qu'il attendait le capitaine Wagner d'Interpol. Le rendez-vous avait été pris en catastrophe la veille : Borluut voulait comprendre l'USSS, ses raisons d'être, ses missions. Il voulait comprendre pourquoi il était suivi. Et tout le monde savait que Wagner savait. Mieux que les autres.

Seulement Wagner était prudent. Il avait d'abord dit qu'il ne devait pas répondre aux questions de Borluut sans en avertir ses supérieurs ; et puis les paroles de Borluut l'avaient amadoué. « O.K. pour demain, 12 h 30. »

Borluut ne connaissait pas la tête de Wagner ; et Wagner pas la sienne. Ils n'avaient correspondu que par téléphone. Il lui fallait donc chercher quelqu'un qui cherchait… La mince affaire !

– Lieutenant Borluut ?

Borluut se retourna vivement.

– Comment avez-vous fait pour me trouver ? Je vous cherchais de mon côté. Mais…

– Une question d'habitude lieutenant, dit-il avec mystère en s'installant.

Borluut se sentit immédiatement en confiance, sans trop savoir pourquoi. Wagner était grand, fin, avec un visage lisse et ovale, un grand front dégagé, des cheveux peut-être colorés, coiffés sur le côté pour cacher un début de calvitie, des lunettes à grandes montures d'écaille, un costume simple, gris, une cravate grise également…

– Désolé pour le retard, mais je crois bien que l'on me suivait, reprit Wagner. Un gros type ; comme celui que vous m'avez décrit. J'ai pris bus, tram, taxi pour le semer… Ce qui suppose que notre conversation téléphonique a été entendue ; à moins que vous n'ayez parlé de ce rendez-vous ?

– Non, bien sûr que non. Mais on peut imaginer que vos recherches sur l'immeuble de Los Angeles en aient énervé quelques-uns !

– Possible. Faut voir. Il faut en tout cas rester bien prudent.

Il se tut, conformément au principe qu'il venait de poser, lorsqu'un serveur vint prendre les commandes.

– Alors que voulez-vous savoir ?, demanda Wagner après un moment.

– C'est quoi, l'us *Secret Service* ? Quelles sont ses prérogatives ?

– C'est simple : protection des personnalités politiques américaines, le président, le vice-président, bien-sûr ; certains membres du congrès ; certains candidats à la présidentielle, ou au congrès jusqu'à cent trente jours avant l'élection; certains retraités de la vie politique, à vie, comme les anciens présidents, ou vice-présidents ; la lutte contre la fraude fiscale et financière, aussi. *A priori*, c'est tout !

– *A priori* ? Bien. Qu'est-ce qui dans cet *a priori* relie le *Secret Service* et Paris Hilton ?

– Tout ! Et rien à la fois ! Wagner souriait.

Borluut aimait bien la douceur de Wagner ; son sourire affable, sa voix grave et feutrée, aussi.

– Comment ça ?

– Marilyn Monroe, en 1962…

– Oui ?

– Elle était sous la protection du *Secret Service.*

– Pourquoi ?, s'étonna Borluut.

– Parce qu'il protégeait le président Kennedy… Et que ce qui touchait à l'époque Marilyn, touchait Kennedy. Le problème…

Il se tut : le service leur parvenait. Deux poulets Waterzooï.

– Le problème, c'est que le *Secret Service* reste sous fonds votés par le congrès…

– Et alors ?

– …Et que le congrès a, par conséquent, regard sur tout ; il a le droit de demander des comptes… Vous vous voyez, vous, justifier vos activités par la libido du patron ?

– Et alors ?

– Alors James Rowleys, le chef du *Secret Service* de l'époque, sans doute à la demande des Kennedy, a installé tranquillou une sorte de *stay-behind.*

La fourchette de Borluut fit une pause dans son trajet de l'assiette à la bouche :

– C'est quoi, ça ?

– Je dirais, une sorte de machine clandestine et parallèle… Dans le milieu, il a un petit nom de code…

– Lequel ?

– « Red Wolf », dit-il en un souffle.

– « Loup rouge » ? Et pourquoi ?

– Bah, ils n'ont pas publié de bulletin officiel pour la traduction. Ceci dit, ce serait une allusion au loup du *Petit Chaperon Rouge.*

– Allusion à quoi ?

– Aux compétences d'agent secret du gros méchant loup… J'en sais rien…

– Parce qu'il file la petite fille dans la forêt ?

– Notamment…

– … Et qu'il s'infiltre chez Mère-Grand ?, continuait Borluut en s'agitant légèrement.

– Euh, oui…, hésita Wagner, décontenancé par l'envolée herméneutique du jeune homme.

– Et qu'il a des grands yeux… pour tout voir, genre surveillance vidéo, photos compromettantes… ?

– Sans doute, mais…

– Et des grandes oreilles pour tout entendre, micros, mouchards…

– Lieutenant !

– Et de grandes dents… pour mordre, zigouiller, quand il faut, là où il faut !

– On a compris, lieutenant. Ce loup a tout d'un organisme de renseignement et d'action clandestins…

– Maintenant que vous me le dites…, répondit songeur Borluut. Et le bûcheron ?

– Pardon ?, dit Wagner, en faisant à son tour de grands yeux.

– Votre Chaperon Rouge, là ? C'est la version Grimm ou Perrault ?

– Mais j'en sais rien, moi, et on s'en fout, lieutenant.

– Parce que chez les Grimm, le loup on le zigouille à la fin : éventré, éviscéré, et la petite gamine exfiltrée du ventre de la bête, elle revient du monde des morts. Tandis que chez Perrault, la gamine, on ne la retrouve jamais. Dévorée, engloutie et digérée !

Et Borluut montra un sourire satisfait. Il ne fallait pas y aller à la légère avec les symboliques enfantines.

– Alors quel est le but de ce « *Red Wolf* » ? reprit-il.

Wagner sourit, satisfait de reprendre le fil cohérent de leur conversation.

– La protection du président, du vice-président, des anciens présidents… et de toute personnalité du gouvernement U.S. dans la panade !

– Quelle différence avec les fonctions officielles ? demanda Borluut après avoir longuement aspiré une gorgée de bière. Il avait demandé 25 cl de bière blonde et une longue paille, afin, avait-il expliqué à Wagner, de passer l'obstacle de la mousse. Il avait horreur des petites moustaches qu'elle dessinait.

– Là, les fonds sont privés, l'organigramme est étanche… En un mot, tout est secret ; tout est clandestin.

Depuis quelques secondes, Wagner avait baissé le ton. Il chuchotait presque.

– Tout ce qu'on sait, c'est qu'aucun officier de l'USSS n'y participe ; il n'est constitué que d'agents de base, en exercice ou pas ; une petite trentaine ; on suppose que le président a prise sur eux ; que le directeur du *Secret Service* également…

– Quelles sont leurs possibilités d'action ?

– On dira… illimitées.

Un silence s'installa entre eux, à peine dérangé par les aspirations de Borluut et la mastication de Wagner et quelques bruits de succion : le Waterzooï paraissait être à son goût.

– Illimitées : techniquement, militairement, politiquement… ? Moralement ?, reprit le lieutenant.

– Joli résumé ! Vous vous rappelez l'affaire Lewinsky ?

– Sans doute !

– Un des grands échecs de « *Red Wolf* ». Ils n'ont rien vu venir. Clinton a failli tomber.

– Oui, et alors ?

– Il aurait dû tomber ! Le Procureur Spécial le tenait par les couilles ; et c'est à peine figuré ce que je dis. C'était une question de semaine. On dit que le discours de démission de Clinton était déjà rédigé ; qu'Al Gore plongeait dans les dossiers les plus urgents et sérieux pour faire face au départ de Clinton…

– Et ?

Soudain un déclic se fit dans l'esprit de Borluut. Wagner exprimait Oscar, l'Oscar de l'OSI dans *L'Homme qui valait trois milliards* : la même voix profonde, la même masculinité, la même assurance…

– Puis soudainement, le procureur a presque laissé tomber les charges les plus lourdes… Il est devenu tout discret le petit père.

– « *Red Wolf* » ?

– Il se dit qu'une série de photos montrant le procureur sur un petit portoricain mineur était sur le point de faire le tour de Washington. Vous remarquerez qu'on n'a plus jamais entendu parler de ce type.

À ce moment-là, la grande double porte du restaurant s'ouvrit, laissant passer un gros type avec chapeau. Borluut et Wagner, pris dans leurs confidences, ne le virent pas ; lui ne voyait qu'eux.

– Et Paris Hilton, là-dedans ?

– Il y a eu Marilyn ; il y a eu Monica... Le « *Red Wolf* » est convenu qu'il n'y aurait pas Paris !

– Faut-il comprendre que Paris Hilton serait devenue menaçante pour la présidence américaine ? Ou plutôt pour un ancien président ? Justifiant l'intervention clandestine de « *Red Wolf* » ? Que ce groupe l'aurait enlevée, après l'avoir surveillée ?

– C'est vous qui tissez les fils de l'histoire, lieutenant.

– Bah, alors c'est plutôt Perrault ! Disparue, la gamine, dans le ventre du monstre !, reprit ce dernier, la mine grave.

# XXIV

JUIN 2023

## *Bruges – Bureau du CIA*

DOCUMENT INTERPOL ANALYSÉ PAR LE LIEUTENANT BORLUUT

RÉFÉRENT : AGENT SPÉCIAL CORNWELL
GENRE : DOCUMENTATION AUDIO
NON DATÉ

(Notes du rapporteur : fichier audio. Son à peine audible./ J.G. = John Gunmore ? / B.U. = Bob Undelaya ?)

(Une porte grince. Des pas. Puis silence)

*J.G. : – Le patron est furax ; Jim est furax ; les gars de la NSA sont furax ; Al est super furax.*

*B.U. : – Quoi ? Ça a encore bougé.*

*J.G. : – Je veux, oui. La poche du boss tremble degré max sur l'échelle de Richter tellement elle appelle, la fée Clochette. Ça fait deux jours qu'elle n'arrête pas !*

*B.U. : – Mais… mais elle a pas ledroit !*

*J.G. : – Ouais… ben, j'crois qu'elle s'en balance.*

(Bruits parasites. Une porte qui claque. Ils baissent d'un ton.)

*J.G. : – Mais le pire est ailleurs…*

*B.U. : – Où ?*

J.G. : – *Un fouille-merde du Los Angeles Times a passé un coup de fil auprès d'un de ses contacts de la maison. Il a posé des questions sur la Fée Clochette et ses relations avec Peter Pan.*

B.U. : – *Putain, comment ils ont pu savoir ?*

J.G. : – *Mais tout se sait, mec. On s'attendait à ce genre de fuite...*

B.U. : – *Mais pas si tôt ; pas comme ça... et Wendy, tu penses qu'elle sait ?*

J.G. : – *Putain, j'en sais rien, mec. Attends, Al qui m'appelle :* (il répond au téléphone) *Ouais...*

...

J.G. : – *Ouais...*

...

J.G. : – *Putain de putainerie....*

...

J.G. : – *Que veux-tu qu'on fasse Al ?*

(un long silence)

J.G. : – *Qu'est-ce qu'il veut, lui ?*

...

J.G. : – *Vous comptez bien évoquer le problème, quand même ?*

...

J.G. : – *O.K., Al... on attend....bye.*

B.U. : – *Alors ?*

J.G. :...

B.U. : – *Alors ?*

J.G. : – *Ça sent mauvais. Elle a encore appelé deux fois en 24 heures. Al dit qu'on prend les choses en main.*

B.U. : – *Et ça veut dire quoi, ça ?*

J.G. : – *Bah je crois qu'on s'envole pour l'Europe, gars.*

B.U. : – *Quoi ? Encore ! C'est le boss qui veut ?*

J.G. : – *Bah, j'ai l'impression que le boss est mis hors-jeu sur ce coup. On va se passer de son autorisation.*

B.U. : – *Putain ! On part combien de temps ? Et qu'est-ce que je vais dire à ma bourgeoise, moi ?*

J.G. : – *Non ! Tu dis rien ! Comme d'habitude. On se met en mode furtif.*

Le lieutenant nota avec application dans son petit carnet : « Red Wolf? »

# XXV

## *Une vie de A.A : première partie*
## *Comment il rencontre les Hilton*

Février 1994.

C'était le jour de ses treize ans.

Le 17. En fin de matinée. Toute la petite famille Hilton était réunie dans le grand salon de la demeure familiale pour l'anniversaire de Paris ; on avait mis les petits plats dans les grands ; on s'était offert Bob Chatain en cuisine ; Ricky le père était présent, presque sobre ; on avait posé Kathy, la mère, dans un coin sombre de la pièce entre deux ou trois yuccas, l'œil laqué par l'abus de benzodiazépine, de méprobamate, de captiodame et de valium. Les frères, les sœurs, les cousins et les cousines gueulaient et se battaient sans qu'aucune limite ne leur fût imposée. La fête clanique promettait d'être belle. Tout le monde était là…

Tout le monde… sauf Paris.

On l'attendait.

On s'impatientait.

On s'étonnait.

On examina sa suite, à l'étage, constituée d'une enfilade de trois pièces : chambre, salle de bain, dressing room démesuré. Le décor était sobre et clair.

Personne.

On trouva sa garde-robe désordonnée, avec des pantalons de couleurs vives au sol, en fatras, des chemisiers emmêlés à d'autres, des écharpes qui pendaient des cintres... On ne comprenait pas ce que cela signifiait.

On la chercha dans le reste de la maison labyrinthique ; dans le jardin compartimenté à l'anglaise ; on parcourut son répertoire, on appela toutes ses amies... mais de Paris, point.

On s'inquiétait.

On l'espérait encore au dîner, puis on se résolut à prévenir les autorités. Ricky appela le chef de la police directement ; un quasi ami. Les enquêteurs arrivèrent à peine une demi-heure après, alors que les cousins, cousines, et amis prenaient le large.

Les agents découvrirent deux sachets de coke, dont un copieusement entamé, dans la salle de bain ; sur le lit, sous l'oreiller, deux lettres confuses adressées à Paris, humides des baisers et des larmes qui avaient accompagné leurs lectures. Elles émanaient d'un certain Ignacio. Nul ne savait de qui il s'agissait. Les sœurs, les cousines, les copines furent interrogées : inconnu au bataillon. La lettre convenait d'un rendez-vous et d'une escapade en voiture à Malibu. Pour le jour de ses treize ans.

Rick était en fureur.

Pour le jour de ses treize ans, sa fille avait filé pour « un sang mêlé, un mal blanchi des champs, un juif peut-être... » ; un bonhomme en tout cas visiblement bien plus âgé qu'elle puisqu'il conduisait.

On paniquait.

Dolores, la nourrice de Paris, criait au pédophile ; elle disait qu'on ne la reverrait plus ; ou plutôt qu'on la retrouverait dans un bordel de Tijuana ; ou plutôt dans un sac-poubelle, découpée en morceaux, au pied d'une pile du pont de l'autoroute « 101 ». Elle s'arrachait les cheveux, s'enfonçait les poings dans les orbites, et hurlait sa peur en regardant sans douceur Ricky Hilton. Elle s'effondra dans ses bras.

Malgré des patrouilles en grand nombre sur tout Malibu cette nuit-là, Paris Hilton resta introuvable.

Elle ne revint que le lendemain matin, à l'aube, à pied, les yeux vagues, et mutique. Toute seule, elle entra dans la grande demeure endormie, sans idée du charivari qu'elle avait provoqué. Elle posa un baiser sur la joue de sa mère que tout le monde avait oubliée au milieu des plantes vertes et d'une flaque d'urine si grande qu'on aurait pu y coller une colonie de carpes koï. Elle fixait anxieusement un portrait en triptyque de Bacon pendu au mur du salon. On y voyait le visage d'une jeune femme blonde – thème rare chez le peintre – à différents moments d'une sorte de liquéfaction bleue et rouge. La mère ne réagit pas au baiser de sa fille.

Les domestiques ne retrouvèrent qu'en fin de matinée la jeune Paris assoupie aux pieds de son lit, en boule, les yeux humides. Elle ne dit rien de sa nuit. Ses bras étaient légèrement écorchés ou griffés, et les flics ne mirent jamais la main sur Ignacio.

Ce fut sa première absence. Mais pas sa dernière.

Elle recommença quelques semaines plus tard, à la fin du printemps, sans que l'on en sache plus sur ses motivations ou ses repaires. Deux nuits complètes dans la brousse. Nulle part.

Et puis elle s'absenta une fois encore à la veille de son quatorzième anniversaire. En plein milieu des préparatifs festifs.

Les jours qui précédaient ces fugues ne différaient en rien des jours ordinaires. Nul signe ne les annonçait. Paris souriait ; Paris restait complice de ses amies ou de ses sœurs ; Paris continuait de faire des chichis. Elle s'investissait avec fougue dans des projets immédiats, mais elle disparaissait infailliblement, quelles que fussent les précautions prises par ses proches. De quelques heures à quelques jours. Et le mystère restait entier sur la nature de ses disparitions. Ignacio existait-il encore seulement pour elle ?

La veille des quinze ans de sa fille, Rick décida d'anticiper les frasques centrifugiques de sa fille. La mère, à force d'angoisses, ne fonctionnait plus qu'à coup de clozapine et d'acide vapoïque. Elle fut même « choquée » à deux reprises au Lancaster medical Institute. Sans la sortir pour autant d'un état végétatif profond.

L'inspiration vint à Rick un soir de gala républicain. On était en fin d'année 1995, et Bob Dole courait après l'investiture GOP aux présidentielles et venait remplir les caisses de sa campagne en Californie. Un petit millier des plus grands donateurs du parti étaient là, et les petits lieutenants ou capitaines de Bob Dole cajolaient tout ce petit monde doré : on se souriait, on se claquait le dos, on se caressait… Les promesses de chèques ou de dons se négociaient à la pelle de manière impudique, au milieu de rires gras et de masques fardés, de têtes vulgairement perruquées. C'était un carnaval de charité libérale.

Hilton avait été placé à une table du deuxième rang, à moins de dix mètres de Dole et de son état-major. Rick avait dû déjà serrer par deux fois la paluche gauche du candidat républicain, qui à chaque fois ne l'avait pas vraiment reconnu mais l'avait salué comme s'ils étaient les meilleurs amis du monde. Un patron de publicité logeait face à Rick. Un certain Jim Correge. Il pesait plus d'un milliard de dollars. Cinquante ans, exubérant, le visage refait et tiré, les dents blanches et éclatantes, le teint halé par des bains d'UV, il rigolait, sautillait et paraissait bander en permanence. À ses côtés, une jeune mexicaine mamelliformée ne cessait de le bisouiller et de lui promettre, roucoulante, sans pudeur, le bonheur de sa queue. Ils buvaient trop. Rick voyait les regards gênés des lieutenants de Dole pour lesquels Correge, en raison de sa fortune, restait intouchable. Une bouteille tomba à terre. Ils riaient gras. Les bretelles de la robe de la jeune mexicaine tombaient bas sur le haut des coudes, sans qu'elle cherchât à les reprendre et le décolleté commençait de dévoiler l'aréole des seins. Ses mains étaient invisibles sous la table. Personne ne semblait vouloir intervenir. Ils pourrissaient la soirée.

Un agent du *Secret Service* finit par s'approcher. Costume sombre, silhouette haute, oreillette métallique… Il glissa un mot à l'oreille de Correge. Le milliardaire n'apprécia pas. Il éleva la voix pour protester en jetant un œil à Bob Dole qui serrait des mains de l'autre côté de la salle. Il chercha à repousser l'agent de l'USSS qui campait fermement sur ses pieds. Correge voulut se lever, il criait presque mais il tituba vite, et ses cris finirent en sifflements. L'agent, très calme, se pencha à nouveau à son oreille, et cette fois-ci, Correge montra un visage grimaçant. La main de l'agent s'attardait dans le dos du milliardaire, et plus elle montait, plus celui-ci grimaçait. Sa bouche se tordait, les lèvres tremblaient, et ses yeux commençaient de pleurer.

Rick était abasourdi. Il regardait autour de lui, mais personne ne regardait sa table.

Soudain, la poupée mexicaine se rendit compte que son Jimmy n'allait pas bien ; que le grand type derrière eux lui faisait mal. Elle ouvrit ses grands yeux révoltés et sa grande bouche pour hurler. Mais aucun son n'en sortit. Son visage adopta soudainement la même grimace que Correge, et son corps la même contorsion. L'agent lui frottait le dos, à son tour. Rick le regardait, et il avait l'impression de voir Franck Oz et deux de ses marionnettes sans savoir s'il devait en rire. L'agent, en retour, lui fit un léger sourire affable, sans cesser de manipuler le publiciste et sa pétasse qui laissait, tétanisée, un long filet de bave tomber de sa bouche.

Rick aimait ce type. Il l'adorait même. Il avait une sorte d'arrogance et de souplesse d'exister qui le magnétisaient. Et la violence tranquille.

– Mon ami, putain, vous en avez, vous ! Ou je ne m'y connais pas.

– Merci, monsieur. On essaie de faire ce que l'on peut.

– Votre nom ?, demanda Hilton, qui ne cachait pas son enthousiasme.

Correge était en train de se pisser dessus, et la mexicaine sanglotait avec des grands mouvements de buste. Impuissants.

– Agent Almayer, monsieur.

# XXVI

## *Une vie de A.A : seconde partie*
## *Comment il est amené à s'occuper de Paris*

L'affaire Correge et pétasse consort ne servit pas l'agent Almayer. À court terme, du moins. On lui dit qu'il devait se justifier auprès de Bob Dole et de son état-major, auprès même de sa hiérarchie de l'US *Secret Service*, des avocats de Correge qui faisaient assaut des bureaux de l'USSS, etc...

Le problème était qu'Almayer n'en avait rien à cirer.

Un divorce labyrinthique, une fille iphigénique, un boulot de chiottes.

On suggéra une mutation ; un changement de service ; une autre affectation ; une diminution de ses responsabilités...

La semaine qui suivit l'affaire Correge le vit convoqué à deux reprises : d'abord par ses supérieurs, pour évoquer son avenir ; ensuite par le Dr Chimienz, le psychologue de service, pour évoquer son passé : « Avait-il souffert dans son enfance ? Un père ? Une mère violente ? Des camarades violents ? Ressentait-il une satisfaction devant la souffrance d'autrui ? Devant celle de plus puissants socialement que lui ? Et la souffrance des femmes ? La désirait-il ? »

Il en eut vite assez, et moins de deux semaines après l'affaire, il posa sa plaque, son arme, ses menottes sur le plateau du self de la cantine, après un dernier déjeuner sans saveur, et se tira sans mot, sans justification, sans explication.

Il rejoignit la baie de Galveston, et le voilier que son père lui avait légué, un Ketch honorable de fabrication Camper et Nicholsson de 1964 ; un 54 pieds. Le *Kyphi* : un joli pont de bois, du cuivre à gogo, et une ligne fine et agressive. Le gréement était extravagamment haut et effilé achevant d'affiner la silhouette du bateau. Le grand mat restait mince malgré sa hauteur, plus de seize mètres, et était soutenu par un double jeu subtil d'espars, notamment deux doubles barres de flèche en pin et cuivre sur lesquelles Almayer aimait jouer au funambule. Le bateau tenait bien le vent arrière, craquait à souhait et gitait suffisamment pour finir la moindre sortie trempé et lavé jusqu'aux os. Là, il oubliait Bob Dole (« un grand et sale con arrogant ») et ses rêves de Maison Blanche ; il oubliait Correge et ses fantasmes mexicains, et il oubliait l'USSS, le divorce et sa fille.

Le 25 janvier 1996, soit moins de dix jours après sa démission, une forte et fraîche brise venait du large. Almayer était sorti tôt, à l'aube. Mais sans plaisir ce jour-là. Et il revenait au *Galveston Harbor* plus tôt que prévu, à l'heure du déjeuner ; une drisse lui avait déchiré une partie de la peau de l'index de la main droite. Il pissait le sang, et les brûlures qu'occasionnait l'eau de mer rendaient la blessure difficilement supportable.

En arrivant à quai, Almayer fut étonné de voir une limousine garée devant son emplacement, et un bonhomme en livrée noire et bordeaux droit comme un piquet qui semblait l'attendre. Pendant tout le temps de la manœuvre, le chauffeur de la limousine resta immobile, à peine curieux des mouvements d'Almayer, et ne s'approcha de l'eau que lorsque le ketch toucha le quai.

– Bonjour, vous êtes missio Almayer ?, demanda-t-il d'une voix forte avec un assez fort accent hispanique, alors qu'Almayer s'affairait au milieu de cordages à finir d'affaler les voiles.

– Et vous êtes qui, vous ?, dit Almayer sans répondre et sans le regarder.

– Je suis Estébàn Miro, missio. Vous êtes missio Almayer, missio ?

– Et c'est ta voiture que je vois là, Estébàn ?

– Non missio, reprit le chauffeur latino, sans réagir à la familiarité d'Almayer. Êtes-vous missio Almayer ?, répéta-t-il imperturbablement.

– Alors elle est à qui, cette voiture, Estébàn ?

Cette fois-ci Almayer regardait fixement son interlocuteur et avait cessé ses manœuvres, histoire de faire comprendre que le jeu de questions-réponses devait prendre fin. Estébàn hésita…

– À missio Hilton, missio. Il voudrait vous voir. Tout de suite… enfin dès que vous voulez !

Hilton reçut Almayer dans une des suites du Bayfront Hilton ; le fit soigner par l'infirmière de l'hôtel, une rouquine années soixante-dix sans grand intérêt ; puis le déjeuner arriva aussitôt après : homard, fruits de mer divers, une mousseline à base d'algues du golfe… Almayer s'en paya une bonne tranche. Et en silence. Les deux hommes mangeaient sans dire ni écouter.

Puis avant le dessert :

– J'ai un problème avec ma fille, ronchonna Hilton.

Almayer le regarda sans un mot et lui sourit avec sympathie. « Bienvenu au club », se dit-il, mais il imaginait mal Hilton en papa.

– C'est Paris. Elle va bientôt avoir quinze ans. Elle est adorable, n'est-ce pas… beaucoup moins capricieuse que sa mère au même âge… ou que sa sœur. Le problème, voyez-vous, c'est qu'elle a une sacré manie…

Hilton parlait à voix basse. Visiblement, ça lui coûtait de déballer le linge sale de la famille, et Almayer dut arrêter de mâcher pour bien entendre.

– Elle fugue ; elle disparaît littéralement… à certaines périodes de l'année… comme ça !, et il claqua des doigts. J'ai beau la coincer dans sa chambre, la faire surveiller par des détectives… elle leur file entre les pattes. Et quand elle revient, muette comme une carpe, qu'elle est. Ça peut être deux jours, trois… une semaine est son maximum. À chaque fois elle rentre malheureuse, perdue, dépressive... Elle reste au pieu plusieurs heures ou plusieurs jours ; elle passe son temps sous la douche, dans son lit, ferme à clef la porte de sa suite... Elle ne nous parle plus pendant huit ou dix jours, ne nous regarde même pas. Impossible de savoir ce qu'elle fait, où elle va, qui elle voit... Le mystère reste entier. Kathy, mon épouse, pète les plombs...

Almayer se remit à mâcher tout en souriant pour inviter Rick à continuer.

– En outre, la petite... a une manie dans la manie, si je puis dire... Les veilles d'anniversaires sont rituelles pour elle. Elle a pris l'habitude de nous fuir à ces périodes-là. Ça fait bien deux ans qu'elle n'a pas assisté à son propre anniversaire. Un jour, ou deux ou trois jours avant, elle s'en va. J'ai promis à sa mère que ça ne se passerait pas de la même manière cette fois-ci.

– Quand est son anniversaire?, demanda sans grande curiosité l'ex-agent Almayer.

– Dans une vingtaine de jours, Almayer.

– Et qu'attendez-vous de moi, monsieur Hilton ?

– Rick.

– Et qu'attendez-vous de moi... Rick ?

– Que vous me rameniez ma fille.

– Mais elle n'est pas partie.

– Pas encore !

– Pourquoi pas plutôt l'empêcher de partir ?

– On a déjà essayé. Vous n'y arriverez pas. C'est une anguille, cette môme.

– J'essaierais bien toutefois. Et pourquoi moi, mons... euh... Rick ?

– Sais pas... J'ai bien aimé votre façon de faire chez Bob Dole, sans esbroufe et surtout très efficace. Vous voyez, le grand drame de notre époque, c'est la mauvaise accroche avec le réel. Et je ne parle pas seulement de ces fiottes de démocrates... mais les gens subissent le réel plutôt qu'ils ne le modifient. Ils se prennent baffe sur baffe, sans rien comprendre du monde qui les entoure. Ils n'ont pas de mains ; pas d'idée ; pas de volonté... et le monde, le réel, les choses avancent sans eux.

– Oui ?! Et ?...

– L'autre soir, chez Dole… la réalité s'est emballée. Ce connard et cette pétasse qui se mettent à picoler sans tenir l'alcool ; qui commencent à déconner à plein tubes… Putain, ils allaient mettre la soirée à terre. Vous avez été le seul à les voir venir, ces deux merdes ; parmi vos collègues, aucun n'a bougé. Et puis vous avez fait ça avec rapidité, silence, calme et efficacité. On aurait dû vous décorer au lieu de vous virer…

– Content de vous l'entendre dire, Rick !

# XXVII

## *Une vie de A.A : troisième partie*
## *Paris Hilton se fait la malle*

Almayer avait décidé de considérer Paris Hilton, malgré ses petits airs innocents et son jeune âge, comme un objet d'observation lambda… Il avait planté un mouchard de petite tenue dans sa dernière paire de lunettes, un micro espion de type blade dans son mobile, et équipé sa suite d'un radar de présence qui était censé l'avertir de ses allées et venues.

L'avant-veille de son anniversaire, alors que Beverly Hills était assommée par un soleil de plomb, à mi-journée, la petite prit comme annoncé la poudre d'escampette. Grâce à ses précautions, Almayer la vit venir et lui colla aussitôt le train.

Ce qui surprit d'emblée Almayer fut le naturel avec lequel la petite agissait. Aucune précipitation, aucune appréhension, aucun affolement dans ses gestes. Elle s'évadait comme elle allait faire les boutiques du centre-ville : en flânant.

Il la vit même s'arrêter sur Beverly Drive, pour caresser deux chiens qu'un vieux vicelard promenait au bout d'une laisse plaquée or. Elle s'était baissée pour frotter les oreilles de ce qui ressemblait à des teckels en modèle réduit et fort poilus. Almayer avait entendu dire que ce genre de bestioles était réputé en Europe pour la chasse aux sangliers qu'ils dénichaient en meute. L'asymétrie du prédateur et de la proie conférait à cette chasse une manière de grâce.

On dressait ces nabots dès le plus jeune âge en les enfermant dans la panse d'un sanglier agonisant : on éventrait proprement, on éviscérait légèrement, puis on enfilait deux ou trois chiots (cette expérience devait être collective) dans la chaleur des entrailles, et on refermait en recousant tant bien que mal. Les chiots bouffaient de l'intérieur le monstre ; lapaient son sang ; déchiraient ses organes avec leurs griffes tout en jappant… et accompagnaient le cochon jusqu'à sa mort. Pas de meilleure façon pour éduquer un tueur.

Mais là, sur le grand trottoir de Beverly Drive, c'était une autre chasse qui avait lieu. Presqu'accroupie, jupe courte, la gamine écartait les jambes avec insouciance, tout à son affaire de câliner les bêtes. Et le gros vicelard, en silence, se déplaçait à pas chassés, un peu à droite, un peu à gauche, pour mieux fixer sa culotte, ses cuisses, ses genoux lisses… Almayer remarqua qu'il mettait à contribution les chiens en faisant claquer avec douceur sa langue contre le palais, soit pour qu'ils se dégagent légèrement et qu'ils lui dévoilent l'objet convoité, soit au contraire pour qu'ils s'enfoncent sous les frous-frous de la jupe de la petite, pour qu'ils se frottent à son intimité, ce qui la faisait rire et crier avec joie. Et alors le type jouissait debout. Almayer voyait ses narines tremblantes, ses yeux exorbités derrière les lunettes de soleil, la petite bosse au-dessous de la ceinture… Le vieux n'en perdait pas une miette.

Puis soudainement, Paris s'était levée, avait fait un signe de tête au vieux bidule, un signe de la main débile aux deux teckels, et avait repris sa marche nonchalante sur Beverly Drive… suivie comme par son ombre, à moins de trente mètres par Almayer. Il se demandait où elle allait comme ça, au milieu de ce désert de bitume et de ces caravanes de voitures sans halte.

Arrivée à l'intersection de Sunset Boulevard, au niveau du Beverly Hotel, Paris s'arrêta soudainement ; elle posa son sac près d'un palmier d'une vertigineuse verticalité, regarda l'heure – il était 2.00 p.m. – et parut attendre. Elle semblait un peu tendue, montrait des mouvements plus vifs et plus nerveux, ne cessait de faire le tour du palmier, et regardait le boulevard dans tous les sens. Vers 2.15 p.m., une longue Cadillac blanche vint dessiner un angle droit avec le palmier. Elle avançait avec lenteur, et s'immobilisa tout aussi lentement à quelques centimètres de l'héritière. L'affaire se corsait pour Almayer qui s'était contenté de filer la jeune femme sans prévoir de quelconque moyen de locomotion. La portière à l'arrière droit de la limousine s'ouvrit ; Paris s'entretint quelques instants avec une ombre grande et masculine pour ce qu'en put voir Almayer. Lui, de son côté, accéléra le pas et moucharda la voiture en passant à proximité du coffre. Paris, penchée vers l'intérieur de la Cadillac, ne le vit pas, et Almayer poursuivit son chemin en traversant le boulevard.

Quand il jugea qu'il pouvait se retourner discrètement, le trottoir était vide, et la grande voiture blanche qui avait absorbé Paris tournait vers le Will Roger Park pour disparaître.

Almayer dut faire vite. Son électronique maligne, en VHF, n'avait qu'une portée limitée : quatre ou cinq miles à tout casser. Il héla un taxi à proximité du Beverly Hotel, sauta dedans tout en manipulant son radar pour ajuster la réception des signaux et le dirigea au mieux pour rattraper la limousine, ce qui fut fait au niveau de la free way pour Santa Monica.

– Eh, mec, t'es flic pour sûr !?, demanda après quelques minutes le taxi, un jeune black petit et fluet qui s'exprimait aussi lentement que sa conduite était rapide. Sa tête adolescente dépassait à peine le volant, ce qui donnait à Almayer l'impression par moments de parler à un conducteur invisible.

– Non.

– Eh, mec, t'es détective p'être !? Tu vois comme dans les films, continuait-il, l'œil rivé au rétroviseur.

– Pas plus, répliqua Almayer qui se coiffa d'un casque audio sur la tête.

– Eh, mec, t'es agent secret, alors ?!

La limousine fonçait sur Santa Monica à vive allure, et le taxi l'imitait à moins de cent mètres dans un trafic à peu près fluide.

– Non.

– Et je chauffe, dis, je m'approche, dis ? Tu me le dirais si j'étais vraiment à côté de la plaque, hein ? Le petit bonhomme s'était retourné bien franchement vers la banquette arrière et regardait fixement Almayer. À près de quatre-vingt-dix miles à l'heure, cela semblait légèrement audacieux.

– T'es pas très loin.

– Ouah, génial… Putain, t'as un flingue dans la poche, pour sûr… et le mec que tu suis est une pourriture…

Almayer vit dans le rétroviseur le visage du taxi se crisper lentement et ses sourcils se froncer.

– Euh, dis-moi, mec, toi t'es le gentil ou le méchant dans l'histoire ? Tu serais pas tueur… comment on dit… tueur à gage ?

– Non, reprit Almayer. Ils viennent de sortir… sur Venice, je pense. O.K., c'est bon. Maintenant faites attention au trafic, il y a de la bagnole à gogo ici ; ne les perdez pas !

La voix d'Almayer s'était faite plus directive. Il regarda sa montre : 2.56 p.m.

– T'inquiète, mec ; ce coin, je connais ; j'y emmène mes frères tous les week-ends…

– Attention !, s'écria Almayer.

La limousine avait freiné et manœuvrait devant un immense portail de fer noir.

– Ouais, ils tournent, reprit le taxi, la voix basse, comme si les individus logeant la Cadillac pouvaient l'entendre ; ils s'arrêtent… Regarde mec, ils rentrent dans la propriété à gauche… Qu'est-ce que je fais mec ?

– Tu continues en ralentissant, mine de rien, et tu t'arrêtes quand je te le dis.

Almayer eut toute l'après-midi pour organiser sa surveillance. Avec étonnement il avait vu le jeune taxi descendre sur le trottoir en même temps que lui. Le petit gars s'était pris au jeu. Il s'appelait Jean-Aristide, était haïtien, et n'était pas gagné par les urgences de l'existence. Il se proposait d'aider Almayer qui n'en avait pas besoin, mais qui se laissait séduire par son charme caraïbe.

Le portail qui s'était refermé sur la Cadillac était numéroté 2011 Glaveton avenue. Haut, opaque, rutilant. Jean-Aristide et Almayer allèrent se positionner de l'autre côté de l'avenue, à la limite du green du quinzième trou du Penmar Golf. Un beau par 4. Quelques palmiers, quelques cocotiers et des buissons épais faisaient un bon ombrage en même temps qu'un bon abri.

– P't-être que tu serais bien un agent d'assurance ; tu sais ceux qui chassent les escroqueries, continuait le jeune taxi.

– Non !, répondait Almayer toujours affairé à sa filature, et se demandant comment il allait pénétrer dans la propriété.

Une demi-heure d'observation leur suffit pour voir une série de véhicules blasonnés entrer dans la propriété. Les yeux de Jean-Aristide devinèrent l'estampille d'un traiteur célèbre de Beverly Hills.

– Ils se préparent à faire la fête là-dedans, s'exclama Jean-Aristide.

Almayer pensa immédiatement que Paris pouvait être l'objet même de cette fête. Après tout, on était à deux jours de son anniversaire. En soi, le signe était bon : on ne fait pas de mal à ceux que l'on fête.

Pendant ce temps, il se battait avec le pied télescopique d'une parabole de réception audio que Miguel, son plus récent fourgue en matos électronique, lui avait cédée à prix d'or. Elle devait optimiser les signaux reçus. Le problème d'Almayer ? Il ne distinguait pas le bas du haut, et une tonne de visses traînaient dont il ne voyait pas l'usage ; les réflexions de Rick Hilton sur son efficacité résonnaient à contretemps dans ses pensées.

Une demi-douzaine de camionnettes continuait de se présenter en face : Jean-Aristide devina un fleuriste, un pâtissier, et peut-être un orchestre de Mariachis.

– Ou un gars du fisc ? Dis, tu serais pas inspecteur du fisc ? Et le gars là-bas, genre un mauvais payeur ? Genre il déclare pas tout, et toi tu cherches à savoir s'il vit là, s'il a des voitures de luxe, genre Porsche, Maserati, des œuvres d'art, s'il déclare tout comme il faut, sur la bonne ligne, et tout et tout...

– Non...

Jean-Aristide ne baissait pas les bras, tandis qu'Almayer s'était emmêlé dans les pièces détachées de son pied télescopique et commençait à devenir furax. Le jeune taxi se leva alors et traversa les deux tiers du green du 15 du Penmar Golf ; il ôta le drapeau du trou, et revint le planter avec force à moins d'un mètre d'Almayer, à même le green. Le drapeau, enfoncé de dix ou quinze centimètres, semblait stable.

– Tiens, essaie ça mec. Laisse tomber ta bricole, et attache ta parabole là-dessus, ce sera bien solide.

Almayer se réjouit immédiatement du pragmatisme de Jean-Aristide, et pour récompense lui expliqua sommairement son job du jour.

– Là-bas, il y a une gamine ; elle s'appelle Paris ; elle était dans la voiture, et elle n'aurait pas dû y être ; c'est elle que t'as suivie ; et son papa, il la voudrait chez elle pour demain parce que c'est son anniversaire ; et moi, je dois la ramener... ; voilà, pas plus simple.

Le haïtien parut légèrement déçu :

– Alors, t'es une sorte de... nounou ?

Almayer le regarda avec intensité, pour voir à quel degré le jeune Haïtien se foutait de lui, mais il ne rencontra qu'un regard curieux et candide :

– Mouais... si tu veux, maugréa-t-il.

– Et tu penses que tu vas pouvoir ramener comme ça la gamine en claquant des doigts ; tu vas te mettre là-bas sur le trottoir, et l'appeler... Comment elle s'appelle déjà ? ... ah ouais, Paris... « Paris, Paris, où es-tu ? Minou, minou, minou... ». Wouah, tu dream trop, mon gars !

– Tu aurais une meilleure idée, sans doute ?

Tout à coup, Almayer et Jean-Aristide se retournèrent de concert. Ils avaient nettement entendu un choc sourd derrière eux ; ils purent voir, plein green, une petite balle blanche avancer lentement dans leur direction, ou plutôt dans celle du drapeau occasionnellement installé près d'eux ; la balle s'arrêta à moins d'un mètre d'Almayer.

– Ouais. Nice shot, remarqua Jean-Aristide. Regarde l'impact gars. Un pitch d'enfer. Ce gars-là a l'air de savoir jouer ; il va se montrer furibard quand il va voir que le drapeau ne correspond à aucun trou, dit-il en rigolant. J'ai fait cadet deux ans en Floride. Y a pas plus con qu'un golfeur en rut à l'approche du trou. Faut se préparer au pire.

– Ça m'a l'air d'être une grosse fête, n'est-ce pas ?, répétait Almayer en voyant une série de coupés sport arriver ; il en voyait cinq qui bouchonnaient à l'entrée de la propriété, avant que le portail n'ouvre et qu'ils n'entrent à la queue leu leu, suivis de près par un extravagant buggy rose.

Dans le même moment, il entendit derrière le buisson le plus proche le sifflement d'un moteur électrique. Il se retourna au moment où, escaladant une bosse herbeuse, une voiturette de golf surgissait avec au volant une vieille tige à carreaux. Sa casquette, sa chemise, son pantalon avaient fait l'objet d'un choix esthétique précis, comme ses chaussures blanches et noires à languettes. Elle sauta du véhicule en marche, interloquée :

– Mais quel est ce merdier ? Putain, qui a déplacé ce drapeau ? Putain, le green, vous l'avez massacré ! Putain, mais qui êtes-vous ?

# XXVIII

## *Une vie de A.A : quatrième partie*
## *Comment il retrouve Paris Hilton*

A 7.15 pm, entre une Porsche et une Chevrolet Corvette, une voiturette de golf tremblotante se présentait au portail du 2011 Glaveton avenue ; à bord, deux gus lunettés soleil, un type caucasien et un plus bronzé, tous deux également chamarrés de pull ou de casquette à carreaux. On leur souriait ; on les accueillait avec des rires ; on applaudissait l'audace.

La soirée commençait, et une bonne cinquantaine d'invités, tous presque teenagers, tournaient et se prélassaient autour d'une gigantesque piscine ronde. Une petite bimbo, qui n'avait pas dix-huit ans, refila à Almayer et Jean-Aristide à peine descendus de la golfette une sorte de mixture blanchâtre fortement alcoolisée, à base de lait et de vodka – un « White Russian », dit Jean-Aristide qui fut un temps serveur dans un bar réputé de Nassau – qui assomma en quelques secondes Almayer pourtant habitué à des traitements corsés.

Almayer remarqua que les mariachis étaient à peu près tous écroulés sur un parterre de pétunias ou de géraniums vivaces, les instruments en vrac, notablement ivres. Ils durent enjamber l'essentiel de la section cuivre pour accéder à la maison. Seul le trompettiste paraissait résister au traitement toxique infligé à ses collègues, et poussait toutes les dix secondes un la mineur bien net et lugubre, les yeux fermés, la tête dodelinante.

Plus loin, derrière la piscine et le grand pool-house, des silhouettes sombres, – Almayer en compta cinq -, déambulaient ; elles étaient armées de fusils mitrailleurs de type m-16 et contrastaient avec les jeunes gens dénudés, notamment féminins, qui envahissaient la piscine et ses abords ; juraient avec les rires des jeunes femmes ; les bruissements de l'eau ; les éclats de rires. Et cet ensemble hétéroclite laissait une ambiance pesante et indéterminée.

Almayer s'aperçut que plus on avançait vers la demeure – de type palladien, en colonnades et briques roses – plus les filles étaient jeunes et dénudées – une petite paire de seins aux dents blanches venait juste de lui passer sous le nez – avec des regards plus vides, des joues plus roses, des nez explosés par la coke… Les rires devenaient plus rares, et se transformaient en soupirs…

– Mais où est cette fichue gamine ?

Almayer, suivi de près par Jean-A., passait des portes, traversait des salons, toujours plus sombres, légèrement plus inquiétants, descendait pour chaque seuil une marche ou deux… Des voix sirupeuses et des petits cris parvenaient du fond de l'enfilade…

– Bon sang, elle s'arrête des fois cette baraque ?, soupira-t-il.

Il sentait derrière les portes, derrière les murs, quelque chose de détestable.

Enfin, une grande tapisserie portière, dominée par des motifs géométriques mexicains, se présenta à eux. Ils pouvaient entendre derrière elle quelques râles, des gloussements et des souffles… Almayer souleva le plus discrètement possible la tapisserie, et découvrit un spectacle d'emmêlements sexuels. Des jambes s'enjambaient et des bras s'embrassaient ; des bouches gobaient et mangeaient des verges violacées en nombre, surplombées par des bides protubérants et velus qui gélatinaient avec frénésie dans un coït général…

À l'extrémité de cette curée, Almayer reconnut la jeune Hilton. De dos.

Elle chevauchait doucement un immense latino qui évoquait le gros Jaba de Star Wars : gros yeux, grosse bouche, gros ventre. Toute la surface de la peau, mate, comme tannée, se montrait animée par de minces vagues de graisse humide. Sa grosse main serrait l'une des fesses de la jeune femme, qu'elle recouvrait entièrement. Il donnait l'impression de pouvoir broyer à n'importe quel moment le petit corps blanc et blond qui sautillait sur lui et qui s'enfilait sur son gros vit.

Almayer regarda Jean-A, et il aurait parié qu'il rosissait sous sa peau de négrille. Ses yeux roulaient dans tous les sens, cherchant l'ordre et le fil de cet emberlificotage pervers. Puis ils se posèrent finalement sur une immense croupe ébonie qui recouvrait avec méthode une longue brute aux poils gris et à la verge fatiguée. À chaque rebond de cette Venus Hottentote, le canon d'un M16, dont la bandoulière enserrait encore l'épaule de l'homme, cognait le sol, donnant à leur rut un rythme d'acier mécanique.

Au mur, sur des porte-manteaux de fortune, au sol, en désordre, sur des longues méridiennes en bois rouge, s'amassaient des vêtements et des armes jetés à la hâte. Comme si la nécessité de ce grand assemblage s'était imposée à tous, soudainement.

Le White Russian, la danse hypnotique des saturnales, la chaleur et l'odeur âcre de sueur et de foutre qui sortaient de la cave basse tournaient l'esprit d'Almayer.

Le grand blond flasque sous la danseuse nègre gémissait ; son voisin tremblait, assis sur le visage d'une mexicaine ; le gros Jaba soufflait, les yeux clos.

Almayer retrouva son efficacité.

Il franchit la portière, saisit un holster qui pendait à la porte d'une armoire à moins d'un mètre de lui et en sorti le flingue. Il dut enjamber deux ou trois corps et arriva plus vite que prévu contre la tempe du gros Jaba sur laquelle il appliqua un automatique Smith & Wesson calibre 45. Il espérait qu'il était chargé.

– Prends la petite et couvre-la, dit-il à Jean-A sans se détourner des yeux grand ouverts du mexicain qui avait cessé de gémir, qui avait cessé de bouger ; il regardait Almayer comme s'il avait voulu le photographier ou le mémoriser à l'infini. Sans étonnement. Mais avec intérêt.

Toute la salle s'était gelée ; tous les regards s'étaient tournés sur Almayer et son acolyte, qui tant bien que mal, cherchait à attraper

Paris. Il avait déployé une grande serviette de bain et il cherchait à enfiler Paris dans celle-ci. Yeux mi-clos, bouche entrouverte, elle résistait timidement. Sur la grande serviette éponge, un étrange poisson coloré était imprimé, que les gesticulations improbables de la jeune fille paraissaient animer.

Puis ils suivirent tous trois le chemin inverse, avec fracas : les longs couloirs, les salles contiguës, les petits escaliers, la terrasse ensoleillée qui les aveugla, le tour de la piscine, les corps des Mariachis... Derrière, des cris et des bruits d'arme. La golfette était prise entre deux 4x4 ; plus loin, ils voyaient arriver deux barriques hispaniques qui descendaient la pelouse en courant vers eux, un talkie vissé à l'oreille.

Le petit haïtien étonna son monde. Il sauta dans le premier 4x4, un Chevrolet blazer 89, farfouilla dans la boîte à fusibles et, après deux ou trois manipulations, lança le moteur.

– J'ai d'abord été taxi à Haïti !, dit-il en un sourire ; allez, montez !

Marche arrière, braquage légèrement trop court et le 4x4 sortit de la propriété en faisant sauter une partie du portail noir qui se refermait sur eux. Ils foncèrent sans hésiter sur Santa Monica, mais en traînant derrière eux la voiturette de golf que la manœuvre avait accrochée. Ils laissaient sur la route deux grandes gerbes d'étincelles bleues et jaunes que Paris regardait, souriante et émerveillée.

Ils rigolèrent tous les trois.

# XXIX

## *Une vie de A.A : cinquième partie*
## *Comment on lui dessina un drôle de collier*

Les flics du LAPD débarquèrent le lendemain matin dans la grande demeure du 2011 Glaveton avenue, suite à la plainte de Rick Hilton. Ils arrivèrent en nombre – deux escouades -, bloquèrent l'avenue, survolèrent le secteur avec deux hélicoptères de surveillance, mais trouvèrent la place libre de tout occupant…

Des vestiges de bacchanales restaient visibles : on avait piétiné la pelouse ; on avait chamboulé l'ordre de la maison ; mis à terre les armoires, les lustres et les tableaux ; on avait vidé la piscine ; on avait ravagé plusieurs parterres de fleurs pour déterrer quelques mystères... On avait même scié un jeune palmier qui restait en travers de l'allée centrale.

Qui étaient-ils ?

Et que venait faire Paris là-dedans ?

Une partie de l'énigme se débrouilla en milieu de journée. La DEA investit les lieux à son tour, sans y avoir été invitée. Il apparut vite que le gros Jaba – Ernesto Herrero Ortegal – était un caïd du sud du Mexique, de la région de Oaxaca, co-fondateur avec son frère – un jeune playboy connu sous le nom d'Ignacio – du cartel de Sinasina. D'une manière générale, cette pourriture vivait du trafic de drogue et de jeunes putes sud-américaines qu'il passait par le golfe sur des yachts open surpuissants. La DEA le surveillait depuis deux semaines ; plus précisément, depuis son arrivée à L.A. où il était venu alimenter ses réseaux en mineures et en coke. Toutes les jeunes femmes qu'Almayer avait croisées à la fête étaient des jeunes putes qui travaillaient ou allaient travailler pour lui. Ignacio apparaissait en plein boum ; la DEA avait cru comprendre qu'il élargissait son marché, et qu'il s'apprêtait à prendre contact avec de gros dealers locaux, notamment les bandes de Canyon street. Ils l'avaient localisé ; ils le collaient ; ils attendaient l'erreur et le flag.

Almayer, bien malgré lui, mais il s'en fichait, avait tout mis par terre.

Ernesto Herrero Ortegal – ce fut dit en passant – était surtout réputé pour la quantité et la qualité de ses crimes. On comptait parmi ses victimes des rivaux crapuleux, mais aussi des militaires et des policiers mexicains – il ravageait non seulement le flic mais sa famille proche -, meurtres qu'il soignait, quand il le pouvait, par une manière qui lui était propre : il enlevait le soir, torturait la nuit et pendait le matin ; mais pas la pendaison mignonnette ; le plus souvent, il pendait sauvage, en « long drop », et même en « long long drop » : la victime se faisait pendre en haut d'une grue de chantier, à l'extrémité de la flèche de la grue, si possible centre-ville, si possible bien visible, au bout une corde suffisamment longue pour que la tête soit arrachée au moment de la tension, laissant de chaque côté du cou deux plaies de déchirure particulièrement sordides.

Un des flics du DEA, ayant connaissance du passé US *Secret Service* d'Almayer, le prévint :

– 'gaffe..., dit-il à voix basse, l'un des surnoms de Ernesto, c'est « Dumbo » ... pas seulement parce qu'il a un physique de pachyderme, ou qu'il adore ce film, qu'il montre en boucle paraît-il à ses onze filles... C'est parce qu'il a une mémoire d'éléphant, ce type... On dit qu'il n'oublie pas ! Qu'il n'oublie jamais. Les grues d'Oaxaca sont pleines de ses souvenirs ! Fais gaffe, Al.

Almayer le remercia avec détachement, et se demandait plutôt comment Paris Hilton avait pu rencontrer Jaba-Dumbo ? Il interrogea brièvement la jeune femme, mais elle ne lâcha pas un mot sur cette relation, sinon qu'elle le verrait bien crever, gicler, se tordre de douleur...

Papa Hilton se réjouit de retrouver sa fifille ; il n'y avait plus que ça qui importait ; on fêta trois anniversaires en un, et on dépensa sans compter.

Quelques jours après, Paris Hilton défonça la vitrine de la Chanel Boutique, sur Rodeo Drive, au volant de son Range Rover tout neuf. Devant l'objectif d'un paparazzi chanceux.

Elle était absolument fourrée à la coke, et devenait aussitôt la coqueluche d'une génération perdue.

De son côté, Almayer resta sensible à la candeur de Jean-A. Ils continuèrent de se voir et de se fréquenter, et on les voyait assez souvent l'un et l'autre déjeuner au Slimper à proximité des bureaux qu'Hilton avait laissés à l'usage d'Almayer, plein centre de L.A. On les avait également vus plusieurs fois à quelques réceptions hiltonniennes, et le décalage entre la pudeur bourrue d'Almayer et l'exubérance caribéenne de Jean-Aristide en faisait sourire plus d'un.

Almayer reçut la charge de la sécurité de la petite famille. On craignait la rancune de Dumbo. On craignait pour Paris. Almayer lui choisit un Derringer 38, maniable, mini, à deux coups, qui se rangeait facile dans un petit sac, qui se glissait facile dans la ceinture. Rick le fit personnaliser : un petit cœur de nacre sur la crosse. Mais Ernesto étant coutumier des massacres familiaux ; on craignait aussi pour Baron, pour Conrad, pour Nicky. Le cas de la mère, Kathy, était alors jugé irrémissible.

On voyait souvent Almayer traîner dans la résidence de Beverly Hills : il filtrait les invités, adultes ou ados, équipait la demeure de systèmes innovants d'alarme et de détection, briefait le chauffeur, Estébàn, sur la manière d'échapper aux filatures, l'entraînait, le filait lui-même pour connaître ses réactions, accompagnait Conrad au collège, suivait et chaperonnait les filles lors de soirées alcooliques et toxiques, cognait quelques jeunes cons à la main traînante que n'approuvaient pas les filles, menait Kathy de cliniques privées en instituts psychiatriques, choisissait ses infirmiers, renseignait Rick sur des collaborateurs douteux ou trop curieux, faisait renvoyer un cuisinier pas net, et encaissait un chèque substantiel à la fin du mois.

Et s'ennuyait ferme.

Après quelques mois, et après que Kathy, un jour de lucidité, se plaignit, à juste titre, de l'almayerodépendance de toute la famille Hilton, il demanda une pause de quelques semaines, histoire de retrouver un peu de sérénité… Rick ne lui accorda que huit jours.

Re-Galveston.

Le Kyphi encore.

Une croisière de quelques jours. Plein golfe du Mexique. Le Chocolatero, ce petit vent rare provenant du sud du continent, était annoncé soufflant et chargé. La mer n'était pas trop remuante.

Almayer ne partait pas seul. On l'avait vu sortir du Galveston Harbor, la poitrine haute, les cheveux libres et un léger sourire aux lèvres. À ses côtés, Jean-Aristide.

On les vit partir ; mais on ne les vit pas revenir.

Huit jours après leur départ, au Galveston Harbor, Estébàn attendit cinq heures durant. Il téléphona à Rick à partir du GSM de la limousine : « Oui…, leur retour était bien prévu pour aujourd'hui… ; bien sûr, pour midi… »

Mais Estébàn attendit en vain. Pas d'Almayer. Pas de Jean-Aristide.

La capitainerie ne savait rien des agissements et des mouvements du Kyphi. On ne l'avait pas vu revenir les jours précédents, non plus. D'ailleurs, l'emplacement réservé au bateau sur le ponton restait vide. Et personne ne s'inquiétait : à cette période, les fortunes de mer se faisaient rares.

Mais l'un des employés de la capitainerie crut se rappeler que deux hommes, costumés, cravatés, s'étaient déjà renseignés sur Almayer. Deux jours auparavant.

Hilton réagit immédiatement. Les drames des mois précédents avaient hautement acéré son instinct de conservation. Il sentait en permanence la tuile, la pré-catastrophe, le drame… Il devenait maladivement méfiant et précautionneux. Il affréta sans tarder deux vedettes rapides qui eurent pour mission de sillonner le golfe au large de Galveston. Un hélicoptère devait survoler la même zone. Les garde-côtes furent mis à contribution : ils rechignèrent dans un premier temps, convaincus qu'un retard de quelques heures n'était rien sur un timing de croisière, mais les appuis de Hilton réduisirent considérablement leurs réticences. Deux longs range interceptors, bateaux ultra-rapides de trente-six pieds et pouvant dépasser les trente nœuds, et un Fast Reponse cutter, furent mis à contribution.

Hilton devait bien ça à Almayer.

C'est un des deux interceptors qui retrouva le Kyphi. À plus de cinquante milles nautiques de Galveston. Il dérivait sur son aire, à peine tiré par la voile de tourmentin, qui tremblait et faseyait sous un petit vent. La coque avant bâbord montrait un enfoncement important, signe qu'un abordage sauvage avait eu lieu.

Le bateau gîtait légèrement tribord. Du côté où se trouvait Almayer. À chaque mouvement de roulis, debout, dix mètres au-dessus du pont sur la flèche basse du grand mât, sur la pointe des pieds, il devait faire deux petits pas, en avant, puis, quelques secondes après, deux petits pas en arrière pour se maintenir en vie. La peau des plantes de pied arrachée, sanguinolente à force de frotter les clous de cuivre. Ses mains, également en sang, étaient attachées dans le dos. Tout son corps se tendait, son cou s'étirait, comme démonté par la corde qui l'enserrait et qui l'accrochait à la flèche supérieure. Il était resté deux jours durant, ainsi pendu et dansant dans le gréement. Sa chemise avait rougi du sang qui s'écoulait du cou, et qui séchait en se mêlant à la fibre du tissu. La peau du cou avait disparu.

De l'autre côté du grand mat, à l'opposé de l'espar supérieur, Jean-Aristide avait eu moins de chance. Sa tête, gonflée et cuite par le soleil, se balançait, seule, au bout d'une corde trop longue.

On pouvait deviner, sur le pont avant, la chute qu'avait faite le corps décapité : une épaisse tâche de sang noir recouvrait l'écoutille. Le corps avait été jeté à l'eau, ou avait lui-même rebondi. En tout cas, il avait disparu.

Dumbo était rancunier; et Dumbo connaissait bien le Golfe qui était son terrain d'action. Dumbo avait retrouvé Almayer et lui avait offert le sacrifice du petit haïtien.

# XXX

JUIN 2023

## *Bruges – Bureau du* CIA

DOCUMENT INTERPOL ANALYSÉ PAR LE LIEUTENANT BORLUUT

RÉFÉRENT : AGENT SPÉCIAL CORNWELL
GENRE : DOCUMENTATION VIDÉO
DATE INDÉTERMINÉE

Un nouveau document vidéo. Tout simple. Un plan fixe et large. On y voit le grand perron d'un immeuble, sans doute un hôtel, mais le haut de l'image est trop bas pour voir le nom de celui-ci. Le lieutenant Borluut note toutefois que les deux véhicules présents à l'image sont immatriculés en Italie ; peut-être Venise.

Borluut fut rapidement convaincu d'être devant le Stucky Hotel de Venise, l'hôtel de Paris Hilton : le standing était au niveau, et il avait cessé de croire aux coïncidences.

Il se disait qu'un esprit affûté aurait su démêler les fils de la bobine pour qu'elle devienne aussi transparente qu'une boule de cristal. Mais lui, de son côté, commençait d'être las. Ce crime n'était pas son crime.

Le film défilait devant ses yeux sans qu'il le vît réellement.

Lorsqu'il cessa, le tampon chronométrique indiquait une longueur de quinze minutes. Il hésita. Puis il le regarda à nouveau, avec plus d'attention.

Il montre le grand bonhomme au chapeau mou déjà vu sur les autres bandes. Le bonhomme du *Secret Service*. Que fait-il là ? On le voit sortir tout doux de l'hôtel, en regardant bien à droite et bien à gauche. Prudent le gars. Puis après une minute ou deux, il s'en va le long de l'hôtel, par la gauche. Il sort du cadre. Il presse progressivement le pas, en regardant par-dessus son épaule. Finalement très méfiant.

Passe un long plan pendant lequel la caméra encore ouverte enregistre les clients de l'hôtel sortant, entrant, des piétons qui stagnent devant l'hôtel, des voitures qui passent, d'autres qui s'arrêtent… Et puis il y a ce gros type insolite, noir, si gros qu'il peine à se mouvoir ; il est habillé tout en noir, coiffé d'un petit chapeau noir ; Un homme, plus fin, plus petit, plus jeune, satellite autour de lui. Il lui porte ses sacs, lui présente un cigarillo, hèle le chauffeur d'une épaisse limousine… et Borluut, sans les connaître ni les reconnaître, frémit malgré lui. Quelque chose de lugubre émane de leur couple…

Quelques minutes passent encore.

Soudain le chapeau mou réapparaît. Le type du *Secret Service*. Il court. Il s'engouffre en urgence dans l'hôtel accompagné de deux acolytes également chapeautés. Pour ressortir deux ou trois minutes plus tard ; il a le visage ravagé par l'inquiétude, le téléphone mobile vissé à l'oreille, en faisant des grands gestes énervés.

Fin du document.

# XXXI

JUIN 2023

## *Pink Apache Motel*

DOCUMENT « CORNWELL » ANALYSÉ PAR ALMAYER

RÉFÉRENT : AGENT SPÉCIAL CORNWELL
OBJET : VIDÉO
5 JUIN 2013 : JOUR DE LA DISPARITION DE P.H.

Un nouveau document. Tout simple. Un plan fixe et large. On y voit le grand perron d'un immeuble, sans doute un hôtel, mais le haut de l'image est trop bas…

Almayer identifia immédiatement le Stucky Hotel de Venise. L'hôtel de Paris Hilton.

Il se voyait, là, devant l'hôtel, coiffé de son vieux Tropic Player en velours sombre.

Devait-il revivre cette journée détestable ? Journée sans substance comme un grand arbre à guimauve dans lequel il n'avait cessé de se prendre les pattes.

Ce matin-là, Paris avait fugué. Sa bipolarité lui jouait des tours : crises de nerfs, caprices de diva, dépression et tout le tintouin. Il se rappelait l'avoir cherchée trois bonnes heures alors que son foie le travaillait à se plier en deux, à cracher du sang. Il se rappelait qu'elle était réapparue comme par magie dans sa chambre.

Il ferma les yeux… Il la revoyait clairement.

Elle pleurniche comme l'ado qu'elle a été, déchirant des pages de son journal intime ; elle se plaint de la solitude, des promesses que les hommes ne savent pas tenir, d'un mal obscur dont elle souffrirait (psychique ?, physique ?)…

Lui a un peu trop bu : Maotai toujours, et éthérine. La faute à son foie.

Puis elle rit, lui raconte son projet de parfum, des « flacons poétiques », dit-elle ; elle lui prend la main, et descend pieds nus le grand escalier du Stucky, se faufilant entre des majordomes et des femmes de chambre ; elle traverse le grand hall, lui à la traîne, mais souriant…

Ils traversent les cuisines, les arrière-cuisines, bousculent une bonne dizaine de commis et arrivent devant la grande porte du frigo qu'elle manipule sans effort et là, apparaît, comme sur un autel, une vingtaine de petits flacons emplis d'un liquide safran.

« Pschiit-pschiit », vaporise-t-elle.

Lui sent quelque chose de doux, à base de muguet peut-être ; quelques notes de jasmin, une autre de noix… mais surtout l'éther qui lui pourrit le nez.

Et puis soudain, la voilà qui s'irrite à nouveau. Elle dit que le parfum a tourné, qu'il a perdu son originalité ; elle lui reproche d'être là, dit qu'il est envoyé par son père ou par « Big Bob »… Qu'elle est fatiguée par toutes ces odeurs.

Lui, à ce moment-là, manque de jugement.

Il estime que comme elle commence à pleurnicher, il peut lui balancer la purée. Comme quand il s'agit d'ôter une écharde à un gamin qui chiale : il chialera pas plus en sentant l'aiguille le charcuter. Voilà ce qu'il se dit.

Alors il lui raconte tout : que le « Big Bob », justement, il en a marre de ses coups de fil intempestifs, ras la couenne de ses caprices, que leur relation va droit au mur, que des journalistes commencent à flairer les mauvaises odeurs, qu'elle devient gênante ; plus que gênante, imprévisible ; plus qu'imprévisible, dangereuse, qu'il y a, par conséquent, ordre absolu de « black-out »… Finis les appels ; finis les rancards ; finis les mots doux…

Fini tout court.

Soudain, elle se met à chialer comme une gamine toute gâtée ; soudain elle joue à l'hystérique, se ruant sur lui, lui frappant la poitrine avec ses deux petits poings, lui cognant les mollets à coups de pied, et le ventre avec les genoux... Elle parle de Bob, de Johnny, de Julia, de son père... En tout cas, elle lui fait un mal de chien.

Les pensées d'Almayer s'embrouillent.

La faute à la douleur.

Et à l'irritation.

Et sa main part toute seule, et cogne Paris au niveau de la tempe gauche.

Il la voit chuter en arrière vers le mur de béton qui surplombe sa table à parfums ; il voit sa tête qui rebondit sur le mur, les projections de sang, écarlates, qui retombent sur les flacons, et Paris qui s'écrase comme une masse sur le sol.

Curieusement, Almayer reste un temps concentré sur les flacons : un seul s'est brisé, au sol. La petite râle, gémit, le regarde en coin, un œil marron et un œil bleu – une de ses lentilles s'est fait la malle – avec une mâchoire manifestement brisée et qui pendouille, inerte. Un mélange de son sang et du parfum s'étale à l'arrière du crâne.

Pour Almayer, c'est une véritable douche froide : son foie ne lui fait plus mal, sa tête ne tourne plus... Il s'accroupit et prend la tête de la jeune femme entre ses grosses mains... Il sent qu'elle tremble... Il perçoit les battements de son cœur...

Alors il court...

Il court jusqu'au grand hall pendant que, dans sa tête, les priorités s'affichent : ne pas paniquer ; rester un max discret ; cesser de courir ; prévenir le bureau central à Washington ; appeler ses deux adjoints pour qu'ils le rejoignent dans les cuisines ; embarquer la belle à l'hosto avec un max de précautions, éventuellement l'assistance technique ou logistique du bureau de la CIA, il connaît quelqu'un, un certain Edmund, bonne pâte, efficace, discret, mais cette enflure ne décroche pas... Puis il revient au frigo.

Bob et John sont là, avec lui, mais plus la petite. Il s'est dit, comme ça, tout de suite, qu'elle s'est carapatée, qu'il l'a considérée plus touchée qu'elle ne l'était... mais la vue d'une longue traînée de sang l'a vite refroidi. Visiblement, on a plutôt tiré son corps, et sans égards. Qui ? Comment ? Et en si peu de temps ? Et pourquoi, pour où ?

Alors ils furètent. Autant que des pisteurs Yanomanis. La traînée de sang a été piétinée par deux ou trois paires de pieds. Du grand format. La traînée, puis les traces de pieds ensanglantées (ils l'avaient portée) s'en va vers une porte de service. Après cela, une petite ruelle, qui tombe sur l'un des canaux secondaires de la vieille ville. Après cela, le vide.

Cette journée, jamais il ne l'avait comprise. Il n'avait jamais su où Paris s'en était allée et qui l'avait embarquée...

Rien de rien.

Brouillard, confusion, grosse faute pro, la haine et le mépris de Rick Hilton, une longue déprime, beaucoup de Maotai, beaucoup d'éthérine, la panique et les reproches de ses anciens collègues du *Secret Service*, l'inquiétude pesante du « Big Bob » qu'on lui avait fait comprendre...

Deux fois, il était retourné à Venise sans jamais réussir à mettre bout à bout les infos : Qui ? Pourquoi ? Où ? Une longue décennie de doute.

Mais là, soudainement, dix ans plus tard, les yeux rivés sur l'écran, à regarder les vieilles images de ce jour funeste, Almayer s'était levé, ou plutôt il avait bondi. Un petit cri était sorti de sa poitrine ; une plainte presque.

Il devinait sur le film de cette salle journée l'inattendu même.

Au milieu des badauds qui passent devant le Stucky Hotel, au milieu des clients qui entrent et qui sortent, des commis et des liftiers venus prendre leur service, deux fantômes apparaissent.

Il frissonna et les reconnut avant même que sa conscience ne les identifie et que son attention ne les fixe.

Ils sont habillés de noir, chapeautés de noir, et quelque chose de funeste émane de leur personne. À vrai dire, Almayer n'a jamais rencontré plus funestes que ces deux horreurs.

Il repassa l'image ; une fois, puis deux...

C'est eux, mon Dieu ! Pas de doute !

Enfin c'est lui !

Il n'en croyait pas ses yeux ; cette grosse silhouette lente, pachydermique, obésiforme, affublée de son ombre légère : Ernesto, dit « el Dumbo », et son jeune frère Ignacio. Tout droit sortis de l'enfer.

Que viennent-ils faire là, si loin de leur base, le jour même de la disparition de Paris Hilton, leur ancien souffre-douleur ? Avec qui ont-ils signé un pacte ?

Comme il était troublant que la lumière puisse émaner de ces ténébreuses crapules...

# XXXII

JUIN 2023

## *Los Angeles – Pink Apache Motel*

DOCUMENT « CORNWELL » ANALYSÉ PAR ALMAYER

RÉFÉRENT : AGENT SPÉCIAL CORNWELL
OBJET : LETTRE DE BAZAROV– ENLÈVEMENT DE MLLE PARIS HILTON

Page 22 :

> *Et puis un jour, elle m'a laissé ; elle m'a oublié ; elle m'a effacé. Et son néant m'a recouvert.*

*Elle s'est envolée pour l'Europe. Londres, puis Venise. On me disait qu'elle s'y installait définitivement. Je ne l'ai plus vue pendant six longs mois.*

*Le Professeur B. voyageait et tenait des conférences en Amérique du Sud.*

*Mes camarades du groupe s'étaient lassés de mes hésitations, notamment Sylviano. Il avait fait ses études à l'OEG comme moi ; il avait migré sur la Côte Est, en même temps que moi, pendant deux longues années, en 2008-2009, à l'université de Philadelphie.*

*Il portait une fine barbe rousse, et ses parents, italiens de naissance, auraient été très liés à Propaganda Due… du moins c'est ce que disait la légende. Nous avions sympathisé en suivant les même cours, notamment ceux du Professeur B…, en collaborant à ses TD, et en assistant à ses petites réunions clandestines…*

*Sylviano me disait de pousser Paris Hilton par-dessus la rambarde. Ou de trouver un autre objectif.*

*Elle m'a laissé ; elle m'a oublié ; elle m'a effacé.*

*Et son néant m'a recouvert.*

*Et puis il y a eu cette sombre soirée de février.*

*J'étais chez Julian. Il n'était pas là, parti dans sa maison de Santa Monica, mais des amis communs avaient investi la demeure de ses parents à Beverly Hills. Il y avait Claire, mannequin à ses heures, actrice dans des séries Z, et aperçue une fois par Julian dans un mauvais porno mexicain. Il y avait Susan et Shirley, qui attendaient le retour de Julian pour s'alimenter en coke et en méth, mais qui, pour passer le temps, fixaient les bouteilles vides étalées au sol. Il y avait Jimmy, un ami d'enfance de Paris. Il me promettait qu'elle allait venir. Ses yeux globuleux sortaient de la piscine, et remuaient de bas en haut. Puis se fixaient sur moi, il cherchait sans cesse à savoir comment je m'appelais.*

*« Sûr qu'elle vient », répétait-il.*

*Une bonne heure avait passé. J'avais bu des alcools rares : couleurs différentes, puissances variées, nausées multiples.*

*Je sortais de la salle de bain du rez-de-chaussée ; je m'étais enfilé une ligne de coke. Pour me délasser de la lassitude. Et puis Claire s'est agitée ; et puis une demi-douzaine d'autres jeunes gens, que je ne connaissais pas, se sont excités. Ils ont tous traversé le salon, énervés et bruyants. La nuit s'épaississait.*

*Paris arrivait. Elle n'était pas seule. Un grand brun filiforme lui collait le train, lui accrochait le bras, lui léchait les lèvres. Un mannequin de chez Astrid, lâcha mon voisin. Des yeux transparents à force d'être clairs. Tous deux roucoulaient. Elle a tourné la tête vers moi, et ses yeux me transperçaient : elle ne me voyait pas, elle ne me reconnaissait pas ; elle s'est écroulée dans le grand canapé, à un mètre de moi, et ne m'a pas adressé la parole. Son grand brun fin la recouvrait littéralement. Et on resta tous à proximité. Elle rigolait sans conviction.*

*Elle sniffait tout ce que lui présentait son homme du soir.*

*C'était comme si on ne s'était jamais vus, jamais fréquentés. Jamais baisé ensemble. Comme si sa tête s'était vidée de ses souvenirs, de ses images, de ses sentiments. Miss Cancel, voilà qui elle était.*

*Je n'ai pas vu arriver Sylviano. Que faisait-il là ? Fréquenter les soirées happy few n'était pas son genre. Il me regardait, avec insistance, puis regardait Paris Hilton, et revenait à moi... lentement. Son visage restait impassible... Mais je compris ses intentions... Il voulait me sortir de ma détresse et me pousser à agir... Je ne sais pas s'il était réellement là... ou si je l'avais imaginé.*

*Un invité avait allumé la télé. Des clips vidéo, puis un télévangéliste... Il parlait des valeurs de décadence, qu'on allait droit dans un mur, que les désastres naissaient dans nos cœurs, qu'il fallait réagir, trouver des moyens de se sauver... Des larmes coulaient sur ses joues. De belles larmes.*

*Je me levais pour boire un dernier cocktail près de la piscine. Je me disais que je partirais après. Mes mains tremblaient.*

*J'entendais des éclats de voix. Il y avait une jeune femme, très brune, que je ne connaissais pas, que je voyais pour la première fois, qui faisait de grands gestes vers le mec de Paris. Sylviano avait disparu. Paris restait glacée ; indifférente ; l'œil vague.*

*Les deux nerveux s'éloignaient vers le jardin, vers la terrasse, à l'opposé de la piscine. Laissant Paris seule. Nous demeurions à moins de deux mètres l'un de l'autre. Elle consultait frénétiquement la messagerie de son mobile, et n'avait pas l'air d'y trouver satisfaction. Les bruits s'éloignaient. Je l'entendais souffler sa fumée. Elle m'a jeté un regard en clignant des yeux. Elle a fait mine de m'adresser la parole, comme si elle me remettait soudainement. Elle a ouvert la bouche, aspiré l'air qui l'entourait, mais s'est tue. Elle a croisé les jambes, et détourné le regard. Elle avait l'air d'attendre que le temps passe.*

*Le salon était envahi de vide. Au reste les gens, les murs lui étaient devenus transparents. Provenant d'un spot du plafond, un jeu de lumières glissait sur sa peau, lui dessinant des écailles colorées.*

*Elle regardait le vide.*

*Nous n'existions pas pour elle. Moi, je n'existais plus. Elle avait cette manière d'effacer les autres ; tout ce qui était autre qu'elle. Elle m'avait effacé, moi aussi. Comme si rien de nous deux n'avait eu de sens.*

*Miss Cancel.*

*Son néant m'avait recouvert.*

*Mais il risquait de nous recouvrir tous. Elle était la grande menace.*

*Voilà pourquoi il me fallait agir.*

*Existait-il avant celui-ci des meurtres métaphysiques ?*

*Pour re-fonder l'être, pour sauver les phénomènes, retrouver la profondeur d'une certaine apparence, pour nous refonder, tous ; repenser la présence réelle et l'être de l'être-là, pour dévoiler combien l'être et le néant savent se mêler, pour éteindre le néant qui nous menace, celui qui nous gangrène, qui nous contamine, voilà pourquoi, moi, et moi seul, ce jour-là, au petit matin, sur une plage de Santa Monica, la plage où je l'avais embrassée une première fois, où nous avions ri, dans le bruit des vagues, dans l'air vif du large, voilà pourquoi, pour ceux que ça intéresse, Moi Dimitri Sergueïvitch Bazarov, voilà pourquoi j'ai entrepris, j'ai décidé, moi et moi seul, …d'effacer Paris Hilton !*

*Quatrième partie*

# P.H. *Confidential*

# I

JUILLET 2023

## *Bruges – Bureau du CIA*

Borluut venait de raccrocher le téléphone. Le procureur du roi le lâchait. Il allait devoir restituer les pièces empruntées à Interpol.

L'œil fixe, le menton haut mais les épaules basses, il se disait que, de toute manière, l'enquête n'avançait pas ; qu'il faisait fausse route ; que les dérives de Paris Hilton, et les informations portant sur sa disparition, ne menaient désespérément pas à Godelieve. Il se disait que ses intuitions avaient fait long feu.

Certes il dérangeait ; certes, on n'avait pas aimé qu'il s'intéresse à des dossiers anciens et ambigus ; certes, il y avait quelques pots aux roses à mettre au jour ; certes, la vie et la mort de Paris Hilton n'étaient pas des plus claires.

Qu'était devenu par exemple ce Bazarov qui revendiquait l'assassinat de Paris Hilton ? L'avait-on identifié, localisé, arrêté ?

Et le Professeur Balthazar ? Avait-il été inquiété ?

Quel était ce curieux bonhomme au chapeau mou appartenant vraisemblablement à l'USSS ? Et vraisemblablement au « Red Wolf » ?

Que venait faire le *Secret Service* dans la vie de Paris Hilton ? Pourquoi l'avait-elle autant inquiété ?

Mystères.

Mais rien de tout cela n'élucidait le crime de Godelieve. Et rien de ce qu'il avait lu n'expliquait la présence de l'ADN altéré de la starlette.

Il fronçait les sourcils, et regardait les agents du département gesticuler de l'autre côté de la paroi vitrée du bureau ; il se leva soudainement et appela Ribelle et Carbone, ses adjoints.

– Mes amis, on reprend les fondamentaux ; on laisse... Mais où est Ribelle ?, demanda-t-il en regardant avec étonnement son unique adjoint.

– Et bien, ça fait deux jours qu'il furète de son côté.

Le pauvre Carbone dansait lourdement sur ses deux pieds comme s'il était sur le pont d'un paquebot.

– Il m'a dit qu'il avait vaguement une idée pour Godelieve ; avec sa femme, ils sont allés traîner à la bibliothèque universitaire durant tout le week-end dernier, et depuis, on ne peut pas le tenir. Il vous a demandé un jour de congé, mais vous ne lui avez jamais répondu, alors il s'est fait donner un ordre de mission pour la capitale... par le lieutenant Brucht, je crois... Euh, je sais pas ce qu'il couve, et il y est avec sa femme... Il peut rien faire sans elle... Il m'a aussi parlé d'un oncle ukrainien qu'il devait voir... Il devrait revenir demain, lieutenant.

– Bon, bon, bon... Chacun a droit à ses intuitions..., répondit de manière agacée Borluut. Bien. Je reviens à nos moutons... les dossiers Interpol... Ils vont venir les chercher... Pour l'instant, vous dupliquez tout ce que vous trouvez... et à vitesse grand V : les administratifs d'Interpol cherchent à les récupérer au plus vite ; je pense qu'ils seront là avec une commission ou un ordre de mission officiel d'ici deux ou trois jours... Alors action.

– J'y vais lieutenant....

– Non, revenez ! Par ailleurs, je reviens sur les premiers éléments du dossier Godelieve, et je pense perquisitionner moi-même sa chambre, ou son appartement, sur la Grand Rue... Vous m'accompagnerez... On se bouge dans une heure.

– Oui, lieutenant...

– Mais qu'est-ce qu'il est allé faire à Bruxelles, ce Ribelle ?

L'appartement de la pauvre Godelieve s'ordonnait en trois pièces de même taille, et le tout ne dépassait pas 45 $m^2$ : une cuisine-salon, une chambre et une salle de bain. Rien n'avait bougé depuis le meurtre, et une odeur de renfermé et d'humidité frappa désagréablement Borluut. Le fait que cette dernière fouille s'effectuait si loin du moment du crime les libérait, lui et son équipe : ils avaient le droit de piétiner tant qu'ils pouvaient, de toucher les objets sans trop de précaution, de manipuler les biens personnels de la victime sans risque d'altérer des indices identificatoires : tout avait déjà été prélevé par les services de la police scientifique. Ou aurait dû être prélevé.

Borluut remarqua immédiatement l'ordre obsessionnel de l'appartement. Il était agencé sans goût, sans prétention, sans souci de faire beau. Mais tout y était radical, presque géométriquement disposé. Aucun talent de décoration, et une curieuse manifestation de dépouillement. Les meubles étaient simples, en petit nombre, et se réduisaient à leur seule fonction ; rien ne dépassait ; tout était rangé, pensé et calculé : dans le salon, une table, deux chaises en bois simples, un maigre tapis au sol, deux étagères au mur portant une cinquantaine de livres tous consacrés à des dossiers d'études médicales ; dans la chambre, un seul lit, sommier et matelas, des draps blancs, une couverture bleu pastel...

– On a son agenda, lieutenant.

– Comment ça, son agenda ? mais on l'avait déjà !, répliqua le lieutenant.

– Et bien pas celui-là monsieur, il était dans le fond du tiroir de la table, je comprends pas qu'on soit passé à côté.

– O.K., on étudie tout ça à la maison, dit Borluut en entrant dans la salle de bain.

Celle-ci, couverte du sol au plafond de carrelages blancs et rectangulaires, a priori neutres, se révéla la pièce la plus étonnante. Au mur, une imposante étagère à trois niveaux exposait une débauche de flacons de parfum que Borluut supposait assez rares. Un glaçage de poussière fine les recouvrait. Il y avait des flacons usés par le temps ; d'autres en verre de cristal ; certains se montraient austères et mats, d'autres en incrustations brillantes. Il en compta près de cent, et tous se distinguaient par la taille ou la couleur ou la forme. On y lisait des noms prestigieux comme Guerlain, Yves saint Laurent, Chanel... Borluut nota avec amusement qu'au milieu de cette exposition, se trouvait une série de six parfums de Paris Hilton, PH-, avec une jolie enveloppe sculptée montrant une sirène. Borluut avait entendu dire qu'il s'agissait d'un des parfums les plus vendus au monde. C'était de loin le mieux représenté ici.

Ce qui intriguait Borluut, par contre, c'était cet amoncellement de verre à soi seul, la seule touche de fantaisie de l'appartement.

Sur le mur opposé, un autre regroupement laissa Borluut interloqué. Interloqué qu'il fût là ; interloqué qu'il ne le sût pas ; interloqué qu'il ne fît pas l'objet d'analyses précises : une grande armoire métallique couverte d'une croix verte abritait un amas de sirops, de comprimés rouges, jaunes, bleus, bicolores... De quoi traiter un pensionnat de jeunes filles, conclut-il. Il lut quelques noms barbares : colymicine, metronidazole, chlorophylline cuprique, carbonine, flavine adénine dinucléotide... Il se demandait si Godelieve trafiquait, ou si elle était effectivement malade.

– Carbone ! Photos et recensement des médocs : je veux avant la fin de journée la liste de toutes ces saloperies, leurs usages, la maladie qu'ils soignent, etc...

– Il y a un truc bizarre, lieutenant...

Ils étaient de retour au poste depuis une demi-heure seulement. Le ciel s'était assombri pendant leur trajet de retour qu'ils avaient effectué à vélo – une idée lumineuse de Borluut – et ils avaient reçu une bonne saucée. Borluut entreprenait de se sécher avec méthode, et personne n'aurait pu lui prendre le radiateur.

– Oui ?

– Elle avait un docteur, la petite...

– Vue la tonne des médocs, on s'en étonnera pas !, dit Borluut qui commençait de trembler. L'humidité avait pénétré ses os.

– Oui, sans doute lieutenant… mais son docteur est un peu loin…

– Où ?

– À Milan !

– Milan ?, s'étonna Borluut.

– Et on a vérifié son agenda… elle a eu recours à ses services trois fois le semestre précédant sa mort ! C'est lourd, les aller-retour Bruxelles-Milan pour une étudiante en pharmacie.

– Et c'est quoi sa spécialité, à ce docteur italien ?

Carbone s'était penché sur l'écran de l'ordinateur :

– À vue de nez, comme ça, après renseignements pris sur internet, que je lis en italien, langue que je ne comprends pas, je dirais… généticien.

On chercha à joindre la mère de Godelieve ; puis sa sœur ; enfin son médecin généraliste. Nul n'avait connaissance d'une maladie génétique, voire chronique de la jeune femme. Le médecin ne voyait pas à quoi pouvait correspondre l'absorption d'une telle quantité de médicaments ; il suggéra des problèmes d'ordre stomacal, au vu de quelques-uns… ou une pure et simple névrose d'hypocondrie.

# II

JUILLET 2023

## *Milan*

L'aéroport de Milan-Malpensa : Borluut se sentait absolument démuni, sinon nu. Mais il s'était résolu à laisser au placard, cette fois-ci, son *Heckler & Koch 05*. Pourtant, il ne parvenait pas à approcher les portiques de la douane ; l'appréhension et l'angoisse l'en dissuadaient et pour l'instant il attendait, assis sans confort sur les chaises oranges en plastique dur de la salle d'attente n°1. Il regardait de loin les douaniers en se convaincant qu'ici, ils affichaient une allure plus sympathique qu'à Los Angeles : la casquette acrobatique sur l'arrière du crâne, la barbe approximative, les lunettes de soleil, la chemise légèrement débraillée, et des mouvements de mains et de tête rassurants. Il pouvait les entendre : « Allez-y, pronto, pronto, passez, bienvenue à Milan... »

Le taxi ne le posa qu'en fin de matinée devant la grande clinique privée Santa Lauda de la proche banlieue de Milan. On lui avait assuré qu'elle n'était fréquentée que par la haute bourgeoisie milanaise, et même italienne, et même européenne. Le *Professore Allitove*, qui le reçut assez vite, mais sans sympathie, avait des patients qui venaient d'Amérique.

– Excusez-moi, Lieutenant, je n'ai pas vraiment compris l'objet de votre visite.

– Une de vos patientes, Godelieve Hildebrant, vous a consulté plusieurs fois, l'année dernière ; elle était citoyenne belge, étudiante en pharmacie à Bruges, et elle a connu une fin de vie des plus dramatiques ; on aimerait tout simplement connaître la pathologie dont elle souffrait... Cette question aurait pu être satisfaite par téléphone, mais visiblement mes adjoints ne sont pas parvenus à passer le standard de l'accueil...

– Toutoutou, lieutenant... Allons-y tout doucement, pianissimo..., vous voulez bien ?

– Vous comprenez que je ne peux, comme ça, dire à *n'importe qui* – le généticien avait bien souligné ces mots, avec un sourire, en regardant sa montre à gousset – les pathologies de mes patients ; il y a le secret médical qui les protège et qui m'oblige à retenir ce type d'information, vous le savez sans doute.

– De votre côté, docteur...

– Non, *Professore*...

– Vous comprendrez que je viens de...

– De plus, je ne crois pas avoir vu de votre part une quelconque autorisation d'enquêter ici, à Milan, coupa-t-il.

– Écoutez...

– ...Vous n'avez pas de commission, pas de droit de perquisition, pas de lettre d'introduction visée par le procureur général... reprenait-il, assuré, avec une voix de miel.

Borluut commençait de trépigner sur place ; son téléphone vibrait dans le revers de sa veste, ce qui accentuait le tremblement général de sa personne. Le généticien de poche n'avait aucune intention de l'assister dans son enquête.

– Mais docteur...

– *Professore*...

– Oui... il s'agit d'une enquête pour crime... et même pour un crime assez atroce... Le tueur est plutôt tordu, assez fuyant... pour tout dire, on n'a pas grand-chose de solide... et on est en train de reprendre la base de l'enquête... c'est-à-dire à partir de la victime...

La moindre anomalie ou étrangeté dans son caractère, ou sa personne, chez lui, chez la victime, pourrait être un indice de...

Borluut fut interrompu : on toquait à la porte, on ouvrait la porte sans attendre l'autorisation du Professore, on entrait dans le bureau montée sur deux longues jambes fines à peine gainées de résilles, on donnait au Professore un petit papier rose qu'il s'empressait de lire pendant qu'on souriait au jeune lieutenant belge, pendant qu'on le regardait avec deux grands yeux noirs, tout attendrie par la douceur de son visage et son air pas content et boudeur, on repartait dans l'autre sens, à regret, plus lentement, en jetant une dernière œillade consolante...

– Donc, disais-je, reprit Borluut légèrement troublé, il est urgent, important pour nous de connaître tous les détails de la vie de Godelieve... Cela peut constituer un ressort déterminant... De quoi relancer des pistes, en constituer des nouvelles...

– Non, pas question. Je resterai intraitable !

Le Professore fixait maintenant Borluut avec de grands yeux ronds, comme s'il avait voulu le mesmériser, et avait glacé son visage comme pour le dissuader par sa seule expression. Il fit ainsi le buste pendant quelques secondes, et continuait alors que Borluut sortait de sa torpeur :

– Ah ?! Mais admettez-vous avoir eu pour patiente mademoiselle Hildebrant ?

Le Professeur, enfin, sourit froidement, mais au lieu de répondre, regarda à nouveau sa montre.

– Quelle était sa maladie ?, poursuivit Borluut.

Même silence. Le Professeur se levait, et commençait d'enfiler son imperméable.

– Faut-il que je revienne avec un mandat de perquisition d'Interpol ?, insista Borluut.

– Écoutez, Lieutenant. Vous me faites perdre mon temps. Je ne vous dirai rien ; je suis dans mon droit, et je m'en vais immédiatement déjeuner dans un excellent restaurant du centre-ville, cuisine post-moléculaire ; il a ouvert il y a cinq semaines seulement ; c'est miracle que j'ai pu réserver, et ils n'admettent pas les retards...

– C'est une invitation à déjeuner ?

– Au revoir, monsieur le lieutenant belge sans autorisation.

Et le petit généticien alopécique se sauva, laissant Borluut seul, interloqué et déboussolé, dans le grand bureau. Il ne bougeait pas, les yeux rivés sur la porte qui restait entrouverte, tremblante encore du passage du Professore. Il sentait derrière lui la tour de Pise des dossiers des patients, à portée de main, en se demandant si le généticien était crétin ou seulement distrait.

Il chercha à prendre un repère dans une des colonnes ; il remarqua un dossier « 2018 février » qui servait de fondation à l'ensemble gauche de la construction ; un mètre plus haut, un nouveau dossier indiquait « 2019 août ». Borluut jugea qu'un mois valait en moyenne deux dossiers, il se baissa et visa une série de trois dossiers verts en milieu de pile. Il les ôta avec délicatesse, en apnée, avec des mouvements de joueur de mikado. Sans dégât.

Leur consultation confirma que la période était la bonne. Godelieve ne devrait pas tarder à apparaître. Son téléphone bourdonna à nouveau ; « Pas le temps », se dit Borluut. Il avait étalé les deux premiers dossiers au sol ; il lui fallait agir vite. Des photos de visages et de corps malades, tordus, difformes ; des radiographies en nombre, des graphiques, des comptes rendus... mais rien sur Godelieve. Le téléphone à nouveau qui gesticulait dans la poche. Borluut ouvrit le troisième dossier, lorsqu'il surprit, de chaque côté de celui-ci, deux mollets longs et fins gainés de résilles.

– Puis-je vous aider ?

La jeune secrétaire semblait assez bienveillante :

– Que cherchez-vous réellement, le monsieur de la police ?

Il la regarda du sol, avec attention, pour évaluer la stratégie à adopter. Il rencontra un déhanché, une poitrine en surplomb et généreuse, et un rouge sourire tout en invitation.

– Le dossier de Godelieve Hildebrant. Ça vous dit quelque chose ?

– C'est la jeune femme qu'un malade a momifiée à Bruges, l'année dernière ?, demanda-t-elle avec un air affecté.

– Oui, c'est cela ! Elle fut atrocement suppliciée. On l'a...

– Oui !

– Pardon ?

– Oui, elle fut la patiente du Professore ; elle est venue plusieurs fois.

– Et vous savez de quel mal elle souffrait ? Pourriez-vous m'en dire un mot ?, reprit Borluut, non sans s'inquiéter du regard ménadien de la jeune femme.

– Il faudrait consulter son dossier... Je crois que votre genou est juste posé sur lui ; attendez, laissez-moi vous aider, non, ne bougez pas autant, laissez-vous faire ; comprenez bien, le Professore ne devrait pas revenir avant le milieu d'après-midi...

Borluut venait de monter dans un taxi pour Milan-Malpensa ; son vol partait pour Bruxelles en fin de journée ; il cherchait à réajuster tant bien que mal son col de chemise lorsque son téléphone se fit à nouveau remarquer :

– Allo, Carbone ?

– Bonjour lieutenant, répondit son adjoint d'un ton légèrement alerté.

– Sachez Carbone que j'ai eu enfin le nom de la maladie de Godelieve...

– Lieutenant !

– ... Il s'agit d'une maladie rare, orpheline...

– Lieutenant !

– ... Sans doute d'origine génétique, ce qui explique qu'elle soit allée voir le Professore Allitove...

– Lieutenant !

– ... Qui dans ce domaine est un cador...

– Lieutenant...

– Et le nom de cette fichue maladie est...

– LIEUTENANT !!, Carbone hurlait littéralement à l'autre bout de la ligne.

– Mais quoi ?, s'interrompit Borluut irrité.

– Ribelle est devenu fou, lieutenant. Si vous ne revenez pas maintenant, il va tout casser. Il aurait fait une découverte, je le cite, « renversante » ! Il ne veut en parler qu'à vous ! Il s'est constitué un dossier pas possible, qu'il garde collé à lui ; visiblement, il n'a pas dormi depuis plus de vingt-quatre heures ; il a vidé la machine à café tout seul… Il m'inquiète lieutenant, c'est plus de son âge ce genre d'émotion.

– Je rentre, je rentre. Debrief à neuf heures demain matin ! Non dix heures, je dois voir h.h. avant. Convoquez-le ! Non, demandez-lui aimablement de venir prendre le café avec moi, neuf heures super-pétantes

# III

JUILLET 2023

## *Bruges – La morgue*

– « Triméthylaminurie », dites-vous, lieutenant. Diable, ce n'est pas facile à porter ce truc.

h.h. était le seul expert en médecine que Borluut avait pu se dégotter, et il entendait lui tirer les vers du nez au mieux et au plus vite :

– C'est quoi, cette maladie ? C'est grave ? C'est douloureux ? En tout cas suffisamment inquiétant pour qu'elle aille se faire suer jusqu'à Milan chez schtroumpf docteur. C'est génétique ? Vous voyez quelque chose dans cette maladie qui expliquerait qu'elle fût choisie par l'embaumeur ? Et pourquoi ne l'a-t-on pas située lors des autopsies ?

Pour l'instant, h.h. se perdait en songes et réflexions intérieures.

– Vous dites « triméthylaminurie »…

– Et ?

– C'est une maladie génétique en effet ; elle n'est pas grave, seulement extrêmement gênante, humiliante ; elle est rare, également. Et elle est réputée incurable !

– En quoi est-elle gênante ?

– La triméthylaminurie, voyez-vous, est aussi connue sous le nom de « *fish malodour syndrom* », susurra h.h., comme s'il révélait un terrible secret. Les femmes, je crois bien que seules les femmes en sont les victimes, les femmes atteintes par ce mal produisent par moment, pour les plus heureuses, mais en permanence pour les autres, une odieuse odeur de poisson pourri.

– Non !?

– Si-si-si, réellement de poisson pourri. Il s'agit d'un désordre métabolique qui engendre un excès de sécrétion de triméthylamine dans l'estomac ; c'est elle qui produit cette odeur. La triméthylamine s'accumule et est finalement éliminée par la sueur, l'urine et l'expiration. Une odeur terrible, forte et infecte. Parler devient une horreur : vous exhalez une haleine de sardine cinq mètres autour de vous; quand vous transpirez aussi : vous sentez l'urine sans arrêt. Presque mécaniquement, les malades sombrent dans la dépression car il n'y a réellement aucune perspective d'amélioration. Sinon, mais c'est presque illusoire, par le biais d'un régime qui évite le poisson, vous pensez bien, les œufs, enfin tout ce qui contient de la choline, peut-être bien de la lécithine et bien sûr de la triméthylamine… Il me semble me souvenir que certains antibiotiques type colymicine ou métronidazole peuvent être prescrits car ils réduisent la quantité de bactéries dans l'intestin et par conséquent freinent la production de triméthylamine.

– Je commence à comprendre pourquoi sa pharmacie était aussi remplie…

– Mais finalement le seul remède tient du contre-feu : on masque avec des parfums, des savons, des déodorants… mais avec des pH modérés, je dirai entre 5,5 et 6,5 ; la triméthylamine nécessite une base forte, type pH 9,5, peut-être plus encore ; par conséquent, des savons à pH acide peuvent contribuer à maintenir la triméthylamine sur-sécrétée dans une forme moins volatile ; un tel pH l'accroche à la peau avant qu'elle devienne effluve, et elle peut être ainsi enlevée par lavage.

– Je comprends aussi sa collection de parfums !

– À l'origine, poursuivait h.h., cela résulte d'un défaut dans la production de flavine, qui contient de la monooxygénase 3…

– Passez sur les détails, docteur…, coupa Borluut qui commençait de se lasser du discours savant du légiste ; quel rapport avec l'embaumement ?

Le visage de h.h. s'assombrit :

– Franchement, je vois pas... a priori aucun... Je crains que cela ne vous mène nulle part... C'est une maladie comme une autre, seulement rare, seulement orpheline..., seulement honteuse...

– Reste que ça explique l'isolement sociopathologique de Godelieve, reprit à son tour Borluut, à voix basse, songeur, en regardant h.h. pour tenir ses réactions.

– Soit...

– Et donc sa situation de proie idéale...

– Sans doute... sans doute, chuchota h.h., qui semblait se désintéresser des réflexions de Borluut au profit d'une recherche intérieure.

– Oui, doc... ?

– Écoutez, lieutenant je crois me souvenir d'une originalité du « fish syndrom »...

– Oui, allez-y...

– Bon, cela reste confus et soumis à vérification, bien sûr, par plus compétent que moi...

– Allez-y, h.h..., continuez, vous voulez un faire-part d'invitation, peut-être ?

– Certaines femmes, reprit h.h. sans tenir compte de l'ironie de Borluut,... atteintes par ce mal... développent un type dépressif chronique tout à fait original...

– C'est-à-dire ?

– Elles sont en permanence au trente-sixième dessous, et aucun calmant ni inhibiteur n'est réputé les calmer ; il n'y a pas, comme chez les dépressifs ordinaires, de courbe d'humeur, de haut et de bas... Cette maladie, en raison de son incurabilité, donne l'impression à ces femmes d'être en permanence en route pour l'enfer...

– Je ne vois pas où vous voulez en venir, doc...

– Le suicide est un terme envisageable...

– Oui, mais Godelieve ne s'est pas suicidée que je sache...

h.h. se tut. Il regardait fixement Borluut en clignant des yeux. La pupille allait et venait. Borluut le connaissait peu, mais il sentait que le légiste utilisait sa bande passante jusqu'à la rupture, et décida de ne pas l'interrompre pour tranquillement le laisser venir.

– Or, voyez-vous, lieutenant, de telles dépressions, de type réactionnel, ne sont pas sans affecter, ça a été vérifié et évalué, certaines parties de la structure cérébrale...

– Oui ?

– ... Et notamment le cortex cingulaire !, dit-il le ton haut, en regardant Borluut pour voir s'il mesurait bien les conséquences d'une telle révélation.

Ce que celui-ci était loin de faire.

– Et alors ?

– Chez les personnes en dépression, on a observé une baisse d'activité dans le cortex cingulaire, parfois de plus de 40 %. Le chiffre doit être confirmé. Chez un sujet normal, chez vous, chez moi, le cortex cingulaire contribue à focaliser notre attention sur certaines choses de la vie quotidienne, afin de mieux les interpréter. Des choses en provenance souvent de notre propre corps, comme la douleur. Mais chez ces dépressifs de niveau supérieur, la douleur n'est pas perçue de la même manière ; elle est certes ressentie, mais elle n'est pas toujours analysée comme elle devrait ; elle est vue, mais elle n'est plus redoutée. Vous pouvez approcher une aiguille de la joue d'un malade infra-cingularisé, il ne recule pas... Il ressent la douleur mais son cerveau ne l'analyse plus comme telle... Il n'y a plus de peur, donc plus non plus d'anticipation de la douleur à venir et par conséquent une résistance à la souffrance hors du commun...

Un cadavre passa en silence devant eux, sobrement allongé sur un brancard à roulettes que poussait un jeune assistant légiste.

– Ainsi si on réfléchit bien... on aurait... le syndrome du poisson qui pue... donc dépression chronique... donc truc dans le cortex diminué... donc résistance à la douleur... et re-donc je me fais triturer l'œil, les sinus, le cerveau par un malade, et j'ai même pas mal ! Ce qui réjouit le grand méchant puisque la viande à rôtir reste fraîche plus longtemps... Putain, docteur, voilà un truc sacrément tiré par les cheveux...

– Je ne suis pas loin de penser comme vous.... Mais...

– Mais quoi ?

– Mais d'un autre côté, je pense qu'il faut prendre cette hypothèse en considération. J'ai un très vague souvenir d'avoir lu quelque chose comme ça lorsque j'étais étudiant en dernière année de médecine... Je veux dire la corrélation « *fish syndrom* » et dépréciation de la douleur... entre triméthylaminurique et hypo-cingularisation, une revue italienne peut-être... Après tout, si je l'ai lue, d'autres peuvent l'avoir fait.



# IV

JUILLET 2023

## *Bruges – Bureau du CIA*

Parvenu au siège du CIA, vers onze heures, Borluut trouva Ribelle pétrifié sur une chaise de la salle d'attente centrale. Celle-ci était généralement réservée aux administrés ou aux futurs prévenus. Mais cela ne chagrinait pas l'adjoint qui se tenait droit, les genoux serrés, les mains posées sur un mince dossier vert qu'il avait placé sur les cuisses. Ses yeux étaient rouges et humides, mais il parvenait encore à les tenir grand ouverts. Sa tête par contre paraissait s'affaisser sur le côté, et il devait en permanence la susciter pour qu'elle se maintienne en vigie. Ses traits tombaient ; il était pâle, pas rasé, les cheveux en bataille. Curieusement, il ne vit pas celui qu'il attendait depuis plusieurs heures. Borluut s'était planté devant lui, amusé et attendri par son adjoint, mais ce dernier regardait plus loin, nulle part, et sa vision traversait Borluut. Ils restèrent tous les deux, en face à face, deux longues minutes avant que le lieutenant n'eut pitié de son adjoint.

– Alors vous avez bien voyagé, Ribelle, vous avez vu la grande ville ?, dit Borluut d'une voix assez forte.

Mais Ribelle bougea à peine ; il ne sursauta pas ; seul, un mince sourire modifia l'apparence de son visage.

– Merci, lieutenant ; bon voyage ; frais, même froid... ; les gens ouverts, sympathiques ; j'aurais aimé voir les églises, mais, avec ma femme, on n'a pas eu le temps... Mon oncle, il nous a accompagnés ; il est ukrainien ; il fréquente plutôt les bars et les restaurants ; je crois bien que j'ai le foie dévasté, lieutenant.

Borluut sourit :

– Vous aviez des informations à nous transmettre, Ribelle ?

L'adjoint s'était levé, et suivait Borluut dans le long couloir qui rejoignait la salle des bureaux. Mais il restait silencieux.

– Dans votre bureau, lieutenant, si vous voulez bien.

Ils rejoignaient enfin l'aquarium de Borluut, et dès que la porte fut close, Ribelle goba une grande bouffée d'air, et commença :

– Mon oncle, Yuri, comme je vous l'ai dit est ukrainien ; il a aujourd'hui quatre-vingt-dix ans, à peu de chose près, certainement plus d'ailleurs, mais il est vaillant… ; beaucoup disent qu'il perd la boule, qu'il délire, gagatte, sénilise, qu'il se répète…

– Soyons bref, Ribelle !

– Oui, oui… donc Yuri est un ancien flic moscovite… ; enfin lorsqu'il a bien bu, il parle, se confesse, et alors on peut se demander s'il n'était pas plutôt agent du MVD, l'ancêtre du KGB… D'ailleurs ma sœur me certifie qu'elle l'a déjà vu sur une photo en uniforme du MVD… …

– Ribelle !

– Oui, oui… C'est un personnage, Yuri, un peu la star de la famille… Les repas dominicaux avec lui se terminent toujours autour de sa chaise, sur ses genoux, en chants ukrainiens ou en histoires russes… Faut dire qu'il a, malgré son âge, une belle voix de baryton et un registre infini…

– Ribelle, vous ne m'avez pas attendu tout ce temps pour parler des vocalises d'oncle Yuri, tout de même, car dans ce cas je vous renvoie dans la salle d'attente…

– Il est aussi un peu imaginatif…

Borluut voyait le dossier que Ribelle tenait dans ses mains se rouler, se tordre, s'entrouvrir, se refermer…

– Et dimanche dernier, repas des cousins de la famille… à la maison… Mon épouse avait préparé un Orloff. Yuri arrive en dernier, déjà pompette, mais devient vite le centre d'intérêt de la tablée : il raconte des enquêtes qu'il aurait conduites, là-bas à Moscou, des crimes de la mafia, des fusillades... Bref, tout le monde est pendu à ses lèvres... De mon côté, j'ai bu un peu, lieutenant, car quand il y a Yuri, on boit toujours un peu, même un peu beaucoup, et je me suis laissé chauffer à mon tour...

– Ribelle, vous me faites perdre mon temps..., coupa Borluut de manière brutale.

À ce moment-là, Ribelle se tut ; il paraissait résigné ; il ferma les yeux un long moment, pour ensuite se lever avec vivacité :

– Écoute petit, tu vas me laisser aller jusqu'au bout de mon histoire... Tu veux bien ?...

Les sourcils de Borluut s'étaient soulevés de deux bons centimètres, et ses yeux montraient deux cercles parfaits. Il voyait avec inquiétude au-dessus de lui le visage soudain rouge de Ribelle, et ses lèvres qui tremblaient, et ses grosses mains qui froissaient les feuilles cartonnées du dossier.

– ...Qu'il y ait Yuri, Moscou, ma femme et son veau Orloff, ou n'importe quoi, il faut, petit, que tu entendes tout... que tu comprennes tout... et si ce que je dis vaut pas tripette, et bien je m'en excuse, mais saint-Touin-Touin, tu vas aller jusqu'au bout de mon histoire !

Puis il reprit dans un même souffle, mais avec calme, en se rasseyant, comme s'il n'y avait pas eu friture :

– Yuri, donc, était dans un grand jour...

Les sourcils de Borluut retombaient doucement.

– ...et je voyais ma femme qui faisait des « ah » des « oh » à tout ce qu'il disait ; alors, quand il a terminé, je me suis laissé aller : j'ai raconté Godelieve ; j'ai raconté – je sais, j'aurais pas dû ; mon épouse, elle avait compris que j'étais mal luné, et elle me faisait ses grands yeux... – j'ai raconté l'embaumeur, les sévices de la petite, la mise en scène, l'autopsie... J'aurais pas dû, mais je pense qu'on n'a jamais entendu autant de « ah » et de « oh » pour un repas du dimanche chez les Ribelle. J'ai eu ma revanche, lieutenant. Et pas qu'un peu. Le Yuri, il a plus rien dit du repas ; il a bu sec ; beaucoup, mais tout le monde a bien vu qu'il s'était refermé. Comme une huître. J'ai cru que je l'avais mouché.

Silence. Borluut n'osait plus prendre la parole.

– Et puis vers la fin de l'après-midi, alors que tout le monde s'en allait, Yuri est venu vers moi, et s'est mis à me raconter une histoire pas possible. Il parlait cette fois-ci sans sa voix de baryton.

– Allez-y, Ribelle, je bois vos paroles !, dit Borluut dans un soupir.

– Il avait lui aussi entendu parler d'une pauvre fille massacrée, puis embaumée ; comme Godelieve. On avait enlevé tout ce qui pouvait être enlevé : le foie, le cerveau, le cœur, les reins, les yeux…

– Quoi, qu'est-ce que c'est que cette salade, Ribelle ?

Les mains de Borluut avaient malgré lui agrippé les bords de son bureau, et ses ongles griffaient le vernis du meuble.

– Enfin, c'était pas exactement la même chose, car elle n'était pas exposée de la même manière…

– Comment ça ?

– Et bien, il n'y avait pas de mise en scène, pas d'étiquette, pas de tapis ni de drap ; c'était dans une cave, sur une paillasse carrelée, dans des conditions d'hygiène assez pauvres… C'était pas aussi… beau que pour Godelieve !

– Comment a-t-elle été embaumée ?

– J'ai bien demandé à Yuri s'il s'agissait d'une Tophar, enfin si on l'avait embaumée vivante, il m'a certifié que oui. C'était un des détails qu'il avait retenus de la lecture des rapports de la police. Il a ajouté qu'elle n'avait pas vraiment souffert parce qu'elle était morte assez tôt dans le déroulement du supplice. Il a ajouté qu'à sa connaissance, on n'avait jamais retrouvé le tueur…

– Est-ce que vous vous rendez compte de l'énormité de ce que vous racontez Ribelle ?

Borluut s'était levé, avait contourné son bureau, et cernait maintenant Ribelle ; il ne se tenait plus, et l'arrosait de questions. Il aurait voulu le secouer pour que les informations tombent comme des pièces.

– Et c'était où ? Et c'était quand ? Et il a su ça comment votre Yuri ? Vous ne croyez pas qu'il a pu tout imaginer ?

– Il l'a su de la lecture de certains rapports et de la presse…

– Quoi ? Comment ça dans la presse ?

– Calmez-vous Lieutenant, et laissez-moi terminer…

– Il y a quelque chose que je ne saisis pas…

– La première fois qu'il a entendu parler de son embaumée, c'était dans un entrefilet d'un quotidien. Ensuite il a réussi à se procurer des rapports officiels…

– De quoi me parlez-vous, Ribelle ? De quel entrefilet ? De quel journal ? De quels rapports ? Et comment un type de quatre-vingt-dix ans aurait accès à des rapports confidentiels ?

– *La Pravda*, lieutenant.

– Pardon ?

– Le journal. C'était *la Pravda.* Et l'embaumée, c'était à Leningrad, Lieutenant, pas chez nous…

– À Leningrad ?, hurla-t-il, la mine défaite et les yeux révulsé ; vous voulez dire Saint-Pétersbourg, Ribelle…

– Non, lieutenant… Leningrad… Comprenez bien, c'était à l'époque où Yuri débutait dans les services administratifs de la police ; il n'avait pas vingt ans ! À l'époque, Saint-Pétersbourg était encore Leningrad…

Silence du lieutenant et de son subordonné. Pendant quelques longues minutes.

– C'est pour ça que je suis allé à la bibliothèque royale de Bruxelles, lieutenant ; afin de trouver confirmation de l'histoire de Yuri ; d'y trouver des détails supplémentaires, peut-être. Il m'a accompagné ; j'ai parcouru *la Pravda* de l'époque, et on a trouvé deux ou trois articles sur Valia…

– Valia ?

– Oui, c'est le nom de l'embaumée de Yuri… Valia Raskolnikova…

– Mais voyons, Ribelle, sachons raison garder ; votre histoire est ébouriffante, certes… mais ça ne peut pas être le même tueur ; votre embaumeur de Leningrad, là, ne peut être l'embaumeur de Bruges… Voyons, il devrait avoir l'âge au moins de votre oncle Yuri… Ce devait être en…

– En août 1952, lieutenant…

– Oh… ! Mais ça fait près de soixante-dix ans qu'il a eu lieu, votre meurtre ! C'était un autre temps ; un autre siècle ! Il faudrait supposer qu'un vieillard manipule un corps comme ce fut le cas pour Godelieve... ? À un tel âge... ? Qu'il la tue, la transporte, l'attache, la drogue, la trucide, la dissèque... Ce ne peuvent être que des coïncidences... Stupéfiantes, qui méritent toute notre attention, mais ce ne sont que des coïncidences... Ça ne peut être que cela !

– J'ai d'abord pensé comme vous, lieutenant.

– Et comment pouvez-vous penser autrement maintenant ? Vous n'allez pas me dire que l'on a trouvé des traces ADN de Paris Hilton sur votre embaumée-1952, tout de même.

– Non, lieutenant, bien sûr ; mais il y a un détail qui m'a sacrément chiffonné dans la lecture des articles de presse...

Et Ribelle se tut.

Il ouvrit avec délicatesse son petit dossier et en sortit du bout des doigts une feuille de format A4 sombre et sale qu'il tendit à Borluut :

– Voyez !

Le jeune homme regarda sans comprendre la copie d'un article de journal écrit en russe. Il datait visiblement de l'été 1952.

– Qu'y a-t-il d'écrit ? Je ne lis pas le russe, Ribelle.

À son tour, Ribelle sortit une feuille manuscrite, chaussa des lunettes à grosses montures, et lut :

– C'est la traduction de l'article, je vous en lis la fin :

« *la jeune Valia Raskolnikova était une pupille de la nation et une infirmière exemplaire. Sa douceur était remarquée par tous les patients du Grand Hôpital, et les gens de son quartier l'appréciaient. Elle n'aurait pas dû sortir de chez elle ce soir sinistre où elle rencontra son tueur, pire son massacreur. Il est des monstres dans nos villes, des loups et des prédateurs odieux. Des ennemis du peuple, des ennemis des braves gens et des simples travailleurs.*

*La jeune femme, de vingt-et-un ans, fiancée depuis peu à un valeureux matelot de notre grande Marine, a été enlevée au début du mois. Par un malheureux concours de circonstances – son fiancé était en manœuvre, sa mère éloignée en province – sa disparition ne fut déclarée aux services centraux de la Police que très tardivement, affectant ainsi sa notoire efficacité. Pendant ce temps, son tueur, ce monstre, se régalait de sa proie. Il nous la laissa souillée et sans vie.*

*Comment peut-on commettre de telles horreurs ? Comment peut-on atteindre de tels sommets d'inhumanité ? Comment peut-on insulter autant la grâce et la beauté en ces périodes douloureuses pour notre nation ?* »

– Staline était malade et proche de la fin, fit remarquer Ribelle avant de reprendre :

« *Dernier élément : est-ce pour s'excuser, est-ce par cynisme, est-ce par sadisme que le massacreur a cru bon de laisser sur la gisante quelques fleurs lugubres, des iris noirs mêlés à des anthuriums rouges ?* »

Borluut fit deux pas en arrière, s'assura que la chaise se trouvait bien à sa place, et se laissa tomber sur elle. Il était pâle, le visage immobile et glacé, et regardait avec détresse son adjoint :

– Mais c'est quoi ce pataquès ?, dit-il à Ribelle qui goûtait sans réserve la récompense de son attente.

# V

VINGT-QUATRE HEURES AVANT LE TROU DANS LE BIDE
JUILLET 2023

## *Los Angeles – Pink Apache Motel*

Almayer dormait. Mieux qu'à l'ordinaire. Une partie de lui, plutôt compulsive, s'était sentie libérée à la vue de Dumbo, pour la simple raison qu'une autre partie, plutôt rationnelle, mettait enfin un visage sur le néant.

Après une longue insomnie de dix ans, Almayer dormait mieux, donc. Presque bien. Presque trop.

Sans doute était-ce là la raison principale de son absence de réaction immédiate. Le motif de sa lenteur. Pourtant, il avait entendu le sifflement basse fréquence de l'alarme du capteur de la porte d'entrée ; mais il avait mis trop de temps pour sortir du pâté. Quatre ou cinq secondes. Et lorsqu'il s'était mis sur son séant, c'était trop tard : un canon 45 mm était pointé sur son front.

L'arme, il l'aurait reconnue les yeux fermées : un Glock 21µ ; une arme qu'il avait portée plusieurs années, arme officielle du FBI, du service action de la CIA, et surtout arme du *Secret Service*.

– Bonjour, Al.

Cette voix, il la reconnaissait aussi.

– S'lut Brian…

Brian Garrick. Un de ses anciens adjoints. Un de ses anciens amis. Grand, élégant, les tempes grisonnantes, il avait pris un coup de vieux, se dit Al.

– Si tout se passe comme on veut, Al, tu pourras finir ta nuit…

– T'inquiète, j'avais demandé à l'hôtel qu'on me lève tôt. Mais je ne pensais pas qu'ils allaient faire appel à tes services. Que voulez-vous ?, demanda Almayer sans s'alerter.

Ledit « Brian » baissa le canon de son arme, mais le laissait menaçant.

– On a un message de « Big Bob »…

Malgré lui, Almayer se contracta à l'évocation de ce nom.

– Oui, et ce message est… ?

– *Grosso modo*… Arrête de remuer la merde…

– C'est élégant, et quelle merde ?, coupa Almayer, avec son air le plus innocent.

– Arrête de chercher à réveiller le passé…

– Quel passé ?

– …Écoute, Al, on a connaissance de l'enquête des Belges, des soupçons brindezingues qui portent sur l'ancienne fofolle ; on sait que t'es en plein dedans, et on aimerait bien que ça nous pète pas au visage…

– Est-ce que c'est vous, pour Sunny ?, dit Almayer en changeant d'angle d'attaque.

– Qui c'est ça ?

– Un gars qui travaillait pour nous. Une tête brûlée mais ça suffit pas pour crever comme il a crevé. On l'a retrouvé les couilles en boucles d'oreille dans la banlieue de Seattle…

– Ah, lui ?, reprit Brian avec un air énigmatique.

– C'est vous ?, insista Almayer.

– Oui et non. Disons qu'on a sous-traité cet aspect-là de l'affaire… et le sous-traitant aurait… je dis bien « aurait »… légèrement foiré. Du coup, on a joint l'utile à… enfin… on en a profité pour envoyer un signe.

– Putain, c'est pas les scrupules qui vous étouffent !, jura Almayer.

– Merci. Venant de toi, je considérerai cette sortie comme un compliment.

Almayer crut deviner une ombre dans les ténèbres de la suite, une silhouette large et haute ; Brian n'était pas seul, ce qui était compréhensible. La main d'Almayer avait glissé sous les draps le long de sa jambe droite et manipulait du bout des doigts le cran de sûreté d'un petit Derringer 38. Pour autant il jugeait que sa position était difficile.

– J'ai pas envie de lâcher l'enquête, dit-il froidement.

– C'est une mauvaise idée, Al. Une très, très mauvaise idée…

– Je crois savoir ce qui s'est passé, à Venise, reprit-il, pour se justifier.

– On s'en fout de ce que tu sais ou sais pas. Ce que l'on veut, c'est que rien ne se sache…

À ce moment-là, Almayer sentit deux caresses sur ses draps ; et il entendit deux frottements. Puis Brian allumait la petite lampe de chevet métal et bois, et Almayer aperçut alors, sur le papier glacé de deux photographies que Brian avait négligemment lancée sur le lit, le visage de deux gamines.

– Ces gamines, tu les remets, Almayer ?

– À quoi joues-tu, petit ?, grinça Almayer.

– Elles te disent quelque chose ?, insista Brian.

Almayer reconnaissait à l'évidence les deux gamines du square.

– Elles devraient ?

– Eh bien disons que… par hasard, l'un de nous… celui qui avait pour mission de te filer… t'a croisé au square en train de t'attendrir sur ces deux petites… Du coup, il a eu une intuition, et a fait filer les deux petites et leur nounou… Ouais, je sais, c'est pas très réglo, m'enfin… Et tu sais pas quoi ?…

– Quoi ?, marmonna Almayer.

– On leur a trouvé un intérêt inattendu…

– Dis-moi, je sens que c'est passionnant…

– Leur nom...

– Hum…

– Virginia et Anaïs… Almayer.

– Et ça vous a mené à quoi cette courageuse enquête ?…

– Franchement ? À rien ! Enfin, si. Soyons clair, ça nous fait un joli moyen de pression sur ta pomme.

– Comment ?, Almayer serrait les dents.

– Bah ! De mille manières, on peut les embêter les p'tites ; ou leur mère… Le fisc, la médecine du travail, les stups même… Oui, on a vu le dossier de la mère…

– Arrête de faire l'enflure, Brian, tu veux bien !

– Mais je te l'ai dit tout à l'heure, Al. On veut que tu nous fiches…

– Putain, ne me dis pas que « Big Bob » ne serait pas curieux de connaître ce qui est arrivé ce jour-là… On a quand même touché une de ses… proches, coupa-t-il en montant d'un ton, l'air hésitant.

– Alors, vas-y crache !

– Quoi ? Tu me prends pour un crétin, Brian. Dès que tu sauras, tu me sècheras…

– Tu sais bien que je ne te ferai jamais ça, Al…

– Toi, non,… mais un de tes sous-traitants, p'être bien !

– Ah, le personnel ! Quand peut-on réellement s'y fier ?…

– Par contre, j'ai un deal à passer…

– Annonce… On veut bien voir…

– Quel pouvoir de décision as-tu, Brian ?

– À peu près celui que tu avais lorsque tu étais encore chez nous…

– Alors, voilà ce que je te propose. J'ai besoin que tu me loges quelqu'un.

– Qui ?

– Ernesto Herrero Ortegal, et son frère Ignacio…

– Et c'est qui, ça ?

– Deux crapules mexicaines ; le plus vieux se fait connaître sous le nom de « Dumbo » : stup, traite d'ado, proxo, meurtres, notamment de flics et de paramilitaires, d'enfants et surtout d'un de mes amis les plus chers… Je le piste depuis une éternité… mais là j'ai perdu sa trace…

– Et qu'est-ce que je gagne, moi, dans ce règlement de compte de tarlouzes ?

Pendant quelques secondes, Almayer, soudainement très énervé, se demanda s'il ne devait pas tenter le Derringer. Il calcula que quatre secondes suffiraient à dézinguer Brian et son acolyte, avant de se raviser. Il y avait trop de questions sans réponse.

– Tu gagnes la tranquillité et la paix. Disons que ce deal est pour moi une sorte de prime de retraite…

– Et comment veux-tu que je loge ce type… ?

– Un type comme ça… intouché depuis tout ce temps… Je suis convaincu qu'il a une serviette sur la tête… Faut voir chez les stups qui le protège et pourquoi… Puis tu reviens me voir, tu me dis où il crèche… et je m'occupe de lui, en direct, sans sous-traitant. Entends bien : je veux au moins deux ou trois de ses dernières planques… et tu n'entends plus parler de moi… ni de la fofolle, comme tu dis.

– Et quel rapport avec ton enquête ? Avec la fofolle ? Que gagne le « Big Bob » ?

– Disons que… c'est ce « Dumbo » qui a mis un terme aux relations du « Big Bob » et de la fofolle.

– Putain, mais il devrait être décoré ce type, rigola Brian.

Mais Almayer vit que la réponse avait touché.

– Tu pourras foutre toutes les guirlandes que tu veux sur son cadavre… Promis, tu seras le premier informé.

Brian resta un temps hésitant.

– Je vais voir ce que je peux faire, Al. En souvenir de notre ancienne association… Mais je te préviens… Fais gaffe. Il y a des décisions qui me dépassent et s'imposent à moi. Et je ne voudrais pas que tu en sois la victime. Bye, je saurai te joindre.

# VI

JUILLET 2023

## *Saint-Pétersbourg*

Les murs avaient été peints curieusement, avec du grenat et du violine, et sans application, laissant des coulures épaisses. Quelques-unes avaient rejoint le vieux parquet sombre pour s'y étaler comme des taches de sang. D'autres s'étaient dégradées en pulvérisations pollockiennes et traversaient sans gêne, en pointillés, la grande salle du commissariat central de Saint-Pétersbourg.

Un grand écran numérique appelait le n°3125 au guichet n°7-a. Borluut regarda pour la dixième fois son ticket, et lut n°3134, et soupira. Sur sa droite, Ribelle s'était assoupi ; il ne cessait de dormir depuis deux jours. Sur sa gauche, une jeune femme, visiblement toxicomane, semblait vouloir se plaindre de son souteneur qui avait enlevé sa mère pour l'intimider. Elle tenait la photographie jaunie d'une vieille babouchka.

Partout des uniformes ; des pas pressés ; des interjections, des voix hautes.

N°3134, guichet n°5-b.

Borluut se leva en bousculant Ribelle qui sursauta. Il demanda à la guichetière sans grâce l'officier Bezoukhov qu'on lui avait recommandé lorsqu'il avait appelé l'avant-veille de Bruxelles. « Bezoukhov ! »… Il se tourna vers Ribelle pour qu'il confirme la prononciation. Il ne fut pas plus adroit. La guichetière baragouinait un assez long discours, avec forces gestes, en montrant un mystérieux tableau de liège derrière elle. Puis elle appuya sur un bouton lumineux et le grand écran numérique appela un nouveau numéro.

N°3138, guichet n°5-b.

Déjà on bousculait Borluut ; la pute toxico et sa photo de grand-mère geignait dans son dos. Borluut se fit ferme : « BE-ZOU-KHOV » répéta-t-il, les lèvres serrées, avec les yeux froids de Steve Austin. La pauvre guichetière s'apprêtait à reprendre son manège et à éterniser cet absurde standoff lorsqu'une jolie rousse, fine, simplement habillée d'un uniforme sur-galonné, coiffée d'un petit béret bleu, offrit ses services.

Elle s'appelait Sonia, plus un nom à rallonge que ne pouvait pas retenir Borluut ; elle était visiblement fortement gradée, ou peau de vache, car la guichetière s'était levée, et baissait la tête. Elle leur signifia dans un français limpide et dental que Bezoukhov était alité depuis vingt-quatre heures, qu'il était désolé, et qu'elle allait le remplacer pour les guider dans les méandres des archives de la police russe, qu'il n'aurait pas dû attendre si longtemps, qu'ils auraient pu se faire connaître plus tôt auprès de l'hôtesse d'accueil principale... Mais Borluut entendait plus qu'il n'écoutait ; il entendait la mélodie moussorgskienne de sa voix ; il admirait les reflets courbes de ses cheveux, sa peau de lait, et ses yeux transparents et dorés. Il appréciait ses dents carrées, légèrement trop grandes, et blanches, et le sourire brillant qui les dévoilait. Elle avait quelque chose de la Barbara de son adolescence. Surtout, il bénissait Bezoukhov d'être aussi crevard.

Elle les mena dans une grande cave grise sans chauffage. De longues allées d'étagères la structuraient comme une ville classique, avec des avenues larges, d'autres plus étroites, des croisements en angles droits qui se ressemblaient tous : il leur fallait sans doute un guide pour se retrouver dans cette extravagance labyrinthique.

La belle Sonia s'était ensuite rangée face à un ordinateur central que surplombait un écran d'une taille inconnue en occident : Borluut vit défiler les années, « 1987 » ; « 1965 » ; « 1952 »... Puis un nombre considérable de fenêtres adjointes quadrillèrent l'écran : les mois, les semaines, les types de délit ; Borluut ne comprenait pas tout, mais trouvait ce ballet de fenêtres numériques, de couleurs bleues et blanches, absolument fascinant. Une de ces fenêtres clignotait lentement :

– Vous avez de la chance, lieutenant *Bôrrrluut*, dit-elle avec un sourire rouge et blanc ; l'année 1952 est la première année numérisée... La direction centrale n'ose pas traiter les dossiers proprement staliniens... Voyez, vous avez Valia ; c'est celle qui clignote : trois cent cinquante-six pages, indique-t-on ; tout n'a pas pu être numérisé ; il nous faut chercher dans l'allée 36-bêta-7-z. On en a pour un bon quart d'heure pour le trouver et le sortir. Cela fait beaucoup de textes à traduire, lieutenant, j'espère que vous n'avez pas réservé de voyage retour trop tôt ! Nous allons vous trouver un bureau pour analyser tout cela.

Elle se retourna, posa une fesse sur le coin du bureau, croisa ses jambes si longues, et exposa au pauvre Borluut affamé le galbe doux d'un mollet. Il lui fit un sourire, parla net et bien, avec quelques gestes virevoltants des mains, et obtint sans réelle lutte que l'étude du dossier se fît dans sa chambre d'hôtel, si grande qu'on pouvait survivre à deux, voire à trois ; ou dans la chambre voisine que l'on transformerait en bureau. Il lui fit un visage songeur et désintéressé, avec des sourcils bas et des plis sur le front, et elle posa sur lui un regard soucieux et protecteur.

# VII

JUILLET 2023

## *Saint-Pétersbourg – Graffiti Hôtel*

Un tiers seulement des trois cent cinquante-six pages faisaient sens pour Borluut. Il y avait des mains courantes d'interrogatoire, des enregistrements sonores sur des supports analogiques fortement délabrés, des photographies, rendues par le temps quasiment invisibles, deux rapports d'autopsie, des formulaires administratifs assez confus à en-tête du Kremlin qui firent frissonner Sonia, d'autres à en-tête du musée de l'*Ermitage* - elle s'en étonna -, des copies d'articles de journaux...

Les ressemblances avec Godelieve existaient : Valia avait été enlevée en août 1952 ; elle était jolie et blonde, la peau pâle, vivait seule ; les seules différences : elle était fiancée depuis peu et avait un gamin de quelques mois. Qu'avait-il pu devenir ?, se demandait Borluut. Pour le reste, elle avait fait l'objet d'un même embaumement : à en croire les rapports d'autopsie, elle était vivante les deux ou trois premières heures de l'opération, et elle était parvenue à rompre une fois les liens de cuir qui la maintenaient sur une paillasse de carrelage. Elle fut alors frappée violemment à la tête avec une barre de fer que l'on retrouva sur place. Le choc avait plié la barre. Valia ne se réveilla sans doute jamais.

La paillasse provenait de la Grande école Vétérinaire de Leningrad ; elle avait été mise au rancart en 1950 avec des centaines d'autres, puis avait disparu dans les mystères des re-qualifications administratives. Avant Valia, sans doute avait-elle connu des ablations de reins félins, des trépanations de singe bonobo ou d'autres émasculations canines. Les enquêteurs de l'époque, en analysant les gouttes et les coulures de sang présentes sur la paillasse, eurent la surprise de détecter, mêlé à celui de la jeune femme un autre sang, vieux, séché, d'origine animale : le sang d'un ours polaire.

Mais les différences méthodologiques entre Godelieve et Valia restaient notables : le tueur de Valia avait entrepris la cérémonie après avoir anesthésié, certes insuffisamment, la jeune femme, ce que n'avait jamais entrepris l'embaumeur de Bruges ; les légistes avaient souligné de manière claire que l'embaumeur de Saint-Pétersbourg était un découpeur maladroit ; que l'extraction des matières cérébrales s'était avérée difficile et qu'il avait dû casser les parois nasales de la jeune femme pour les écarter, comme l'on fait d'une orange que l'on partage en deux, et qu'il avait dû travailler avec des outils grossiers – on supposait un ciseau d'ébéniste et une manière de fourchette -, pour gratter la dure-mère et aspirer le cerveau. La jeune fille étant morte, sinon mourante, il avait vite cessé de jouer la précaution ou la finesse. Il avait ôté les yeux avec des gestes brutaux, par exemple, et les traces d'incision restaient hésitantes et exagérées. Les organes ventraux avaient été extraits par deux orifices façonnés par le tueur, et non un seul comme pour Godelieve, sur chaque flanc, qui étaient plus longs et plus gras. Enfin la peau n'avait pas été traitée, ni avant par du natron, ni après par de la cire.

Pour autant, deux photographies, en noir et blanc, ne cessaient de troubler Borluut : elles montraient, de profil, et légèrement de face, la jeune femme comme elle fut trouvée par les autorités locales. Le corps avait fait, lui aussi, l'objet d'une mise en scène, moins audacieuse, moins systématique, moins esthétique qu'à Bruges, mais évidente toutefois. La jeune Valia tenait bien un même bouquet d'iris noirs et d'Anthuriums foncés – rouges, disait le rapport – : trois ou quatre iris pour deux grands Anthuriums qui cachaient le pubis et le nombril de la jeune femme. On voyait en même temps sur l'une des deux photos une incision latérale couverte de sang.

La réunion d'un indice différenciant – le tueur de Bruges n'aurait pu laisser aussi sale la cicatrice – et d'un indice identifiant – les fleurs – perturbait l'entendement du lieutenant.

Sonia, de son côté, se montrait préoccupée non pas par la masse de documents, mais plutôt par l'absence de quelques-uns ; aucun ne disait ce qu'était devenu le corps de la jeune femme. Généralement, précisait-elle, on connaissait « l'adresse finale » du défunt : le cimetière, l'incinération, le frigo n°2 ou 3, ceux pour la longue durée, de la morgue... On avait l'ordre de mise en bière, le jour de sa réalisation, et le recensement précis de son lieu de vacance. Mais ici rien. Sinon, une curieuse lettre du conservateur-adjoint du Musée de l'*Ermitage* acceptant pour analyse supplémentaire un film de l'autopsie, et quelques paragraphes après, exigeant qu'on cesse d'importuner un certain Golianov, chercheur associé au musée.

– Ce nom me dit quelque chose..., marmonna Borluut.

– Je crois aussi avoir rencontré ce nom, attendez..., reprit Sonia toujours aussi systématique.

Tous les deux s'étaient installés sur une grande table d'état-major que le directeur de l'hôtel leur avait fait monter. Borluut avait vite compris que Sonia avait le bras long, ou qu'elle savait se faire obéir. Personne ne semblait pouvoir lui résister.

Ils avaient installé la quasi-entièreté des dossiers sur la table, et ils les étudiaient progressivement, exhaustivement, rejetant à gauche l'inintéressant, à droite ce qui méritait d'être vérifié. Cette dernière pile restait trois fois moins importante que l'autre.

– Voilà, dit-elle, en se retournant, et son genou contacta celui de Borluut. Elle tenait en main cinq feuillets jaunis.

– Golianov a été entendu comme témoin. C'est – enfin c'était –, un jeune chercheur en histoire des langues, en sémiologie, de l'université de Kiev. Il était spécialiste des littératures anciennes du Moyen-Orient, notamment de la civilisation assyrienne...

– Mais que vient faire un chercheur en sémiologie dans cette galère ?, s'étonna Borluut.

– Eh bien... il y a un rapport établi par le FGU à son propos ; il s'agit d'une ancienne sous-division du MVD ; apparemment il était surveillé… ce qui à l'époque n'est pas étonnant pour quelqu'un qui voyage, comme ce devait être son cas, et notamment voyage au Moyen-Orient…

– Et ?...

– Et bien l'agent du FGU qui en avait la charge assure l'avoir vu fréquenter l'immeuble dans lequel on a retrouvé Valia les jours supposés de l'agonie de la jeune femme. Il est venu le dénoncer spontanément…

Un autre rapport reprenait les comptes rendus des interrogatoires de Golianov, il y en a eu trois ; un autre encore faisait le bilan des hypothèses faites par les agents responsables de l'enquête sur l'intérêt criminel de Golianov…

Tout en les lisant, Sonia défit son veston militaire, qui la serrait trop. Borluut avait remarqué les difficultés de la jeune femme à bouger, respirer, pivoter dans ce vêtement trop étroit, au tissu épais et sans souplesse ; avec satisfaction, il considéra le chemisier qu'elle mettait au jour, plus léger, plus fin, par endroits à la limite de la transparence, et finalement tout aussi serré. Elle se tourna pour faire glisser sa veste le long du dossier de sa chaise, comprimant sa poitrine dans un vêtement à la limite de la révélation ; son sein gauche touchait presque le bras droit de Borluut ; il respirait le souffle qu'elle avait provoqué, un léger parfum de fraisia et de pomme.

– Ils ont fini par libérer Golianov de tout soupçon… Apparemment, quelqu'un serait intervenu de manière efficace, reprit-elle avec innocence. Et il y a des dossiers qui ont été supprimés ; d'autres ont fait l'objet de ratures conséquentes… Tout cela n'est pas commun, *Jôrrris*.

– Et selon vous Sonia, qu'est-ce qui pourrait justifier de telles cachotteries ?, demanda Borluut, la voix douce.

– Tout, ou rien… On était en pleine période stalinienne encore, même si en 1952, Staline était déjà fort malade ; mais ses services eux ne faiblissaient pas… et leur paranoïa non plus : ils pouvaient intervenir pour un rien, même si cela restait, je pense, assez rare… On peut imaginer que Golianov leur avait donné des informations politiques, ou stratégiques, ou des témoignages sur des personnalités étrangères qu'il aurait fréquentées, que sais-je... En tout cas, il semble avoir été protégé. Voyez les quelques extraits résiduels de ses interrogatoires... Il est arrogant, sûr de lui, hautain... Voyez comme les questions posées par les enquêteurs paraissent agressives dans un premier temps, puis adoucies lors des séances suivantes ; il ne s'est pas rendu aux dernières convocations...

– Reste qu'il a été soupçonné..., et ça, c'est un sacré bon point... Et peut-on savoir ce qu'il est devenu, Sonia ?...

Elle fit mine de chercher, dans une première pile, puis une seconde, elle dut se lever et se pencher sur la table pour amener à elle une troisième pile, et la rencontre de l'horizontalité dure de la table et des courbes souples de la jeune femme, qui furent ainsi plaquées, éveillèrent chez Borluut un « oh ! » et un « ah ! » intimes.

– Non, il n'y a rien... Il disparaît littéralement du dossier. On est dans une impasse... *Jôrrris*...

Joris, lui, n'en avait cure à cet instant. Il venait curieusement de s'obséder pour une dentelle légère qui jaillissait du chemisier de la jeune femme et qui paraissait se lancer comme un pont suspendu au-dessus d'un creux de son épaule.

– ... Ils ont vidé les dossiers de leur substance...

Une épaule laiteuse.

– ... Je suis désolée, *Jôrrris*...

Mais ce n'était pas tant cette bretelle, de couleur perle, qui attirait son œil que le désordre qu'elle provoquait. Ce désordre le dérangeait. Presque un malaise. Il lui fallait ranger cette bretelle, la glisser sous le vêtement, et passer la main sur l'ensemble pour bien l'ajuster. Ça frisait la démangeaison.

– *Jôrrris* ?

Il ne l'entendait plus ; il faisait un effort pour ne pas fixer ce bout d'épaule.

– Mais à quoi pensez-vous ? Ohoh ?, s'étonnait la belle Sonia.

C'est à ce moment-là que le regard distrait de Borluut se fixa sur une petite bande de papier qui sortait d'un des dossiers mis au rancart, sur la gauche de la table. Elle devait dépasser d'une quinzaine de centimètres, elle était poinçonnée sur toute la longueur, comme les anciennes feuilles d'imprimante, comme une dentelle, et présentait une jolie couleur perle. Malgré qu'il en ait, cette petite bretelle de papier l'avait tarabusté jusqu'à ce qu'il découvrît son hypostase de tissu sur Sonia. Il se leva à son tour, en attrapa l'extrémité qu'il tira, doucement, pour qu'elle ne se déchirât pas. Une grande page suivit, couverte de tampons argentés aux reflets arc-en-ciel : sur les tampons, le blason du musée de l'Ermitage. « Encore ?! », s'exclama intérieurement Borluut.

– Sonia, qu'est-ce qui est inscrit sur cette page ?

Elle parcourut la feuille rapidement :

– C'est un bon de stockage : « octobre 1952 », répondit-elle avec une petite moue indifférente. Pour les salles d'entrepôt du musée.

– Qu'est-ce que ça vient faire ici, selon vous ?, demanda à voix lente Borluut.

– Comment pourrais-je le savoir ?, répondit-elle avec un sourire. Elle se penchait vers lui, doucement, et le petit pont suspendu glissa sur le côté et tomba le long de l'épaule.

C'en était trop pour Joris ; il détourna les yeux.

# VIII

CINQ HEURES AVANT LE TROU DANS LE BIDE
JUILLET 2023

## *San Salvador del Seco*

Sørenson et Almayer arrivaient à 8.50 a.m. à San Salvador del Seco, la bien-nommée. La chaleur commençait déjà d'être plombante. 28° dans la rue principale. Un bled assez conséquent en plein désert. Brian avait laissé un message sur l'armoire de la salle de bain d'Almayer. Ultime provocation :

> « *Selon les stups, l'éléphant aux grandes oreilles crècherait avec son frère à San Salvador del Seco, Mexique sud. Deux planques : le ranch* M. *et l'église Santa Maria. Ce sont deux de ses clients. Attention, il est aux abois. Les flics locaux ont cessé de le soutenir.* »

C'était bien la dixième fois qu'Almayer relisait ce petit morceau de papier. Avec le même frisson derrière le crâne, au niveau de la nuque.

– Et vous lui faites confiance à quel degré, à votre type du *Secret Service*, là ?

Almayer avait bien entendu omis de lui signaler que Brian était à l'origine de la mort de Sunny… et qu'à son goût, il avait bien trop vite balancé les infos désirées.

– Degré moyen… Il faut garder les yeux et les oreilles bien ouverts…

– Être méfiant, hum, hum…

– J'ai idée qu'il y a possibilité pour que ça défouraille un peu…

– Ah !, dit Sørenson, le ton presque guilleret ; ça peut être amusant.

– Mais faut pas que ça se fasse trop vite ; non, pas trop vite, Sørenson…

– Ah !, répéta ce dernier sans enthousiasme.

– J'ai aucune tendresse pour le gros Dumbo, certes, expliqua Almayer, mais je suis curieux de savoir ce qu'il faisait à Venise en 2013… À moins de dix mètres d'une de ses anciennes marottes…

Ils arrivaient devant l'église Santa Maria. Grande église baroque, avec des fioritures architecturales extravagantes qui partaient dans tous les sens, avec des couleurs rose et vert, des pastels, des dorures dont les conjugaisons paraissaient paradoxales à Almayer. Il regardait avec attention le tympan du grand porche d'entrée, qui racontait, sur la partie droite et avec force sculptures polychromes, l'histoire de Saint-Georges, pour finalement repartir, sur la partie gauche, avec l'histoire de San Juan Diego. Ici, des bas-reliefs sommaires, de type « art pauvre » ; là, des structures compliquées, une véritable dentelle… Il crut même surprendre une alternance de motifs de part et d'autre d'une rosace centrale, mais avec une asymétrie prononcée. Enfin, l'ensemble du monument paraissait pencher légèrement sur la droite, s'enfonçant dans le sol.

– Quelle curieuse église !, dit Almayer ; elle donne le tournis.

– Vous êtes là pour faire le touriste ?, moqua Sørenson.

– Bon, je rentre là-dedans et je jette un œil, reprit Almayer, pendant que vous allez au ranch. Soyez prudent. On observe, hein, et on rend compte. Ce n'est qu'après qu'on pourra agir.

– O.K., Al !

C'était la seconde fois que Sørenson l'appelait par son prénom. La première fois, c'était lors de leur rencontre brutale, au large d'Oman. Finalement un malentendu. Almayer avait depuis lors appris à apprécier le Scandinave à la tête de faune. Bonhomme efficace, moins tordu que prévu, assez lisible. Un pincement au cœur lui suggéra que cette seconde fois était peut-être funeste.

– Soyez prudent, Sørenson !, cria-t-il au pare-chocs arrière de la Dodge qui s'en allait déjà.

# IX

JUILLET 2023

## *Saint-Pétersbourg-L'Ermitage*

Borluut écoutait effaré la traduction des cinq écriteaux cloués sur la grande porte de chêne qui leur faisait face ; Sonia les lisait avec précaution et attention :

– « *Sous-direction de la sous-collection des vestiges antiques du monde méditerranéen et Africain...* »
– « *Département des vestiges antiques...* »
– « *Sous-département des vestiges et des archives...* »
– « *Division du monde de l'Antiquité...* »
– « *Direction centrale des collections non-publiques...* »

– Ceux qui façonnent les organigrammes par ici sont soit des génies, soit des malades..., remarqua, acide, Borluut.

Tous deux attendaient d'être reçus par le sous-directeur de la sous-collection, un certain Turkinov, devant cette vieille double porte qui rappelait la grande période festive et noble de Saint-Pétersbourg, la richesse excentrique de ses hôtels particuliers et de ses palais urbains ; mais il y avait aussi des bancs simples en fer, des grands murs gris, des sols de carrelage triste, des grands couloirs froids et ventés... qui rappelaient la rationalité soviétique.

– Oh, tout cela est hérité de l'ère stalinienne...

– Oui, sans doute, ça sent le vieux, et ça sent même le militaire…

– Pas seulement, *Jôrrris* ; dans un tel système, tout le monde devait pouvoir être rangé socialement avec précision… et tout le monde devait pouvoir connaître un nombre conséquent de promotions. Un bon bureaucrate terminait nécessairement sa carrière à un poste de direction ou de sous-direction, fit entendre Sonia.

Il s'agissait chez elle d'une simple remarque, dénuée de jugement historique ou politique. Elle poursuivait :

– Et l'esprit et le comportement russes, vois-tu, est d'ordre analytique… Il aime bien organiser en divisant, comprendre en analysant, réduire les choses au détail et à l'essentiel. Une administration, ce sont des cases, avec des bonshommes dans ces cases. Mais la fantaisie russe aime à se mêler à cette rationalité. Chaque case correspond *a priori* à une aire d'action, mais finalement celle-ci est plus large et plus souple que tu ne le penses. Vois ce Turkinov, par exemple. À regarder cette porte, on se dit que le pauvre homme est écrasé par la bureaucratie et la hiérarchie : le directeur de collection ; puis du département ; lui-même soumis au chef de division, et encore un directeur central…

– Je le plains le pauvre homme, en effet…

– Encore une fois, tu te trompes…, dit-elle, en simulant l'effort de patience. C'est au contraire une bénédiction pour lui… Plutôt que d'être soumis à cinq directions, il en est libéré ; c'est un fonctionnement organique… Il peut faire jouer une direction contre l'autre… C'est une administration verticale, vois-tu, et surtout pas horizontale… Les départements ne savent rien des autres départements… Il peut faire croire à un directeur qu'il est en mission pour un autre directeur, et jouer librement des coudes… La suradministration sous-administre, c'est pour les Russes une évidence… Cela permet l'indépendance des niveaux intermédiaires : c'est ça la rationalité administrative russe, *Jôrrris* : le surdécoupage et la subdivision ; d'une part ça permet la diffusion des responsabilités ; d'autre part, ça autorise l'entreprise individuelle… ou du moins un certain affranchissement…

– Ah ! Et c'est comme ça que tu fonctionnes, toi, à ton niveau ?

– Mais oui, bien sûr. Crois-tu qu'il est normal que je sois encore avec toi, après trois jours, sans avoir rendu compte à quiconque ?… Par bonheur, j'ai une bonne dizaine de directeurs au-dessus de moi, et la moitié pense que je suis en mission pour l'autre moitié. L'ordre bureaucratique au service du désordre individuel, en tout cas au profit d'un certain épanouissement individuel, c'est la bureaucratie rationnelle à la manière cosaque.

À cet instant, Borluut vit, devant la grande porte qui venait de s'ouvrir, un jeune homme, grand et fin, pas plus de vingt-cinq ans, le complet gris heureux, la cravate jaune rayures bleues et un sourire à ruiner tous les trafics d'ivoire.

– C'est exactement ce que je te disais, chuchota-t-elle, en le regardant avec intérêt. On s'épanouit !

Borluut fit la moue.

– Bonjour…

La cravate jaune rayée de bleu parlait un français impeccable.

– Je suis Vladimir Turkinov, sous-directeur à la sous-collection des vestiges de l'Antiquité méditerranéenne… Entrez, je vous en prie.

Le jeune homme avait l'air en effet efficace, et avant même de s'asseoir derrière le grand bureau, il leur disait ses initiatives :

– Le billet de stockage que vous m'avez indiqué, hier, par téléphone (*il lança un grand sourire vers Sonia*) est assez étonnant. Il indique clairement l'une des zones les plus précieuses de notre musée, enfin je veux parler de mon domaine, celui des archives et des stocks des pièces antiques et méditerranéennes.

– Pourquoi une enquête criminelle datant de 1952 viendrait-elle s'échouer dans vos archives antiques ?, demanda Borluut.

– J'ai été aussi étonné que vous.

Un grand silence suivit.

– Oui ?, coupa Borluut ; et alors ?

– Comprenez que nous avons changé de période ; hier, les affaires criminelles ou politiques pouvaient être méandreuses ou confuses ; aujourd'hui, j'ai demandé que vous puissiez accéder sans souci, en toute transparence, à la zone de stockage spécifiée par le « bon d'argent »... C'est ainsi que l'on appelait... que l'on appelle encore, les ordres de classement au grand musée de l'Ermitage.

Il ne s'adressait qu'à Sonia, même s'il parlait en français.

– Pour autant, l'*Ermitage* est le plus grand musée du monde, voyez-vous ; mes collections... Je veux dire... celles des vestiges de l'Antiquité méditerranéenne comptent plus d'un million de pièces... Tout est cacheté, scellé, numéroté, bien sûr... mais la gestion de l'espace ici est restée moyenne... Retrouver la bonne pièce est parfois impossible tant tout s'est empilé et concassé...

– Êtes-vous en train de nous dire que vous ne savez pas précisément où est la pièce référencée sur le « bon d'argent » ?, demanda Borluut.

– Franchement ? Oui. Ou plutôt non, je n'en sais rien. Tout ce que je peux vous dire, c'est qu'il s'agit d'un objet certainement fragile...

– Comment pouvez-vous avancer cela ?

– ... Cette partie-là des caves du musée est destinée à la conservation des objets ou vestiges nécessitant un taux déterminé et précis d'humidité, un renouvellement de l'air ambiant afin que d'éventuels germes soient évacués, et une température constante proche de zéro. Quand vous verrez les dispositifs techniques qui permettent cette conservation, vous comprendrez que l'on tient à ces pièces plus que tout. La porte a une épaisseur de trente centimètres. Plus que pour un coffre-fort de banque occidentale...

Borluut simulait un intérêt intense en hochant la tête. Mais il commençait de s'ennuyer et de croire qu'il perdait son temps, et qu'il allait le perdre encore plus en entrant dans leur Fort Knox d'antiquaires.

– ...Une région de cette grande salle est même réfrigérée jusqu'à des températures négatives : moins sept ou moins huit. Vous y trouverez des peintures de plus de quarante siècles ; des livres, des papyrus aussi anciens ; des tissus, des vêtements royaux, des coiffes ayant peut-être appartenu à des rois de Palestine ou à des reines d'Assyrie. C'est l'histoire du monde qui est entreposée là-bas... alors votre « bon d'argent » vous autorise une recherche...

mais de là à penser que vous serez capables d'y dénicher le lot en question… ne rêvons pas trop.

– Pouvons-nous y aller dès maintenant ?

Borluut s'impatientait.

– Je vous laisse libre de fouiller, de farfouiller, de trifouiller… mais avec délicatesse… attendez… et vous ne pourrez pas dépasser soixante-douze heures de recherche. Au-delà on considère que les pièces entreposées dans cette zone sont susceptibles d'être altérées.

Il prit son téléphone :

– Je vous mets à disposition un de mes assistants.

# X

JUILLET 2023

## *Saint-Pétersbourg – L'Ermitage*
## *Zone 464E*

Borluut et Sonia avaient devant eux un grand hangar. Ils venaient de franchir la grande porte blindée de l'entrepôt 46AE, et Borluut ne parvenait pas à distinguer l'autre extrémité de la salle ; en raison de son encombrement, certainement, mais aussi de l'invraisemblance de sa taille : six cents, peut-être sept cents mètres carrés ; un détail pour L'Ermitage qui couvrait plus de sept hectares de sous-sol, d'archives et de caves de ce genre, mais une gageure pour trois paires de bras. Le plafond était bas, pas plus de trois mètres.

Borluut regrettait que Ribelle fût rentré, mais les services du procureur du roi l'avait exigé : la mission était devenue trop longue pour mobiliser deux agents.

– Suivez-moi…

L'assistant de Turkinov, Ditchev, était un petit bonhomme trapu d'une cinquantaine d'années, polyglotte à souhait.

Ils le suivirent benoîtement, un peu abattus par la tâche qui les attendait. Leur parcours labyrinthait entre des grandes caisses de bois étiquetées en provenance de Libye, de Palestine, du Yémen… et Ditchev ne cessait de se retourner vers Sonia afin de la prévenir d'éventuels obstacles ou de bifurcations subites. Après un nombre conséquent de changements d'allées et de virages en épingle, ils arrivèrent à une nouvelle porte inattendue : en bois, cerclée d'un fer rouillé par endroits, et avec un trou de serrure de la taille d'une balle de tennis. Ditchev cherchait déjà la bonne clef dans un de ses sacs. Il en sortit une, aussi grande que son avant-bras, et dut la manier à deux mains tant la serrure était profonde et compliquée. Ils entendirent, après une minute de cliquetis divers, un claquement lourd, et la porte tourna à peine sur ses gonds. Borluut dut aider Ditchev pour la tirer, et une forte odeur d'humidité et un vent froid les frappèrent.

Ditchev toussa.

Un bruit d'interrupteur. Les néons tremblèrent une bonne minute, puis se stabilisèrent, dévoilant de nouvelles rangées de boîtes et de nouveaux empilements de caisses : il devait y avoir plus d'un millier de pièces, des grandes, des longues, des petites, des rectangulaires, des carrées, des cubiques, des cylindriques, entreposées d'une manière apparemment anarchique. L'ensemble était couvert d'un léger givre.

– Alors, c'est là ?, demanda Sonia, vaguement découragée.

Tous trois se regardaient, le sourcil haut. Borluut fut le premier à bouger ; il compara le « bon d'argent » avec l'estampille de la première caisse posée sur sa droite, après l'avoir grattée, puis soupira :

– Si on savait seulement ce que l'on cherchait, dit-il, en se demandant s'il aidait réellement Godelieve trente mètres sous terre et à quatre mille kilomètres de Bruges.

Cinquante heures de suite.

Ils avaient cherché continûment cinquante heures de suite. En respectant un roulement de deux heures pour qu'un des trois se repose régulièrement. Ils avaient tellement bougé de caisses et de casiers que les épaules de Borluut, ses bras et ses avant-bras restaient engourdis, et les muscles fatigués. Ils ne comptaient plus leurs blessures, les échardes, les griffures. Ditchev s'était cogné par deux fois sur le front ; Sonia avait reçu un couvercle mal scellé d'une caisse que Borluut manipulait. Ils avaient les yeux rougis par la fatigue, le nez congelé…

Ils étaient proprement lessivés. Déprimés. Déçus. Sans compter que la plupart des estampilles avaient été effacées par le temps et rendues invisibles, compromettant l'efficacité de leur travail.

Ditchev baragouina en russe, avec une voix lasse, et Borluut n'eut pas besoin de la traduction de Sonia :

– Ouais... Je sais... Il pense que c'est foutu... qu'on trouvera rien..., ronchonna-t-il ; et sans doute n'a-t-il pas tort. Nous perdons notre temps, et en plus on va sortir de là la santé ruinée.

Il renifla.

Sonia s'était assise en face de Borluut, sur un ensemble de petites caisses, et regarda pour la centième fois le « bon d'argent ».

– C'est quoi, ça, demanda-t-elle au petit homme, en lui montrant un détail de la fiche.

– Quoi ? Les trois poinçons, là ?, s'étonna Ditchev.

– Oui...

– Et bah, ça veut dire qu'il y a trois paquets, répondit-il avec le ton de l'évidence. On poinçonne à chaque lot ; voyez la date, en face ; ils sont rentrés le même jour ; donc trois lots...

Borluut s'était levé en sursaut :

– Vous êtes en train de dire que ce sont trois caisses et non pas une que l'on cherche...

– Bah, oui ; et c'est encore plus désespérant...

– Mais voyons, Ditchev, pourquoi ne pas l'avoir dit plus tôt ? C'est au contraire une bénédiction...

– Comment ça ?

– ...Désormais on cherche un ensemble : on peut imaginer que ces caisses ont été mises les unes sur les autres, ou les unes à côté des autres... Il nous faut chercher trois caisses identiques... Fion d'oie, je crois bien les avoir vues... Trois caisses, grises et métalliques, les unes sur les autres, des estampilles identiques..., ça me dit sacrément quelque chose... Où les ai-je vues ?

Borluut regardait de tous les côtés, à nouveau excité, et les yeux surdilatés. Les deux autres s'étaient levés et l'imitaient avec moins de vivacité ; tous trois ressemblaient à une curieuse famille de suricates. Puis soudain, Borluut partit vers le fond de la pièce ; Ditchev et Sonia tentèrent de le suivre, mais ils le percutèrent : il avait fait demi-tour ; ils le filèrent à nouveau, mais de manière désordonnée ; il les semait.

– Mais où se cache le môme ?, demanda essoufflé Ditchev, au moment précis où ils l'entendirent hurler :

– Je les ai ! Une, deux, trois caisses, attendez, ... octobre 1952... Ce sont bien elles....

Les caisses étaient suffisamment légères pour être manipulées sans peine par deux personnes ; leur volume (soixante-dix centimètres de long pour cinquante centimètres de large et quarante de hauteur) restait toutefois gênant. Ils les disposèrent au sol, près de la grande porte de bois, à la queue leu leu, dans un dégagement.

– Elles sont cadenassées ; que fait-on ?, demanda Sonia.

– La procédure est claire, précisa Ditchev sans hésitation ; tout scellé nécessite un accord du directeur du département, un accord du directeur de la division, et un accord du directeur des archives... et la demande doit obligatoirement passer par la voix hiérar...

Le bruit du cadenas fracassé de la première caisse interrompit Ditchev.

Il resta bouche bée.

Mais cela ne suffit pas ; le givre, depuis les années, avait soudé le couvercle à la boîte. Borluut dut cogner à coup de talon sur le haut de la caisse afin de décoincer le couvercle. Le bruit fut tel qu'il fit sursauter Ditchev. A chaque coup, le pauvre homme rentrait la tête dans les épaules, en s'inquiétant des antiquités qui l'entouraient. Les collections du sous-sol comme l'ensemble des salles vouées aux archives étaient plus accoutumées aux silences feutrés des conservateurs et des chercheurs.

– Voyons ! Vous allez cesser ! Vous faites un boucan à réveiller les morts !, chuchota-t-il.

Une petite charnière tomba à terre ; Borluut pouvait soulever le couvercle. Le silence était revenu ; ils s'entendaient respirer.

Une forte odeur de moisi les frappa, et força Ditchev à reculer. Il y avait un drap, ou un tissu lourd qui recouvrait le contenu de la caisse. Borluut l'ôta et trouva un second couvercle de bois, avec deux charnières libres en fer rouillé. Il leva ce second couvercle, et fit un pas en arrière, en réprimant une nausée. Les autres firent de même.

Il y avait un buste. Un buste de femme sans tête. Seulement un tronc, jusqu'à mi-cou. La plaie du cou avait été couverte d'une épaisse cire rosée, qui craquelait en surface.

Borluut se dit que… la chose ressemblait à un immense flacon de parfum, recouvert d'un fin tissu de gaze.

Ditchev se taisait, livide.

Une grosse moisissure bleue creusait les mains de la momie, ainsi que les avant-bras, et les mangeait. Ici ou là, sous la gaze, sur la peau nue, des taches sombres montraient d'anciennes agressions de pourriture. La peau paraissait sèche, cassante, avec un ton terne détestable, et dégageait une senteur âcre. Comme irréelle. Borluut ne put s'empêcher de se demander si Godelieve ressemblerait à cela dans trente ans.

– C'est Valia, c'est incroyable !, dit Sonia en regardant Borluut qui acquiesça.

Ditchev se taisait, légèrement à l'écart.

Son regard paraissait mesmérisé par le spectacle de la jeune femme découpée.

La seconde caisse livra une paire de jambes osseuses et sèches : la troisième, une tête, et il fallait faire effort pour deviner le visage d'une jeune et jolie femme. Le front était enfoncé, sans doute par la barre de fer. Un œil, visiblement confectionné en pâte de verre, gisait sur le côté de la tête laissant une orbite vide et noire. Les joues étaient profondes et creusées, les lèvres, asséchées s'étaient rétractées et dessinaient un cri. Borluut pouvait voir au fond de la bouche entrouverte l'amoncellement de dents jaunes et ternes qui s'étaient décrochées. Il s'étonna que la plaie du cou ne fût pas couverte de la même cire que pour le tronc : on voyait la peau nécrosée et fripée, quelques lambeaux de chairs et de nerfs qui s'étaient recroquevillés en ficelles.

– Si c'est une Tophar, et bien c'est un échec, dit Borluut.

– C'est une horreur, répondit Sonia.

– Et pourquoi l'ont-ils démontée ainsi ?, continua-t-il en regardant Sonia. Est-ce l'œuvre encore du génie analytique russe ?

– On dirait un mannequin des grands magasins !, chuchota-t-elle, visiblement secouée.

Les trois caisses gisaient sur le sol, éventrées, et dessinaient un macabre puzzle : les jambes, la tête, puis le tronc, en désordre, comme si on attendait désespérément qu'un illusionniste les ressoude, d'un geste.

– Sans doute était-ce plus facile à entreposer ainsi, jugea Sonia avec une petite moue.

Mais ni elle, ni Borluut ne comprenaient la raison d'être de Valia dans ces grands frigos de l'Ermitage. Certes ils l'avaient trouvée ; mais sa découverte, finalement paraissait plus mystérieuse que sa disparition : que faisait-elle là ? Sa topharisation justifiait-elle sa présence au milieu des antiquités ? Tous deux montraient un visage sceptique et las.

Ditchev, lui, continuait de se taire ; mais ses yeux brillaient d'un nouvel éclat depuis qu'il avait entendu le mot de « Tophar », et ne quittaient pas le visage mortuaire de Valia.

# XI

JUILLET 2023
QUELQUES MINUTES AVANT LE TROU DANS LE BIDE

## *San Salvador del Seco*

L'église était vide. Pas une âme misécordieuse ou repentante. Pas une flamme sur les cierges. Almayer s'en inquiéta. Il pensait les mexicains plus croyants, plus pratiquants. Almayer s'en effraya. Qu'est-ce qui les a fait fuir ? Au sol des nids de poussière ; un chausson d'enfant ; un missel abandonné. Le désert avait pénétré l'église de Santa Maria.

Et puis un bruit.

Au fond, derrière l'autel. Almayer mit la main à la ceinture, et la referma sur la crosse de son Beretta. Un bruit de frottement ; celui d'une chaussure qui traîne, bruit typique de celui qui progresse accroupi, et qui peine à lever la jambe ; bref, le bruit d'un homme qui se cache et qui s'apprête au mauvais coup.

Un autre frottement, derrière lui, vers le porche, peut-être en arrière des deux colonnes qui portaient une grossière statue de *Santa Guadalupe*. Pour une église vide, il y avait finalement grand monde. En même temps qu'il pensait à se mettre à l'abri, il comprit qu'on les avait doublés.

Brian ?

Pas sûr.

Mais il faudrait songer à vérifier.

Et puis l'image de Sørenson s'imposa à lui. Lui aussi risquait sa peau. Si les pistoleros de Dumbo l'avaient attendu, lui, dans l'église, ils attendraient également Sørenson au ranch. Sa nuque qui vibrait encore. Tout cela sentait le rance.

À moins de trois mètres, une porte paraissait entrouverte. Elle le tentait. Soit il se levait et défouraillait comme à la Saint-Jean, devant et derrière... Soit il s'engageait prestissimo vers cette porte, sans trop savoir ce qu'il trouverait après.

Il choisit cette dernière option et vola vers la porte ; la saisit de la main gauche, tenant à droite son Beretta ; l'ouvrit aussi vivement qu'il le pouvait en même temps qu'il entendait deux claquements derrière lui et qu'il sentait la porte trembler sous l'impact d'une balle de gros calibre ; il porta le Beretta devant les yeux parce que le soleil fou de San Salvador del seco l'aveuglait, et il crut percuter un mur, bien que ce fût mou ; peut-être une vache ? – mais elles étaient plutôt osseuses et sèches dans cette zone du globe... – Quel que fût l'obstacle, il le renvoya contre la porte sur laquelle frappaient de nouvelles balles.

Il plissa les yeux, et identifia enfin la vache. Elle était grande ; elle était ronde et elle était noire ; elle affichait un grand sourire, et tenait à la taille un petit 9 mm Smith § Wesson, modèle 5906 ; elle le pointait vers lui ; elle s'appelait Ernesto Herrero Ortegal, ou « Dumbo », c'était selon ; et elle appuyait sur la détente...

# XII

JUILLET 2023

## *Osnaloja*

Depuis Saint-Pétersbourg, ils avaient roulé deux bonnes heures, Sonia et lui. D'abord sur la grande route d'état n°5, puis sur des axes moins importants, jusqu'à ce petit chemin forestier que le 4x4 parcourait avec difficulté, la faute aux pluies diluviennes des jours précédents : des rigoles de boue, des ornières profondes, des trous d'eau, des branches tombées au sol qui forçaient le véhicule à quelques acrobaties... Sur plus de trois kilomètres. Ils arrivèrent enfin à un immense portail de fer, bordé de chaque côté par de grands murs écroulés. Deux gros chênes poussaient en son milieu, indiquant combien, isolé dans l'immense forêt, il n'était qu'un vestige. Et puis le chemin continuait. Cela paraissait bien long et bien compliqué à Borluut. Encore un bon kilomètre, et des arbres régulièrement alignés vinrent accompagner Sonia et le lieutenant, sur plusieurs centaines de mètres encore. Enfin des murs ; enfin un toit ; une maison de gardien à moitié effondrée sur leur droite ; deux vieux véhicules de l'ère soviétique complètement rouillés sur les bords du chemin...

Ditchev les avait appelés le matin même, la voix tendue, chuchotant pour qu'ils viennent le retrouver à Osnaloja. Qu'ils n'en parlent à personne. Il avait quelque chose à leur dire. Il s'excusait pour le voyage, mais la prudence était de mise.

Il se tenait maintenant à quelques mètres d'eux. Solidement campé sur ses jambes, devant les colonnades du palais d'Osnaloja. De type néo-classique, celui-ci présentait une façade tout en longueur juste interrompue par le perron colonné. On devinait sur ses murs un vieil enduit ocre devenu rare par le temps ; il s'effritait à de nombreux endroits, tombait par plaque entière à d'autres. Un lierre grand comme un arbre jaillissait de l'étage, entre deux larges fenêtres cassées. Ailleurs, des volets brisés en équilibre ; des fenêtres éventrées ; des pierres sculptées tombées au sol… Mais rien qui ne diminuât la splendeur et la grâce du monument.

– Bienvenus à Osnaloja !, cria la voix grave le petit Ditchev.

– C'est chez vous ?, demanda admirative la chère Sonia.

– Oui… Mon père a acquis cette demeure en 1994… pour une bouchée de pain… Il l'a échangée contre un Range Rover… Vous imaginez ? Et mille hectares l'entourent. Bon, elle n'est pas vraiment habitable, c'est vrai ; mais depuis deux ans le toit est à peu près étanche. La façade sud a retrouvé ses fenêtres, l'été dernier. On avance peu à peu.

Borluut, de son côté, restait indifférent. La forêt, la campagne, l'humidité, le parfum des pins, le bruit d'un ruisseau en contrebas lui rendaient ce coin du monde absolument inamical.

– Si vous nous montriez l'intérieur, Ditchev !

Un grand hall les accueillit qui comptait à peine moins de colonnes que le perron extérieur ; un escalier double en marbre allait à l'étage pendant que des séries de deux grandes portes, à gauche et à droite, ouvraient sur d'immenses salons : les plafonds peints, montrant des ciels, des anges, des fleurs, s'effritaient, laissant libres les baculas ; les parquets en points de Hongrie s'enfonçaient, rendus faibles par des usures et des pourritures ; les cheminées n'existaient plus, volées ou détruites.

Des volets clos ; des tentures sans âge ; une odeur lourde et trempée… À pleurer, se dit Borluut qui s'immobilisa au-dessus d'un poêle allumé.

– Que vouliez-vous nous dire Ditchev ?, demanda Sonia.

– La petite, là, qu'on a trouvée avant-hier…

– Oui ! Valia…

– Vous avez dit… enfin le lieutenant a utilisé un mot pour la qualifier…

Ditchev s'appliquait pour rester clair et précis, comme s'il avait répété son discours et qu'il cherchait à le restituer fidèlement.

– Quel mot, Ditchev ?

– Il a dit « Tophar »…, chuchota presque Ditchev

À ce moment-là, tout le corps de Borluut se raidit. Il oublia le poêle, et se tourna vers Ditchev :

– Oui, et alors ? Ça a un sens pour vous ?

– Je l'ai déjà entendu…

– Quand ? Où ?

– Quand j'étais jeune, môme même… dans la bouche de mon grand-père, et puis plus rarement dans la bouche de mon père, avec des amis…

– À quel propos ? C'était quand ?, pressait Borluut.

– Ce que je vais vous dire est…, comment dire ? Je ne doute pas de la parole de mon grand-père ; et ce que je vais vous dire, peu le savent.

– Et ce serait lié, comme par magie, à la découverte de Valia ?, demanda Sonia.

Ditchev prit son temps ; ses yeux s'étrécirent :

– Oui, j'en suis convaincu !

Il hésita quelques secondes :

– Mon grand-père a travaillé trente ans à l'Ermitage, dans la grande équipe du Professeur Tchigarine ; il était simple assistant, comme moi, au milieu d'autres assistants… Mais on était à la grande époque de l'égyptologie russe ; mon grand-père était apprécié pour sa discrétion ; reste qu'il entendait et voyait beaucoup de choses.

– C'était quand votre grand-père ?, insista Borluut dont les neurones s'étaient définitivement congelés pendant leur séjour dans les caves de l'Ermitage.

– Juste après la Grande Guerre ; mon grand-père a pris sa retraite trois ans après la mort de Staline, en 1956.

– Et quatre ans après celle de Valia…

– Oui…

– Et bien ?

– Et bien, ce que me racontait Grand-Père, ce que confirmait mon père, c'est que dans ces années-là, il y avait une Tophar à l'Ermitage…

– Quoi !! Vous voulez dire, une authentique Tophar !

– Oui…

– Une momie jaune ?

– Jaune ou rouge, j'en sais rien ! Mais une Tophar !

– Pas possible ! Boerschin dit qu'il n'en existe que deux au monde ; et même qu'une !... La seconde aurait brûlé.

– Je n'ai aucune raison de douter de la parole de mon grand-père ! Comment aurais-je su ce qu'était une Tophar… ?

– D'après ce que j'en sais, les Tophar sont devenues le Graal des égyptologues ; tout le monde en parle, et personne n'en rencontre, ajouta Borluut.

– Non ! Lui l'a vue.

– Mais vos spécialistes auraient pu se tromper… Après tout, ça ne doit pas être évident de distinguer une Tophar d'une pas Tophar ; voyez Valia comme elle ressemblait à n'importe quel hareng fumé !

Ditchev s'énervait et arpentait avec fureur le salon :

– Non, non, non… Vous êtes dans l'erreur, Lieutenant, répétait-il.

– À quel propos ?

– Ce qu'en disait Grand-Père, c'est que la momie qu'il avait vue était comme neuve, si vous m'autorisez cette expression. Quand ils avaient ouvert le sarcophage, ils avaient découvert sous les bandelettes de conservation un visage lisse, jeune et brillant, un corps tonique… comme si elle vivait les jours précédents… comme si elle vivait encore… comme si elle était seulement endormie… ce n'est que plus tard qu'il a entendu Tchigorine évoquer la Tophar. Mais mon grand-père avait déjà vu qu'elle ne ressemblait à aucune autre momie… À rien de ce qu'il avait vu jusque-là.

– Admettons. Mais alors d'où venait-elle ?

– Je n'en sais rien. Enfin, mon grand-père estimait qu'elle provenait des sous-sols de l'Ermitage ; qu'elle était conservée là, et mise à nue pour Tchigorine à cette période. Comme on l'a fait hier de Valia.

– Mais à quelle fin ?

– Comment ?

– Pourquoi l'ont-ils étudiée ou ouverte à ce moment ? Depuis combien de temps était-elle là ?

Borluut s'échauffait ; des grands mouvements de bras accompagnaient chacune de ses questions, et il avait à peu près oublié l'ambiance morbide du palais d'Oslanoja.

– Et quel rapport avec Valia finalement ? Et pourquoi nous faire venir ici pour nous raconter cela ? Pourquoi ces cachotteries, ces secrets, Ditchev ? À quel jeu jouez-vous ? Vous rendez-vous compte que je suis attendu à Bruges ? Que j'ai une montagne d'enquêtes en cours, notamment celle de Godelieve d'ailleurs qui n'avance guère ici !

– Si vous cessez cinq secondes de me poser des questions, je pourrai vous expliquer comme il le faut…

Ditchev s'était rapproché d'un grand meuble de boiserie peint en gris et travaillé de larges et sobres moulures. Il en ouvrit un grand tiroir duquel il sortit un album épais qu'il maniait avec une précaution exagérée.

– C'est le journal de mon grand-père… Quelques pages ont été perdues, mais l'essentiel est là… Vous allez tout comprendre.

# XIII

JUILLET 2023

## *San Salvador del Seco*

Une vieille chaise au centre de la nef, avec sous elle une flaque de sang, et sur elle, Almayer, qui avait le bide plombé et qui se vidait. Il souffrait le martyre.

Depuis combien de temps était-il là ? Où était Dumbo ?

Et Sørenson ?

Devant lui, Ignacio, le jeune frère de Dumbo, également assis sur une vieille chaise qu'il avait trouvée là. Il était maigre, tendu, et complètement *borderline.* Il montrait de gros yeux, tirait la langue et reniflait régulièrement la paume de sa main droite.

Almayer ressentait une douleur aiguë dans le bas du dos, presque aussi vive que celle du ventre. Il avait l'impression que la balle l'avait transpercé de part en part.

L'avantage qu'il tirait d'une telle blessure, c'était que les crapules de la bande de Dumbo, et Dumbo lui-même, le pensaient déjà mort, ou pas très loin de l'être : ils l'avaient à peine attaché ; ils ne l'avaient pas fouillé, et juste sous la douleur du dos, Almayer pouvait sentir l'acier froid de son Derringer 38 à crosse de nacre, avec un petit cœur dessiné, à quelques centimètres de ses mains liées. Le problème, c'est que cette fichue arme de tarlouze ne crachait qu'une balle à la fois. Il fallait pas se rater.

– Dis-moi, j'ai une question pour toi, dit-il à Ignacio, tout en jouant de ses doigts pour se détacher.

– …

– … Je sais que vous êtes allés en Europe, il y a dix ans, avec ton frère.

– …

– … À Venise…

Parler était une torture ; et son interlocuteur ne semblait ni le voir, ni l'entendre. Seule la paume de sa main le préoccupait.

– Si tu laissais ta main, cinq secondes, Ignacio…

– …

– … Paris Hilton, ça te dit quelque chose ?

À cet instant, le visage d'Ignacio se glaça ; ses gestes et ses grimaces s'immobilisèrent, et ses grands yeux cessèrent d'errer pour se fixer sur Almayer.

– Est-ce que je te demande, moi, comment va ton petit copain négrillon ? (*hihihi*) Celui que mon frère a fait balancer du haut de ton bateau ? (*hihihi*) Paf-paf-pouf-plouf…

Puis il se remit à se sentir la main, à la mordiller avec ses dents (*greugneugneu*). Il en gémissait de plaisir… et cessa à nouveau :

– La petite Hilton… Venise… me rappelle… Ouais-ouais…

Silence et re-gratouillis de main.

– Ouais Ignacio, crache le morceau, tu vois pas que je crève là !, fit mine de supplier Almayer.

– Ouais, c'est beau comme tu crèves, mec… ! La souris, on l'a trouvée dans son hôtel, bien amochée… Tiens, comme toi, elle baignait dans son sang… Putain, ce qu'elle saignait… Et elle pleurait, gémissait… On savait que c'était toi qui l'avais mise dans cet état… On te suivait. Putain, qu'est-ce que tu lui as mis !… Elle crachait ton nom toutes les secondes…

– Pourquoi me suiviez-vous ?, demanda Almayer, surpris.

– Eh bah pour trouver la petite… Qu'il est con, lui !

– Et…

Une douleur électrisa tout son corps. Il commençait de baver du sang. Il se rassurait en maintenant fermement son Derringer de sa main déliée.

– Et que lui vouliez-vous ?

– Rien. On avait une commande, c'est tout.

– Comment ça une commande ? De qui ? Une commande de quoi ? C'est quoi ce délire ?

– Oh tu me gonfles avec tes questions... En tout cas, il fallait la livrer intacte ! Tu nous as bien mis dans la merde. Pour le reste, faudrait demander ça à mon frère... C'est lui le gérant... Mais il est parti buter ton copain..., hiark-hiark, rigola-t-il.

Almayer releva vivement la main droite, celle qui portait le Derringer, se leva, avança d'un pas pour s'approcher d'Ignacio afin d'assurer son coup – on sait jamais avec ce genre de jouet – pendant que celui-ci se protégeait le visage de sa main adorée. La balle de 9 mm la pulvérisa puis alla éclater le crâne.

Almayer tomba à genoux, secoué par l'effort. Aux pieds de *Santa Guadalupe*. Mais sans dévotion. Il en était sûr maintenant : il avait un rein explosé.

# XIV

## *Journal du grand-père de Ditchev*

*16 novembre 1951.*

*« Ils ont comploté toute la journée. Tous les trois. Tchigorine ; Golianov, et un troisième que je ne connais pas.*

*Il ne s'intéressait à nous que pour nous dire de chercher encore, et encore ; et vite. Mais chercher quoi ?*

*D'après ce que j'ai appris aujourd'hui, Golianov prépare un doctorat de sémiologie comparée ; on le considère, malgré sa jeunesse (il a un visage de gosse), comme un excellent traducteur de textes assyriens, et de textes arméniens anciens, de textes grecs, de textes égyptiens… Humainement, je le dirais secret, sombre, taiseux. Sans cesse à murmurer dans l'oreille de Tchigorine, qui l'écoute religieusement. Je le dirais même sournois.*

*Je ne sais pas qui est le troisième. Et quand je fais mine de m'en inquiéter, on baisse la tête, et on me dit de faire mon travail.*

*Ce que je fais même si j'en ai marre de rester enterré ici, dans ces sous-sols sans fin. »*

*18 novembre 1951*

*« Il fait froid dehors. Moins 2° Celcius dans les courants d'air de la grande perspective Nevski. Mais, dans les sous-sols, à plus de vingt mètres sous le sol parfois, la chaleur est constante, 17 ou 18°.*

*On s'active. On bouge des caisses, des cartons, des reliques qui n'ont jamais été référencées, mais qui sont précieuses pour autant. On est dans la caverne d'Ali Baba, au bureau des objets perdus de l'histoire humaine. J'ai entendu Tchigorine dire qu'il y avait ici de quoi combler les convoitises de centaines de chercheurs pour plusieurs décennies. Qu'on trouverait plus de trésors dans ces sous-sols que dans les sous-sols d'Égypte.*

*Et je crois qu'il n'exagère pas. Les plafonds montent sur quatre ou cinq mètres, les pièces sont profondes, près de quarante-cinq mètres pour la plus longue : et partout, jusqu'aux plafonds, des caisses de bois, de fer, des malles qui n'ont souvent jamais été ouvertes depuis leur expédition. Quels trésors cachent-elles ? Et quel trésor devons-nous, nous, chercher ? »*

*19 novembre 1951*

*« Selon mon ami Bertaiev, qui a pu parler à un membre de l'équipe de travail n°8, on rechercherait des éléments des expéditions Golenitchev. Rien de plus précis. Pourvu que ce soit référencé « Golenitchev 82 » ou « Golenitchev 89 », ou « Golenitchev 04 », pour expédition 1882, 1889 ou 1904. Ce qui expliquerait la présence de Golianov réputé connaisseur du « fonds Golenitchev ».*

*Je vais tâcher d'en savoir plus. Et Bertaiev est aussi curieux que moi.*

*J'ai appris autre chose : le troisième comploteur, celui qui parle sans cesse à Tchigorine et Golianov, serait un certain Abrikossov. Il a un poste de direction aux services médicaux du Kremlin. Que vient-il faire là ? (Tchigorine semble s'en méfier et le redouter, pour peu que Tchigorine puisse montrer une seule émotion.) »*

*20 novembre 1951*

*« L'équipe n°2 aurait trouvé quelque chose. Bertaiev m'a promis de me tenir informé.*

*En tout cas, ça ne les a pas rassasiés. Nos recherches s'intensifient. D'autant que l'essentiel des pièces que l'on trouve sont vierges, et qu'il faut les recenser et les enregistrer.*

*Aujourd'hui, j'ai aperçu la quasi-totalité des responsables du musée : une bonne quarantaine de directeurs, celui des vestiges, celui des collections de l'Antiquité, celui des mers, celui des expéditions... Tous avaient la mine grave. Recueillie. (Certains n'étaient jamais descendus si bas.)*

*Nous ne sommes pas au bout de nos étonnements. »*

*30 novembre 1951*

*« Plus j'en apprends, moins je comprends...*

*On sait que Golenitchev fut un génie sans égal. On sait, du moins les gens de l'Ermitage le savent car ça contribue au mythe du musée et à celui de Golenitchev, que celui-ci, dans ces salles que nous fouillons nuit et jour, il y a maintenant soixante-dix ans de cela, en 1880, a mis la main sur un papyrus de la XII^e^ dynastie, absolument authentique, mais dont la provenance reste inconnue.*

*Ce papyrus raconte l'histoire du « Naufragé » désormais bien connue des égyptologues du monde entier. Quelques spécialistes veulent voir dans ce vieux texte long de trois mètres quatre-vingt (trois pages traduites), une ébauche des errances de l'Ulysse de l'Odyssée : un marin, une tempête, un naufrage, un refuge sur une île inconnue, un serpent magique qui lui promet des merveilles...*

*Qui a ramené ce papyrus ? Mystère. Il dormait semble-t-il dans les caves du musée depuis plus de deux cents ans ; nul ne l'avait ouvert. D'où provient-il exactement ? Mystère encore ? Certains disent Saqqarah. Certains Louxor. D'autres évoquent El Kanaïs.*

*Mais il y aurait eu un autre texte que Golenitchev aurait mis au jour, plus étonnant, plus confus, peut-être une suite du « Naufragé », portant des informations nouvelles et même effarantes sur la mort égyptienne, m'a-t-on dit. Golenitchev, indifférent ou déstabilisé, n'a pas voulu le faire connaître. Mais il l'aurait évoqué devant Maspero au grand Congrès d'Égyptologie de Berlin en 1881, et de manière précise.*

*C'est ce texte que l'on aurait cherché ; et c'est lui que l'équipe n°2 aurait trouvé. Dans une grande armoire simple. Semblable à des dizaines d'autres armoires. Au milieu d'objets et colifichets divers, des miroirs de bronze, des instruments en plomb, des colliers de nacre... et ce rouleau de Papyrus. Il avait été ouvert. En 1880 sans doute.*

*Et pourtant, notre équipe continue de chercher.*

*Que doit-on découvrir encore ? »*

*5 décembre 1951*

*« Nous pensons avec Bertaiev à une petite expédition. Le 21 décembre, il est prévu une pause dans les recherches. Officiellement, pour le 72e anniversaire de notre guide, le grand Joseph Djougachvili ; en réalité, parce que tout le monde est fatigué, épuisé, et que la grogne se fait entendre. L'équipe n°3 a demandé un arrêt des recherches.*

*Nous pourrions profiter de cette pause pour nous informer et pour fureter. Je ne risque rien avec Bertaiev, qui connaît mieux que quiconque les coins et recoins des remises de l'Ermitage. (Deux autres « chercheurs » devraient se joindre à nous. Il leur fait confiance.) »*

*22 décembre 1951*

*« Nous avons découvert un véritable chantier. Aucun garde, aucune sentinelle. Nous avons pénétré l'antre de la troïka Tchigorine, Golianov, Abrikossov. Un grand bureau, au nord de la première salle des archives.*

*Apparemment, Golianov dirige tout. Des notes griffonnées de sa main sont placardées partout. On est entré ; on a vu ; on a lu, copié un peu. On a fait vite ; je ne pense pas qu'on ait commis de bévue. Tout cela était excitant.*

*Il y avait une montagne de documents concernant les expéditions de Golenitchev : notamment celle de 1889. Il y avait aussi la tablette Golenitchev trouvée par l'équipe n°2. Golianov l'avait déjà traduite. Bertaiev a pu jeter un œil, mais ce qu'il a découvert, nous a-t-il dit, lui a glacé le sang. Il était blanc. Il nous a dit qu'elle constituait une suite de l'histoire du « Naufragé » déjà connue. Mais une suite moins joyeuse ; plus horrifiante. »*

# XV

## *Texte du « naufragé sur l'île de Tofar »*
## *(XIIe dynastie – env. 2100 avant J.C.)*

TRADUCTION GOLIANOV - RETRANSCRITE PAR BERTAIEV.

« L'amour sait être malicieux. Comme la chouette qui rencontre
la gerboise. Et qui joue avec elle avant de la dévorer.
Voilà ce qu'il faut savoir ; voilà ce que j'ai appris. Et je ne saurais
dire si, de cet amour, on doit se réjouir ou s'attrister.
Mon navire, après avoir quitté la belle île de Kâ, chantait mon
retour auprès de mon seigneur. On était joyeux et rieurs.
L'île avait disparu, plus vite qu'on ne le croyait, et à peine s'était-
elle effacée de l'horizon, qu'une grande tempête se levait.
Il n'y avait ni nuage, ni pluie, ni vent qui l'annonçait.
Aussi, mes compagnons, pourtant bons marins, ne surent
la prévenir, et une vague, unique, grande comme les dunes de
notre désert bien aimé, nous renversa. Tous disparurent.
Tous périrent.

[...]

Encore une fois, je crus avoir survécu quand l'onde me posa
sur une plage. Son sable était rose. Plus loin, une grande falaise
sombre à tête de chat la dominait. Un vieil homme me regardait.
Une barbe grise lui mangeait le visage.
Ses yeux, petits, s'enfonçaient loin dans les cavités ;
des rides épaisses lacéraient son front et ses joues ; aucune dent
dans sa bouche.

Jamais je n'avais vu homme si vieux ; jamais je n'avais
vu homme si triste. Il pleurait sans larmes.
– Où suis-je, vieil homme ?, lui ai-je demandé.
– Pour ton malheur, marin, tu débarques dans l'île de Tofar.
Et tu seras son troisième habitant.
– Qui vit avec toi, vieil homme ?
– Une femme d'une beauté infinie, cher marin. Elle est douce
et fine comme ces grands oiseaux du grand fleuve ; ses yeux
égalent ceux des félins à taches ; ses cheveux brillent la nuit
et rivalisent avec la lune. Et si je suis, ici, vois-tu, c'est parce que
mon cœur et mon esprit l'aiment plus que tout au monde.
– Mais pourquoi dis-tu cela le cœur et l'esprit en peine ?
N'importe qui devrait se réjouir de vivre avec la femme aimée.
– Écoute, mon histoire, marin, et tu comprendras… Cette femme
d'une sublime beauté, vois-tu, est ma veuve…

[…]

Le vieil homme sans dents me narra la vie d'honneurs et de
guerres qui fut la sienne ; simple soldat, à peine sorti de l'enfance,
il contribua par son courage et son intelligence à la grande victoire
d'Amènophès sur Girobam: on lui accorda une servante, et deux
mains comme trophée.
À peine plus vieux, il permit à Ashkanon de remporter la grande
bataille contre les Assouis : on lui accorda de grandes richesses,
deux servantes et trois mains. On chantait ses louanges, partout
dans le pays ; des seigneurs et des marchands fortunés voulaient
lui donner leurs filles en mariage ; mais lui vivait de la guerre.
Il donna alors à Ashkanon sa plus grande victoire : la bataille
du désert bleu. Il disait qu'elle avait duré un jour et une nuit.
Trois mains lui furent accordées et une servante seulement ;
mais il s'agissait de la grande prêtresse du temple des Assouis.
Elle était vieille, et laide, mais sa sagesse et sa magie la rendaient
plus précieuse que la plus jeune des princesses.
Et quand il revint dans son village, la foule chuchotait et le
touchait comme une idole. Un cortège flamboyant l'attendait.

[…]

Une femme d'une prodigieuse beauté s'offrit à lui ; comme une reine, on l'avait coiffée d'iris noirs tressés à de grandes feuilles rouges des roseaux du Nil.

Il en tomba amoureux dès qu'il la vit, car ses yeux rivalisaient avec ceux des panthères des sables. Il se prosterna aux genoux de la belle lui jurant un amour éternel.

Ils se sont aimés comme jamais on ne s'était aimé. Des lunes passèrent.

[...]

Et puis il y eut la grande bataille des dunes. Et le guerrier fut blessé. Par trois fois. Mortellement.

On le ramena chez lui afin de le préparer au grand voyage.

Mais il pleurait de voir sa belle épouse pleurer.

Aussi ordonna-t-il à la servante qui fut la grande prêtresse Assouis que sa magie leur assure un amour éternel, qu'ils puissent continuer de s'aimer au-delà même de la mort,

que son épouse conservât sa grande beauté.

La grande prêtresse prépara des potions et des onguents pendant de longs jours et de longues nuits. On l'entendait chanter, psalmodier et prier

[...]

Enfin, le guerrier rendit son dernier souffle. Il fut apprêté pendant six semaines, accompagné par les larmes et les chants de sa belle veuve, qui suppliait encore et encore qu'on la laissât accompagner son époux.

Le premier matin de la septième semaine, on apprêta la veuve.

[...] Elle but la potion pendant que des dizaines de servants lui frottaient la peau avec les onguents de la grande prêtresse.

Tous chantaient, psalmodiaient et priaient.

Et par magie, ses yeux félins se fermèrent.

Mais ses joues restaient roses et brillantes, et sa peau continuait de battre et de trembler, sa bouche de parler.

[...]

Jamais la veuve ne se plaignit bien que cela dura quatre jours
et quatre nuits. Jamais on ne vit embaumement plus doux
et plus délicat.
Bien que morte, elle vivait.
C'est là le secret de sa grande beauté.
– Mais je me demande quelle souffrance vous vivez ainsi à côté
de votre femme si belle ?, repris-je.
– Mais nous sommes veufs depuis si longtemps que mon corps,
conservé tant bien que mal, s'est altéré alors que celui de mon
épouse, préparé avec les plus grands soins de la magie, resplendit
comme au premier jour. Je ne saurais me montrer à elle…
[…]
Après ce récit, qui me laissa effaré, le vieux soldat aida le marin
que je suis à construire un nouveau navire. Il me fallait quitter
le monde des défunts. Malgré son état, l'ancien soldat était
vaillant, et je pus mesurer le terrible guerrier qu'il dut être.
Jamais je ne trouvais les mots pour le consoler.
[…]
Je m'embarquai seul depuis la plage rose et noire et le vieil homme
refusa de me suivre.
Je fis le tour de l'île pour éviter les grandes vagues, et pour
me glisser dans une petite lagune calme et bleue. C'est là que
j'aperçus la veuve : elle peignait ses grands cheveux noirs sous un
arbre, et je pus voir de si loin ses grands yeux de chat.
Je me masquais les yeux, car elle avait tout d'une malédiction. »

# XVI

JUILLET 2023

## *San Salvador del Seco*

Un coma d'un bon quart d'heure. Comme ça, à genoux, le menton posé sur la poitrine, sous Guadalupe. Il se réveillait doucement. Ignacio gisait à moins de deux mètres de lui. Il refroidissait, alors que lui se sentait à la limite de l'ébullition : chaleur plombante, fièvre galopante…

Avec un gémissement, il parvint à se lever et se traîner vers Ignacio. Il le fouilla, lui reprit son Beretta, vérifia qu'il était chargé, et lui emprunta un jeu de clefs automobile.

Il mit bien dix minutes pour arriver dans une vieille Dodge cramée par le soleil, bouffée par la rouille, mais qui démarra sans se faire prier.

Tout droit vers le ranch M., sur une piste de sable, en zig-zag parce que son rein et son ventre le mettaient au supplice ; il conduisait la tête posée sur le volant, un œil à peine ouvert, en jurant à chaque sursaut du véhicule.

Il arrivait au Ranch, après quinze bonnes minutes qui semblèrent quinze heures.

À moins de deux cents mètres, comme ça, au jugé, il voyait deux longues bâtisses recouvertes d'enduit blanc avec des volets rouge sang.

À moins de cent mètres, un grand portail en bois gris qu'il défonçait debout sur l'accélérateur. Il n'avait même plus la force de lever le pied.

À cinquante mètres, il reconnut le 4x4 Dodge de Sørenson stationné derrière l'une des maisons, la portière du conducteur grande ouverte.

Il approchait des bâtisses ; il devait freiner, et il lui fallait se concentrer sur son pied droit ; à ce moment-là, il vit débouler d'une des portes de la première maison une grosse silhouette, Dumbo à coup sûr, qui portait une sorte de fusil à canon scié en main droite, et un revolver gros calibre en main gauche. Il avait l'air enragé. Sans doute comprenait-il que l'apparition d'Almayer signifiait de sérieux problèmes de santé pour son petit frère.

Almayer n'aurait jamais pensé qu'un homme de cette corpulence pouvait courir aussi vite ; il s'approchait et cherchait à lui couper la route et commençait de lever les canons de ses armes.

Almayer braqua violemment vers la bâtisse, et engouffra la calandre de la vieille Dodge dans la poitrine du truand. Almayer crut voir, sous le choc, les yeux de Dumbo sortir de leur orbite, avant qu'il soit avalé par la Dodge. La voiture rebondit sur son corps, et Almayer sentit qu'elle le traînait encore sur une bonne dizaine de mètres.

Deux de ses pistoleros sortaient en courant. Almayer les sécha immédiatement : il vit l'épaule de l'un se déchiqueter, et le genou d'un autre se désarticuler et embarquer le reste de la jambe avec lui, un mètre plus loin.

Pendant ce temps, Dumbo hurlait sous la voiture.

Almayer sortit du véhicule à la vitesse d'un grabataire, pour apercevoir, au sol, dans le sable, du sang qui se mêlait à une vieille huile fumante et épaisse qui s'échappait du moteur.

Dumbo hurlait toujours. Il était si densément obèse qu'il soulevait la Dodge, comme un cric, et qu'elle semblait tenir en équilibre sur le sommet de son bide. Il était couché en travers du châssis, et sa tête se trouvait sous la roue arrière gauche, mais sans qu'elle la touchât.

Dumbo hurlait encore. Il suffisait qu'Almayer remonte sur le siège conducteur pour que la roue caressât la joue du truand. Alors il engagea la première, et appuya de tout son poids sur la pédale d'accélérateur. Immédiatement la joue de Dumbo fut arrachée, au milieu d'une fumée caoutchouteuse qui cramait la chair. L'odeur était insoutenable.

Coup de frein.

La grosse crapule s'était tue. Seul le récent cul-de-jatte continuait de se plaindre à quelques mètres. Avec de petits sanglots de gamin. Almayer se laissa tomber à genoux à proximité du visage réchappé de Dumbo, et vit son dernier œil ouvert, mais vif, qui le fixait. Il n'en avait plus pour longtemps.

– Qu'est-ce… que t'as fait… de Sørenson ?, demanda Almayer avec quelques soupirs. Il commençait à déguster sacrément.

– Vas te faire chier !, parvint à dire dans un râle le gros Dumbo.

– Sørenson ?! Putain, où je te roule sur la gueule jusqu'à la panne d'essence !

À cet instant, une goutte d'huile, ou de carburant, ou de flotte, ou d'acide tomba en plein centre de la plaie du visage du truand ; et il hurla à nouveau.

– Dans la baraque en bois, derrière, dit-il avec un mouvement de l'œil qui indiquait la plus grande des maisons… mais j'pense que tu peux rien pour lui…

Almayer allait se lever pour secourir Sørenson lorsqu'il se dit que Dumbo tournait de l'œil.

– Dis-moi Dumbo, Paris Hilton…

– Hum…

– Je sais que c'est toi qui l'as sortie du circuit, à Venise…

– Hum…

– Que tu agissais sur commande…

– Ouais…

– Qui ?

– J'en sais rien !

– J'appuie sur la pédale ?

– Non ! J'en sais rien. (Il fit une grimace de douleur) On avait ordre de la poser dans une clinique de Tripoli, en Libye. Un bon boulot d'une semaine, bien payé, à l'avance.

– Pourquoi se sont-ils adressés à toi ? Parce que tu connaissais déjà Paris ?

Almayer crut un moment que Dumbo était parti. Mais il sursauta. Alors, il répéta sa question.

– T'y es pas mec ! (nouvelle grimace) On avait mission de poser une jeune femme... C'est tout ! Ce genre de business, c'était ma spécialité... J'étais le best, normal qu'on vienne me chercher...

Sa voix faiblissait.

– T'es en train de me faire croire qu'on n'en voulait pas à Paris précisément ?

– Pigé !

– Mais alors, pourquoi elle ? Almayer avait du mal à suivre.

– Elle avait un bon dossier médical, chuchota Dumbo, énigmatique. Dans un souffle.

Et il finit par crever.

# XVII

## *Journal du grand-père de Ditchev*

*27 décembre 1951*

*« Il y avait une obsession chez Golenitchev. Une obsession très fin-de-siècle.*

*La lecture du « Naufragé » sur l'île de Tofar et le récit du curieux et atroce embaumement dont la belle épouse fit l'objet, au regard des quelques notes lues, intriguait l'égyptologue en chef de l'Ermitage de l'époque.*

*C'est cette obsession que je vois dans les yeux de Golianov et Tchigorine, aujourd'hui.*

*On a trouvé en regard du conte du « Naufragé » deux textes de Flavius Joseph qui semblaient confirmer l'existence de tels embaumements barbares.*

*Il y avait encore un autre texte d'Appolonius de Tyane détaillant les vertus médicinales de telles momies.*

*Enfin un dernier manuscrit, daté de 1352, sans doute de la main de Jean de Roquetaillade, le franciscain, recensait cinq de ses momies, qu'il avait vues et touchées, disait-il et dont il décrit « la miraculeuse fraîcheur ».*

*Le reste du texte fut arraché.*

*Golenitchev avait annoté chacun de ces textes. Une écriture fébrile, souvent illisible.*

*Selon Golianov, Golenitchev, dès lors qu'il fut convaincu de l'existence de telles momies n'eut de cesse qu'une expédition soit organisée. Ce fut celle de 1889 qui visait sans doute les momies que Jean de Roquetaillade avait décrites. Golenitchev croyait avoir situé la région qui abritait de telles « merveilles », près d'El Kanaïs. Il y a passé cinq mois, de février à juillet 1889, avec une équipe réduite de chercheurs, trois pas plus.*

*Tous les écrits de cette époque que Golianov a pu compiler tournent autour de ce nouveau Graal.*

*Si j'ai bien compris, Golianov se pose les questions suivantes :*

*– Golenitchev a-t-il trouvé ces momies ?*

*– Si oui, où les a-t-il trouvées ?*

*– Si oui, où sont-elles ?*

*Nous tous lui apportons des réponses par nos fouilles.*

*Mais Bertaiev et moi-même nous nous posons cette autre question : pourquoi un tel chamboule-tout ?*

*Le contraste entre la solitude obsessionnelle de Golenitchev et l'entreprise quasi industrielle de Golianov est saisissant. »*

*1er janvier 1952*

*« Une nouvelle découverte. Cette fois-ci, on nous a demandé d'évacuer les lieux, et de cesser toutes recherches. Chacun est rentré chez soi.*

*On parle d'une tête trouvée dans une caisse. Avec Bertaiev, on est convaincu qu'ils ont enfin trouvé le morceau d'une Tofar. Golenitchev ne serait donc pas revenu bredouille.*

*Mais, pour l'instant, il y a un réel et total black-out. »*

*25 janvier 1952*

*« Des indiscrétions. En nombre. L'inactivité a délié certaines langues. Le fin mot, le voilà…*

*L'histoire, en ces temps chamboulés, me semble plausible :*

*Tout commence par le grand Lénine qui a longtemps moisi dans son mausolée. Voilà ce que sait Abrikossov, car Abrikossov comme directeur central des services médicaux du Kremlin a en charge l'entretien du grand Lénine. Il a succédé aux Zharski.*

*Le grand Vladimir Illitch Oulianov, dit Lénine, va mal. Ses mains, ses pieds, le nez, le menton, le ventre se sont altérés, à ce point qu'on a dû les réparer avec une sorte de résine ad hoc. On parle même de corps de substitution. De tête montée sur un corps étranger. De montages et de soins de fortune.*

*Ce que l'on sait encore :*

*Le grand Joseph Djougachvili Staline va mal. On le dit fatigué, épuisé même. Il est convaincu d'être gravement malade et harcèle ses médecins. Il se fait ausculter et examiner sans cesse. La mort l'obsède depuis peu.*

*Et Joseph Djougachvili exige bien évidemment d'être pérennisé comme le fut Oulianov, c'est pour lui une évidence. Mieux que le fut Oulianov. Après tout, c'est lui qui demanda l'embaumement de Lénine. Parce que la Révolution est éternelle.*

*Mais Staline ne veut pas moisir.*

*Alors toutes les têtes pensantes de la Russie éternelle sont mises à contribution : médecins, croque-morts, légistes, chimistes, mais aussi égyptologues, sinologues (les momies chinoises sont réputées, mais certainement infaisables), historiens, mais aussi les Golianov et les Tchigorine…*

*Comment Staline a-t-il eu connaissance de l'embaumement décrit par le « Naufragé » ?*

*Mystère.*

*Mais si l'on met bout à bout, il apparaît que Joseph Djougachvili a des envies d'embarquement à Tofar… »*

# XVIII

JUILLET 2023

## *Osnaloja*

– Ah, fit Borluut ; et c'est tout ?

– Oui, malheureusement les pages suivantes ont été grignotées par les souris, et abîmées par l'humidité, répondit le ton haut Ditchev. Mais l'essentiel est là.

– Ce que l'on doit en retenir, reprit Borluut avec prudence, c'est que Golianov et les autres ont mis la main sur une Tophar de Golenitchev.

– Oui.

– Que toute cette quête a été initiée par un désir morbide de Staline qui cherchait par tous les moyens une manière de rester éternel qui soit supérieure à celle de Lénine…

– Oui…

– Qu'il aurait désiré être embaumé à la manière des momies du Tophar…

– Dans le plus grand secret… Oui, oui, oui…

– Mais attendez, s'écria Sonia, cela signifierait que Staline ne serait pas mort de manière naturelle…

– Oui, dit avec frénésie Ditchev, qui accompagnait chacune de ses observations de grands hochements de tête.

– … Qu'on aurait avancé l'heure de sa mort afin de l'embaumer d'une manière parfaite… ?

– Vous voyez juste, Sonia.

– Proprement incroyable !

– Et que viendrait faire Valia dans cette galère ?, coupa Borluut.

– … Mais alors, reprenait de son côté Sonia, les yeux dilatés, toutes ces rumeurs sur son empoisonnement prendraient sens.

– Comment ça ?, demanda Ditchev à Sonia.

Puis se tournant vers Borluut :

– Vous avez déjà entendu parler d'Ambroise Paré, le médecin français ?

– Oui, répondit celui-ci, sans conviction.

– Et de la mort d'Henri II ?

– Euh, un peu moins.

– On disait que Béria l'avait fait tuer…, soliloquait Sonia, les sourcils froncés.

– Qui ? Henri II ?, questionna Borluut la fixant, perturbé.

– Mais non, Staline !, reprit-elle. Il ne s'agissait peut-être pas d'un empoisonnement, mais d'un traitement, afin de préparer son dernier… voyage, n'est-ce pas Ditchev ?

– Oui, c'est probable, répondit celui-ci.

– Et que vient faire Henri II ici ?, demanda Borluut, un peu perdu.

– Henri II, au XVIe siècle, fut gravement blessé lors d'un tournoi… Un morceau de lance avait pénétré l'œil gauche de manière compliquée, commença de répondre placidement Ditchev.

– … Je crois me rappeler d'une rumeur évoquant une infirmière juive qui lui aurait administré par piqûre une solution acide…

– Les grands médecins présents, on parle même de Vésale, ne savaient comment extraire ce morceau de bois et craignaient de tuer le roi ou d'aggraver son cas…

– Staline topharisé…, chuchotait-elle.

– …Ambroise Paré seul accepta de soigner le roi…

– Staline disséqué vivant…

– Constatant l'extrême gravité de la blessure du roi et craignant de le tuer en extrayant le morceau de lance, Ambroise Paré a exigé de faire des essais sur des cobayes humains.

– Mon Dieu ! Béria a dû adorer l'idée…

– Avec ses assistants, il a entrepris d'infliger la même blessure que celle du roi à quatre ou cinq condamnés à mort afin d'envisager la meilleure possibilité d'extraction du morceau de bois…

– Quelle abomination !, s'exclamèrent de concert Sonia et Borluut.

– Oui, et les condamnés n'ont pu résister au traitement, et sont morts les uns après les autres dans d'affreuses souffrances que Paré s'est employé à décrire, d'ailleurs.

– Et Henri II ?, demanda Sonia.

– Il est mort, lui aussi, avec son écharde dans l'œil.

– Et Valia ?, demanda Borluut.

Ditchev prit un air affecté :

– Et bien, je crains que la jeune femme n'ait, à sa manière, servi de cobaye…

# XIX

JUILLET 2023

*Los Angeles, Conrad Murray Clinical Center*
*Service de réanimation*

– ...yer...!
Bip... schrom...
– mayer... !
Bip... schrom
– Ouah... pâté, le gars...
Bip... schrom
– Almayer, he-ho, on sort du pâté!
Bip... schrom...
– Vois comme il est jaune...
Bip... schrom
– Il ouvre les yeux, enfin...
Bip... schrom
– Salut, Almayer. Ma gueule te dit quelque chose ?
Bip... schrom
– Merde, le con, il repart...
Bip... schrom

Almayer entrapercevait au-dessus de lui un monceau de tubes remplis de liquides rouges, bleus et incolores. Il y avait aussi des appareils et des écrans qui clignotaient. Il sentait un tuyau qui lui pénétrait la gorge, un autre le bras, et il percevait des picotements au niveau de ventre et du flanc. Il avait une migraine atroce. Il comprit aussi qu'un masque lui recouvrait la bouche, et que régulièrement, un léger souffle remplissait ses poumons. Il y avait des *bip* aigus, des *schrom* plus longs, et une odieuse odeur d'éther qui l'assommait.

Il ouvrait à nouveau les yeux. Il voyait les mêmes tubes, les mêmes machines… Il entendait les mêmes bruits. Il n'y avait pas de doute, il était à l'hosto. La chambre lui paraissait un tantinet familière, sans qu'il pût réellement parler de reconnaissance. Mais qu'il avait mal ! Il cherchait une sonnette. Après tout dans un hosto, il y aurait bien une infirmière pour venir le chouchouter. La voilà. En forme de poire. Il appuyait dessus avec application, en enfonçant bien son pouce ; il l'entendait même sonner dans le couloir ; … qu'il avait mal en bas du dos ! Son rein… Elle allait venir… Une minute, deux minutes… Personne… La poire qui sonnait à nouveau… Une douleur, plein ventre qui se réveillait… Il se rappelait son nouveau nombril, mais à cause du tube dans la gorge, il ne pouvait pas voir ce qu'il en était… Il avait l'impression d'être bandeletté de partout, et de ne pouvoir bouger. Il repartait dans les pommes en se disant « tant mieux, le cirage plutôt que le supplice. »

Mais pourquoi ne le laissait-on pas pioncer ?

– Monsieur Almayer, visite de l'interne, visite des services de police… et visite privée dans quelques minutes…

– …

– Vous nous entendez ?

– …

– Pouvez-vous parler ?

– Où suis-je ? dit-il les yeux baissés.
– Au *Conrad Murray Clinical Center*, monsieur…
– Non, pas possible !!
– Mais si monsieur. Vous avez été amené pour blessures par balles.
– Qui ?
– Qui quoi ?, demanda ce qui semblait être une voix masculine.
Mais pour vérifier, Almayer devait lever au moins une paupière, ce qui n'était pas prévu avant de longues minutes…
– Bilan ?
– Pas sûr de comprendre… Euh, bilan de quoi ?
« Pas près d'avoir le Prix Nobel, celui-là », se dit Almayer. Il ouvrit donc un œil, qu'il voulait sévère.
– Mais le bilan de moi, connardo, de mes blessures, de mes chances de survie… J'en sais rien, moi. C'est normal que je souffre autant ?
– Vous êtes déjà sous morphine…
– Qu'est-ce que j'ai… ?
– Vous avez subi deux grosses opérations…
– Qu'est-ce que j'ai… ?
– Qu'est-ce qui vous reste plutôt…
– Pardon ?, demanda nerveusement Almayer en ouvrant le deuxième œil.
– On vous a enlevé un rein…
– Merde !
– Il était en petits morceaux… Apparemment, la balle l'a traversé deux fois après avoir rebondi sur un os…
– C'est tout ?, ricana Almayer.
– On vous a enlevé la rate, aussi…
– Re-merde ! Mais c'est possible de vivre sans tous ces trucs…
– Difficile ! Mais pas impossible. Vivre avec un seul rein, possible ; vivre sans rate, possible. Sans rate, et un seul rein, difficile.
– Ah !
– Mais, c'est pas tout…
Almayer crut surprendre un éclair déréglé dans l'œil du médecin.

– Quoi d'autre encore ?

– Vous aviez le foie un peu pourri...

– Comment ça ?

– Bah, il apparaît que vous ne buviez pas que de l'eau, monsieur Almayer...

– Et alors, vous ne l'avez pas enlevé tout de même !?

– Non, bien sûr, sinon, ce serait saint Pierre qui vous parlerait ! On n'a enlevé qu'une partie, bien ratatinée d'ailleurs...

Almayer reconnaissait maintenant le Docteur Müller... le bellâtre sans substance mais avec place de parking qui avait soigné Cornwell.

– Vous ne m'avez laissé que la peau sur les os, ma parole...

# XX

AOÛT 2023

*Bruges*

– Franz, avant de partir, m'a dit que t'avais cherché à voir ta mère…

– …

– Là-bas, aux States…

– Ce n'est pas exactement ça, père ; je suis allé voir où elle vivait, c'est tout !

– Il m'a dit que t'as rien vu !

– Exact…

– Un fantôme…

– Pardon ?, demanda Borluut

– Un fantôme, ta mère, et on ne voit pas les fantômes.

– À vrai dire, j'en ai vu beaucoup ces derniers temps…, marmonna Borluut.

– À ton avis, on le reverra quand Franz ?

– T'inquiète… papa ! Il aura vite le mal du pays…

La petite horloge du salon sonna dix coups. Borluut se leva pour enfiler son imper.

– Bonjour Ribelle, vous avez ce que je vous demandais ?…

– Plus ou moins…, lieutenant…

– Allez-y…

– Bon, pour Staline, ça s'est mal passé apparemment ; comme Lénine, il a été embaumé, ça, nous le savons tous. Mais Abrikossov et son équipe se sont ratés sur ce coup. Le corps de Staline a fait l'objet d'un véritable massacre, et cinq ou six ans après sa mort, il pourrissait par tous les bouts ; il était attaqué par des parasites, des champignons, il dégageait des gaz fâcheux… On a dû finalement l'inhumer.

– Mais connaît-on la méthode d'embaumement de Staline ?

– Non, secret absolu, mais on sait que ça a cogité…

– Ouais, ouais, et Golianov, devenu quoi, ce bonhomme…

– Et bien là, c'est plus difficile !

Ribelle ouvrit un gros dossier brun.

– Il a terminé sa thèse de doctorat… en partie sur le fonds Golenitchev, mais rien sur « le Naufragé II », Sonia est formelle…

Borluut sursauta à l'évocation de la belle russe.

– Comment ça, Sonia, formelle ?… Vous avez pu lui parler ?

– Oui, pour l'enquête…

– Quand ça ?

– Ce matin…

– Comment ça ?

– Je l'ai appelée…

– Ah ?! Et elle va bien ?

– Bah, j'sais pas lieutenant… J'ai juste demandé des nouvelles de l'enquête.

– Oui, bien sûr…

– Golianov, donc…

– Oui, bien sûr…

– Rien sur sa relation avec Tchigorine… Il a eu un poste à Kiev en 1956 ; il reste dix ans…

– Quelle discipline ?

– C'est ça qui est assez étonnant… Pas en sémiologie, ou en littérature ancienne, mais en civilisations anciennes notamment histoire et culture égyptiennes.

– Soit… soit…

– Puis il a décroché un poste de Professeur de chaire supérieure à l'université de Novossibirsk… Même discipline. Il s'est fait en effet un nom sur le fonds Golinitchev. Il a produit des articles sur les techniques d'embaumement ; il y a quelques allusions aux Tophar, notamment au début des années soixante ; puis ensuite discrétion absolue. Il restera à Novossibirsk jusqu'en 1979, où il est mis en retraite anticipée…

– Pour quelle raison ?

– Je ne sais pas, lieutenant…

– Poursuivez Ribelle…

– Euh, on peine un peu sur lui, lieutenant…

– J'ai peut-être quelqu'un qui pourrait me renseï…

Borluut s'interrompit brutalement. Il venait de poser un œil sur un document télécopié signé h.h. Celui-ci voulait le voir de toute urgence. Il affirmait posséder une solution. « Une solution à quoi ? », se demandait Borluut, devenu insensible aux coups de théâtre.

# XXI

AOÛT 2023

## *Los Angeles, Conrad Murray Clinical Center, Chambre 426*

– Salut Almayer, t'as l'air vaguement plus lumineux.

– Salut Brian.

Almayer avait quitté depuis peu le service de réanimation, et on l'avait libéré du respirateur VNI et d'une bonne demi-douzaine de machines.

– C'est à vous que je dois d'être en vie ?

– Un peu ; on t'a trouvé ensablé comme un chacal creusant son terrier. Tu pissais le sang ; tu n'avais pas fière allure.

– Sørenson ? Qu'est-il devenu ? On me dit rien, ici. Je suis coupé de tout dans ce pédalodrome !

Brian fit une grimace qui ne présageait rien de bon.

– On l'a trouvé pendu comme un vieux jambon. Ils lui ont fait sa fête au pauvre vieux…

– Les salopes !, s'écria Almayer.

Les bip d'une grosse machine sombre, et les courbes bleues de son écran s'accélérèrent.

– Rien ne doit sortir de cette piaule. Officiellement, tu n'as jamais été sur zone.

– Mouais…, fit Almayer, maussade.

– Reste que tu laisses six cadavres derrière toi… Les mexicains vont demander des comptes !

Almayer fronça les sourcils en recherchant dans ses souvenirs la trame de la boucherie.

– Six ?

– Sørenson s'est un peu débattu de son côté.

– Tant mieux ! Comment ont-ils su qu'on arrivait ?

– J'en sais rien…

– Qui savait ?

– J'en sais rien… Tu vois, on est une grosse administration…, se défendait Brian sans conviction.

Si Almayer avait pu se lever, il aurait démonté son ex-collègue avec les dents. Depuis qu'il s'était réveillé, au milieu des tubes et des machines, il se sentait tout chose. Le monde qui l'entourait, dans sa radicale transcendance, lui semblait blanc et droit, net et dur. Il avait mis cela sur le dos de la douleur, de son rein ou de sa rate… mais finalement, il venait de comprendre qu'il était seulement furax. À un degré qu'il n'avait jamais connu.

– Putain, six macchabés, mec…

– Je te l'accorde, ça fait beaucoup…

– La CIA savait ?

– A priori, non…

– Le FBI ?

– Non.

– La DEA ?

– Oui, c'est la DEA qui nous a tuyautés…

– Les mexicos ?

– Possible…

– « Big Bob » ?

– Oui. Il était O.K. pour l'opération, chuchota Brian.

– Diable, il s'est endurci le petit père.

– Et qui d'autre ?

– Je ne sais pas, Al. Mais tu sais comme moi que les grandes oreilles existent un peu partout…

Almayer et Brian se regardaient de manière oblique. L'allusion de Brian paraissait claire. « Red Wolf » rôdait et traînait ses embrouilles derrière lui. Almayer se dit que le massacre en arrangeait certains.

Le « Big Bob », en effaçant Dumbo, satisfaisait une petite rancune personnelle ; et en se débarrassant éventuellement de Sørenson et d'Almayer, se dégageait de tout ce qui dans cette affaire pouvait faire boomerang.

Quelques heures plus tard.

– Salut Almayer ; ouah, t'as pas l'air super lumineux.

– Salut, Rick. Je fais comme je peux. Que vient faire le Roi Hilton ici ? Qui t'a dit que j'...

– J'ai mes sources, Al. Et pour tout te dire, j'ai des billes dans la holding qui a monté cette clinique et je suis au conseil d'administration ; sans compter que je participe au recrutement de quelques infirmières, à l'occasion. Alors franchement, les mouchards, c'est pas ce qui manque. Ceci dit, tu me vois, mais tu ne me vois pas...

– Pardon ?

– Et tu ne me verras plus, Al. Tout ce qui nous relie, toi et moi, dans cette affaire Dumbo-mexicaine doit rester un max discret.

– Moi qui croyais que tu venais compatir, Rick ! Franchement, faut pas te donner tout ce mal !

– Tu vas pas jouer à la fillette parce que t'as reçu un éclat de balle dans le bidon !

– Bah, quand même...

– En plus, ils t'ont bourré à la morphine... tu sens rien !

– Ils m'ont un peu enlevé la rate, un rein et...

– On s'en fout ; ça sert à rien ces conneries !

– Depuis quand tu as des compétences en médecine ?...

– Cesse de gémir ; je venais te parler de ta petite virée mexicaine..., commença Hilton en baissant de quelques tons ; il s'approcha d'Almayer qui put sentir son haleine alcoolique. Le vieux était déjà bien bourré.

– Et ?

– Je voulais te féliciter, ma puce ; du grand art ! Putain, mais on en parle partout ; la presse mexicaine a tout mis en une ! Un cartel mexicain démantelé, son big boss abattu, un sous-fifre massacré... Tous les journalistes sont sur le pied de guerre. Tu peux être sûr que ces fouille-merde de pisse-copies vont bientôt comprendre que c'est pas si simple que ça ; un flic de là-bas va commencer à bavasser en échange de biftons, et alors...

– On nous a balancés, Rick...

– Et alors ?... Jamais tu t'es dit : tiens, c'est une affaire sensible ; c'est une affaire discréto-clandestine, on va la jouer finement, on va faire doucement, chirurgicalement, microscope quoi !... Non ! Toi, t'as rangé le tutu et les guêtres ; t'as sorti la 7.62, et tagadagada, on arrose bien large !

– Mais, on a...

– Ta gueule ! T'as merdé, Al, et tu vas pas nous chialer dessus pour une rate ; si tu ne l'avais pas paumée là-bas, je te l'aurais arrachée moi-même, mec, t'entends ; et avec une fourchette à huîtres !, dit-il en regardant de la tête aux pieds, avec un air dégoûté, le corps abîmé d'Almayer. Puis il reprit, à peine apaisé :

– Bon, maintenant, dis-moi plutôt où t'en es de tes investigations ?

À ce moment, une infirmière entra dans la chambre, elle n'était plus très jeune, mais avait conservé certains charmes : Rick s'attarda sur elle en connaisseur.

– Vous êtes nouvelle, ici, peut-être ?, demanda-t-il en se désintéressant totalement d'Almayer.

– Oui, oui, ricana la donzelle rose bonbon, tout en s'affairant autour du lit du malade, exposant à chacun de ses mouvements, et alternativement, ses seins ou son arrière-train ; Hilton s'était immédiatement mis à l'arrêt, les yeux bien fixes et surdilatés ; il soufflait rapidement, d'une manière bien sonore, et son dos s'était légèrement voûté, le signe certain chez lui qu'une phase de pré-rut avait débuté.

– Tout va bien, monsieur Almayer ?, susurra l'infirmière qui avait chopé du coin de l'œil le manège de Rick et se moquait totalement de l'état de santé du malade. Et que je te montrais le haut de mes cuisses ; et que je te montrais le bas de ma gorge... Al en avait le tournis.

– Oui, ma douce ; mes amis sont avec moi, alors tout va pour le mieux, répondit-il de manière sardonique en regardant avec insistance Rick Hilton.

– Je ne suis pas ton ami, Al ; et tu le sais ; je suis une enflure, et tu vaux pas mieux que moi !, répliqua celui-ci en serrant les dents et en quittant des yeux le galbe des mollets du personnel soignant.

L'infirmière sortit fissa de crainte de se prendre une balle perdue en pleine poire, non sans jeter à Rick un regard désert de Karakoum, un bon 60° à l'ombre.

– Alors parlons-en, Rick : depuis le début, tu retiens des infos. Tu savais qu'on n'était pas les seuls sur l'affaire, n'est-ce pas ?. Je pense même que t'as rancardé le *Secret Service* sur nos mouvements et nos intentions ; enfin, le *Secret Service* ou ses cousins germains…

– Tu sais rien de rien !, répliqua Hilton, avec un air supérieur et en repoussant virtuellement le lit d'Almayer des deux mains.

– Il y a six viandes froides, Rick, sans compter Sunny. Sørenson est mort, tu entends ? Tu crois pas que t'as des trucs à me dire ?

– Qu'est-ce qu'ils t'ont donné ici ? De la morphine pure ? Ça s'injecte, ce truc, tu sais ? Ça se bouffe pas.

Almayer s'attachait à produire un regard et un rictus menaçants ; après tout c'était les seules parties de son corps qu'il maîtrisait encore à peu près.

– Écoute !, lâcha Hilton, voilà ce que je peux te dire : les gars du *Secret Service* sont venus raconter que ces cons d'européens ressortaient Paris de leurs dossiers en rapport avec une autre gamine qui s'était fait massacrer…

– Pourquoi venir te le dire ? Comme si t'allais pas l'apprendre ? Qu'est-ce qu'ils voulaient ?, insista Almayer.

– Dans un premier temps, ils m'ont conseillé de ne pas bouger. Ils ne voulaient pas que les vieux démons se réveillent et qu'ils leur pètent au nez. Moi, je me suis énervé un peu, quand même ; ils venaient chez moi me dire de laisser tomber ma fille…

– Et ce n'est pas ce que tu as fait ces dernières années ?, sourit Almayer.

Les deux mains d'Hilton se crispèrent sur les barreaux du lit d'Almayer.

– Alors on est convenus d'un compromis, dit-il lentement, faisant visiblement un effort sur lui-même pour rester calme.

– Vas-y, annonce !

– Eh bien, j'ai compris qu'ils voulaient cacher des choses.

– On te la fait pas à toi, ricana Almayer en grimaçant ; une douleur lui traversait le ventre.

– Ils acceptaient que je couvre ma fille, que je la retrouve moi-même, que je la recherche, avec leur bénédiction, et eux de leur côté, ils déroutaient un maximum Interpol qui, à ce moment, s'annonçait à grand bruit. Mais avec quelques contreparties...

– Lesquelles ?

– Ils ont exigé que je leur donne toutes les infos que je... que mes enquêteurs pêchaient...

– On pouvait s'en douter !

– Que je leur dise où ils étaient, d'où ils venaient, où ils allaient...

– Quoi encore ?

– Ils ont demandé que je te prenne toi comme fouille-merde...

– Quoi ?!

– Je me suis dit tout de suite qu'ils mettaient un sous-marin dans mon équipe ; alors j'ai refusé. Mais ils ont insisté...

– Ils t'ont dit pourquoi ?

– Vaguement...

– Alors ?

– Ils m'ont dit que t'étais facile à suivre, une sorte de Black Foot... D'ailleurs ce sont eux qui m'ont dit où je pourrais te trouver, en plein milieu de l'océan... C'est tout juste s'ils ne m'ont pas dit le nombre de fois où tu pissais dans la grande bleue, mec... Bref, tu les rassurais. Franchement, maintenant que je vois la foire que t'as provoquée, je me dis qu'ils se sont bien mis le doigt dans l'œil.

Almayer réfléchissait doucement, et caressant le gros pansement qui lui colmatait le ventre.

– Ça pue le coup monté !

– Non, sans blague ? Quand Sørenson t'a déniché, t'étais une merde flottante…

– Merci !

– Quand il m'a appelé du bateau, j'ai compris que le *Secret Service* m'avait roulé… Ils ne voulaient pas que je retrouve qui que ce soit. T'étais une épave… À peine capable de te moucher seul… Dans ton état, tu ne pouvais pas être bien dangereux ou utile à quiconque.

– Alors que maintenant, je pète la forme… Ma vie parfois ressemble à un conte de fées… Il y a quelque chose que je ne saisis pas, Rick. J'ai bien compris l'intérêt du *Secret Service*, mais pas le tien. Ils te laissent chercher ta fille, déroutent Interpol… c'est léger, non ?

Rick Hilton s'immobilisa. Ses yeux, ses lèvres, ses mains s'étaient pétrifiés. Almayer vit tout de suite qu'il avait touché juste, et Hilton gambergeottait pour évaluer ce qu'il devait cacher et ce qu'il devait révéler.

– Disons…

– Ouaip ?

– Qu'ils m'ont filé certaines infos…

– À propos de quoi ?

– Un salopard de concurrent qui nous bouffait des parts de marché en Amérique du Sud. Super-agressif, le type. Il cassait les prix, surpayait les fournisseurs ; on pouvait plus suivre. Il fallait réagir !

– Et ?

– Aux dernières nouvelles, le type est au pénitencier de San Miguel, à Santiago. Le fisc vient de lui tomber dessus. Mais, donnant-donnant ! Al, qu'as-tu appris sur la disparition de Paris ? Je vais pas te supplier quand même !

– T'as qu'à demander à tes amis du *Secret Service*, Rick !

– Tu ne me fais pas marrer ! Je ne sortirai pas d'ici sans savoir ! Parle, Almayer !

– Ouais, ouais… ce que je sais… C'est que Dumbo et son frère…

– Ces deux enflures !

– …ont reçu commande…

– Pour enlever Paris ?

– Non.

– …Pour la tuer ?

– Non plus !

– Mais alors pour quoi ?

– J'sais pas. D'après ce que m'a dit cette saleté de Dumbo… et il n'avait pas loisir de me baratiner dans sa situation… il a reçu commande pour aller pêcher une jeune femme du type de Paris Hilton…

– Quoi ? Qu'est-ce que ça veut dire « du type » ? Putain je comprends rien à ta salade ! Jeune ? Belle ? Blonde ? Ou de type star ?, haletait Rick qui, depuis quelques secondes, avait changé de couleur, et viré au vert-jaune.

– Non ! La star, il s'en foutait. Jeune, et bien foutue, ça devait jouer.

– Et s'il y a eu commande, il y a eu livraison ? Où ?

– D'après ce que Dumbo a dit, Tripoli…

– Tripoli ? Ouah, c'est loin ! Mais livrée à qui ? Et pourquoi ?

– J'en sais pas plus, Rick.

– Comment ça t'en sais pas plus ? Tu as six macchabées sur les bras, et à peine deux infos à me filer ? T'es du genre efficace toi !

– J'en sais pas plus, Rick…

– J'ai l'impression que tout le monde se fout de savoir où est passée ma fille ! Il fallait me l'amener ce Dumbo, et je t'assure qu'il m'aurait craché tout ce qu'il fallait.

À ce moment-là, Rick Hilton sortit une petite flasque de la poche intérieure de son veston, et s'enfila deux longues rasades. À plus de deux mètres de distances, Almayer sentit l'odeur caractéristique du bourbon. Après un temps, et la voix ternie, Hilton reprit :

– Tout ce que j'espère, c'est que t'as bien fait chialer cette chiotte d'éléphant aux grandes couilles de pédale mexicaine…

– Rick, faut que tu comprennes que…

– La ferme ! Tu sais ce que j'ai appris ? continua Hilton, la face rougeaude.

– Non, soupira Almayer.

– Il s'est reproduit, ce monstre. Il avait dix ou onze filles, le pachyderme ! T'imagines ? Onze mignonettes aussi volumineuses que lui ! Qui se prélassent quelque part au Mexique, dans une piscine rose, ou bleu, ou verte, à Meteco El Passo ou je sais pas quoi ? Onze filles ! Tu sais que je vais me les enfiler ces salopes, Almayer ? Moches, poilues, grasses, je m'en fous ! Je vais me les faire jusqu'à les entendre maudire leur père…

Rick Hilton, asséché par sa diatribe, ressortit sa flasque, mais la versa en vain :

– C'est l'heure d'aller faire le plein, grinça-t-il, et sans rien dire, s'en alla vers la porte, le pas un peu lourd. Sans aucune autre forme de procès. Il était passé à autre chose.

– Rick !

Il s'arrêta :

– Quoi ?

– Une dernière petite chose : avait-elle une maladie, ou une particularité physiologique, la petite ?

– Comment ça ?

– Dumbo, avant de partir pour l'enfer, m'a dit un truc étrange. Il a laissé entendre que Paris avait été choisie pour raison médicale…

– « …raison médicale » ?

Almayer sentit une légère hésitation dans la voix d'Hilton.

– Je ne vois pas !

Rick s'était rapproché d'Almayer. Son visage s'était ouvert, et il passait les mains dans les cheveux à mesure qu'il réfléchissait.

– Est-ce que ça signifie qu'il n'en voulait pas à sa vie ?

– Je ne sais pas !

– Qu'elle est peut-être en vie !, s'exclama Rick, le visage rayonnant d'un espoir problématique.

– Je serais toi, Rick, je m'emballerais pas !

Mais Hilton s'en allait déjà, le démarche vive. Almayer l'entendit demander dans le couloir où se situait le bureau des infirmières.

# XXII

AOÛT 2023

*Bruges*

– Quoi encore ?, demanda un petit interphone gris métal.

La voix était grave, et finalement assez neutre. Borluut leva les sourcils en entendant la question, et regarda à nouveau la plaque pour s'assurer qu'il n'avait pas fait erreur. « Professeur Boerschin », s'y inscrivait en lettres semi-gothiques.

– Désolé. Lieutenant Borluut, CIA de Bruges.

Le petit interphone se mit à parler bas, à crachoter, chuchoter, marmonner et le fit attendre une longue minute avant de l'inviter à entrer, avec cette même voix ambiguë.

– Vous pouvez monter. Attention, ne touchez à rien.

Puis la clenche résonna, et la porte lourde, en fer et verre, sursauta. « Toucher à quoi ? », se demanda Borluut en retenant la porte du bout de l'index pour qu'elle ne se referme pas.

Il entra enfin, et découvrit dans le hall de l'immeuble un fatras de cartons et de malles. Tous traînaient une longue étiquette verte sur laquelle Borluut put lire : « Université de Louvain-Professeur Boerschin ». Il parvint à se faufiler entre deux piles de caisses numérotées savamment, et monta l'escalier jusqu'au palier de l'appartement de Boerschin. La porte était entrouverte ; il la poussa…

– Ohé ?

Des chuchotis, des chuchotas ; des rideaux-portières qui tremblaient, des pas de velours qui caressaient le sol à quelques mètres de Borluut, dans une pièce voisine, mais aucune réponse.

– Professeur ?

Borluut trouvait le vestibule de l'appartement du Professeur dans le même désordre que le hall de l'immeuble, avec un amoncellement de valises. L'une d'entre elles portait un palimpseste de logos d'aéroports : Paris, Bologne, Le Caire, Tripoli, Amsterdam, Milan, Londres, Tripoli... Et pour les plus anciennes, Moscou, Tripoli, Milan, Tokyo, Londres, Le Caire, Milan, Tripoli encore... Trônant dessus, le chat du Professeur, profondément endormi.

– Bonjour lieutenant...

Le Professeur surgissait d'une tapisserie portière que Borluut n'avait pas devinée, les cheveux soulevés par le souffle du drap.

– Bonjour Professeur... Vous partez en voyage ?

– Mais oui, mais oui, bien sûr... mais sachez que vous en êtes l'une des causes majeures...

– De votre voyage ?

– Bien sûr... J'ai entendu parler de vos aventures à Saint-Pétersbourg... de la Tophar qui aurait été trouvée par l'équipe Tchigorine... Félicitations... Nous partons bientôt pour l'Ermitage... à l'invitation de Turkinov... Euh, vous remercierez votre adjoint, Birelle, pour....

– Ribelle...

– Si vous le dites... Il m'a détaillé votre aventure... et m'a rapproché des responsables du musée... J'aurai ainsi la joie, si tout se passe bien, d'accéder au fonds Golenitchev... Nous allons lancer une petite fouille dans les archives pour savoir s'il n'est pas possible de mettre la main sur cette tête de Tophar que Tchigorine aurait trouvée... Ensuite, nous espérons pouvoir suivre la trace égyptienne de Golenitchev pour savoir où il l'a découverte... Je fais l'hypothèse d'El Kanaïs, mais les archives me diront si j'ai raison... On nous a promis les archives personnelles du chercheur russe. On devrait se faire vite une idée de l'endroit précis où il a déniché sa Tophar ; de comprendre s'il s'agit bien d'une de celles de Roquetaillade...

J'ai obtenu un soutien privé important pour conduire une campagne de fouilles... J'espère une apothéose pour ma carrière, mon cher Birluut ! Une apothéose, vous dis-je !

– Ribelle vous a-t-il parlé de Golianov ?

Un voile passa devant les yeux de l'égyptologue.

– En quels termes aurait-il dû m'en parler ?

– Connaissez-vous ses travaux ? Qu'en pensez-vous ?

– Que du bien ! Il est... enfin était LE spécialiste du fonds Golenitchev... C'est grâce à lui que l'œuvre de Golenitchev a un sens pour nous.

Le ton et le contenu du discours de Boerschin paraissaient soudainement bien convenus.

– L'avez-vous rencontré ?, insistait Borluut.

– Pas vraiment... On a dû se voir à un colloque lorsque je rédigeais ma thèse... Londres... 1980 peut-être... Il faisait une intervention sur un texte réglementant les cérémonies mortuaires de la V$^{e}$ dynastie... Une tablette Golenitchev encore... Une belle présentation.

– Ribelle vous a-t-il dit que des soupçons avaient porté sur lui concernant une jeune femme assassinée et topharisée... ?

– Extraordinaire ! N'est-ce-pas ?, s'exclama le chercheur, les yeux bien ronds.

– Qu'est-ce qui est extraordinaire ?

– Mais ce crime ! Comme votre jeune demoiselle ! Là ! De l'année dernière ! Pensez-vous à un même tueur en série ?

– Non, improbable...

– Oui, bien sûr... C'est trop vieux ! Suis-je bête !

– Justement, Golianov aurait-il pu commettre un crime de ce type ?

– Non. Tout autant improbable, voyons !

– Les soviétiques l'ont interrogé par trois fois à l'époque, tout de même.

– Je ne savais pas. Il était réputé original, mais rien de plus. Mais je ne peux pas croire à une quelconque déviance de sa part... Je retiens de cet homme l'image d'une grande froideur rationnelle...

C'est le chercheur à l'état pur… Libido sciendi absolue… Libido sexualis nulle…

– Vous me disiez ne pas le connaître…

– Certes. Je n'ai pas dit qui il était, mais quelle était l'image qu'il laissait !

– Savez-vous pour quelle raison il aurait mis fin de manière précoce à sa carrière ?

– Je ne savais même pas qu'il l'avait fait !

– Vous partez quand ?

– Demain soir.

– Vous serez aimable de me tenir au courant de la progression de vos recherches ?

Un éclair de sympathie illumina le regard de Boerschin :

– Attention, lieutenant, l'égyptologie, lorsqu'elle vous tient devient un vice… Elle agit comme une passion, une « gangrène de l'âme », comme disait un philosophe allemand… Kant, je crois !

– Libido sciendi ou libido sexualis ?

# XXIII

AOÛT 2023

*Los Angeles, Conrad Murray Clinical Center, Chambre 426*

On lui avait enlevé ses derniers tubes et il pouvait maintenant s'asseoir sans maudire tout l'organigramme des anges du ciel…

Il se sentait revenir. Il pouvait enfin pisser sans hurler et ses plaies cicatrisaient…

Il avait cherché à se lever, mais c'était encore trop tôt ; la tête avait tourné, et les arbres qu'il voyait de sa fenêtre avaient paru subir les furies d'une tempête.

Et Rick Hilton qui lui mettait une pression infecte, qui l'appelait tous les jours pour connaître son degré de rétablissement ; plus que jamais il voulait faire payer ceux qui avaient cherché des poux dans la tête de sa fifille adorée, les Bazarov et autres Balthazar, et tous azimuths ; plus que jamais, il voulait sa fille vivante ; Almayer croyait savoir qu'il rédigeait même pour son retour des discours de retrouvailles plus ou moins larmoyants, des fêtes de bienvenue et des montagnes de cadeaux si extravagants qu'on avait dû louer un hangar près de l'aéroport pour les entreposer…

Il avait promis à Almayer un budget de travail illimité, le jet familial, toutes les autorisations administratives que la puissance Hilton pouvait lui fournir, et surtout une prime de sortie en millions de dollars.

– Mais putain, Almayer, sortez du pâté ! Arrêtez de vous laisser aller comme ça… Vous n'avez pas envie d'une petite biture au Maotai ?

Almayer se demandait si la sincérité d'Hilton était authentique dans son délire de paternité lorsque des voix et des pas d'enfants se firent entendre dans le couloir. Il tendit l'oreille, le cou long, sans faire un mouvement. Une voix de femme dominait l'ensemble, qui répondait à celle de l'infirmière en chef. Il reconnaissait ce timbre, cette intonation sèche et grave, même si ses souvenirs restaient confus. Et il devinait maintenant qui pouvaient bien être les gamines qui s'approchaient. Il en frissonna, jeta un œil à la porte de la salle de bain, à celle du couloir… Nulle échappatoire.

– Oh, regarde maman, le vieux monsieur qui dort…

Tout le petit monde s'approchait du lit d'Almayer sur la pointe des pieds.

– Chut, ma puce, ne fais aucun bruit ; et ce n'est pas un « vieux monsieur », c'est ton grand-père…

– P't-être bien, mais il a l'air sacrément vieux, le grand-père…, reprenait la plus petite des gamines.

– Maman, comment qu'on va l'appeler ?, disait doucement la plus grande ; pépé ? ou papy… ?

– Mais écoutez, il n'est pas vieux, je vous l'ai expliqué ; il est un peu malade et fatigué…

– Maman, je peux lui faire un bisou ?

– Vas-y, mais doucement, pour ne pas le réveiller.

– …Ou bon papa ? Oh, grand papa, c'est rigolo !

– Beurk, il sent pas bon !

– Chut, s'il t'entendait !… Ce sont les médicaments…

– …Vieux bidule ?…

– Bah, non, c'est lui… Et puis il pique… T'as vu tous ses poils blancs… il y en qui sont plus longs que les autres…

– Ne tire pas dessus !

– Maman, je me demande si je l'ai pas déjà vu, ce vieux monsieur…

– Bah, oui, bien sûr sur les photos que je vous ai montrées…

– Oh, comme il a un grand pied, t’as vu Virginia ? Et des gros ongles…

– Mais non, pour de vrai, un jour, je l’ai vu, mais je sais pas où !

– Il a plein de pansements !

– Ah, oui ! Et en plus moches, verts et jaunes, beurk !

– Écoutez les filles, on va le laisser… On est en train de le déranger…

– Pourquoi il ne veut pas jouer ?, demanda la plus petite.

– Mais il dort !

– Peut-être qu’il est mort ?, reprit-elle.

– Mais non, tu vois pas qu’il respire !

– Y en a qui sont vivants mais morts, affirma-t-elle de manière péremptoire.

– N’importe quoi, s’exclama la grande sœur.

– Si, cria la petite sœur ; le grand frère de Shirley ; il a traversé sous un camion… Il a des fils et des tubes… Il est à l’hôpital… Il est mort… mais il se respire… c’est Shirley qui le dit…

– Allez dites au revoir à Pépé…

– Non, à « Papy »…

– Non, à « vieux papa »… Aïe… maman, elle me tape… Euheuheuh !!!

# XXIV

AOÛT 2023

*Bruges*

Borluut traînait les pieds en sortant de la morgue, et les mains dans les poches, bien basses. Comme un gosse mécontent, qui a la pensée dure. « Une solution », songeait-il. Ce type appelait ça « une solution ». Mais pour lui, cela ressemblait plutôt à un désastre. Il s'arrêta. Il s'apprêtait à vélo mais sans joie à parcourir les quatre ou cinq kilomètres qui le séparaient des bureaux du CIA de Bruges. Mais il ne pouvait délier ses pensées de la dernière révélation que lui avait faite h.h. Une débandade, un fiasco, une catastrophe… Il ne savait quel mot choisir. h.h. venait tout juste de lui signifier combien ces derniers mois avaient été vains. Ses voyages aux Etats-Unis, en Russie…

Néant.

Rien.

Ça ne valait rien.

h.h. avait su suivre une de ses nombreuses intuitions de savant un peu braque. Et elle avait abouti, en quelque sorte.

Comme il le disait, « la démarche était simple » : une analyse comparative des éléments chimiques et génétiques trouvés sur le corps de Godelieve.

Phase 1. : h.h. demande des analyses supplémentaires de l'ADN résiduel de Paris Hilton – dénommé B1 – sur le relevé indiciel 42, le plus fécond, et le plus marqué. Et donc une analyse nouvelle et poussée de ce même relevé. Celui extrait de la cire trouvée sur le cou de Godelieve. Une fois ; deux fois… jusqu'à cinq fois. Et là, comme il dit, un nouvel élément énigmatique est apparu : un élément « adventice », quelque chose qu'on ne cherchait pas, un support chimique jusque-là resté illisible, de type alcoolique et mercurique, que la seule présence de la cire ne pouvait expliquer.

Phase 2. : h.h. entreprend de reconnaître cet élément chimique. Borluut ne se rappelait pas les détails techniques… Mais il fut vite identifié comme un support type de certains parfums, quelque chose qui savait tenir la note longue… Il y avait donc rémanence chimique d'un parfum à la base du cou de la jeune femme… Et alors ?

Phase 3 : Et bien alors, ce quelque chose tenait une note longue de muguet… Or si l'on en croit quelques experts es parfums que h.h. avait dénichés, la note de muguet reste exceptionnelle en matière de haute parfumerie ; un effluve réputé même quasi impossible à capter, à synthétiser, à faire tenir… Oui, mais existe-t-il un tel parfum avec un tel effluve ?

Phase 4 : h.h. identifie le parfum. Cette note de muguet a en effet fait l'objet d'un travail d'amalgame chimique convaincant pour l'un des parfums les plus portés au monde, et là, « vous allez adorer, lieutenant », on le trouve dans Negative pH de Paris Hilton Cosmetics !

À ce simple niveau, Borluut dut s'asseoir et se rafraîchir. Ainsi, avait-on trouvé sur Godelieve à la fois le parfum et la parfumeuse… La confusion avant cela était copieuse ; elle devenait monstrueuse, abracadabrante, un véritable casse-tête. Quelle probabilité y avait-il pour que Godelieve portât un tel parfum ? Qu'elle le portât même à l'endroit – la base du cou – où l'on trouverait la trace ADN de Paris Hilton elle-même ?

Phase 5 : le doute de h.h. Une telle probabilité était mince, donc elle n'était pas. La présence en effet de l'ADN de Paris Hilton était quasi improbable, et pourtant on l'avait trouvée ; la présence, après cela, du parfum Negative pH était quasi improbable, et pourtant on l'avait découverte... Ces deux improbabilités sommées annulaient tout hasard, selon h.h. Il devait y avoir une relation discrète encore inaperçue et insoupçonnée entre toutes ces apparitions. Donc remise à plat ; un rasoir d'Ockham pour Godelieve Hildebrant ! On analysait tous azimuts.

Phase 6 : l'éclair de génie de h.h. Il demande une étude de tous les parfums, ou des flacons de parfum trouvés chez Godelieve ; et d'abord celle de Negative Ph. Analyse par polymérisation classique de type PCR, un bon amorçage séquentiel et tout le tintouin... Et là, l'incroyable, la si problématique relation discrète est entraperçue : la présence résiduelle de l'ADN de Paris Hilton. En plein dans un des flacons de parfum de Negative Ph. Et pas ailleurs. Cela signifie que la présence de l'ADN de Paris Hilton sur le cadavre est accidentelle, liée à une pulvérisation de parfum. Cela signifie que Godelieve portait Negative Ph. Tout bêtement. Cela signifie que la piste que Borluut avait suivie depuis le début n'avait aucun sens pour Godelieve, et pour l'élucidation du crime dont elle avait été la victime. Paris Hilton n'avait rien à voir avec le meurtre de Godelieve Hildebrant ; elle se contentait de flotter dans un flacon de parfum.

Phase 7 : h.h. se pose maintenant de nouvelles questions : que fait l'ADN de Paris Hilton dans les flacons de son parfum ? Est-il possible qu'un élément ADN, certes réduit, demeure si longtemps (dix ans) sans altération définitive dans un milieu liquide aqueux ? Y a-t-il moyen de rapprocher Godelieve et Paris à ce niveau ?

Phase 8 : On teste les autres flacons de parfum Negative pH que détenait Godelieve. Résultats négatifs ; aucune trace d'un ADN de Paris. Enfin, quelque chose de rationnel. Les nouvelles hypothèses portent sur un flacon spécifique curieusement numéroté « 027 » (le seul à être numéroté !) : Peut-on le dater ? Peut-on le tracer ?

Phase 9 : h.h. a fait le boulot d'enquête. Le flacon de Godelieve est l'un des cinquante premiers flacons de Negative Ph. Flacons rarissimes ; que les collectionneurs s'arrachent, et qui auraient pour particularité d'avoir été confectionnés par Paris Hilton elle-même. Godelieve était une collectionneuse éclairée.

Phase 10 : Vérification d'une hypothèse qui s'impose d'elle-même. On retrouve un flacon jumeau ; le n°036 ; chez un antiquaire d'Amsterdam spécialisé en vieux parfums ; il accepte difficilement qu'un prélèvement du parfum soit fait, mais s'exécute finalement ; analyse du spécimen hollandais par polymérisation, comme ce fut fait pour les échantillons de cire sur Godelieve et ceux extraits du flacon qu'elle détenait dans sa salle de bain. Positif ! Seconde série d'analyses : re-positif : on décèle la présence d'un ADN, fortement altéré. Vérification, comparaison, re-séquencage : à près de 75 %, l'ADN hollandais est identique à celui trouvé sur le corps de Godelieve... Donc Paris Hilton encore. La jeune femme hante génétiquement les tout premiers flacons de ses parfums. Pourquoi ? Sans doute des particules sanguines. Comment sont-elles arrivées là ? « Ce n'est pas mon affaire », dit h.h. en souriant : il vient de refermer une fenêtre ; l'aspect scientifique de l'affaire Godelieve est clos.

« Ah, au fait, dernier élément, Lieutenant ! » ; « Oui », répondait Borluut maussade ; « il y a peut-être une relation naturelle entre Godelieve et le parfum » ; là, Borluut se sentit fatigué des montages logico-chimiques de l'expert ; et de leur redoutable efficacité ; il voulait repartir ; rentrer au bureau ; prendre un dossier sur une pile et foncer dedans. Pour la première fois depuis des mois, il désirait laisser Godelieve tranquille, la laisser s'en aller. Et h.h. qui continuait : « Comme son nom l'indique, le parfum Negative pH est très neutre ; basiquement faible ; absolument idéal pour une personne qui a des soucis de sueur, d'odeurs... Idéal pour un « fish syndrom »... ; je me suis d'ailleurs renseigné auprès de quelques hygiénistes spécialistes de la maladie... et bien le parfum Hilton est le premier recommandé ; il assèche la peau et diminue fortement les productions odorantes de la maladie... Mais où allez-vous lieutenant ? ».

# XXV

OCTOBRE 2023

*Philadelphie*

11 a.m. Dehors, une pluie fine venait rafraîchir une chaleur de fin d'été. Almayer avait garé sa petite Chevrolet noire le long d'une laverie désaffectée dont les vitres et les machines avaient disparu ; une succession de matelas gris et sales indiquait que l'adresse avait un temps servi d'hôtel de fortune.

Mais ce qui l'intéressait était ailleurs, de l'autre côté de l'avenue. Un grand immeuble de briques, d'une quinzaine d'étages, avec un hall couverts de dessins disgracieux et d'écritures chaloupées noires ou rouges. Des grandes portes qui battaient au vent, des appartements apparemment vides, des ascenseurs en panne depuis des lustres… Almayer se refusa à grimper les étages dans son état. Trop tôt. Trois semaines seulement qu'il était sorti de la clinique ; deux mois qu'on lui avait enlevé la rate, un rein et une bonne partie du foie.

Maussade, il attendait derrière son volant et le pare-brise gouttelé que son rendez-vous du jour se montre.

01p.m. La pluie finissait. Enfin, celui qu'il attendait sortait de son repaire. Petit homme sombre, une barbe grise, légèrement voûté, qui progressait par petit pas méfiants. Un « papy », un « pépé », un « vieux bidule », se dit Almayer en pensant sans tendresse aux deux affreuses qui l'avaient visité dans sa chambre d'hôpital quelques semaines auparavant.

Le bonhomme n'était plus aussi fringant que sur les fichiers vidéo de Cornwell ; on avait peine à reconnaître le charismatique Professeur Balthazar. La disparition de Paris Hilton, et la série d'attentats grand-guignolesques qui l'avaient précédée dans lesquels, à tort ou à raison, on mêlait quelques-uns de ses étudiants, avaient achevé une carrière d'universitaire assez neutre : il y eut des suspensions administratives provisoires d'autorisation d'enseignement ; des suspensions définitives ; des suspensions fédérales et des interdictions de sorties du territoire américain. Même si sa responsabilité fut finalement considérée comme nulle par trois juridictions différentes, dont une fédérale, sa carrière était cuite, et même moulinée. Abandonné, lâché, anéanti, le pépère ! Et puis le sort s'acharnait sur lui : une maladie rampante, des frais d'hospitalisation ahurissants, des médicaments rares... Alors il était venu camper dans ce coin déshérité de West-Philadelphie, entre latinos et arméniens, entre deal de coke-51 et nid de putes, à se faire chahuter par des mômes à peine plus grands que les ballons de basket qu'ils lui balançaient en pleine poire.

Pour le moment, il négociait le virage pour prendre Rooseline Avenue, le sol mouillé était glissant ; là-bas une droguerie et une poste restante : Madame Markesian. Elle réceptionnait pour lui les livres qu'il empruntait à la bibliothèque de l'université de Philadelphie. Sous un nom d'emprunt. Une petite magouille vue avec bienveillance par le directeur adjoint du département des collections de littérature étrangère, un ancien de ses étudiants. Car dans sa propre boîte aux lettres, dans le hall de l'immeuble, un courrier, surtout s'il était volumineux, ne tenait pas une heure ; les gamins le chipaient pour en faire Dieu seul savait quoi...

Il traversait Rooseline Avenue. Péniblement. Il mourra là, se dit Almayer, qui l'attendait de l'autre côté.

– Bonjour, Professeur...

Le vieux chnoque fit mine de ne rien entendre, et grimpa le trottoir en accélérant. Des petits pas frénétiques et agités. Almayer entreprit de le suivre avec nonchalance.

– Professeur, ne vous alertez pas, s'il vous plaît !

– Vas te faire foutre, tête de pine !

Almayer, frappé par l'audace et l'agressivité de l'ancien universitaire, stoppa net.

– Je viens pour savoir où je pourrais trouver un certain Bazarov…

Mais sa vieillerie continuait d'avancer et de maugréer et Almayer l'entendait par bribes :

– Chier, celui-là… laisser tranquille…

– Vous vous rappelez de Bazarov ?, insistait Almayer, la voix haute.

Un peu désespéré. Il précipita le pas, dépassa sans difficulté le vieux débris malgré ses propres handicaps, et se plaça en travers de son chemin.

– Écoutez, on va pas s'énerver comme ça… Je vous pose une question, je la répète si vous ne comprenez pas, vous me répondez, on s'aime, on se dit adieu, et vous ne me voyez plus jamais…

– Et ta sœur ?!…

– Sinon, je dis à tout le monde dans le coin…, par exemple, … que vous êtes un ancien flic… et je le fais bien savoir ! À mon avis, ils vont aimer…

Balthazar s'était bien arrêté cette fois. Il avait levé les yeux sur Almayer. Des yeux profonds et sombres. L'argument touchait.

– Jamais été flic, moi !

– Oui, mais ils ne le savent pas, eux.

– Il me reste pas plus de six mois à vivre, pauvre con de facho. Qu'est-ce que vous voulez que ça me foute que les dégénérés du coin me prennent pour un flic ? Bon, que voulez-vous savoir ?

– Petit 1 : Bazarov, il vit ? Petit 2 : où vit-il ? Petit 3 : ce con a confessé le crime de Paris Hilton, et il vous mouille ? Qu'en est-il ?

– Et t'es qui, toi, pour poser autant de questions ?

– Il n'y a pas de réponse à cette question ; je suis personne…

– C'est un con, siffla Balthazar.

– Qui ? Bazarov ?

– Et rien dans le falzar !

– Qu'a-t-il fait ?

– Rien, justement… Dites-moi… je veux bien répondre à vos questions, mais faut me filer quelque chose en échange…

– Si je le peux…

– Il me faut un bouquin…

– Ah ? C'est tout ?

– On part tellement en vrac dans ce pays qu'il faut prendre quelques précautions pour lire certains bouquins. Imaginez que j'ai dû subir une suspension de trois mois à la bibliothèque municipale pour avoir demandé les œuvres complètes de Céline…

– Et vous me direz ce que vous savez ?

– Faut voir… Mais attention… Bouquin difficile à trouver. J'ose pas le demander à la bibliothèque de l'université de Philadelphie… mais je sais qu'ils l'ont… dans leur « enfer »…

– Allez-y…

– Non, non, je vais noter… C'est un livre en français… Sulfureux, rarissime sur le territoire américain… Il n'y en pas dix ici… Je ne le connais que par des extraits… Un bouquin à chier du piment…

Il avait sorti un crayon de bois, et griffonnait avec application un nom sur le revers d'un ticket de caisse.

– Donnez…

– Je vous note le titre, c'est un bouquin de M…. Sans doute son meilleur ; vous saurez trouver ?

– Sans doute…

– Et je peux vous faire confiance ?…

En guise de réaction, Almayer toussa et grimaça, ressentant une vive douleur à l'abdomen, une douleur qui le sciait en deux.

– Vous n'avez pas l'air en forme, non plus, mon vieux…, ironisa Balthazar. Entre moribonds, disons qu'il y a un pacte… Si vous ne remplissez pas votre part de contrat, on se retrouve en enfer, le vrai celui-là…

Tous deux avançaient maintenant comme deux vieux amis et s'approchaient de l'échoppe de Madame Markesian.

– Bazarov, et quelques autres de mes étudiants, se sont mis en tête de faire un coup d'éclat, il y a de ça dix bonnes années… Ils avaient déjà constitué un groupe clandestin, « tête de mort » qui se réunissait à la fac, pas très loin de mes salles de cours. Je les rejoignais parfois. Ils n'ont jamais été fort nombreux. Mais l'un d'entre eux, un italo, était particulièrement virulent, Sylviano di Salinas… Un fond de crapule… Il a manipulé tout ce petit monde pour l'orienter vers l'activisme anarchiste… mais un activisme de petit bourgeois…

– Et Bazarov dans tout ça ?...

– Faible, et le plus manipulé de tous... C'est Sylviano qui lui a mis en tête Paris Hilton... Sylviano avait en horreur cette culture pour simples d'esprit qu'elle incarnait... et on peut le comprendre... sauf que lui y devinait comme une sorte de quintessence de l'ultime Amérique.

– Vous pensez qu'il aurait pu passer à l'action ?

– Bazarov ?

– Oui.

– J'en doute ! Mais Sylviano, oui. On m'a dit qu'il était lié à l'attentat qui a blessé la petite Hilton.

– Bazarov n'a pas participé à cet attentat ?

– Non. Bazarov venait juste de rejoindre le groupe... Sylviano ne l'avait pas encore formé, si je puis dire... Pas le courage, ou l'audace. D'un autre côté, il y avait quelque chose de romantique en lui ; avec tout ce que cela suppose de passion et de dépassement de soi. On m'a dit qu'il s'était entiché d'elle ; c'est donc qu'il la fréquentait, qu'il préparait quelque chose. Et avec Sylviano qui le poussait... Je ne sais pas...

– Et Sylviano ?

– Disparu, le gars ! J'ai toujours trouvé ce type ambigu, retors, vipérin, avec des idées derrière la tête pas claires...

– Comprends pas...

– Bien... Je ne suis pas sûr que ses motivations fussent essentiellement liées à la grande cause anarchiste...

– Comprends toujours pas...

– Plusieurs fois... je me suis demandé dans quelle mesure Sylviano n'était pas... Comment dire ?... Je me suis demandé s'il ne jouait pas un double jeu...

– C'est-à-dire ?...

– S'il n'était pas une taupe ! Un sous-marin ! Quoi !

– Qu'est-ce qui vous permet de dire cela ?

– Des observations diverses... Une de mes étudiantes qui l'a vu fréquenter un costard-cravate qui sentait le FBI... Des absences répétées qu'il avait... Cette manière de dire ce que les autres voulaient entendre, pour mieux les manipuler... comme s'il savait des choses qu'il n'aurait pas dû savoir... comme s'il était informé... Vous comprenez ce que je veux dire... Et puis surtout, cette façon qu'il a eue de disparaître absolument de la circulation après l'attentat sur la petite Hilton. De même, les flics m'ont posé des questions sur nos réunions clandestines, sur ses participants, sur leurs thèmes, et assez peu sur Sylviano lui-même...

– C'est léger !

– Surtout, on a su qu'on avait été mouchardés... A bien y réfléchir, ce ne pouvait être que lui.

À ce moment-là, Almayer eut fugitivement le souvenir des fichiers vidéo de Cornwell ; celles qui montraient Balthazar donner ses séances clandestines... et une tête de jeune homme, à peine barbu, les yeux brillants... et chose qu'il avait remarquée inconsciemment..., qui fixaient la caméra moucharde, comme s'il savait qu'elle était là... Et son petit daïmon lui souffla que l'intuition de Balthazar était sans doute la bonne.

– Bazarov, qu'est-il devenu ?

– Un pauvre type... aux dernières nouvelles, il faisait tout pour effacer son dossier judiciaire afin d'intégrer une administration fédérale... Les transports, je crois... Il est marié, deux ou trois enfants, une bagnole, une télé, le baseball le week-end. Il vote même ce con !

Dix jours plus tard, Madame Markesian recevait un petit colis rectangulaire qui, sans payer de mine, valait tout l'or du monde pour l'ancien Professeur Balthazar. Un envoi de Paris. Pourtant, il ne vint jamais le chercher. Car le « vieux bidule » était alors en train d'agoniser après qu'une saloperie de mouche l'avait empoisonné et piqué, à la base du cou. Au fond de son lit, au fond de sa chambre, seul et unique, déshydraté par une terrible diarrhée, une fièvre intense et ce fichu été caniculaire qui ne cessait pas, s'asséchant, maigrissant heure après heure, devenu presque cassant, la gorge tirée et ne pouvant émettre qu'un faible son, il râlait doucement.

Et ultimement.

# XXVI

NOVEMBRE 2023

## *Tripoli – Libye*

Une nouvelle poussée de fièvre ; il se sentait gagner par une fausse fatigue, la vue se brouillait par moments et il frissonnait. Un comble aux portes du désert.

L'aéroport de Tripoli était bondé, à la manière arabe : des malles en vrac, des familles qui s'amoncelaient dessus, des sacs éventrés que l'on rattachait tant bien que mal, une foule qui se frottait à vous, dans un sens, puis dans un autre, des cris, des rires, de grands gestes qui brassaient l'air, des agents d'accueil obséquieux à l'extrême, des agents de surveillance suspicieux par système.

Almayer jurait au sein de cette smala. Il restait immobile ; contre une colonne épaisse ; il était seul ; il attendait quelqu'un, l'agent Bristol, John Bristol du bureau de la CIA à Tripoli. Un ancien du *Secret Service* ; il était en retard. Almayer l'avait rencontré une fois, mais il craignait de ne pas le reconnaître.

Almayer voulait savoir qui avait pu prendre possession d'un colis appelé « Paris Hilton », juin 2013. Qui l'avait commandé, pourquoi, comment, où ? Pour en faire quoi ? Enlèvement crapuleux ? Politique ? Qu'était-il devenu ?

Si quelqu'un était à même de répondre à ces questions, c'était Bristol. Tripoli n'avait pas de secret pour lui : il parlait l'arabe des rues, pensait arabe, mangeait avec les arabes, vivait comme eux et priait même avec eux. Il se disait qu'en son temps, il déjeunait une fois par mois avec le grand Muhammad Az-Zentani, l'indéboulonnable secrétaire général du Congrès populaire libyen, qu'il avait été reçu plusieurs fois dans la tente de Kadhafi alors qu'il était encore fringant, et que les mafieux locaux aimaient chuchoter à son oreille.

On tapotait l'épaule d'Almayer. Bristol enfin, en costume gris clair. Almayer s'attendait à le voir en burnous.

– On m'a fait deux ou trois confidences, Almayer. Votre paquet est en effet passé par ici ; juin 2013. Il y a d'assez grosses commissions qui ont été versées pour des intermédiaires ; je ne sais pas avec certitude lesquels… Ce que l'on sait, c'est que Dumbo s'était mis en contact quelques semaines avant la livraison avec un certain Hussein el Karabi, une petite frappe du proxénétisme et du cinéma porno local. On n'en sait pas plus, sinon qu'el Karabi est mort d'un cancer il y a deux ans dans la prison centrale de Barinai. On sait surtout que le colis est passé par la clinique Al Affia… Par ce que l'on appelle le « service des temporaires », service dans lequel viennent exercer des médecins extérieurs, assez souvent étrangers, auprès des riches libyens. Généralement, ce service importe de la chirurgie esthétique. Pour les bourgeoises locales. Pour certains truands ou terroristes en fin de parcours aussi, qui désirent retrouver un peu de tranquillité en modifiant leur visage, ou leur silhouette. On dit qu'une bonne partie des anarchistes de 2015 sont passés par ce service ; du moins ceux que l'on n'a pas encore attrapés. Mais pour votre colis, on n'a pas de nom de médecin ou de chirurgien pour cette période. Pas de référence. On a interrogé quelques cadres et quelques infirmières : quasi-néant, ils ne savent presque rien. Vue l'ambiguïté du fonctionnement de ce service, ce n'est pas chose étonnante. À peine s'ils savent que le colis est resté dans le service une bonne dizaine de jours. Ont-ils charcuté la petite pour qu'elle change de visage ? Sais pas ! En tout cas, on nous a confirmé que pendant cette période, nul n'a eu accès au bloc ou aux chambres de l'étage ; que le départ du colis s'est effectué la nuit, en direction de l'aéroport. Voilà la raison de notre présence ici, Almayer ; j'attends d'un instant à l'autre mon contact dans l'aéroport. Avec un peu de chance, on pourra connaître où allait l'avion de Paris Hilton.

Bristol se tut en souriant à Almayer. Il alluma une longue pipe, qui dégagea une longue fumée bleue élastique, et rigola franchement en voyant deux gamins jouer à quelques mètres d'eux.

– Savez-vous que cet aéroport a longtemps fait le bonheur des agents de tous bords ? Ici, les espions se dédoublaient, se laissaient acheter par le camp adverse, ou venaient gagner une retraite couverte par le régime de la Grande Jamahiriya. Des valises sans nombre se sont échangées au pied de cette colonne avec de petits airs de comploteur. Bon, je pense maintenant avoir votre réponse...

Almayer le regardait sans trop comprendre, et le vit sortir de son dos un mince papier sur lequel deux longues lignes en arabe étaient inscrites. Bristol se rendit compte de la surprise de son interlocuteur.

– Mon contact vient de me glisser ce petit document. Il vous a frôlé, il y a deux ou trois minutes, et s'est glissé derrière moi. Les gens savent être discrets, par ici. L'habitude des dictatures et des révolutions. Ils n'ont aucun intérêt à faire savoir qu'ils travaillent pour un gars de la CIA. Bon, si j'en crois mon contact, il y a une certaine probabilité pour que votre petit paquet se soit envolé dans un bimoteur EV-55 ; un avion russe ; dans la nuit du quinze au seize juin 2013 ; provenance inconnue ; direction confirmée par les aiguilleurs de la tour de contrôle de Trip' : l'Égypte du nord. Pas d'immatriculation déclarée. Après, mystère. Sans compter le pilote, deux ou trois personnes à bord. Rien d'autre.

# XXVII

NOVEMBRE 2023

*Bruges*

Le vélo de Borluut tremblait sur les pavés du vieux port. Il y allait doucement car le sol était rendu glissant par la pluie qui était tombée sans interruption toute la nuit et tout le matin.

Il sortait épuisé d'une nuit d'astreinte : des engueulades de couples, un accident de la circulation, des sorties de dancing trop alcoolisées, un vagabondage suspect, deux signalements de cambriolages…

La nuit fut chargée, et bien vide en même temps. Vide d'intérêt et de substance.

Quatre mois que l'enquête sur le meurtre de Godelieve avait été classée par le procureur du roi, et Borluut cherchait à l'oublier ; il réfléchissait sérieusement depuis peu à un changement de service. Il commençait à s'imaginer en enquêteur des services de police judiciaire et s'employait à remplir plus ou moins consciencieusement des dossiers roses ou verts, à griffonner des feuillets jaunes ; il pensait à des lettres de motivation… Pourquoi pas Bruxelles ?

Il trouva la porte de la maison fermée. En face, les rideaux de Barbara restaient tombés et tristes.

Il décida de pousser jusqu'au café du vieux Schulz, le café des dockers, aux limites du port. Il pensait y retrouver son père. Plusieurs fois, ces dernières semaines, il était allé se poser devant lui, à une table qui regardait droit sur la mer, droit sur les grands portiques et les gros navires, qui voyait passer la joie ivre des matelots interlopes, la fatigue des dockers, celle des camionneurs venus livrer leur cargaison, la lassitude des putes marines…

Une fenêtre fixe sur un monde mobile.

Le père et le fils n'échangeaient pas plus de deux phrases ; ils partageaient une bouteille de vin blanc, ou deux ; ils souriaient des vagabonds qui traversaient leur horizon, des conversations qu'ils entendaient… et ils finissaient la journée ainsi, avec des yeux bas et brillants. À peu près complices.

# XXVIII

NOVEMBRE 2023

*Le Caire*

Almayer ne voyait pas ce qu'il pouvait faire. Autant chercher un grain de sable dans le désert.

L'agent de la CIA sur place, l'équivalent de Bristol, un certain Mac Garth, faisait des gestes frénétiques de la tête, en produisant un curieux bourdonnement.

– Non, non, non... Pas de trace... Écoutez, Hilton est un ami de mon beau-père... Si je le pouvais, je la trouverais la petite... Mais ici, c'est trop grand ; et, maintenant, ça fait trop longtemps. De toute manière, depuis que je suis là...

– Combien de temps ?

– Cinq ans !... Je n'ai rien entendu qui ressemble à votre histoire. Et mon prédécesseur, pas plus. Des avions privés, il en atterrit des centaines par jours ; des internements de force dans des cliniques privées, ce qui reste votre hypothèse, se font par nature très discrets...

– Mais vous avez enquêté de ce côté, comme je vous l'ai demandé ?, questionna Almayer, de plus en plus incisif.

– Oui... On a pensé à cinq institutions privées, réputées pour la chirurgie de bonne famille, esthétique ou autre... On a même mis deux ou trois agents du cru... Les retours sont négatifs... La petite, si elle est entrée sur le territoire égyptien s'est immédiatement évaporée... Non, non, non, bourdonnait-il à nouveau.

– Et l'hypothèse crapuleuse ?

– Vous pensez au proxénétisme… ?

– Oui, ou à un trafic de jeunes femmes, quoi…

– N'y pensez plus… Le milieu égyptien est plein d'éléphants : on les entend à des kilomètres ; on les suit à la trace… Ils sont plus que surveillés, ils sont transparents… Si quelque chose de pas ordinaire avait pu se produire dans les bas quartiers, on aurait su…

– À croire qu'elle s'est volatilisée dans le désert…, marmonna Almayer, les traits tombés. Il songeait à revenir à Los Angeles, mais la confrontation avec Rick Hilton le fatiguait à l'avance.

# XXIX

NOVEMBRE 2023

*Bruges*

Le lieutenant consultait avec un certain intérêt le catalogue ISD des bicyclettes électriques. La page des accessoires « indispensables ». Devant lui, derrière lui, les téléphones bipaient, mais il s'en fichait. Tout son esprit s'était concentré sur un curieux instrument dénommé « veltop », une sorte de toit protégeant le cycliste de la pluie, du froid ou du soleil. C'était une longue capote munie d'un pare-brise en PVC semi-rigide et d'une protection imperméable supérieure et de deux autres latérales (totalement amovibles ou relevables) fort « appréciées en cas de pluie ou par temps froid », indiquait-on. Le tout était repliable et dépliable en moins de deux minutes. Il ne parvenait pas à voir si c'était compatible avec le modèle Pom-Pom-007. Borluut, sceptique, relevait les yeux pour contempler la pluie qui s'abattait avec fracas contre la vitre du commissariat, lorsque Carbone passa pour poser une pile de lettres sur le bureau de Borluut. Celui-ci fut immédiatement distrait, et regarda la pile avec un œil lent et vide. Les lettres avaient formé une manière de tour bancale multicolore ; une enveloppe jaune et froissée, plus longue que les autres, faisait office de fondation. Borluut, après quelques secondes méditatives, ne sut résister, reposa son catalogue cycliste, et tira la longue lettre à lui, faisant s'effondrer le petit château. Elle arrivait d'Égypte, réveillant soudainement l'attention de Borluut. Elle provenait du Professeur Boerschin :

*« Cher détective,*

*Nous n'oublions pas vos recherches qui nous ont mené à la gloire. Nous avons trouvé… quelque chose… et nous serions ravi de partager cette découverte avec vous… Sa présentation officielle aura lieu le trente de ce mois en présence de la presse spécialisée et des autorités égyptographiques mondiales. Voir billet d'avion joint.*

*Salutations.*
*Pr. Boerschin »*

Borluut faisait la moue en regardant le billet KLM Bruxelles–Le Caire. Tout cela était bien trop loin maintenant.

# XXX

LE 29 NOVEMBRE 2023

## *Le Caire*

Almayer s'attardait lentement dans les ruelles étouffantes de Khan El Khalili, le grand souk du Caire, mais sans intérêt. Il aimait l'odeur, il aimait les gens, il aimait les cris, le bruit, les apostrophes, le sourire des marchands... mais son esprit, assommé par la chaleur, était ailleurs. Un peu dans le bide qui le faisait souffrir... Un peu dans l'avion qui le ramènerait à Los Angeles dans quelques heures... Un peu sur son bateau qui lui manquait... Il aimait aussi l'imprévisibilité de ce lieu... comme celle qui permettait l'irruption entre deux marchands de tissus et de cuivre taillés ou ciselés, d'un marchand chinois, avec une vitrine minuscule, des idéogrammes microscopiques, des barbes de dragons colorées et des gâteaux de lune fourrés aux dattes... Avec surtout une montagne de bouteilles blanches et glacées de Maotai.

Il ne résista pas longtemps et entra dans l'échoppe étroite. Il dut se baisser pour ne pas être cogné par le pal d'un ventilateur de plafond ; trois clients seulement, des occidentaux, et une table libre dans le fond. Il demanda un petit ventilateur de table et un verre de Maotai, bien frappé... Il ne quittait pas des yeux le petit bonhomme qui le préparait avec hâte... un chinois du nord, visiblement...

Mais son petit *daïmon* se réveillait...

Il le sentait qui procédait par petites impulsions alternatives, cherchant à le détourner de ce verre de Maotai interdit et de ce petit serveur suant... Mais Almayer avait trop soif pour se laisser distraire, trop soif de Maotai pour se laisser dissuader cette fois-ci de s'en enfiler un petit... ou deux... Son *daïmon* ne l'avait pas habitué à de telles attitudes précautionneuses...

*Bling*... Le bruit glacé et parfait du petit verre épais, rempli juste comme il faut, à trois-quarts, sur la table de pierre... Le parfum chaud de l'alcool de Sorgho... Ses vapeurs, vives avec cette chaleur, qui le forçaient à baisser les paupières...

Puis Almayer sentit finalement que son *daïmon* se contrefichait du Maotai... Non, il voulait lui dire quelque chose, lui montrer autre chose... Allez lève la tête ; fais tomber les lunettes de soleil ; plisse les yeux ; regarde bien autour de toi... Il y a un truc que tu as vu en entrant qui t'a frappé, mais sans que tu le saches, mais sans que tu réalises pour autant... Allez un effort de concentration... Ça y est... C'est ça... Enfin tu le vois...

Et Almayer, la bouche entrouverte, les yeux écarquillés, la main légèrement tremblante reposa son verre de Maotai, doucement... sans même y avoir trempé les lèvres.

Bouche bée.

# XXXI

LE 29 NOVEMBRE 2023

*Bruges*

Nouvelle distribution de courrier.

Une bonne semaine avait passé depuis l'invitation de l'égyptologue, et il l'avait même à peu près oubliée. Il avait repris son petit train-train fait de morne enthousiasme et de lassitude profonde.

Les services du personnel de la police du roi avaient promis une réponse rapide pour sa mutation, et c'étaient d'autres lettres qui le préoccupaient désormais. Chaque livraison de courrier était l'occasion d'exprimer un mince espoir.

Une nouvelle petite pile de lettres se posait sur le bureau ; Borluut se releva sur sa chaise en délaissant le dossier du fauteuil ; il parcourut rapidement les cachets d'expéditeur ; rien qui provînt de Bruxelles ; rien des services du roi ; mais une autre lettre attira son regard, elle était grise et portait un joli timbre en armoiries ; et le tampon de la poste russe ; Borluut reconnut immédiatement sur l'enveloppe la jolie écriture de Sonia, et s'empressa de l'ouvrir.

« *Cher Joris,*

*Votre adjoint Ribelle m'a sollicitée, il y a de ça quelques semaines, à propos du Professeur Golianov. Nous n'avons obtenu que deux ou trois éléments, les voici : Golianov suspendu en 1979 pour avoir approché de trop près certaines de ses étudiantes ; cinq plaintes concurrentes, dont une pour violence, mais plaintes annulées après que Golianov a accepté d'anticiper sa retraite. Il a toutefois obtenu la possibilité d'enseigner à l'étranger : à l'université de Tunis, à celle de Chenqdu en Chine, et à celle de Tripoli. Enfin, il y a bien une connexion entre Golianov et le dénommé « Boerschin » qui a enseigné à Louvain : Golianov a un moment dirigé la thèse de doctorat de Boerschin, mais a dû cesser sa direction en prenant sa retraite.*

*Mes meilleurs souvenirs.*
*Sonia* »

Borluut fronçait les sourcils. Il se rappelait nettement que Boerschin avait dit ne pas connaître intimement Golianov ; seulement une relation vague de travail ; une fréquentation occasionnelle.

Pourquoi de telles cachotteries ? Pourquoi prendre ses distances avec Golianov ? Boerschin lui parut soudainement ambivalent et confus. Il n'avait pas dit tout ce qu'il savait.

Alors Borluut se remua soudainement ; il ouvrait un tiroir, puis un autre, souleva un dossier, puis un autre, maudissant son désordre ; dégagea un catalogue de bicyclettes, souleva le télécopieur, le téléphone, le clavier d'ordinateur… Puis une intuition… Il revint au catalogue des bicyclettes et accessoires, à la catégorie des « indispensables », à la page des toits pvc semi-rigides avec protections supérieures et protections latérales… et il retrouva la lettre jaune et froissée du Professeur Boerschin, et le billet d'avion.

La présentation du Caire était prévue pour le trente.

On était le vingt-neuf. Il espérait un vol pour le Caire dès ce soir.

Carbone vit passer en coup de vent son lieutenant, l'imperméable à l'horizontale derrière lui.

Sans un mot.

Mais avec un petit sourire. Et Carbone s'en satisfit.

# XXXII

LE 29 NOVEMBRE 2023

## *Le Caire*

Un titre barrait une page entière de l'Egyptian Gazette.

– Permettez ?, demanda-t-il au digne britannique qui le parcourait, et il lui prit avec fermeté le journal des mains.

– Mais... Non !, répondit celui-ci,

Almayer lui lança un regard sans amitié, en se disant qu'il y avait de sacrées coïncidences ; son daïmon était passé du courant alternatif au courant continu : ça vibrait sans cesse au niveau de la nuque ; tous les voyants clignotaient dans le crâne, sans parler des bourdonnements et des jeux de cymbales.

Le titre :

« Le Professeur Boerschin à l'origine d'une découverte égyptographique exceptionnelle ».

L'article :

*« Une équipe russo-belge, conduite par le Professeur Boerschin de l'université de Louvain, a mis au jour un ensemble remarquable d'objets cultuels de la XIIe dynastie : certaines pièces seraient inédites et d'une importance théoriquement « bouleversante ».*

*Un nouveau site aurait été répertorié et fouillé donnant accès à une série de deux chambres funéraires princières inconnues et encore inviolées, permettant, selon certaines sources, la découverte et l'analyse de trois sarcophages « dans un état de conservation remarquable ».*

*Ces fouilles se seraient effectuées dans les environs d'El Kanaïs réputés archéologiquement stériles depuis les travaux des équipes françaises en* 1950-1956.

*Le Professeur Boerschin et son équipe, sous la direction des services du Dr Al Hamarsi de centre égyptien du Caire, présenteront demain soir, le trente, l'essentiel de leurs découvertes au Grand Théâtre de l'opéra du Caire. Le Dr Al Hamarsi, puis le Professeur Boerschin, prononceront à cette occasion une conférence pour présenter la qualité singulière de leurs trouvailles.*

*Tout ce que le monde compte d'égyptologues et d'égyptographes devrait être présent ce soir, et les mille six cents places de la grande salle du théâtre de l'opéra ne seront peut-être pas suffisantes. »*

« Boerschin », « Boerschin », se répétait Almayer. Ce nom, il l'avait rencontré lorsque feu Sørenson lui avait refilé le dossier Paris Hilton. En allant se rasseoir, en surplomb de son Maotai, l'œil aérien, il se rappelait que « Boerschin » était le nom d'un des experts belges qui avaient enquêté sur la gamine qu'un foldingo avait trucidée à Bruxelles, ou Bruges. Il ne se rappelait plus exactement… Cette gamine dont le meurtre avait ramené des morts la petite Hilton sous la forme d'un ADN. Un égyptologue en effet…

Ce pouvait être une simple coïncidence, songea-t-il. Son daïmon ne partageait pas cet avis.

Demain soir…

L'avion attendra.

# XXXIII

LE 30 NOVEMBRE 2023

## *Le Grand Théâtre de l'opéra du Caire*

Des mouches, partout. Le Grand Théâtre bruissait comme si des milliers de mouches l'avaient envahi. Des mouches multicolores. Des grisonnantes, des vieillissantes, des mouches à barbe et d'autres à lunettes…

C'était toute une société savante qui se retrouvait, et qui complotait, chuchotait, marmonnait. On parlait arabe, anglais, allemand, un peu français… On s'échangeait des livres, des articles, des dédicaces ; on se frottait délicatement l'épaule… On passait d'un groupe à l'autre avec des airs suffisants. On présentait sa femme, ou une assistante, ou une doctorante… Et on surveillait sa montre ; on jetait des regards en coin vers la grande scène du théâtre pour l'instant cachée par un grand rideau rouge sombre ; on sondait la grande rumeur qui les avait tous menés là.

Les lumières restaient douces et jaunes.

Borluut arrivait juste, encore trempé par la pluie soudaine et chaude qui l'avait accueilli à l'aéroport. Il s'essuyait le visage, et cherchait quelques points de repère dans l'assistance… Il espérait Boerschin…

Le grand rideau rouge velours se mit à bouger, et les lumières se tamisèrent. Aussitôt, les mouches s'éparpillèrent et se bousculèrent pour gagner un fauteuil ou un strapontin. Borluut se trouva tant bien que mal un tabouret brinquebalant, dans l'allée C, juste à côté d'une vieille peau habillée de panthère qui l'accueillit avec des roucoulades nordiques. Une danoise, conjectura-t-il. En penchant la tête sur le côté, il considérait avoir une bonne vue sur le centre de la scène qui se trouvait à une bonne trentaine de mètres, légèrement en surplomb.

Almayer, lui, se sentait étranger à cette foule de fouineurs de tombes qu'il observait depuis une loge du premier niveau. Beaucoup de crânes chauves ; quelques perruques.

Un mince jeune homme fit son apparition sur le devant de la scène, habillé d'un smoking exemplaire comme seuls les arabes savent les porter. Elégant et long. Il fut bref, et annonça, dans un anglais oxfordien, l'arrivée éminente du Dr Al Hamarsi, ce qui provoqua immédiatement un fort bourdonnement puis son extinction dans un respectueux silence.

Borluut avait entendu qu'on annonçait l'arrivée du directeur des affaires égyptiennes, mais n'avait pas bien vu l'annonceur.

Le grand rideau se leva, de chaque côté de la scène. Au centre, une petite estrade, avec un pupitre et un grand microphone en son centre. Tout autour, un extravagant décor : des rochers escarpés, des arbres aux feuilles de velours vert, des étoiles électriques, un fleuve des enfers illusoire, une lumière bleue lunaire... Almayer fronça les sourcils, et jeta un œil à la plaquette du Grand Théâtre : la veille, Orphée et Eurydice de Gluck s'était joué sur la grande scène. Le Dr Al Hamarsi franchissait justement le Styx, et s'apprêtait à prendre la parole.

Il était grand et fort. Il tenait à bout de bras un petit papier qu'il lut avec application.

– Mesdames, messieurs, ce soir est un grand soir pour l'Égypte et son histoire, pour l'histoire même de la culture, si l'Égypte est son berceau.

« Diable, le ton est solennel », se dit Almayer.

– Le Professeur Boerschin et son équipe ont su m'étonner, et même me bouleverser, et sans doute serez-vous dans le même état d'esprit dans quelques instants ; il est rare en effet que l'on découvre un nouveau morceau d'Égypte... Car ce qui va apparaître sous vos yeux montre que la XII^e dynastie fut plus brillante et plus splendide qu'on le croyait. Il a fallu pour cela un nouveau site de recherche qui, j'en suis sûr, va intéresser toutes les grandes universités du monde… Enfin, ce que ces fouilles ont permis, sous la Haute Direction des Affaires Égyptiennes que je dirige, c'est tout simplement un rajeunissement de l'égyptographie, son renouvellement même, sinon même une certaine révolution.

Un brouhaha se fit entendre en réaction.

– Oui, je sais l'énormité de ce que je dis, mais je pèse mes propos. Un tel rajeunissement suppose bien entendu des découvertes sans égal. Permettez-moi de laisser la parole au Professeur Boerschin, Professeur émérite de l'université de Louvain, qui a dirigé sur site ces recherches, et saura, mieux que moi, présenter ces découvertes. Mesdames, Messieurs, le Professeur Boerschin !

Des flashes crépitèrent. Le grand Boerschin traversa la scène, un large sourire doré brillait au milieu du visage. Il mangeait et respirait le fracas des applaudissements. Almayer se leva légèrement de son fauteuil, en plissant les yeux, pour mieux apercevoir l'égyptologue, et comprendre cette connexion intrigante qu'il avait avec lui. Mais il ne voyait que de l'orgueil et une poitrine gonflée par la suffisance.

– Merci, merci, chers confrères, quelle joie !

Il pointait du doigt un ami, qui lui faisait signe, un collègue qui opinait du chef… Il était proche de l'hilarité !

– Hum-hum, chers amis, chers collègues, chers confrères, je vous souhaite la bienvenue… ainsi qu'à la presse, ainsi qu'à la télévision… Merci à tous d'être venus. Je vais tenter d'être bref.

Les applaudissements se turent tout à fait.

– Ce soir, vous allez voir quelque chose d'assez remarquable… Mes amis, on a pu accéder à un ensemble de pièces que je n'aurais jamais pensé pouvoir réunir en une seule campagne de fouilles. El Kanaïs…

Un grondement dans la salle, le public se tournait, se retournait, commentait cette première annonce… Des flashes à nouveau, et les caméras se braquèrent sur le public.

– Oui, haha… première révélation… hahaha… Tout s'est passé à El Kanaïs. Ce site s'est présenté à nous presque vierge. Les Français, vous le savez, l'ont approché, mais ont fouillé trop à l'ouest… Seul Golenitchev, auquel il faut rendre hommage ce soir, avait su voir la richesse de cette ancienne nécropole… Nous avons découvert trois sites presque intacts. Nous n'avons pas fini de les étudier… Nous ne saurions vous présenter toutes les pièces mises au jour, bien entendu. Ce sera pour plus tard…

Le Professeur s'enivrait de sa propre gloire ; ses yeux tremblaient avec frénésie ; ses gestes étaient désordonnés. Il allait et venait sans cesse d'un point à l'autre de la scène.

– …Plutôt que la quantité, j'ai privilégié pour ce soir la qualité… Nous avons trouvé trois momies sur le site b-52 d'El Kanaïs. Les trois sont remarquablement conservées et feront les joies des égyptographes ici présents, même si nous ne vous les présenterons pas toutes les trois ce soir.

Une protestation secoua la salle.

– Tss-tss, du calme, chers confrères… Deux de ces momies sont des concubines princières, même si l'analyse complète des textes funéraires, très riches, reste à faire pour l'essentiel. Ce sont de sublimes momies noires, comme celles que l'on trouvait à la fin du XIXe siècle sur le site de Thèbes ; elles semblent à peine altérées, à peine friables, et ont fait l'objet d'un travail d'embaumement tout à fait remarquable, digne de leur rang… Mais le plus marquant est ailleurs…

Il reprenait sa respiration, s'épongeait le front, et tous le regardaient figés, pendus à ses lèvres, à ses mots, à ses silences. Démosthène, en son temps, avait dû connaître de tels ravissements.

– Le Dr Al Hamarsi a eu la gentillesse d'évoquer une révolution. Grand mot, mais mot juste. Cette révolution repose sous ce drap…, dit-il avec un grand geste du bras.

À ce moment-là, un petit rideau se leva derrière Boerschin, découvrant un prolongement de la scène. Les gens se levèrent devant Borluut, l'aveuglant, et même Almayer fut empêché de voir distinctement l'objet énigmatique. Puis le calme revint après une minute, et les gens se rassirent. Borluut put voir alors une grosse masse, de forme allongée, posée sur une manière de piédestal et recouverte d'un grand drap de satin, à peine éclairée par deux cierges de chaque côté. Intrigué, presque gêné, il se dit que le Professeur Boerschin avait sacrément soigné la mise en scène, mise en scène qui réveillait en lui un sombre souvenir.

– Sous ce drap, le paradoxe, Mesdames, Messieurs, le grand paradoxe égyptographique même, mes amis... Quelque chose que vous connaissez tous, mais qu'aucun n'a rencontré...

Le silence était absolu. Chacun retenait son souffle, et même Almayer, pris par le jeu de l'orateur, n'osait bouger. Celui-ci commença de lire un texte qu'il avait écrit :

– En Inde, une coutume, il y a de cela quatre mille ans, dans quelques provinces du nord, existait ; une coutume que certains historiens ont décrite comme atroce ; terrifiante ; d'autres comme sublime et magnifique : on raconte que de jeunes épouses, belles et fraîches, demandaient à se joindre aux obsèques de leur époux qui avait succombé à la maladie ou à la guerre... Elles se donnaient la mort, et on les immolait avec leur époux... Acte de folie, ou acte d'amour, on se dit qu'on touche ici à l'absolu. A-t-on déjà vu un geste aussi absurde poussé au rang de coutume ? J'interroge les quelques ethnographes ici présents et j'anticipe leur réponse négative. Le sacrifice amoureux n'est pas institué ; il est romanesque, bien entendu, nous songeons à Madame Bovary, à Julien Sorel, au prince Bolkonski..., mais jamais ritualisé. Il est romanesque et donc individuel. Le grand Walter Benjamin aurait fait la même remarque.

Un grand silence.

– Mais je le dis avec solennité, l'Égypte a su dépasser l'Inde.

Il toussota ; déchaussa ses lunettes ; rechaussa ses lunettes : il cabotinait comme un comédien de théâtre chinois.

– Il fut un temps où la plus grande preuve d'amour n'était pas de se donner la mort pour accompagner l'homme aimé, comme en Inde, mais de se faire embaumer en même temps que lui, et sublimité, de se faire embaumer vivante...

Aussitôt, le public protestait. Deux chercheurs devant Borluut montraient leur désapprobation...

– Encore une fois du calme, s'il vous plaît… Vous vous dites : voilà une de ses marottes… Encore les « fiancées du Tophar »; encore les momies jaunes…. Je sais que nombre d'entre vous estiment qu'elles n'ont jamais existé… qu'il s'agit de mythe, de fantasme, de délires… Vous criez au savant fou… Je sais que vous tous contestez l'authenticité de la momie de South Kensington… Du calme, s'il vous plaît…

Certains s'étaient levés, et faisaient mine de s'en aller, la bouche sceptique. Borluut se disait que l'exposé de Boerschin partait en sucette. Il en profita pour gagner un fauteuil plus confortable, à côté d'une honorable vieille dame anglaise qui lui sourit avec ravissement. Il fut surpris de voir que la vieille danoise lui emboîtait le pas.

Almayer, de son côté, débarquait ; il n'entendait rien aux momies, qu'elles fussent jaunes, noires, ou vertes, ne comprenait pas grand-chose aux Tophar et peinait à mesurer la polémique. Par contre, il voyait avec une certaine satisfaction le visage de Boerschin s'étirer.

– Mais je vous l'affirme, elles ont existé. Jean de la Roquetaillade en aurait trouvé cinq… Et Golenitchev, plus près de nous, en a ramené une à Saint-Pétersbourg…

Aussitôt, le silence se fit.

– Autre révélation, n'est-ce-pas ? Oui, j'ai vu une Tophar dans la collection de l'Ermitage. Je l'ai vue, je l'ai touchée… (il murmurait maintenant). Enfin en partie seulement, car seule la tête fut ramenée par Golenitchev… Etat de conservation absolument remarquable… J'ai caressé la peau, douce comme celle d'un nouveau-né… Il faut supposer que les embaumeurs savaient procéder avec attention et délicatesse pour maintenir le corps en vie aussi longtemps que possible.

Protestations encore.

– …Mais, chers confrères, les momies vivantes… c'était la condition de leur fraîcheur… pour que les momies restent comme dans la vie, rayonnantes…

Des mains se levaient dans l'assistance. Un jeune homme, près de Borluut, devenait frénétique et s'agitait pour poser une question ou faire une remarque. Boerschin ignorait tous ces signes.

– Bien entendu, aucun d'entre nous ne connaît l'art et la manière de procéder de ces embaumeurs, mais nous progressons, ce que vous pourrez constater dans un compte rendu du prochain numéro de la Recherche Égyptographique.

Il s'essuya le front, et souffla avant de reprendre.

– Or, nous avons suivi la piste de Golenitchev… jusqu'à El Kanaïs. Nous avons fouillé là où il fouillait ; nous avons ouvert les mêmes portes que lui ; pénétré les mêmes chambres que lui ; nous avons vu, touché ce qu'il voyait et touchait… Ces deux momies que j'évoquais tout à l'heure, Golenitchev les a décrites dans son journal que nous avons retrouvé dans les archives du musée de l'Ermitage… Il est même possible que nous ayons trouvé trace de la momie du Tophar qu'il a décapitée…

Une rumeur parcourut les fauteuils et les strapontins. Le jeune énervé n'en pouvait plus, il se leva et s'époumona avec un accent germanique :

– *Foudaises, Poerschin, foudaises. Brouvez ze que fous tites* !

Un mouvement contradictoire se fit dans le public. Certains acquiesçaient, avec des murmures de complaisance ; d'autres s'impatientaient et exigeaient le silence.

– Des preuves ? Quel mot barbare devant une telle assistance d'égyptologues ! Ici, jeune homme, nous préférons évoquer des vestiges ou des traces…

Quelques rires fusèrent…

– Enfin, comme je vous le disais, une troisième momie a été trouvée sur site. Loin, derrière des sas compliqués, des boyaux étroits, des portes basses, et sous cinq mètres de sable et de pierre… *Une caverne sombre avec un labyrinthe plein de couloirs obscurs,* comme dit le poète. Il ne s'agit pas d'une concubine princière, comme pour les deux autres ; sans doute s'agissait-il d'une femme d'un rang inférieur, l'épouse d'un grand soldat, d'un grand général, mais nous n'avons pas fini d'étudier les inscriptions qui l'accompagnaient. Ce qui nous a étonné, c'est que malgré ce rang inférieur, on lui avait réservé une gloire supérieure : une chambre funéraire pour elle seule, un tombeau pour elle et sa famille, des peintures et des merveilles dignes d'une reine... Pourquoi de tels hommages, chers confrères ? J'ai ma petite idée, bien sûr...

Il regarda l'assemblée à nouveau, et adressa un clin d'œil à une jeune femme au premier rang.

– En effet, si nous parlons de gloire, ne faut-il pas évoquer le courage, le don de soi, l'art du sacrifice ? Si nous parlons de courage, j'en appelle à Platon, ici, à ce dialogue que Socrate conduit merveilleusement avec Alcibiade, si nous parlons de courage, donc, ne devons-nous pas le mesurer à sa confrontation intime avec la mort ?

Il inspira profondément.

– Mesdames, Messieurs, j'ai l'immense honneur de vous présenter notre troisième momie d'El Kanaïs, une fiancée aussi belle que celle du bois dormant, voici, inédite, incontestable, authentique, la plus somptueuse des momies du Tophar...

Le drap de satin, comme par magie, tomba au sol, provoquant immédiatement un cri collégial.

– Voyez, on croirait qu'elle vient de s'endormir ! Silence, il ne faut pas la réveiller..., jouait Boerschin.

La foule, comme un seul homme, s'était levée et avançait vers la scène ; quelques audacieux montaient déjà le petit escalier qui y menait, des petits cris, ici ou là, indiquaient que l'excitation ne retombait pas, les flashes se multipliaient.

– Ne la touchez pas !, criait Boerschin que l'on remuait, un sourire extravagant au milieu du visage, les bras en croix.

Borluut, bousculé par la vieille Anglaise, retenu par l'antique Danoise, s'était fait doubler, et se résolut à attendre que la foule se dissipe. Il n'entendait que les cris d'admiration des égyptologues :

– Fantastique... pas possible... exceptionnel... unique... magnifique découverte... elle dort... remarquable trouvaille, mon cher... Confondant... Vous voilà au panthéon de l'égyptologie... de Carter à Boerschin... Comment avez-vous fait ? Elle est bien jaune... Dire qu'elle est vieille de trente siècles...

Almayer, là-haut, restait surpris par l'aimantation brutale qu'avait exercée la momie. Tous ces gens éminents et respectables qui, comme les Ménades, se repoussaient sans sympathie pour la voir et l'approcher ; les cierges avaient chuté ; le drap était piétiné ; l'arbre orphique perdait de sa grâce, abandonnant quelques-unes de ses feuilles de velours. Lui apercevait la momie de sa loge, mais avec difficulté et par intermittence : elle gisait sur une grande table de marbre blanc, à l'abri sous un grand sarcophage de verre, emmaillotée jusqu'à la poitrine de bandelettes fines. La tête et les épaules étaient découvertes. Ses bras, également libérés, se croisaient sur le ventre, et les mains restaient entrouvertes comme si on leur avait enlevé un objet qu'elles tenaient. De longs cheveux clairs tombaient sur les épaules, en minces boucles. Almayer devinait de là où il était l'état du corps et l'éclat de la peau.

Il entreprit de descendre dans l'arène. Les escaliers étaient lents, encombrés par cette foule de vieux sages qui piétinaient. Il hésitait à se défiler… En même temps le personnage de Boerschin l'attirait. Il lui était apparu soulevé par une sorte de grâce mauvaise.

Borluut pour sa part contournait l'allée B ; il pensait pouvoir attaquer la scène par le côté, qu'il grimpait tant bien que mal. Plus de cent personnes s'amoncelaient autour de la belle endormie ; Borluut se faufilait, se glissait.

Almayer quittait l'escalier. Il jouait des coudes, avec force et progressait de manière saccadée. Il apercevait maintenant la base de la scène. Ça bouchonnait aux pieds du petit escalier. Il vit un jeune homme entreprendre un côté de l'estrade avec agilité ; il le suivit. Là, une percée dans la foule, vers la tête de la momie.

Un mouvement de foule poussa Borluut aux pieds de la momie ; il semblait pouvoir la toucher. Une chose le frappa tout de suite, l'odeur de myrrhe qui entourait l'antiquité malgré la paroi de verre. Immédiatement, il songea à Godelieve. Il la regardait ; ses épaules, les courbes de ses bras, le visage creusé par le temps, le teint cireux, les cheveux clairs… Elle ressemblait étrangement à la jeune femme de Bruges ; c'en était bouleversant.

Almayer se trouvait face à Borluut, et devait pencher la tête pour voir la momie dans le bon sens.

Immédiatement, il en eut le souffle coupé.

Borluut entendit un petit grincement. Il leva la tête et reconnut immédiatement à l'autre extrémité du corps embaumé l'homme au chapeau mou des vidéos de Cornwell. Il n'y avait aucun doute. Le même chapeau, les mêmes traits, le même air dur ; sauf qu'il avait à cet instant un teint livide et la bouche ouverte prête à gober la première mouche venue. Que faisait-il là ? Et pourquoi regardait-il la momie avec cet air atterré comme s'il s'agissait d'un fantôme venu le hanter. Pourquoi grinçait-il ainsi ?

Borluut revint à elle, cherchant à comprendre pendant que le chapeau mou marmonnait un mot qu'il n'entendait pas, de manière répétitive.

Borluut tendit l'oreille mais la confusion cacophonique autour d'eux était trop importante.

– ...La peau à peine fripée, disait l'un.

– ...Voyez ces légères incisions, autour de l'œil... à peine nécrosée... le signe que cela fut fait vivant, n'est-ce pas ?, disait l'autre.

– ...Les ongles ont été ôtés, pour qu'ils cessent de grandir... disait un troisième.

– Elle semble être morte hier !, s'exclamait un quatrième.

– Quelle souffrance ce devait être !, un cinquième.

Borluut regardait la momie devant lui, puis l'homme au chapeau mou, en face, qui était comme fou, et il crut comprendre soudain la nature de son affolement.

Tous deux regardaient maintenant avec la même consternation la Tophar, son visage, ses mains, son épaule avec sa cicatrice...

-Mais qu'est-ce qu'elle fiche là ?, se surprit à murmurer Borluut.

Il fallait faire preuve d'imagination, ignorer les joues trop creusées, la tempe droite inégale... mais la confuse évidence le gagnait ; il serra les dents et il se surprit à chuchoter, imitant Almayer :

– Mais c'est elle... C'est... PARIS HILTON !...

# *Épilogue*

# I

## *Le Caire*
## *Hôpital Al Salam*

3 décembre 2023

*Bip bip…*
– Lieutenant ?
*Bip bip…*
– Lieutenant ?
– Oooui ?
*Bip bip…*
– Bonjour lieutenant, je suis Albert Almayer…
– Hum ?
*Bip bip…*
– Qu'est… Qu'est ce qui m'est arrivé ?
*Bip bip…*
– Bonjour, je suis Albert Almayer, et… lieutenant ? Lieutenant ?
*Bip bip…*

Rien à tirer du petit bonhomme, se dit Almayer. Encore trop tôt ; le petit gars n'a toujours pas digéré sa virée au Grand Théâtre l'autre soir ; il en cuvait doucement, tout doucement, les folies.

Al était retourné le pas traînant là où il passait le plus clair de son temps depuis ces dernières vingt-quatre heures, sur un petit tabouret cuir et fer de la salle d'attente de l'hôpital *Al Salam* du Caire. Il y retrouvait deux familles qui assistaient un frère et un père blessés dans un accident de la circulation : des femmes et des filles qui gémissaient, qui déblatéraient à une vitesse d'oiseaux-mouches, et des hommes qui juraient et râlaient sombrement. Il avait cru comprendre que le frère avait perdu un bras, le père une jambe.

Lui se refusait à partir avant d'avoir échangé quelques mots avec le flic belge. Deux ou trois choses à clarifier.

Qu'est-ce qui était arrivé réellement ? La question était bonne.

Il se rappelait le gamin, le soir de la momie, le petit lieutenant belge, Borchiutte, ou un truc comme ça ; il se tenait juste en face, de l'autre côté de la momie. Lui, Almayer ne l'avait pas remarqué plus que ça, parce que tout simplement il était resté comme pétrifié par l'épaule découverte de la Tophar dès qu'elle avait été présentée, pétrifié par sa petite cicatrice en étoile, par le scandale rationnel qu'elle provoquait en lui et les jongleries temporelles qu'elle induisait. Dès que le drap avait été soulevé, que la peau quasi nacrée... de la créature... enfin, de la chose... s'était montrée, son cerveau n'avait plus tout à fait répondu comme il le fallait. Des nœuds ; des bulles ; des petites étincelles, mais pas d'idée. Encéphalogramme platiforme et m'chermel sauce à la pistache.

Et puis le petit belge s'était mis soudainement à beugler tous azimuts :

– Yeahh ! Oulla ! Faut l'arrêter !

Là, Almayer avait cherché à émerger ; il s'était demandé : « primo, c'est qui ce jeunot ? » ; puis il s'était demandé encore : « deuzio, arrêter qui ? La momie ? ». Et il l'avait regardée encore, et avait ressenti la même consternation que la minute précédente. Ces sourcils, ces cheveux, leurs courbes lentes, ce nez long et fin, ces pommettes hautes... Incompréhensible. Il avait entrepris alors de froncer les sourcils et de se concentrer sur ce qu'essayait de dire ce curieux individu avec son drôle d'accent européen :

– « Elle avait disparu ; vous ne la reconnaissez pas ? Réveillez-vous tous ; il y a dix ou quinze ans ! Supercherie ! Escroquerie ! Falsification ! ».

Tous les docteurs *es* pyramides, les docteurs *es* os en tous genres, les professeurs émérites et *honoris causa* de Oxford et de Cambridge, de Bologne et de Paris, les déterreurs de cadavres et les creuseurs de tombes professionnels, tous s'étaient tournés vers lui et personne ne comprenait. Sa tête leur était inconnue ; son visage était pâle ; il ne portait pas de barbe, pas de lunettes ! Et il continuait à crier :

– « Mystification ! Duperie ! Scandale ! Au voleur ! Au tueur ! »

Tous avaient reculé d'un pas, le laissant au centre d'un cercle prophylactique. « Qui est-ce ? Que veut-il ? », s'interrogeait l'un. « Il délire. Il gâche tout ! », affirmait un autre.

Lui avait repris, allant ici ou là en une danse frénétique :

– « Eh, elle avait disparu et la voilà qui revient ! La voilà, je vous dis !! ».

Puis :

– « Comme si on n'allait pas s'en rendre compte ! Mais vous ne voyez pas ? C'est pas une vraie !»

Et soudain, il s'était tu, le visage luisant de sueur et s'était tourné vers Almayer. Celui-ci se souvint de cet instant avec un certain trouble ; le petit avait dardé vers lui un de ces regards qui tuent. Avant de s'écrier :

– « Et vous là, vous savez tout ça ; vous étiez dans le coup !... ».

Puis regardant à nouveau ceux qui le regardaient :

– « ...C'est un loup rouge !!! ».

Ici, Al n'était pas tout à fait sûr d'avoir bien entendu ; quoique le petit derviche avait continué sur le même registre :

– « Le chef de la meute, c'est lui ! Voyez son chapeau, c'est le signe ! ».

Et il s'était jeté sur Almayer sans imaginer que celui-ci pouvait réagir. Le lieutenant Burlotte, ou un truc comme ça, s'était pris en pleine course un direct massif du droit dans le menton ; il se serait frappé la tête contre un mur que les dégâts n'auraient pas pu être plus importants : les deux lèvres avaient éclaté, la mâchoire inférieure avait craqué, et des dents étaient tombées. Sous l'impact, le petit belge avait été projeté en arrière et avait heurté l'arbre décorant la scène. Un rocher artificiel avait roulé et s'était effondré sur lui en donnant à la situation une couleur hautement dramatique.

Enfin, le petit belge s'était tu, et ça avait été un soulagement pour tous.

Mieux : il s'en était allé, après s'être relevé et démêlé du lierre d'artifice qui s'était enroulé autour de sa cheville. Une vieille femme, habillée de la tête aux pieds de panthère, s'était accrochée à lui, et avait tiré son bras en arrière en prononçant des danoiseries que nul ne saisissait. Elle le retenait, et gémissait ; lui cherchait à se libérer, et gémissait. Un moment, Almayer avait cru qu'il voulait fuir ; mais il avait vite compris que le belge s'était fixé sur une autre cible qu'il désignait du bras avec empressement ; enfin, la pardalide l'avait lâché et il avait pu filer pendant que sa mâchoire inerte émettait quelques grognements : « beurche...(grgr)vine... ».

Almayer avait vu que le petit bonhomme considérait une ombre gesticulante au fond de la scène, et qu'il s'agissait de Boerschin qui, dans la confusion générale, se retirait avec prudence. À son tour, Almayer avait couru, tout en remarquant que l'ombre du Professeur avait disparu comme par enchantement ; il avait pressé le pas pour s'apercevoir que la silhouette belge s'était effacée à son tour ; en même temps, il avait entendu un bruit de chute et un terrible cri plaintif. Le petit flic venait de tomber par une trappe de la scène, une véritable dégringolade de deux bons mètres ; il gisait au sol, les bras et les jambes repliés sous lui, semblant dormir comme un bébé dans le ventre maternel. Almayer était descendu avec précaution le long d'une petite échelle de corde, s'était penché sur le petit et avait senti qu'il était sérieusement abîmé. Autour d'eux, des étais en bois, de grandes plumes de paon, de curieux costumes ailés jaunes et noirs, des sculptures dorées de divinités anciennes, de grands visages de plâtre, des rochers de pacotille, mais de Boerschin, point.

# II

## *Une vie de* B.B.

PREMIÈRE PARTIE

1952

Un beau gros bébé.

Boris Boerschin.

Quatre ou cinq kilos, des grosses joues roses, quelques dizaines de centimètres, une corne de brune en guise de cordes vocales. Tout emmailloté et bandeletté, roulé au fond de son moïse, bien au chaud, il ressemblait à une fève, se disait Djania, sa grand-mère ; un véritable petit haricot blanc, et elle sourit.

Au-dessus de lui, un petit ciel étoilé qu'elle lui avait brodé : des étoiles bleues, des étoiles rouges, des croissants de lune pâle. À côté, un chaton en tricot. Pour l'heure, bébé dormait, et la babouchka le veillait d'un œil tendre, assise sur une petite chaise usée et rongée par la vermine. Bien à l'abri des courants d'air. Djania fredonnait une rengaine simple, faite de poules rouges et de loups gris, et elle se balançait sur la petite chaise en la laissant grincer.

Djania regarda la vieille pendule accrochée au mur.

18 heures.

Elle attendait la mère du petit Boris, sa propre fille, qui était en retard.

*Dors mon petit Borenka*, maman va arriver ; et Babouchka Djania veille sur toi.

On était en août, et la journée avait été chaude. Elle avait bien pris garde de faire boire le bébé. Comme sa mère l'avait exigé. Dix fois, cent fois, elle lui avait humecté les lèvres avec un tissu mouillé, le front, ses cheveux fins et rares, et ses petits bras potelés.

Peut-être avait-elle raté son train. Peut-être celui-ci était-il en retard. À moins que ce ne fussent les routes de la gare souvent fortement encombrées le vendredi soir, par les voitures, les camions et les tracteurs qui venaient charger les passagers et les marchandises. Quitter la gare pouvait être difficile.

Comme sa respiration était douce ; comme sa respiration était reposée.

*Dors, Borenka.*

Quelques mois de vie, et il était tout pour elle. Plus que la prunelle de ses yeux. Elle se les arracherait. Et elle était tout pour lui. Sa mère, si jeune, n'était qu'une enfant, à peine sortie de l'école d'infirmerie. Mère à vingt ans, voyez-vous ça.

Comme elle a pleuré, la pauvre Babouchka, quand elle a su ; de honte un peu : l'imprudence de sa fille qui s'était entichée d'un matelot ; mais de désolation surtout. Qu'allaient-ils devenir, tous ? Qu'allait devenir le petit Borenka dans un temps si bouleversé ? Qui pourrait s'occuper de lui ? Elle n'avait qu'une maigre retraite d'ouvrière de l'arsenal ; sa fille, une petite paie de stagiaire, le père une solde rachitique… Heureusement qu'il y avait sa pension de veuve de guerre… Si Sergueï avait vu ça ! Elle en ferma les yeux, presque horrifiée.

Peut-être l'avait-t-on retenue à l'hôpital ; ils étaient en sous-effectif, lui avait dit sa fille, et le travail ne manquait pas par cette canicule : des bébés, des vieilles personnes, des travailleurs… Insolation, sous-hydratation…

Non. Pas la peine de s'inquiéter. Elle allait arriver.

*Dors Borenka, dors.*

Le père ? Sacha ? Un bon à rien, pas plus vieux que sa fille, il était mécano à bord du *Noronsov*, un gros sous-marin triste parti six mois par an visiter toutes les mers du globe ; et qui, le reste du temps, restait stationné dans le port militaire de Cronstadt, obligeant chacun de ses marins au secret et à la quarantaine militaires. La « Guerre Froide », ils disaient.

Pas de mariage. La naissance avait été fêtée à la hâte ; quelques amies de l'hôpital ; quelques uniformes de sous-mariniers ; beaucoup d'alcools blancs ; des cris, des rires, des joies artificielles.

*Dong-dong* : la demie qui sonnait ; et la petite qui n'était toujours pas là. Le petit frémit.

*Dors mon petit, dors.*

Bien sûr qu'elle s'était proposée pour s'occuper du petit. Pendant que sa fille irait travailler à l'hôpital, toute la semaine, à Leningrad, à quelques quatre-vingt kilomètres de là. Cela allait de soi ; du mardi au vendredi. Jour et nuit. Biberons, langes, promenades et berceuses.

Elle se leva et jeta un œil par la fenêtre qui donnait sur la rue ; des hommes, des femmes, des véhicules gris, dans tous les sens, mais pas sa fille.

Et puis soudain, alors qu'elle lâchait le rideau, une longue berline noire freina devant le petit portillon du jardin collectif, au pied de l'immeuble, et s'arrêta. Une étoile rouge sur le pare-brise ; une voiture officielle ; un grand bonhomme en uniforme de la marine en sortit, avec un papier dans les mains ; il le lut, les sourcils bas, puis leva la tête, droit sur la fenêtre de l'appartement, droit sur Djania. Elle crut l'entendre soupirer. Leurs regards se rencontrèrent. Elle cessa de fredonner. Plus de poules rouges ; l'autre, là, poussait déjà le portillon et ne la quittait pas des yeux et traversait le jardin… Plus de loups gris ; il venait à elle et il n'aurait pu aller plus lentement…

Qu'est-ce qu'il nous veut celui-là ? Elle pensa tout de suite que c'était lié à Sacha, son presque gendre. La marine ! Et sa fille qui n'était pas là ! Un officier ! Quelle histoire ! Elle se mordit la lèvre supérieure, toute tracassée, se recoiffa, réajusta son tablier, et jeta un œil à Borenka.

*Dors…*

Elle lui sourit machinalement mais elle entendait déjà les pas lourds de l'officier dans l'escalier. On tapait à la porte ; doucement, comme si on ne voulait pas se faire entendre ; des petits coups feutrés.

Elle alla ouvrir. L'officier occupait toute la largeur de la porte ; elle voyait mieux son grade maintenant, il était Capitaine-Lieutenant. Les femmes de Lomonossov, ville portuaire, ville de la marine, savaient reconnaître les grades. Depuis toujours. Pourtant, jamais Djania n'avait vu un Capitaine-Lieutenant de si près. Elle dansait sur ses jambes, muette, ne sachant ce qu'elle devait dire, et l'officier paraissait plus embêté qu'elle encore.

– Madame Raskolnikova ?, demanda-t-il.

Sa voix était douce.

– Oui.

– Capitaine-Lieutenant Godorine !

– Oui, bonjour, Capit…

– Voilà ! On m'envoie… comment vous dire… l'amirauté a cherché à joindre le matelot Sacha Boerschin. Est-ce bien votre gendre ?

– Oui. Enfin en quelque sorte… il est l'ami de ma fille.

Elle ne parlait pas ; elle chuchotait. Le ton, la mine haute, l'air désolé de l'officier, elle connaissait ; elle l'avait déjà vécu lorsqu'on était venu lui annoncer la disparition de son Sergueï. La bataille de Kharkhov. Mai 1942. L'angoisse l'étranglait et lui asséchait la gorge. Mais que voulait lui dire ce grand officier dégingandé ? Était-il arrivé quelque chose à Sacha ? Fallait-il que sa fille souffre encore ?

– Je suis désolé, Madame, mais on a reçu un message à l'amirauté, département des Sous-Marins de la Volga, et on ne peut pas joindre le matelot Boerschin ; il est en mission sur le *Noronsov.* Aussi, sommes-nous venus vous voir.

– Et avez-vous cherché à parler à ma fille ? Au grand hôpital central de Leningrad.

– Non Madame.

– Mais elle saura vous dire, elle, à propos de Sacha…

Le Capitaine-Lieutenant se décoiffa, et commença à tripoter nerveusement sa casquette. Djania put voir que sa doublure en toile satinée était déchirée sur quelques centimètres, qu'il aurait fallu la repriser, peut-être avec un fil double de couleur ivoire, elle en avait justement, dans sa boîte à couture, dans le salon, juste à côté du moïse du petit Borenka.

– C'est-à-dire… Ce n'est pas pour Sacha que nous sommes là !

– Et pour qui donc ?

– J'ai une bien triste nouvelle à vous annoncer madame Raskolnikova…

*Dors, Borenka, dors,* et n'écoute pas ces horreurs.

– Je dois vous dire que votre fille est… a été retrouvée morte… il y deux jours maintenant ; je suis désolé, madame Raskolnikova.

Djania tomba à genoux ; ses lèvres tremblaient ; ses yeux commençaient de couler. Elle ne comprenait rien de ce que lui disait cet officier.

– Et ce n'est pas tout…

« Pas tout » ? N'écoute pas ces horreurs, mon petit.

– Pas tout ?… Comment ça ?...

– Hum… Hum…

– Ma petite fille…

– Elle a été… Je suis vraiment désolé, on l'a assassinée, madame Raskolnikova…

– Ma petite Valia… Ma toute petite Valia….

*Dors, Borenka, dors mon tout petit.*

# III

## *Le Caire*
## *Hôpital Al Salam*

4 décembre 2023

Il tendit l'oreille. Un grand silence. Les *bip bip* avaient cessé ; l'infirmière principale, une grande chose à moustache genre lion de mer, lui avait précisé qu'il ne fallait pas déranger l'officier belge.

– Bonjour à vous… lieutenant Burnoout…

Une odeur d'éther. Le regard lumineux de Borluut, sous un masque de pansements, de bandes et de gaze s'ouvrit à la vue d'Almayer. Comme s'il voyait une vieille connaissance.

– Oui ?

Son cou était sclérosé par une grande minerve de couleur bleue ; son bras droit était immobilisé dans un plâtre de résine brique et suspendu à trente centimètres au-dessus de sa tête. Quelques doigts violacés dépassaient, inutiles.

– Vous ne me connaissez sans doute pas mais…, commença Almayer.

– Ne croyez pas ça… Je sais qui vous êtes !

– Comment ça ?

– Votre chapeau…

Almayer se découvrit, et regarda son chapeau en le tournant dans tous les sens :

– Et qu'est-ce qu'il a mon chapeau ?

– On vous repère à des kilomètres avec ça !

– Et alors ? ...Ce n'est quand même pas la marque de Caïn, ce chapeau !

– On s'est déjà rencontrés, au Grand Théâtre...

– Oui, surtout mon poing et votre menton.

Le regard de Borluut se fit glacial. Almayer crut deviner une grimace sous les bandes.

– Que faisiez-vous au Théâtre ?, demanda Borluut.

– Je cherchais des réponses... Et Boerschin m'intéressait...

– Vous saviez que Boerschin était dans le coup pour Paris Hilton ?

– Non bien sûr ! Qui pouvait le savoir ? Vous le saviez, vous ?

– Non. Pour tout vous dire, je n'avais pas fait le rapprochement entre Boerschin et Godelieve Hildebrant... Je me doutais bien que Boerschin n'était pas très clair, mais de là à imaginer qu'il était « l'embaumeur de Bruges »... Et d'ailleurs, où est-il ? Vous l'avez attrapé ?, demanda Borluut, vaguement inquiet.

– Non !

– Les autorités locales l'ont attrapé ?

– Non !

– Mais ils vont le faire ?

La momie polychrome belge commençait de frétiller sous ses pansements.

– Je crains que non ; vous êtes le dernier à l'avoir vu.

– Comment vous avez pu le rater ?, insista Borluut, la voix pleine d'un reproche clair.

– Mais mon petit père...

Le petit commençait à chauffer Almayer avec ses questions insidieuses. La police brugeoise, qu'il sache, n'était pas non plus réputée pour son efficacité :

– ...On s'occupait de vous. Au Théâtre, vous jouiez à la chochotte avec du sang plein le pif... Vous nous avez fait perdre un temps précieux. Et puis, le Professeur s'est montré plus agile que ce que l'on pouvait imaginer. Il s'est volatilisé ; comme un illusionniste...

Personne ne l'a vu sortir du Théâtre. D'après ce que je sais, les investigations dans les aéroports et les gares n'ont rien donné. Peut-être a-t-il bénéficié de complicité. La police égyptienne enquête, mais il ne faut pas s'attendre à des miracles.

– Et que faisiez-vous là, vous ?

La voix se faisait inquisitrice. Almayer serra plus fort son Tropic Player.

– Je suis employé par la famille Hilton… J'avais mission de leur ramener leur fille. Maintenant j'ai mission de leur ramener son tortionnaire… Les Hilton sont animés par la vengeance, le ressentiment, et je suis leur bras armé.

– Le ramener… Vous n'êtes pas de la police… ; le ramener du genre… mort ou vif ?

– Oui, c'est un peu ça…

Une nouvelle infirmière entra. Elle ressemblait, elle, au Pingouin de Batman ; elle en avait le même air charitable et la même démarche chaloupée. Devant elle, un chariot qui promettait une montagne de bonheurs au patient belge, et Almayer dut sortir. C'est à ce moment qu'il crut surprendre, au fond du couloir qui menait aux zones interdites, blocs opératoires et autres espaces privés, une ombre fuyante. Un homme, quasi obèse, dans un grand jilbab bleu, qui s'était retourné vers lui avant de s'éclipser. Une grande barbe. Que lui voulait-il ? Que leur voulait-il ?

# IV

## *Une vie de* B.B.

DEUXIÈME PARTIE

1964

Octobre. C'était les premières fortes neiges sur Leningrad. Vingt-cinq centimètres en une nuit, et la cour centrale de l'*École des Antiquités* de *L'Ermitage*, chatoyante et ouatée, était devenue tout à fait impraticable : les étudiants et les professeurs glissaient et chutaient lourdement; les voitures patinaient et encombraient l'allée menant au grand porche et surtout, les dernières préparations de la grande exposition Golenitchev que l'École installait, en association avec l'*Ermitage*, exposition qui allait faire grand bruit, dont on parlait déjà partout dans le monde, du Caire à Chicago, du *Louvre* au *British Museum*, risquait de prendre du retard dans son installation. Un sérieux retard.

Conséquence : le Docteur Golianov s'inquiétait; il avait été nommé Conservateur Exceptionnel de l'exposition; une première pour un trentenaire; une bonne dizaine d'articles, dans les plus grandes revues américaines et européennes, recensaient l'exposition, en signalaient à la fois l'importance et la scientificité; enfin on reconnaissait l'importance de Golenitchev, et c'était grâce à lui.

Mais à cet instant, Golianov n'avait pas le loisir de s'en réjouir; Golianov s'inquiétait, et quand Golianov s'inquiétait, il s'irritait vite; et quand il s'irritait, il hurlait fort : en russe bien sûr, mais également en allemand et en français et parfois même, aux points acméiques de sa rage, en yukaghir, un de ses orgueils avec la maîtrise de l'assyrien, et de deux ou trois autres langues sémitiques comme l'ougaritique et l'akkadien. Il jurait en yukaghir car personne ne pouvait l'entendre, à peine cent personnes dans le monde ; attention, il aimait préciser : pas le yukaghir du nord, mais celui du sud, celui de Kolyma, le plus rare, et sans doute le plus complexe. On est vingt, disait-il, trente, peut-être, à pouvoir conduire une conversation dans cette langue, une langue, confiait-il encore, qui regorgeait de jurons et d'insultes crus et imagés.

Et le Docteur, à cet instant-là, n'était plus très loin du yukaghir de Kolyma. Il criait tant qu'il pouvait, à se démonter la mâchoire : sur les importuns qui tassaient la neige et pourrissaient son musée, sur les ouvriers de la voierie de la ville, trois pauvres types qui devaient déblayer les 10 000 $m^2$ de la cour centrale avec deux pelles et un râteau, et qui bien entendu n'y parvenaient pas, sur le tracteur supposé évacuer la neige et qui venait de rendre l'âme, sur la fatalité qui l'avait en point de mire.

Deux heures que Golianov avait demandé, ou plutôt exigé, oui, exigé ! que les élèves de l'*Institut Amiral Nakhimov*, voisin de l'*Ermitage*, vinssent déblayer la cour. Un hectare pour deux cent cinquante élèves, même s'il s'agissait de gamins de onze ou douze ans, ça lui paraissait faisable en quelques heures.

Sauf que personne ne venait.

Deux heures qu'il attendait.

Pas une casquette d'élève-officier à l'horizon.

L'ordre avait-il seulement été entendu ? Ou transmis ?

Et puis soudain, dans son dos, il perçut des pas étouffés et précipités. Il se retourna pour se retrouver face à un môme en uniforme de l'*École Navale* : boutons dorés, grade astiqué, il était manifestement en deuxième année, bien droit au garde-à-vous, et fixait un point indéterminé devant lui et derrière Golianov. Il avait le souffle coupé et l'œil tremblant. Un visage ouvert qui respirait l'intelligence, pensa Golianov.

– Oui ?, demanda celui-ci d'une voix enrouée.

– J'ai un message pour le Docteur Golianov, Mons… Docteur !

L'œil du petit clignait maintenant. Un tic nerveux.

– Je suis le Docteur Golianov ; que me voulez-vous ?

– Le colonel Amatov vous fait dire que les deux bataillons des *Espoirs de la Baltique* que vous avez demandés ne sauraient être présents et à vos ordres ce matin ; ils ne sont pas disponibles, Mons… Docteur !

Le gamin fermait les paupières et les maintenait fermées une quasi seconde, toutes les quatre ou cinq secondes. Une régularité métronomique qui donnait une impression de clignotement et qui rendait mal à l'aise Golianov. « Quel curieux gamin ! » se dit-il.

– Comment ça, « pas disponibles » ?

– Euh… Oui, Docteur, « pas disponibles » !

Golianov jura : « *Лаамэ йабал !!* ».

Puis, après un temps :

– Mais vous, matelot, vous êtes disponible ?

Le gamin se tut, plutôt éberlué, la bouche à peine entrouverte ; ses paupières battaient de plus en plus vite.

– Matelot, vous êtes disponible ? Golianov avait élevé la voix.

– Oui, Mons… Docteur !

– Alors, fiston, tu prends la pelle qui est là-bas, et tu ramasses la neige qui est plus loin, sous le porche. Et tu viens me voir quand t'as fini. Compris, fiston ?

– Oui, Monsieur !

Le petit soldat s'en allait déjà à sa tâche, pas l'air si mécontent, songea Golianov. Peut-être était-il satisfait d'échapper à la vie de caserne ; peut-être était-il satisfait de se retrouver un peu seul, loin de ses camarades et de la vie en collectivité; peut-être était-il content simplement de se rendre utile ?

– Olah ! Matelot !, cria Golianov.

– Oui, Monsieur ?

– Quel est votre nom ?

– Raskolnikov-Boerschin, Monsieur ; élève-matelot de 2e classe Boris Raskolnikov-Boerschin, répondit-il bien fièrement en continuant son chemin.

« Raskolnikov ? » ; « Boerschin » ? Golianov pensait avec lenteur ; « Boris Raskolnikov-Boerschin » ? Serait-ce le petit... le petit de Valia Raskolnikova ? Il compta les ans. C'était en 52 ! Ça collait. Le gamin devait avoir onze-douze ans. Au tour de Golianov d'être éberlué ! Et lui qui évoquait, il y a pas cinq minutes, la fatalité ! Soudain, il se sentit glacé, et cela n'avait rien à voir avec les premières neiges d'octobre.

Il fixa le petit bonhomme qui lui tournait le dos, avec un nouveau regard, presque médusé, et se dit qu'il creusait sacrément bien.

# V

```
(NOTES À DÉTRUIRE)

BUREAU : US.SECRET.SERVICE.
DÉTACHEMENT : LE CAIRE
OBJET : SURVEILLANCE DU LIEUTENANT BORLUUT
NATURE DU SUPPORT : AUDIO
```

Fichier 1 – amorce

4 décembre 2023, à 18 h 03
(Notes : Hôpital Al Salam du Caire)

(Bruits divers d'instruments électroniques)

J.B – *Que me voulez-vous ?*

A.A. – *Comment ça ?*

J.B – *Vous êtes là, dans la salle d'attente, à attendre je ne sais quoi, alors que vous devriez courir après Boerschin. Qu'attendez-vous de moi ?*

A.A. – *Primo, je veux savoir comment vous vous portez… C'est quand même… moi qui vous ai mis dans cette situation…*

*Enfin en partie ; pour le reste vous vous êtes débrouillé tout seul Deuzio, je suis curieux de savoir ce que vous savez...*

J.B – *Ah ! Il y a des choses, Monsieur Almayer...*

A.A. – *Al... Tu peux m'appeler Al, fiston...*

J.B – *Oui ? Hum, bien, il y a des choses que je sais et vous ne savez pas que je les sais...*

A.A. – *Comment ça ?*

J.B – *Vous ne savez même pas que je peux les savoir...*

A.A. – *Pardon ?*

J.B – *Et il y a des choses que je sais que vous ignorez vous-même...*

A.A. – *Tu te fous de moi, là ?*

J.B – *Pourquoi ?*

A.A. – *Tu parles comme un fakir...*

J.B – *Ce que je veux dire... c'est que j'ai eu en ma possession des documents classifiés d'Interpol concernant l'enlèvement de Paris Hilton... des éléments liés à une enquête du* FBI*... un agent Cornwell, plus précisément... J'ai même tenté d'interroger cet agent alors qu'il était à la retraite, mais... enfin bon, j'ai été empêché... Reste que j'ai pu profiter de documents vidéo, de retranscriptions d'écoutes, d'écoutes elles-mêmes, de filatures ; j'ai pu accéder à quelques dossiers confidentiels...*

(Transmission inaudible– Dix secondes).

J.B – *C'est de vous qu'il est question... dans ces vidéos... Le chapeau, typique, on le voit dans les vidéos.*

A.A. – *Continue...*

J.B – *Je sais que vous avez été agent du* Secret Service...

A.A. – *Et alors ?*

J.B – *« Red Wolf », ça vous dit quelque chose ?*

(Silence de cinq secondes)

A.A. – *Non ; ça devrait ?*

J.B – *Oui, je crois que vous êtes un « loup rouge », Almayer ; voire que vous avez dirigé tous les « loups rouges » à une certaine époque. Je dirais 2010-2015. Période Obama. Peut-être l'êtes-vous encore à l'occasion.*

*A.A. – Je te conseille de te taire, petit ...*

*J.B – Je pense, non... Je sais... que vous avez dû vous charger de Paris Hilton dans le cadre d'une protection et de l'encadrement d'une personnalité importante...*

*A.A. – Attention à toi, petit père !*

*J.B – Une personne que vous appeliez « Grand manitou »... et qu'elle appelait « Bob »...*

*A.A. – Diable !*

*J.B – ...et avec laquelle elle a eu vraisemblablement une relation amoureuse...*

*A.A. – Mais tais-toi !... Tu vas nous attirer des emmerdes !*

# VI

## *Une vie de* B.B.

TROISIÈME PARTIE

1974

Igor Allitov. Vingt-quatre ans. Cinquième année d'internat, faculté de médecine de Leningrad, Département de la médecine légale.

– *Honte…*

Igor ne comprenait pas ce qu'on voulait lui dire.

– *Scandale….*

Le directeur de la morgue lui hurlait dessus, et des mots sans signification résonnaient désagréablement à ses oreilles.

– Quoi, comprends pas ! mais arrêtez de crier…

À la vérité, il ne se rappelait quasiment de rien.

Le début de la garde : les idées sont à peu près nettes. Vers 20 heures, le corps d'une femme avait été déposé dans la chambre froide n°4 de la morgue de Leningrad-Nord : une femme de quarante ans, assez bien faite, les traits réguliers, les cheveux fins et roux, gros nibards et toison chatoyante, un cul à damner : provenance ? Les services sanitaires du Grand Hôpital Central. Igor et Nicolas l'avaient enregistrée dans les règles : l'heure d'arrivée, la cause du décès, l'heure du décès, l'état du cadavre, les adresses et coordonnées de la famille, etc. La routine, quoi.

Pendant une petite demi-heure, ils s'étaient occupés de la belle quoique morte : ils l'avaient zyeutée sous toutes les coutures, l'avaient retournée ; ils l'avaient doigtée ; ils s'y étaient frottés un peu en se marrant ; ils l'avaient touchée plutôt beaucoup, pressés par cette chair unique qui se raffermit aux premières heures de la mort, qui tend la peau et la rend franchement bandante ; puis ils s'étaient calmés, nécessairement.

Jusque-là, rien d'extraordinaire.

L'heure qui suivit fut même plutôt paisible.

Puis 21 heures, ou peut-être 21 heures 30, une troupe joyeuse s'était pointée. Ce fut une bonne surprise. Il y avait Ivan, Sergueï, Pierre, André, Fiodor et Karl. Et un dernier individu qui répondait au nom de Boris Boerschin ; médecine, Université de Moscou ; Igor ne l'avait jamais vu. Grand, brun, grosse voix, un brin énigmatique, un tic curieux au niveau des yeux, c'était lui qui menait la barque. Nicolas et lui l'avaient bien accueilli. D'autant qu'il venait avec vodka, bières, whisky, et qu'il s'était arrangé pour que chacun ait sa part de réjouissance. Il montrait avec une certaine fierté une bouteille de *Spirytus Rektyfikowany* : vodka d'éthanol, précisa-t-il, 96° d'alcool, distillation rectifiée, origine polonaise, sans doute l'alcool le plus puissant au monde ; il l'avait chipée à une de ses connaissances du Musée de l'*Ermitage* qui voyageait sans cesse, et qui aurait pu, s'il l'avait voulu, alimenter à lui seul le marché noir de la capitale. Il y avait aussi ce petit flacon de gélules brunes : « from frisco » chantait-il avec un sourire vague. Et c'était pas tout : deux ou trois filles devaient les rejoindre.

Alors ils ont bu. Pour tuer le froid, la tristesse des lieux, l'ennui, et parce qu'ils étaient des étudiants en médecine et que les alcools, blancs ou blonds, avaient toujours constitué pour eux une sorte de lait naturel.

Vers 22 heures ou 22 heures 30, il y eut un appel du médecin-chef, et Igor se souvenait que, déjà, à ce moment-là, la tête tournait, qu'il avait des nausées, qu'un brouhaha intense régnait dans la grande salle de la morgue, il se rappelait d'une musique saturée, de deux filles un peu trop grasses à son goût qui dansaient sur la petite table de dissection, à peu près nues, que Sergueï vomissait contre tous les murs de la salle, qu'Ivan dormait dans une position de pantin désarticulé, que Fiodor regardait les filles avec un air hypnotique, en masturbant son pénis d'ours et en soufflant comme une vache. Il ne se souvenait plus trop de Boerschin.

Quelques heures plus tard, un vague moment de lucidité. La nuit était avancée. Un néon était cassé, et les éclats de verre s'étaient éparpillés au sol, au milieu de bouteilles d'alcool vides et de vêtements ôtés à la hâte ; il se rappelait avoir vu les quatre jambes des filles s'empiler sur la table de dissection et trembler sans grâce; l'une d'elle couinait comme une chouette pendant qu'André la lutinait; et il n'était pas certain que l'autre ne dormît pas alors que Fiodor s'attardait sur elle. Boerschin se tenait à quelques mètres, comme à un spectacle de marionnettes, et encourageait ou orientait les ébats. Il buvait, rigolait, et imitait avec joie la chouette empapaoutée : « huhuu ! huhuu ! »

Et puis plus rien. Le brouillard le plus complet.

Ou plutôt le visage barbu du directeur de la morgue, accompagné du chef de la sécurité qui le secouait sans ménagement et le regardait sans aménité. Il y a deux ou trois têtes casquettées derrière eux, et ça parlait fort, et ça parlait vite. On cherchait à le lever, mais il se sentait lourd. C'est alors qu'il comprit que Boerschin dormait sur son épaule. En même temps, il vit passer devant lui le gros Fiodor, nu et souillé, en larmes, qui gémissait bras ballants et demandait pardon. « Pardon, pourquoi ? » se demandait Igor. Nicolas, à main gauche, ne se réveillait pas et deux gardes de la sécurité le tiraient vers la sortie ; plus loin Sergueï vomissait encore. « Pardon, pardon », répétait Fiodor.

– Vous n'avez pas honte ?, lui criait au visage le chef de la sécurité.

– Quel scandale !, disait de son côté le directeur de la morgue, avec un air panique ; toute, vous entendez, toute la faculté va être touchée par le scandale ! Allitov, vous êtes perdu ; nous sommes tous perdus.

Igor ne comprenait pas vraiment. Des soirées arrosées, ça avait toujours existé, surtout à la morgue, pendant les longues gardes d'hiver. Et tout le monde s'en fichait. Bon, il y avait eu les filles, certes, mais elles n'étaient pas les premières à traîner dans les sous-sols de l'*Institut médico-légal.* On n'était pas chez les jésuites quand même. Soudain, Igor blêmit; le directeur de l'hôpital, Vladimir Dolokhov en personne, se ramenait, suivi de son staff, une dizaine de personnes au bas mot. Diable! Le bonhomme était réputé ne sortir de son bureau que pour les cas de force majeure. Au tour d'Allitov de paniquer. Ça ne collait pas. Que s'était-il passé pour que tout l'état-major de l'Armée rouge soit ainsi alerté?

Le regard du directeur s'orienta tout de suite vers un point précis, juste derrière la table de dissection, un point que le chef de la sécurité lui indiquait avec des signes de tête désolés.

Igor, intrigué, se leva légèrement, en faisant tomber la tête de Boerschin qui dormait toujours, et il vit alors la femme rousse que l'on avait amenée la veille à la morgue; elle aurait dû être bien rangée dans un frigo, mais elle était au sol, dans une position compliquée, le cou perpendiculaire au tronc, avec une espèce de bile brune qui lui coulait de la bouche et du nez. Ses cheveux étaient en désordre, une ceinture l'étranglait et le nez avait l'air cassé. Les cuisses de la femme étaient extravagamment ouvertes, salies d'une sorte de sauce brunâtre, et son vagin avait saigné; visiblement, elle avait été de la fête. Du moins, son corps posthume.

– Des pervers, voilà ce que vous êtes, hurla le directeur Dolokhov en pointant du doigt Allitov et Boerschin; des nécrophiles!! Rien d'autre!

Allitov voyait bien que le directeur ne le regardait pas franchement, comme gêné; et il réalisa alors sa propre nudité. Nu comme un vers, qu'il était, et il vit alors son sexe, turgide comme jamais.

Ivan et Sergueï furent condamnés à deux années de camp. Les témoignages des deux jeunes danseuses furent pour eux accablants. Sergueï ne survécut pas à la première année : le froid, la faim, la vermine, les cothurnes… Fiodor se tua d'une balle dans la bouche quelques jours avant les débuts du procès : pour lui, ce fut la honte. Karl, André et Pierre durent se soumettre à des travaux d'intérêt général pour le premier et à des travaux forcés pour les deux autres. Tous durent quitter la médecine.

Boerschin ? Allitov ? Rien. Leur nom ne fut même pas cité au procès. Allitov ne comprit que très tardivement cette immunité miraculeuse qui l'avait enceint. Boerschin était protégé ; et Boerschin, qui s'était pris de sympathie pour lui, le protégeait. Bien sûr tous deux quittèrent les terres russes. Boerschin s'exila en Belgique pendant qu'Allitov rejoignait un oncle italien à Milan ; Boerschin quittait la médecine pour les études égyptographiques et Allitov approfondissait les siennes en étudiant la génétique.

Ils gardèrent contact.

# VII

LE CAIRE

## *Hôpital Al Salam*

17 décembre 2023

Borluut avait retrouvé ses jambes, quoiqu'il boitât encore, mais il avait conservé sa minerve et son plâtre au bras gauche. Tout cela lui donnait l'allure de ces monstres d'opérette que l'on croise dans le cinéma expressionniste. Un gros pas lourd et pesant. Almayer le soutenait avec une certaine maladresse.

– Rassure-moi, Al : tu as des nouvelles de Boerschin ?

Almayer tentait de presser la manœuvre ; le petit n'avançait pas vraiment et le zinc d'Hilton devait décoller avant la nuit. Direction : l'océan, les vagues, les embruns… Il avait hâte.

– Rien. Néantisé l'embaumeur. Aucune nouvelle. D'après ce que j'ai appris, la CIA, le FBI, Interpol, le SVR russe, les flics locaux, les mukhabarat…

– Hum ?

– Les services secrets égyptiens, et même les algériens, sont après lui. Le bonhomme doit sacrément avoir les oreilles qui sifflent ; et celui qui sait où il est a gagné le pactole. En attendant, c'est mystère !

– Mais on a bien une idée de là où il est passé ? De la direction qu'il a prise, reprit Borluut en s'arrêtant.

– Rien, je te dis… Rien de rien !

Ils descendaient le grand escalier de l'hôpital, et Almayer cherchait à enfiler son comparse aux membres raidis par la petite porte d'un taxi ; ils durent s'y reprendre trois fois, et lorsqu'enfin les deux tiers du belge furent introduits dans la voiture, Almayer sentit que celui-ci se tendait :

– Tu connais ce type, Al ? Derrière toi, à sept heures. Gigantesque, petites lunettes, celui qui fait mine de s'intéresser aux voitures dehors ?

– Pourquoi ?

– Je l'ai peut-être déjà vu me filer le train. Presque sûr.

– Où ? Dans ta chambre ?

– Mais non ! À Bruges, il y a quelques mois ! Alors que j'enquêtais sur Paris Hilton.

– Il s'en va ; tu sais, par ici, ça pullule d'agents de toute sorte. Je ne serai pas étonné d'être surveillé.

– Par qui ?

– Ceux-là même qu'on évoquait tout à l'heure : SVR, CIA, mukhabarat, voire le *Secret Service*…

– Le *Secret Service* ? Mais ils ne peuvent pas intervenir en dehors du territoire américain !

– Ils ne peuvent pas officiellement, t'as raison.

– « Loup rouge » ?

– On est pressés, Joris ; baisse-toi, et laisse-moi rentrer, tu veux ; on doit y aller.

# VIII

## *Une vie de* B.B.

QUATRIÈME PARTIE

1980

Milan. Un soir. Trattoria *Ganymède*. Boerschin dévore un *Finanziera* devant un Golianov fatigué et nauséeux.

– Vous devriez prendre de ce *chianti,* Golianov ; je l'ai goûté l'autre soir, vous pouvez y aller les yeux fermés. Du meilleur !

La *trattoria* se situait près de l'université où s'organisait un colloque sur les littératures de la Haute Antiquité. Boerschin devait y faire une petite intervention le lendemain ; mais ce soir, il espérait solliciter Golianov, son protecteur de toujours, pour qu'il devienne son directeur de thèse.

– Une autre bouteille ?

Il avait toujours été tendu face à Golianov.

– J'envisage un travail sur les parachites de la Moyenne Antiquité, Professeur, dit-il enfin.

Face à lui, Golianov ne réagit pas et montra une relative indifférence ; Boerschin avait remarqué son intérêt pour une petite serveuse, une blonde jeune et vive habillée d'un grand tablier blanc que le Professeur ne quittait pas des yeux.

– Vous avez vu ses yeux, Boerschin ?

– Quels yeux ?

– Les yeux de la petite, là, qui court comme une sauterelle entre les tables…

Boerschin avait plutôt en tête son sujet de thèse, son plan, son corpus primaire, son corpus secondaire, des pistes de fouilles, des demandes d'autorisation d'étude de site et de réserves d'antiquités dans deux ou trois musées européens, demandes qui devaient être avalisées par le directeur de recherche avant la fin de l'année civile, etc.

– Et ?

– Des yeux de chat ! Elle a des grands yeux félin ; vous avez déjà vu des cils aussi longs ?

– Ils sont faux, Professeur.

– Comment ça ? Faux ?

– Ils sont ajoutés aux cils naturels ; c'est un vieux truc ; si je peux me permettre, certaines courtisanes faisaient de même au XIII^e siècle avant Jésus-Christ, à la cours de Thèbes. Des faux-cils ont été retrouvés dans le tombeau de la concubine de Nouachtrout, je crois bien. Presque huit centimètres.

– Incroyable !, s'exclama Golianov. Puis, en se tournant vers Boerschin :

– Et pourquoi pas un travail sur les Tophar ?

– Vous dites ? Sur quoi ?, s'étonna Boerschin.

Le Professeur eut un sourire ; puis avait baissé la voix ; oubliant la sauterelle, il raconta alors sur le ton de la confidence la thanatopraxie de ces étonnantes momies, leur existence improbable, les hypothèses et les recherches de Golenitchev à la fin du XIX^e siècle, ses propres suppositions et ses propres découragements lorsqu'il avait compris que l'agonie de telles momies résistait à la compréhension, ses enthousiasmes devant l'embaumée de Kensington… Pour la première fois Golianov évoqua même devant Boerschin le texte du *Naufragé* sur l'île de Tophar.

– De quel texte parlez-vous ?, demanda celui-ci la voix étouffée.

Sourire de Golianov.

– Qui le connaît ?, reprit Boerschin.

Il passa ce soir-là des ignorances les plus variées à un enthousiasme intense ; un immense réseau se présentait devant lui : des voies, des bifurcations, des dérivations confuses et multiples. Une multiplicité d'études.

Quelques jours plus tard, il plongeait dans les tablettes de Golenitchev, dans les travaux de Flavius Joseph, recensait les occurrences testimoniales de ces momies jaunes, approfondissait ses connaissances parachitiques que ses années d'études en médecine légale à Moscou rendaient plus aisées…

Un champ de recherches inexploré s'ouvrait devant lui. De quoi se faire un nom.

1981

Louvain.

Un soir, au domicile de Boerschin.

– Ça n'avance pas autant que je le voudrais, Professeur; Kensington m'a refusé pour la troisième fois la visite de leur Tophar; à croire qu'elle est plus précieuse que les bijoux de la reine ! Je ne m'en tiens pour l'instant qu'à des hypothèses flottantes pour ce qui est des embaumements des momies jaunes.

– Cessez de désespérer mon petit; tenez, pour vous distraire, je vous ai apporté cet article.

Golianov sortit de sa besace un vieux journal… Un quotidien égyptien, *El Arham*, en date de 1924; jauni et déchiré, il partait en lambeaux. Il l'ouvrit avec précaution, cherchant la bonne page, puis la lut. On y racontait qu'un assistant-égyptographe autrichien avait « inventé une momie » : un sarcophage dessiné et peint de manière sommaire, un cadavre pas trop abîmé déterré dans le cimetière juif du Caire, une éviscération et un bandelettage succincts, une dessiccation forcée dans un four à pain artisanal, une mise en tombeau en catimini, la nuit, et quelques semaines plus tard, en fanfare, la découverte d'une momie exceptionnelle de conservation sur le site de la Vallée des Rois, légèrement à l'écart des fouilles traditionnelles. La supercherie fut bien entendu vite découverte tant le procédé avait été grossier.

Golianov, après sa lecture, replia délicatement le journal, regarda Boerschin, et lui sourit, avec un air que celui-ci ne lui connaissait pas.

# IX

(NOTES À DÉTRUIRE)

BUREAU : US.SECRET.SERVICE. DIVISION SAVANNAH
OBJET : SURVEILLANCE ALBERT ALMAYER/JORIS BORLUUT
NATURE DU SUPPORT : AUDIO-SOUCHE

Fichier 2 : amorce
17 décembre 2023
(Notes : Jet Hilton. Avion Phenom 300. Immatriculé G-AIRJ)

(Bruits de vibration)

A.A. – *A priori, on a du mal à relier ta Godelieve à Paris Hilton… Une petite vie modeste, cachée, renfermée…*

J.B – *Paris et Godelieve souffraient d'une même maladie… le Fish Syndrom.*

A.A. – *C'est un nom de maladie, ça ? Jamais entendu parler de ce truc !*

J.B – *Le procureur l'a enlevé du dossier ; à mon avis la famille Hilton l'a exigé… Mais j'ai eu un rapport oral de l'un de mes brigadiers. Boerschin avait un complice passif, un certain Allitove, Professore Allitove ; un médecin généticien milanais d'origine russe que Boerschin avait fréquenté dans sa jeunesse ; à Saint-Pétersbourg ou Moscou, ou Kiev…*

A.A. – *Un médecin ? Maintenant que j'y pense, Dumbo m'a dit que Paris avait un bon dossier médical…*

J.B – *Dumbo ? Comme L'éléphant aux grandes oreilles ?*

*[…]*

(Bruits variés. Transmission inaudible)

J.B – *Cet Allitove a eu, à dix années d'intervalle Paris Hilton et Godelieve Hildebrant comme patientes. Un « bon dossier médical », comme disait votre éléphant, là, dans ce cas précis, ça voulait dire « ok pour être embaumée vivante » !*

A.A. – *Quelle relation entre la maladie et l'embaumement ?*

J.B– *Ce Fish Syndrom … Je me rappelle plus le nom savant… entraîne, je fais bref, une atténuation des sensations de la douleur…et permet de maintenir plus longtemps en vie une personne qui se ferait, par exemple, disséquer vivante…*

A.A.– *Golianov aurait donc explicitement passé commande à Dumbo de Paris Hilton sachant qu'elle était atteinte de cette maladie ? Mais pourquoi ne pas faire tout bêtement usage d'anesthésiant sur la première venue ?*

J.B – *Je pense que Golianov et Boerschin se sont volontairement mis en situation de rivaliser avec les embaumeurs égyptiens. C'est leur trip scientifique… Donc pas de techniques médicales modernes. Le choix de patients malades apparaissait comme une tricherie minime et nécessaire à la fois.*

A.A. – *Et le docteur italien, tes gars l'ont cuisiné pour savoir où se logerait Boerschin ? ?*

J.B – *Ça n'a pas été possible !*

A.A. – *Et pourquoi ?*

J.B– *Il s'est donné la mort !*

A.A. – *Avant de parler ?*

J.B– *Euh… Oui ! D'après ce que j'ai compris.*

(NOTES À DÉTRUIRE)

BUREAU : US.SECRET.SERVICE. DIVISION SAVANNAH
OBJET : SURVEILLANCE ALBERT ALMAYER/JORIS BORLUUT
NATURE DU SUPPORT : AUDIO-SOUCHE

Fichier 2 : suite.
(Lieu : Au Cyparissus-bar. Galveston Harbor)

(Notes : bruits de cloche-cris de mouette)

*A.A – Comment Boerschin et même Golianov ont-ils pu imaginer que personne ne serait dupe ? Putain, ces types sont encore plus siphonnés que je le croyais : ils veulent faire passer Paris Hilton, la plus grande star de la modernité, pour une reine de la Haute Antiquité !*

*J.B – Mais leur logique n'est pas la nôtre. Et puis ils ont modifié son visage… et puis elle était destinée à vieillir sous le sable… et une momie ne s'expose pas en continu. Une fois découverte, analysée, on la range au frigo. Plus personne la voit.*

*A.A. – Mouais.*

*J.B – Boerschin a joué de malchance au Caire : il ne pouvait pas savoir que ce soir-là, tu serais là, qu'un intime se tiendrait à un mètre d'elle, et reconnaîtrait la cicatrice en étoile sur l'épaule.*

(Bruits.)

*J.B – Merdouille !*

*A.A. – Quoi ?*

*J.B – Je crois bien avoir oublié mon baume de protection…*

# X

## *Une vie de* B.B.

CINQUIÈME PARTIE

1983-1987. *L'Expérience* : phase préparatoire n° 1

Le premier fut Bertino.

Un bon gros singe Bonobo volé au Zoo de Milan, et fourni par un patient d'Allitov, devenu *Professore Allitove* ; Golianov était déjà le maître d'œuvre et Boerschin l'exécutant. Bertino ne tint pas deux heures et rendit l'âme – crise cardiaque – en produisant de bien curieux grincements. « Quel dommage ! », s'exclama Golianov.

Il y eut ensuite Krakzeus, un solide chimpanzé allemand ; résistant, certes, mais il succomba tout de même aux premières minutes de l'exorbitation des yeux. Crise cardiaque : « trop tôt », se désola Golianov.

Il y eut un lémurien, anonyme, échappé du *Jardin des Plantes* de Paris : « sans intérêt », jugea Golianov en voyant mourir la petite bête à la première incision : morte de peur, crise cardiaque.

Il y eut aussi Rossini, ce grand macaque de Madagascar libéré par le refuge de Gand ; difficilement praticable, trop agité, extrêmement plaintif : « mais tuez-moi cette bestiole », supplia au bout d'un moment Golianov en voyant les grands yeux du primate qui l'imploraient et ses grands doigts qui le tiraient par le bas de sa blouse.

1988-2013. *L'Expérience* : phase préparatoire n° 2

La première fut Hyo-Jin.

Elle était d'origine coréenne; des « yeux de chat » avait dit Golianov avant de les lui ôter. Elle tapinait dans le quartier *Via Amedeo d'Aosta*, à Milan, et se laissa embarquer sans trop de souci par Luigi, un homme à toute solde qu'Igor Allitov - le *Professore Allitove* – avait soigné gratuitement quelques années auparavant et qui était favorablement connu dans le quartier. Ancien dealer et ancien maquereau, il avait ses entrées dans la mafia locale, et connaissait tous les dessous de tous les trafics : trafic de drogue, trafic d'esclaves, trafic d'organes. On le disait également lié à des cartels mexicains particulièrement redoutables. Particularité : il était affecté par le « syndrome de Moebius » : maladie génétique qui occasionnait une paralysie faciale des yeux, du cou et des muscles de la mâchoire; le regard de Luigi était ainsi éternellement fixe et ébahi, ses lèvres ne souriaient jamais, il parlait sans articuler, d'une même voix monocorde, et sa tête restait par nécessité vissée au tronc et dans son prolongement. « Une momie vivante », disait Boerschin; « un zombie ! » reprenait Golianov qui en fit vite son factotum et son âme damnée. La petite pute coréenne ne fit pas mieux que les singes et les lémuriens, et succomba trop tôt.

Quelques mois s'écoulèrent.

Golianov tomba malade, terriblement, et cela retarda leurs travaux. Le Professeur se rétablit mais avait vieilli subitement et s'était affaibli.

Il y eut ensuite Anna, une sublime escort-girl d'origine ukrainienne : blonde, vingt ans, un corps de danseuse, les petits genoux tout ronds des bonhommes *lego*... Personne ne s'intéressa à sa disparition. Étonnamment, elle cria peu même si elle souffrit beaucoup : les gestes de Golianov, qui persistait à vouloir tout faire tout seul, étaient devenus maladroits, et sans cesse il s'excusait auprès de la jeune femme. Elle, le regardait avec effarement. C'est pour Anna qu'Allitov inventa le CC20, un mélange de catécholamine et de Cocoroco - un oncle de Luigi était colombien - concentré que l'on injectait par dose de 20 mg toutes les vingt minutes : « De quoi réveiller Ramsès II » avait souligné Allitov, à tout le moins de maintenir éveillée Anna. Mais un coup de bistouri malheureux – la main de Golianov tremblait, « oh, désolé mademoiselle ! » – provoqua une hémorragie au niveau du foie; elle s'affaiblit en quelques minutes et son cœur céda. Pour autant, Anna fut considérée comme un succès relatif, le premier. Jamais on n'était allé aussi loin dans l'agonie ; jamais aussi près de la mort *topharisée*. Golianov et Boerschin souriaient en se regardant au-dessus du corps de la belle ukrainienne qu'ils toilettaient. *L'Expérience*, ce soir-là, avait très sérieusement progressé.

Ernestine, une touriste française; Théondine, une malienne; Kate, encore une putain, anglaise cette fois-ci, et quelques autres ne firent pas mieux qu'Anna.

Les trois apprentis sorciers se concertèrent alors. On était dans les années 2011-2012. Boerschin insistait pour utiliser un anesthésiant halothané, mais Golianov s'y refusait. Ils s'opposèrent et se querellèrent plusieurs mois.

Ils ne se revirent plus.

Un soir, Allitov fit allusion, devant Golianov seul, à l'hypothèse de la réduction des fonctions du cortex cingulaire antérieur, les fonctions de la douleur notamment, dans la symptomologie de certaines maladies, assez souvent de nature génétique, son cheval de bataille. Un de ses étudiants travaillait là-dessus. Golianov était tout excité ! Il ne tenait plus en place. Connaissait-il des cas concrets ? Avait-il des patientes susceptibles de devenir des « sujets d'étude » ?

– Il y en bien une, que je dois voir dans quelques mois ; le problème, c'est qu'elle est plutôt du genre connu. Pas facile à escamoter, répondit Allitov.

– *La'azazel*! Je suis preneur !, s'exclama Golianov; qui, joyeux, aimait jurer en hébreu.

# XI

(NOTES À DÉTRUIRE)

BUREAU : US.SECRET.SERVICE.
OBJET : SURVEILLANCE ALBERT ALMAYER/JORIS BORLUUT
NATURE DU SUPPORT : AUDIO-MICRO-SOUCHE

Fichier 3 : amorce
(Lieu : bateau d'Albert Almayer – Mer des Caraïbes)

6 juin 2024, à 8 h 02

*J.B– Les levers de soleil sont sublimes en mer.*
*A.A. – Ouais, mais ils ont lieu trop tôt le matin à mon goût.*
(Silence 24 secondes)
*J.B – Oh !*
*A.A. – Quoi ?*
*J.B – J'ai cru voir un éclat ; à droite....*
*A.A. – À tribord... Un éclat comme quoi ?*
*J.B – Et bien comme un reflet ; le soleil qui frappe du métal, quoi... ou du verre.*
*A.A. – Sûr ?*

J.B – *Non. Et toi, tu vois quelque chose ?*

A.A. – *Rien !*

(Bruit de souffle. Inaudible.)

J.B – *T'es tout pâlot Al. Pourquoi tu réagis de cette manière ? Ça peut être tout ou rien, ce truc.*

A.A. – *Il faut savoir se méfier…*

J.B – *Des pirates ?*

A.A. – *Par ici ? Non !*

J.B – *C'est quoi alors ?…*

A.A. – *Sais pas, moi. Une surveillance.*

(Un long silence : 1 min 10)

J.B– *Mais qui nous surveillerait ? Et à cette distance, ils ne peuvent rien voir !*

A.A – *T'as raison, Joris. Mais ils peuvent entendre, crois-moi, avec le bon matos !*

# XII

## *Une vie de* B.B.

### SIXIÈME PARTIE

2022

Bruges.

Août. La bibliothèque fermait ses portes, et les lecteurs sortaient tranquillement. Il commençait de pleuvoir, et une jeune femme, à quelques mètres de lui, dut sortir son parapluie. Boris Boerschin se dit que la météo – température moyenne, taux d'humidité élevé – lui était favorable, et il emboîta le pas de la jeune femme.

Il savait que Golianov avait réussi. Tout seul dans son coin… Dix ans que ça ruminait dans son crâne. Allitov, que Boerschin avait cuisiné, longtemps, à plusieurs reprises, lui avait raconté les dernières intentions du Professeur, les modifications qu'il avait prévu d'ajouter au protocole, le soin qu'il avait porté au choix des cibles, l'intervention de la génétique, la maîtrise dans la gestion de la douleur, etc. En entendant Allitov, Boerschin avait dû se rendre à l'évidence : c'était du génie à l'état pur. Pour autant, Allitov n'avait pas connaissance des éléments les plus essentiels de l'*Expérience.* Où avait-elle eu lieu ? Combien de temps elle avait duré ? Comment s'était présenté finalement le corps supplicié ? Où avait-il été « exposé » ? Pour toutes ces questions, c'était *black-out*, et le maître avait emmené avec lui la plupart de ses secrets.

Quel gâchis, se dit Boerschin ! Alors qu'ils avaient été si près de réussir, ensemble. À quoi bon élaborer une Tophar, la plus sublime chose que l'humanité ait jamais pensée et conçue, si c'est pour la dérober à la contemplation des savants et des esthètes ? Il soupira : non, ça, franchement, ça dépassait l'entendement.

Après une dizaine de minutes, la jeune femme s'arrêta devant le perron d'une petite résidence coquette, sortit une clef et pénétra un hall vitré. Boerschin resta dehors, à la regarder avec curiosité. Il attendit trois ou quatre minutes, pendant lesquelles il se demandait s'il serait capable, maintenant, de faire aussi bien que Golianov. Il se rapprocha du tableau des sonnettes. On le saurait bientôt, se disait-il. Il chercha le nom qu'Allitov lui avait communiqué et appuya sur le bouton. À s'en faire mal au doigt.

– Oui ?, résonna l'interphone.

– Bonjour Mademoiselle…

Sa voix tremblait ; l'émotion sans doute.

– Euh, oui ?

– …Sauriez-vous m'indiquer où je peux trouver Godelieve Hildebrant ?

# XIII

```
(NOTES À DÉTRUIRE)

BUREAU : US.SECRET.SERVICE.
OBJET : SURVEILLANCE ALBERT ALMAYER/JORIS BORLUUT
NATURE DU SUPPORT : AUDIO-MICRO-SOUCHE
```

Fichier 3 : heure 36
(Lieu : bateau d'Albert Almayer– Mer des Caraïbes)

8 juin 2024, à 20 h 05

(Bruits parasites. Transmission confuse.)

*– J.B – […] …Et bien, on a demandé à la petite Hilton de s'effacer, mais elle n'a pas voulu… ou elle n'a pas compris… Elle a commencé à devenir indiscrète… Des coups de fil intempestifs, des courriels peut-être… Elle se confie à quelqu'un, sa sœur, le Pape, son psy, j'en sais rien. Un journaliste prend connaissance de cette relation, il s'est renseigné… et le « Grand Manitou » a un peu perdu les pédales…*

*A.A. – Le « Grand …», enfin celui que tu dis, n'a jamais rien su de cette histoire… Je veux dire de l'effacement.*

*J.B – Mets de la crème sur tes cicatrices si tu ne veux pas ressembler à une momie noire... Alors vous avez perdu les pédales...*

*A.A. – Qui, vous ?*

*J.B – Et bien toi, Albert Almayer, ou le* Secret Service, *ou « Loup rouge »... Ça a paniqué ferme !... Vous êtes allés, toi et tes collègues, à Venise demander à la petite qu'elle s'enterre quelques temps...*

*A.A. – Si tu le dis... Et puis ?*

*J.B – Et là, elle a refusé, résisté ; tu t'es énervé ; il y a eu un accident...*

*A.A. -... Putain de crème, on s'en fout partout.*

*J.B – Pour une raison ou une autre, tu, ou un de tes adjoints, tu as blessé et tu as tué Paris Hilton... Je peux même te dire où ça s'est passé...*

(Silence de quinze secondes)

*A.A. – Où ?*

*J.B – Dans le frigo des cuisines du Stucky Hotel de Venise... A proximité des tables de préparation de son parfum, pH-... En tout cas, elle a saigné abondamment... On a trouvé des résidus sanguins dans les flacons...*

*A.A. – Tu fais chier avec tes cogitations et tes hypothèses, Joris. Tiens aide-moi plutôt à étaler ça. Et ce que tu sais... enfin, ce que tu crois savoir, c'est ... dangereux ; ça peut te péter à la gueule ce genre de truc ! N'en parle plus. Tais-le ! Et oublie !*

# XIV

## *Une vie de* B.B.

SEPTIÈME PARTIE

25 avril 2024

Beverly Hills, 6100 Santa Monica Boulevard, à proximité du Hollywood Forever Cemetery

L'enterrement de Paris Hilton.

Un cri ; une foule ; deux jeunes femmes :

– Wiiiiiiii !

– Wiiiiiiii ! C'est elle !

– Sûre ?, demanda la première

– Je te dis que c'est elle !, reprit la seconde. Elle est avec son gilet Chanel noir, y'a qu'elle qui peut le porter…

– Oh, comme elle est triste, regarde, reprit la première, on dirait qu'elle veut pleurer… Ohé, Tinky, on est avec toi !… Oh, elle est effrayée par les cris ; mais arrêtez de crier bordel, hurla-t-elle en se tournant vers la foule compactée, vous ne voyez pas que vous l'effrayez, déjà qu'elle est trop-trop triste, non mais, arrêtez… !

L'autre reprit à son compte le flambeau de l'épanchement communiel :

– Tinky, c'est nous, Tinky, ohé, on est là…

Et la foule derrière de répéter, d'une manière désordonnée : « *Tinky, Tinky… On t'aime* !!!! »

Tinkerbell Jr, fille de Tinkerbell One, était le plus célèbre chihuahua de toute la côte ouest. Maigre et tremblotante, le poil ras et marronnasse, vaguement grisâtre, les pattes vibrantes et faibles comme celles de tous les chiens de sa race, la dent fine et réputée facile, connue pour traîner sans cesse une sale odeur de marée, elle avançait crânement au milieu de la foule (on annonçait cinq mille éplorés), rayonnante malgré son âge au milieu de cette débauche plébéienne et à la tête d'une procession de stars et de people plus ou moins *has been*. Tout le monde savait que depuis la disparition de sa maîtresse, Tinky avait subi plusieurs attaques cérébrales. Pauvre petite bête.

– Ils lui ont mis sa laisse préférée, tu sais *Van Diesel & Arpel* : diamants roses tout le long… Mais, c'est qui au bout de la laisse ? Je vois pas ! Tu vois Shirley ?…

– C'est la Beckham !

Elles se regardèrent et apprécièrent.

Plus loin, on entendait des « *Paris, je t'aime* », des « PH *forever* », des « *Vive Tinky* »… La voix de Shirley monta d'un ton:

– Là, derrière, c'est Nicky Hilton ! … Oh, mon Dieu, je dirais vue d'ici qu'elle est avec Britney…

– Oh oui, c'est elle, et en panthère zébrée : BRITNEYIEY !!! C'est chouette que tu sois là ! On t'aime aussi !

Toutes deux levèrent les bras et firent au-dessus de leur tête avec les doigts des mouvements souples qui mimaient un cœur battant. Shirley se tourna vers son amie :

– Je crois qu'elle a encore grossi. T'as vu ses cuisses ? Énormes ! Oh tu vois comme elle sue ?

– Ouaip. Elle brille !

– Et elle a l'air franchement bourrée, reprit après un temps Shirley.

– Bah, ouaip, c'est vraiment nul pour Paris. Imagine qu'elle la voie… si elle pouvait la voir, ça la fout mal…

– Ouaip… Remarque, elle l'a jamais vue autrement que bourrée !

Les processionnaires en habits noirs et brillants, unis ou zébrés, courts et strassés, talonnés haut ou rasés négligemment, fendaient la foule magmatique des fans, pour rejoindre la grande pyramide de toile improvisée près du *Fairbank Memorial* au sein de laquelle la cérémonie commémorative se préparait.

– Nicole Ritchie... Lindsay Lohan, Pete Doherty, annonait Shirley.

– ...Tiens la Beckham encore, elle semble chercher quelque chose...

– Latoya Jackson,... Pamela Anderson, ou ce qu'il en reste...

Partout des flashs, des crépitements, des micros tendus, des oreillettes, des lumières éblouissantes (on évoquait plus de trois cent cinquante journalistes accrédités).

– ...Lauren Lawrence... Ben Stiller... Beyoncé !!...

– ...Encore la Beckham, mais elle est à contresens, je crois qu'elle s'en va !! Ah non elle revient, mais qu'est-ce qu'elle fout ? Elle dézingue la vieille ! Tiens, là, Georges Michael, c'est cool !...

Puis, il y eut quelques cris, et des gestes qui rompirent l'ordre à peu près convenu de la cérémonie : une espèce de remue-ménage agitait maintenant la foule. En alerte depuis la première heure, tous les sens en éveil, les deux jeunes femmes se mirent sur la pointe des pieds et sautillèrent pour mieux voir.

– Oh mon dieu elle arrive !!, et Shirley commença de pleurer, les lèvres tremblantes, la main devant la bouche et le nez reniflant.

– La voilà !, confirma son amie en un murmure qui se répétait dans la foule, et ses larmes répondirent à celles de Shirley.

Une immense voiture s'approchait, doucement, inaudible au milieu des cris : une *Cadillac Miller-Meteor*, modèle 1963, moteur v8 de 340 chevaux, le modèle avec transmission automatique de type hydramatic. On l'avait barbouillée en rose et décorée de fleurs pour l'occasion. Shirley avait entendu dire que c'était le même corbillard que pour Kennedy, mais toute la partie arrière avait été vitrée, les côtés comme le toit. À l'intérieur du véhicule, un long cercueil rose et or.

– ...J'ai l'impression que Beckham a perdu Tinky..., entendit-elle.

Les cris augmentaient. La foule commençait à s'agiter..

Puis soudain, le chaos. Des mouvements fous animèrent la foule. Les pleurs se firent hystéroïdes ; une femme entra en transe, la robe tremblante et les yeux blancs ; des cris s'élevèrent et une barrière tomba accidentellement. Puis une autre.

Immédiatement, quelques stars s'affolèrent dans une panique démesurée. Il y eut des cris effroyables et des cris d'effroi, des syncopes et des écrasements à la sortie de la pyramide. Les caméras montrèrent à une foule ébahie et devenue silencieuse et circonspecte Mariah Carey, sautillant sans grâce sur ses talons pour fuir la cérémonie et la foule électrique ; la Beckham, et ses colossaux gardes du corps, s'escarpinant à pas de géant vers une sortie qu'elle ne trouvait pas; Britney Spears, s'essayant à la course mais chutant et roulant au sol…

La cérémonie cessait sans même avoir réellement commencé.

On entendit la grande voiture rose rugir, ses roues racler le sol ; on la vit accélérer et dévaler la voie qui descendait vers le *Santa Monica Boulevard*, brinquebalant sans égard Paris Hilton et son cercueil rose et or. On devina qu'elle dérapait après le portail du *Forever Cemetery* et s'évanouissait dans le flux anonyme des voitures, laissant derrière elle une foule désabusée et muette…

Le *Forever Cemetery* s'était vidé depuis longtemps, abandonné par les stars, les télés et les fans. Le soleil commençait de se coucher sur Beverly Hills. Partout, des fleurs écrasées jonchaient le sol et des petits mots colorés voletaient çà et là, selon les caprices du vent, petits papillons légers et tristes répétant languissamment « On t'aime Paris », « Reviens », « Pour toujours dans mon cœur »… Au pied de la pyramide, des peluches avaient été posées de manière anarchique sur les marches de l'escalier, par dizaines, à côté de petites bougies, roses, crème et rouges, dont certaines brûlaient encore.

Boerschin s'attardait parmi tous ces fétiches et toutes ces icônes ; il flânait et musardait entre les tombes ; s'arrêtait pour lire une inscription ici, un billet là, pour photographier un ensemble de peluches et de bougies, et plus largement le cimetière selon diverses perspectives. Chapeau clair, barbe épaisse, lunettes sombres, il faisait l'incognito. À un moment, il s'arrêta et tourna la tête, apparemment intrigué par un ensemble de peluches. Il s'agenouilla, et tendit le bras entre un *teddy bear* et trois ou quatre Barbie-Hilton de silicone, pour attraper une petite boule de poils brune.

De loin, cela ressemblait à cette espèce de petit sac à main en fourrure agrémenté d'une bandoulière en brillants que Paris Hilton avait popularisé une dizaine d'années auparavant. Mais celui-ci avait quelque chose en plus : une petite tête de chihuahua. Les yeux fermés, la langue bleue et pendante, les dents cassées, la chose canine montrait une grosse tache brune, du sang mêlé à des poils sur le haut de la truffe.

Boerschin eut un petit rictus satisfait et son œil droit se mit à trembler. Il tira sur la fine bandoulière diamantée, laissant la tête pendre négligemment au-dessus d'un petit corps parfaitement aplati à force d'être écrasé par les pieds des adulateurs.

– Tinker, c'est ça ?... Et bien tu me fais penser à ta maîtresse ; c'est fou cette ressemblance !, dit-il.

Il souriait ; il jubilait.

C'est à cet instant qu'il découvrit qu'il n'était pas seul : à moins de dix mètres de lui, se tenaient deux jeunes femmes d'à peine vingt ans, roses et blondes, court vêtues, deux icônes hiltonniennes, qui restaient ébahies derrière leurs lunettes *super-oversized* à regarder se balancer la petite tête osseuse de Tinky. Après un temps, elles ouvrirent de concert leur grande bouche, et reprirent leur activité principale du jour :

– Wiiiiiiiii !!!!!

Lui, éclata de rire.

# XV

(NOTES À DÉTRUIRE)
BUREAU : US.SECRET.SERVICE.
OBJET : SURVEILLANCE ALBERT ALMAYER/JORIS BORLUUT
NATURE DU SUPPORT : AUDIO-MICRO-SOUCHE
FICHIER 3 : HEURE 56
(LIEU : BATEAU D'ALBERT ALMAYER – MER DES CARAÏBES)

15 juin 2024, à 3 h 07

*A.A. – Joris, réveille-toi…*

*J.B – Quoi !*

*A.A. – Réveille-toi !*

*J.B – Purée, je rêvais de Paris Hilton en divinité égyptienne… Avec Anubis et tout et tout… Devenue célèbre pour l'éternité… Elle me remerciait, et voulait danser avec moi…*

*A.A. – Non, ça c'est moi qui te secouais. Tu n'entends rien ?*

(Silence de quinze secondes)

*J.B – Un ronronnement ?*

*A.A. – Oui !*

*J.B – À droite ?*

*A.A. – Tribord, oui !*

*J.B – C'est quoi ?*

*A.A. – Un bateau !*

*J.B – Rien d'anormal alors ! Quelle heure est-il ?*

*A.A. – 3 heures du matin. Pleine nuit, fiston.*

*J.B – Pourquoi tu t'inquiètes ?*

*A.A. – Ça me rappelle de sacrés mauvais souvenirs ! Ça se rapproche !*

*J.B – Oui ! On entend bien maintenant.*

*A.A – J'ai même l'impression que ça vient droit vers nous. Allez ! Sur le pont !*

(Bruits variés. 2 min 52)

*J.B – Une lumière là-bas !*

*A.A. – Elle bouge vite.*

*J.B – Merdouille ; il n'est pas loin, là. On voit bien sa silhouette.*

*A.A. – C'est bien ce qui m'inquiète ! La nuit est claire. Il est gros, ce con.*

*J.B – Il vient droit vers nous. Mets les gaz, Al.*

*A.A. – Tout de suite. Branche la radio, de ton côté, et lance un mayday.*

*J.B – Al ! Moteur ! Moteur !*

*A.A. – O.K. Merde, le moteur latéral ne répond plus ; il y a eu une rupture de circuit d'alimentation ; qui a trifouillé là-dedans ? Merde !*

*J.B – Il accélère ! Il veut nous éperonner, ma parole. Danger, Al ! Danger !*

*A.A. – On va virer …*

*J.B – Mayday, mayday. KYPHI. KYPHI de Galveston longitude 92°24'12" ouest ; latitude 24°42'23" nord ; je répète longitude 92°24'12" ouest ; latitude 24°42'23" nord ; mayday ; mayday.*

*A.A. – Je ne peux pas maintenir le cap ! Je ne peux pas redresser…*

*J.B – Ils vont nous prendre par…*

(Cris. Bruits variés. Un grand fracas. Fin de transmission. Silence.)

# XVI

## *Une vie de* B.B.

HUITIÈME PARTIE

Juin 2024

Quelque part en Méditerranée…

Une île. Sa côte sud. Désertique. Un endroit unique. Un ambigu de Cythère et d'Atlantide.

C'est la saison des orages, et le ciel est bas et sombre, de couleur ardoise, faisant ressortir le bleu profond de l'eau et le vert pâle des falaises. À cette période-là, il y a peu de touristes, et d'ailleurs peu de navettes qui relient l'île au continent, ou à l'île centrale de l'archipel. Des cochons sauvages, des chèvres acrobates, des serpents endémiques, des gardiens de phare idiots.

Un vieux yacht, une longue silhouette blanche percée de multiples hublots de cuivre, s'ancre dans la petite baie ; les moteurs tournent doucement, avec un bruit rond. Les premières vagues de la houle le font craquer et tintinnabuler.

Un éclair au loin vient de zébrer l'horizon et d'arroser des nuages gigantesques d'une lumière blanche, rappelant que ces eaux et ces terres ont longtemps été sous l'emprise des dieux antiques. Par ici Ulysse a dormi dans les bras de Calypso ; par là Jason a navigué aux côtés d'Orphée, d'Augias et de Périclyménos.

Un gémissement : les bras hydrauliques du pont supérieur descendent avec prudence un petit in-bord, bois et chrome, qui permettra, dans quelques instants, de rejoindre le ponton qui se tient à l'extrémité ouest de la plage.

Sur le *runabout* en bois verni, l'allure élégante et fine d'un homme. Il porte une barbe poivre et sel, fournie, des lunettes de soleil en écailles de tortue, et un de ces panamas que des vieilles femmes confectionnent dans l'eau des rivières, à la toile et à la couleur si particulières. Il fume une pipe. Un tabac rare à base de Virginia.

Il regarde la plage comme Colomb regardait San Salvador, la poitrine haute et le sourire aux lèvres. La plage est d'une rare beauté. Elle est rose, par la grâce de quelques coraux uniques au monde, et surmontée d'une grande falaise sombre, à la forme curieuse.

« *Spaggia rosa* » : l'homme saute dans l'eau et s'agenouille dans le sable, comblé et idolâtre. Il regarde à nouveau la falaise, avec ce grand éperon arrondi qui lui fait une tête de chat, et sourit. Il enlève ses lunettes et sèche ses larmes.

Boerschin est heureux. Elle est retrouvée !

Quoi ?

L'île impossible.

Elle est rose ; elle est noire.

Boerschin est heureux ; il est à Tophar…

Achevé d'imprimer en France
par CPI Bussière
à Saint-Amand-Montrond (Cher)
en mars 2013

Dépôt légal : mars 2013.
N° d'édition : 0006. – N° d'impression : 2001489.

ISBN : 979-1-09-144706-5